记忆坊出品

狱火烈烈 空自华

I could discover it

寒烈 著

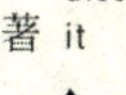

上

江苏凤凰文艺出版社
JIANGSU PHOENIX LITERATURE AND ART PUBLISHING, LTD

目录

Contents

楔 子

> 原点

连默被激烈的争吵声惊醒。

连默住在上世纪末建的老式公寓里，整层楼有三户人家，每日抬头不见低头见，隔着薄薄的一层墙壁，鸡犬相闻，偏偏老死不相往来。

争吵声自左邻传来，清晰得如在耳边。

连默看了一眼床头柜上的电子钟，七点十一分。

隔壁的争吵越发激烈，乒乒乓乓，频频传出碗盏被砸碎的脆响。

连默揉一揉额角，昨天晚上忽然被老板叫回去加班，一直到凌晨四点多，回来只浅浅盹了片刻，便被吵醒。看来是没法继续睡下去了，连默便顺势起床，走进浴室去。

浴室里的顶灯有些坏了，许是开关接触不好，抑或灯管上电子镇流器出了故障，青白的灯光明灭闪烁，映得镜子里的连默脸色半明半暗，晦涩沉冷。

连默拧开水龙头，就着冷水草草洗了几把脸，用毛巾擦干脸上的水分以后，从浴室镜子下的架子上取下一瓶甘油来，启开盖子，往手心里挤了两滴，合掌将之焐得微微热了，均匀涂在脸上，就算是保养过。

从浴室出来，连默转进厨房，用小汤锅接了水放在煤气炉上烧开。等水烧开，连默往开水里放了一汤匙红糖，拉开冰箱门，取出一只鸡蛋，磕进沸腾的红糖水里。

蛋清遇热，迅速凝结，在“咕嘟咕嘟”沸腾的水里，漂起丝丝缕缕的蛋白。

连默关了煤气，盖上小汤锅的盖子，任鸡蛋在其中焖着，又从柜子里拿出一个早餐面包，掰开来，用泛着金属冷光的餐刀，轻轻剜起装在瓶子里的鲜红色树莓果酱，娴熟地抹在面包上。

连默的手很稳，不疾不徐，餐刀执在她手里，有种冷冷的美。

等她抹完果酱，鸡蛋也已经焖熟。

连默坐在厨房里的餐桌边吃早饭。

隔邻的争吵已接近尾声，女人尖叫诅咒：“……你这个没有用的男人……除了会在家里对老婆耍横，再没有别的能耐！嫁给你我倒了八辈子血霉……”

回应她的是巨大的摔门声，以及下楼梯时沉重而凌乱的脚步声。

连默一边将涂着丰厚树莓果酱的面包送进嘴里，一边轻轻蹙眉。她不懂，当初相爱相知走到一起的两个人，怎么会有朝一日，演变到如此不堪的地步？

只是连默没有在这个问题上耽搁太久，电话铃声就打断了她。她看了一眼手机屏幕上的号码，接听。

“连默，有案子，地址我稍后发到你手机上。”听筒中传来主任浑厚的男中音。

连默“哦”一声，表示知道了。

主任在她挂电话前叫住她：“这两天辛苦你了。”

连默笑笑，说“再见”，然后按下结束通话键。

没过多久，手机传来短信提示音。

连默将所剩无几的早点吃完，小汤锅与碗碟餐具通通浸在水斗里，便换了衣服出门。

出门时，右邻传来清晰的碰门声。

连默看了一眼右邻家的门。

连默同左邻右舍不熟，只隐隐记得右邻家有位看上去严肃死板的太太和正在青春期满脸痘痘的害羞儿子。每每在走廊相遇，右邻太太总以一种充满警惕戒备的眼神注视她。

连默自然不晓得邻居太太曾看见她睡眼惺忪哈欠连天地出门倒垃圾，暗暗嘀咕，隔壁家的女人到底是做什么行当的？这样日夜颠倒，不修边幅，莫非是不三不四的行业？随即警告自家读中学的儿子：“看到702的女人，绝对不许搭理她。”

连默下了楼，驱车赶往主任发给她的地址。

路上正是周一交通最拥挤繁忙的时候，连默的车陷在车阵当中，久久才往前挪动数米，然后又是长时间的等待。好在主任发给连默的地址离她住的公寓不远，半小时以后，连默抵达目的地。

连默在停车场停好车，拎着工具箱，走向不远处的商务酒店，门口的玻璃转门正缓缓旋转，最后停了下来。

连默推动转门，走进酒店大堂。

大堂里除了两个好奇心旺盛又不能离开工作岗位去打探消息的前台接待，空无一人。一部客用电梯正在上行，一部停在底楼。

连默走向电梯，按住上行键，停在底楼的电梯门左右滑开，连默走进电梯，在门合上的刹那，看见前台的一个女接待员，倾身拿起了电话。

上了八楼，电梯门一开，守在门口身穿制服的两名警察便拦住连默。

连默出示自己的证件，两名警察这才放她通过，并为她指明了方向。

连默走在酒店幽长迂回的楼道里，脚下铺设的地毯将足音吸收，更显得静悄悄毫无声息。她循着警察所指的方向，找到短信上提到的818房间。

房间的门洞开着，门口扯着一道警戒线，有刑警在房间里来回走动拍照。

连默伸手略略提高警戒线，从下面钻过，进入房间，一手自玄关处的壁柜上取过鞋套弯腰为自己套上。

房间里一个正在从地毯上取证的刑警将一小片玻璃碎片装进塑料密封袋里，小心翼翼地封好，编号，存放起来。看见连默，他迎了上来：“连医生。”

“费队。”连默朝高大的他颔首。

费永年扯下手上的一次性手套，塞到一旁的回收篮里：“现场取证已经结束，尸体就交给你了，连医生。”

连默点点头，拎着法医工具箱，小心地避开脚下一处散发着红酒气味的渍迹，从连接会客室的门，进入卧室。

连默眼角余光瞥见会客室的沙发上，一个年轻男子半垂着头，双手抱住头顶，裸着上身，仅仅穿着一条浅色牛仔裤，赤脚坐在那里。

“就是他发现的死者。”费永年跟在连默身后，轻声说道。

“他的脚受伤了，找人给他包扎一下吧。”连默说完，跨过另一摊液体留下的痕迹，接近套间卧室的双人床。

双人床上是一幅令人触目惊心的景象。

一具赤裸的女尸正面朝上，躺在被褥之间，白色床单上渲染着大片颜色深暗如同血渍的痕迹。

连默眼神微微一暗。

死者是个妙龄女郎，头发染成时髦的亚麻色，双手僵硬地摊在身体两侧，指甲上美丽而闪烁的水晶贴饰，泛着冷冷的晶光，越发显得那原本曼妙柔软的胴体，充满了死亡的气息。

连默轻轻接近尸体，取出肝温计，在尸体表面做一个小小的侧切口，插入肝温表，停留几秒，读取数字。

“推测死亡时间在四到八小时之间。”连默又凑近尸体，伸出手指微微用力按压尸体锁骨位置的暗紫色尸斑，注视它在她手指下褪色，当她移开手指后，又恢复成原来的暗色斑痕。

费永年站在连默身后，注视着她的一系列动作。

“体表没有明显伤口，死者生前有过性行为，目前还不能推断死因，需要进一步的尸检。”连默直起身来，对她身后的费永年说，“可以移动尸体，送回法医实验室了。”

这是一具外表完好无损，看不出任何异常的尸体。然而年轻鲜活的生命戛然而止本身，足以让人充满怀疑。

费永年一边伸手叫两个年轻警察过来，将尸体装进裹尸袋中，运回法医实验室去，一边拜托连默：“请尽快给我尸检报告，上面……”

他指一指头顶：“很重视。”

连默抿一抿嘴唇，剥下自己手上的一次性手套，拎着工具箱，返身走出卧室，来到外间。

那坐在沙发上的男子已经由人处理过受伤的脚掌，并包扎妥当，穿上衬衫，正一动不动地待在原处，怔忪地望着室内来来回回走动的警察。

费永年顺着连默的视线望去，看到坐在沙发上，失魂落魄的男子，打鼻孔里哼了一声：“信先生，请随我们回警察局，协助调查。”

连默收回视线，掀起门口的警戒线，走过漫长幽静的走廊，来到电梯跟前，打算下楼驱车到实验室去。

电梯恰在此时上行到八楼，发出清脆的“丁零”声，门向左右缓缓滑开，一个身穿烟灰色西装，微微秃顶的中年男人，陪着一名穿卡其色风衣的年轻男子从电梯里走出来。

连默与年轻男子擦肩而过，走进电梯里。

两人被电梯口的警察拦住，微微秃顶的中年男人好脾气地自我介绍：“我是信以诺信先生的律师，这位是信先生的兄长……”

年轻男人双手插在风衣口袋中，若有所思地望向站在电梯中的连默。

连默似有所觉，缓缓扬起半垂的眼睫，隔着缓缓合拢的电梯门，与他四目相对……

第一章

> Dark Angel

信以谌接到弟弟以诺的电话时，刚刚吃过早饭，正打算出门。

电话里以诺的声音惊慌失措，语无伦次。

他不得不出言安抚以诺："慢慢说，说清楚。"

"我……"以诺深吸一口气，"我身边，有具尸体……"

以谌闻言，沉默一秒，忍不住伸手捏一捏鼻梁："你在哪里？"

电话那头有片刻细微的声响，然后以诺的声音重又响起："我……在滨江路700号……818房间。"

以谌迅速在脑海里寻找合适人选，然后交代弟弟以诺："我们结束通话后，你立刻报警，这是其一。其二，不要再碰房间里的任何东西！其三，在我和黄律师到场前，不要与任何人交谈。听明白了吗？！"

等听到以诺惶然的承诺，他立刻挂断电话，致电为信家服务已逾二十年的黄伟荣黄律师。

黄律师接起电话，笑呵呵地问以谌："这么早打电话给我这老头子，可是有什么好消息要宣布？"

以谌闻此调侃，忍不住苦笑。

最近他携蜚声国际的新晋康城影后出席过几次商务活动，不过是礼貌的搀扶护持，便被媒体捕风捉影，渲染得满城风雨，连夜宿香闺这等标题都登了出来。有好事者已经在预测他们的婚期以及婚后打算生几个孩子。

可惜目前有更要紧的事需要他烦恼。

“恐怕不是什么好消息。”他将公文包放回门口的壁龛，挽起风衣，一边出门，一边对着手机说，“以诺说他身边现在有具尸体，我已叫他即刻报警。”

那边厢黄律师“啊”一声，立刻收了玩笑：“他在哪里？我这就过去！你交代他，在我到之前，保持沉默。”

“以诺目前人在滨江路700号818房间，我正要赶过去。”以谌出门。

“那我们在那里见。”黄律师并不赘言，率先挂断电话。

以谌将手机放进上衣口袋中，乘电梯至地库，取了座驾，驱车赶往滨江路700号。

待他赶到商务酒店门前，黄律师也恰好赶到，两人默默对望一眼，并肩往酒店内走去。

酒店大堂里有客人，一边等前台结算房款，一边好奇地打听：“酒店里出了什么事？一早扰攘不已。”

声音不小，在空洞高挑的大堂里，激起回声。

以谌微不可察地蹙眉，加大步伐，走向电梯。黄律师个头没有以谌高，不得不小跑几步，才跟上他。

“你别着急，事情未必不可收拾。”黄律师安抚以谌。

“今次事罢，设法送他去梅黛奥拉，在里面关上一年半载。”以谌望着电梯下行的数字，淡淡地说。

梅黛奥拉是希腊著名的宗教圣地，建有许多座悬在空中的修道院，经年累月地与世隔绝。即使社会发达的如今，大梅黛奥拉修道院也没有供人自由出入的阶梯，修士与修道院中所需要的物品，仍必须通过滑车，以网兜运送至山上。

修道院里的修士，如同千百年来在此修行的修士们一样，过着缺少物质享受的清贫生活。他们的全副身心，就是祈祷和赞美上帝。

也许只有与世隔绝，才能迫使以诺改掉身上的坏习惯，以谌想。

黄律师微笑，并不赞同："哪怕送到庙里，以诺也是一个花和尚。"

电梯这时下到一楼，门一开，里头两名警察，一前一后，将装有尸体的裹尸袋放在推车上，自里头推出。

以谌同黄律师让到一侧，为警察让路。

以谌望了一眼没有起伏的厚实黑色裹尸袋，心情更加沉重。

以诺是母亲在三十五岁高龄为父亲生的孩子，因是次子，又来得艰难，自出生以后，备受家人宠溺。父母并不要求以诺出类拔萃，只是希望他能拥有他们所没能享受到的幸福童年。他们给他买最好的衣服，最贵的玩具，买一切他想得到的礼物，带他去洛杉矶、巴黎，去东京和香港，只为以诺信口一句：想玩遍所有的迪士尼乐园。

这造就了以诺成年后一意享乐、不负责任的性格。

现在看来，他在洛杉矶加州大学分校醉酒闹事，最后被学校开除的事，并没有令他接受教训，依旧我行我素，最终惹来巨大麻烦。

以谌和黄律师上楼，同一个年轻女郎擦肩而过。

当他与黄律师被警察拦下，盘问身份时，他下意识地转头，望向站在电梯里的女子。

那是个看起来有些呆滞的女孩子，拥有一头浓密张扬的黑发，皮肤略显苍白，眉目清秀，整个人带着点昏昏欲睡的模样。然则当她轻轻抬起眼帘，与他四目相对时，那清澈冷静的目光，简直似一把有形的利刃，仿佛能切割开他外在的皮肉，直指内心。

以谌微微一愣。

电梯门缓缓合拢，隔绝了他的视线。

以谌未及多想，已看见弟弟以诺由一名身材魁梧的刑警陪伴，从酒店幽长的走廊深处，走了过来。

看见以谌与黄律师，以诺的眼里升起希望的明光。

“以谌！黄伯伯！”他从无一日似此时此刻，欣喜于见到冷静自持的哥哥以谌和行动迟缓永远一副笑呵呵模样的黄律师。

黄律师压一压手掌，示意以诺别出声，随后上前，伸出手来，对魁梧的警官道：“你好，我是信以诺信先生的律师……”

费永年与黄律师握手：“我是负责调查的费警官。”又看一眼和以诺眉目相似的信以谌，“目前只是请信先生前往警察局协助调查，请不必紧张。”

“是，信先生本人及家属一定全力配合警方调查。”黄律师保持微笑，走到以诺身边，“费警官有什么疑问，我们一定如实回答，绝无隐瞒。”

一行人来到警察局，费永年寻了一间清静的办公室，请信氏兄弟与黄律师落座，为每人倒了一杯水，这才开始做笔录。

黄律师向以诺点头，示意他陈述事情经过。

以诺慢慢回想他遇见安琦之后的每一个细节。

昨天他同往常一样，睡到午后起床。

家里只有一个常年为信家看管别墅的阿姨在，哥哥以谌为方便上下班，几年前已搬到金融区的酒店式公寓居住，父母则出国旅行，顺便考察市场去了。

以诺记得自己洗漱完毕，摸进厨房去，从冰箱里寻了一块阿姨私藏的巧克力布朗尼蛋糕，为自己倒了一杯牛奶，坐在厨房的餐桌旁，享受自己的“早餐”。

阿姨自外头进来，看见他已经将一块巧克力布朗尼消灭大半，嗔怪地瞪了他一眼：“以诺！”

他把最后一点儿布朗尼扫进嘴里，摸起餐巾抹了抹嘴，起身凑到阿姨跟前，嬉皮笑脸地搂住阿姨肩膀：“奇怪，蓉姨藏着的蛋糕，格外好吃！”

阿姨使出一指禅将他推得老远：“拍马屁也没用！”

以诺嘿嘿笑，也不管阿姨如何反应，倾身在她脸上用力一吻：“晚上我约了朋友，你叫厨师不用准备我的晚餐。”

说罢跑出厨房，回到楼上自己的房间，取了外套车钥匙，自楼下车库里将崭新的碳纤维特制法拉利458开出来。

以诺小时候喜欢火柴盒汽车模型玩具，父母为此特地到全球各地搜寻该公司生产的汽车模型给他，甚至不惜重金向个人收藏者购买绝版汽车模型。成年以后，对金属汽车模型的热爱，变成对手工定制汽车的极致追求。

这辆银灰色，以碳纤维改装车顶、引擎盖、前后下扰流、侧裙、引擎出风口、进气与通风格栅的法拉利跑车，是父母送给他的二十四岁生日礼物。日前才完成所有改装，从德国运抵本埠。昨天刚刚办理好所有手续，自海关开回来。

他的几个汽车发烧友朋友得知消息，约他傍晚试车。

以诺自然一口答应。

下午五点一行人在城内一级方程式赛车专业赛场集合，试驾这辆经过安德森改装公司改装，彻底脱胎换骨的法拉利458。

当引擎流畅低沉的轰鸣声响起，以诺觉得自己的血液都为之沸腾，而在直道上以超过三百公里的时速飞奔，风驰电掣的感觉更使身体中的肾上腺素急剧上升，刺激不已。

等跑车停回起跑线，所有人都忍不住赞叹：“真是尤物中的尤物！”

一行人自赛车场出来，又一起去城中一间新开的酒吧庆祝。

酒酣耳热之际，其中一个叫小黑的怂恿以诺，同他一起开汽车改装店："我出场地和六成资金，你出四成和技术，如何？"

以诺闻言哈哈笑，大力拍一拍小黑肩膀："若要我出技术，改装店我要占百分之五十一的股份。"

他虽然在大学闹事被学校开除，可到底还是学了些东西的。

小黑摸摸鼻尖，嘿嘿讪笑。

以诺也不介意，转头同其他发烧友聊起在车展上看到的一辆玛莎拉蒂芬迪敞篷跑车来。

"……车身材料及面漆悉数量身定制，只此一辆，绝无仅有，在光线下反射出奇特的深灰色带珠光的金色，如同……"

"一道深灰色烈焰。"一个略略沙哑的女声，在以诺身侧说。

以诺回头，望进一双充满野性的美丽大眼里去。

"你也懂车？"以诺转身面对陌生女郎。

女郎向他微笑，抬手撩动散落在肩膀上的头发，轻轻甩到背后去，猫一般的眼中带着自信："一点点。"

酒吧靡丽的灯光下，她浅浅亚麻色的头发，如同水色的丝绸，柔顺飘逸，黑色抹胸紧身裙，将她窈窕美好的身型勾勒得更加诱人，如同一株从暗夜中走来的带刺的野玫瑰，赏心悦目的同时，又隐隐带着一丝危险诱惑。

以诺倏忽觉得整间酒吧都淡出他的感知世界，只有这美丽女郎，笑盈盈在他眼前。

他从吧台前的高脚椅上跳下来，向女郎自我介绍："嘿，你好，我是信以诺，朋友都叫我以诺。"

女郎笑吟吟的，大方回应："嘿，你好，我是安琦。"

以诺的几个车友挤眉弄眼地在他身后起哄，安琦也落落大方，不以为忤。

以诺自口袋里摸出带有标志的车钥匙："有没有兴趣去体验一下？"

安琦明眸熠熠，露出一副跃跃欲试的表情："好啊！"

以诺伸手抹一把脸："然后我就和她从酒吧出来，开车在滨江路上兜风……"

夜晚的滨江路退去金融区白日里的高贵矜持，露出霓虹闪烁的万种风情，令人迷醉。

车内不大的空间里，以诺闻见丝丝缕缕若有似无的，如同新鲜青草同柑橘混合的香味，再细细一嗅，又无迹可寻，撩拨得他心动不已。

"……后来我们去了酒店……"以诺用双手捂住自己的脸，"在套房吧台喝了点儿酒，然后……"

"然后怎样？"费永年停下笔，抬头问。

以诺有些不知所措："那之后我就想不起来了，醒过来——就发现安琦已经……"

从那样鲜活美丽的女郎，变成一具余温尚在，却生息全无的尸体。

信以谌瞪视弟弟以诺，酒驾，带陌生女郎开房，醒来发现尸体一具，他可否转身离开，不管信以诺死活？！

费永年从头至尾翻看了一遍自己做的笔录，以圆珠笔轻轻敲了敲笔录本："你以前不认识死者？"

以诺茫然摇头："不认识。"

费永年合上笔录本："死者的具体死亡原因还在调查当中，目前还没有确切的证据显示这是一起犯罪事件，所以暂时就先问到这里。随时还会请信先生前来协助调查，所以在结束调查前请勿离开本埠。"

黄律师当即表示一定尽力配合警方，随即与费永年握手，同信氏兄弟一起离开警察局。

费永年到楼下法医实验室的时候，里头正忙得脚不点地。

早前市郊一个在建工地发生火灾，大火导致十一人死亡，三十七人不同程度烧伤，火灾现场的所有遇难者尸体以及物证都送到法医实验室来，上级下达命令，务必在第一时间验明遇难者身份，查清起火原因，给遇难者家属一个交代。

从昨天夜间开始，尸体陆续送抵实验室，法医们便开始连续不间断地进行尸检，从被烧得面目全非的尸骨上竭尽全力地提取基因序列，进行脱氧核糖核酸比对，查清遇难者身份。

房间里弥漫着烧烤时常能闻到的焦香，然而对知情者来说，散发出这种味道的，绝不是什么引人垂涎的美食，而是一具具在火灾中被烧焦的尸体。

微微发福的主任看见费永年，戴着手套的手向里头挥一挥，便又埋头继续尸检。费永年会意地往实验室里头走去。

市警察局的法医实验室，三年前刚由上级划拨经费，购置最先进、最精密的仪器，全盘升级重建，从原先偏居一隅的小太平间兼验尸房，一跃成为占据警察局地下一层整层楼面，拥有本埠乃至周边数省最先进的法医检验技术的实验室。

升级扩建完成的同时，也面向社会，公开招聘了一批法医助理。

法医并不是一个受欢迎的专业，同样学足五年，医学专业毕业可以成为受人尊重的医生，救死扶伤，待遇颇丰，而法医学专业的毕业生，收入不高，却要同各色式样的千奇百怪的尸骸打交道，往往难有理想人选前来应聘。

连默就是那时候前来应考，被招聘进法医实验室的三名法医助理中的一人。其中两人如今已经挂冠求去，只有连默，坚持下来，正式升任法医一职。

费永年推开验尸房的门，恰好看见连默戴着一次性树脂片护目镜，正从死者被打开的腹腔中捧出肝脏，放在电子磅秤上称重，一旁有个自医学院来的实习生，在一侧记录数据，然后拍照存证。

“……你知道，这让我想起法国人视为顶级美食的肥鹅肝……”连默低头检视磅秤上的肝脏，“价格昂贵，生产过程十分残忍。被饲养的鹅自出生开始，就被关在狭小、逼仄的笼子里，终其一生不见天日。日复一日，被人从喉咙处插入喂食的铁管，几乎直通嗉囊，被迫吃下远超过自己体重的饲料……最终它们的肝脏将病态地肥大，成为餐桌上的美食。但恐怕没有人愿意正视，他们吃下去的是肿大的脂肪肝的事实……”

费永年听得啼笑皆非，好在他已经习以为常，倒是难为那小实习生仍能面不改色，奋笔疾书。

他轻咳一声，打断连默。

听见响动，连默抬起头来，朝进门来的费永年看了一眼，复又走回尸检台，低下头去，伸手自腹腔里取出子宫，称重拍照，随后做了病理组织切片，小心翼翼地放入固定液中，密封后进行编号，稍后将同其他病理组织切片一起进行病理检验。

“有什么发现？”费永年在离解剖台一步之遥的地方停下脚步，问。

连默扯下手套，走到另一侧X光片灯箱前，打开电源，用手指在耻骨位置虚画一下：“死者是成年亚洲女性，联合面嵴变钝，几近消失，背侧缘已经形成，推断年龄在二十二岁到二十四岁之间，喉头水肿，肺部有瘀血，但是并未检出勒颈的痕迹。目前死因尚不明确，需要等到病理和毒理报告出来……”

“还有其他线索吗？”

从酒店房间收集的证据里，没有能证明死者身份的证件，酒店前台入住登记也只有信以诺的身份证信息。

不知道死者的身份，对这起死亡事件的调查，无疑是不小的阻碍。

连默返回尸检台，戴上手套，轻轻用双手托起尸体的头部，微微向一侧转动：“看——”

费永年弯下腰，从尸检台与尸体之间望过去，看见死者背部肩胛骨位置，有一处青色的翅膀文身。

“另一侧也有。”连默示意费永年跟她到电脑前，调出电脑里的照片。

屏幕上，布满尸斑的皮肤表面，一对青黑色翅膀栩栩如生，仿佛随时要展翅而去，而现实中，这对翅膀的主人，却再也不会睁开双眼。

连默将照片打印出来：“希望对你有帮助。”

费永年接过照片，临走前仍不忘催促连默，尽快把尸检报告交给他。

信氏是本埠最大的建材供应商，因信誉良好，实力雄厚，城中许多重大建设项目，都由信氏参与建造。坊间传言，信氏高层同本埠各级领导私交甚笃，这也是为什么在建工地火灾事故如此焦头烂额之际，上头仍如此重视此事的原因吧？

信以谌在阿姨前来开门后，向她微微颔首：“蓉姨，辛苦你了。”

“不辛苦，不辛苦！”阿姨还不晓得出了事，但是转眼看见在一旁噤若寒蝉的以诺，心道不知以诺又惹了什么麻烦，到了要以谌出面的地步。

以谌率先进门，大步走向楼下书房。

以诺垂头丧气地跟在他身后进门，黄律师同情地拍拍他肩膀。

阿姨识趣，送上茶水后便安静地退出书房，将门轻轻地关上，把空间留给三人。

以谌待阿姨退出书房，才慢条斯理地端起茶盏，送到嘴边，顿了顿，仿佛打算开口，又不知想起什么，最后只默默喝茶。

以诺在书桌对面的椅子里悄悄动一动身体，望着被茶水氤氲的热气笼得面目朦胧的哥哥，忐忑不安。

老好人黄律师也端起茶杯来，眼观鼻、鼻观心，一心一意品茶。

书房里一时间仿佛连空气都凝滞。

以诺终于忍受不住："以谌……"

以谌并不理睬他，只轻轻放下茶盏，从书桌的抽屉里取出一本黑色皮质封面的笔记本来。

以诺一见那黑色笔记本，立时觉得背脊一凉。

他比哥哥以谌小五岁，当他略微懂事的时候，以谌已经上小学。放学回来，父母还未下班，家里只有保姆和还在上幼儿园的他。

保姆对他，一贯纵容，只要他不哭，所有他的要求都会被满足。但是哥哥以谌并不这样。

以诺想吃点心？可以！把丢在地上的玩具捡起来再吃。

以诺想看电视？也可以！把饭通通吃光就可以去看电视。

保姆如想为他说话，十岁大的以谌会轻轻微笑："我会告诉爸爸妈妈，你给以诺吃垃圾食品。"

保姆立刻败下阵来。

当时有关于婴幼儿吃果冻被噎，窒息死亡的新闻报道，父母为此特意关照保姆，不可以给他吃果冻。彼时他恰恰正迷恋果冻，如有果冻吃，什么都好商量。保姆为此悄悄买给他吃，只为让他能安静片刻。

偏偏有一天被以谌撞见，从此翻身不能。

以诺哀怨地想，哥哥从那时起，已经知道如何拿捏自己。

以谌从未大声呵斥他，只把他犯的大小过错，通通记在黑皮抄里。

"你改了，就画去一条。若不改，便一直留着，将来可以拷贝一份数份赠送亲朋好友以及我未来的侄子侄女……"以诺记得以谌第一次给他看黑皮抄时，他十二岁，正是少年最调皮顽劣的年纪。

直到他后来去洛杉矶读大学，才暂时与这本黑皮抄告别。

想不到今时今日，又见黑皮抄。

"……我知道错了！一定改正！"以诺抵不住沉重的压力，败下阵来，向以谌求饶，"……我以后一定改！"

他举手发誓。

以谌将黑皮笔记本合在掌心里，并不问他哪里错了："以后改？既然要改，就从现在开始。"

以诺点头如捣蒜："是是是！从现在开始改！"

"先从昼伏夜出的习惯改起来吧。"以谌向黄律师方向望了一眼，"我记得黄伯伯的律师事务所在招聘助理，以诺虽然对法律一窍不通，但端茶倒水，送信送报，应该难不倒他。"

黄律师适时地放下茶杯，朝以诺微笑："是啊，我们事务所目前急需助理。"

以诺在肚子里叫苦不迭，面上强笑："以谌……能不能换一个？"

"换一个？"以谌微笑，"那你想做什么？"

以诺见哥哥一副"可以商量"的样子，眼睛一亮，一反颓态："我想自己开一间汽车改装厂，从原厂进口汽配零件，打造独一无二的定制改装汽车！"

以谌将黑皮抄放在书桌上，敲一敲封面："今天的事，目前还未被媒体获悉，只是世上没有不透风的墙，或早或晚，都会捅出来。这种风口浪尖的时候，还是低调些，先去黄伯伯那里工作吧。"

"可是我——"以诺垂死挣扎。

以谌摆摆手："等此事尘埃落定，你要是还想开改装厂，我不会拦着你。"

以诺还想为自己辩解，黄律师忍不住轻咳一声，暗示他此时不宜与以谌叫板唱对台戏。

以诺顿时泄气，整个人窝进椅子里，缩成一团。

以谌只当没有看见弟弟在黄律师跟前坐无坐相的样子，低声同黄律师商量。

"麻烦黄伯伯找个可靠、口风又紧的调查员，去查一查。"

弟弟以诺的酒量，他还是晓得的，没道理能清醒地驱车至酒店，进了房间以后却忽然人事不知，记忆全无。

黄律师点点头，又与以谌寒暄两句，便拎着公文包，起身告辞，临走之前，不忘拍一拍以诺肩膀："明天见，以诺。"

以诺有气无力地和他告别："明天见，黄伯伯。"

等黄律师离开书房，以谌把黑皮封面笔记本锁回书桌抽屉里："事情没有定论以前，你先体验体验上班族两点一线的生活，其他地方，暂时都不要去了。"

说完起身往外走，手按在门把上，又踅回来："把你的驾照和车钥匙都交出来。"

以诺终于跳脚："没有驾照，我怎么上班？！"

"会有司机接送你上下班，爸妈送你的生日礼物，我让司机稍后替你开回来。"以谌毫不妥协。

以诺瞪向以谌，两兄弟眼光在空中相交，"刺啦啦"似有火花迸射。

以谌面上是一点点淡淡的笑容，并不打算改变主意。

因出了人命，以诺气短，终究无法理直气壮地坚持自己的主张，只能从上衣口袋里摸出车钥匙一扬手扔向以谌："驾照在车上。"

以谌伸手接住钥匙："我上班去了，你好好在家休息。"

离开别墅，以谌回望一眼身后渐渐合拢的铁门，暗暗希望这件事在父母回国前能妥善解决。

费永年捏着手里的照片，面上带着淡淡的疲惫。

照片是从酒吧停车场的监控录像截取的画面，像素低，画质粗糙，但勉强能清楚看到死者的正面。

"费队，我已经就信以诺提供的信息，去酒吧查证，他当晚的确是在酒吧内结识死者，两人一同离开，酒店前台接待也证实两人进入酒店时看起来都很清醒。酒店保安经理拷贝了大堂的监控录像……"刑侦大队的小刘警员瞥见他脸上的疲惫颜色，自动将递过来的监控录像光盘收回，“我这就去看看录像里有什么线索。”

费永年抹一把脸。这几天媒体都在争相报导在建工地失火，致使十一人死亡，三十七人受伤，其中三人伤势严重，生命垂危，尚未脱离危险的新闻。高层人士交代在尚未明确死因，案件定性前，尽量不要惊动媒体，引起不必要的麻烦。

然而尸检报告还没有递交上来，他只能从查清死者身份入手。

目前警方掌握的线索不多，除了知道死者年龄在二十二到二十四岁之间，名叫“安琦”，背后有翅膀文身以外，再没有任何与死者身份有关的线索。警方失踪人口档案和指纹档案中也没有能与之匹配的结果。

“吴瑕，把这张照片多复印几份，分发到各个酒吧、酒店，请他们协助警方调查，看看有没有人能认出照片上的人。”他叫住从旁经过的警员。

“是，费队。”

费永年起身，叫上新分来的大学毕业生：“跟我走。”

那年轻人受宠若惊，赶紧追上他的脚步：“费队，我们现在去哪里？案发现场，还是法医实验室？”

费永年瞥了年轻人一眼：“我们去调查一下嫌疑人。”

年轻人高涨的热情并不受影响：“费队，可以让我开车吗？”

费永年在走进电梯的同时，将警车的钥匙抛给他：“开稳点。”

两人驱车到信以诺经常出入的车友俱乐部聚会地点——本埠的一座豪华轿车改装厂。

夏日午后的阳光灼热地炙烤着地面，远远望去，空气因蒸腾的热浪而扭曲，路上鲜有人来人往，仿佛所有人都逃离这酷热，躲进室内，只余整座空城。

即使车内开足空调，年轻的卫青空仍然被车窗外斜斜射进车内的阳光烤出一身的汗来。

他刚刚从警官大学刑侦专业毕业，父母一心想安排他回首都工作，离家近些，方便他们照顾。

他却有自己的打算。

“给我五年，倘使五年仍未达成我给自己设定的目标，就听凭你们安排。”他坐下来同父母谈判，为自己争取时间与实现梦想的机会。

“三年。”卫父瞥一眼满脸不舍的妻子，让步。

“五年。”卫青空坚持。

“五年就五年吧。可是节假日必须回来，不能借故不归。”卫父知道把儿子逼得急了，恐怕会适得其反。

卫青空如愿以偿，留在本城。他深知若听父母安排，回首都在基层干两年，只要不出意外，他就会获得提拔，从此以后，青云直上，官运亨通。然而从今往后，难免要背上个太子党的名声，无论做出什么成绩来，总难逃背景雄厚，有捷径可走的议论。

他想要凭自己的真本事，做出一番事业来。

只不过被分到市刑警大队刑侦二队至今，他一直没机会出外勤，始终被队长留在办公室里，翻阅案件卷宗，打印报告，发协查通知……

今天终于获得出外勤的机会，哪怕不是去现场，都让他兴奋。

费永年微微闭着双眼，为自己争取片刻休息时间。

他能感受到一旁开车的卫青空的兴奋情绪。当年他第一次和师父外出办案时，内心也如同这一刻的卫青空，激动得难以抑制。然而等他到达现场，看到死者血肉模糊的尸体，以及永远停留在被杀害刹那、死不瞑目的表情，再激动的心情，也会沉重无比。

卫青空将警车驶进停车场，白色雪佛兰幻想同满眼望去的豪车相比，显得格格不入。卫青空有点挪不开视线。哪个男人不喜欢代表速度与激情的豪华跑车呢？身为小警察的他也不能免俗。

费永年视若无睹地从一排排豪车中间穿过，大步走向汽车改装厂的正门。卫青空只好在心里说一声“宝贝回头我再来看你们啊”，然后加快脚步，跟上他。

改装厂的自动感应门在两人接近时左右滑开，一股清凉冷气扑面而来，有笑容可掬的接待小姐迎上前：“请问有什么能为两位服务的吗？”

费永年从上衣口袋中取出警官证，向接待小姐出示：“我们是警察，你们老板在不在？”

接待小姐保持职业微笑：“两位请稍等。”

说完转身拨内线电话，低声询问：“老板在不在？”随后放下电话，“两位这边请。”

她在前头引路，带领费永年和卫青空穿过舒适宜人的接待区，经过一扇厚重的门，进入忙碌的改装车间。

车间里即便开足冷气，仍有一股难以形容的热浪。两旁靠墙的架子上，堆满各种不同规格的轮胎。车间中央停放着两辆汽车，一辆被银灰色防尘罩覆盖，不见庐山真面目，另一辆则被千斤顶架空，有人在下头进行改装。

车间里各种工具的声音时有时无，混杂着人声，十分忙碌的样子。

一个穿卡其色工作服，剪短短寸头，留着胡髭的高大男子从车间另一头走过来：“两位警官好，我是这里的老板，鄙姓陈。不知有什么能为两位警官效劳？”

“请问郑健斌是你的员工吗？”费永年问陈老板。

高大的陈老板点点头：“他犯了什么事？”

费永年微笑：“我们只是想请他协助调查。”

陈老板十分配合，扬声叫：“小黑，来一下！”

车间里回荡的电钻声片刻之后停下来，有人从正在改装的汽车底下滑出来，站起身，向他们走来：“老板，什么事？”

“这两位警官找你协助调查。”陈老板说完，就退开几步，到一旁检视汽车去了。

费永年打量郑健斌，见他果然如同绰号那样，皮肤黝黑，整个人结实健硕，带着一种少见的粗犷性感，仿佛杂志上的模特。

“你就是郑健斌？”费永年核实他的身份。

小黑点点头，伸出手：“你好……”

旋即瞥见手上的机油，赧颜一笑，收回手，从工作服的后袋掏出块手巾来，来回擦了擦手。

费永年示意他不用紧张：“昨晚八时到十时，你人在哪里？”

“在滨江大道新开的酒吧。”

“当时还有谁在场？”

小黑回忆了几个名字：“出什么事了？”

“你还记得信以诺是几点离开，和谁一起离开的吗？”费永年注视着小黑的双眼问。

小黑的视线微微转向右上方：“大约十点左右，具体时间我没注意。他和一个在酒吧里认识的女人一起离开的。”

说完，顿一顿，小黑忍不住问：“以诺没出事吧？”

“你怎么知道信以诺出了事？”费永年不错过小黑脸上的细微变化。

“不然警察怎么会来问他的事？”小黑耸肩。

费永年点点头：“你对信以诺了解多少？”

小黑瞥了一眼不远处的老板，略略压低声音：“以诺是车友俱乐部的会员，把车送到我们这里来改装，一来二去就认识了。他为人爽朗大方，对车子十分内行，圈子里比较有名。我们就是和他一起去试新车，然后到酒吧庆祝。”

“他离开酒吧的时候，状态怎么样？”

“他喝酒很节制，只喝了一瓶啤酒。”小黑生怕费永年不相信，“有一次车友聚会的时候他说起过，因为在美国喝酒闹事，导致非常不愉快的结果，所以他开车的时候很少喝酒……”

一直站在费永年身后奋笔疾书的卫青空眼睛一亮，抬头看了一眼小黑。

小黑浑然不觉，那头陈老板却轻轻咳嗽一声。小黑拿手巾撣一撣手心：“两位还有什么要问的？没有的话，我得回去干活了。”

费永年留给他一张刑侦队联系电话卡片：“如果对昨晚的事还有任何能回想起来的，请打这个电话。”

“两位警官这边请。”陈老板等小黑接过联系卡片，这才请费永年和卫青空原路返回接待大厅。

费永年一边走，一边漫不经心地问陈老板：“陈先生和客户的关系都很好？”

陈老板微笑，摸一摸寸头：“来我店里的客人，我自然希望他们能享受到宾至如归的热忱服务，从此成为最忠实的客户。”

“不知道陈先生对信以诺有多少了解？”

陈老板刮一刮鼻尖，看来这位警官不从他这里问出些有用的信息是不肯罢休了，索性坦陈：“我认识信二少的时间不算太长，也就一年吧。他是次子，肩上没有家业的重担，父母长辈又偏疼他，难免有些富家子的骄纵任性。但他脾气不坏，并不苛刻，为人颇豪爽。小黑说的事，我也略有耳闻，据说他为此失去即将到手的硕士学位，回国后痛定思痛，在饮酒的问题上比较谨慎。”

费永年在接待大厅站定，同陈老板握手：“谢谢陈先生配合协助警方调查。”

“这是我身为公民应尽的义务。”陈老板客气地说。

等从凉爽宜人的汽车改装厂接待厅，走到阳光火辣辣的室外，卫青空不解地问费永年：“费队，那个陈老板一看就是个老狐狸，讲话虚虚实实，干扰我们做调查，为什么不深入调查下去？”

费永年觑了他一眼，戴上墨镜：“做他们这行，接触的人非富即贵，十分忌讳口风不严谨，动辄将客人的隐私透露出去。不过他口径和郑健斌一致，言外之意是信以诺不会醉酒肇事。”

“这并不能排除信以诺的嫌疑。”

“所以我们要先回刑侦队核实这条线索，然后请他来再次协助调查。”费永年拍一拍他的肩膀。

连默走出实验室，脱下身上的白色罩衣，挂在外间的衣架上，取过自己的外套和背包，准备下班。

主任恰好一脸倦色地从解剖室里出来，看见她，招了招手。

连默走过去，足音轻缓。

“第一次自己出外勤，感觉怎么样？”主任问。

“还好。”连默轻轻微笑，“让我想起了让·奥古斯特·多米尼克·安格尔的画作《土耳其宫女与女奴》……”

年轻而赤裸的身体圆润柔软，如同有一层柔和的光笼罩其上，充满诱人情调，同她面对的无名女尸，形成强烈反差。

主任忍不住拍一拍她肩膀：“早点回家休息，这一天大家都累坏了。”

法医这个职业，每天要面对太多死亡，尤其是非正常死亡的场面，心理承受能力稍微差些，就会无法从案件中抽离，甚至产生负罪感。这样的事例他见过不少，好几个他认为有潜质，值得培养的年轻人最后都放弃了法医职业。

不过他观察了连默整整两年，发现这姑娘发散性思维十分强大，懂得苦中作乐，又耐得住寂寞，是个有前途的。只是这不分场合的文艺腔，有时候实在使人啼笑皆非。

“我先下班了。”连默不同主任客气，掩嘴打了个哈欠，往电梯走去。

在办公楼大厅里，连默碰见卫青空。

青空三步并作两步，赶上连默，替她推开门，跟在她身后走出大楼。

“连法医，有什么新线索了吗？”

连默停下脚步，疑惑地看了他一眼，两人之间冷场数秒，她才恍然大悟地反应过来：“费队把案子交给你办了啊？”

青空“嘿嘿”一笑：“这是我的第一个案子，还要跟费队多多学习。”

连默点点头：“费队人很和气，跟着他能学到很多东西。”

青空与连默并肩往停车场方向走：“我想问问你有什么线索，晚上回家可以研究一下。”

连默在自己的小车前站定脚步：“毒理报告还没有出来，只有初步病理组织报告，显示是由于肺部瘀血和喉头肿胀导致窒息死亡，不过没有明显扼杀痕迹。等实验室的毒理报告出来，就能知道确切的死因了。”

“还有没有其他线索？”青空不死心地追问。

“有倒是有。”连默掏车钥匙的手停在口袋里，“我已经悉数告诉费队，相信他已经着手调查了。”

“连法医，连默，拜托！”青空双手合十，使出死缠烂打撒娇大法。

连默感觉有人已经在注意他们，遂打开车门上车，随后降下车窗，递眼神给青空，示意他上车。

青空喜出望外地拉开副驾驶座的门，坐进去，顺手拉上门，动作一气呵成。

连默发动引擎，小车慢慢驶出公安局停车场。

“你去过新源街没有？”连默在开出一个红绿灯后，问。

青空摇头，表示没有去过：“听起来十分耳熟，和案子有什么关系？”

连默将车开得四平八稳："新源街分老街和新街，是颇有人气的一条步行商业街，一步一摊，三步一店。从老街到新街，一圈细细逛下来，很需要些体力。"

青空不由得转头去看连默。

连默乌黑的头发仿佛一捧青云，披散在肩膀上，额头光洁饱满，挺直鼻梁，从侧面看上去，秀丽从容。她开车时双眼直视前方，微微抿着嘴唇，十分专注，有种不自觉的认真。

青空想起在市局办公大楼里广为流传的段子来。

传说当时连默刚作为法医助理被招聘进市局，还处在三个月试用期中。局里颇有几个未婚青年对面容清秀，又低调和气的连默抱有好感，辗转托人求法医实验室主任从中牵线，借口和新同事联络感情、拉近距离，请连默吃饭。

主任也希望能促成一桩美事，遂一口答应。趁中午吃饭的时候，对连默说，同事们想约她聚一聚，联络联络彼此之间的感情。连默点头答应。主任得了准信后，打电话给楼上聚餐的发起人，市局信通处的副主管。

副主管一听，喜滋滋乐颠颠地在本埠最豪华气派的滨江6号订了一间包房，可以从落地玻璃窗俯瞰江景夜色，外头露台还安排了四人弦乐队进行表演，然后逐人通知时间地点。为了不使连默觉得尴尬，他还特地又叫上两个信通处办公室的女警官。

等到下午下班时候，主任拎着公文包到一楼停车场，与众人集合，独不见连默身影。信通处的小伙子自告奋勇，替主任到地下一层的法医实验室去找连默。

有两个小伙子见他捷足先登，很是扼腕。不料足足过去十分钟，那下去找人的小青年才回到停车场："我找遍办公室，也没找到她。"

信通处的副主管问主任："小连会不会已经先过去了？"

主任一想，也有可能。

哪曾想，等大家到了滨江6号，进入包房，也没有看见连默的踪影。信通处副主管虽然面上仍笑呵呵的，连连招呼几个年轻人都别拘束，心里却难免埋怨。

主任也觉得面上无光。

曲终人散，连默也没有出现。

次日主任在法医实验室碰见连默，问："连默啊，昨天聚餐，你怎么没去啊？"

连默"啊"一声："对不起，主任！对不起！我忘记了！"

"小赵下班的时候到楼下来找你，你们没碰到？"主任狐疑。

连默想了想："……我那时候还在档案室……"

这下轮到主任"啊"一声。

新法医实验室建成使用后，过去的法医档案，都从暂时存放地搬回新实验室的档案室。搬运过程中难免有错放、误放的可能，但大体都还保持原有的存放顺序。连默初来乍到，他为考验她的耐心，便先叫她对过往卷宗进行查阅整理。

"小赵理应敲过门的。"

"我……大约恰好戴着耳机……"连默十分无辜地说。

主任挥一挥手，示意连默没事了，然后站在走廊上，抹了把脸，望着她的背影。这姑娘看着清清秀秀，斯斯文文，想不到竟是个呆的。

后来这事不知怎的在局里传扬开来，渐渐有意约连默出去的人便少了，倒是那天在滨江6号一同聚餐的几个年轻人，最后竟促成了一对，信通处副主管还吃了一对新人送的谢媒蹄髈。当然这是后话了。

连默久久不见回应，侧脸看了卫青空一眼："卫！"

青空回过神来："新源街和案子有什么关系？"

"新源街上有许多家文身店，坊间传闻最好的文身师就在那里……"

青空一点即通："你是说能通过文身师追查到女死者的身份？！"

连默耸肩。

“不如我们这就过去看看吧……”青空眼冒金光，双手合在胸口。

“你的车……”还在局里，连默在心里说。她本打算绕一圈，把他送回市局门口的。

“不要紧，停在局里很安全。”青空笑眯眯，“回程的时候你把我放在地铁站就好。”

连默呆一呆，一时竟不晓得说什么好，最终只得闷声不响，埋头开车。

车行大约四十分钟后，连默驶进新源街停车场。也许不是周末的缘故，停车场里空荡荡的，顶上的照明灯半数熄着。推开车门，一股地下车库特有的浊气扑面而来。

连默碰上车门，按下遥控锁，冷不防被青空一把拉住手腕：“我饿了，你饿不饿？我们先去吃饭！”

连默转两下手腕，挣脱未果，无奈被他拉着一路出了车库。

一出车库，青空便放开连默的手腕，走在她外侧，一手绕在她背后，虚护着她不被步行街上的行人撞到。

两人在路边一家生意火爆，需排队良久的快餐店，一人买一个夹着丰富馅料，浇着厚厚一层黄芥末酱的热狗，人手一杯热巧克力，坐在一旁的露天餐桌边上大快朵颐，全然无视淋淋漓漓的芥末酱，在唇角留下一圈印子。

连默有些意外。关于卫青空的传闻，她曾不经意中听到过几句：京城来的少爷，家中有权有势，愿意留在本城从基层做起，无非是为今后升迁攒些政治资本……

在她的固有印象里，少爷们都开豪车，出入高档会所，挥金如土，身边有各式各样女郎为其争风吃醋。

但卫青空稍微扭转了她对少爷这一特殊群体的偏见。

卫少爷旁若无人地将沾在手指上的芥末酱舔吮干净，用包热狗的餐巾纸擦干净手，然后将纸巾揉成一团，起手远投，空心命中垃圾桶。

“Yes！”青空捏一捏拳头。

连默将自己手里的一点点热狗吃光，学他样子，将纸巾团成一团，远投。

纸巾在空中画出一道抛物线，在离垃圾桶好远处，落在地上。

连默一额黑线，正打算起身，卫青空却已先她一步走过去，将纸团捡起来，轻轻丢进垃圾桶里，然后返回来：“走吧。”

随后仍一路护着连默，去寻坐落在新源街上的文身店。新源老街同新街之间隔着一条横马路，也将两条街分隔得泾渭分明。老街上是一个个一开间的小铺子，服装鞋袜饰品箱包店俱全，价格经济实惠。有些店家将一隅出租给文身师或者美甲师，分担部分租金。新街则是精致奢华的高端时尚、精品门店林立，光影交错，靡丽新潮。

连默同青空由老街一路步行，遇见有文身摊店，便上前去，出示手机里的文身图案，进行询问。多数文身师在看到图案后，都摇头表示不是自己的作品。最后有个浑身上下累累缀缀戴着鼻环眉钉和叮当作响的金属挂件，修长的颈项上有大片樱花文身的年轻女郎，仔细看了两眼，然后“嗤”一声：“这不是真正的文身，不过是用印度墨画上去的而已，过阵子就会褪掉。是给那些想追求时髦又怕痛的女孩子玩玩的罢了。”

连默和青空不由得对视一眼，青空向朋克女郎微笑：“我朋友就是怕疼，又喜欢这花样，能不能指点我们，去哪里画这样的文身？”

朋克女郎上下睃了连默两眼，大抵觉得她并不像是喜欢追求时髦的类型，末了扬一扬下巴：“喏，过了横马路，新街上有家叫‘刺青’的店，你们可以去问问。”

两人谢过朋克女郎，并肩走出文身店，穿过傍晚行人熙熙攘攘的老街。行至街角，看见有位年过半百的老师傅支了个摊子，下方是一桶熬得透明而黏稠的麦芽糖，上头搁一块光滑的塑料板，左手边竖着一个麦秸扎的圆垛，上头插着用麦芽糖浇出来的飞禽走兽，龙凤麒麟。

浇糖画的生意不冷不热，老师傅意态从容，舀一勺琥珀色麦芽糖，如同笔走龙蛇，娴熟地在塑料板上作画。

青空拉住连默的手腕："走！去试试手气！"

到小摊前站定，青空问老师傅："老伯伯，你这糖画怎么卖？"

老师傅忙中偷闲，用下巴指一指麦秸垛下面的转盘："喏，一块钱转一次，转到什么是什么。"

青空笑嘻嘻地摸出两枚硬币，放进一边的铁皮盒里："转两次。"随后对连默微笑，"你先来。"

连默摇头："我从小便没有中奖的运气。运气最好的一次，也只中了一根珍宝珠棒棒糖。"

青空也不客气，摊开两手，凑到嘴边，吹一口气在手心里，定一定神，便伸手去拨转盘上的指针。

指针下头的轴十分润滑，轻轻一拨，就飞快旋转起来，渐渐慢下来，指向龙，却并没有停，继续慢悠悠地旋转，又指向凤，仍未停下来，最后停在金鱼上。

青空"哈"一声："还不错。连默，轮到你了。"

连默在心里默念了声"千万别太难看"，这才拨动指针。

当指针停在麒麟上时，连默自己都忍不住"啊"一声。

老师傅笑眯眯地从麦秸垛上抽出麒麟和金鱼，分别交到两人手里。

两人执着麦芽糖画继续往前走，青空毫不客气地咬了手里的金鱼一口："不尝试一下，你永远不知道自己会得到什么。"

连默点点头，也轻轻咬下一截糖麒麟的角，含在嘴里。

两人并肩穿过马路，来到新街上。与旧街相比，新街仿佛是另外一个世界。有在街口推车卖花的妇女看见青空与连默，扬声对青空道："帅哥，买一束玫瑰送给女朋友吧！"

青空瞥见连默一口白牙猛地咬下一角麦芽糖来，嚼得咯嘣作响，忙收了笑容，目不转睛地偕连默从卖花的推车前走过，免得惹恼了她。

两人在新街上找到挂着古朴的木质牌匾，门口装饰着图腾雕塑的文身店，推门而入。

店内光线柔和，墙壁上贴满了拍立得照片，以各种笔迹留下各式各样的涂鸦。一侧贴墙竖立着摆满图书杂志的巨大书柜，下头则安置了一圈看起来就让人想蜷在上头捧一本书闲闲度过半日时光的柔软沙发。空气中有一个沙哑的女声，在慵懒地唱着：“*You know that I'm no good......*”

有女郎半裸着趴在皮椅上，任由一名光头壮汉在她裸露在外的肩背处，用文身枪一针针地描绘图案。

光头壮汉听见响动，头也不抬，只遥遥朝沙发方向扬了扬下巴：“请坐，稍等。”

青空与连默在店内的沙发上落座，青空从后头书架上取了两本杂志下来，自己和连默人手一本，打发等待的时光。

过了大约半小时，光头壮汉终于完成手上工作，仔细交代女郎文身后的注意事项，又自柜架上取了文身专用药膏给她，钱货两讫，送走女郎。这才转身，一边脱去手上的一次性手套，一边迎向连默和青空。

“两位打算文身？”壮汉声音浑厚有力，有种令人安心的力量。

青空连默自沙发上起身，将稍早在老街的说辞又说了一遍：“听说老板你这里能做这样的文身。”

壮汉看了一眼连默手机里的图片，又抬眸看看沉静的连默：“这个文身确实出自我手。”

青空眼里掠过明亮的神采：“请问老板还能不能想起这位前来文身的客人？有什么特别之处，或者她的个人信息？”

连默静静站在青空身侧，并不插嘴。

光头壮汉闻言，细细打量二人，最终摇摇头：“来我的‘刺青’要求用印度墨绘文身的客人不多，也就是大约半个月前曾经为一位客人做过这样的文身。当时因为有人陪她一起来，所以我并没有和她进行过多交流。”

“不过，”壮汉在两人失望前，语音一转，“我记得客人文身后，与同来的朋友合拍了张拍立得，贴在那面墙上。照片应该还在，两位请自便。”

说罢壮汉一指那面照片墙，随后径自走开处理其他事务，并不在一旁探头探脑。

连默与卫青空站在密密麻麻贴满照片的墙前，彼此对视一眼，颇有默契地各从一侧开始仔细找起。

连默微微仰头，望着墙上的照片。照片里多数是年轻稚嫩的面容，有人笑逐颜开，有人沉默冷肃，有人双手握拳，将文满了图案的手指直面镜头，亦有人只将一个冷艳的背影留给相机。

连默不晓得他们经历痛楚，将图案文字文在皮肤上，是出于什么目的，会否有朝一日，皮肤上的刺青清晰依旧，当时的心情却早已不复记忆？

“连默！”那边青空低声唤她。

连默从游走的思绪中脱身，走向青空。

青空抬手指一指墙上众多拍立得中间的一张：“你看。”

连默顺着青空所指，微微眯起眼睛看过去，只见一张照片里，一头乌黑浓密长发披散在光裸肩膀上的美丽女郎，半侧着身将下巴压在男伴的肩膀上，微微咬着丰润的嘴唇面向镜头，眼里有笑。照片拍摄的角度能看见她背部栩栩如生的羽翼文身，而与她同来的男伴却只能觑见一角压在棒球帽下的冷冷侧脸，阴影重重，看不清面目。

连默对青空点点头：“是她。”

发色、妆容、服饰都能改变，可是一个人的面部骨骼结构特征轻易不会改变，所以连默一眼便认出照片里的黑发美丽女郎，正是躺在她法医实验室冰冷的解剖台上的死者。

卫青空转而扬声对半靠在柜台里低头摆弄手机的壮汉道：“老板，借一步说话。”

壮汉收起手机，与青空到店内一角交谈。

“这是我的证件。”青空向壮汉出示自己的警官证。

壮汉扫了一眼证件上的常服免冠照，双手慢悠悠插进裤袋里：“小店是合法经营……”

隔着半臂远的距离，青空能感觉得出光头壮汉衣服下面肌肉鼓胀的力度，不由得微微一笑：“老板请别误会，我们只是想借你店中的拍立得一用。”

壮汉一愣，随后咧嘴露出一口洁白整齐的牙齿来：“尽管拿去！这些人拍照留念以后，多数都忘得一干二净。”

青空浅笑：“若可以，事后一定归还。”

得到老板的许可，青空返回连默身边，朝她竖起双手大拇指。

连默见状立刻将斜挎在身前的墨绿色医生包的前盖打开，从边袋里抽出一副手套，熟练地戴上，又取出一只中号塑料物证袋。待青空用手机拍照存证后，连默撑开袋口，小心翼翼地取下以双面胶固定在墙面上的拍立得，慢慢放进物证袋中，仔细地按上袋口的密封胶条。

“有备而来？”青空忍不住挑眉。他身上就没带着这些取证用的装备。

连默抿一抿嘴唇，把物证袋放进医生包里：“习惯使然，走到哪里都带在身上。”

“这是个好习惯，我要偷师偷起来！”两人走出文身店，青空玩笑着对尽量和他保持安全距离的连默说。

“嗯，我也是和师父学的。”连默不解风情地说道。

青空默默转过头去，在连默看不见的角度暗暗一叹：唉，这姑娘真心能憋死人！换个伶俐点的女孩子，这会儿大概都会把话茬接过去，或俏皮或爽快地回应他，偷师可不能白偷哦！要请我吃饭啊！

这时候他自然是无有不应的，正好趁机和同事打好关系。

奈何偏偏遇上连默这个呆子，简直是媚眼做给瞎子看了。

这边青空郁闷连默木笃笃不接眼色，那边费永年则在头疼眼前的人太会打蛇随棍上。

来人与费永年年纪相仿，身高相差无几，刀条脸，浓眉深目直鼻，上唇微薄，下唇丰厚，看人总是似笑非笑。穿一件卡其布军装风格外套，里头一件白色低圆领汗衫，露出一截古铜色胸膛。下头穿一条洗得发白的窄腿牛仔裤，衬得两条腿笔直修长，脚踩一双咖啡色运动人字拖，倚在一辆风骚的亮黄色路虎揽胜极光概念敞篷跑车旁，一手插在裤袋内，一手向费永年挥了挥："老费，这里！"

"陈哥来找费队啊？"

"小陈有空多过来坐。"

"师兄又换新车了？！"

来来往往的警队成员纷纷与来人打招呼，他也一一微笑颔首回应。

费永年捏了捏眉心："陈况，找我有事？"

陈况拉开车门，做了个请他上车的手势："老费，我们路上说。打个电话给嫂子，叫她别烧饭了，我绕到嫂子单位接她下班，我们一起吃个饭。"

费永年不为所动："有什么事，就这里说吧。"

陈况也不觉尴尬，推上车门，双手插在裤兜中，趿着人字拖慢悠悠地走到费永年身边，与他并肩而立："你想必应该已经猜到我所为何来。"

费永年瞥了陈况一眼。

他与陈况是当年政法大学刑侦专业的同学，还是室友，因他比陈况大半年，所以陈况一直喊他老费。毕业时他们都因品学兼优而被分配进本埠刑侦科。当时他与陈况真的是满腔热血，即使是前辈交付下来的小任务也完成得一丝不苟，务求完美。

因为两人表现出色，没过多久，就双双被选入刑侦队，成为当时刑侦队最年轻的刑警。他为人比较沉稳老成，陈况则比较活泼热情，两人搭档，虽然不能自夸无往而不利，却也是屡破大案要案，一时风光无两。

直到四年前。

那时他刚刚结婚，正是新婚宴尔，陈况也有了一个感情稳定，打算结婚的女朋友。一切都顺遂得仿佛一场梦般，叫人不愿醒来。恰恰彼时市里出了一桩连环碎尸案，先后在市郊城乡接合部的水塘里打捞出三包碎尸，死者皆为从事娱乐行业的年轻女性，影响极其恶劣。市领导向市局施加压力，要求尽快破案。

市局以他和陈况为首，成立了专案组，限期破案。经整个专案组的认真取证调查排摸，最后所有线索都指向了一位高官在本城读大学的独子。正当他们打算申请批捕嫌疑人的时候，他妻子在单位被人检举挪用公款，面临牢狱之灾；陈况的女友在晚归途中险遭强奸，虽说是虚惊一场，但那女孩子最后还是和陈况分手。他和陈况因而各自焦头烂额，很难不影响办案进度与质量。

这件碎尸案最终以一个有精神病史的刑满释放无业人员强奸并杀害妓女，随后残忍地碎尸抛尸的定论而结案。

至于高官的儿子，早在结案前便已飞赴国外留学，全然没有受到一丝一毫的影响，更不消说接受法律制裁了。

而他，妻子丢了稳定的工作；陈况，失去相恋两年的女友。

美好的世界轰然崩塌。

专案组解散后，陈况沉寂了一段时间，最终向局里辞职，转而投身私人调查领域。他虽然坚持留了下来，但满腔热血，到底淡了很多。

这些年两人也偶尔见面，却都默契地绝口不提旧事。

费永年知道，他们很难做到忘怀，只好将之尘封在记忆深处，直至未来的某一天，什么人或者什么事，将往事唤醒。

“你是知道规矩的，陈况。”费永年淡淡地对陈况说。

“老费，咱们找个地方坐下来说吧。”陈况坚持。

费永年略加考虑，点点头：“街角有家咖啡馆。”

说罢，两人步调出奇一致地向外走去。

“案件还在调查阶段，你知道我不能向你透露任何有关的信息。”费永年抿了一口特浓咖啡，缓声对陈况说。

这些年他与陈况也颇见过几面，好几次都是陈况为辩方做调查时两人碰个正着。

陈况微笑，从卡其外套的内插兜里抽出一个对折在一起的文件袋，推到费永年跟前。

费永年挑眉：“这是什么？”

陈况勾唇：“打开来看看。”

费永年取过文件袋，解开绕在袋口的棉绳，微微撑开文件袋往里看了一眼。里头是三五张传真纸。

在陈况笑眯眯的注视下，费永年拿出传真纸，迅速浏览了一下，随即抬头，以锐利的眼光望向坐在他对面的老友。

陈况摊一摊手，并不卖关子：“出事后第一时间，信氏的律师便联系我调查取证。这是信以诺这一年来的定期血液检查报告。

“信二少爷虽然有酒后闹事的前科，但信大对他的管教还是很严格的，当即送信二戒酒，又要求弟弟定期验血验尿，若检查出酒精与其他违禁成分，便停掉信二的生活费。从血液检查报告看，信二少颇老实安分了一段时间。

“此案疑点重重，首先所有证人都能证明事发当晚信二神志清醒，与死者相偕，驱车离开酒吧。酒店前台与服务员也明确表示信二入住酒店时并无异常。在两人进入酒店房间到事发的数个小时里，左右住客也未听见争执与响动。”陈况呷一大口咖啡，“信二与死者初识，没理由行凶杀人。更重要的一点是，他自陈只喝了两杯红酒就失去意识，全然不记得后来发生的事。你不觉得很蹊跷吗，老费？”

费永年不接他话茬：“此案还在调查取证阶段，并未进入诉讼程序，警方会大力调查，还原事件真相。”

陈况一摸鼻尖，微微一哂：“老费你也学会打官腔了。”

“无论你的调查取得了什么进展，都应第一时间与警方联系，不要擅自行动。”费永年苦口婆心地叮嘱陈况。只是一句“你要相信警方”他知道陈况无论如何也是不肯听的。

陈况不理会费永年，摸出钞票放在桌上，扔下一句“我还与人有约”，就迈着大步，先行离开。

费永年望着咖啡桌对面，只喝了两口的咖啡，无奈地一笑。

回到家，妻子秦青已经下班，正在厨房准备晚饭。听见他进门的响动，在厨房里扬声说：“永年你洗个手，饭菜马上就好！”

“不着急，我还不饿，你慢慢来。”费永年放下公文包，脱下外套挂在门后的衣挂上，自去卫生间洗手，然后躲在北阳台抽了根烟，这才回到饭厅里。

饭菜都已经摆上桌，两荤一素一个汤，一人一碗杂粮米饭。

妻子的厨艺不算出色，可是费永年吃得很香。做他这一行，看多了悲欢离合，有时难免要让自己在工作中变得铁石心肠。只有家里，才是真正能让他放松的地方，他格外珍惜给他这个家的人，珍惜这个愿意为他洗手做羹汤的人。

吃完饭，费永年主动收拾碗筷，送进厨房去洗干净，然后两夫妻坐在沙发上吃水果看新闻联播。

当新闻播出五·一四特大火灾调查的新闻时，秦青不由得握住了丈夫的手：“最近你们局里为了这件事，一定很忙吧？”

何止是忙？简直脚不点地，焦头烂额。费永年心里想着，面上便露出淡淡的倦色来。

秦青紧一紧手上的力道："你也注意自己的身体，到底不年轻了……"

费永年点点头："我会的，你别担心。"

"上次我们公司年会组织去的生态农庄环境不错，要不我们周末去那儿玩一天吧？把你队里的小吴小赵他们都叫上，大家一起吃个饭，放松放松。"秦青缓缓地以拇指摩挲丈夫的手背。

隔了良久，她也没听到丈夫的回应，微微转头一看，费永年已经靠在沙发上，仰面朝天，睡着了。

即便如此，也是静悄悄的，并没有如雷贯耳的鼾声。

秦青试图收回手，却发现自己的手被丈夫抓得紧紧的，嘴角不由得浮上一缕微笑。

次日上班，费永年与卫青空在办公室碰头，将取得的信息与对方做了交流。

卫青空把从文身店获得的拍立得照片用吸铁石贴在线索板上，拿马克笔在女死者旁的男子下面打了个问号。

"根据文身店老板的描述，与死者同来的男子应是她的男朋友。死者死亡至今已经超过三十六小时，但她的手机始终无人拨打进来，这是个疑点。"青空指了指照片上看不清容貌的男子，"身为男友，这一点有些说不通。"

一旁有警官将法医实验室早晨送上来的尸检报告递到费永年手中。

费永年翻开仔细看了一遍，随后交给卫青空："你也看看。"

卫青空一看那份尸检报告，随后露出深思的表情来。

子宫内膜增厚，腺体、血管有增生现象，血液中人绒毛膜促性腺激素浓度大于一百，可见十毫米乘六毫米胚囊……检测出伽马-羟基丁酸成分……

卫青空紧了紧手指："费队，我下去一趟！"

费永年颔首："一起去吧。"

上头对于五·一四特大火灾的侦办进展很重视，法医实验室这两天几乎是连轴转地在对火灾现场提取的证据进行分析，他也正要下去了解进度如何。

待两人下楼来到实验室，卫青空只来得及瞥见两位法医助理将一具被大火焚烧得面目全非、焦炭一般的尸骸，小心翼翼地装进黑色尸袋里，轻轻拉上拉链，放在不锈钢陈尸台上，等待稍后送往停尸房，背上就挨了费永年一掌。

"发什么呆，快去连法医办公室吧。"

卫青空听见自己后背胸腔传来的声响，强忍着才没有龇牙咧嘴，随后沿着走廊朝里走去。

他不知道费队是否看出了什么，但恰在刚才，他有刹那失神。十一条鲜活的生命，转瞬间在大火中被吞没，烧成焦黑的尸体，听新闻和直面骸骨所带来的冲击，全然不同。

卫青空回头看一眼走进感应门内的费永年高大宽厚的背影，不由得暗暗一喟，费队是怕他承受不了这样的心理冲击吗？

不待他多想，他已经走到感应门前，门无声无息地向左右两侧滑开，门内连默正与实习生将无名女尸装进尸袋中。

连默最后看了一眼女郎的容颜，随后边将塑胶尸袋的拉链缓缓拉拢，边对实习生说道："中国人自先秦时便已有在身体上刺字的记载，当时是一种惩戒犯人的刑罚。"

"黥刑。"实习生将露在尸袋外头，死者淡淡的亚麻色头发塞进袋子里去。

连默赞许地点了点头："后来逐渐演变成一种土著和少数民族特有的习俗，《淮南子》中曾有记载：'闽越之地陆事寡而水事众，人们遂断发文身，以象鳞虫，为蛟龙之状，以人水，蛟龙不伤也。’出江入海的人通过文在身上的鳞纹，以期模仿鱼龙之态，从而避免为鱼龙所伤。”

“原始的仿生？”实习生也不惊讶。

“通过在身体上文刺猛兽、祥纹、佛偈，人们祈求获得神佛庇佑，以使鬼怪回避，这是一种美好的心愿。”当拉链最终将光明阻隔在尸袋外头，一边是尘世，一边是死亡时，连默轻声叹息，“可惜她背后的天使之翼，终究没能保护她不受伤害……”

“在信以诺的血液样本中也检出伽马-羟基丁酸了吗？”青空在连默身后问。

实习生见机将尸体推往停尸房，而连默则摘下一次性手套，扔在回收篮内，招呼青空：“你来得正好，嫌疑人的血液报告也已经出来了，我正想给你送上去。”

说完从工作台上取了报告交给青空：“他血液中的酒精含量不高，但伽马-羟基丁酸含量高得足以使一个成年男性昏迷并产生暂时性失忆的症状。死者体内的伽马-羟基丁酸含量比他还要高，由此导致过敏性休克，最终死亡。在有嫌疑人指纹的酒杯中，以及地毯上的酒渍中也检出相同成分。”

“所以这是一桩约会强奸药过量导致的意外？”青空皱眉。

连默摇摇头：“嫌疑人体内的酒精与伽马-羟基丁酸含量掌握得恰到好处，像是经过计算，能令他昏睡不醒又不至于伤害他。而死者怀孕已超过四周，应有明显生理反应，不可能不被注意到。从她体内的酒精含量非常低就知道，她已经有意识避免摄入酒精成分。”

“假设信以诺打算用药强奸死者，那他自己没道理也摄入约会强奸药；反之，假设死者本打算用药放倒信以诺，她自己更不可能喝下如此高剂量的伽马-羟基丁酸……”青空压一压手腕，忽然灵光一现，“她不是独自前来！照片里的男朋友一定也在案发现场！”

不管出于什么目的，死者打算令信以诺昏睡不醒，才方便行事，事后信二少爷还不会记得当时的情形。而要制造出使人信服的假象，单凭瘦弱的死者可处理不了昏迷的信以诺。所以当时一定还有第三个人在现场。

“谢谢你，连默！”青空拿着一沓报告在连默肩头一拍，然后转身大步流星地回楼上办公室去了。

连默微微耸了耸肩，回头继续做自己的事。

青空将血样的检测报告，同自己的推理悉数对费永年说了：“我打算将案发前后的酒店监控录像再看一遍，也许有什么疏漏的细节。”

费永年朝他竖了竖拇指：“加油！”

与此同时，在城市的另一头，信以谌结束与远在欧洲的父母的视频通话，头疼地揉一揉额角。

这件事，他瞒得了一时，瞒不了一世，二老终是要知道的。但在事情得以解决后让他们知道，总比一切都还毫无着落时告知他们要好些。

自书房出来，他恰好碰见捧着早餐托盘的阿姨从楼上下来。

“蓉姨。”信以谌对阿姨点点头，“以诺又赖在房间里吃早饭？”

阿姨圆润的脸上露出一个温和的笑来：“二少爷心情不好。”

信以谌淡淡地哼了一声：“中午他要是心情还不好，就让他饿一顿。”

阿姨摇头浅笑，只管捧了餐盘转进厨房去了。他们两兄弟之间的事，她可不掺和。

以谌稍加思索，便缓步上楼，在以诺门前驻足，敲门。里头没有应门，他也不客气，自行推门而入。

两兄弟的房间，完全是两种截然不同的风格。

以谌的房间干净整洁，物品摆放得一丝不苟，令人一望即知主人是行事沉稳利落，不拖泥带水的性格。

以诺则恰恰相反，房间里随处丢放着个人物品，脱下来的袜子也会丢得东一只西一只，手机以一种极其悲壮的姿态沉在半满的水杯中，死不瞑目。

以谌叹息，循着隐约的声响穿过杂乱无章的起居室，推开娱乐间的门。

只见弟弟以诺坐在模拟驾驶室里，双手紧握方向盘，通过屏幕，在虚拟世界里感受在银石赛道上飞驰的刺激快感。

以谌在门口站了一会儿，看着以诺险象环生地通过两处连续的发卡弯，接着继续在赛道上狂奔，直至屏幕上跳出成绩，他才咳嗽一声，提醒以诺自己的到来。

以诺有些悻悻然地退出游戏，从模拟驾驶室里钻出来，心不甘情不愿地来到兄长面前。

以谌抬腕看了眼手表上的指针，随后负了双手，压下一声叹息，对仍穿着居家服的弟弟说："换好衣服，我送你去黄伯伯的律师行。"

信二少一句"不去！"噎在喉口，如何也没办法掷地有声地掼出来，只得憋憋屈屈地去衣帽间，找齐一套休闲装备换上，跟在信大身后，下楼坐上中规中矩的雪佛兰副驾驶座，前往黄伟荣律师事务所报到。

两人到达黄伟荣律师事务所已经将近正午，办公室里人不多，想是都去吃午饭了。事务所位于寸土寸金的贸易区内，办公室租在低调的商务楼里，与金融区隔江相望。从黄律师的办公室看出去，开阔的江景与金融区高低错落的摩天楼相映成趣。

以诺与黄律师打过招呼，便往沙发上一坐，取了一旁矮柜上的杂志，信手翻阅，对外头碧水蓝天的景致视若无睹。以谌见状，与黄律师握手致歉："黄伯伯，实在失礼，要将劣弟安排在您眼皮底下做事。"

老好人黄律师微笑："哪里哪里，他不嫌闷就好。"

此时秘书打内线电话通知黄律师，陈先生到了。

“请他进来。”黄律师对信氏兄弟道，“正好你们也在，来见见我最好的调查员，想必已有最新进展。”

不多时，陈况敲门进来。

信以诺原本百无聊赖地坐在沙发里，如何也静不下心来，这会儿正撑着腮看兄长与黄律师寒暄，忽然间见一个颀长健美的青年，穿卡其色衬衫，洗得发白的牛仔裤，脚踩一双柔软舒适的人字拖鞋，随意中透出一股落拓不羁来。

信二少的眼睛倏忽一亮，大放明光。

黄律师居中为三人做介绍：“以谌，以诺，这是事务所的首席调查员，陈况。陈况，这两位是委托人，信以谌，信以诺。”

未等以谌与陈况握手，以诺已从沙发上站起身来，一个箭步蹿到陈况跟前，格开以谌的手，就想去拉陈况。

陈况眼角余光瞥见一个人从沙发方向扑过来，耳朵里虽然听见黄律师的介绍，可是身体却早他一步，下意识地做出反应，右手一张，卡住了来人的手腕，手臂一绕一带，就将来人的膀子反拧在了背后。

以诺疼得“嗷嗷嗷”地叫了起来。

陈况卸去手上的力道，将信二少推开。

以谌甩给弟弟一个“你活该”的眼神，与陈况握手：“陈先生，你好。”

“你好。”陈况言简意赅，并不多话。

黄律师请二人落座，询问调查进展。

“信先生血液样本中检出GHB伽马-羟基丁酸，俗称约会强奸药的成分。”陈况将信以诺身上采集的血液样本送去自己信得过的单位做了检测，果然不出所料，回想不起事发当晚情形的信二少，确是摄入了致幻剂。

信二少正揉着手腕期期艾艾地凑近，闻言忍不住要为自己辩解：“大哥我从来不碰这些东西的，你要相信我啊！”

在座的三人都没有理会他。

“信先生很幸运，摄入的剂量只是使他昏睡，醒来以后丧失当晚的记忆罢了，”陈况梳理事发经过，“女死者就没那么幸运了……我们现在要做的，就是设法证明信先生并没有提供GHB，相反也是此事的受害者之一，他当时昏迷不醒，根本不知道发生了什么。其他的，就交由警方处理。”

“让我也参与调查吧！”以诺兴致勃勃地毛遂自荐。

仍没人搭理他。

“我的线人提供消息说有人认出女死者，但是不愿意到公安局录口供，我已经请线人居中安排，稍后见面。”陈况看一看手表，“还有四个小时。”

“黄伯伯，大哥！”以诺放软了身段哀求，“让我一道去吧。”

陈况睇了信二一眼，他虽是不耐烦软趴趴的公子哥儿，然则此事显然不是他做下的，遂并没有出言反对。

以谌与黄律师对视一眼，随即点点头。也该让以诺认识一下真实的社会和人性了。

中午在律师事务所所在的大厦里的一家餐厅内用过便饭，黄律师有事，先行离开。以谌到一旁致电秘书，遥控处理一应事务。

以诺就坐在陈况对面，笑眯眯地追问陈况，调查员的工作辛苦不辛苦，是否充满惊险刺激，可有意想不到的奇遇？

陈况虽然烦他，到底也忍不住多瞥了他一眼。案发至今还不到四十八小时，信二少爷已经无事人般，通身上下没有一点点烦恼迹象。这时候难道不应该竭力回忆，努力寻找证据，洗清自己身上的嫌疑吗？

以诺并未领会陈况这一眼里的含义，自顾自喋喋不休地说起自己最向往的狂放不羁的生活。

“不如我与黄伯伯打声招呼，到你手下做事吧。”信二少蓦地异想天开。

那头交代完公事，收了电话踅回来的以谌闻言，不轻不重地在他肩上拍一拍："这件事解决以前，你如果不想足不出户，就老老实实在黄伯伯这边朝九晚五。"

陈况见状微笑。信大少爷倒是个明白人。他当年自公安系统辞职，前途一片渺茫，多得黄律师给他机会，参与案件的调查取证工作，这才慢慢在私人调查一行做出名头来。假使黄律师开口，他还真不好直言拒绝。

"时间差不多了，我们出发吧。"陈况率先起身。

三人乘电梯往地库取车的短短时间，电梯乘客进进出出，不少女客忍不住要往他们身上多看几眼。三人身高相当，年岁相仿，气质却迥然不同。一个阳刚健美，一个温煦文雅，一个风流倜傥，站在一处，煞是赏心悦目。

可惜，都是一副目不斜视的样子。

连默与卫青空坐在私人俱乐部的包房之中，一人面前一杯价值五十块的苏打水。苏打水盛在透明水晶玻璃杯中，轻轻地冒着气泡，隐隐仿佛能听见气泡破灭时发出的"噗噗"声。

青空将手边圆几上的糖果罐递给连默，自己从中挑了一颗松露巧克力扔进嘴里。

中午吃饭的时候，费队在食堂里叫住他，对他说有线人知道一些情况，但不愿意公开露面做笔录，所以让他下班前到这家俱乐部来。

"带个伴去，不要令对方有压力。"这是费队的原话。

青空思来想去，最终还是找了连默一起来。

连默话不多，甚至有点呆，很不擅交际的样子，但——他喜欢她并不咄咄逼人的感觉。

刑侦队里有不少女同事，年轻，模样也周正，英姿飒爽。只是过于硬朗了，难免就带着些巾帼不让须眉的霸道，野心勃勃，毫不掩饰。

青空倒更愿意与连默相处。

“顺便请你吃饭，谢谢你昨天陪我去调查。”他连借口都找好了。

连默一想不用自己回家做饭，就答应了。

两人驱车来到城中出名的私人会馆，青空按照费队交代，报上陈况大名，领班便将他们引进包房中，送上两杯苏打水，随后离开。

青空看了一眼平板电脑里的酒水价目，暗道老板真是赚钱有方。

没过多久，隔壁包房传来交谈声，虽不响亮，却清晰得足以让他们听见。

连默在沙发里坐正身体，青空则一手食指竖在唇前，一手拉了她，靠近墙壁，侧耳倾听。

那一厢，陈况与信氏兄弟，终于等到了姗姗来迟的线人。

她染着火红色头发，穿亮片裹身裙，踩一双红底高跟鞋，臂弯上挽一只大红色鸵鸟皮铂金包推门而入。见三人分坐在沙发上，各有各的英俊，不由得一笑，朝明显更粗犷的陈况抛了个媚眼：“况哥是吧。”

陈况点头，示意她随意。

她在三人对面的茶几上拖过烟灰缸，捧在手里，转身走到吧台边，在高脚椅上坐下，将烟灰缸不轻不重地掷在吧台上，自顾自从包中取香烟与打火机出来，点燃后深吸一口，缓缓喷吐在空气里。

“小江说我只要把自己知道的原原本本说了，况哥就有好处给我？”

陈况取出个将近一寸厚的牛皮信封来，搁在茶几上，另将从监控录像上截取的图像出示给她看。

她先瞄了两眼信氏兄弟，见两人显是对她没有兴趣，终是歇了调笑的打算，吸了口烟，凉薄地吐了个烟圈。

“……你们要查的人，我认识。”她还年轻，只是长期作息颠倒的颓靡生活，已将她的健康损害，深浓的妆容在昏黄的灯光下才能掩饰眼角的细细皱纹，声音也因烟酒而变得沙哑，在房间中显得格外冷漠，“她叫沈安绮，我们是在少管所里认识的。她中学时在学校里和人抢男朋友，将对方打成重伤……对方父母有点儿权势，怎样也不肯和解，她父母忙着做生意，见钱不能解决此事，又管不了她，只好任由她被关进去……”

“说重点。”陈况的声音低沉，不怒自威。

她微微一笑：“看，谁还耐烦听故事？”

不等陈况的眼风甩过来，她已经把玩着打火机，接着道：“等她放出来，她爸妈早就移民生第二胎去了，谁还会管她是学好还是学坏？我和她是同一批释放的，见她孤苦伶仃无处可去，就和她一起结伴，混混日子。”

房间内的三个男人都没有追问她们是如何混日子的。

“后来她认识了个男人，对那男人死心塌地的，说是攒够了钱，就洗手不干了。”她自嘲地一笑，掐灭了烟，信手扔在烟灰缸里，“我当时就觉得会出事，可是又不想为了个臭男人，坏了和她的姐妹感情……”

所以没有阻止她，因为不想失去这唯一的朋友。

“她和那男的联手下套做仙人跳，先从高档酒吧舞厅会馆，结识有钱人，诱他们至酒店开房，设法拍下对方裸照，然后要挟对方若不拿钱出来，就将照片分发给他们在乎的人，或者媒体。她每次勒索的钱也不多，不过几万十几万，那些有钱人也不差这几个钱。而且她一向只在一个人那里拿一次钱，绝不纠缠。那些人求个破财消灾，这两年倒也让她混过来了。没想到……”

她瞥了浑身散发“我是阔少，快来宰我”气息的信以诺一眼，没想到最终还是栽了跟头。

“你知道那个男人是谁吗？”这是陈况最关心的。

她伸手将垂在胸前的一缕红发撩到背后，粲然一笑：“这我就不知道了，你们得去问安绮了。”

“安绮已经遇害。”陈况沉声说出冰冷事实。

包房中有片刻死一般的寂然。

良久，她抖着手，重新燃起一支香烟，猛吸了两口，吐出大片烟雾，这才隐在烟气之后哑声轻笑：“这个笨蛋！”

三个男人被她笑得心下一片恻然。

她却仿佛下定决心，不吐不快似的：“安绮说，她体质敏感，虽然也抽烟喝酒，可是药啊粉啊，她是一点儿也不沾的。有一次去酒吧，遇见个贱人在她饮料里下了药，多亏那个男人出言提醒，她才没有喝进去，否则一条命恐怕要交代了。一来二去，她就和那男人同居了。不过那男的有正经工作，我也只远远看见过一眼，并没接触过。安绮……想保护这段感情吧，不想他曝光，事后连累他……她最后的住处是在乐苑金庭，据我所知。”

说完，她从高脚椅上跳下来，走近茶几，弯腰伸手取过信封，再不看三人，就此扬长而去。

待她的脚步声自走廊上去得远了，陈况站起身，走到一侧挂有液晶电视的墙壁前，往墙上一按，墙壁缓缓左右滑开，露出另一头屏气凝神听墙脚的连默与青空。

连默本来被青空拉着听墙脚，这会儿墙壁突然左右裂开，不由得微微一怔。

青空却早晓得隔着墙能将另一边听得清清楚楚，想必这两间包房原本是可以连成一间大包房的，平时无事，就用能移动的板壁分隔开来。见此情景，便若无其事地拉着连默起身，颔首微笑：“师兄。”

陈况是认识卫青空的，和连默，却是第一次见面。

他早知道连默此人，然而几次去队里办事，总是与连默缘悭一面，因故错过。

“连默，这是陈况陈师兄。师兄，这是连默连医生。”

连默扬睫，视线与陈况相触。

陈况颀长健硕，身影将连默整个笼罩，带着不经意的压迫。

连默仿似不觉，伸出纤净的手："陈师兄。"

陈况与她握手。

他的手因长期在户外工作，被晒成深麦色，与她长年在室内工作缺少日晒的白皙肤色形成鲜明对比。他的手宽大有力，她的手纤细稳定，轻轻一握，便放开彼此。

仅凭这短暂的一眼一握，陈况却对这个初见的女孩子有了认知。她的眼神非常干净，出奇地冷利，看人的时候简直像有形的刀刃，能剖开皮肉，直刺内心。与她的眼神相反，她的手却不可思议地柔软温暖。

是个矛盾的女孩子。

信以谌见状，提议由自己做东，请在场诸人用顿便餐，以示感谢。

青空出言婉拒："案件还在调查阶段，虽然可以初步排除信先生的嫌疑，但也不宜有私人接触。"

陈况点头表示同意："线人说的，你们想必也已经听见了，我这边只负责提供线索，洗清信以诺先生的嫌疑，剩下的就交给警方处理。"

五人就此道别，各自离去。

以诺在回家的路上，犹不忘磨着以谌，答应他去给陈况做助理，而不是在黄律师身边收发文件。

以谌的心思，却早已飘得老远。

连默躺在农庄鱼塘边的钓椅上，将钓竿插在扶手侧边的鱼竿插座内，脸上覆着还散发着麦秸特有的清香味道的大草帽，膝上搭了一条灰色的薄毯，静静地一动不动。

秋日舒爽的风从鱼塘上拂过，随风一道，还有若有似无的桂花香传来。池塘的水面泛着粼粼波光，时不时有池鱼浮上来又沉下去，留下一圈圈涟漪。

连默的身后，烤架已经准备好了，费永年带着几个年富力强精力充沛的同事，正从农庄提供的电瓶车上，将烧烤所需的果蔬肉串，鸡腿鸡翅，牛排羊排从车上卸下来，又招呼老板再多送几箱果汁饮料来。

远远的，农庄里的小土狗在欢快地吠叫着，鸡鸭“咯咯嘎嘎”地吵成一片。

连默心里出奇地安宁。

无名女酒店离奇死亡案件，在从线人处获得重要信息后，便豁然开朗。费队先申请调阅了封存的未成年人犯罪档案，和线人提供的信息一致，女死者正是年仅二十一岁的沈安绮。

在确认死者的身份信息后，许多不为人知的细节便慢慢浮出水面。

沈安绮在圈子里，是很有名的。

一则因为她够美，在寻找一夜情的战场上几乎无往而不利；二则她对一夜情对象的要求超乎寻常的高，颇有几个喜欢夜夜笙歌的阔少成了她的猎物。

阔少们即使上了她的当，吃了仙人跳的亏，为了脸面，也没有人站出来声张。不过阔少圈里渐渐也都晓得，本埠有这样一位人物，因此上当的人数锐减。所以她这一次将目标定在刚回国不久的信以诺身上。

青空和小刘警官拿了沈安绮档案里的清晰照片，走访乐苑金庭，调查取证。乐苑金庭属于城中比较高档的住宅小区，业主多是年轻貌美的女郎，出入都开着各款被人戏称为二奶车的豪华座驾。小区的保安措施十分严密，进出需要刷卡，来访车辆需要登记，电梯直接入户，对应的门卡只能去对应的楼层。

保安在看过沈安绮的照片后，回忆片刻，才肯定她确实住在小区里。

“这不是安绮嘛！她平常进进出出都化着妆，其实这样素颜不是也挺好看？好像有几天没看见她了。你们问有没有人和她同住？有倒是有，只不过也不是经常过来。什么样的人啊？蛮年轻的，也就比安绮大个两三岁的样子，人长得比较黑，来的时候总爱戴一顶棒球帽，还戴着墨镜。有一次很晚了，他来找安绮，都没摘下墨镜。这样藏头露尾，一看就不是什么有担当的。”

保安的八卦之血熊熊燃烧：“他们都说其实他才是被养着的那个，房子的月租都是安绮在付。”

这就和刺青店里得到的线索对上了。拍立得照片中的另一个人也是戴着棒球帽，肤色偏黑。

青空和小刘又走访了沈安绮楼上楼下的邻居。

两家邻居都是二十出头的妙龄女郎，穿衣打扮的风格出奇地一致，都是柔软轻薄曲线毕露的短裙，外罩一件真丝晨褛，光脚缩在沙发里。听闻两人问起安绮，表情都是轻轻地那么一撇嘴，带着显而易见的不屑。

“安绮心高气傲，看不起我们呢。”其中一人捧着热气氤氲的花草茶，小啜一口，“她还打算赚够了钱洗手从良，嫁人过柴米油盐酱醋茶的日子呢。呵呵，也不看看自己是什么料子！过惯了如今这样的生活，再回头去朝九晚五？！嘁！”

又笑眯眯地向青空小刘努嘴：“这是我自己做的芝士蛋糕，两位警官尝尝看。”

见两人都表示不吃，也不在意，懒洋洋地招呼趴在客厅角落里的金毛犬过来：“宝贝，来，妈妈做了蛋糕哦！”

青空小刘无语地对视一眼，继续询问她是否认识沈安绮的男朋友。

她见两人问起，眼睛一亮，微微坐正了身体：“上一回小区七夕搞活动，好多人的先生都来了，我总以为安绮也会带她男朋友一起参加活动，谁知道她男朋友根本没来。晚上我老公回来，嫌宝贝在房间里影响他休息，我就把宝贝带到阳台上，还好生地安抚了宝贝受伤的心灵……总之，我不是有意偷听，只是恰好听见她和她男朋友在楼下阳台，对着星星说什么深情不改，星月为证的傻话。我还听见她问那男的，小黑还是黑皮什么的，反正听名字就是个上不了台面的，什么时候带她去见父母……”

“小黑？你肯定是叫这个名字吗？”青空抬头问。

女郎被打断，有些不快地搂住了过来吃蛋糕的金毛寻回犬的狗头，一边搔着它的下巴，一边瞪圆了眼睛：“就是类似的名字，隔了蛮久了，谁还能记得那么清楚？宝贝可以为妈妈做证，是不是？”

金毛寻回犬配合地哼唧了一声。

“谢谢你配合我们调查。”青空与小刘告辞出来。

小刘长出一口气，虽然在那金屋中坐了不久，他都替里头的女郎觉得压抑。

两人得到重要线索，立刻回刑侦队向费队汇报。

费永年一听，立刻批准将绰号小黑的郑建斌带回协助调查。

当警方赶至汽车改装厂时，陈老板不在，前台正低头玩手机，见警车停在门口，警察亮出证件一边往里走，一边询问小黑在哪里时，惊慌失措地站起身来：“小黑今天没进厂，陈总派他去海关接零件了……”

海关方面很快证实确实有一批汽车零件通关，但前来接件的人一直没有现身将零件取走。

警方随即发出协查通知，请航空铁路公路运输部门与宾馆网吧等场所严密监视此人行踪，一旦发现，立刻与警方联系。

晚些时候，改装厂的陈老板匆忙赶来，一见到费永年和卫青空就一迭声抱歉，一边从口袋里取了香烟出来递过去：“不好意思，早上正好有事没在厂里，耽误警方办案了。”

两人都摆手表示不抽烟，陈老板这才将烟盒收回去：“我一定全力配合调查，知无不言。”

青空瞥了一眼一脑门子汗的陈老板，只问：“陈先生了解郑建斌吗？”

陈生掏出亚麻灰色手绢，擦了擦额角上的汗：“小黑是我一个球友同村同族的亲戚，他从汽修学校毕业，来城里打工，我这位球友就把他介绍给我。小黑人勤快，除了喜欢车，也没有什么其他爱好，极老实的一个孩子……”

陈生也没想到就是看上去如此老实的人，会做出什么罪大恶极的事，引得警察要上门调查。也不等青空追问，就将小黑的电话住址和盘托出：“不瞒两位，我这家汽车改装厂，门面不小，能经营到如今的局面也很是不易，客人也都是有些身份地位的。还请警方不要把鄙店牵扯进去。”

待青空按地址前去小黑的住处，不出所料，早已人去楼空。也不知是巧合还是他有意为之，套房莫名付之一炬。青空到的时候，消防队刚刚才将大火扑灭，满处烟迹水痕，一片狼藉。房东正捶胸号啕才装修一年的房子就这么烧了。

倒是小刘在陈生的球友处取得些进展。球友说郑建斌为人颇孝顺，每个月都给老家的父母弟妹寄回去几千元生活费，供父母日常开销，弟妹上学。他还有个青梅竹马的未婚妻，只等他赚够了钱就回老家盖新房摆酒结婚。

众人一致推断小黑郑建斌一定是想潜逃回老家，再做打算。

两天以后，警方在高速公路收费口对过往车辆进行检查时，从一辆满载的货运卡车上，发现了躲在成箱货物之间的小黑郑建斌。

他一开始还强作镇定，辩称自己只是舍不得花钱，所以搭顺风车回乡的打工仔，然而在警察取出协查通知，与其上的照片做对比时，终似泄了气的皮球一般，瘫软在地。

小黑在被押解回来以后，费永年与青空连夜突击审讯，最初在面对商务酒店大堂案发时间段监控录像截图里自己的身影，他尚能自圆其说，可是当青空要采集他的脱氧核糖核酸样本，与沈安绮腹中的胚囊做基因序列比对的时候，这个皮肤黝黑，看起来十分老实可靠的青年忽然再也无法狡辩下去。

“我交代，我全都交代……”他用戴着冰冷手铐的双手捂住脸，崩溃道。

他认识沈安绮，正如陈况的线人所说，是在一家人声鼎沸嘈杂的酒吧里。安绮美丽无匹，吸引了众多异性目光。因她不是那家酒吧地盘上的人，惹来两个常驻酒吧女郎的妒恨，其中一个，趁她不注意，在她的饮料里投了药，随后躲在一边，等着看她出丑。

他看不过去，悄悄提醒安绮。

在冷漠的都市森林里，两个单身男女，以这样的方式相遇相识，开始了交往。

安绮愤世嫉俗，只在乎从他身上汲取温暖，全然不在乎他仅仅是个从农村小镇上出来的打工仔，连一处像样的栖身之所都没有。

他每天看着那些有钱人开着豪车到改装厂来，仅仅为了换一组汽车内饰，或者是装上更好的避震器与马力更强劲的引擎。而他辛辛苦苦地工作，却只能换来勉强维持生计的菲薄收入，还要勒紧裤腰带寄钱回去赡养父母，供弟弟妹妹读书。

他向安绮透露这样的愤懑不平，安绮并没有看不起他。

有钱有什么了不起？！他至今都还记得安绮说这话时，脸上那种恶狠狠的表情。

他就向往地对她说，等他有钱了，就开一家自己的汽车改装厂，把父母弟妹都从老家接过来。而安绮则说，她只要一座大房子，生两个孩子，无论男孩女孩，她都会很爱很爱他们，绝不会丢下他们不管。

“后来，我们看了好几部劫富济贫的电影，安绮和我觉得有钱人的钱都是不义之财，劫他们的富，济我们的贫，没有什么不可以。就模仿电影里的手段，由我物色对象，她在酒吧等场所引诱对方，至酒店开房。如果去的是我们事先商量好的酒店，我就会在事先开好的房间里，等安绮给我内线电话。一旦她得手，将对方用药迷倒，我就走楼梯去她的房间，帮安绮把昏睡不醒的人搬到床上，脱光衣服，拍下两人的裸照。次日，对方苏醒过来以后，用裸照向对方索要钱财……”

郑建斌交代到这里，青空不由得费解：“既然你们是情侣，又一起配合作案，你为什么要杀害沈安绮？”

郑建斌用双手食指紧紧地抠住头皮：“……我还没攒够钱，可是安绮却不想再干下去了，她说她怀了我的孩子，催我带她去见我父母。她说她已经没有亲人了，以后我的父母就是她的亲人，她会……好好地孝敬他们……”

青空与费永年对视，这难道就是导致他行凶的根本原因？

果然只听郑建斌接着道：“我在老家是有未婚妻的，只等着回去摆酒了，我怎么能带安绮去见父母？再说，安绮早就不是处女了，我讨她做老婆，那不是要一生一世戴绿帽，被人看不起？她说怀了我的孩子，可万一不是我的呢？我不能让老家的慧慧失望，让父母弟妹被村里的人戳脊梁。所以我一时头脑发热，给安绮下了药，因为憋了一股火，就趁她昏过去的时候和她做了。我听老一辈人说过，刚怀孕的时候最要小心，要是没注意行了房，孩子就可能会掉了。我只是不想要这个孩子，不想带安绮回老家，我没想过要她死……”

没想过？！连默送基因序列比对结果上去给青空时，听见他和费永年讨论审讯结果，不由得嗤之以鼻。郑建斌怀疑安绮的孩子不是他的，可两组序列的比对结果显示他和安绮所怀的孩子，有百分之九十九以上的亲缘关系。

“那么大剂量的伽马-羟基丁酸，别说是成年女性，即使是大象也受不了。何况一个孕妇，在药物性过敏休克后，他竟然还想通过性行为致其流产，正是他的这个行为，导致她没有在第一时间得到救治，最后因过敏休克伴随窒息死亡。他既没有报警，也没有实施急救措施，而是冷静地回到楼下以化名开了房间，等到早晨信以诺发现尸体报警后，才趁乱退房离开。完全是冷血无情的谋杀！”

酒店大堂提供的监控录像证实，在警方到达酒店后，他才前去退房。前台接待员甚至还记得他在结账的时候打听酒店出了什么事，一大早的扰攘不已。

他也许是临时起意，但最终的结果，是一条鲜活年轻的生命和一个还未成形的小生命，齐齐被他扼杀。

不可谓不残忍。

案件告破，终于可以令死者安息。

沈安绮的遗体，最后由那个不肯至警局做笔录的女郎领走。

她说姐妹一场，总要送安绮最后一程。

令所有人唏嘘不已。

连默透过草帽的孔洞，凝视头顶的天空。

案件告破，小黑郑建斌被移送检察院后，信氏兄弟亲自到刑侦大队向费队和青空等参与破案的警员表示感谢，不但奉上大红锦旗，还备下了酒席。

不过费队只收下锦旗，婉拒了信氏的宴请。

然后，就趁着周末，案件告破的间隙，叫上刑侦队的队员们，到农家乐来舒展身心。

连默惫懒，躲在一边晒太阳。

那头，农庄唯一的水泥路上，陈况的黄色路虎揽胜越驶越近，一辆低调的雪佛兰商务车不紧不慢地跟在后头，不多时就来到鱼塘边上。

原本两个队里的女警员正在将腌好的牛排羊排从保温箱里取出来，往户外烧烤架上放，见陈况来了，不由得齐齐停下手中工作，脆声喊："陈师兄！"

陈况笑着下车，朝在阳光下晒出一额汗的费永年吹了声口哨："老费，我来蹭饭，可欢迎？"

后头的商务车停在陈况边上，司机下车，小心翼翼地捧出一整箱葡萄酒，从水泥路基铺设的台阶上走下来："费队长，这是黄伟荣律师事务所送来的葡萄酒，产自法国普罗旺斯圣玛德琳修道院，并不对外销售，请费队和大家笑纳。”

连默闻言在心里头“嚯”一声。

圣玛德琳修道院的修士们酿的葡萄酒，不知道费队会否留下一瓶，让大家尝尝源自中世纪至今的，古老酿酒传统技艺酿造出来的美酒?

倏忽头顶传来青空的声音：“连默，来吃烤肉串！”

“青空厚此薄彼，怎么不叫我们?”小刘大声抗议。

“来来来，都来试试你们费队的手艺，老费的烤肉可是一绝，轻易不肯施展！你们有福了！”

空气中满是笑闹声，连默闭上眼睛，享受这宁静安闲。

第二章

星陨

邻居家有好几天没吵架了，连默有些不适应，即使那剧烈的争吵没有响起，隔着墙壁，她也总有摔家私掼碗盘的幻听。

大嗓门的邻居太太最近很沉默，仿佛忽然失去了斗志，整个人都阴沉沉的。

另一家则换了租客，原来的一对小夫妻许是买了房，抑或寻到环境更好的，价格更合理的房源，在连默某天下班回来时，已经人去楼空。

新搬来的租客是两个年轻女孩儿，看样貌，也就是二十二三岁，大学刚毕业的样子。在楼道里见了人，总是一副笑眯眯的样子。东西都安置妥当了，还捧着藤篮，装了酒心巧克力，挨家挨户地送糖。

最近很沉默的三室根本没人应门，连默正好在家，听见两个女孩子敲门，便去应了门。两个女孩儿笑着双手奉上巧克力，又说大家以后就是邻居了，远亲不如近邻，大家守望相助，彼此也有个照应。

连默接过巧克力，礼貌道谢。

两个女孩儿十分识趣，见她一副居家打扮，又是刚睡醒不久的样子，寒暄几句就又捧着藤篮往楼上去敦亲睦邻了。

连默等她们转上楼梯，这才关上门返回客厅，拆开透明的玻璃纸，取出里头樱桃红包装的巧克力，剥除包装纸，将巧克力扔进嘴里。外头薄薄的一层黑巧克力微微苦涩，在口腔的温度作用下很快融化，整颗新鲜樱桃与特酿的甜酒霎时丰盈了味蕾，轻轻一咬，甜脆的樱桃便在舌尖迸出甜美的果汁，与甜酒融在一处，醉人的甜蜜简直不可思议。

连默微微闭上眼睛，体味巧克力带来的美好感受。

连默叹息，活着真好。

待隔日上班，那美好的感受仍未散去，连主任都在百忙中分心问她："连默有什么好事要和我们分享？一整天都看你笑嘻嘻的。"

连默歪了歪头："最近都没有大案要案，工作压力锐减，算不算好事？"

主任听了哈哈笑："算，怎么不算？"

不知是否因为夏季的来临，天气燠热难当，连死神都仿佛放了假，法医实验室里最近接手的，无非是死因鉴定这样的工作。

夏季来临的同时，最值得所有人松一口气的是，五·一四特大火灾案终于告破。

因对工地工头训斥不遵守安全生产规则，没有戴安全帽、系保险带，致使当月薪水被扣而心怀不满，一名刚从老家出来，到工地打工的工人，晚上在工头住的工棚外淋了一桶油漆工常用的"香蕉水"，随后点了一把火。

他的本意也许只是吓唬吓唬工头，让他吃点儿苦头，哪曾考虑过整个建筑工地原本就堆满了易燃易爆的建筑施工材料，而连成一片的工棚里则住了百多名熟睡中的工友。当日正是天干物燥的时候，大火在助燃剂的威力下，猛地蹿烧起来，火借风势，风助火威，一下子就燎着了工人们晾在外头的衣物，点燃了本就简陋的临时工棚。以彩钢板搭建的工棚迅速受热，如同巨大的烤箱，很快便烧成了一片。工人们在浓烟中四下逃散，惊慌失措的呼叫声此起彼伏。

他看到这地狱般的情景，这才感到害怕，慌忙趁乱逃离现场，连夜潜逃回老家。

由于火灾中的十一名死者多是独自到城里打工，无法第一时间进行基因比对，所以只好等工地方面联系到在火灾后没有签到的工人家属，并安排他们到埠采集基因样本，进行比对，以便核实死者身份后，领回遗体。

最终确认了十一人的身份，与工地方面的名单一核对，还有三人失踪。

又一一同在大火中幸存的生还者进行面谈调查，最终将目标锁定在失踪的油漆工身上。

锁定目标以后，重重疑点迎刃而解，很快五·一四特大火灾案水落石出。

十一名火灾中的死者得以安息，其他受伤的伤员在将近两个月的治疗后，伤情较轻的已经先后出院，几位重伤员则转入康复治疗阶段，一切都在朝好的方向发展。

只是也有不满处理结果的家属，挑了白色横幅在工地外头，要求赔偿。本埠的新闻节目做了追踪报道，采访了施工方与家属。死者家属觉得是在工地上被火烧死的，工地应该承担责任；施工方则认为是罪犯纵火，导致这场惨祸，工地方面也是受害人。已经出于道义，给予死难者家属一定的经济补偿，没道理要他们承担责任。双方各执一词，僵持不下。

费永年也看了新闻，摆摆手：“你们看着好了，这事且有得闹。”

众人默然。农村里生了儿子，养大后进城打工，老家的亲友都指望着他能在城里赚钱风风光光地回去孝敬父老，如今活生生的人被一把大火烧成了焦炭，一个家顿时失去了主要经济来源，如同顶梁柱倒了般令人绝望。在建工地的投资方除了十一位死者的抚恤金，还有几十个轻重烧伤患者的医疗费用要支付，前期的急救与后期的康复治疗，林林总总加在一处，不是一笔小数目。

然而这已经不在他们刑侦大队的职责和关心范围内了。

案件告破，专案组就地解散，所有参与调查的人员都回到原单位原部门。费永年的回归受到了大家的热烈欢迎。

“费队这次立了功，要请我们吃饭啊！”

“嫂子烧的红烧肉最好吃，要不费队请吃红烧肉也行。”

又有人打趣青空：“卫青空这下可没那么自由自在了，费队回来了，有师父压阵，没时间偷懒喽。”

青空笑起来：“师父回来了，我是心不慌了，气不喘了，胆也壮了，有主心骨了！”

费永年听了抬手就在他后脑勺拍了一下：“都回去工作！”

众人一哄而散。

费用年从档案室里搬出一个箱子来，放在卫青空的办公桌上。

“最近外头风平浪静，正好可以给你找点儿事做。”

青空打开箱子，看见里头码得整整齐齐的卷宗，全都是陈年悬案的案卷。

“你好好看看，也许换个视角，这些案子就破了。”费永年沉声说。

这些悬案，有些是他前任队长留下来的，有些是他手上的。这个箱子里的案件，有些过段时间，获得了新的线索，也许就侦破了，而有的，则可能最终都找不凶手，成为永远的悬案。

年轻的时候，满腔热血，费永年对自己说一定要还每个受害者以公道，可是随着年龄的增长，他不得不承认，正义女神并不眷顾每一个人。

青空看了一上午卷宗，现场采集的物证照片，证人陈述，受害者背景调查，只觉得生死无常。前一刻还是前途充满光明的优等生，下一刻却被发现倒在黝黑无人的死巷的血泊中。十年过去，凶手仍未找到。

青空的心情前所未有地低落。吃午饭的时候，端着餐盘坐到连默对面，拿筷子将一只红烧鸡腿戳得满是洞眼，食不下咽。

呆子如连默，也不由得多看了他两眼，犹豫良久，才轻声问："有心事？"

青空终于等到连默发问，叹息一声放下筷子，回问："法医每天要面对各种各样的尸体，难道不会觉得压抑，了无希望？"

连默愣然片刻，随后有些同情地摇了摇头："不会。"

青空哑然。

有刹那工夫，青空有双手握住连默肩膀前后摇撼，咆哮"你怎么能不理解我的心情"的冲动。

不过很快青空就压下了这种很幼稚的冲动，虚心向连默求教："怎样才能做到不被案件左右情绪？"

连默想了想，缓缓摇头："不可能全然不受影响。只有不断地调解自己，学会释放负面情绪，让自己能继续面对生活，面对工作。"

顿一顿，连默补充："我喜欢吃些甜食，可以用来舒缓情绪。"

青空一手支颐，觉得这样的连默很可爱。

小心翼翼的，仿佛生怕令他本就不佳的心情更加低落。

青空的心情倏忽就好了起来。

坐在餐厅另一头的法医实验室主任遥遥看着两人，欣慰地一笑。他手下，连默是一员得力干将，唯有不好交际这点令得年轻女孩错失人生许多风景。单位里的男同事平日里工作高度紧张，闲暇时候总喜欢年轻活泼充满朝气的异性。似连默这样有点呆、不太浪漫的女孩子，难免有些吃亏。幸而新来的卫青空是个阳光开朗的年轻人，正好与低调内敛的连默互补。

主任想着想着就仿佛看见了美好的远景。

只是这温馨美好的远景很快被放下餐盘，大步走到青空连默身边的费永年所打破。

“卫青空，吃完饭了没有？正好连医生也在，那就一起吧。有案子了。”

信以谌看着几张熟悉的面孔自酒店贵宾专用电梯出来，踏足行政楼贵宾专用休息室，忽然生出一股滑稽可笑的剥离感。

信氏大抵是流年不利，抑或犯了太岁？开年以来竟仿佛从无一日太平。先是参与投资的项目在建工地失火，随即弟弟以诺清晨醒来发现身边有一具裸体女尸，成为凶嫌，这次换他自己做了回第一个到达案发现场的目击证人。

“信先生，又见面了。”费永年淡淡地说。

连默今日第二次同情地望向这个英俊男子。

“信先生，请说说案发经过吧。”费永年引了以谌往贵宾休息室的一角走去，示意青空和连默进现场取证。

连默遂带了助理，套上一次性鞋套，拎着法医取证箱进入休息间内的更衣室。

酒店的贵宾休息室布置得十分舒适，除了沙发以外，在休息间内还设有一张贵妃榻，可供休憩小睡。一旁的矮脚圆几上搁着一杯偶尔还丝丝缕缕泛起气泡的液体。

青空先将之拍照存证，然后戴着手套，轻轻执起郁金香形状的高脚酒杯，略略凑近鼻端，用另一只手微微扇动酒杯上方空气，仔细闻了闻：“是香槟酒。”

然后接过连默递来的取证容器，将里头的香槟酒倒出来封存，这才将香槟杯装进塑料物证袋中，密封标号，由连默装进物证箱里。

两人绕过贵妃榻，在更衣室半敞半合的百叶门缝隙间，看见琳琅满目却又凌乱狼藉的华服美饰，以及穿着白色真丝长袍，双眼暴突，眼底充血，面孔肿胀可怖的女受害人。

青空先行拍照，接着蹲下身来，撩开散落在尸体肩颈上的头发，露出缠绕在死者颈部的祖母绿项链。

连默“咦”一声，弯腰靠近青空，细细观察那串颗颗宝石都有拇指大小的项链。

“人类早在古埃及时代就已经视祖母绿为珍贵的宝石，它是埃及女王克里奥帕特拉的最爱，有绿宝石之王的美称。元末明初的藏书家陶宗仪在他所编撰整理的《辍耕录》中曾经将之音译成‘助木刺’……”

青空听得十分有兴味，倒是连默身后的实习生轻咳一声，提醒连默所为何来。

连默“嘿嘿”一笑，开始测肝温估算死亡时间。

一边犹不忘对初步采集完现场证据的青空说：“用昂贵的祖母绿项链做凶器，并且将这么多珠宝首饰都留在现场，没有带走，可见不是为财起意。”

青空点头同意连默的观点。

休息间里并没有大面积挣扎打斗的痕迹，也没有破门而入的迹象，死者显然认识凶手，对其未存一点儿戒备。凶手很可能是一时冲动，顺手用祖母绿项链勒死了受害人。

连默小心翼翼地解下缠绕在死者颈部的项链，装进物证袋中，又取了死者指甲下的样本，这才示意可以将受害者的尸体装进尸袋中，运回法医实验室做进一步的尸检。

外头信以谌细细地向费永年回忆了案发的经过。

由于早前的五·一四大火，以及弟弟以诺卷入命案的双重影响，他深深觉得有必要提升信氏的形象，所以请与自己传出过绯闻的新晋康城影后肇莹莹出任信氏最新代理的进口实木地板的品牌形象代言人。

肇莹莹原本已是内地花旦里身价最高的演员，如今获封康城影后，身价更是直逼内地一线大腕，对商业代言的挑选也是慎而又慎，务必要突显其国际影后的身份。

早前的那一阵绯闻，信以谌也不追究到底是谁在后头推波助澜，毕竟肇莹莹在公开场合从没有说过两人是男女朋友关系，每次都娇滴滴地向媒体记者表明：我和信以谌信先生只是朋友，请大家不要过多猜测。

后来媒体又拍到肇莹莹与俊俏的武打小生同进同出，遂将注意力都转到武打小生身上，信以谌这才觉得松了口气。

这一次信氏请肇莹莹出任代言人，她大约觉得前段时间信以谌冷淡了两人关系，便摆出一副公事公办的架势，叫信氏去与她的经纪人商洽，又提出若干苛刻条件。信以谌看过合同，觉得这些琐碎的条款无伤大雅，因此也就同意了。

今日在本埠屈指可数的白金五星级酒店召开品牌代言发布会，请各大媒体到场采访，就是肇莹莹提出的条件之一。

连天价代言费都付得起的信氏，自然也不在乎这些，遂叫公关部门租借了酒店最大最豪华的会务厅，将场地布置得豪华气派又不失精致典雅，务必要突出肇莹莹新晋国际影后身份应有的排场。

代言发布会定在下午，肇莹莹提前一天已经住进酒店天桥景观套房，享受总统套房的待遇，洗桑拿，全身按摩，米其林一星厨师的私人定制晚餐……

公关经理忍不住向信以谌嘀咕："比真正的奥斯卡影帝影后还难伺候。"

信以谌听了也只是微微一笑。

有些人最喜欢得势的时候仗势凌人，可是总有青云直落的时候，到时当初做过的事，说过的话，终是要为之付出代价的。

原本他中午在酒店的餐厅定了位子，请肇莹莹赏光一起共进午餐，可是她的助理回复说，莹莹姐喜欢昨天那位米其林大厨的手艺，决定留在套房里，继续享受私人定制午餐。

信以谌知道这是肇莹莹摆架子，希望他去哄她。只是他真心不耐烦花了天价还要亲自去哄女艺人，遂打发公关送了一大束刚从荷兰空运来的绝代佳人郁金香去，祝她午餐胃口好。自己则与公关一道，享用了行政总厨亲手烹制的美味剔骨牛排。

饭吃到一半，肇莹莹的助理气喘吁吁地跑到餐厅来，说莹莹姐忽然想吃最近网络热评的金箔冰激凌，她实在不知道哪里能买到。

信氏的公关经理叹一口气，抛下餐巾，随那小助理去找在本埠难觅踪迹的土豪金箔冰激凌去了。

信以谌觉得肇莹莹做得略微有些过分了，遂慢条斯理地用完自己那份午餐，对料理午餐的行政总厨表示感谢后，这才从餐厅出来，打算去天桥景观套房和肇莹莹沟通一下。

要求不是不可以提，然则像金箔冰激凌这种只存在于网络，却并未进口过来的甜品，折腾助理和公关满城去找，实在没有必要。

等到了天桥景观套房，他却发现肇莹莹并不在套房内，只有经纪人满头是汗地前来应门。

“信先生，您随意，我还有事！”肇莹莹的经纪人是她的亲姐姐，据说两人感情很好，从肇莹莹出道，经纪事务就一直由她打理。传闻她为照顾妹妹，还为此辞去了小学音乐教师的工作。

“需不需要帮忙？”信以谌见她满头大汗，忍不住问。

她点点头：“那真是太好了！我在找莹莹的手机，是她代言的手机品牌的最新型号，厂商前几天才送来。她吃完午饭到楼下贵宾休息室去做准备，准备差不多了想玩会儿手机，结果怎么都找不到……”

经纪人搓了搓手：“大概她为了睡觉不被吵醒，调成静音模式，睡醒以后没调回来，所以我打了好久也没听见声音。楼下没找到，房间里也没有。找不到手机，莹莹要发脾气的……”

信以谌不忍见这个比肇莹莹年长几岁，面容与肇莹莹相仿，却明显憔悴很多的女人如此焦急，遂和她一起，在偌大的天桥景观套房内寻找起来。

“抱歉给你添麻烦了。”经纪人翻开沙发垫摸了一圈，又将沙发垫放回去。

“你最后一次看见她用手机是在什么时候？”信以谌引导她回忆。

经纪人停下手，捏着眉心拼命回忆，然后“啊”的一声：“我记得是在吃午餐的时候，她还拿着手机拍照，说要和粉丝分享……”

两人一起到餐桌旁分头寻找。

餐桌上的餐具还未收走，说是喜欢，可肇莹莹吃得并不多，一整块香煎龙利鱼只吃了一角，倒是蔬菜沙拉吃了大半。

“莹莹要保持身材。”面对剩下颇多的午餐，经纪人有些赧然地解释着，垂头弯腰到餐桌下面找手机。

信以谌微微眯了眼，睃视长桌，蓦地大步上前，将插在玻璃花瓶中的大把绝代佳人郁金香通通抽了出来，扔在一旁的垃圾桶里，随后拉高西装袖管，解开袖口，挽高袖子，伸手从花瓶中捞出肇莹莹“不见”了的手机。

经纪人从餐桌底下爬出来，抬头看见他手里湿淋淋的手机，十分尴尬。

“你稍微休息下，我替你把手机带给肇小姐。”信以谌不是不生气的。就因为他没有亲自上来哄她开心，她就这样折腾经纪人和助理泄愤吗？

所以他是带着怒气来到楼下贵宾休息室的，敲门见无人应声，以为肇莹莹还是耍大明星脾气，故而也没当一回事，自行推门而入。

“然后我就发现肇小姐倒在更衣室里。”信以谌叹一口气。

代言人发布会的主角，离奇身亡，外头还有一大堆记者守着，他简直可以想象会有多热闹，多轰动。

连默戴着透明树脂护目镜，微微踮脚，上半身悬在不锈钢解剖台上方，仔细观察躺在解剖台上的尸体。

肇莹莹生前，是公认的美人。一张脸真的只有巴掌大，尖下颌，丰润的嘴唇，加上一双水汪汪又充满野心的眼睛，叫人明知她的危险，却忍不住想要探究与挖掘。不过与银幕上的形象大相径庭，现实中的肇莹莹，皮肤偏黑，鼻梁两侧还有成片的雀斑，并不是个白皙如玉的女子。

“我看过你演的电影。”连默对着冰冷苍白的尸体说。

“我也看过。”实习生举手。

连默直起身，颇有兴致地问：“哪一部？”

实习生没料到她会有兴趣，顿一下才道：“名字忘记了，只记得她演一个杀气腾腾的女杀手，倒是演得入木三分。”

连默点点头，她看的也是这部。

肇莹莹在电影里扮演一个心狠手辣的女杀手，她穿一套黑色紧身皮质衣裤，脚踩高跟鞋仍健步如飞，身手矫若游龙，举手投足间有种舞蹈般的美感，很是张扬。不算是她演得最好的角色，却成功地令观众记住了她。

连默拉过聚光灯，探照尸体的颈部，招呼实习生过来一同观察。

“能看出什么来？”

实习生略略紧张，在脑海里飞速翻找：“环绕死者颈部的勒沟位于甲状软骨部位……”觑了连默一眼，见她没有打断自己的意思，继续描述自己的观察结论，“勒沟的深度比较一致，没有中空和提断，嗯……能看到勒绳打结的结痕。”

连默听后笑笑：“说起来，绞刑是世界上最古老的刑罚之一，早在公元前，就有犯人被处以绞刑的记载。当时的绞刑和现在伊朗、约旦等阿拉伯国家所施用的绞刑又有所不同，是拿绳索套在犯人颈上，绳索的左右两头各穿过一根绞棒，执在两个行刑者的手中。行刑者站在犯人身体两侧，双手握了绞棒，朝反方向旋转，将绳索越绞越紧，犯人就在恐惧中感受自己被一点点绞死……”

“真残酷。”实习生倒是头一次听说。

连默耸肩，所以当今世界，绝大多数国家都已经废除了绞刑。

费永年带着卫青空进解剖室的时候，连默刚刚将死者的胸腔打开，取出肺部称重："有明显的肺部瘀血与肺气肿……"

实习生在一旁拍照并记录。

"死因确定了？"费永年面不改色。

"机械性窒息死亡。"连默瞥了一眼磅秤上的读数，报给实习生。

"有什么进展？"

"这里。"连默放下肿大的肺部，引两人至解剖台旁边，伸出戴着手套的右手小指比画了一下，"看见了吗？"

"勒沟。"费永年凑近仔细观察，随即摸一摸下巴，"好像不止一条？"

"是，不止一条。"连默肯定。

实习生"啊"了一声。

"死者颈部有两条勒沟，一条较深较清晰，另一条则略浅，没有那么明显的勒沟。较深的那条掩盖较浅的那条，两者最明显的区别是，勒结的用力方向相反。较浅的勒沟勒结向左用力，而较深的则向右用力。"

"你是说犯人有可能是两个人？"

连默摇头："人的惯用手是固定的，习惯用右手的人，右手就更灵活有力些，习惯用左手的人则反之。一般情况下不会改变用手习惯。但是也不能排除有人左右手一样灵活有力的情况。"

费永年点头表示知道了。

"我在死者的指甲下面提取到了人体组织，已经送去实验室检验，一有结果就通知你们。"连默头也不回地继续从剖开的尸体中取出死者的胃。

费永年与青空遂返回楼上办公室，站在线索板前，分析案情。

根据助理、经纪人、信以谌三方的陈述，基本已经确定肇莹莹的死亡时间在中午十二点至十二点三十分之间。她吃过午餐，下楼至贵宾休息室准备代言人发布会，忽然想吃冰激凌，遂打发助理去买，随后又发现手机不见了，便支使经纪人回房间替她寻找，到信以谌在餐厅用餐结束，至天桥景观套房，帮经纪人找到手机，下楼发现肇莹莹的尸体，这中间不过是短短的三十分钟。

“酒店行政楼的负责人表示由于入住行政楼的名人政要比较注重隐私，所以行政楼只在大堂以及底楼电梯入口设有监控摄像头，其他区域并没有监控探头，所以，我们只能大致知道案发时有什么人出入过行政楼，却不能缩小嫌疑人的范围。只要是当时在行政楼内的人，都有可能。”青空这时候不免对酒店保护贵宾隐私的制度产生一丝抱怨。

“包括信以谌在内。虽然有餐厅经理能证明他是在十二点十分左右吃完饭的，但从餐厅到天桥景观套房之前，他完全有时间先下到贵宾休息室作案，然后再去天桥套房，佯装才刚吃完饭。”费永年点一点线索板上信以谌的名字，“只是，动机呢？信氏接二连三地出事，若真如他所说，想要提升公司形象，这时候就绝对不会允许再出现一点点不利公司的消息。他花了天价请肇莹莹出任品牌形象代言人，更离谱的条款都接受了，没理由在这个节骨眼上忽然动了杀机。”

这一点青空完全赞同。

杀人是需要动机的。

这时小刘放下电话，举手：“费队，青空，根据酒店总机提供的信息，死者在中午十二点零五分时，通过贵宾休息室的座机，拨打过一个本地手机号码。我核对了移动运营商提供的该号码所有者的信息，是伪造的身份。”

费永年轻轻在肇莹莹的照片下方敲了敲。

肇莹莹就像是一条美丽的变色龙，在电影里是美丽泼辣的形象，在媒体眼中是八面玲珑野心勃勃的形象，在粉丝心目中是高贵冷艳凛然不可侵犯的形象，而在她身边的工作人员心里，则是不折不扣难伺候麻烦多脾气坏的形象。

“继续追查手机号码这条线索。”费永年交代小刘，又对青空道，“我去酒店调查当时酒店行政楼内的客人名单，你去死者的工作室，了解一下肇莹莹有没有什么麻烦。”

青空领命，先下楼去找连默：“一起去？”

“我做一下收尾工作。”连默无视实习生在一旁挤眉弄眼的表情，慢条斯理。

“好，我在停车场等你。”青空笑笑。

连默看起来仿佛有点呆的，不擅交际的样子，对工作却足够投入，只消以工作为借口，她总归会乖乖跟他走。青空想一想都忍不住要偷偷得意。

青空在车上等了大约十分钟，连默便从大厦里走出来。脱去白色一次性防尘服的连默穿一件白色浅圆领纯棉套衫，牛仔长裤，脚踩一双白球鞋，浓密的黑发扎成一束马尾辫，很轻松随意的模样，全然看不出她的职业法医身份。

待连默上了车，青空叮嘱她系好安全带，这才驱车驶往肇莹莹位于市中心的工作室。

肇莹莹原本将经纪约签给国内著名的演艺经纪公司，但那五年她一直都发展平平，演来演去无非都是些丫鬟侍女的配角。肇莹莹不堪忍受比自己晚出道的女星都已经上位成名，遂与演艺经纪公司撕破脸皮，对簿公堂，带着一班工作团队从公司出走，成立了自己的工作室。

不得不说，她有野心，更有手腕。先是凭借一口流利英语，在某次国际品牌赞助的商业活动上，结识了该品牌的亚洲区总裁，两人进而打得火热，出双入对，如胶似漆。演艺圈惯会见风使舵，见她忽然有富豪为伴，寻她演戏做代言的也就猛然增加。

肇莹莹有了挑选的余地，先演了两个风尘侠女，随后又出演狠辣女杀手，终于凭借此片红了起来。人红，自然是非也多。一忽儿传她与总裁分道扬镳，一忽儿传阔少夜宿香闺，总之时刻站在风口浪尖，占据娱乐新闻头版头条。

肇莹莹工作室外头已经围满了记者。原本约定好的品牌代言人发布会突然取消，记者们就纷纷叫嚷开了，说等了那么久也不见发布会开始，说取消就取消，连个合理的解释也没有。记者们肯来采访，也是给肇莹莹面子，她要是这样耍大牌，以后大家就联合起来，抵制她的采访。

由于肇莹莹的经纪人和助理以及信以谌都被带回刑侦队协助调查，留在酒店的信氏公关经理看到失控的场面，几乎都要哭出声来。只是过不多久，就有记者从行政楼内部获得消息，今天发布会的主角肇莹莹，离奇死亡。

记者们顿时炸了锅。

女明星离奇死亡，这是多好的卖点！他们在现场的人务必要获得第一手资料！一部分人继续死守酒店行政楼，另一部分记者则直奔肇莹莹工作室，试图在第一时间采访到与她关系密切的工作人员。

连默和青空到达工作室时，门口的记者们正处于哪怕工作室窗后有人影晃过，都会举着长焦镜头一阵狂拍的状态。

连默看到这混乱的场面，微微缩了缩肩膀。

这时忽然有人敲一敲车窗。

青空望出去，只见陈况站在车旁，做出“跟我来”的手势。

饶是陈况这样见惯各种奇突状况的人，也对信氏兄弟接二连三地被卷入命案感动头疼。信二少的事，多亏黄律师危机处理得当，未让媒体有机可乘将信二围个正着，大肆报道。然而信大的事，显然捂是捂不住了的。

原本信以谌就同肇莹莹传过一段绯闻，只不过肇莹莹从来不是坐等机会上门，在一棵树上吊死的性格。见信以谌对她并不热络，她在公开场合笑称两人是好朋友，他不反驳也不认同，一副云淡风轻清者自清的样子，就知道信大不是轻易就能被她拿捏在手心里的人物，即刻转投武打小生的怀抱。

武打小生绝非寻常武术班子出来的小龙套武打替身这么简单。陈况虽然不混娱乐圈，但他们私人调查的圈子里，有那么几个人，专接艺人的委托，所以陈况约略知道武打小生是国际功夫巨星的私生子。功夫巨星与原配结婚三十年没有孩子，这个私生子将是他偌大家业的继承人。

陈况接到黄律师的电话，先推了一个已经约好的饭局，随后驱车赶到肇莹莹的工作室。等了一会儿，果然等到卫青空载着连默驶进停车场。

趁着记者们的注意力悉数放在工作室方面，陈况领着青空连默穿过停车场，转到工作室后面的一幢商务楼内，步入底楼一家餐厅，通过水淋淋气味不佳的后厨，直接进到肇莹莹工作室的后巷。

巷子前后都停着宽大的面包车，将整条巷子堵得严严实实的，以至于很少有人注意到肇莹莹工作室在巷子里留了个隐蔽的后门。

三人走过挂满巨大照片与海报的狭长走廊，来到工作室内。

工作室里正乱成一团，电话铃声此起彼伏。有年轻女孩子无措地缩在角落里抹眼泪，更多的人则在应对不断涌进来的电话。

经纪人肇玲玲红肿着双眼，一手紧握着手机，一手揪着发尾，在室内来回踱步，看见陈况带头的一行三人，她仅仅是嗫嚅了下嘴唇，便如同视而不见般，继续心事重重地踅来踅去。

青空上前与肇玲玲打招呼："肇小姐，我们来做些调查。"

肇玲玲点点头，以带着浓重鼻音的沙哑声音道："三位……请到会客室……"

她领着三人在会客室落座，又亲自为三人倒了热茶："……我们一定配合警方……"

倏忽便说不下去，哽咽着别过头去。

两个男人不便安慰，连默轻轻起身，过去握住了肇玲玲的手，牵着她坐进沙发里，又取了纸巾出来，递给肇玲玲：“请节哀。”

陈况向青空使了个眼色，随后对细声安慰肇玲玲的连默道：“我去外面抽根烟。”

青空起身：“我也去。”

两人一前一后走出会客室。

连默敛一敛眼睫，轻轻拍抚肇玲玲的肩背。

肇玲玲展开纸巾，胡乱擤了擤鼻涕：“莹莹从小就能歌善舞，爸妈把我俩一道送进少年宫，莹莹聪明，什么都一学就会。我性子慢，领悟力差，最后只学会了弹琴……莹莹的成绩是能上清华北大的，可是她偏偏喜欢表演，执意报考戏剧学院。爸妈拗不过她，到底还是让她考了。后来莹莹渐渐红了，爸妈不放心她一个人在外工作生活，我就过来陪着她……这些年……莹莹挺艰难的，外人只看见女明星光鲜亮丽的一面，谁知道这后头的辛酸艰苦？好不容易熬过来，总算是红了，谁能料到……我怎么向爸妈交代？”

肇玲玲再也说不下去，扑在连默肩膀上号啕痛哭起来。

外头陈况与青空穿过杂乱的工作室办公区，来到挂有吸烟室牌子的门前，敲了敲门。

里头一个烟嗓应：“门开着。”

两人推门而入，里头窗台上坐着个女人，短发，皮肤晒得发黑，精瘦，正在吞云吐雾。见两人进来，只是示意快把门关上：“否则肇小姐要发脾气。”

“最近日子都会很难吧？”陈况取出香烟，递给青空。

“难？”女人“嗤”地笑出来，“不会比以前更难，无非是再找份工作罢了。”

“肇小姐很难相处？”青空状似好奇地问。

女人在窗台上的烟灰缸里按灭了香烟，打量陈况与青空两眼，耸肩：“大肇小姐就是个面团，随人搓扁揉圆，再好相处不过。至于小肇小姐，呵呵！”

“怎么说？”陈况递上细长的香烟。

女人接过香烟，待陈况掏出打火机，燃上深吸一口，这才朝着办公区方向扬了扬下巴：“虽然人死如灯灭，一切已成灰，外面那群人估计都会装模作样说‘莹莹姐对工作人员如何如何好’，可惜这也无法改变肇莹莹是个贱人的事实。”

“听说她使手段踢走原本导演定下的女主角，接演角色，这才一举获得康城影后？”陈况成功扮演八卦男。

女人大约这些话憋在心里很久了，不吐不快，听陈况如此一问，嗤笑不已。

“她无非就是那两手罢了，坐导演大腿，陪导演吃饭喝酒，嘴对嘴喂制片人吃樱桃……在男人那里受的气，转过身来就朝我们工作人员发泄。画好了烟熏妆，转眼就说不喜欢，要画裸妆；搭配好的黑色晚礼服与别人撞衫，被媒体批评不好看，当场就甩脸子不肯上台……”

吸烟室的门忽然被人推开，肇莹莹的助理涨红一张圆脸，努力压低声音：“这么乱的时候，汪姐你能不能不要乱说话？！”

汪姐不以为然地冷哼一声：“我是不是乱说话，叫他们到外头私底下问一圈，看我说的是不是事实！小田你也别在这里装好人，肇莹莹半夜支使你去买听都没听说过的小吃的时候，你是怎么咒她的？如今都还在工作室没走，不过是等着大肇小姐发遣散工资罢了。”

助理小田一噎，气势去了大半，顿了顿才委婉了语气商量：“玲玲姐哭得上气不接下气，话都没法说，外头记者不停打电话进来，莹莹姐手上还有好几个代言合同，有厂家发邮件过来求证……汪姐，现在这里属你资格最老，你拿个主意，该怎么办啊？”

汪姐睇陈况和青空一眼，熄灭手中香烟："你就统一回复，还在接受警方调查，暂时无可奉告。"

青空见她打算去外间了，遂追问："汪小姐可知道，肇小姐与什么人结怨？"

汪姐敛去脸上的冷笑："肇莹莹得罪的人，简直数不胜数，只是我们这家工作室里的人，总归要靠她吃饭，她为人虽然刻薄，但在金钱方面一向很大方，年终的红包从来都比别的艺人给得多。如今谁还会跟钱过不去？你们要查，该去查那些和她有感情纠葛的。"

说罢从窗台上跳下来，走出吸烟室，主持大局去了。

三人按原路从肇莹莹工作室出来，回到停车场。

陈况挠了挠头，觉得有些棘手。

查有感情纠葛的，信以谌无疑会被提起。

"连默有什么发现？"他转头问看起来很沉静的连默。

连默想了想。

"肇小姐情绪很激动，我拉她的手时，按了按她的脉搏，她的脉搏很快，交谈时总是避免和我有正面的目光接触，看得出来她非常紧张。"

陈况与青空同意连默的观点。

肇玲玲只是脾气好，又肯全心全意地照顾妹妹肇莹莹的感受，但她并不具有八面玲珑为人圆融的处事能力。这一点在刚才工作室内乱成一团，她却躲在一边痛哭时，就能看出来。

"肇莹莹的工作人员透露的信息，比她自己以为的要多。"陈况欣赏连默这种不疾不徐，不动声色间已然探察到所需要的信息的本事。看起来温吞绵羊般无害的女孩子，却有着利刃般犀利的洞察力。这令他很愿意停下来多说两句，"首先，肇莹莹为人刻薄，做事比较过分；其次，肇玲玲空有经纪人头衔，实际一切都掌握在肇莹莹自己手里；最后，肇莹莹对待钱财比较大方，身边人看在钱的份儿上，愿意忍受她的坏脾气。”

连默沉吟，肇莹莹颈上的勒痕，第一次比较轻浅，看力度，足以造成窒息，但不能确定是否构成死亡。但覆盖在上头的第二次勒沟，则又深又重，足见是用尽浑身力气，狠命地勒杀。假使第一次没有致其死亡，那么这第二次也确保了肇莹莹必死无疑。

连默脑海里挣扎，究竟是两人协同作案，还是一个人，反复勒颈两次。

却听陈况道：“时间不早了，我再去找线人调查下。我相信酒店行政楼一定有人看见或者听见过什么，只是一时也未必会放在心上。酒店员工有时候会害怕因向警方泄露客人隐私而遭酒店辞退，所以我准备明天设法在行政楼订一间客房，以客人的身份进去调查。连默方不方便一起，为我做个掩护？”

原本半垂着头考虑问题的连默抬起头来，直望进陈况眼里。

陈况一笑，露出一口白牙。

“我需要经得主任同意……”

“没问题，我帮你问。就这么说定了。”陈况一拍肩膀，随后朝青空摆摆手，扬长而去。

陈况的线人是个五短身材的中年男子，理着板寸头，穿黑色T 恤，松垮垮繁花万朵的沙滩裤，趿一双夹脚拖鞋，脖子、手腕上都戴着粗重的金链子，手指上还有两只翡翠嵌宝方金戒指。有狰狞的猛虎文身自领口边沿透了出来，通身散发出一股绝非善男信女的气息，让人一望就心生畏惧，保持距离。

两人约在茶楼的包房中见面，他姗姗来迟，陈况已喝了两杯茶下肚。

他进得门来，看见坐在榻上喝茶的陈况，便“哈哈”一笑，拱一拱手：“况老弟，经年不见，别来无恙乎？”

陈况放下茶杯，起身迎上去：“孙兄，这一身莫非就是土豪标配？”

两人随即笑着拥抱拍打彼此肩膀。

待两人落座，茶博士送上茶水，退出包房后，孙生一边替陈况斟茶，一边问：“不知况老弟约我出来，所为何事？”

陈况早见惯孙生这等半文半白的做派，遂只是微笑：“有事向孙兄打听。”

“只要是况老弟相问，孙某一定知无不言，言无不尽。”孙生将胸膛拍得山响。

他与陈况，结缘于四年前的那桩碎尸案。当时他是夜总会老板，手下有一班年轻貌美的女郎，生意正红火，忽然间出了碎尸案，他场子里有两个女孩成为受害人。他本就不是什么良善之辈，又有势力阻挠警方查找真相，警方在调查时迫于上头限期破案的压力，令他一度成为嫌疑人之一。当时唯有陈况和费永年两人坚持己见，认为凶手另有其人。他后来花了大把钞票周旋，从此事当中脱身，却一直都记着陈况和费永年的好。

这些年他生意越做越大，总想着能报答陈费二人。然而费永年已经贵为刑侦大队队长，他不好轻易接触，免得坏了费永年的前程。倒是陈况，两人还时有接触。

陈况闻言一笑：“想麻烦孙兄打听一个人。”

“行，包在我身上！”孙生一口答应。

如今夜总会不过是他生意的一角，他手下有一批包打听，触角涉及政商演艺等各行各业。在咨询网络如此发达的时代，这些人所掌握的信息，庞大得令人瞠目结舌。

陈况报上肇莹莹的名字：“我要知道她生前的一切秘密，是否有金钱与感情纠葛，是否受到过威胁恐吓。”

“没问题！”孙生笑着朝陈况举一举茶杯，“难得况老弟有事请我相帮，孙某一定不负所托。”

“有劳孙兄了。”

两人在茶楼对饮清谈至华灯初上，孙生的手机响起一阵豪放的“我不做大哥好多年”，这才结束。

孙生接了电话，起身告辞。

临走之前，看起来粗豪的孙生略犹豫几秒：“况老弟，你别嫌孙某交浅言深，事情到底也过去四年了，难道你还内疚一辈子不成？人要向前看才对，你说是不是？”

说完也不理陈况的反应，“嗵嗵嗵”如同一座矮山般阔步走了。

陈况望着孙生宽阔的背影，微微一笑。

他也谈不上内疚一辈子，只是，四年前那个与他相爱的女孩子，一天不获得幸福，他又有什么资格，去展开一段新感情？

险遭强奸，被人猥亵，被迫拍下裸照，将她原本鲜亮幸福的人生，瞬间打落泥沼。他亲眼看见她赤身裸体地躺在建筑工地上，永远甜美微笑的双眼泛着冰凉的死灰，肉体虽然还活着，内心却已是死去的模样。

她有多痛苦绝望，他就有多愤怒痛恨。

他们本来已经到了谈婚论嫁的地步，出了这样的事，她彻底崩溃，除了父母，不肯让任何人近身，否则就凄厉地尖叫号哭不止。他想坚持两人的婚约，可是她的父母坚决反对。

“理智上，我们知道宁宁的事不能怪你，可是感情上我们接受不了。陈况，你走吧，别再来看宁宁了。”

他只能远远地看着她随父母离开本埠，去了国外，从此音讯全无。

这几年间，他不是没有遇见过美好的女孩子，只不过每每心底泛起的闷钝疼痛，都会将新生的情感，生生压下去。

陈况想，工作是最好的情人。

主任接到陈况的电话，听他说要外借连默一天，协助他做点儿调查，不由得哼了一声："你这是有事，才想起给我打电话啊，小陈。"

"主任您人忙事多，我怎能轻易打扰您。"陈况笑言。

"我能有多忙？"主任不承认，"连默外借你一天没问题，你可得全须全尾地把她还回来，还得请我这老头吃饭。"

陈况思及主任爱做媒人的嗜好，一阵头疼，可到底还是答应了："一定。"

"那好，你早晨过来接人吧。"主任把电话一撂，只觉得浑身都舒爽了。

当年的事，他如何不知道？只是他当时是副主任，人微言轻，有心无力，眼睁睁看着陈况辞职而去，费永年从热血青年变成如今沉稳沉默的样子。总要让陈况也像费永年似的，能家庭幸福美满就好了。

次日陈况果然在警察局门口接到连默。

连默素着一张脸，一双眼睛黝黑清澈，仿佛能倒映出整个世界似的。

陈况看着她木着脸，在路过同事的注目下，坐上他的路虎揽胜极光，忍住了笑才没去捏她的脸。

她看起来就像是想去做某件很重要的事，又不希望被家长老师同学发现进而对她评头论足的中学生，充满了以为别人注意不到的小戒备，有点儿固执，又有点儿可爱。

"系上安全带。"陈况提醒一句，便发动引擎绝尘而去。

留下大楼前一众师兄弟姐妹暗暗揣测，这是干什么去了？

陈况以土豪度蜜月为由，在酒店行政楼订了一间套房，和连默登记入住后，陈况就开始打电话给前台，一会儿要鲜花，一会儿要香槟，务必要叫服务员送到房间来。

服务员送进来后，陈况总不忘给为数不少的小费。

连默简直可以想象服务员出了套房，一边默默数钱，一边在心里说“人傻钱多速来”的情景。

果然隔了片刻，陈况又打电话要冰激凌与玫瑰香薰蜡烛后，按铃推车进来送火焰冰激凌和香薰蜡烛的，是两个服务员。

连默看着服务员将装有火焰冰激凌的托盘放在她面前的茶几上，淋上产自古巴的朗姆酒，瞬间空气中就充满了朗姆酒独有的令人愉悦的浓郁酒香。随后，服务员将之点燃，幽蓝的火焰在空气中摇曳燃烧，有种奇异的美丽。

另一个服务员则将装在篮子里的香薰蜡烛展示给陈况：“这是您要的蜡烛。”

陈况点点头，表示满意，从砖头厚的男式羊皮手包里取出一沓钞票来，分成两份，伸手递给两名服务员，却在她们堪堪要触到手时，一收腕。

“我和太太出来度蜜月，就是希望太太开心的。我太太听说影后昨天死在你们酒店里了，好奇得不得了，不知道是不是确有其事？”

连默刚打算去挖冰激凌的手一顿。

两名服务员面面相觑，有点儿犹豫，陈况也不催促，只摇了摇手里的小费。

其中一个点点头：“是有这件事。”

另一个接着道：“听说死得很惨呢。今天还有很多记者守在酒店内外，就想能找机会拍一张现场的照片。”

“本来有两个会要在行政楼的会议厅召开的，现在都改场地了。想一想是蛮晦气的，大家从全国各地赶来，参加聚会，谁料到住地出了命案，人人要留下联系方式接受调查……”

“是两个什么会？”连默抿了一口好吃的冰激凌，顺口问。

“一个是医学年度研讨会，一个是时装周筹备会。与会人员都挺不高兴的，因为这事，都走不了呢。”

“我们知道的也不多，因为昨天没当班。其实昨天那班知道的才多，都是第一手资料。”

陈况点点头，表示知道了，又打听了昨天是哪几个人当班，如何联系，这才将小费给两人。

连默已经吃掉大半个火焰冰激凌。

陈况垂睫掩住眼里的微笑，看着自己手里的电话号码和姓名，问连默：“你怎么看？”

医学年度研讨会啊……连默微微皱眉，会议厅离贵宾休息室都不远，会议中间以上洗手间为由溜出来三五分钟再返回，没有人会注意到。从肇莹莹陈尸的现场看，她显然是认识凶手的，因为门没有遭破坏的痕迹，尸体上也没有过多的防卫伤。她对凶手没有太大的防备，这点可以肯定。

问题是，究竟是谁？动机是什么？

“要不要再来一份？”陈况朝冰激凌扬了扬下巴。

连默摆手。这份冰激凌吃得代价太大了。

陈况见状失笑，伸手一弹记着电话号码的便签纸：“那走吧，我们叫上老费，去听听这几个人怎么说。”

连默发现陈况是个雷厉风行的人。

他一旦做了决定，就决不拖泥带水，务必一气呵成。

不像有些男人，哪怕答应的事，也拖拖拉拉，腻腻歪歪，务必让人等得失去耐心，不抱希望的时候，才去施行。

陈况恰恰相反。他先致电费永年，将酒店在案发当日有两个会务的事与费永年通气。

“这点和小刘核实的酒店当日客人名单一致。”费永年的声音在电话里显得有些遥远，“当医生的毕竟斯文些，即使不满警方调查，也尽量配合。那批筹备时装周的，就简直叫人肚肠根都发痒。”

十句话里有九句要带上英语，开口闭口动辄“亲爱的”，人人对肇莹莹嗤之以鼻，通通是掩饰不住的幸灾乐祸，又都有不在场证明。

人缘似肇莹莹这样不好的，也实属罕见。连默在心里纳罕。有道是：逝者已矣。人都已经去了，就不说死者的坏话了。然而关于肇莹莹的负面评论，简直层出不穷，除了肇玲玲还念着妹妹的艰难，人人眼里她都是一副刻薄嘴脸。

“有些人得势便猖狂，仗势凌人，不会做人罢了。”陈况收了电话，对连默说。他不愿意看见她脸上，对人性失望的表情。

连默颔首。

“你怎么会选择法医为职业呢？”陈况挑话头，引连默说话，免得她陷在负面情绪里头。

怎么会选择法医为职业啊……连默回想了一下，在跑车不算宽敞的，仿佛与世隔绝的车厢内，轻轻说：“也许是因为，害怕看见患者家属失望的脸吧。”

得知亲人患上绝症哀恸不已的脸，收到家人不治消息时绝望的脸，不得不做出生存还是死亡抉择的痛苦的脸……以及疯狂的狰狞的充满杀气的脸。

“读书的时候，教我们临床的教授，是个乐呵呵的老好人，为人极风趣，我们都特别喜欢他。”连默回忆起往事，“我们那天跟着教授查房，教授还告诫我们，医生是救死扶伤的职业，最要紧的是对患者负责，不能草率得出结论。后来经过一间病房，里头的老太太得的是老年性肺气肿、合并自发性气胸、呼吸衰竭和心衰。家里有两个儿子，大儿子当时在场，决定放弃治疗。老太太当时就过世了。家里的小儿子没能见上她最后一面，赶过来已经晚了。当场就发了狂……”

陈况一愣，不由得伸手摸了摸副驾驶座上连默的头顶。

这件医患纠纷十分轰动，在场的医生护士两死三伤，造成极恶劣的影响，引起一片哗然。

凶手因为故意杀人罪，最后被判处无期徒刑，剥夺政治权利终身。然而这终究不能挽救两位杰出的医务工作者的生命。

连默看一眼陈况的手，露出一点点仿佛释然，又仿佛沉重的笑来：“我在老教授的追悼仪式上，才真的意识到，救死扶伤，未必会得到相同的回报。老太太小儿子的妻女还到追悼会现场来哭闹……她们根本不知道，教授甚至不是老太太的主治医生，只是查房经过而已……”

一瞬间，心就冷了。

“我们那么多学医的学生在现场，也没能救回教授。”连默转头望着车窗外头，飞速倒退的街景，淡淡说。

“不是你的错。”陈况浑厚的声音，同样淡然。

连默将脸颊靠在微凉的车窗上。

是啊，不是她的错。

青空感到自己就像是幼儿园里被人抢走了刚开始熟稔，一起吃饭游戏的小伙伴的孩子，心有不甘，想冲过去推对方一把问：你为什么不和我玩了？又深深觉得自己幼稚，师出无名。

午后连默被送回刑侦队的消息很快传回办公室，青空忍一忍才没有立刻下楼去法医实验室找连默，而是和费队在楼上分析案情。

“……肇莹莹的人缘之差，简直闻所未闻。”小刘将在圈内与肇莹莹传过不和消息的艺人列了个名单，长长一串大牌小牌的名字令人瞠目，又指了指那个从贵宾休息室座机拨打过的手机号码，“这个号码在案发后一直处于关机状态，但早前有过短暂的开机，足够通过卫星定位找到所在位置，就在酒店行政楼内。现在又关机了。”

费永年当机立断：“小刘去申请搜查证，青空我们去酒店！”

一行人在取得搜查证后前往酒店行政楼，行政楼主管再不愿意警察打扰客人，也不能阻碍警方办案，只好配合警方，将卫星定位手机最后开机的区域清空，任警方搜查。

最终在行政楼的垃圾回收站里找到已经被彻底清洗处理过的手机。

那是一部低调的灰色手机，不是什么名牌，从盛满脏毛巾的垃圾桶里找到时，还在“滴答滴答”往下滴水，并且散发出一股漂白剂味儿。

连默接过青空递过来的装在物证袋里的手机时，忍不住皱眉。

机主显然通晓些法医鉴证的知识，知道漂白剂会破坏基因与细胞有机物，所以将手机整个儿浸没在漂白剂中，这样不但手机的存储卡会遭到破坏，残留的生物证据也会被破坏殆尽。

“我尽力。”连默没法保证一定能有所发现。

“我相信你。”青空没有立刻回楼上去，跟在连默身后，“上午和陈师兄出去，有什么收获？”

连默戴上手套取出手机，垫上快速吸水的纸垫，放在白炽灯下，促使水分快速蒸发。

“陈师兄……完全是土豪……”连默想了想，下结论。

青空一愣，随即忍不住哈哈大笑起来：“是是是！陈师兄确实是土豪！”

凭他们做警察的收入，是开不起路虎揽胜极光概念跑车的，要在五星级酒店行政楼开房查案需要写申请打报告，还未必能获得批准。陈况则是游走在黑与白之间的灰色地带，有时他调查的手段比他们更快速有效，而他们身为警察往往不得不受规范的约束。

“陈师兄从昨天当班的服务员处得知，她去给贵宾休息室送水果的时候曾经听到里面传来过短暂的争吵声。但是众所周知肇莹莹脾气不好，她不想在那个时候进去触霉头，所以就到走廊尽头的杂物间去坐了一会儿，大约坐了有十分钟的时间。等她从杂物间出来，信以谌和肇莹莹的经纪人已经发现她遇害。她由于害怕大楼经理察觉她偷懒，所以没敢把这件事告诉任何人。”

就在这短短的十分钟里，肇莹莹由生到死。

“她有没有听清楚争吵的内容？”

连默摊手："她说没听清楚，只注意到肇莹莹的声音比较高。"

"我家里有探索频道出版的推理探案和医学探案全集，你休息天有空的话，要不要一起看？"青空转而问。

连默的眼睛先是一亮，璀璨如星斗，随即略带憾色："陈师兄有周末两场法医鉴定专家李博士来华的专场演讲门票，他说一个人去听没意思，请我陪他一起去……"

青空扼腕。不知道此时亮出自己其实也是土豪的身份，告诉连默他也能搞到李博士演讲的门票，是否能扳回一城？可惜连默已然埋头到新取得的证据当中，没工夫理睬他了。

肇莹莹被杀一案，给媒体提供了大好素材，凡是她出演过的作品，合作过的导演制片演员，一一被罗列出来，又有好事者将她出道以来的绯闻男友拿来一一评论，甲的身家最厚，乙的年龄最轻，丙的皮相最好。信以谌不幸中枪，被评为皮相最好。

仍被拘在黄伟荣律师事务所做收发小弟的信以诺取了本大红封面记事本，将此事一笔一画记录下来。写罢停笔，拿白色六角形标志的钢笔"笃笃笃"敲一敲记事本封面："大哥你看，以后我也有典故可以说给侄子侄女听。"

信以谌懒得与弟弟抬杠，只瞥了他一眼，便继续埋头看报表。

这两天记者盯得紧，他只好先在家里办公。

"听黄伯伯说，陈况已经查到线索？大哥你不便出门，不如让我去吧。"以诺想趁机多与陈况接触。

"你喜欢陈况的工作？"信以谌被以诺扰得放下手中报表。

以诺认真点头："落拓不羁，简直不能更合我胃口。"

"自有他辛苦之处，你能受得了？"信以谌认真打量弟弟。他不再是一支棒棒糖、一粒果冻就能哄得他眉开眼笑的虎头虎脑的幼儿。

通过这为数不多的接触，信以谌能体会到陈况是个沉稳冷静又雷厉风行的人，做事有条不紊的同时，仍能保持敏锐的洞察力。如果以诺能多向陈况学学，未尝不是件好事。

“等此间事了，假使陈况不反对你跟着他，你就跟着吧。丑话说在前头，我和黄伯伯不会去替你说，能不能成功，全看你自己。”

以诺欢呼一声：“大哥，谢谢！”

随后跳起来：“我要回房间去做些功课！”

信以谌望着弟弟的背影，摇摇头，他这算是从上次的事件当中，彻底恢复了吧？

就在案件胶着，毫无进展的时候，法医实验室里，连默从烘干的手机上取得了重大线索。

手机的存储卡在被漂白剂浸泡过程中遭到了毁灭性的破坏，基本已经无法提取到任何有价值的信息。然而当连默取下手机电池后，在放电池的凹槽上，发现一枚清晰的指纹。

费永年一拿到指纹，立刻开始就当日酒店行政楼内接受过问询协助调查的客人以及服务人员的指纹进行比对。

很快手机上提取的指纹就与酒店内一位参加医学年度研讨会的医生的指纹匹配上了。

医生姓吴，很快就被青空和小刘从酒店请至警察局，接受拘传调查。

吴医生四十岁出头的样子，白净斯文，戴一副无框眼镜，穿天蓝色短袖衬衫，米色西裤，看起来十分镇定自若。看到青空摆在他面前的物证袋里的手机，露出十分惊讶的表情。

“我的手机怎么会在警官手里？昨天我为个人用品消毒时不小心掉进漂白剂里，反正也是快要淘汰的旧型号了，我也懒得再送去烘干修理，就直接扔掉了。”吴医生慢条斯理地解释，“这不犯法吧？”

青空微笑：“我们正在侦办的案件中，死者生前曾经拨打过您的这部手机的号码，不久之后就被杀害了。所以我们想请吴先生协助警方，厘清事情发生的经过。请问死者肇莹莹与你是什么关系？当日为什么致电给你？”

不知道吴医生是真的身正不怕影子斜，抑或演技过人，竟不慌不忙地取下眼镜，自随身携带的扁眼镜盒内拿出眼镜布，仔细地将镜片擦干净了，重又戴上，这才往后靠在问讯室的椅背上，耸一耸肩：“虽然在国内行医，也有医患协议的约束，不过向来都是有等于无的。如今肇小姐斯人已逝，我也不用担心肇小姐怪我破坏保密协议。不错，我认识肇小姐，她是我的老客户了，一直在我这里做微整形手术……”

青空与小刘对视一眼。

吴医生挑一挑眉：“微整形手术在演艺明星中间是众所周知的秘密，只不过大家心照不宣，不予拆穿罢了。箍牙，亮白牙齿，开眼角抽眼袋，注射肉毒杆菌……这些小手术都是司空见惯的，普通人也可以做。两位警官若是有需要，我可以给两位优惠价。”

小刘几乎要拍桌子了。

青空按住小刘的手臂：“吴医生还没有说死者为什么打电话给你。”

“我也不知道。”吴医生一问三不知。“我当时正在开会，会议期间所有与会者都需要关机。我索性就将手机留在房间里了。年会组织方能证明，我一直在会议厅内没有离开过。”

见两人并不相信的样子，吴医生又补充：“肇小姐以前一直都是在脸上小打小闹，做做光子脱毛这样的项目。不过她的身材比较干瘪，不够丰满，如果想打入国际市场，过于干瘪恐怕会影响角色的选择，所以她一直在犹豫是否要做隆胸手术。也许她终于下定决心了。”

青空与小刘从问讯室出来，小刘把手指压得“咔吧咔吧”响：“从他嘴里什么也问不出来！”

费永年轻拍小刘肩膀：“越是碰到这样的问讯对象，越要冷静沉着，不要被他影响情绪和思路。”

又交代青空：“按规定，拘传他十二小时，同时申请对他的房间和个人物品的搜查。”

然而还没等他们取得搜查证，就有人前来自首。

来自首的，正是被拘传中的吴医生的太太。

吴太太三十七岁，在她这个年龄段中，属于保养得相当好的，有着长及肩背的大波浪卷发，皮肤白皙，一张鹅蛋脸，大眼睛双眼皮，高挺鼻梁，丰润嘴唇，丰胸蜂腰，是个符合传统审美的美人。

她直直走进警察局，要求自首：“是我杀了肇莹莹。”

楼下负责接待的警员一听，立刻做了初步笔录并将她带到楼上刑侦队，移交给办案的警官。

吴太太坐在问讯室内，也保持身姿的优美挺拔，见到青空和小刘的第一句话就是：“是我杀了肇莹莹，与吴国良无关。”

“是否有关，由警方判断。既然你自己承认杀害了肇莹莹，还请详细讲述作案手段和经过。”青空客客气气地对吴太太说。

小刘对吴医生印象不佳，直觉凶手一定是吴医生，吴太太不过是出来替老公顶罪罢了。

吴太太半垂着眼帘，伸出右手把玩戴在左手手腕上的钻石镯子手表，一颗颗拨动上头镶嵌的钻石：“我和吴国良结婚十二年，虽然早已夫妻情淡，可他毕竟是我儿子的父亲。我们当初也曾经甜蜜过……前天他去开会，让我自己去逛街购物，可是我没兴趣一个人出去，就留在酒店的房间里，打算看电视打发时间。中午大约十二点刚过的样子，国良留在房间里的手机响了，我从来都不是很关心他工作上的事，毕竟他就是做这一行的，每天接触的女人形形色色，我哪里有工夫管？可是那天不知道为什么，我就鬼使神差地接了那个电话。”

吴太太露出茫然的神色，她不是一向不在乎的吗？为什么仿佛受了魔鬼的驱使，接了那个电话呢？

“……电话里的声音娇滴滴的，嗲声嗲气地问：吴医生，我想你了，你有没有想我啊？我当时就蒙了，反问她，你是谁？她在电话里顿了一秒，随即呵呵笑起来，说，吴太太吗？我是肇莹莹，能不能麻烦吴医生听下电话？我忽然就拗上了，告诉她，有什么事可以对我说，我会转告国良。她的语气很轻蔑……”吴太太模仿肇莹莹的声音语气，竟然惟妙惟肖，“这是我和吴医生之间的事，不方便对第三者说。她说我是第三者，第三者！什么样的人，会对别人的妻子说出‘第三者’这样的话来？！”

吴太太脸上的肌肉不自觉地抽搐，娇美的容颜这一刻如何也掩饰不住狰狞。

小刘看得一愣，忽然怀疑起自己的直觉来。

吴太太攥紧了手腕上的钻石手表：“我知道她就在酒店里，两个服务员进来打扫房间的时候，还在走廊上说她名气不大，脾气不小，比两个国际影视明星都难伺候，一会儿要香槟，一会儿要水果。说谁都不愿意去楼下休息室当班，谁去谁倒霉。我就想去当面告诉她，我不是什么第三者，她才是不要脸的那个！”

所以她直接下了楼，来到贵宾休息室，敲了门。

“就她一个人在，没有其他人。我说我是吴国良太太，她就“哧哧”笑，说原来你就是吴太太啊？难怪吴医生情愿待在医院里和病人护士一起，也不愿意回家了。换成是我，我也不喜欢死板无趣的木头美人。”吴太太眨一眨眼睛，“我忍不住要质问她，凭什么这么说？！凭什么离间我们夫妻的感情！她就抚摸着颈上的项链，转过身去，一边照镜子，一边嘲笑我，说那样的宝石戴在她身上，显得她更青春娇美艳丽动人，假使戴在我身上，不过是凸显了日趋老去的容颜。男人都喜欢年轻貌美的女人，没有例外。”

“所以你一怒之下，杀了肇莹莹？”小刘不相信就是为了这么点儿小事。

吴太太却点点头。

“我请她不要这么刻薄，她说她有刻薄的资本，男人都是贱骨头，就爱看她或嗔或怒的俏颜。而我，摆出再贤惠温良的样子，男人也不会多看一眼。我忽然就被她激怒到失去理智，冲上去抓住她脖子上的项链，死死地勒住了她……我就是想让她住嘴……她挣扎了两下就不动了。我这才回过神来，胡乱拿她的真丝长袍在项链上擦了几下就跑回楼上房间去了。”

“你一共勒了死者几次？”青空问。

“就一次。我看她倒在地上一动不动，就逃走了。”

青空将吴太太的供述笔录给她过目，然后递给她签字。

当吴医生从问讯室出来，得知太太前来自首，对杀人一事供认不讳，震惊得难以自持。

“我不相信！蕙娴最温柔和气不过，我们结婚十多年，她从来没和我红过脸，连教育孩子都是细声细气的人！我绝不相信是蕙娴！一定是你们警方刑讯逼供，她承受不了，才会胡乱认罪！”

费永年淡淡解释：“不是令夫人前来自首承认是杀人凶手，警方就会认定她是凶手的。还需要有无可辩驳的有力证据。我们会根据嫌疑人的供述，和掌握的证据做比对……”

“我要请律师！”吴医生终于抛开慢条斯理的伪装，“我要见我太太！”

楼下连默在细细观看吴太太的拘传录像，指出微小细节。

“她的右手是惯用手，签字时用的也是右手。已经将她的生物样本拿去实验室，和在死者指甲下面采集到的样本做比对，过两天会有结果。”

“我相信她只勒了肇莹莹一次的说辞。她一看就是手无缚鸡之力的阔太太，平时做的最重的体力劳动估计就是挽着手臂上的名包。一时冲动勒了死者以后，慌乱逃回房间是合情合理的。所以这第二条深重的勒沟，才是整个案件最大的疑点。”青空指了指尸检照片上，又深又重的第二条勒沟。

青空的疑问在陈况带来消息后，有了突破。

陈况来得很匆忙，看得出心情不算好，一副浓直的眉微微蹙着，显得表情凝重。见到费永年，陈况一言不发将一个厚厚的牛皮纸袋扬手抛了过去，费永年眼疾手快抄手接住了，一边打开纸袋封口，一边对陈况道：“很久不见你这样发脾气了。”

陈况在一旁的转椅上坐下，有些烦躁地撸一把头发：“因为很久没遇到这样的情形。”

费永年抽出纸袋中一摞照片，看了一眼，也不由得拧眉看向陈况：“你的消息来源可靠吗？”

“可靠。”陈况保证。孙生此人，可以说是五毒俱全，绝非善类，然而他有个最令兄弟们忠心耿耿地跟随的优点——足够义气。他要么不答应，若答应了，必然排除万难，完成约定。

费永年从办公室探出头去，把青空小刘都叫进来，将手中的照片分成三摞，递给他们其中两摞：“看一下。”

青空、小刘看见照片，齐齐诧异地望向费永年。

照片不是十分清晰，但仍能看出背景是一处装修豪华的别墅，照片中有多名妙龄女郎衣不蔽体地与男子搂抱、亲吻，厮混做一团，其中赫然就有肇玲玲、肇莹莹姐妹。

费永年沉吟片刻，敲一敲手中的照片：“青空去请她到刑侦队走一趟吧，就说案件有了最新进展，请她来协助调查。”

晚些时候肇玲玲被请进刑侦队问讯室。

她穿着黑色短袖衬衫和过膝一步裙，眼底有深重的青痕，脸色苍白，神情却很平静。落座后默默地双手交叠平放在膝盖上，一副打算洗耳恭听的模样。

当费永年将一摞照片展示给她看时，坐在一侧做笔录的青空甚至能感觉到她轻轻逸出一声叹息，仿佛松了口气的样子。

而当两姐妹在停车场内争吵推搡的照片放在她眼前时，肇玲玲微微一笑，取过照片，缓缓摩挲着照片中面目狰狞疯狂的自己："我早在那时候，已经死了。"

肇玲玲的声音很甜美，大抵与她音乐老师的出身不无关系。即使说着如此悲凉的话语，也显得恬淡柔和。

不必费永年审问，她就悉数交代了。

肇玲玲比肇莹莹大三岁，彼时已经实行计划生育政策，妹妹莹莹是计划外的产物，但父母不舍得放弃小生命，所以缴纳了罚款，生下妹妹莹莹。

"也许是因为她来得太意外，也许是因为她比我小，所以从一出生就攫取了全家人的注意。过年的时候亲戚朋友都争着把她抱在怀里，哄她玩，说她长得好看。无论谁看见我，都会说：玲玲要爱护妹妹，让着妹妹啊……"肇玲玲的回忆里有太多细枝末节，就是这些琐碎的小事，一点点日积月累，终至有一天，将两姐妹之间最后一点感情销蚀一空。

"……父母不放心她独自在外打拼，所以我就得辞去工作，来到人生地不熟的城市，跟在她身边伺候她的生活起居，替她上下打点关系，然而她从来都不知道说一声谢谢。"肇玲玲神色迢遥冷漠，"后来她自己开了工作室，一切都要靠自己打理，争取角色，筹集制作资金，给员工发薪水……钱去得比来得还快。她大手大脚惯了，哪里知道维持一间工作室的运营，每个月发放工资的巨大压力？"

肇玲玲一笑："她自然是不知道的，她只管维持她光鲜亮丽的形象，其他的事，自然有我替她解决。每次我陪着她一起参加饭局，那些她不屑应酬的小老板、小明星，都由我去招呼。每一回我都不得不替她喝一杯又一杯的酒，说一圈又一圈好话。即便是如此，我也任劳任怨，因为我是她姐姐，从小就爱护她，迁就她，我习惯了。"

直到那一天。

那一天肇莹莹接受了一个私人邀约，去别墅参加私密度很高的派对。进入别墅后，每个人都要接受检查，将电子物品通通交出来寄存。随后男宾女宾分别进入更衣室，女宾通通换上料子轻薄透明的比基尼，只堪堪能遮住私处。

在肇玲玲看来，这和全裸无异。

她反对小有知名度的肇莹莹参加这样的派对，肇莹莹却劝她："来都来了，就当是在海滩度假好了，希腊的天堂海滩还是天体海滩呢，我们去度假的时候也没见你这么啰唆。"

她拗不过她，只好答应，但是有个前提："要是场面太混乱了，我们就离开。"

肇莹莹一口答应，然后笑眯眯地拽着她，换上比基尼泳装，又体贴地在她腰间系了条浅紫色薄纱纱笼，亲昵地挽了她步入别墅后头的泳池区。

"今天来参加派对的，都是本埠非富即贵的人物，姐姐你也别忸怩，假如有看得上眼的，就花花心思，说不定就能给我找个有权有势的姐夫回来。"

后来肇莹莹在人群中遇见熟人，随即娇笑着被拉到一群只在腰间围了块白布的男人中间，任由他们在她身上游走摸索，甚至拉下她的泳衣上装，凑过去吮吸啃咬。她只管仰着头肆意地笑。

肇玲玲看不下去："那是我的妹妹，我答应了父母，要好好照顾她，可是我没想到，她的生活已经放浪到如此地步。"

她很想当场揪了肇莹莹离开，可是让她屈服的是现实的残酷。那些男人中有年轻有为的富二代，有冉冉升起的创业板大股东，更有在演艺界呼风唤雨的投资人。她只好默默地去到一角，坐在沙滩椅上，捧着饮料，慢慢啜饮。

再后来，有个皮肤黝黑，身材粗壮的男人来和她搭讪。

“第一次来？”他脖子上戴着粗重的金链子，腕子上戴着金表，看起来很粗犷的样子，腰间围着白布，大马金刀地就往她边上的草地一坐。

她没吱声，点了点头。

男人仿佛也没期望她说话。

“我也是第一次来参加这种活动……”他举手朝泳池方向比画了一下，“我是做煤炭生意的，我们那儿有钱人就是买好车，盖大别墅，摆流水席。到这儿来我算是开了眼界了，原来有钱人还能这么玩……”

见她默然不语，他挠了挠后脑勺：“我觉得你这样挺好的。她们都太开放了。女人嘛，还是矜持点好。”

她听了忍不住看他一眼，没想到他还懂得“矜持”这两个字。

他“嘿嘿”一笑：“我也是读过高中的，要不是成绩差了那么点没考上大学，说不定这会儿就在城里当小白领了。”

“小白领没资格参加这种派对。”她轻轻对他说。

“也对，也对！”他就坐在草地上东拉西扯，也不管她要不要听。

后来他的两个朋友过来把他叫走了，将他推到一群上身已经赤裸的年轻女郎中间。女郎们手持香槟，由顶至踵地从他头上浇下，刺激得他跳脚。又有女郎软玉温香的身体随即偎了上去，用自己的肉身充当毛巾，上下滑蹭。

她转开眼。

再干净的人，在这个圈子里久了，也难免沾染上不良习气。

场面后来便糜烂起来，有女郎当庭与两个男人媾合，淫声一起，顿时就将派对的气氛推向高潮，男男女女纷纷寻找目标，当众交欢。

她看得心头一惊，忙在人群里寻找莹莹的身影，却见她端了杯香槟，朝她走来。她想是已经喝得微醺，脚步有些踉跄，上身的比基尼早已经不知脱下来甩到哪儿去了，一对不很丰满却十分结实的椒乳挺翘在空气中。

她再也看不下去，站起身解下自己围着的纱笼，迎上去裹在肇莹莹身上，强行拖着她往外走。

肇莹莹一边挣扎，一边口齿不很清晰地说："我不走！我不走！章老板答应我了，只要我陪他一晚，他就给我的新电影投资！你也不许走！那个煤老板看上你了！他说满屋大明星小明星他谁都没看上，就看上你了！姐姐你看你命多好？我要陪多少个老板才能钓上一个？你只要往那里一坐，就有人自动送上门！"

她那时已经将她拖到停车场，听见这话，终于没忍住，伸手给了肇莹莹一巴掌。

"莹莹，你醒一醒！这不是你该参加的派对！"她想斥问妹妹为什么不自爱。

挨了一耳光的肇莹莹非但没有清醒过来，反而变本加厉，猛地拽住了她的头发，露出咬牙切齿的表情："今天你答应也得答应，不答应也得答应！"

说着将手里的香槟朝她嘴里灌来。

她一时不备，被灌了个正着，呛得涕泗横流。

"我努力地想要把她带离那个地方……但她呢？她对我做了什么？！"肇玲玲甜润的声音里终于带上了一丝怨毒。

"她做了什么？"青空沉声问。

"她给我下药！她在酒里给亲姐姐下药！她亲手把我送到煤老板的床上！！"肇玲玲泪流满面。

虽然已经推测到了这样的结局，但问讯室内仍是一片令人窒息的沉默，只有肇玲玲的哭声，牵扯着费永年和青空的神经。

肇玲玲交代，她当时虽然恨肇莹莹，然而还没有恨到要杀人的地步。她只想把这件事情彻彻底底地忘掉，找机会辞去经纪人职务，去个没人认识的地方，重新开始正常人的生活。

真正激怒她，把她推向疯狂的，是案发当天发生的一件小事。

当时肇莹莹正在吃午餐，中间接了个电话。放下电话后，她饭也不吃了，笑眯眯地挽着她的手臂坐在景观房的飘窗上，指着下头渺小如同蝼蚁的车辆行人，以一种睥睨一切的口吻对她说："玲玲，你看！会当凌绝顶，一览众山小的滋味，是不是特别好？"

她在心里默默说这句诗不是这么用的。

肇莹莹没有听见她的心声，娇笑着把头靠在她的肩膀上："刚才我接到冯老板的电话，他说那天的那个煤老板特别喜欢你，愿意买一幢独栋别墅送给你，上头写你的名字，你只要在他来本埠谈生意的时候偶尔陪陪他就行。其他时间你还可以继续做我的经纪人。玲玲你说他是不是特别有钱，特别大方，特别体贴？还是玲玲你有本事，陪了煤老板一次，他就送别墅给你了。"

她缓慢而坚定地拨开妹妹的手："我没兴趣，麻烦你回绝了他们吧。"

肇莹莹一听，立刻就变了脸色，冷冷一笑："陪一次也是陪，陪十次也是陪，何况只不过陪他几次，就有别墅落袋，这样的好事我还没碰到呢！姐姐你装什么贞洁烈女？！"

说完板着脸径直带助理下楼去贵宾休息室了。

留她在天桥景观套房里又羞又气又恨。

隔不多久，肇莹莹就打内线来，说手机忘带了，叫她找到后送下去。她当时就在餐桌上找到了，立刻送了下去。在走廊里她听见略略沉重的关门声和快速离去的脚步声，并没有太在意。等她推开贵宾休息室的门，在里面的休息间里看见脖子上勒着项链，倒在地上的肇莹莹，第一反应就是去探她的气息。

哪料肇莹莹只是一时昏了过去，当她抖着手去摸她的颈动脉时，她呻吟着慢慢醒来，声如蚊蚋般地叫着救命。

就在那一刹那，她在别墅里所受的屈辱，早前妹妹对她的冷嘲热讽，一下子都涌上心头。

“我勒死了她，确定她死了以后，擦干净项链上的指纹，就返回套房去了。刚回到房间，信先生就来按门铃了，情急之下，我便顺手把手机塞进花瓶里，借口是在房间里找手机。后来的事，你们都知道了。”肇玲玲恢复了平静，与肇莹莹有几分相像的脸上，带了一种释然后的从容。

一切恩怨情仇，都随着肇莹莹的死而逝去。

得知案件进展的媒体简直似炸了锅一般。

从著名整形医生的太太，到身为经纪人的姐姐，以及富豪在别墅中举办的天体派对……所有的细节都浮出水面，如同暴风雨来临前不停靠近水面换气的鱼群，密密麻麻地在水面上留下一圈又一圈涟漪。

连默看见电视新闻中有记者远赴肇氏姐妹的老家，采访两人年迈的父母，两位老人家在镜头前默默握紧彼此的手，老泪纵横，他默默关上电视。

一个从小娇养到大花朵般的女儿死了，一个从小没让大人操过一点儿心的女儿面临终身监禁，两个老人还要面对媒体的狂轰滥炸，其情可悯。

连默为自己冲了一杯热巧克力，又从冰箱里取出一块手工制作的红豆重乳酪蛋糕，一起端到客厅向阳的窗前，随手抽过沙发上的垫子扔在地上，盘腿坐进垫子里，一边吃蛋糕喝巧克力，一边感受清晨的阳光落在身上时留下的温暖。

空气中有轻浅的蔷薇花香，从放置在客厅茶几上的一大捧白蔷薇花束散发出来。

花是清晨时衣着笔挺的年轻快递员送上门来的，送来时花瓣上还沾着晶莹的露珠，里头倒映着万千红尘。

连默周末的早晨，就是被这样一束累累缀缀，繁复娇美的惊喜唤醒的。

签收下蔷薇花束后，她解下系在一枝花茎上的小小卡片，轻轻展开。

卡片带有一种淡而又淡的薰衣草味道，上头用钢笔手书“谢谢”两字，下头签名是信以谌。

连默微微一愣，转而微笑。有陈师兄那样的人物替信氏兄弟工作，知道她的住址，想必也不是什么难事。

如此一想，连默就将心头的一点疑惑抛开了。

吃过早饭，连默将一早在洗衣机里洗好的衣物取出来，晾到阳台上去。晾衣服的时候，隔壁家的老公本来靠在阳台上吸烟，看见她端着盆出来，有些歉然地按灭了香烟。

连默轻轻颔首。他在阳台抽烟，本来也没妨碍到她，毕竟他是在自家的地盘上，但人家客气，她自然也以礼相待。

哪料隔壁太太忽然从屋里冲到阳台上，看到连默，顿时虎着脸，揪着老公就往屋内去，嘴里骂骂咧咧的：“这里是再也住不下去了，房子都被租出去，前前后后全不是正经人家！”

连默无端被划到不正经的行列，颇觉诧异。

衣服晾到一半，她听见楼下略耳熟的引擎声，探出头去一望，就看到陈况那辆极其醒目的概念跑车驶进小区来，停在她住的楼前。

陈况下车，仰头，只见连默一张素脸正从阳台探出来，遂挥挥手，开口：“嘿！”

连默隔壁的两个女孩子周末也没出门，对门太太指桑骂槐她们恰巧也听见了，一个不忿想回骂两句，一个拖着她叫她多一事不如少一事，拉扯间瞥见下头的跑车，两人浑然忘记跑到阳台上来的初衷，齐齐朝连默挤眉弄眼。

连默虽然面对各种案发现场血肉模糊的尸体能做到面不改色，可是招架不住这样两个女孩子嘻嘻哈哈的围观，遂点点头，捧着空盆回房间里去了。

连默没让陈况久等，换上珍珠灰七分袖衬衫，藏青色一步裙，蹬上浅口平底芭蕾舞鞋，拎着她惯用的医生包就下楼了。

小区里清早起来锻炼身体、买菜吃早点的老伯伯老阿姨，远远地朝陈况和他身后的跑车指指点点，又有蹒跚学步的小童被跑车吸引，跌跌撞撞地直扑跑车，一双小手“啪”一下，搭在车身上，东拍拍，西摸摸。

带孩子的年轻女孩儿大约是保姆，见陈况高壮健硕十分不好惹的样子，赶紧上前来一把抱起孩子，返身就走。那孩子脾气十分扭拧，顿时在她怀里号啕大哭起来，不断挣扎踢打。

连默走出门洞时，正听见她吓唬那孩子：“你再闹！再闹那个坏人就把你抓走！”

小童似被吓住了，抽噎着靠在她肩头，却仍不时瞥向倚在车旁的陈况。

陈况觉得有趣，鼓腮朝小童做了个张牙舞爪的鬼脸，那小童吓得一下子缩回保姆胸前。

连默心道：原来陈师兄也有这么幼稚的一面啊……

“吃过早饭了没有？”陈况替连默拉开车门。

“吃过了。”连默坐进副驾驶座。

“那我们就直接出发吧。”陈况笑笑，露出洁白牙齿，一张俊挺面孔显得十分生动。

陈况驱车带连默到位于本埠风景区的司法警官学校，听犯罪学专家李博士的演讲。

演讲场地设在司法警官学校的大礼堂内，在场的都是本埠以及各省市的刑侦办案人员以及法医工作者。整个礼堂座无虚席，大家不约而同地保持安静，全都希望能认真听清李教授的每一句话，不少人都带了录音笔来，以期回去能细细琢磨李教授的一字一句。

连默埋头在陈况身后，一边向已经落座的人致歉，一边迈过一条条腿，来到他们的座位前。

“嗨，连默！”有人低声和她打招呼。

连默抬眼，诧异地看见穿着警服的青空坐在她和陈况隔壁的位子上。

“陈师兄。”青空向陈况微笑。

“卫师弟。”陈况回以一笑。

神经粗大如连默，也觉得他们之间气氛有点儿怪，又说不出个所以然来，只好耸耸肩，取出笔记本和笔来。

一旁陈况递过一支录音笔，用口型说：我准备了两支。

李博士的演讲非常精彩，从他参与破案的辛普森杀妻案，到911恐怖袭击后的鉴识工作，旁征博引，幽默风趣，生动活泼，引人入胜。整个演讲的过程，李博士只停下来喝过两次水，再没有多余的闲话。

连默听得聚精会神，根本来不及分心做笔记，幸好有陈况准备的录音笔，否则演讲结束后，真的会遗忘和错失很多精彩的细节。

结束时，许多人围上去与李博士交谈，争相与李博士合影。陈况问静静站在原处的连默：“不过去合影吗？”

连默摇摇头：“能远远看偶像一眼，我已心满意足。”

“真容易满足。”陈况闻言微笑。

这时青空从人群中挤出来，返回连默身边，将一本《凡走过必留下痕迹》递给她：“喏。”

连默接过书，翻开，扉页上龙飞凤舞地写着：给连默。下方是李博士遒劲有力的签名。

她微微一怔，扬睫，望进青空微笑着的眼睛里。

他的眼里，倒映着她的容颜。

第三章

连环

连默觉得自己的生活乏善可陈，然而这并不能阻挡隔壁两个年轻女孩对她的好奇。

在没有大案要案发生的日子里，作为一名法医通常都是在为民事、刑事案件中的涉案人进行从身体到精神等各方面的鉴定，以及对各种医疗纠纷的责任鉴定。某种角度而言，既不精彩，也不有趣。

但两个女孩并不这样认为。

周末她们端着自己烘焙的小点心敲开连默的门。

“姐姐，这是我们自己做的，全天然，不含添加剂，保证好吃！”短发的贤珍笑着对连默说。

长发及肩的明竹大力点头，然后举一举她捧着的玻璃瓶：“还有我自己酿的梅子酒。姐姐我们开茶话会吧。”

连默努力让自己做出一副没兴趣的木然表情，奈何结果完全是媚眼做给瞎子看，两个女孩全然不予领会，一人挽了连默一条手臂，登堂入室。

“姐姐是做什么工作的？”明竹笑呵呵地问。

“……医生。”算是吧。

“啊，那太好了！万一我和小竹有个头疼脑热的，可以不用去医院，直接来找姐姐看了！”贤珍拍手。

连默额角一抽：“是法医。”

孰料两人听后并未露出太过惊愕的表情，反而兴趣盎然。

“姐姐好厉害！是不是每天都像电影里演的那样惊心动魄？”明竹显然对法医职业十分好奇。

贤珍比较感性：“姐姐一定是个很认真很负责的法医。”

又对连默说起她们自己来：“小竹和我在地铁名店街里开了一家美甲铺，小竹手巧，我就是打打下手，生意还不错。姐姐要不要也做一次指甲养护？我们用的是进口植物精油，保证滋润温和不刺激皮肤，再做个方形美甲，保证姐姐的一双手又软又好看！”

连默垂睫看了看自己因为工作关系剪得光秃秃的指甲。以前读书的时候校规规定女生不能化妆打扮，只允许留不超过肩膀的直发，后来工作了，因为工作性质使然，就更加不打扮了。

“那天来接姐姐的帅哥一定是当警察的吧？”明竹双手捧在心口，向往不已。

连默扬睫直视明竹：“是一个朋友。”

陈况工作性质特殊，她不便随意透露。

这一眼，透澈犀利，让一直以为连默是温良和善无害的邻家女郎的两个女孩子齐齐一惊。

贤珍忙拉着明竹起身告辞：“姐姐工作一周一定很辛苦，我和明竹就不打扰姐姐了，有空再来找姐姐玩。”

说完和明竹离开。

连默没有礼貌客气地邀请两人下次再来，而是淡淡松了一口气。

女孩子们的话题，不是不活泼有趣，只不过她的心思都在青空给她的那本李教授的著作上，只想窝在沙发里，捧着书消磨半日时光。

不过显然这样的打算终是要泡汤了，手机铃声在这时响起。

连默从沙发上起身走过去接听电话。

电话那头是主任有些凝重的声音："连默，有案情，我把案发地址发到你手机上，你尽快赶过去。我随后就到。"

连默结束通话，收到地址短信后，就迅速换衣出门。

案件现场在市中心的喷泉广场，报案人是一群清早在广场跳舞的老阿姨。

老阿姨们退休后的娱乐生活有限，除了带孩子做饭搓麻将，还有就是聚在一起跳跳舞、健健身。

十月的时候市内会举办一次全民健身大赛，中老年集体舞是其中的一个比赛项目。市中心的两个区都组织中老年舞蹈队参赛。由于前段时间传出过跳广场舞音量太大，致使不堪其扰的居民做出从家中向楼下小广场泼粪的过激之举，而集体舞又是个需要较大场地排练的项目，所以中心城区领导经过协商后，决定将偌大的市中心喷泉广场划出一个区域来，供中老年舞蹈队排练用。

两个区的舞蹈队自行商定了时间分配，一个队上午来排练，另一队则下午过来，这样场面不至于乱哄哄的，也不会为了听清各自的音乐而把音量开得太响。

一群阿姨早早搭了车到广场集合，好些人甚至还没来得及吃早饭。领队建议大家先到喷泉边上围成一圈可供人休憩小坐的石阶上坐下来，安心把早饭吃了，然后再排练不迟。

都年纪不轻了，要是饿着肚子进行大体力的运动，万一出个好歹的，谁能负得起这个责？

老阿姨们遂三三两两捧着大饼油条、粢饭烧卖坐在石阶上，边吃早饭边说闲话。

其中一个阿姨带的早点是女儿给她做的三明治，里头夹着火腿切片、生菜、芝士片和蛋黄酱，引得一众阿姨都说她福气好，能享受到女儿给做的早餐。随后就纷纷讨伐起自家的女儿或者媳妇来。

这个说女儿老大不小，转眼要三十岁的人了，除开工作，就是上山下海地旅行。今天去云南，明天去西藏，后天又要去欧洲。总之把赚的每分钱都花在路上，然后回到家来啃老，如何都不愿意谈婚论嫁。

那个就叹，这有什么不好，总好过我媳妇娶进门，老娘踢出门吧？我是老娘，儿媳妇就是小娘，衣不洗，饭不烧，日日都在网上买一堆没用的东西。说她一句就哭哭啼啼要回娘家，儿子就同我翻脸。哎呀说说就一肚皮气！

老阿姨吃着女儿给做的三明治，听八卦听得津津有味，不知不觉手上沾了不少蛋黄酱，黏黏腻腻的，用餐巾纸擦也擦不干净，遂俯身打算在后头的喷泉水池里洗洗手，倏忽看见水池底下沉着个老大的黑色旅行包。

老阿姨忙站起身，高喊了一嗓子：“谁的旅行袋落在水池里了？！”

这一叫，将其他人都引了过来。

老阿姨们围着水池一阵指指点点，也没人出来认领旅行包。

有人是居委会干部，对这样的事比较敏感，忙指挥着大家把旅行袋从水池里捞上来。

“前段时间发生过好几起丢弃婴儿的事，别是哪个只管生不管养的，见生的是女儿，就包一包扔在这里想淹死孩子啊！”

被她这样一说，阿姨们都紧张起来，赶紧脱鞋挽裤脚，涉入喷泉池当中，合力将十分沉重的旅行袋搬到石阶上。

旅行袋出人意料地沉，五六个阿姨费了好大的力气。幸好天气热，水温不算低，否则几个阿姨真要吃不消。

居委会阿姨排开众人，指挥两个没下水的舞蹈队队友：“手机带了吧？拿出来拍照，这样万一有什么问题，我们也说得清楚，不会被人赖到头上。”

阿姨们齐齐点头，觉得在居委会工作的人就是法律意识比较强，懂得自我保护。

两个阿姨取出手机来，有识货的“哎呀”一声：“曹阿姨你用的是iPhone嘛！”

曹阿姨得意：“这是我儿子淘汰下来的，扔掉不舍得，我就拿来用了。他们年轻人换手机，比我们年轻的时候换衣服还勤，真吃不消。”

边说，边不甚熟练地找到拍照功能，对准了黑色旅行袋。

居委会阿姨示意大家安静，然后弯下身，伸手慢慢拉开旅行袋的拉链。

随着拉链一点点被拉开，里头装着的东西慢慢展现在阿姨们眼前，众阿姨先后发出尖叫。拿iPhone拍照的曹阿姨短促地惊叫一声，“咕咚”一下栽倒在地，额角撞在石阶上，当场血流如注，手机也砸在地上，屏幕碎成一片蛛网。

居委会阿姨傻在那儿起码有三十秒，随后强自镇定，断喝一声：“大家镇静，不要慌，都散开！报警！马上报警！”

110接到报警后，先派出所在辖区的分局警察去往现场。

分局警察赶到现场一见旅行袋里的东西，即刻上报至总局，并将现场保护起来，以免现场遭到破坏。又组织人手向现场的目击者们采集第一手目击证词。

连默驱车抵达现场的时候，老阿姨们正围着几个做笔录的警察七嘴八舌、情绪激动地大声讲述经过。

警察有些无奈，又不便对着老阿姨们提高嗓门，只能好声好气地劝她们：“一个一个说，一个一个说。每个人我们都会问到的，不会遗漏的。”

连默忍不住微笑。

碰到事情，退休在家无事可做的阿姨们最热心了，但要在她们你一嘴我一句的讲述中理出个明晰的头绪来，还真是需要一番耐心的。

连默向维持现场的警察出示了自己的证件，越过黄线，走近现场。

喷泉广场的地面已经被踩得一塌糊涂，各种各样的脚印和水迹交叠在一处。连默循着逐渐清晰的水迹和越来越凌乱的脚印，一路拍照，一路来到陈放黑色旅行袋的石阶前。

台阶前费永年和青空已经先她一步到达，正在对现场进行初步的勘察取证。

费永年神色凝重，一双浓眉紧锁，嘴唇抿成一条直线。见到连默，他大踏步走过来："你怎么来了？"

连默微愣："主任打电话让我过来的……"

费永年默然两秒，摆摆手："既然来了，就过来吧。"

然后引着她，小心翼翼地沿着湿淋淋的足迹外侧干燥的地面，来到半敞的黑色旅行袋前。

连默一眼，就看见旅行袋里装着的，被肢解的，尸块。

连默戴上手套，将现场每一处都拍下后，这才小心翼翼地将旅行袋拉了一半的尼龙拉链完全拉开。

尸块装在一个黑色防水旅行袋中。旅行袋的面料质量非常好，即使完全浸没在水中，也完全抵挡住了渗水压力，只在接缝和尼龙拉链位置出现了渗透。

"考虑到面料防水透湿功能的参数各有不同，恐怕暂时还没法给出抛尸的确切时间范围。"连默细细翻了翻旅行袋，没有看到标签和生产厂家的标志。但防水性能如此良好，做工如此精良的旅行袋，如果不是进口货，也大有可能是外贸加工多出来的尾单，"至于受害人……"

连默伸出右手小指，朝装在大号透明密封袋内的尸块比了比："尸块的切面非常整齐，出血很少，凶手是在受害人死后才进行分尸的。"

她又凑近细细看了看尸块的切面："恐怕我们要找一个很了解人体

或者解剖的凶手。”

“怎么说？”费永年也弯下身，一齐看了过去。

“你看这里。凶手每一处都是精准地切割了受害者的纤维结缔组织、软骨以及韧带，轻易地将受害人肢解分尸。”

“连默分析得对。”主任沉重的声音在两人身后传来。

“主任。”连默回过头，见主任来了，就打算起身。

“你继续，这是你的案子，我只想看看你对这样的案件是如何处理的。”主任推一推鼻梁上的眼镜。

“乔主任，能不能单独说两句？”费永年低声对主任道。

主任颔首，两人走开些距离，费永年面沉似水。

“这件案子，您能不能换一个人做尸检？”

四年前的连环碎尸案，主任也参与了破案工作，其中的往事知道得一清二楚。见费永年神情凝重，主任拍了拍他的肩膀。

“当年的事，不是你和陈况的错，你俩却把整件事都背在肩上，一背就是这么多年。单位里还有那么多女同事，和你关系不错，你难道还能禁止她们所有人参与案件的侦破吗？”

费永年捏紧双手，沉默不语。

主任遥遥注视着远处指挥警察将沉重的陈尸袋抬上警用运尸车，转而对费永年说：“我们所处的世界，无处不充满危险，你可不能因噎废食啊，小费。”

说罢，主任向准备离开现场，回法医实验室进行尸检工作的连默走去。

“走吧，老头子和你一起去。”

连默疑惑地抬眼望向主任。

主任用拳头捣住口鼻，虚咳一声：“碎尸案情节严重，性质恶劣，抛尸地点又是人来人往的闹市地带，市局对此案非常重视。”

“哦。”连默接受了主任的解释，提了取证包和主任一起离开现场，各自驱车前往法医实验室。

费永年略头疼地对一群话多意见也多的阿姨们压一压双手：“阿姨们静一静，我们一个个说好吗？阿姨们站好队，报个数，我们叫到几号，几号来讲述事情经过。”

又招手叫青空问：“车怎么还不来？”

一群阿姨都滞留在案发现场录口供，影响太大。

青空无奈：“已联系过，回复说马上就到。”

“目前了解些什么情况？”

“大致上都说得差不多，来排练，坐在那边吃早点的时候发现了旅行袋。一开始以为是有狠心的父母把孩子装在旅行袋里抛弃了。捞上来后才发现是碎尸。”青空合上笔记本，其中一个阿姨额角破了老大一个血口子，也不肯离开现场先去医院治疗，全程都白着脸嘀咕iPhone摔坏了，还不晓得被谁踩了两脚，她回去怎么向老头子和儿子交代。

费永年瞥见警用面包车闪着车灯接近喷泉广场，深深吸一口气：“你领受伤的阿姨先去医院，我带其他人回刑侦队做笔录。稍后会合。”

老阿姨们一听还要去警察局做笔录，纷纷出声抗议。

“我们还要排练。”

“去警察局做笔录，要做到什么时候啊？”

“就是嘛！我们只有上午才能使用场地的，被你们这样一折腾，今天就练不成了！”

多亏居委会阿姨觉悟高：“我们要对自己有信心，这是为了帮助人民警察破案，少练一次我们也能赢！”

老阿姨们终于不再嘀咕抗议，随车回市局刑侦队做笔录。

稍晚时候，陈况一路带风地走进费永年的办公室，顺手把门一关。

“老费，你怎么没通知我？”

“你这不是也知道了？”费永年淡淡地看了陈况一眼，“而且比我想象中来得还快。”

陈况走到窗边，望着下面停车场里没有出警的警车，往事涌上心头，良久，才转身面对费永年。

“当时那件连环碎尸案，疑点重重，最后却草草结案。其中所遇种种阻碍，使得真正的凶手至今逍遥法外，你我都心知肚明。时隔四年，类似的案件再次发生，我没办法袖手旁观。”

费永年略觉头疼。

“破案是警方的职责。”他这次绝不会任凶手脱罪，务必将他绳之以法。

陈况一笑，眼里是不容错认的坚定。

“我以前在公安系统工作，需要遵守法律和被游戏规则约束，但现在我的身份不同了。我不介意使用非常手段。”

“陈况！”费永年有些严厉地喝止。

陈况摊手：“嘿，我只是说说，放松，老费，放松！”

费永年又如何放松得了，只苦口婆心地劝他：“现在案件情况还不明朗，你别冲动。”

“我去找主任聊天。”陈况恢复往日从容，一摆手，开门出去。

费永年明知陈况将自己的话当耳旁风，却也无可奈何，只能提醒自己最近要多注意他的动向。

开放式办公间里的老同事和新师弟师妹们见陈况面色冷凝地进去找费队，这会儿又面色如常地从费队办公室出来，纷纷解除警报，来与陈况聊天。

“师兄，我们周六去打反恐精英实战，你和我们一起去好不好？正好和我们一队。”

“年轻人，不可以投机取巧啊！”刑侦队里的老法师语重心长，“凭外援赢了我们这群老人家有什么值得骄傲的？能凭自己的本事，赢过包括陈况在内的师兄们，那才是你们自豪的资本。”

“赵哥太狡猾了！不让我们请外援就算了，还把陈师兄拉到自己队里去，还让不让人活了啊？！”

陈况听得微笑。这是他所熟悉的环境，他曾经以为会与伙伴们共同战斗到老的工作岗位，他尊敬的师长前辈，年轻而充满着热情的师弟师妹。他虽然回刑侦队的机会不多，但每次回来，都让他有种强烈的归属感。

“我去楼下找乔主任，大家周六见。”他应下了周六组队打反恐精英的邀请。

在楼下填写了访客登记表，陈况进入法医实验室办公区域。

法医的人员流动性比他以为的还大，走廊里迎面遇上的，都是陌生面孔，快走到主任办公室的时候，才碰到以前的老同事。

陈况与之打招呼，对方压低了嗓子：“不是说好了不见面的吗？”

陈况微笑：“我是下来找乔老师的。”

对方长出一口气：“主任和连默在第一解剖室，往前走右手第一间。”

陈况朝对方摆手：“有时间一起喝茶。”

“才不要和你喝茶！”对方昂首阔步走开。

这人原就是局里的法医，业务能力不很强，野心也基本等同于零，只想太太平平混日子到退休。这样混吃等死的状态，一直维持到老婆和他闹离婚为止。

法医职业性质特殊，工作起来不分日夜，一旦有案件发生需要出勤，无论是在吃喝拉撒还是花前月下，没有任何推托的理由。他也是年纪不小，通过相亲结的婚。女方也是个老大难，学历高，工资高，要求高，拖拖拉拉挑三拣四到了三十五岁，家中二老以抹脖子上吊逼其结婚，无奈选了他。这感情基础本来就薄弱，加上他又格外懒散不求上进，女方最后表示忍无可忍，要求离婚。

他就纳闷：我也不是头一天不上进没追求，怎么忽然就忍无可忍了？思及陈况在外做私人调查工作，遂打电话去，别无他求。

“要离婚就离婚呗，但欲加之罪何患无辞，我不能背莫须有的罪名。”

陈况一口应承，答应帮他调查，三天之后就将调查报告交到他手里。

他一看，女方竟然在单位结识了一个美国公司派来的地区经理，两人在短时间内迅速打得火热，到了同进同出的地步，只等她离婚好与美国人双宿双飞。他顿时就怒火中烧。

男人不怕别人说他没用，然明明是对方先行出轨，却以他没用为借口要求离婚，简直是奇耻大辱。他二话不说，当天就拿着调查报告和女方摊牌，要么她自己向四老承认是她出轨，他要求离婚，要么他把报告给所有熟人发一份。

女的到底还是要点儿脸面的，只好亲口向两家家长承认是她有了外遇，已经怀孕，所以想要离婚。女方父母都是老师，一辈子教书育人，如今女儿做出这等事来，气得一佛出世二佛升天，直说老脸都让她丢尽了。当场说再不管她，拂袖而去。

他痛快地与她离婚，女方出于愧疚，净身出户，什么都没要。听说后来和美国人一起回他祖国去了。

毕竟不是什么值得炫耀张扬的事，所以他一直表示虽然感谢陈况，但双方就不碰面了。不过只要陈况有事需要他，他总是不吝提供帮助的。

陈况一笑，循了指引，找到第一解剖室。

透明玻璃感应门内，连默和主任穿着白色防尘服，戴着帽子手套，正围着解剖床，对尸块做进一步的法医鉴定。

连默将电子放大仪的摄像头推近到尸块的剖面上，和主任一起仔细察看。

死者是一名年轻女性，拥有亚洲人特有的骨骼特征，除此之外，却很难再发现鉴别死者身份的有用线索。死者的牙齿被悉数拔除，面部遭到了损毁。手指上的指纹被化学制剂烧灼殆尽，右脚脚踝处的一圈皮肤也被切除。唯一值得庆幸的是，这些都是在死者死后进行的，她并没有在活着的时候遭受太多折磨。

这是一个很有经验的凶手。连默不想承认这一点。承认这一点意味着在这名死者之前，凶手还杀害过其他人。

“要相信自己的眼睛，去观察连凶手自己都没有注意到的微小的细节。”主任鼓励连默。

连默点点头。

其实凶手分尸并去除能辨识身份的组织这一行为，和尸块干净利落的分解手法，已经透露了很多凶手的信息。

连默的脑海里浮现出一个中等身高，面容不具备侵略性的男子，有一点年纪，接受过相关的训练，不是医生，就是从事相关职业，耐心地等待猎物落入他的圈套。他目睹猎物在他眼前慢慢死去，原本充满光亮的双眼一点点蒙上一层死灰，最终成为一具犹带余温的尸体。

他有能力将尸体处理得不留痕迹，让人查无可查，但是他用了最骇人听闻的手法，将受害者肢解，并抛尸在容易被人发现的公众场合。

他的行为无疑是一种挑衅，所有细节都对警方透露出“你们有本事来抓我呀”的得意。

主任瞥见门外的陈况，遂示意连默继续，自己则脱下手套出门，拍拍陈况肩膀：“走，我们去办公室说话。”

陈况望一眼全神贯注埋头检查尸块的连默，点点头。

两人来到办公室，主任把门轻轻关上，问陈况：“喝点儿什么？”

陈况摇摇头，他现在真的没心情坐下来和喜欢喝功夫茶的主任品茗。

主任也不强求，慢条斯理地取出茶壶茶盏，将小电热壶接了水通上电，这才坐进椅子里。

“我知道你为什么来。”主任开门见山，“每一个分尸的凶手，都有自己特定的标志，特定的手法，独有的习惯就是他们的标签。当年的案子，手法其实很拙劣，凶手对尸体的处理很粗暴，能看到很清晰的泄愤的心理痕迹。但是这个死者不同，凶手在她的尸体上的作为，与以前看到的冲动和泄愤有所区别……”

凶手近乎胆大包天，用了黑色防水旅行袋，将被肢解的尸体抛弃在大庭广众之下最容易被发现的地方，务必要令警方尽快发现，而不是想让死者人间蒸发，永远也不会被人找到。

“这是一种炫耀，炫耀自己的杀人技巧，炫耀自己有能力逃脱法律的制裁。他享受死者被肢解的过程，而不是杀人后慌乱分尸抛尸，以期不被警方联系抓获。”

恰恰相反，凶手也许从头到尾都在现场旁观，嘲笑警方的无能，以此获得心理上的优越感。

陈况的脸色随着主任有条不紊的沏茶动作，一点点沉了下去。

“不是他？”

“目前还不能下定论，我相信小费破了案，会第一时间和你说的。”主任轻声劝他，“你了解规定，有些无伤大雅的事，我睁一只眼，闭一只眼，可是这件案子不行。”

“我理解您的难处。”陈况起身，“不过我不会袖手旁观。”

“你要把握好分寸。”主任也知道凭自己几句话，没法叫陈况放手。

“我知道。”陈况与主任告辞，犹豫片刻，到底没有再去一号解剖房，直出了市局，驱车去往黄伟荣律师事务所。

陈况通过秘书要求见黄律师的时候，老好人黄律师正将一沓文件交给信以诺信二少爷。

信二少爷在沈安绮一事后，着实老实了一段时间，绝迹于本埠的娱乐场所。虽然这其中不乏兄长信以谌停掉他的信用卡的功劳，但最重要的原因是，他对陈况“一见钟情”。

信二少爷觉得长久以来他都没有找到自己人生为之奋斗的目标和努力的方向，直到那天看见陈况，他才倏忽意识到，那才是他所向往的人生：落拓不羁，豪迈洒脱。

自此他一心一意地想在律师事务所再与陈况“巧遇”，进而从老好人黄律师手下，“跳槽”去陈况手下工作。

奈何却总也碰不到陈况。

这时一听陈况要来，如何肯错过？！

黄律师接了秘书电话，摆摆手示意信以诺可以先去将文件送到门口接待处，等快递来时交给快递，尽快发出。信二少爷不动声色地捧了一沓文件出了黄律师办公室，将之交在接待处，叮嘱两位接待员尽快叫快递发出去，随后返回黄律师办公室外，闪身躲在茶水间里，一边喝袋泡红茶，一边耐心等待陈况的到来。

大约十分钟后，陈况果然上来，直奔黄律师办公室。两人关了门在办公室内简短交谈几分钟，陈况又匆匆自办公室离开。

信以诺见机忙放下手里的茶杯，紧赶两步追上陈况。

“陈况！陈况！”他尾随陈况走入电梯。

陈况记得信二，微微点了点头。

信以诺在黄律师身边几个月，旁的本事没学到，察言观色的本事见长。虽然陈况面无表情，但是他敏锐地察觉出陈况情绪不佳。

“是不是有案子要查？有没有什么我能帮忙的？我在本埠还是有几个朋友的。”

陈况闻言，朝他微笑：“谢谢。”

信二少爷挠头："嘿嘿，我还没有谢谢你上次帮我摆脱杀人嫌疑呢。"

"你应该感谢令兄与黄律师和警方。"陈况本不欲多言，可是看到信以诺格外赔着小心的样子，又追了一句，"在律师事务所能学到很多，万勿错过机会。"

以诺大力点头："那我要是有事，可以来请教你吗？"

陈况看见信二少爷一双眼睛一眨不眨地望着自己，最终还是取出自己的名片递给他。

以诺喜滋滋地双手接过名片，揣到兜里，简直恨不能立刻就跟着陈况走了。不过理智尚在，脑海里浮现出兄长以谌的形象：在黄律师处做满半年，若无投诉，方可取回信用卡及跑车。

他只好依依不舍地目送陈况出了电梯："有时间一起喝茶啊！"

可惜陈况心事重重，没工夫理他，直直往地下车库去，取了车回家。

陈况独居，父母已经退休，并没有留在本埠，而是在老家购置了房产，拿着本埠的退休工资，在山清水秀的老家过着悠闲自在的生活。

但是陈况知道，当年的事，对父母的打击不可谓不大。

他的女友是经母亲单位同事介绍认识的，三家人关系一直很好，母亲的同事一直说就等着吃谢媒蹄髈了，孰料后来出了这样的事。女朋友全家移民去了国外，母亲的同事虽然知道此事不能怪她，可是到底觉得若不是她居中介绍，人家好好的女儿也不会遇见他，遭那等罪，还是和母亲渐渐疏远。

母亲眼看着都已经在着手准备的婚礼就此告吹，好好的未来媳妇精神受到刺激，儿子几乎一蹶不振，一夜间就病倒了，缠绵病榻多月。等母亲病好了，父亲就提出带着她去老家散心，这一去就由小住两个月，变成长居不归。陈况过年的时候去老家探望二老，他们已经适应了二线城市慢悠悠的生活节奏，在院子里莳花弄草，养鸡撵鸭，精神头看起来不错。陈况话到嘴边，还是把劝二老回去的说辞咽了下去。

回到家中，陈况在门口换上拖鞋，将车钥匙顺手扔在门边的空玻璃鱼缸内。

鱼缸里本来养着一对金龙鱼，父母不在，他在家的时间又不固定，就由他做主，送给了楼下已经退休的老教授。老教授见他常常独自一人，总试图开导他，找个女朋友成家立业才是正经。

陈况望着空荡荡的客厅，终是垂了眼，走入自己房间。

陈况的房间一如他本人，布置得很整齐利落，带着一股子随时准备出发去远方的况味。

他给自己倒了杯水，喝了两大口，信手搁在电脑桌上，然后将床对面墙上的世界地图轻轻一推，整张世界地图就“嗖”一声卷了起来，露出后头整整一面贴满照片和纸条的墙来。

四年前的案件，在人们的记忆中早已经淡去。死去的三个女孩子，除了她们的家人或许还记得，再没有人会提起。甚至连她们的家人，也未必愿意谈及。毕竟她们妓女的身份令家人羞于启齿，甚至感到难堪。据他所知，三名受害者的家属都先后从原来的住址搬离，其中一家为自己的小儿子改名更换母姓，仅仅是想让他不受姐姐是被人杀死的妓女这个事实影响困扰。

陈况独自坐在房间里，专注地凝视墙上的每一张照片，每一字，每一句。

过去与现在在他眼前慢慢重叠，一切鲜明得仿佛就发生在昨日。

陈况打开门，看见站在门外过道上的费永年，一点也不觉得意外，只侧了身，将费永年让进门。

费永年进门后朝陈况举一举手里拎的大口袋。

“你随意。”陈况接过口袋，穿过客厅进厨房去了。

费永年自发自觉地换上拖鞋，将一双穿得有些旧的黑色皮鞋整齐地放在门边的矮鞋柜上，然后环视干净空旷的客厅。

以前做同学的时候，两人周末经常到对方家里打游戏，双方的父母简直把他们当亲生儿子一样看待。不管谁去谁家，饭桌上必然准备小绍兴白斩鸡，老广东烧鹅，不敢给他们喝酒，但汽水总是有的。陈爸爸陈妈妈知道他不爱吃茄子，只要他过来，饭桌上必然是没有茄子的。后来他工作结婚了，每到逢年过节也都会来陈况家给二老拜年。陈家对他来说，就是另一个家。

而今这房间里满是寂寥味道。

陈况将费永年带来的白斩鸡和烧鹅，还有两个凉拌菜装在盘子里端出来，另取了筷子和酒杯，招呼费永年洗手入座。

“嫂子知道你不回去吃饭吗？”

“她知道，她晚上也正好和同事聚餐。”费永年摆摆手，让陈况不用担心他回去会跪搓衣板。

陈况一笑：“嫂子工作还顺利吧？”

费永年夹了一筷子凉拌藕片，咬在嘴里脆生生的：“嗯，蛮顺利的。她现在在外资企业，说是外企，其实也就是个外国私人小老板，公司不大，人员也不复杂。喏，闲来无事总是组织去这里吃饭，到那里度假。你嫂子不年轻了，也没那些雄心壮志，非要干出一番事业来。看起来不像以前在国有企业那么风光，但是日子自在很多。”

陈况点点头，拉开啤酒罐的拉环，缓缓将啤酒倒进杯里，一杯递给费永年，一杯留给自己：“那我们今晚就痛痛快快地喝一场。”

费永年和他碰杯：“好！”

两人虽说要痛痛快快喝个不醉不休，可是到了微醺的状态，就齐齐放下了酒杯，合力将饭桌收拾干净，餐后垃圾通通打包扎起来，放在厨房的垃圾桶里。陈况宰了个西瓜，两人各捧一个果盘，移师客厅沙发。

费永年这才说明来意：“我知道你放不下那件案子。”

陈况动动嘴唇，想说些什么，然而到底还是沉默。

“我也知道让你别管这个案子，你不会听我的。”

陈况依然沉默。

费永年从上衣口袋里摸出一张整齐地折叠着的纸，推到陈况跟前：“现在局里的电脑不允许外接闪存驱动器复制资料出来，所以我把目前了解到的线索都写在这上面了。”

陈况接过那张纸，向费永年道谢。

费永年挥手：“我们两兄弟之间，你和我客气什么？只是你一定要谨慎处理才好。”

“我有种直觉，一定是他。”陈况沉声说道。

“你知道我不会凭你的直觉就采取行动。”费永年提起故人，“当年从队里调走的老王，后来去了人事档案管理局，上两个月市里开会时我还看见过他。人比以前胖了，头发也比以前少了，活脱脱一尊弥勒佛，人人见了他都戏称他为‘王胖子’。他私下对我说，当时向市局施压的那位如今已经退休，目前在位的并不是他培养起来的亲信，而是上头空降来的。”

费永年伸手指一指头顶上方。

“那位说是退休，但老王说其实多多少少是被他儿子所累。他提拔上来的人，而今调离本埠的，明升暗降的不在少数。现任很有点儿拿这些人作筏子，整治本埠官场的意味。”

陈况微微一笑。可是这还远远不够。

费永年知道他的心思：“前头的保护伞现在已经撤走了，想要旧案重开不是没有可能。只是你不能莽撞，你比谁都清楚检方不会采纳法律禁止的证据形式与取证方式。无论你有什么发现，一定一定，要和我取得联系。”

陈况郑重点头：“老费你放心，我必不让他因我的疏忽而逃脱法律制裁。”

费永年一拍腿："就等你这句话了！我会及时和你分享案件进展，你的调查也一样。"

下班前主任叫住连默。

"车坏了？在停车场没看见你的车嘛。"

连默点点头，有点儿郁闷："小区里不知道谁恶作剧，把好几辆车的前后轮胎都扎了。我怕迟到，所以就叫了出租车来上班。"

主任一拍双掌："这种偷偷摸摸损人不利己的小贼最可恨！你报警了没有？绝对不能姑息放任这种行为！"

"有业主当时就报警了。"连默为了赶时间，没有留在现场听取后续进展。

"叫小卫送你回家吧。"主任不等连默拒绝，便朝她身后一招手，"小卫，我可把连默交给你了，你得负责把她安安全全送回家。"

法医实验室门前，青空笑着应道："保证完成任务。"

主任笑呵呵朝连默摆手："去吧去吧。小卫有车贴的，你不用担心他兜圈子送你。"

青空在那头道："我可听见了，到时候车贴不够用，主任您可得给我报销哦！"

"那是当然。一句话。"

连默不好再推托，把一句"我可以乘出租车"默默咽回肚里，拎着医生包跟青空上了楼，出了市局办公大楼，坐上青空的车。

两旁有同事经过，都一副乐见成就一对眷属的表情，让连默有心摇下车窗解释两句，却又无从说起。

青空心情不错，一边发动引擎，一边征求连默意见："空调会不会太冷？"

等车开出市局，融入晚间高峰的车阵里，趁汽车开开停停的工夫，青空打开车载音响："想听什么音乐？"

“都好。”连默对音乐没有特殊喜好，连楼下小花园几个阿婆每晚跳舞放的《最炫民族风》她都能淡定地从头听到尾，毫无怨言。

青空闻言真想以头抢地。

回个我喜欢听节奏布鲁斯，或者喜欢听灵魂乐，抑或爱听摇滚乐，这才有话题往下说啊！

一句“都好”，简直和“随便”一样，令人无措。

青空在内心里默默泪了两秒，这才按下随机播放键。

性能良好的环绕立体声车载音响里缓缓流泻出瓦格纳的歌剧《尼伯龙根的指环》第一部，《莱茵的黄金》序曲，如同少女就在耳边呢喃低语，由舒缓而高昂。

乐声响起的刹那，连默低低“噫”了一声，随即侧耳倾听。

“……是一九八六年德国拜特罗伊节日剧院制作完成的版本……”连默有一点儿小惊喜，这是她认为仅次于一九五七年录音版本的版本了。

青空没料到歪打误撞，连默竟然知道，顿时生出遇见知音的豪情来。

“你也喜欢？”

连默微笑：“中学时有音乐欣赏课程，老师从最浅显易懂的《卡门》《茶花女》《费加罗的婚礼》开始向我们介绍歌剧，甚至还让我们每个人挑选一样简单的乐器，一班人一起排练女中音们最爱的《何处寻觅那美妙的好时光》。”

连默说起读书时的事，平时沉静的表情变得柔和飞扬。

“后来慢慢开始欣赏《阿依达》《巴黎圣母院》，最后老师将《尼伯龙根的指环》介绍给我们。十六小时的歌剧，我们整整听了一个学期。”

有人不耐烦，有人却从此深深沉浸在古典音乐的世界里，放弃原本的理想，考取音乐学院。很多人都说他疯了，他却说：我只是找到了自己的最爱。

“我家里有这版本的德国头版黑胶唱片，保存得极好。和后来灌录的数码唱片相比，声音更显空灵细腻浑厚昂扬。”青空说完，果然见连默眼睛一亮，他的心也跟着亮起来，“歌剧在我家一向是小众娱乐，现在找到同好，有空一起听吧？”

连默大力点头：“等手头这件案子告一段落。”

青空心里小得意起来。陈师兄带连默去听法医演讲，他和连默一起听歌剧，还是他比较有情调啊。

“我知道你家附近弄堂里有家食肆，专做私房菜的，要不要一起去那里吃晚饭？”青空征求连默意见。

“我知道食肆，不过听说要预约呢，否则根本没位子。”

两人的话题由歌剧转到美食上头。

后头远远尾随两人的一辆灰褐色帕萨特在高架分流岔道口与青空的车拉开距离，走分流岔道，下了高架路。

车里戴着浅色墨镜的陈况取出手机，趁红灯时拨电话给孙生。

孙生在电话那头中气十足地问：“怎么样，我办事，你放心了吧？”

陈况在这头笑笑：“我又欠你个人情。”

“哎，当年若不是你，我如今还不知是死是活。救命之恩，这点儿小事根本不算什么！只要是况老弟你一句话，我老孙赴汤蹈火也在所不辞。”孙生这样说着，后头还隐隐约约传来女孩子娇滴滴的召唤。

“孙兄去忙吧，我们有空一起吃饭。”

“况老弟嘲笑我是不是？和你打电话，再忙也是有空的。”孙生这样说着，那头就有女孩子不依不饶地娇嗔：“怎么还不来嘛！”

“哈哈，拜拜况老弟。”孙生在电话那头一边叫着来了来了，一边收线。

陈况朝着电话摇摇头。似孙生这样黑白通吃，能屈能伸，风流快活，也是本事。

绿灯亮起，陈况的车随着前车驶过路口。

他的直觉一向超乎常人地精准，这一次他不能再让周围的人受到伤害，所以他和费永年商量过后，请孙生设法让连默不能独自驾车上下班，再由乔主任出面安排人手，接送连默上下班。

不想孙生出手，竟是使人将连默所住小区里七八辆停在一处的车胎捅了。

手段固然粗糙，不过确实有用。

连默将最后一组数据录入电脑。

实习生今天请假，参加婚礼去了。请假的时候深深叹息："老师，似我等这样有一技之长，职业性质较为特殊，工作起来废寝忘食昼夜不分，收入尚可的单身职业女性，是否容易成为剩女？"

连默挑眉，有些疑惑她的感慨从何而来。

实习生将记录板抱在胸前："我最要好的死党、高中同学今天结婚。她本来邀请我做伴娘的，我们当年约定过的，谁先结婚，另一个就做对方的伴娘。可是老师你看，我根本走不脱，完全没有时间陪她挑婚纱选照片布置场地，只好食言。"

连默有些同情地拍一拍实习生肩膀："要知道，婚姻制度是人类漫长的社会关系历史上的一链，它既不是社会关系的最初，也不是社会关系的最终。在原始社会里，人类曾经有一个阶段是采取群婚制度的，一个部落中的女性和另一个部落中的男性结婚，同时也可以与另一个部落中的其他的男性通婚。有时客人来访，他们也会互相交换妻子。摩梭女性的走婚，其实正是群婚的遗留现象……"

实习生一愣，怎么就说起婚姻制度来了？

连默伸手取过实习生抱在胸口的记录板："现行的婚姻制度只是符合目前的社会制度罢了。早早晚晚，都会产生变化。所以不必担心自己成为剩女，或有一日，有一技之长，收入尚可的单身独立女性，才是常态。喜欢就在一起，不喜欢就分开，不用再担心经济与社会利益。”

实习生呆一呆：“老师你这是安慰我吗？这是安慰我吗？！我能不能活着看到这一天都是问题啊？！”

连默笑起来，指一指腕上的手表，示意实习生再不走就迟了。实习生“嗷”一嗓子，取过放在一旁椅子上的背包，说了声连老师再见就跑了出去。

主任在走廊上碰到一路小跑的实习生，待走进连默的办公室，不由得问起：“新来的实习生怎么样？看起来很活泼的样子。”

连默浅笑：“工作的时候十分稳重。”

无论她说起什么话题，她都镇定自若。

“你别吓跑了她。现在能留住一个业务能力强的人才不容易。”主任叮嘱，“你当初刚来的时候，我可没这样吓过你。”

连默只管嘿嘿笑。

她忍不住啊。

一碰到紧张或者不知所措的局面，她就会开始东拉西扯胡言乱语。

她也不想这样啊。

“广场碎尸案有什么进展？”

连默收了笑：“根据尸斑和下颌关节尸僵的强度，可以初步判定碎尸被发现时，死者已经死亡二十四小时以上。血液检查报告显示，死者生前曾经饮酒。胃容物中含有一种花粉，还在对比究竟是哪种植物的花粉。尸块剖面采集的工具痕迹样本也送到实验室去，与数据库里的样本做交叉对比，我还在等结果。”

“能不能确认死因？”

连默点点头：“股动脉出血，导致失血死亡。”

凶手冷酷地目睹受害人随着心脏的跳动，一股股的血液喷涌而出，慢慢失去生气，在他面前由一个活生生的人，变成一具犹带余温的尸体。然后有条不紊地将其肢解，抛在大庭广众之下。

“凶手很享受他杀人的过程，每一步都有条不紊。”连默有强烈的预感，凶手还会再次行凶。

主任面色也凝重起来：“有什么进展要尽快通知楼上。”

“我知道了。”连默极力将自己脑海中越来越清晰的预感抛开，但那预感就如同一片黑压压的乌云，笼罩在她心头，驱之不散。

吃午饭的时候，费永年和青空都没下来，只有小刘一个人在食堂吃了饭，又带了两份盒饭上楼去。在经过连默时，小刘还不忘停下来传话：“卫青空叫你下班先别走，他送你回去。”

说完“噌噌噌”三步并作两步蹿进电梯。

坐在连默斜对面信通处的办公室副主任笑呵呵地打趣：“小连啊，是不是可以准备红包，吃你们的喜酒了？”

连默好一阵愕然。

“……我只是车坏了而已。”

她的车轮胎被捅，先是片警前来取证，后来据说小区里有车主认识人，案件又被移交给分局的刑警，前前后后车在原地放了两天。等取证完毕，汽车由拖车公司拖至购车的汽车经销商处，对方一会儿要保修卡，一会儿又要等原厂送轮胎过来，总之四个轮胎换了三天也没换好。她只能继续搭青空的车上下班。

信通处副主任听了只管笑，一副“你别害羞，我们都知道，抵赖没有用”的表情。

连默心道：这下误会大了。

而制造这场误会的人此时正在楼上问小刘：“你和连默说过了没有？”

小刘将手里的盒饭交给青空：“说过了！”

青空一手接过盒饭，一手捶一下小刘的后背：“谢谢你！”

费永年在一旁抄手就在青空后脑上拍了一下："快吃饭！吃完继续查案。"

青空赶紧坐下埋头吃饭。

费永年这两天有点上火，眉心的皱纹明显深起来。

案件进展缓慢，目前他们手头掌握的线索寥寥，只知道死者为女性，年龄大约在二十岁到二十五岁之间，右脚脚踝曾经有过一圈文身，但已经被凶手切除。凶手手段非常残忍，将受害人的股动脉割开，让她目睹自己失血过多，求救无门，在心理和生理上给她造成双重恐惧，终至死亡。然后将她肢解抛尸。

心理侧写师对凶手的描述是三十岁到四十岁之间，接受过高等教育，很可能从事与医学有关的职业，举止有礼，有一定经济能力，在本埠有独立的居所，能不受人影响地杀人并分尸。受害人年轻，很容易就被他所吸引，随他去陌生的地方，进而惨遭不测。而他继续犯罪的可能性非常高。

可是符合这些心理侧写的人，没有几十万，也有几万了，怎样才能缩小嫌疑人范围是个令人头疼的问题。

"费队，我这边有发现！"小刘忽然提高了声音说。

费永年和青空同时放下盒饭，一起凑到小刘办公桌前。

小刘感受到了瞬间的压力，深吸口气道："装尸体的防水旅行袋的材质比较特殊，我在网上搜索了一下，终于有结果了。这是一个著名的户外运动设备品牌的产品，国内没有生产，都是从国外进口的。并且他们只有少量现货，大多数客人都是先在他们的旗舰店或者官网预订，等到货后自提或者送货上门。每一个旅行袋都有特定的编号……"

"所以特定的包能追溯到它的所有者！"青空一砸手心。

小刘大力点头："即使不能追溯到具体某个人，但至少能知道有哪些人有这个牌子的防水旅行袋，缩小了嫌疑人的范围。"

"干得好！"费永年拍拍小刘肩膀，转头交代青空，"吃完饭你和小刘去旅行袋的销售商处核实信息。”

他自己则一推门，站到办公室的阳台上，点了支香烟，有一口没一口地吸了两下，想起家里老婆不爱闻烟味儿，连办公室里沾回去的都嫌弃。本来婚后他都戒了，最近心烦上火，就又抽上了，只是老婆鼻子好，抽一口都能闻出来，又赶紧掐灭了烟，从口袋里取出喉糖，扔两颗在嘴里含着。

如此在阳台上站了一支烟的工夫，费永年拿手机打电话给老同学。

他们当年都是从警官学校毕业的，只不过他和陈况做了警察，这位老同学却进了出入境管理局，如今已经是副科长级别的人物了。每年同学聚会，就属这位同学最春风得意。年富力强，工作体面，收入颇丰，娇妻稚儿，有车有房，的确是所有同学中发展得最好的。

老同学一接起电话，就热情地说：“费永年！什么风把你吹来找我了？”

“赵朴实，我是有事相求。”费永年开门见山。

“哈哈哈，能得班长费永年有事相求，是我老赵的荣幸啊！说吧，什么事？”赵朴实没和费永年耍官腔。

“我想麻烦你帮我查一个人，看看有没有他近期的出入境记录。”费永年报上名字。

“一句话的事！”赵朴实很是痛快，说完了正事，便与费永年讲起同学会的事来，“国庆节的同学会，老班长你说放在哪里好？我们山也上过，海也下过，钓过鱼，逮过鸡，好像好玩的都组织过了。”

费永年微笑：“你在同学群里喊一嗓子，必定花样百出，到时候投票决定好了。”

赵朴实在那头一拍巴掌：“还是班长有办法！”

“这两件事就都麻烦你了。”

“不麻烦！不麻烦！到时候可一定要带嫂夫人一起去参加聚会啊！”赵朴实又和费永年聊了一会儿，撂下一句“过两天给你消息”，就挂了电话。

费永年站在阳台上。外头的天灰蒙蒙的，阴霾笼罩着城市，久久不散。

陈况的直觉，侧写师的心理侧写，都让他有种事态朝着他最不希望看到的方向发展的担忧。

连默避让过在过道上奔跑的顽童，继续抬头查看书架上的分类牌。

周末的书店热闹过菜市场，颇多家长带学龄前儿童到书店接受文学熏陶。奈何孩童多动，全然不顾家长管束，在书店一排排书架间的过道上来回呼啸奔跑。家长最后只好放弃，任由几个小童来回追逐。

然而对爱书人来说，这小小嘈杂，不成问题。

连默戴一副黑色全封闭降噪耳机，悠闲地穿行在书架之间，眼前是排放整齐的，散发着新书独有的香味的书籍，耳中是《巴黎圣母院》卡西莫多抱着死去的爱人所唱的《舞蹈吧，爱丝美拉达吾爱》优美的旋律，周遭的一切都淡出她的感官世界，只余纯粹的音乐与文字。

死者胃容物中发现的花粉着实令连默困惑，那并不是她所熟知的任何一种花卉的花粉。只有辨识出花粉的种类，才有可能知悉受害人生前的最后一餐是在何处用的，进而推断出一条大致的时间线，弄清楚她最后二十四小时的行程，从中发现凶手遗留的蛛丝马迹。

目前与实验室数据库中的现有数据交叉对比，没有找到匹配的样本。她在法医交流用的内部网站上也放出了花粉的显微放大图片，暂时还没有回复。连默只好到书店来，为自己换一换思考的角度，拓宽思路。

但是书店里关于孢粉的图书实在不多，连默找到一本《中国气传花粉和植物菜色图谱》，从书架上抽出来仔细翻了翻，和实验室已有的数据大致相同，但是她还是打算买回去仔细阅读，以免人为疏忽错过重要线索。

忽然有一只男性修长干净白皙的手将一本《中国木本植物花粉电镜扫描图志》轻轻递到连默眼前。

连默一愣，取下耳机，抬眼望向持书的男人。

男人生着一张年轻的娃娃脸，一副近视镜下头是半眯半笑的眼，穿着质地非常细腻柔软的浅灰色棉麻圆领衫，搭一条牛仔裤，白球鞋，和连默像是双生儿般的打扮。

男人见连默扬睫相望，眼里有疑问颜色，微微一笑："我看到你一直在找有关花粉的图书，这本是刚才有个淘气的小朋友看过，随手塞在后面那排书架上的。"

说着，指了指连默身后的那排书架。

连默顺着他的手指望过去，不由得一哂，哲学书啊……她哪里会去哲学类里找有关植物的书籍呢?

接过书，连默向他道谢。

他耸耸肩，双手插进牛仔裤口袋里："希望对你有所帮助。"

不擅长与异性搭讪的连默点点头，将两本书捧在胸前，重新戴上耳机，再次将世界隔绝在音乐的旋律外，朝收银台走去。

男子站在原地，目送连默纤瘦的背影慢慢走出他的视野范围，被层层书架所阻挡，微笑着垂头看向连默稍早站立的位置。

她有种不自觉的美，头发扎成一束马尾，低头认真看书，露出一截洁白的脖颈，有几缕散碎的小头发，带着一点点微微的弧度，贴在耳后。书店柔和的灯光打在她身上，使她看起来不可思议地美好。

他忍不住想，这样的美好，但愿不被这污浊的尘世侵染。

连默回到小区，还没走到楼下，远远就听见贤珍和明竹的笑声。明竹的笑声尤其响亮，脆生生的，透着一股蓬勃朝气。

连默拎着书店的纸口袋，放慢脚步。对于两个女孩子的热情，连默总有些不知所措。她喜欢保持一定距离，先观察一段时间，直到确定发展友情对彼此无害，才会放下戒备。

这个过程不会太漫长，但是在如今人人都加快节奏，步履匆忙的时代，不是所有人都愿意等待，愿意接受这样的谨慎。他们往往匆匆而来，见得不到期望中的回应，便挥手而去。

连默觉得自己就像是新时代的老古董。她一直想不明白，为什么两个陌生人，可以通过一款手机应用软件，找到彼此，然后相约见面，最后把臂搂肩跑去酒店开房？广播里陌生网友见面，被骗财骗色甚至惨遭杀害的新闻，难道还少吗？

等她磨蹭到门洞前，贤珍和明竹都没上楼，连默只好硬着头皮和两个见面自来熟的女孩儿打招呼。

明竹先看见连默，娇呼一声："连姐姐回来了！"

贤珍扯一扯明竹的手臂："姐姐回来啦？你同事等你好久了。"

果然信报箱前头站着青空，明亮的紫色T 恤，亚麻色休闲裤，和平时在单位里全然不同的样子。

看见连默回来，他三步并作两步走过来，信手接过连默拎着的纸袋："这么沉？累不累？我不是说了叫你等我来了再出门吗？"

连默哑然，微微涨红了脸。

她是真心不习惯男生在大庭广众之下对她如此热情周到啊……

"连姐姐，你同事对你真好！"明竹咬了咬嫣红的嘴唇，有些羡慕地说。

贤珍拉着她，对青空和连默说："正好姐姐回来了，我们也该上班去了。"

说罢拖着明竹走远了。

青空等两个女孩子走远了，一边扬下巴示意连默开楼下的防盗门，一边对她说："这两个女的来路不明，说话滴水不漏，目的性很强，你和她们往来留个心眼。"

"哦。"连默点点头。你不说我也知道。

待连默打开防盗门，青空拎着装书的纸袋进门，一边前后上下打量楼内的建筑结构。

“就这一部电梯？”

“嗯，就这一部电梯。这是老式公房，有电梯已经属于当时比较高级的公寓楼了。”连默却引着他走楼梯，“不赶时间的时候，我都会走楼梯。”

响应号召，节能环保。

青空跟在连默身后。

她今天穿麻灰色棉恤，牛仔短裤，扎着马尾辫，远远看去就像是假期里的中学生。走近看，却有着中学生所不具备的沉稳冷静。

当走到七楼时，连默面色如常，青空则有点喘：“最近缺少锻炼。”

连默闻言微笑，去接他手里的纸袋：“给我拎吧。”

“没事！”青空站直身体。

连默也不和他抢，自去开了门，请他进屋。

当连默家的门堪堪合拢的刹那，隔壁门后传来清晰轻蔑的声音：“不要脸！看什么看？还不回去做作业？！”

青空在屋里听见了，忍不住皱眉。

连默怎么住在这样的环境里？两家邻居一家在门后窥视，言语中充满了对连默的敌意，另一家的两个女孩子热情得过分，带着说不清道不明的殷勤。

“市局有单身宿舍可以申请，住得离局里还近些。”青空对连默说。

连默接过他手里的纸袋，放到一旁的置物柜上：“这里也挺好的，出门就有超市菜市场，走五分钟就是地铁站，交通便捷。”

青空不便深劝，只好转而问：“去书店有什么收获？”

连默来了精神：“目前国内最全的孢粉图谱图志都买到了，我将受害人胃容物内发现的花粉拍下来了，马上开始做比对。也许正好有数据库里没有的样本。”

“我和你分头找，”青空击掌，“这样速度快些。”

连默去厨房泡了一大壶茉莉柠檬茶出来。

茉莉花就是连默种在阳台上的一盆多瓣茉莉的花朵。连默不太去料理它，任由雨水浇灌，风吹日晒，它却每到暮春初夏，便开出繁繁复复累累缀缀的花来，香气在夜里飘出老远去。连默就收集花盆托盘里未及盛放便凋谢的花苞，略略晒干后，自己用来冲茶喝。

青空闻见茉莉香味儿，笑起来：“想不到连默你也喝茉莉花茶。”

又说起自己父亲来：“我家老头就喜欢喝茉莉花茶，家中院子里种了整整一花圃的茉莉，什么品种的都有。没事就钻在花圃里伺候茉莉花。我家太后说他跟花在一起的时间比和老婆孩子在一起的时候都多。有机会带你去看我家老头种的那一大片茉莉花。”

连默想象那样一片馥郁芬芳雪白的花海：“一定很美。”

青空压低声音：“后来我家老头偷偷告诉我，他当年初见我家太后，就是在一丛茉莉花前头。我家太后穿一套军装，胸口别着大红花，正和战友合影，我家老头恰巧经过，看了那么一眼，自此就刻在心里，再也忘不了。”

青空至今记得老父在说起这一段往事时，脸上那种焕发青春般的光彩。他相信当时那个画面一定很美很美。

“臭小子！哪一天有个姑娘，你看了她一眼，再也忘不了，你就知道是什么感觉了。”老父说完，一把将他从病床前拍开，“别在我跟前碍眼，多陪陪你妈去！”

他当时以为老头撑不下去，差一点心软留在父母跟前。后来发现老头儿精气神足着呢，和同楼病房里的病友下棋，两个人为了一步棋吵得面红耳赤，他才惊觉差点中了苦肉计。

连默微笑，斟了杯茉莉柠檬茶，双手奉到青空跟前：“谢谢。”

她神经再粗壮，青空接送了她一周，也明白这其中，怕是有费队安排他保护她的意味。

“一杯茶就谢我了？”青空怪叫。

“等会儿我亲自下厨，请你吃饭。”连默老实。

“这还差不多。”青空笑起来，眼里流露出明朗的神色。

临下班时，青空接到发小的电话。

“空少！下班出来吃个饭！”发小的声音从极嘈杂的环境里传来。

“说了不要叫‘空少’！”青空捏鼻梁，“这几天没时间，兄弟你自己好吃好喝好玩，我就不奉陪了！”

“别介呀！卫少！弟弟我特地把年假和国庆假期连加在一块儿，搞了一个月的豪华长假，专程从京城赶来找你，你怎么能这样对我啊？！”发小提高了音量，“卫少赏脸，出来吃顿饭，算是给弟弟我接风洗尘呗！咱们也有日子没见了吧？卫少你难道就不想我吗？”

“不想！”青空斩钉截铁，“我最近忙，你自个儿玩去。”

发小还待不依不饶，青空已先一步挂断电话。

一旁费永年拍拍他肩膀。

青空回过头：“费队，什么事？”

费永年示意他收拾东西下班：“今天我来送连医生，你可以先下班了，出去和朋友聚会一下，放松放松。”

“不……”青空一个“用”字没来得及说，费永年已然一笑，宽厚的手掌一挥，表示事情就这么定了。

可是我想送连默呀！青空将话憋在肚皮里，先行下班了。

这头费永年让青空小刘下班，那头主任也赶连默把东西收拾了下班回家。

“我在等美国同事发数据来……”连默还想做垂死挣扎。

“美国现在是太平洋时间半夜十二点。”主任毫不留情。

连默颓然。

主任指一指自己的双眼："你们的一举一动都瞒不过老法师的这如炬双目。"

"那我先下班了。"连默把自己的东西扫进医生包，一拎，耳机挎在脖子上，朝主任挥手。

一等连默走出自己的视线，主任就传简讯给费永年，小白兔已经出发。费永年回以简短的"收到"两字。

主任觉得费永年和陈况有些草木皆兵，然则也不能怪他俩，四年前的事无论搁在谁身上，都会留下难以磨灭的心理创伤。陈况从此离开警队，费永年虽然坚持留了下来，可是明眼人都看得出来，他再也不是最初那个大大咧咧，笑起来带着一股子爽朗的小警察了。

主任叹了口气。肉体的创伤容易愈合，心灵的伤痛，有些时候，却很可能伴随一个人终生。

他从没对连默说起过，在她来应聘之前，法医实验室曾经有过另一名女法医。年轻，业务能力不错，样子也好，挺文静的一个女孩儿。有一天，从医院送来一具女尸，怀孕已经八个多月。女死者因为与婆婆产生矛盾，一气之下上吊自杀。她在房间里蹬翻了凳子，发出巨大声响，婆婆却由于两人间的龃龉没有前去察看究竟。等她老公下班回家，推开卧室的门，发现妻子悬在那里，早已经没了气息。鉴于是非正常死亡，所以负责抢救的医院就将尸体送到法医处。她正好当班，承担了尸检的工作。在她解剖尸体，取出女尸腹中已经成形，还差三周就将降生，却在母体中一起死去的男婴时，那个婴儿忽然动了动……

她在那一刻彻底崩溃。

事后她接受了整整一年之久的心理辅导，却再也没办法回到法医行列，最后只能辞职。

他最后一次听人提起她，是几年前在法医工作年会上，据说在一所中学当校医，精神仍然不在最佳状态，人看起来邋遢油腻。

主任不知道，工作中的哪件事，会触及心灵中那个点，使人再也无法承受，终至崩溃。但是他不愿意因为自己的疏忽，让连默碰上类似四年前的事。所以他积极配合费永年，将连默置于被保护的状态下。

至于连默本人的意愿……主任想，费永年和陈况大概都不予考虑，直接无视了吧？

“费队，我一个人回家没事的。”连默坐在费永年的老式大众汽车上，非常诚恳地对费永年说。

“坐好，把安全带系上。”费永年看看手表。手表是第一个结婚纪念日妻子送给他的礼物，到现在已经五年了。他偶尔会想，假使他和陈况当年没有那么固执地要缉捕真凶，上头一施压，他们就和稀泥，把案件草草了结，他是否如今早就高升，妻子也不会被陷害，最后离开国有企业，两夫妻和和美美春风得意？陈况和女朋友已结了婚，孩子都能满地跑了？

“费队？”连默见他微微出神，轻唤。

“我先请你吃饭，然后带你去个地方。”费永年发动引擎。

“哦。”连默老老实实系好安全带，靠在椅背上。

她的第六感雷达还是比较准确的，费队心情不佳，她还是识趣点的好。

费永年瞥一眼连默，忍笑，驱车驶往目的地。

晚饭选在一家私房菜馆，菜色很清淡，着重体现新鲜食材的原汁原味，辅以精美的食具，给人以视觉和味觉的双重享受。连默最喜欢喝一款新鲜莲藕榨的莲藕汁，清甜中带一点点桂花香，装在好看的翠色荷叶盏里，使人还没饮到嘴里，已经在肺腑中生出一股清爽的感觉来。

吃过饭，费永年领着连默从私房菜馆后门出来，上了等在外头的出租车。

“师傅要去哪里呀？”司机压着嗓子说话。

可连默还是听出来了："陈况？"

"我说了骗不过她。"费永年笑起来。

"本来也没认真伪装。"陈况也笑。

连默一双大眼在两人之间来回扫视。

"快告诉她我们现在要去哪里，你看把她憋的。"陈况从后视镜里望了一眼。

连默鼓了下腮帮子。

费永年没有卖关子："我们带你去一家私人实验室。"

连默微微张大嘴。

"没错，就是你想的那样。"陈况接口道。

"不要紧吗？"检方不会采纳非法证据。

"我们不是非法采集证据，"费永年斟酌了一下，"只是去找专家来帮助我们。"

连默点点头。法医实验室并不是对所有领域都了解熟悉，很多案件都需要其他行业的专家充当顾问。

陈况将出租车驶进一幢大楼的地下停车库，熄火，和费永年、连默一起下车，搭电梯上到五楼。因已是下班时间，整层楼静悄悄的，脚步声在楼道里放大回响。

陈况拉开正对电梯口的玻璃门，示意连默女士先请。

连默握紧了手里的医生包拎手，走进陌生空间，陈况与费永年随后进门。

连默一进门，绕过镌刻有实验室名称的照壁，来到里头，在偌大的，以玻璃幕墙分隔的空间内一眼就看见平时工作中比较常见的光谱仪、有机质谱仪和无机质谱仪，甚至连接触机会不多的同位素质谱仪与离子探针都有。

"欢迎光临信氏实验室。"信以谌从一侧的休息区走出来，身旁跟着看起来明显很兴奋的信以诺。

连默并不觉得奇怪。信氏是做建材生意的，拥有自己的实验室对建材进行质量检验是再正常不过的。遂朝信以谌点点头："你好。"

信以谌微笑："连医生看看设备可还齐全，如果缺少的话，我立刻去向别处调用。"

"有没有更衣室？"连默正正经经地问。

"有，请跟我来。"信以谌伸手，领一行人往更衣室去。

待换上一次性防尘服，一行人个个都由顶至踵穿在白色无纺布的防尘服内，走起路来"窸窸窣窣"地响。连默看一眼平时都衣着优雅的信以谌，双眸笑成了月牙。

果然帅哥就是帅哥，即使裹得严严实实，只露出一双眼睛，仍然能叫人透过双眼猜测他有多英俊。

以诺却对干巴巴的女法医无甚兴趣，点点头权充招呼，便将所有注意力都放在陈况身上，自动自发地取了平板电脑，做出一副调查助理的模样来。

陈况不理他，只当他是阔少闲极无聊，三分钟热度。

信以谌带他们穿过走廊，行经一间间玻璃墙隔离开的独立实验间，来到最里面的一排实验间。连默发现自己宛如置身于平时工作的法医实验室，除了没有停尸房和尸检台，这里简直应有尽有，甚至连法医实验室申请购买，至今都没有经费批下来的最先进的生命科技公司生产的仪器。

购买生命科技公司的仪器，该公司会和实验室分享公司所拥有的强大的基因数据库资料，包括逾一千五百万份犯罪分子的基因样本，以及世界范围内的动植物基因样本。可以毫不谦虚地说，生物科技公司的基因库，就像是一个巨大的数据诺亚方舟。一直是连默所神往的。

现在有机会接触这些仪器，进而一窥数据库的究竟，如何不让连默激动?

"这是……"她的身体几乎要贴在玻璃墙上。

除了还在状况外的以诺，所有人都微笑。

“这是实验室最近购置的设备，连医生需要什么请尽管使用。”信以谌隔着口罩，对同样只露出一双透澈大眼的连默说。

连默小小地欢呼一声，就想推门进去，被一侧的陈况眼明手快地拉住。

“？”连默不明所以。

费永年掩面。

信以谌轻笑，伸手在指纹识别锁上按住不放片刻，门锁“嘀”一声解除。

连默“嘿嘿”讪笑两声，随即当先一步，推门而入。

之后，即使给她十个八个裸体帅哥，她也不会注意到了。

第二具碎尸被发现的时候，费永年正和青空排查本埠几家著名的西班牙餐厅。

在死者胃容物里的花粉最终通过与连默从美国一家实验室获取的数据对比后发现，是一种产自西班牙的蜂蜜中所带有的，西班牙当地的一种野花的花粉。

信以谌在这中间提供了很大帮助。

于弟弟以诺看来，乏善可陈的工作狂哥哥以谌，除了美食，完全不懂得生活。以谌只是对从来都是土豪做派的以诺微微一笑，他有条件享受美食，这爱好健康美味，除了体重上的困扰，不会带来任何副作用，比豪车美女来得更加实惠。

信以谌一听说死活赖在陈况身边做助理的以诺谈起受害人胃里有产自西班牙的野花花粉，兼之还有腌制过的猪肉成分，他第一时间就想到了西班牙餐厅。

城中确实有几家西班牙餐厅，但能吃到正宗西班牙顶级火腿的，却只有少数几家。生火腿是西班牙特产美食，顶级的火腿每年都只生产固定的数目，绝不会为了追求产量而牺牲火腿的质量。每年牧场都会挑选固定数量的西班牙杂交黑猪，将它们放养在野外牧场，喂饲一种独特的果实，这样猪肉的脂肪才会形成白玉一般的颜色，胆固醇含量接近于零。最后只取煮的两条后腿，腌制三年，才能获得一条顶级美味的生西班牙火腿。每条火腿都配有基因证书，然后才能上市销售。

西班牙火腿生吃最为美味，但餐厅有时会考虑到食客的饮食习惯和口味，提供各种调味料供客人蘸取，以获得美味体验，有的餐厅会为食客送上一小罐产自西班牙的手工蜂蜜。由于是纯手工采集，所以蜂蜜在分离的过程中，会带有大量的花粉，虽然看起来不那么清澈透明，但营养价值更高。

两相结合，信以谌推测受害人很有可能生前曾去过一家正宗西班牙餐厅用餐。

信以谌的推测得到了法医实验室数据的支持。

“除了花粉，胃容物中的残余肉质经基因检查，与国内养殖的猪的基因不同。”连默指着实验室给出的检测报告，对费永年说。

费永年和青空走了两家西班牙餐厅，两家都提供顶级生火腿，但这两家主张最纯正的西班牙风味，所以并没有为客人准备蜂蜜做蘸料。两人正打算驱车去第三家的时候，费永年接到小刘打来的电话。

“费队！在城中绿地广场，又发现一具碎尸……”

结束电话，费永年握紧方向盘。

城中绿地广场同样位于市中心，与喷泉广场遥相对应，每天在绿地广场晨练的市民不在少数。相比喷泉广场清早多是中老年人，绿地广场每天都有大量的不同年龄段的市民前去，其中不乏很多老人带着孩子去接触大自然的。凶手将弃尸地点选在那里，其意不言而喻。

市局和有关部门对此十分重视，领导专程找费永年谈话。

“城中绿地广场是我们城市的一张名片，在人均绿化占有率这么低的现在，有那么大一片植被位于城市中心区，供市民们亲近大自然，呼吸新鲜空气，一直都广受欢迎。现在有连环杀人犯在外不断作案，还将尸体抛弃在每天有老人孩童经过的绿地中心地带，这影响太恶劣了！”领导在办公室里几乎要拍桌子。

上头正要派巡视组下来，这时候出了这样的事，太难看，简直是打本届领导班子的耳光。

“巡视组马上就要来了，限你们务必在半个月内破案！”领导捣着额头，“动用一切可用资源，不要让媒体抓到疏漏！四年前的案件已经够轰动了！”

当时坊间各种传闻层出不穷，媒体紧追不舍，上面又有人施压，即使结案，舆论仍不依不饶地指责警方办案不力，案件疑点重重。现在忽然又出了一桩连环杀人碎尸案，倘使不能尽快地将凶手绳之以法，让媒体放大报道此事，那根本就是坐实了当年认罪的凶手不过是替罪羊的传闻。不但警方面上无光，恐怕一应政府高层都会受到牵连。

费永年抿唇点点头，退出局长办公室。

等来到走廊上，身后的门轻轻合拢，费永年这才缓缓吐出胸中的一口浊气来。

如今的局长正是当年大力主张尽快结案，向上层势力弯腰低头，最先妥协的市局刑侦大队队长。当年案件告破，原局长高升，副局长升任局长，他就坐了副局长的位置。不出两年，局长退休，他就稳稳地接任局长要职，很是春风得意了一阵子。

现在类似的碎尸案再现，很难不令大众和媒体联想起四年前的旧案，他这才觉得头疼，要限期破案。早知今日，何必当初？！

费永年不觉得解气，他只是后悔，如果当初真凶被绳之以法，那么也许今时今日这两个女孩子就不会遇害。

局里的低气压，迟钝如连默，也感受到了。

刑侦队上下没日没夜地进行排查，青空和小刘熬红双眼来来回回地看事发地点附近的监控录像。

扫地阿姨偷偷埋怨，办公室里的烟蒂和喉糖包装纸到处都是，推门进去能呛死个人。

第二具尸体的尸检连默也已经完成，和第一个被害人一样，凶手的手法干净利落，甚至带着一丝炫耀的意味，笃定警方没法抓到他的得意。

连默拿着报告，推开刑侦队办公室的门，果然如扫地阿姨嘀咕的那样，看起来乱糟糟的。

青空与小刘正在就户外运动品牌提供的客人名单，与西班牙餐厅提供的第一个被害人死亡大致时间内的预定名单做比对，但是青空有预感，希望不大。

无论是购买防水旅行袋或者是预定西班牙餐厅用餐，凶手都很有可能提供了伪造的身份信息。他既然打算行凶杀人，又怎么会大意到留下自己的真实信息，事后供警方追查？

见连默推门进来，青空忙起身去将办公室的窗通通拉开，一边顺手操起办公桌上的一本年鉴扇风："有什么新发现？"

"没有什么有用的新线索。"连默把报告递给青空。

凶手越来越老练，也越来越谨慎。先将受害人麻醉至失去行动力，人却保持清醒，随后用尖锐锋利的器具割开受害人的股动脉，任其失血过多死亡，最终将其肢解并抛尸。所有的步骤都精心策划，进行得有条不紊。

"但是他肯定会犯错！"青空来回比对先后两份尸检报告。

凶手越得意，炫耀自己的行为，嘲笑警方的无能，就越容易犯错。可是他不能赌凶手在下一次犯案时会犯错。

一定会有什么他们没注意到的线索！

连默静静退出刑侦队的办公室。

临下班时，连默接到信以谌的电话："连医生，你好，我是信以谌。”

连默有些意外，自上次女明星被害案之后，他曾经给她送花表示感谢，却再没有更进一步接触。三天前在信氏的实验室里见到他，她和他也没有多余的交谈。不料他会打电话给她。

“你好……”连默一手接电话，一手将办公桌上的个人物品扫进医生包里。

“冒昧致电连医生，想请你吃顿晚饭，不知连医生可否赏光？”信以谌的声音很沉稳好听，有种大提琴般浑厚的质感。

连默犹豫一下，想婉转拒绝，对方轻声一笑：“有点儿问题，想趁机请教连医生。”

土豪能有什么问题请教她？连默有点好奇。

信以谌在电话那头继续道：“那我就在门口恭候连医生了。”

说罢收线。

连默将医生包合上，两条搭袢系好，准备打卡下班。

主任微胖的身影从办公室门口晃过：“今天我送你吧。”

连默知道最近楼上破案压力巨大，每个人都超时工作，青空和小刘的眼睛这几天全都结膜充血，严重睡眠不足的样子。主任这是想替他们分担些事情吧？

“今天有人请我吃饭，会顺便送我回家，主任您放心好了。”连默笑眯眯。

“是谁请我们连默吃饭？要不要老头子去把把关？”主任的八卦天线进入开启模式。

“不是您想的那样。”连默将耳机挂在医生包的拎手上。

只是主任到底不放心，坚持将连默送到单位门口，一见开着一辆低调雪佛兰汽车的信以谌，他放心地朝连默挥挥手。

坊间各种二代层出不穷，有些名不副实，空有个光鲜亮丽的架子罢了；有些名副其实，为人低调沉稳但做事脚踏实地。

信以谌显然属于后者。

连默上了车，主任这才返回大楼。

“不知道连医生喜不喜欢吃西班牙菜，假使不喜欢，我现在就去别家订位子。”信以谌将车在路口调头，问坐在副驾驶座上的连默。

西班牙菜？连默眼睛里掠过流光。

信以谌点头微笑。

“西班牙菜蛮好的。”连默抓住脑海里一闪而过的念头。

信以谌是谈过恋爱的。

在传得沸沸扬扬的康城影后肇莹莹之前，在一切捕风捉影的绯闻之前，在他还青涩懵懂的时候，他认认真真地谈过一场恋爱，恋爱的对象是高中时的同班同学。

这场恋爱不算轰动，但极其投入。

当时女生是班长，他是副班长。她清秀漂亮，娇小白净，他斯文俊朗，高大帅气，站在一处，连班主任都在班级联欢晚会上戏称他们是金童玉女。作为班长和副班长，本来在班级事务中就接触得比较多，他们又恰恰都到了情窦初开的年纪，互相间便渐渐生出情愫来。

这段生涩稚嫩的感情，受到了周围所有人的保护。他们本来学习就好，彼此互有好感的同时，学业却丝毫没有受到影响。非但如此，甚至还相互竞争，看谁的成绩更胜一筹。哪一方在考试或者测验中赢过对方，另一方就要送上小小奖品。

他当时已经在闲暇时间里帮助父亲看财务报表，翻译进口建材的说明书，以此来换取平时的零用钱。每次他在成绩上略逊她一筹，都会取零用钱出来，给她买围巾帽子手套，头带发箍夹子，一应零碎可爱的小物件。而她则会亲手做小点心给他，样子不精致，味道也一般，可是吃在他嘴里，简直是世界上最甜蜜的美味。

家长老师虽然都知道他们的恋情，但都保持了一种理性的谨慎的观望态度，并不大加阻止。

就这样，这段感情积极健康地发展着，老师们最后甚至有些乐见其成的意思。他曾经无意间听班主任与科任老师说，要是这两个孩子能双双考取北大清华，那真是创造了一项前所未有的纪录。

那时候还不流行学霸一词，搁到今时今日，他们大抵就是传说中的情侣学霸吧?

然则他们青涩美好的恋情，在高三这一年，戛然而止。

她的父亲是本埠官员，当时正逢升迁，将往中央赴任，而她也为自己设定了女外交官的目标，打算报考外交学院，为实现她的理想而努力。

他则恰恰相反。父母是白手起家的商人，生意正处于创业中期的发展阶段，父亲希望他报考本城最高学府的经济贸易专业，毕业后正式接手家族生意。

他们身上都有着父母的期许，谁也没办法为了对方而妥协放弃。

高考结束，他们先后收到录取通知书，相约在共同度过三年时光的校园里见面。

暑假里，学校是不对外开放的，但是门房的老师傅认识他们，网开一面，放他俩进去。

空旷的操场上暑气蒸腾，他们并排坐在跑道边的看台阶梯上，任时光在眼前流逝。

然后，他与她做了人生第一个，也是最后一个拥抱。

七年后，她在一次驻外使馆遭遇到的炸弹袭击中，为保护使馆里的孩童，献出年轻的生命。

当她的遗体由专机护送回国，他在新闻里看到她的父母相互搀扶着出现在镜头中的时候，再也抑制不住内心的痛苦，独自躲进浴室中，狠狠痛哭。

信以谌从那一刻起，知道自己内心的某个角落，已经死去。

他没想到会遇见连默。

连默和他的初恋，并没有多少相像之处，他甚至不能由连默而联想起初恋。

可是，他会时时想起他与她相视的第一眼。

干净透澈，似一把有形的利刃，缓慢又锋锐地切割开他外在的皮肉，直指内心。

信以谌视自己这种莫名深深地记住一个一面之缘的女性的行为，为太久没有感情生活和突发事件当中的情感应激副作用。他等待了一段时间，想等这种突如其来的感觉自行消散。

但是效果不彰。

所以他趁弟弟以诺吵着要做陈况助理的机会，指示实验室采购了一批先进的法医实验室所需的仪器设备。

追求不追求暂且不论，与人交往，投其所好总没有错。何况这些设备往后也可以为新设立的信氏医学检验中心，向个人提供亲子鉴定。

弟弟以诺没想太深远，只说他果然是商人，这都能让他看见商机。

他听后微微一笑。

不过并不是所有人都像弟弟以诺那么单纯。

因而当陈况拜托他，接连默下班，并送她回家时，他欣然答应。

他没有试图掩饰过自己对连默的好感，以陈况的机警敏锐，想必是察觉到了。他送花给连默的动作，估计也瞒不过陈况去。

陈况在眼下这样的时候，有此举动，信以谌约略能猜到一点儿其中的用意，然则陈况不说，是以他也不问。

信以谌一派安闲地驱车，带连默到一家开在城中外国人社区里的西班牙餐厅用餐。

城中的外国人社区有好几处，有以日本人居多的，也有以韩国人居多的，此间则多以欧美人士居多。社区内餐厅不少，无论是想吃以咖喱为主的东南亚菜，还是想吃以汉堡牛排为主的西式简餐，都能在此间觅到不错的馆子。

信以谌挑选的西班牙餐厅开在社区一条僻静的小马路上，马路两旁的法国梧桐枝繁叶茂，在夏日的傍晚遮去落日的余晖。人行道上的室外餐桌已坐了两桌客人，桌上燃着产自西班牙的手工蜡烛，烛光摇曳间弥漫着淡淡的香味，使人心旷神怡。

他偕连默走入餐厅，即刻有服务员领两人入座，殷殷地送上柠檬冰水，又递上菜单，随后静静站在侧旁，等两人点餐。

连默点了餐单上的主厨推荐热食它帕，伊比里亚火腿和海鲜烩饭套餐，信以谌向服务员表示他也一样。

深目高鼻的服务员收走两人的菜单，请两人稍等。

连默趁机打量餐厅。

餐厅老板大抵是弗拉明戈舞的热爱者，墙上挂满了塞维利亚舞蹈家，全世界最著名的弗拉明戈舞蹈之后克里斯蒂娜•欧约斯的照片。餐厅中间还设有一张全木质的方形舞台，想来稍后会有舞蹈表演。

服务员送餐前小食来的时候，连默低声以西班牙语同他小声交谈。起初还有些磕磕巴巴，不很连贯，讲了几句，便流利起来。

信以谌坐在连默对面，看着她和那西班牙小伙交谈片刻，小伙子笑眯眯地转身走开。

“会说西班牙语？”他笑问。

“一点点。”连默承认，“高中时在拉丁语和西班牙语之间选了西班牙语，不过也都忘记了。”

读书的时候，总觉得课业繁重，觉得某一门课目很讨厌，最好老师有事请假，让大家自修。等长大以后才发现，当年学的东西，总会在某个时候派上用场，反而遗憾为什么当初不多学一点儿，更用功一些。

信以谌却从连默的话里，听到更多信息。

读高中时有选择第二外语的条件，本城的中学阶段推行第二外语的学校并不多，并且多偏向学习日语或者法语，拉丁语或者西班牙语并不在第二外语的教学范围内。他由此推测，连默至少不是在国内接受的高中教育，但她身上没有流露出多少洋人做派，又说明她不是自小在国外长大。

信以谌朝连默举一举冰柠檬水杯："以水代酒，谢谢连医生。"

连默举杯回敬："职责所在罢了。"

信以谌笑起来。

她一定想不到，她一本正经打官腔应酬的样子，透出一种小孩子强装大人的奇异的矛盾感，仿佛一具成熟的肉身中，装着一个不谙世事的孩童，努力和世界保持步调一致，又总有慢了一拍的可爱，和她在涉及专业领域时说一不二的冷静敏锐截然相反。

信以谌向连默说起购置的实验室设备来。

"……打算筹备成立医学检验中心，做个人亲子鉴定和其他鉴定业务，不知道连医生有什么专业意见？"

连默做个原来如此的表情。

国内如今的亲子鉴定机构如雨后春笋般冒了出来，不过其资质良莠不齐，收费也高低不一。像信氏这样大的企业，有自己的检验检查实验室，要成立医学检验中心并非难事。

难的是通过高等级资质认证，招徕一批有执业资格证书、从业时间较长、技术娴熟丰富的鉴定工作人员。

连默把自己的看法细细说给信以谌听："这两项到位，其他都不成问题。"

"这方面我是外行，连医生有没有熟人可以介绍？"信以谌不疾不徐地问。

连默想了想："你如果确实需要推荐，等我去向主任打听一下。"

她成天在实验室里，接触的人有限，不敢随便打包票。

信以谌点点头："不急，慢慢来，前期筹备工作都稳妥了，才能面向社会招聘。"

狱火烈烈

空自华

I could discover it

她站在光明里，向黑暗深处探寻，

聆听逝者的秘密。

他很欣赏面前这个女孩子，接触越多，越发自肺腑地喜欢。

坊间多有一些没有多少能力，却爱把自己伪装成能登高一呼，应者如云的人。总喜欢做出一副“我认识某官员，只消我一句话，什么事都能帮你搞定”的样子来。生意场上，他也遇到过不少夸夸其谈又眼高手低的对手。

可连默不是。

她如同一块璞玉，外表远不如都市女郎们光鲜亮丽，但是内心里，她是一块温润透澈的美玉。

信以谌望着垂头吃饭的连默微笑，他愿意这么近近地，静静地欣赏这个美好的女孩子。

晚饭用到过半，忽然空气中传来一声悠扬而浪漫的弗拉明戈吉他波浪音，引得食客们纷纷放下餐具，循着乐声望去。

只见一名年轻女郎，穿一件传统玫红色弗拉明戈大摆长舞裙，乌黑如云的长发松松绾在脑后，鬓边别一枝娇艳欲滴的玫瑰，整个人性感中带着一丝慵懒。她手臂赤裸在空气中，随着缓慢响起的弗拉明戈吉他的节奏，摆动手腕，拧动腰肢，跺脚，旋转，拍手……裙摆在旋转时飞散开来，如同开在夜色中的罂粟花，浓烈得令人迷醉。

当吉他的节奏渐渐加快，女郎的舞蹈也随之变得越来越狂野奔放，甚至从舞台上走下来，在信以谌身前左右撩动裙摆，尽情扭动。

连默看得津津有味。

那女郎在吉他旋律的高潮中旋转如花，松松绾在脑后的黑发散落下来，连同鬓边的玫瑰一起。

连默眼明手快，接住那枝差点跌落尘埃的玫瑰，伸出纤长的手，交回到女郎手里。女郎朝连默抛了个媚眼，将玫瑰横叼在唇齿间，旋舞回台上，在吉他渐次轻缓的旋律中，结束了她的表演。

不大的餐厅中响起热烈的掌声。

她也许不是最好的舞者，但热烈奔放的情绪仍感染了在小小餐厅中用餐的每一个人。

信以谌随着连默鼓掌。

他的注意力全数被连默攫取，吉普赛女郎的舞蹈，不过是繁华世界中一个喧嚣的音符，而连默，才是红尘浮世里最明澈的歌曲。

两人吃过甜品后，信以谌结账，偕连默走出西班牙餐厅。

夏夜幽静的小马路上，几乎听不到车声，只有饭后散步偶尔经过的行人，和空气中夏虫时远时近的叫声，气氛散淡得令人心生就这样一直走下去就好的向往。

连默忽然用西班牙语同人打招呼。

信以谌看见先前跳弗拉明戈舞的女郎，穿着表演时的舞衣，骑在一辆小小的电动摩托车上。玫瑰色舞衣撩高至大腿处，用一截方巾系住了搭在摩托车后座上。

女郎听见连默招呼她，用穿着球鞋的脚在地上蹭了两蹭，将摩托车蹭到连默跟前，大眼睛笑意盈盈地在连默和信以谌身上扫了一扫，遂与连默用西班牙语喁喁交谈。

信以谌暗憾自己不懂西班牙语，但这并不妨碍他倾听连默同人交谈。

就见两个女郎，一个平和，一个热烈，眉飞色舞地对谈片刻，吉普赛女郎发动摩托车引擎，朝连默抛个飞吻，扬长而去。

连默返回信以谌身边："走吧。"

"好。"他没有问连默两人交谈的内容，只闲闲说起去西班牙考察建材市场的旧事。连默听得很认真，有不明白处，会举手指提问。

信以谌将连默全须全尾送回家，目送她上楼，家中的灯亮起，这才返身上车离去。

"已将连医生送到。"他发送语音短信给陈况。

片刻后陈况回复他：谢谢。

信以谌看了一眼短信回复，轻笑。

其实应该他谢谢陈况才对，否则他一时还真没有什么理由邀连默出来吃饭。虽然成立医学检验中心是个不错的借口，只是太过突兀和冒昧，幸好有陈况递来的梯子。

连默回到家，先换鞋换衣，随后洗干净手去阳台上将早晨晒出去的衣服收进来。薄薄的夏衣经过一天的晾晒已经干透了，带着一股阳光的味道。

隔壁两个女孩子正各捧着半个西瓜，一边在阳台上乘凉，一边吃西瓜。看到连默回来收衣服，齐齐与她打招呼。

“姐姐下班啦？”

“姐姐吃过饭没有？贤珍今晚做了一大锅梅干菜烧肉，超级好吃，我给姐姐盛一碗吧！”

连默笑着摇摇头：“我吃过晚饭回来的。”

说罢捧着干净衣服打算进屋，临进门前，连默忍不住叮嘱两个女孩子：“你们晚上不要单独外出，最好结伴同行，门窗都要锁好。”

“谢谢姐姐关心，我们会注意的。”两个女孩儿甜笑回答。

连默这才回房间里去。

她没留意隔壁阳台上贤珍同明竹絮絮低语。

“没想到她看起来清清秀秀不起眼的样子，竟然那么好手段，今天这是第几个送她回来的男人了？”明竹挖一大块西瓜，咬在嘴里，含糊不清地说。

贤珍赶紧竖起手指，轻轻“嘘”了一声，随后朝连默阳台上瞟了一眼，这才拧了明竹一把，压低嗓音：“她和我们以前遇见的人都不同，你别大意。”

明竹“啧”一声，很是不耐烦。

贤珍捅一捅她额角：“你别不把我的话放在心上，否则早晚有你吃亏的时候。”又朝连默的阳台扬一扬下巴，“那不是个简单人物，接送她的那几个不是你我能惹得起的。搞好关系，多一个朋友多一条路就好，旁的心思你别动。”

明竹噘起嘴唇哼了一声，到底没有反驳。

贤珍这才略略安心，拖她进屋去了。

返回房间里的连默并不知道外头隔壁阳台上发生的这一幕，她拿起座机，打电话给费永年。

“费队，我是连默。”

费永年的声音听起来充满疲惫：“连医生，安全到家了？还没睡？”

“嗯。我下班和信先生去了一家西班牙餐厅，那家餐厅恰好提供顶级西班牙火腿配野花蜂蜜。”连默说起晚饭时候遇见的弗拉明戈舞女郎，“我向她问起第一位受害者遇害大致日期，是否有一位脚踝上带一圈文身的女客前去用餐……”

“对方怎么说？”费永年顿时来了精神。

“对方说她的确记得有那么一位女客人，脚踝处有一圈很别致的骷髅文身，打扮得很时髦，妆画得非常深浓。与她同去的还有一位男客人，看上去很斯文，对她十分殷勤周到，全副注意力都在她身上。”

“对方印象怎么这么深刻？”费永年疑惑。

连默笑起来：“对方说她在多家西班牙餐厅跳舞，阅人无数，每当她跳舞时，绝大多数男人的眼睛都会情不自禁地黏在她身上，很少有人能全然无视她。可是那天那个男人，几乎从头到尾都没有注意过她，而是将全副精力都投注在女伴身上。这样的男人不多见，所以她格外注意了那两位客人。”

连默没说的是，吉普赛女郎笑着告诉她，信以谌除了最初乐声响起时注意过舞台上的她，其他时候，也都将目光停留在连默身上。

“如果不是同性恋，那就是很爱很爱你。”吉普赛女郎非常肯定地对连默说。

连默听后只得微笑，没法向女郎解释，信以谌只是个普通朋友。

“她能回忆起两人的样貌吗？”费永年声音兴奋起来。

“她说可以。”连默想起女郎猫一样美丽的眼睛，“不过她只有晚上去餐厅跳舞，白天要在大学读书，所以如果要找她画罪犯肖像，必须等到晚上。”

“没问题！明天我就叫肖像师一起去。”费永年叮嘱连默早些休息，周六周日在家好好放松放松。

城市的另一头，陈况挂断电话。

费永年带给他的两条信息，非常值得再三推敲。

首先赵朴实私下核实过了，当年最大的嫌疑人，退休高官的儿子自从出国后，再没有回国的入境记录。倒是高官，退休后连着两年都会趁寒暑假去国外与妻儿团聚。不过今年高官病重，至今还没有出国去探望妻儿。高官夫人在五月的时候曾经回国照料过几天，但不久就又往国外去度假了。

陈况轻轻在空旷的客厅里做了两个前蹴，这不是很耐人寻味吗？

其次可能有人注意到了被害人和嫌疑人在西班牙餐厅用餐，最快明晚就能得到嫌疑人的肖像。这将对破案产生极大帮助。

至少，他们有了一个嫌疑人。

陈况脑海里有种奇特的违和感。

如果四年前的凶嫌一直没有入境，那么现在的凶手是谁？

陈况相信自己的直觉，如今的凶手与四年前的，是同一个人。

他觉得有必要，出国走一趟，去调查第一起连环碎尸案凶嫌这四年来的动向。

陈况将视线落在手机上头。

这些年他一直单打独斗，身边从来没有固定的搭档，究其根本，还是怕伤害到在乎的人吧？

不过，信二少爷仿佛不懂得看他脸色，无论他是板着脸还是冷着脸，都不影响信二少爷风雨无阻地设法凑到他身边来，以助理自居。他没有明确阻止信二的这种行为，是因为他信得过信大的为人。信大是少见的务实派，从这些年信氏在业界的口碑与业绩就能看出端倪。

不少企业盲目寻求上市，却没有预期到其后的风险，忽视了因股东们重视公司业绩而导致的重短期投资回报率，而致长远利益于不顾的隐患。然而信大并不，他更在意企业的长期发展，并不急于到目前水深火热的股票市场去分一杯羹。

有这样的信以谌在，也许可以放心让信二少爷往美国走一趟。陈况挑一挑眉，淡淡想。

周六连默在家，看看一直在追的美剧，上网查阅资料，安闲惬意，直到隔壁邻居家的争吵声响起。

连默一直很佩服邻居太太的肺活量。老式公寓楼的隔音设施再差，也不至于差到字字句句都听得一清二楚的地步，可她就是有本事让楼上楼下左邻右舍都清楚地听见她咆哮的内容。

住在邻居太太对门的两个女孩子第一次听见她家夫妻吵架，简直目瞪口呆，趁连默在阳台上时伺机小声问："她一直那么凶？"

连默摇头，表示不知道。自他搬来，邻居太太已经是这种状态，但，总有过美好的时候吧？

贤珍明竹对视一眼，不约而同做了个抱膀子颤抖的动作。

连默想起来，会心微笑。

两个年轻女郎，在都市里相依相伴，还不知道生活可以将相爱的两夫妻逼到怎样绝望的境地，所以她们无法理解。

隔壁太太的叫骂越发激烈，连默看书的好心情被打断。

小区里的居委会阿姨不是没有上门调解过，但收效甚微。大家都秉持多一事不如少一事的原则，对邻居家的争吵不闻不问。

连默起身，换上外出的白T 恤，牛仔裤，背一只帆布环保袋，穿上球鞋出门去。恰碰见贤珍明竹也从家里出来，三人在楼道里打了个照面。明竹朝对门努嘴，用口型说：一清老早，吵死人了。随后娇俏地用手掩嘴，打了个哈欠。

贤珍客气地与连默打招呼："姐姐出门啊？"

连默点头，走楼梯下楼。

两个女孩见状，竟也跟在连默身后，一同弃用电梯。

明竹一路走，一路哈欠连天。

"叫你别聊天聊到那么晚，看吧，早晨被吵醒，没睡好吧？"贤珍轻声埋怨。

"谁知道那只母老虎时时刻刻都会发神经啊？"明竹没好气地加重脚步。

"嘘——"贤珍示意她声音轻些，又向连默歉意地笑了笑，"她没睡醒，脾气就不好。"

连默表示理解。

邻居太太的声音太有穿透力了，不是寻常人能忍受得了的。

三人到了楼下，贤珍问连默："姐姐一起去吃早饭？"

"我吃过了，谢谢，你们去吧。"

贤珍遂对连默点点头，挽了睡眼惺忪娇无力的明竹，往小区门口的早餐店去。

连默与两人背道而驰，出了小区，散步走过一条横马路，到书店看书。

书店照例有许多小童，但今天都出奇乖巧，围在一个男人身边，听他拿着手偶给他们讲《木偶奇遇记》的故事。

他的声音非常好听，充满磁性，很容易就使得驻足旁观的连默跟着孩童们一起听入了神，看他将故事里的人物用不同的声音模仿得惟妙惟肖，引得孩子们时而欢笑，时而惊呼。

等到故事讲完，孩子们发出失望的叹息，终是散去，男人将手偶收进自己的双肩背包里，抬头看见连默，微微一笑，露出两颊的酒窝：“上次的书看完了？”

连默记起他来：“谢谢你推荐的书，看完获益良多。”

男人眼镜后的笑眼一弯，将双肩包甩在背后：“今天想找什么类型的书？”

连默浅笑：“不拘什么类型，我都看。”

真的。读书的时候，学校的图书馆里有大量图书，每周可以凭学生证和借书证借阅三本。连默不是很热衷和同学去游乐场或者唱歌跳舞，当其他人都在玩乐的时候，她多数是在看书。天文地理文史哲学，所有她觉得有趣的书，都会借来一看。

图书馆的管理员最后和她混熟了，常常将书偷偷留下来，等她来还书时交给她：“小默，福楼拜未完成的《布瓦尔和佩库歇》我给你留下了哦！”

又或者会悄悄地告诉她：“日耳曼史诗《尼伯龙根之歌》到了。”

那是她求学时光里幸福的小秘密。

以至于直到今时今日，她都还深深记得图书馆里戴着古董玳瑁边眼镜的红头发小老太太。

娃娃脸男人发出失望的叹息：“啊……这样的话我可没办法厚着脸皮说自己通晓所有类型的书籍。”

连默闻言失笑，她想起新闻里有个喜欢学习的女生，实在没书看时，给她一本字典，她也可以津津有味地看上半天。

娃娃脸朝连默眨眼睛：“为了不在女士面前留下不学无术学识浅薄的坏印象，我还是赶快找借口离开的好。”

他看了眼腕上的人体动能手表，做出一副“我有事，赶时间”的表情，然后微笑：“很高兴再次见到你。”

说完，挥挥手，背着双肩包，一路和朝他说“拜拜”的小童们击掌，走出书店。

连默站在原地目送他离去。

她有种他是专门为见她一面而来的直觉，然他只同她说了短短两句话，就匆匆离开，又叫她生出一股自己其实自作多情疑神疑鬼了的感觉。

连默有点吃不准。他衣着打扮很普通，并不是什么名牌，但质地非常好，尤其手腕上一块精工人体动能手表，若她没有看错型号，正品价格超过一千美金。

这样一个连腕子上的手表都比她一个月工资贵的土豪，没道理莫名其妙为她而来啊……连默想。

随即抛开这个念头，在书架上挑了本新到的推理小说，坐在一旁全心投入地看了起来。

周一上班的时候，连默已经把娃娃脸的事忘在脑后，看见青空一边开车，一边不知想到什么，露出笑容来，她的心情也变得非常好。

虽然上面有破案期限的压力，可是大家都很努力呢。

青空看着连默上了下行的电梯，这才走楼梯去楼上办公室。上次跑七楼输给看似弱不禁风的连默，深深地刺激了他。

怎么可以跑不过连默？所以最近上下班甚至回到家里，他都改走楼梯了。

进了办公室，费永年就招他和小刘去看女死者和犯罪嫌疑人的肖像。

女死者的肖像非常美丽，而凶嫌的肖像看上去就像那些韩国男明星似的，留着帅气的发型，遮住了前额和大半眉眼，没什么特别明显的特征。

“把肖像扫描后发往各分局，请他们帮助协查。”费永年在肖像画好的第一时间，就与陈况对着肖像仔细观察了良久。

肖像里的嫌疑人和四年前的高官公子，完全是不同的两个人。

“也许只是巧合。”费永年这样对陈况说。

陈况不语。

费永年也不多说什么，只拍拍陈况肩膀：“早晚会抓到他。”

西班牙餐厅的老板表示，他的餐厅除了慕名而来的食客，大多都是住在社区里的居民前来用餐。不过肖像上的男人他看着很陌生，并不认识。

在外国人比较集中的社区里用餐，抛尸用的防水旅行袋是著名的进口品牌……费永年略一沉吟，又指示青空：“往出入境管理中心走一趟，看看有没有近三个月入境的人，和肖像上的人比较像。”

“是。”青空立即接过肖像的扫描图片，赶往出入境管理中心。

费永年觉得凶手隐隐约约地浮出了水面，现在的关键是赶在他再次行凶犯案前将他缉捕归案。

到了中午吃饭的时候，费永年遥遥向法医实验室主任点了点头。

老好人收到讯号，趁连默没注意，在身后招了招手，连默的实验室同事齐声唱起《生日快乐》歌，实习生捧着一个装在碟子里的杯子蛋糕走向连默。

“连医生，生日快乐！”

连默原本埋头吃饭，忽觉食堂气氛一变，不待她抬头，已经听见生日歌的旋律，等她抬起头来，实习生已经捧着纸杯蛋糕走到她跟前了。

连默有点意外，二十七岁，真心不是什么大生日，工作一忙也就顺势把生日的事忘了。不想同事们却还记得，连默感动不已。

连默在实习生和同事们的起哄下，冲着纸杯蛋糕许下心愿，吹熄上头细细的生日蜡烛，接在手里。

主任自口袋里取出个墨蓝色小盒子，递给连默：“这是同事们一起凑份子给你买的礼物，祝你生日快乐！”

连默忙将纸杯蛋糕放在餐桌上，伸出双手接过盒子："谢谢大家！晚上我请大家吃饭。"

同事们纷纷表示不用连默破费："哎呦就是不想你破费嘛！"

实习生笑："连医生拆开看看，喜欢不喜欢，我可是挑了好久呢！"

连默遂将小盒子打开。里面静静躺着一根项链，链坠是一颗镶嵌在银质底座上的蓝宝石。

连默轻轻拈起宝石，手指摸到底座背面浮凸的纹路，翻过来一看，是代表正义和秩序的女神忒弥斯的头像。

"很喜欢。"连默微笑着对满脸期待的实习生说。

她挑这件礼物，真的很花了一番心思。正义女神忒弥斯正是她的生日星座天秤座的守护神，蓝宝石则是天秤座的幸运石，这样的组合堪称完美。

"我帮你戴起来。"实习生自告奋勇，一边帮连默将项链戴在脖子上，一边还嘀咕，"连医生不能偷偷摘下来哦，否则大家会以为你不喜欢我们送的礼物，会伤心哦！"

连默有点小无奈地点点头："好，我不会偷偷摘下来。"

幸而锁骨项链不会影响到平时的法医工作，连默暗忖。

随着破案期限的日益临近，刑侦队每个成员的神经也日趋紧绷。

有了第一个受害者的肖像，她的身份很快得到了确认。第一名死者是一个出入城中高级会所，向有钱又寂寞的中老年男性提供性服务的妓女。其中两家高级会所的妈妈桑承认认识死者，也知道她最近去向不明。

"你知道的，年轻女孩子，生得漂亮，又有大学文凭，做什么工作不能做？既然能出来伺候老人家，自然是因为钱来得快，活儿又轻松啦。"一个看起来就像是公司里高层女主管模样的妈妈桑朝青空甩了个

“你懂我懂大家懂”的眼神，那些到城里打工的年轻人能有多少钱？攒够了钱出来找小姐，不折腾到回本不肯罢休。老人家就不同了，体力一般，持久性差，又愿意在年轻姑娘身上花钱，哄一哄就什么都有了。

“她忽然这么久不出现，你不觉得奇怪吗？”

妈妈桑闻言“咯咯咯”笑起来：“奇怪？谁会留意她们？有人愿意出钱养着，哪个还愿意在外头做皮肉生意？等缺钱花了，自然会来。”

“她在这里有没有什么熟客？”青空听不惯妈妈桑这种冷漠的口吻。

“说起来倒是有一个，岁数也不算太老，保养得非常好，听说是做水产生意的。她一直想让他给她买房子，把她包养起来。”妈妈桑“哧”了一声，“可惜，他还没老糊涂到那个地步。”

“你有他的联系方式吗？”青空继续问。

“稍等。”妈妈桑拉开办公桌的抽屉，在里面翻找了片刻，取出一张名片来，弹指，“就是他了，王百发。”

“谢谢配合调查。”青空接过名片，起身告辞。

妈妈桑在青空身后笑眯眯地说：“有空来玩，给你打折。”

一旁的小刘只管压低了脑袋，忍笑到内伤。

从会所里出来，青空长长吁出一口气来。

那金碧辉煌的会所，明明高端洋气，他身处其中，却觉得深深地压抑。

小刘拍拍他肩膀：“走吧，还要继续查案呢。”

两人又联系了王百发。

王百发在电话里一听是警方找他问话，忙压低了声音：“我现在不方便讲话，一个小时以后，我在蓬莱宫酒店188包房恭候警官大驾。”

青空小刘遂驱车赶往蓬莱宫酒店。

蓬莱宫是本埠最著名的海鲜大酒店之一，电视台曾经专门做过一期介绍蓬莱宫美食的节目。小刘和青空开玩笑：“以咱们的工资，大约每个月的收入只够在蓬莱宫吃一桌席面的。”

青空点点头：“还是最便宜的那种。”

两个年轻警官在警车里齐齐沉默。

到了酒店包房，王百发如约而来。

见到王百发本人，青空和小刘俱是一怔。他看起来四十出头的模样，眉目周正，身材强健，全然不是想象中脑满肠肥的生意人形象。

王百发一进得门来，立刻从一袋中取出名片夹，将名片递上：“两位警官好，鄙人王百发。不知道警方找我有什么事？鄙人一定知无不言。”

小刘从公文夹里取出女死者的肖像画来，展示给王百发看：“想请问王先生认识这位女士吗？”

王百发看到肖像画，略迟疑了一下：“看上去，像是我认识的路离离。”

说罢显得有些焦急：“离离出什么事了？”

“你们最后一次联系是什么时候，当时她有什么异样的举动？”

王百发颓然拉开一张椅子，一屁股坐上去。

“实不相瞒，我和离离最后一次见面是不欢而散。”王百发撸了撸头顶，“外人看我都觉得我年轻，其实我已经五十岁了，大女儿今年刚结婚，不久之前怀了孩子。我老婆全副心思就都用在女儿和未来金孙身上了，天天跑到女儿女婿家去。她过去有什么用？还不是阿姨在做事？”

青空咳嗽一声，提醒他别走题。

王百发摆摆手，表示自己马上要进入正题了：“老婆不在家，我就觉得有些寂寞，恰好生意上的朋友推荐我去会所消遣，一来二去的，就认识了离离。离离年轻，充满热情，嘴甜，懂得撒娇，和家里的老太婆是完全不同的类型。我在她身上，仿佛能找到失去已久的青春，感觉自己充满了力量。”

中年人王百发说起路离离时，脸上不自觉地焕发出光彩来。

看得出来，他是真的很喜欢路离离。

“她说看中一只铂金包，我就托朋友从法国带回来给她；她喜欢金项链，我就买最新颖的款式给她……她喜欢什么，只要我能满足她的，我都答应。可是……她叫我买房子给她，和她双宿双飞，我终究是有老婆孩子，马上要当外公的人了，所以就迟疑了一下。她当时就不高兴了，说我敷衍她，对她根本不是真心的……”

王百发长叹一声：“我试图和她解释，几万块钱的包或者珠宝，这点儿钱我随便就能给她，可是一千多万元的房子，我老婆不可能毫无察觉。可是离离不肯听，拎着包就跑了。我事后一直尝试给她打电话，告诉她我会想办法。”

“她接了吗？”小刘接口问。

“最初两天她没接，第三天她忽然接了我的电话，告诉我，既然我这么为难，那就算了，自然有别人愿意给她买房，带她出国。”说到这里，王百发仿佛一下子老了很多，“那之后就再也没有联系过了。”

“她有没有说是什么人要带她出国。”

“比我年轻，比我出手大方，比我更爱她的人。”王百发苦笑。

“你有没有可能知道他们是怎么认识的？”

“还能怎么认识，无非是在会所里认识的。”王百发站起身，“请告诉我，离离究竟出了什么事？”

“这是警方目前还在侦办的一起刑事案件，暂时还不便透露。”

王百发不再追问，只是又坐回椅子里，不知想些什么心事。

青空小刘从蓬莱宫出来。“走，我们回会所去！”青空对小刘说。

妈妈桑见两人去而复返，有点意外：“不知道还有什么能帮到警方的？”

青空将嫌犯的肖像再次出示给她看：“你再仔细回忆回忆，认不认识这个人？”

妈妈桑一摊手：“我这里每天来来去去那么多人，哪能个个都记得？这人看着面生，即使来过，也不是常客。两位不如问问门童，他们比我接触到客人的机会更多。”

青空和小刘转而又去询问门童。

门口的门童已不是他们来时的那个，见他们取出肖像来，仔细辨认了一会儿：“好像是来过的……想起来了，三个礼拜前有一群海归在会所里聚会，他好像就在里面，叫詹姆斯·庞还是查尔斯·庞，为人挺阔绰的，出手很大方。”

两人立刻向费队汇报进展。

费永年拿着詹姆斯·庞和查尔斯·庞这两个名字以及肖像，再与出入境管理中心的入境人员名单、照片做比对，终于在两个月前的入境名单当中找到美籍华裔詹姆斯·庞的名字。

护照上的照片与嫌犯肖像画有七八分相像。

市局立刻向下辖所有分局，连同机场铁路公路港口等部门发出协查通知，凡发现詹姆斯·庞的踪迹，务必向市局汇报。

“希望能在他再次行凶前抓获他。”

两天后的下午，郊区一个以临山面水小威尼斯为宣传噱头的高档会员制度假村向所属派出所汇报说，有人持詹姆斯·庞的护照登记入住度假村的一幢独立别墅，同行的还有一位年轻女子，两人看似情侣。

派出所接报后立即向上级汇报，费永年当即指示当地刑侦队派便衣警察布控，以免让詹姆斯·庞逃出警方视线，一面组织市局刑侦队人手，赶往度假村实施抓捕。

连默下班出来，见楼上紧张压抑的气氛仿佛消散了些，心想终于快要抓到嫌犯了，大家都能松一口气，她也不用天天麻烦同事接送了。

只是主任仍不放心，亲自在门口叫了出租车，送连默坐上车，又将出租车司机的车号和营运执照通通抄下来，这才放行。

出租车司机笑着问坐在后座的连默：“那是令尊吧？女儿都这么大

了还不放心啊？”

连默笑笑。

出租车将连默送到小区大门口，连默付过车钱下车，路过二十四小时营业的超市，进去为自己买了一大桶山泉纯净水，打算拎回去。

天气热，她水喝得多，一桶两三天就喝光了。

从日夜超市出来，连默走了没两步，迎面碰上个男人。

对方和她打招呼：“嗨！”

连默抬眼一看，又是在书店遇到过的那个娃娃脸，遂朝他点点头，继续往小区大门方向走去。

娃娃脸男人跟上她：“沉不沉，我帮你拎吧？”

说着伸出手来。

连默摇摇头，微微戒备地向后让了让：“不用，我拎得动，不麻烦你了。”

娃娃脸一笑：“没关系，不麻烦。”

说着长手朝连默颈上一揽。

连默警觉地将整桶纯净水往他身上砸去，还是迟了一步，只觉得颈间短暂的刺痛后，就渐渐地失去了知觉。

连默醒来的时候，发现自己躺在一张古香古色的楠木攒百结丁香花柱拔步床上，抬眼能见垂花牙子上镂刻有精致的丁香花串。灯光透过花与花之间镂空的缝隙，洒落在覆盖在她身上的杏花纹缎子面儿夏被上头，斑斑驳驳，亦真亦幻。如果不是窗外隐隐传来汽车驶过时偶尔响起的喇叭声，简直让人产生一夕穿越的错觉。

连默觉得头疼，浑身无力，她努力想从床上坐起来，通身的每一块肌肉却仿佛都不受大脑指挥，只能软软陷在床垫里。

窗口传来低沉的笑声：“醒了？”

随后一个人从窗口缓步走到床前，微微弯腰，俯视连默：“渴不渴，想不想喝水？”

连默努力忽视头疼，让自己集中注意力，哑声问笑容可掬的娃娃脸：“你给我注射了什么？立布龙？地西泮？”

这些是市售最常见抗抑郁治疗躁狂症的药物里，容易导致四肢乏力和头疼的药物。

娃娃脸闻言又是一笑，顺势坐在床边，伸手温柔地抚摸连默的眉眼：“有时候太聪明，会失去很多乐趣，你说是不是，连医生？”

连默浑身汗毛直竖，却强自镇定，不让自己露出惊惧厌恶的颜色来。

“你快放了我，你现在的行为是非法拘禁、限制人身自由……”

“嘘……”娃娃脸将手指压在连默嘴唇上，“我准备了这么久的精彩演出，怎么能缺少了你这个观众呢？乖，等演出落幕，我自然会答应你的要求。”

说着，伸手将连默整个人打横抱起来，轻轻松松地向外走去。

连默抿紧嘴唇，默默地留意周围环境，注意到这是一幢两层楼的老式建筑，他将她由楼上抱到楼下一间空旷的大厅里。

大厅的地面和墙面上，都铺着透明塑料布，在大厅正中央，摆放着一张椅子，上面赫然绑着一个全身赤裸的年轻女子。

她看见娃娃脸抱着连默走进大厅，竭力想要挣扎，却力不从心地软瘫在椅子里。

娃娃脸将连默的双脚轻轻放下，任她绵软地依靠在自己身上，然后嘲弄地对椅子里赤裸的年轻女孩笑了笑：“虽然老头子的钱比较好赚，但你还是希望能遇到白马王子吧？啧啧，放心，我对你肮脏的身体没兴趣，不会玩变态游戏……”

女郎的喉咙里发出“嗬嗬”的破碎喉音，显然肌肉松弛药物使得她连发音讲话都困难，更别提能组织连贯的语句。

连默侧眼，看着娃娃脸，这还不变态？

他似觉知她心声，拍拍她手背，温柔地问：“你同情她？”

说完也不等连默回答，他揽着连默靠近一点那女郎，扳住连默的下巴，让她直面赤条条的女子。

老式建筑里没装空调，九月的天气仍热辣辣得让人吃不消，女郎即便全身一丝不挂，这会儿也已经汗出如浆，长发黏腻地搭在脸颊上，脸上的浓妆也早被汗水洇开，红的黑的糊成一团，早看不出原本的精致与美丽。

“今天你和她，只能有一个活下来，不是你，就是她。”娃娃脸的声音平缓，带着一丝不经意的冷酷，“你愿意用自己的生命，换她一条贱命吗？”

连默愕然。

他不理会连默，又略垂头，俯瞰那狼狈女郎，如同对待蝼蚁：“不是她死，就是你亡，你愿意让她替你死吗？”

求生的意志令女郎勉力却又毫不犹豫地点了点头，仿佛怕他看不清一样，又竭尽全力地从喉咙发出模糊的“愿意”两字。

他“哧”地一笑，搂着连默退后，在她耳边轻喃：“看，这就是你想救的人，肮脏的肉体和无耻的灵魂——啊，我说错了，她哪里有灵魂？不过是承载着享乐欲望的躯壳罢了。在你死我活的选择面前，你在犹豫的时候，她已经毫不迟疑地愿意用你的性命换取她自己的苟活了。”

那是因为你的提问方式，你设置了言语的陷阱。

娃娃脸读懂连默的眼神，拧一拧她鼻尖：“你是好孩子，就在这里乖乖的，看我导演的这场戏吧。”

他将连默扶坐在塑料布边沿的一张圈椅上，然后走到另一侧，取出一个大大的黑色防水旅行袋，以及一个工具箱来。随后慢条斯理地打开工具箱，取出医用一次性手套戴上，拿棉花蘸取酒精，仔仔细细地将手术刀消毒一遍。这才一步步走近绑在椅子上的赤裸女郎。

女郎见他手持闪着寒光的手术刀慢慢逼近，惊恐得拼命挣扎，绑在椅腿上赤裸的脚不断用力蹬踹，最后竟然连人带椅栽倒在地，动弹不得。

娃娃脸微笑，语气轻慢随意："放心，我会刺得很准，不会让你承受过多痛苦。"

年轻女子嘴里"呜呜"着，想要蠕动身体，逃离死亡的逼近。

娃娃脸轻笑，弯下腰，伸手扶正椅子，缓慢而坚定地掰开她的双腿。

女郎绝望地流泪。她的双腿修长笔直，曾经一次又一次缠绕在或者苍老，或者精壮的身体上，为他们的主人提供极致的快感，也为自己带来物质的满足。而现在从她足踝一点点摸上来的手，却如同阴冷滑腻的毒蛇，吐着蛇信，爬到她的大腿上。

"不！不！"她绝望地扭动着，含混不清地哀求。

"放心，这个过程非常、非常短暂，一开始会觉得冷，视力模糊，然后就失去知觉，很快停止心跳。你几乎感受不到任何痛苦，相信我。"娃娃脸表情悯然，"这是我对你的慈悲。"

说完，他起身走到女郎身后，手起刀落。

银色的手术刀泛起冷冷的刀光，刺痛连默的眼。

连默猛地合上眼帘。

空气中有利刃划破皮肤与肌肉的声响，然后是血液从直直刺穿股动脉的刀口喷射而出的"哧哧"声，大量动脉血喷洒在塑料布上的"啪嗒啪嗒"声，血液聚成一摊，沿着地势，由高而低缓缓蜿蜒流淌的声音，交织成死亡的乐曲。

"很美妙，不是吗？"娃娃脸回到连默身边，蹲下身，捧着她的脸，强迫她观看眼前生命流逝的一幕。

"为什么……"连默终于忍不住问出心中一直以来的疑惑。

"为什么啊……"娃娃脸握住连默的一只手，看着她修长干净的手指，“因为她该死啊。”

不远处的女郎已经因为股动脉失血过多而休克，如同离开了水的游鱼，张着嘴，努力呼吸，却越来越接近死亡。

“她们每个人都希望不劳而获。这种想法也没什么错，谁不想呢？可是，她们不该怂恿老男人离开共同奋斗了一辈子，帮他分担了一辈子的老婆，转而投向她们的怀抱。”娃娃脸神色冷淡迢遥，“妻子重病在床，医生说有瘫痪的可能，老男人却被无耻的妓女留在床上，对妻子的病情不闻不问。呵呵，现在，轮到妻子对他的死活不闻不问了。”

连默的手指倏忽一颤。

“她死了。”娃娃脸淡淡说，似在谈论天气，声音里毫无起伏。

“……不要。”连默闭一闭眼。

“不要什么？不要肢解她？”他仰头注视连默的双眼。

他在喷泉广场外观察案发后警方的动向时，第一眼就注意到她。

就像很多年前，他第一次清楚地意识到自己的原罪一样。

只不过，他的原罪是黑暗而堕落的，她却仿佛光明的彼岸，遥不可及。

他看着她，冷静自持，不惊不惧，看着她疏淡有礼，进退得宜。他想，如果是她，一定能理解他的想法，宽宥他的罪孽。

所以，他把她掳来，禁锢在自己身边，看着他，完成最后的一次牺牲。

“她们都是肮脏罪恶的，你不必同情她们。”他继续握着连默的手，“同样的境地，她会毫不犹豫地用你的生命换取她自己的，并且丝毫不觉得内疚，转眼就又去骗老男人抛妻弃子，和她双宿双飞了。你太善良了。”

忽然，老式建筑的大门被撞开，颀长英挺的陈况大步走进来。

陈况瞥一眼脚边的一摊喷射血迹，蜿蜒如溪的赤裸尸体，便直直越过女尸，来到连默和娃娃脸跟前。

娃娃脸手里的手术刀抵在连默的颈动脉上，慢慢站起身来，一手来回轻抚连默脸颊，"哧哧"一笑："想不到猎犬这么快就追来了，真让人讨厌。"

"放了她，谢易然。"陈况看到抵在连默颈侧的手术刀，没有试图再接近，只是在三步之遥外站定，对娃娃脸说。

"谢易然？谢易然早就死了。"娃娃脸不以为然地哼了一声，"那老东西起的名字，听着都叫人恶心。"

"他给你的血肉，也叫你恶心？"陈况淡声问。

"是！他给我的血肉也叫我恶心！"娃娃脸不自觉提高声音，仿佛这样就能在气势上压倒陈况。

"那你该杀的不是这些诱惑他的妓女，而是抵受不住诱惑的，你的父亲！"陈况冷喝。

娃娃脸先是一愣，随后一笑："差点被你诳了，你是不是想说，还有继承了我父亲血脉的我自己？"

陈况摊手："试试又何妨？"

娃娃脸警觉地退到连默身后，拽住她的头发，迫使她仰起脸："不要靠近，否则，有她陪我下地狱，总不会太寂寞。"陈况垂睫，进屋以来，第一次注视连默的双眼："你没事吧？"

娃娃脸猛地抵紧了手术刀，刀尖已然刺破了连默的皮肤："不许和他说话！"

连默却读懂了陈况眼里的颜色，忍着颈上的疼痛，使出全身力气，学死去的女郎稍早时的样子，双脚在地面上用力一蹬，猛地连人带椅，朝另一侧倒去。

说时迟，那时快，陈况趁机飞扑上来，一手擒住娃娃脸持刀的手腕，一手成拳，将拇指扣在食指和中指之间，又快又准又狠地直击他的太阳穴。

娃娃脸在继续挟持连默与反击之间只略微迟疑了那么短暂的一秒

钟，便错失机会，被陈况一击而中，轰然倒地，昏迷不醒。

陈况在他左胸侧用脚尖猛踢一脚，确保他不会醒来，这才跪在地上，抱起瘫软无力的连默，将她的脑袋狠狠按在自己的胸口，下巴重重压在她的头顶，一遍遍抚摸她的后背。

“没事了，连默，没事了……”

一直压抑自己情绪，努力让自己不要害怕的连默，听见他浑厚低沉的声音，终于慢慢流下泪来。

虽然连默一再向陈况和随后赶来的费永年青空一众人表示自己没有大碍，但费永年还是坚持将她送到武警总医院接受全面检查。

武警总院的神经科主任为连默做了详细的检查，表示除了地西泮在血液中的浓度还偏高以外，其他一切指标均显示为正常。不过为了保险起见，还是留院观察二十四小时，以排除可能产生的其他不良反应。

连默想回家休息的微弱声音被淹没在众人坚定的赞同声中，只好老老实实躺在医院的单人病房中，享受老干部才有的待遇。

费永年和青空带陈况回刑侦队做笔录去了，留下闻讯赶来的法医实验室主任。

老好人匆匆而来，身上还穿着居家时的领口带洞眼的旧老头衫，又肥又大的黄绿格子沙滩裤，趿拉着路边摊十元一双买的山寨洞洞鞋。一走进病房，看到连默半躺半靠在病床上，小脸惨白惨白，闭着眼整个人仿佛陷在被褥里。床对面墙上的电视机正在播放新闻联播的片头曲，更显得整个病房空旷寂寥。

老好人三步并作两步来到病床前，摸过床头柜上的遥控器，连换了好几个台，才找到一个七点档美食节目。

电视里男女主持在为了哪一组的美食更有吸引力更好吃而使尽浑身解数争取嘉宾和观众的支持，声音热闹欢乐。

主任将手里的保温桶放在床头柜上，先伸手摸了摸连默的额头。

连默缓缓睁开眼来，看见主任一张慈祥的脸，微笑："您怎么来了？我没事……"

"我知道你没事。"主任摆摆手，"是你乔伯母不放心，非让我走一趟。她说医院的伙食肯定不比家里，特意叫我带了鱼蓉粥来给你喝。"

"谢谢伯母。"连默轻声说。

主任从保温桶里盛了热热的鱼蓉粥出来，放在病床自带的床桌上，又另取了切成小块的腌黄瓜和肉松粉："趁热吃。"

连默在主任的殷殷注视下，用还略有些绵软无力的手取过调羹，将一碗粥喝个精光。

主任见状老怀大慰。胃口好，能吃得下东西，那就是没问题，他回去也能向老妻交代。否则老妻非埋怨他不可。怨他想得不周全，没有亲自将连默送回家去，让她平白遭罪。

"你好好休息，二十四小时留院观察也别急着回来上班，我记得你还攒了一个月的年假，干脆放个长假，出去旅行散散心。"主任压压手示意连默听他说完，"你即使要回来，也需要先接受一期心理辅导，通过心理测试才行。"

连默只好把一句"我可以回去工作的"咽回去，点点头，表示服从领导安排。

主任一笑："这才乖。喏，这是你乔伯母叫我带给你的。"

说罢从沙滩裤后袋里摸出一摞国内外著名旅游景点的宣传手册："闲着没事，可以慢慢把目的地挑起来了。"

连默笑着接过手册："谢谢主任。"

老好人主任这才放心，叮嘱连默好好休息，然后离去。

来在走廊里，迎面遇上夜班查房的神经科主任。

"老乔！"

"老郑！"

两个半老头子紧紧握手，移步到楼梯口讲话。

“我们小连请老郑你多关照了，这孩子不爱叫苦，你有什么直接和我说。”主任郑重其事地嘱托。

神经科主任与他是老同学，一个当年分配去做了法医，一个分配到武警医院当住院部医生。这些年联系不多，但同学情谊依旧。听他这样一说，自是一力应承：“老乔你放心吧。小连没什么大碍，等地西泮代谢掉，休息两天就好了。年轻人嘛，恢复力强。”

顿了顿，还是问：“老乔，她身上有一处旧枪伤，你知道吗？”

主任一愣。他一个老头子，怎么会知道年轻小姑娘身上的旧伤？

郑主任叹口气：“她后背左肩胛骨下方的旧枪伤有几年了，有疤痕增生，挺破坏美观的。唉，这么年轻的姑娘。”

两人又简短交谈两句，主任与郑主任道别。

可是郑主任的话深深印在了他心里。

次日临近午饭时候，青空与信氏兄弟一道前来看望连默。

青空带来案件的最新进展，而信以谌则捧着一束灿烂如同朝阳的向日葵花前来，鲜嫩金黄的花瓣与青翠招展的绿叶顿时使素白的病房充满了勃勃生机。

“陈况的那一拳一脚真狠，嫌犯至今还处于昏迷当中，不过证据已经足够证明是他先后杀死并肢解了三名妓女。”青空坐在病床边的椅子上，向连默讲述所有已经掌握的直接证据和间接证据。整个案件渐渐清晰地呈现在连默面前。

詹姆斯·庞在某著名户外用品商店预定了防水旅行袋，然后将在会馆里认识的妓女约出来，使她们在没有防备的情况下回到他的住所，骗她们饮下地西泮，致使受害人失去行动能力，而后将其股动脉刺穿，致其大量失血而死亡。随后将受害人肢解，装入防水旅行袋中，弃尸在大庭广众的场合。

“动机呢？”连默更关心他的动机。

“我知道！我知道！”信以诺其实纯粹就是来凑热闹的，站在一旁一直也插不上嘴。听得连默有这样的疑问，连忙举手。

青空自然不会和他抢发言权，遂微笑坐在连默床边，洗耳恭听。

以诺掇过另一张椅子来，反坐在椅子上，双手搭住椅背，眉飞色舞。

“陈况对这件案子有些疑问，但因为凶手还没有落网，不放心走开，所以请我帮忙去美国调查一件旧案。”以诺绘声绘色，“正好以谌要去考察进口木料厂，我们就一起往美国走了一趟。”

信以诺有洛杉矶加州大学分校的就读经历，在当地熟门熟路，一听说陈况要他打听一个叫谢易然的华人的近况，自然是拍着胸脯一口答应下来。

两兄弟抵达洛杉矶后，信以谌只花了半天时间，参观考察位于洛杉矶港口的原木加工厂。该厂由奥地利欧洲木业巨头参与投资，采用独特先进的生产工艺，出材率比美国同业高出十五个百分点，有优于其他加工厂的稳定质量，成本却比欧洲产材低将近百分之六十，而其出口亚洲的运输费用更是降低了三十个百分点。

信以谌当即决定派公司采购部门人员前来进一步洽谈，自己则陪了弟弟以诺去往加大洛杉矶分校所在的西林村进行调查。

学生处的负责人还记得不久前才因酒醉闹事被开除的信以诺，见他由信以谌陪同前来，还以为他打算请求校方网开一面，正准备摆出一张公事公办的冷脸拒绝二人，却见信以谌取出两张照片来。

“我们想打听一个学生，他是四年前来加大洛杉矶分校留学的学生。这是他的全家福，这是他生病的父亲的近照。”信以谌一副斯文有礼的样子，看上去诚恳迫切，“他父亲渴望在临终前见他一面，却联系不上他。我正好来洛杉矶公干，老人家拜托我来打听他的近况，如果他方便的话，能否回国去，父子二人也好见上最后一面。”

他一番话说得极恳切，学生处的负责人被照片中瘦得完全脱了形的老人所感：“他叫什么名字？我帮你们查一查。”

“太感谢了！他叫谢易然。”

负责人在电脑里搜索了片刻，有些遗憾：“他已经不在本校。”说罢瞥了信以诺一眼，“他在入学第一学期结束后，就退学离校了。”

这些有钱人家的孩子，有机会在世界上最好的大学接受教育，却丝毫不珍惜机会，白白浪费了光阴。

“那您知不知道还能去哪里找他？”

“他留了一个紧急联系人的电话和地址，你们可以去碰碰运气。”负责人很明确地表示希望渺茫。很多年轻人一旦脱离了父母的管束，就如同脱缰的野马般难以驾驭，酗酒、吸毒、滥交的大有人在。

信氏兄弟接过电话和地址，向负责人表示了感谢，又往当地华人聚居的日落大道以北，近洛杉矶市政府的唐人街进行调查。谢易然留下的紧急联系人地址，是一幢独立的两层楼花园洋房，房主姓庞。庞先生见是两名华人，有礼地招待两人进屋，得知两人的来意后，深深叹了一口气。

“我是他舅舅，他母亲是我同父异母的妹妹。当年我父亲和我母亲带着我离开祖国，移民美国，却把我妹妹和她母亲扔在国内。说起来这些年，我父亲他老人家也是没有一日不后悔的。后来我妹妹妹夫辗转找到我们，请我们做担保人，送他们的儿子来美国读书，我自然没有不答应的道理。那孩子和我们不亲，一直都住在外面的公寓里。他突然退学，我也是通过校方寄来的通知书才知道的。我不清楚其中的原因，但总希望他能有个好的未来，所以就去他的公寓想找他谈谈。去了才知道，他竟然跑去做了整容手术，也不知道通过什么渠道，搞到了新的证件，正在社区大学修读医护专业。他明确表示已经和家里没有关系了，也请我不要再联系他。”

庞先生很失望，但他表示尊重他的选择，从此再也没有去找过他。

“自那以后，他就搬离公寓，不知所终。我们三年没联系了，我也不知道他的近况。如果他父亲病危，他也没有露面，那他大概是真的与家里脱离关系了吧。”

信以谌在庞先生的客厅里看到许多老旧照片，庞先生微笑着对他道：“老人家都念旧，这些都是在老房子里拍的照片。当年房子被国家没收，后来房子也归还给我们了。但我们已经在国外定居，就把房子的产权给了我妹妹，也算是给她留个念想。”

信以诺说到此处，似模似样地叹了口气，对以谌道：“其实说起来，我都算是好孩子呢。”

包括躺在病床上的连默在内，众人齐齐侧目。

信以谌微笑，不理会弟弟的跳跃思维，只管对连默说：“我们立即将调查所获得的资讯转告陈先生，相信他自会有专业判断。”

“谢谢你。”连默向信以谌道谢。

“我呢？我呢？”以诺指着自己的鼻尖问。

“时间不早了，我们该走了。”回答他的是哥哥以谌。

“啊……”以诺不甘心，却又找不出理由赖着不走，只好朝连默挥手，“以后再来看你！”

青空也一道告辞离去。

连默静静躺在床上，心中确信，这整个故事中缺失的一片，也许只有费队和陈况，能替她填完整。

第四章

假期

旅行大巴在两侧是赤红色山崖的山间夹道上缓慢地前进。山间公路路况不佳，时有颠簸，大巴司机向乘客们解释说，前几天下过一场大雨，从山上冲下来不少泥沙土石，影响了路面的平坦。

然而这并不妨碍连默欣赏窗外大好风景的心情。

主任给了她一个星期的年假，费队也劝她不要急着回来上班，出去散散心。她从善如流，很是认真地研究了一番主任给她的那一沓旅游手册，挑来选去，拣了西北人文风情浓郁的青海西宁作为自己的目的地。

不相干的信以诺比要出来旅行的连默本人还要劲头十足，在一个驴友网站上千挑万选，帮连默报名参加了一个自助旅行团。

“况哥和我核实过团员的信息，还是比较可靠的。”信以诺笑呵呵，哪怕陈况只是吩咐他跑腿去买瓶水，他都乐颠颠的。在他看来，若非陈况有前头连环杀人碎尸案还未正式结案无法脱身，他一定会陪着连默往青海走一趟。

连默向以诺表示感谢。以诺摆摆手，只差拍胸脯说一句“这是我应该做的”了。

一周后，连默背上简单的行囊，登上飞往西宁曹家堡机场的航班。

自助旅行团一共有八名团员，一对新婚小夫妻，一对二度蜜月的中年夫妻，两男一女三名公司白领，以及连默。他们以团体名义定了机票和酒店，还预定了旅游观光巴士，费用平摊，行程相对自由。

经过三个小时的飞行，飞机平安降落在西宁曹家堡机场，一行人由机场大巴送往事先预定的国际酒店，填妥资料入住房间，已是晚上八点了。

小夫妻在去往酒店的路上已经表示要去见识见识青海高原上的夜市，三个白领也有同样意愿。中年夫妻则说上年纪了，要先进房间里补觉，回复体力。

连默微笑着对小夫妻和三个白领说："你们去逛夜市吧，我要先进房间，打电话回去报平安。"

出发时，前来送机的青空再三叮嘱，说是费队交代的，叫她到了目的地，无论早晚，一定要先打电话给他报平安才行。

小夫妻自然无所谓，倒是三个白领略显失望。他们本打算和连默凑成两男两女的小团队，同进同出，可是见连默并不和他们一样打算，也只好作罢。

八个人遂在酒店房间前的走廊上道别。

连默刷卡进入房间。她原本可以和女白领住一个双人标准间的，但是信以诺公子哥惯了，给她订了独立的一间，反而女白领和两个男同事一起住了三人间，在酒店的西翼一侧。一对小夫妻的房间在连默对面，中年夫妻则在连默隔壁。

连默放下行囊，转进浴室，洗手洗脸，洗去旅途带来的疲惫后，这才坐在床边给费永年打电话。

电话那头费永年的声音显得有些空："……安全到了？好好玩……不用惦记工作……多拍点儿照片回来……"

连默听得微笑："是，好，一定。"

“早晚凉，多带件衣服在身边。不要不舍得花钱，出去就痛痛快快地玩，我给你报销……”费永年又似不放心的老头子，连连叮嘱。等连默都一一答应了，这才放心地收线。

连默放下电话，打开酒店房间里的电视，停在青海当地介绍旅游风光的频道上，自己取了干净的个人用品，进浴室洗漱。

酒店房间里有巨大的双人按摩浴缸，连默撒了一把浴盐，放了满满一浴缸热水，将自己浸泡在浴缸里。当皮肤接触到微微发烫的热水时，连默发出舒服的叹息声。五星级酒店的按摩浴缸和家里的淋浴房，真心是完全不同的感受啊。

连默将肩颈靠在按摩浴缸的头枕处，惬意地伸展四肢，享受浮力和水流按摩带来的全身放松。

这样安静无人的时刻，全然陌生的城市，连默放纵自己想起危机解除的那一刻，陈况的拥抱。

陈况的胸膛炽热滚烫，紧紧地压迫她的脸颊，仿佛要将她狠狠挤进血肉中去。她透过他的胸口，听见下头剧烈的心跳。

那一刻的陈况，和她记忆中从容镇定的陈况，判若两人。

二十四小时留院观察结束，陈况来接她出院。他没开那辆惹眼的路虎揽胜极光，而是开了一辆四平八稳、空间宽敞的商务车。连默坐在副驾驶座上，看着他微微抿着嘴唇，英俊的侧面，忍不住问他：“你是怎么找到我的？”

陈况瞥了她一眼：“我拜托老费，在你的项链里装了信号发射器。”

连默愕然。

陈况缓声向她解释，他直觉担心参与侦破此案的她的安全，所以才做了这样的决定。

又慢慢对她说，上午信以谌在美国与他联系，告诉他谢易然改头换面，通过渠道获得新身份，并且从加大洛杉矶分校退学，转而学习医护专业，他就有九成把握，这次的连环杀人碎尸案的嫌犯，就是四年前的同一个凶手。当天下午老费得到下面分局的消息，说有人持詹姆斯·庞的护照，带女人住进度假村，他就和费永年一道前去进行抓捕。

哪料度假村的服务员替他们打开独立度假别墅的大门，办案人员冲进房间，却不是什么杀人碎尸的场面，而是一对男女正在翻云覆雨。将两人隔离开来，分别进行问讯才知道，男人根本不是登记的护照上的詹姆斯·庞，而是一个在会所里跟在有钱公子哥身边蹭吃蹭喝的帮闲，无意中捡到装有詹姆斯·庞的护照和度假村预定回执及大量现金的手包，他一时起了贪念，就将手包据为己有，带着自己的女朋友到度假村来过一把有钱人的瘾。

在度假村扑空的时候，他就有预感，凶手调虎离山，使他们将人手和注意力都放在度假村的西贝货身上，凶手却直奔真正的目标而去。他当即打开跟踪器的信号接收装置，开始在屏幕上搜索她的位置。随后想起信以谌说起过的国家归还给庞家的房子正在传来卫星定位信号的区域，当机立断飞车赶去。

陈况说的时候，不疾不徐，可是连默能想象得到当时的情况到底有多紧迫。

“我还没来得及向你道谢。”连默轻声对陈况说。

陈况空出一只开车的手，在她头顶摸了摸：“好好休息一段时间，然后精神饱满地回来上班，就是对我最好的感谢。”

连默在大按摩浴缸里缓缓睁开眼。他说得对，好好地、重新精神饱满地回到工作岗位，是对所有关心她的人最好的感谢。

次日早晨，自助旅行团的八人在酒店用过早餐，便开始自由活动。他们的行程一共十天，前五天都没有固定行程，大家可以按自己的喜好自行安排，后五天则在当地预定了一辆旅游观光大巴，游览著名的西宁古八景。

新婚小夫妻吃完早点，和大家打过招呼，就卿卿我我地搂腰挽臂，一同离开酒店。

中年夫妻则说打算乘火车去青海湖，在那边住一晚，看青海湖的夜景和次日壮丽的日出，问三个白领和连默，有没有兴趣一起去。

三个白领里明显是拿主意的那个女孩儿一笑，说是不去给二度蜜月的两人当电灯泡，中年夫妻也不强求，先一步整装出发了，留下连默在内的四个人。

叫曹贝妮的女孩子笑眯眯地注视连默："一个人玩多没劲儿？你看大家都一组一组的，你要不要和我们一组？大家都是年轻人，应该会有很多共同语言的。"

连默想了想，还是婉拒了她的好意："我脚程很慢，恐怕会拖累你们的行程。"

曹贝妮两番遭拒，虽然面上没有显露出来，但心里总归是不快的，轻哼了一声，起身就走。两个同行的男士，姓傅的高个子直直追了上去。人称小宋，戴着眼镜很斯文的男子向连默点了点头，表示曹贝妮比较喜欢热闹，性格比较直率，请连默别放在心上。

连默微笑摇头，小宋这才大步追上在电梯口跺脚的曹贝妮和安抚她的小傅，三个人拉拉扯扯地进了电梯。

连默倒没觉得什么，能保持率直的性格，也是一种幸福。在餐厅又小坐片刻，细细将早晨下楼吃早饭时顺手从服务台拿的西宁旅游手册翻看了一遍，连默这才回房间，取了自己的钱包证件，带好一应物品，出门。

西宁素有西海锁钥、海藏咽喉之称，是丝绸之路与唐蕃古道的必经之地，又是西北交通要道，更是边陲军事重地，自古以来少数民族众多，也形成了多宗教并存的局面。

连默打算为自己的第一天，安排一趟西宁各大宗教寺庙之旅，第一站选在藏语称为衮本贤巴林，喻为十万狮子吼佛像的弥勒寺的塔尔寺。

一个人的行程，悠闲且毫无负担，不必担心走得太慢而脱队，累了就停下来歇一歇，喜欢的风景就驻足多欣赏片刻。

连默在藏传佛教格鲁派六大寺院之一的塔尔寺流连整日。塔尔寺在历朝历代都拥有尊崇的宗教地位，寺内典藏有大量珍贵的文史资料与佛教典籍，以及其他方面的学术著作，可谓一座巨大的文化宝库。至于其每年定期举办的佛事四大法会和其他宗教活动，则更是远近闻名，吸引大量海内外信徒来朝。

连默并不信教，但是寺庙庄严神圣的气氛总能感染得游人肃穆屏息，生怕惊动了神佛。

近晚时候，连默搭了一队德国自由行游客的车，返回市内。

一车德国游客通通金色头发金色眉毛瓷白皮肤红红脸颊，凑近了甚至能看见皮肤上细细的金色茸毛。路上枯燥，他们便在车内大声唱起民歌来。连默不谙德语，听不懂他们在唱什么，可是欢快的歌声仍感染了她的情绪，她坐在司机身旁的发动机盖上，和着节奏轻轻拍手。

待车进了市区，连默就打算下车，哪料明显是一家之长的大胡子老先生不放心连默一个女孩子，执意叫司机将连默送到国际酒店门口，这才和她道别。一车男女老少通通笑呵呵地朝连默挥手，随后小巴士绝尘而去。

连默目送一车人，站在傍晚的天光中微笑。

这大抵就是旅行中最大的乐趣了吧？遇见热情的陌生人，彼此帮助，然后在人生的路口道别，各自去往不同的明天。

回到房间，连默放了半浴缸热水，垫了块毛巾坐在浴缸边上，将走了一天，微微有些肿胀的双脚泡进热水里，然后发出一声舒服的呻吟。

明天还是找个风景优美的地方，闲坐，喝茶，看风景吧，连默在心里说，她果然还是适合慢悠悠窝在一处的消闲方式啊。

等缓过走了一天的疲乏来，连默下楼，打算去逛著名的夜市。

从塔尔寺回来的路上，小巴士司机告诉连默，晚上的西宁夜市，是来西宁旅游的人绝对不能错过的。司机说起夜市里的美食时眉飞色舞，质朴简单的言语，却能勾起人最原始的对食物的欲望。

连默微微垂着头，看着手里的旅游手册，打算按图索骥，去介绍里提及的夜市，寻找最正宗的当地美食。

旁边有人卷着舌头问她："姑娘，伴游要不要？一晚一百元嘞！"

连默扬睫婉拒："不要……"

却看见信以谌轻笑着站在酒店门口的石狮子边上，手指勾着肩膀上的抽口背包。

"信以谌！"连默不是不惊喜的。

你怎么来了？她以眼神问。

信以谌一边伴着连默走下酒店正门台阶，一边说起此来的目的："我们信氏每年都会将收益中的一部分捐出，在西北沙漠化日益严重的地区植树造林，以保持水土，防止水土流失加剧。前几年种的防护林和经济林已经初具规模，这次来主要是查看林木的病虫害防治工作，然后商谈后续资金投入的。其次嘛，是来碰碰运气，看有没有人需要伴游……"

连默笑起来，难得开玩笑道："一晚一百太贵了！"

"那打对折好了，五十！"信以谌走在连默外侧，护着她不被来来往往的行人撞到。

连默笑得眉眼弯弯，这身价跌得也太快了。

因有信以谌做伴，往夜市去的路也显得没有那么长，仿佛只走了一会儿，就看见喧哗热闹、人声鼎沸的夜市一条街。

闪烁的霓虹灯管组成醒目的招牌，阿拉伯语与汉字的组合充满了浓郁的西北风情，烤羊肉的香味随着夜风飘得老远。

有英挺如同异国模特的维吾尔族青年在夜市路口支了一溜烤架，卖阿拉伯烤肉，炭火的轻烟与烤肉蒸腾的热气模糊了他俊朗的面容，显得神秘又迢遥，引得不少女客驻足，买烤肉的同时不忘与他合照。

连默与信以谌走过那热闹的烤肉摊，两人相视而笑。

烤肉好吃与否，并不重要，遥远的西北夜市上，英朗青年的容颜才是返回都市丛林后最值得回味的风景。

夜市人流如织，拥挤非常，有高大壮汉一转身不小心挤得连默一个趔趄，以谌忙伸手拉住她手腕，至此再不放开，一路都牵着连默的手。

“走吧，我每次都匆匆而来，又匆匆离去，还从未好好感受过西宁的风土人情。林业局的几位接待人员介绍说夜市里有两家馆子，是当地老饕都会光顾的。”

“哦。”连默呆呆任他将她牵在手里，往夜市深处走去。

以谌将连默带到一家门面不大，看起来极不起眼的小馆子里。小馆子门里门外统共六七张桌子，已经坐满了客人。老板伙计忙得脚不点地，嘴里叽哩咕噜全是回语。

以谌上前去，对老板说是林业局冯局长介绍来的客人，老板百忙之中指挥小伙计从后头抬出一张小折叠方桌，支在外头已经摆满了桌椅，几乎无法落脚的人行道上。

有豪爽的西北汉子调侃：“老马，不是说没位子了吗？哪里又变出来的啊？一看是小姑娘就要什么有什么了是吧？”

“这是早就订好的，你别起哄！”老板也不恼，只管手脚麻利地掇两张塑料圆凳给以谌和连默坐。

连默听得抿嘴笑。

没多久，嘴唇上头生着一层细细的黑色小胡子的伙计从馆子里端出两盏汤头红亮的茶来送到两人跟前。

连默取过茶盏小小地抿了一口，轻“噫”一声。

这茶入口竟是咸的。

先头那西北汉子坐在连默斜对面，听见了，哈哈笑起来：“小姑娘不懂了吧？这可是我们西北特有的，你到别处去，都没这样的茶喝。”

“有什么讲究吗？”连默好奇。

“嘿嘿，小姑娘你可问对人了！”与汉子同桌的食客纷纷说，“他可是我们西部文化研究中心的研究员，别的本事没有，专会研究吃喝玩乐！”

汉子一摆手：“小姑娘别听他们瞎说！来我们大西北，吃的多是牛羊肉，少蔬菜水果，吃饭时喝一盏茯茶，驱寒消食，还能促进人体新陈代谢，提高免疫力！”

似怕连默不信，伸手指了一圈在座的食客：“你看，我们一个个是不是都特别壮实？”

“小姑娘要像我们这样又粗又壮，非哭鼻子不可啊！”有人与他唱对台戏。

包括连默在内，众人都大笑起来。

那汉子也不以为忤，只执起茶盏，喝了一大口：“人毛（没）钱鬼一般，茶毛（没）盐水一般，小姑娘懂了毛（没）？”

连默大力点头，表示懂了。

稍后老板送上一盘热气腾腾的手抓羊肉，大块大块的羊肋排透出西北特有的粗犷豪放，空气中氤氲着羊肉特有的膻味儿，盘边放着一把锋利的英吉沙黑钢小刀，黄铜手柄上的红宝石与绿宝石在夜色下幻映出独特的光芒。

老板用不算纯熟的普通话连比带画地告诉两人，用小刀将肋排上的肉切割下来，用手抓着蘸取酱料吃。

“这样最好吃了！”老板把右手的拇指食指中指捏在一处，凑在嘴边，做一个吃的动作。

信以谌想要动手割肉，却被连默伸手接过刀去：“我来。”

“那我就等着吃肉。”他微笑，并不和她抢。

连默将英吉沙小刀持在手中，微微掂一掂分量。是一把好刀，连默细细地以拇指指腹感受了一下刀刃，其钢色纯且正，刃口锋利，是把难得一见的好刀，绝不是坊间售卖给游客们的工艺品样子货。

连默一转手腕，适应手中小刀的重量，随后对着羊肋排斜着入刀，剔下上头的羊肉，留下干干净净的一根羊肋骨。

对面几个汉子看了，有人忍不住扬着嗓子叫一声“好”。

“老马！快来看！这小姑娘用刀的手势不比你差啊！是个用刀的老手！你还说用刀除了你家婆娘和大姑娘，女人里没人有比得上你的！”

以谌也大是好奇。

一柄三寸长的黑钢小刀，分量不轻，泛着冷冷的刀光，可是连默执在手里，游刃有余，毫不拖泥带水，竟是带着一股平素从未有过的飒爽之感。

老板闻言过来围观，看了一会儿，不得不承认：“小姑娘的手法挺纯熟的嘛！”

信以谌听了，胸中生起一股与有荣焉的自豪。

隔壁桌的汉子也抬手取过自己桌上的小刀，以同样的角度入刀剔肉，然后探过头来与连默剔过肉的肋排骨对比：“小姑娘剔得不是一般的干净啊！”

“小姑娘连茯茶是什么都不知道，这一手刀工却很可以嘛。在哪儿学的这一手啊？”

连默想了想：“小时候龙门客栈看多了……”

几个汉子先是一愣，随即哈哈大笑起来：“这小姑娘有趣，我喜欢！老马！给她上一碗咱们正宗的青稞酒，虽然萍水相逢，但这姑娘对我胃口，哥哥我请小姑娘喝一杯！”

“哪能只给人家姑娘上酒啊？还有她男朋友呢！”马老板取了青稞酒出来，给连默以谌满上，“来来来，喝一杯青稞酒，消病又免灾。”

以谌本打算替连默挡了这杯酒的，不料连默先一步端起酒杯，托着杯底，四下敬了一圈，一仰头，一干而尽。

以谌叹息，伸手拍拍她后背。

傻姑娘，今晚有得你好受了啊……

早晨醒来时，连默有片刻的茫然，不知今夕何夕，不知身在何方。

但这样的状态只维持了短暂的数秒，便宣告结束。

连默起身，慢慢走进浴室里刷牙洗脸。

沁凉的水泼在脸上，她便彻底地醒了，昨夜一碗青稞酒落肚后的行止，清晰地浮现在脑海里。连默双手捂住脸颊，用力压一压。

到底是夜色太美，周围的人太热情豪放，还是，身边的那人太温柔纵容？

令她放下心防，抛开所有压抑在深处的情绪，一意高歌豪饮。

连默深憾自己没有睡一觉醒来把荒唐事悉数忘却的本事。

中学时偶尔参加同学生日聚会，有女生喝红酒掺苏打水，喝得烂醉，当众宽衣，跳进游泳池里，与陌生男同学激吻，一众同学围在泳池边上尖叫吹口哨，更有人取出摄像机来，录下全过程。该女生最后湿淋淋醉醺醺被人送回家去。次日神清气爽挺胸抬头来上课，一副全然忘记昨夜事的样子。

当时连默就觉得此女必成大事。

果然她如今已是好莱坞一线女星，惯演身材丰满的金发尤物，男朋友换过一任又一任，最近的新闻是她嫁给了女神的前任老公。

可惜连默记性太好，昨夜的事连细节都历历在目。

从浴室出来，果然看见沙发上堆着各色各样的西宁特产，叠得整整齐齐的藕荷色长毛提花毯，一卷颜色鲜艳绚丽、质地柔软细密的毛氆氇料子，一张嵌在粗犷木质画框内临摹唐卡的绒毛画……饶是一向冷静从容如连默，也不由得捣额一哂。

她昨晚如同购物狂附体，吃完手抓羊肉出来，一路又唱又笑，经过每个卖纪念品的小摊都不肯放过，务必要停下来和摊主讨价还价，然后问信以谌：好不好看？摊主必然会笑呵呵地说给女朋友买吧，他就会笑着摸一摸她头顶，付钱，买下来。

连默鸵鸟地想：幸亏夜市里的纪念品都不是什么价格离谱的贵重物品。她仔细回忆了一下，好像并不曾跑进珠宝店指着黄金钻石狮子大开口……

瞥眼看见最上头的毛氇氇料子上，以一枝西宁当地特有的华福花压着一张酒店的便笺。

连默拈起金黄色如同一轮朝日的花朵，取过便笺。

信笺上头是干净利落的字体：我回去了，祝你接下来的旅途愉快。信以谌。

连默垂头轻嗅还带着朝露的鲜花，随后微笑。

一枝花，便足以驱散所有烦恼，真好。

到楼下餐厅吃早点的时候，连默碰见新婚小夫妻。两人如同连体婴般黏在一处，互喂对方。

看见连默，娇嗲女郎掩嘴轻笑，朝她眨眼睛："我们早上看到了哦！"

连默扬睫，不明所以。

女郎小声地说："你一个人出来玩，男朋友不放心了吧？"

连默笑笑，并不解释。

为人老公的就把老婆的手捉过去，啄吻，不让她继续追问。

第三天晚上，中年夫妻和三个白领先后回到酒店。

连默从酒店游泳池回房间的时候，在电梯里碰到他们。中年夫妻看起来有点累，一起靠在电梯里的扶手上。曹贝妮有点不高兴的样子，微微嘬着嘴。小傅一心一意地哄她开心。

"我们回房间休息一下，待会儿去逛夜市，好不好？"

"不要！"曹贝妮甩了甩手。

“那……听说晚上有篝火晚会，你想不想去看看？”小傅再接再厉。

“这两天玩得挺累的了，我们还是先缓过乏来再说。夜市和篝火晚会，明天再看也来得及。”小宋手里提着不少东西。

连默静静站在三人后头，有点奇怪，曹贝妮显然并不真心喜欢小傅小宋，偏偏又和他们一道出来旅行。两个成年男子倒也心甘情愿任她支使。

电梯停在楼层后，曹贝妮哼了一声，跺脚走出电梯，小傅尾随而去。小宋用手臂微微压住了电梯门，等中年夫妻和连默都走出来，这才放开手。

中年夫妻朝小宋点点头，相互搀扶着回房间去了。

连默觉得气氛尴尬，只管默默地进自己房间，先打电话报平安，又再一次向费永年保证不会在旅行中苛待自己。

次日自助旅行团包的观光旅行巴士准时到酒店门口前来接他们一行，在接下来的五天当中参观著名的西宁古八景。

虽然说只是八个人的小团，集合上车，也还是用了不少时间。中年夫妻和连默到得最早，小夫妻次之，曹贝妮三人来得最晚。曹贝妮一上车就将草帽往脸上一盖，打算全程睡觉补眠。临开车时，新婚太太想起自己的太阳镜忘记带了，又喊了司机开门，让丈夫跑回去取，一去一回又耽搁掉不少时间。

等正式出发，已经接近十点。

巴士驶出西宁市区，朝西宁北山，最著名的悬空寺景区而去。

随着城市被渐渐抛在身后，苍莽嶙峋的紫红色山体蓦然映入眼帘，赤色的岩壁，忽隐忽现的洞穴，连绵起伏的峰峦，无不向人昭示着丹霞地貌特有的壮美。

连默戴上耳机，任民歌《半个月亮爬上来》的旋律空灵地响起。

车行到北山脚下，司机停车，表示车不能再前进了，上山需要步行，即刻有当地人上前来表示愿意带路。小傅上前去讨价还价一番，谈好了价钱，当地导游就领着他们一行八人，直接越过景区收费口，进山。

导游是个皮肤黝黑、个头不高的精瘦汉子，穿着长袖T恤军绿色长裤，脖子上系一根红色方巾，走起路来仿佛脚下生风。讲话的时候带着一点儿不算太浓重的西北口音。

“我们首先参观的是山脚下的灵官殿。说起灵官殿，始建于明朝洪武年间。供奉着道教护法，镇山神将王灵官。王灵官不得了啊！赤面长髯，慧眼金睛，金甲红袍，威风凛凛……”导游尽职尽责地解说，可惜除了连默，余人都听得不甚仔细。

导游见只有连默全神贯注，遂将连默引为知己，向她细细指点。

“其实原本的灵官殿早在连年烽火中烧毁了，如今的这座殿宇，是一九一五年重新捐资修建的。”

又说：“他原也不是什么好人，神仙列传里记载，他先是一个爱吃童男童女的大恶人，后被天师虚靖真人的弟子萨守坚用三昧真火焚烧成火眼金睛，又随着萨守坚改恶从善，这才做了护法神将。”

连默听得津津有味。

连环噬童的恶魔，也可以弃恶向善，最终成为教派护法，这大抵只有宗教神话故事中才有。

沿山路而上，导游又向他们介绍如同两尊金刚般突出在外的山崖。红褐色的崖体被风吹雨打，山水冲刷，剥蚀成奇特的形状，后经古人的能工巧匠雕琢成露天佛像。站在佛像脚下仰望，只见金刚双目微闭，悲悯地俯瞰红尘，似早已将俗世里的一切都看得清清楚楚，所以，不言，不语。

中年太太十分虔诚，似有三跪九叩一路顶礼膜拜上山的打算。

中年丈夫想劝她别这么认真，劝不动她，只好放弃。

都市女郎曹贝妮对中年太太这种举动十分不屑，打鼻孔里哼了一声。小傅忙殷勤地问她渴不渴，想不想喝水。小宋遂从背包里取了矿泉水出来。

新婚太太先是好奇地跟着三跪九叩了几次，然后就向丈夫撒娇：“膝盖好疼。”

“膝盖疼？来，我背你！”丈夫当即微微屈膝弯腰。

连默看得发噱。

等上了陡峭的半山腰，导游告诉连默，这就是著名的九窟十八洞了。

“……所有的山洞都贴着峭壁开凿而成，洞中有洞，洞洞不同。”导游站在栈道上，指着远处的洞窟对连默说，“可惜年久失修，珍贵的壁画雕像都在逐渐风化剥落，已不对游客开放多年。只能在这里遥遥地看一眼，想象当年的盛况。”

连默垂头望去，在凌空的栈道上，恰能看见露天金刚的头部和下头渺渺茫茫的众生。

导游提醒众人小心脚下，慢慢地走过栈道，从露天金刚的另一侧钻出来，钻进一个阴凉的洞窟中。

没等连默在洞窟里看个仔细，就听见后头传来刺耳的尖叫声。

导游一惊，回身不见其他几人，赶紧叮嘱连默：“你在这里别动，我去看看，马上回来。”

说完，他身手灵巧地钻出洞穴，小心翼翼地走过栈桥，沿来路循声而去。

连默在原地等了片刻，听见远远嘈杂的人声，还是决定跟过去看看。

等她慢慢蹭过栈桥，找到声源，只见乱哄哄一群人围在一处，中间传出号哭声，将后头上山来的人堵在一截贴着崖壁开凿的山道上。

连默微微踮脚，才看见中年太太跪坐在地上，抱着丈夫的头，中年男人头部鲜血淋淋，已看不出生命迹象。

出于职业本能，连默知道，自己的假期，到此结束。

连默坐在西宁当地派出所的接待室里。

作为家属的中年太太首先被派出所里的干警请进办公室去。连默注意到有肤色健美，面孔上两团高原红的女警一直坐在中年太太身边，握着她的手，始终轻声安慰她。

中年太太在最初激动得号哭过后，一直处于不住抹泪追忆往日甜蜜的状态中。

由于事发突然，他们又是以自由旅行团的形式组团参观景点，所以派出所干警出于谨慎，将他们一行人都带了回来。

导游大抵是认识其中的一名干警，在派出所大厅里用方言快速地交谈。

新婚小夫妻挨坐在一起，两人的手紧紧握着，仿佛这样才能驱散直面死亡带来的寒冷。曹贝妮白着一张脸，双眼发直，一副没有从血淋淋的场面中恢复过来的模样。小傅轻声安慰她，她也不予理会。小宋则从头到尾地沉默着。

连默蹙眉。

她当时分开人群，表明自己是医生，随后上前检查。

中年人已经失去生命体征，可以断定为死亡。由于人多拥挤，导致现场杂沓，连默只来得及注意到中年人的头部左侧有明显的撞击伤，其他的还有待进一步尸检，才能确定死亡原因。不过以连默的经验初步推定，应该是外力撞击导致颅脑出血而死亡。

这是最让连默疑惑的地方。

中年人走在依山开凿的曲折栈道上，必定小心翼翼，按理说不会有那么快的速度和那么大的力度撞在崖壁上，被造成如此巨大的伤害，终至殒命。

可是如果说这不是一件意外事故，又是谁有时间和动机，做出伤人害命的举动来?

连默百思不得其解。

这时健美的女警陪着哭哭啼啼不停抽噎的中年太太从办公室出来，有一张国字脸的民警站在门口，对着接待室里问：“哪位是连默？请跟我来。”

连默忙站起身来，随国字脸民警走进办公室去。

国字脸警官请连默落座，自我介绍姓潘，又比对最初的笔录：“连小姐是医生？”

“法医。”连默当时在分开人群时的确表明自己的身份是医生，只是没有说明自己是什么医生罢了。

潘警官不由得抬头看了连默两眼，见女孩子清清秀秀一张素面，浓密黑发束在脑后，看起来那样年轻，想不到竟是一名法医。

“连法医能不能说说当时的情形？”潘警官问道。

连默向他详细地讲述了他们从酒店出发到北禅寺游览的经过：“导游和我在参观一处洞窟的时候，听到后面有惊叫声，导游让我等在原地，他去看看。但是我出于职业本能，还是跟了上去。我看到有人围在一起，死者的妻子跪在地上，双手抱着死者的头在痛哭。我上前检查，确定他已经死亡。从听到尖叫，到我前去检查，这中间不超过两分钟。”

潘警官一边微微点头，一边做记录。等连默讲完她所知道的事情经过，他停笔，问：“死者和他妻子，在你们旅行途中，有没有争吵等异常表现？”

连默回忆片刻，随即摇头。

中年夫妻的感情在她看来还不错，两人一起以旅行的方式二度蜜月，还跑去青海湖看日落日出，走得累了会相互扶持依偎，很令人羡慕。

“你们一行人中谁和死者有矛盾吗？”

连默细细回想，再次否认。

潘警官拿圆珠笔在笔录本上“嗒嗒”拍了两下：“在死者的死因还没结论前，还请连医生暂时不要离开西宁，如有需要，警方还会请你前来协助调查。”

“好的。”连默表示理解。只有在排除他杀可能以后，他们一行人才可以离开。

等连默从办公室出来，办案民警又将新婚小夫妻请进办公室去。

见连默出来，曹贝妮回过神来，低声对连默说：“他们都问了些什么？”

“就是例行询问，不用紧张。”

曹贝妮白着脸：“紧张？就是觉得晦气！好好的出来度假，没想到碰上这种事！剩下的假期都泡汤了！”

小傅忙执了她的手温声安慰她：“这事和我们没关系，他们不过是照章办事，问完了我们就能走了，还可以继续玩的。”

她一把甩开小傅：“有人死了，谁还有心情继续玩？！”

小傅也不觉尴尬，只一笑，好脾气地耐心安抚：“好好好，不玩了，在酒店里看看电影，吃吃美食，也一样。”

小宋半垂着头，双手交握，保持沉默。

没多久小夫妻也从办公室里出来了，曹贝妮、小傅、小宋三人被叫进去接受问询。

年轻妻子依偎在丈夫肩膀上，拍着胸脯对连默说：“太可怕了，好好一个人，说没就没了。你胆子真大，还敢上去检查，我在旁边看着吓也吓死了。”

连默轻轻挑眉，微笑：“死人并不可怕。”

年轻妻子一愣，随即理解连默话中的含义，一张俏脸顿时白了。

年轻的丈夫握住妻子的手，直视连默双眼，代妻子解释：“她胆子小，并没有别的意思。”

连默转开头，微哂。

死亡有什么可怕?

死亡是必然的归宿，无论善恶。

掩藏在微笑面具下的险恶人心，比死亡更令人恐惧。

费永年和陈况坐在陈况家的客厅里，相对小酌。

酒是费夫人秦青提供的，十八年陈尊尼获加金牌苏格兰威士忌。

当年事，秦青虽然不是参与办案的人员之一，却是被案件所引起的连锁反应波及的人。在事业蒸蒸日上的当口，被人无端诬陷贪污公款，接受连番调查，虽然事后查明是遭人陷害，但她努力工作争取到的职位已经花落他人，她也不甘心在一个资历经验都不如自己的人手下工作，终于辞职而去。幸而她业务能力强，又熟练掌握英语，很快就在刚筹建成立的一家小型外资企业找到了工作。老板看中的就是她在国有企业的工作经历，借助她对政策的了解，很快就在本城站稳脚跟，迅速步入正轨。

如今秦青已是公司里的高层管理人员，年薪二十万，比老公费永年赚得多一倍不止，公司福利颇丰，洋老板动辄带头放年假，到处旅行，然后带纪念品回来分发。

这瓶金牌威士忌就是旅行纪念品之一。

秦青本来开玩笑说等到两人金婚时打开来喝，可是一听说连环杀人碎尸案的凶手被擒获，案件虽然还没有进入司法程序，但取证阶段已经结束，这次证据确凿，再不会令真凶逍遥法外。她立刻就将酒取出来，交给费永年。

“去吧，我知道你们两兄弟有很多话想说。”她把酒瓶塞到费永年手里，推他出门。

费永年临走之前，在妻子脸颊上大力一吻。

随着旧案得破，一切笼罩在他们生活里驱之不散的阴霾悉数冰消雪解，露出清晰的面貌来，他又重新焕发出了他们相识相恋时的那种青春的活力。

来到陈况家，前来开门的陈况与他相视一笑。

他们有太多话想说，可是真到了这一刻，千言万语，也不能表达这四年来他们所经历的和承受的。到最后，不过付之一笑。

费永年把自己带来的熟菜交给陈况，自己开了酒，两人就坐在客厅里，一边喝酒看电视，一边闲聊。

“……我有几年没好好放假了，这次要认认真真地休个年假，和秦青到马尔代夫或者毛里求斯这样远离人群和俗事的地方去度假，没有手机和电脑，只有我们俩……”费永年放松地伸展手脚，靠在沙发里。

陈况朝他举杯：“预祝你和嫂子假期愉快。”

“你有什么打算？”费永年知道比起他来，陈况的心结更甚。

“我？”陈况笑笑，“我暂时没什么太具体的打算。也许——会去美国走一趟吧。”

前女友一家移民去了美国，他曾经前往他们在本埠的旧宅，房子已经出售，里面住着新搬来的业主。他说自己是年家的旧友，有要紧的文件想交给年家。新业主便给了他一个美国西海岸小城安纳海姆的地址，说原房主交代过，一年内如果有什么信件包裹寄到他们的旧址，麻烦他们转寄美国。

这些年他从未试图联系前女友，不想让往日不堪的回忆惊扰到她。但现在，也许他真的应该去安纳海姆走一趟，将往事彻底了结。

这时电视里播出的一则新闻吸引了两人的注意力。

“……西宁北山烟雨景区一位来自申城的游客昨天下午在游览九窟十八洞时发生意外，当场死亡……警方正在调查死因……”

连默正在西宁！费永年和陈况心里齐齐闪过这个念头，遂一同抬头望向电视，恰看见连默的面孔在镜头里一闪而过。

费永年坐正身体，放下酒杯。

“你不便走开，我跑一趟。”陈况镇定地对费永年说。

两人步调一致地站起身来，陈况回房间去取自己的证件和钱包，从大衣柜里拽出一只迷彩色旅行拎袋，已可以出发。

“我回局里去和当地警方联系，了解进展，我们随时保持联系。”费永年和陈况一起出门，一人往机场，一人往市局，背道而驰。

潘警官放下电话。

稍早时候，申城市警察局核实了连法医的身份，并表示会积极配合调查，尽快将其他旅行团成员的背景调查资料传真过来。他将事情大致经过对申城警方做了说明，表示只要排除他杀嫌疑，包括连法医在内的一行人就可以继续假期了。

事件目前看起来像是单纯的意外，旅行团的成员表面上与死者都没有直接或者间接的关系。但是——潘警官摸摸自己的方下巴，在死者死亡前后的这段时间里，除了连法医和导游有明确的不在场证明，其他人的不在场证明都不太站得住脚。

死者妻子表示她一路三跪九叩，丈夫等得不耐烦，就一个人先往前走了。等到她追赶上他的时候，发现他已经头破血流倒在栈道上了。

年轻小夫妻则彼此证明他们一直都在一起，沿路拍了不少照片，照片中基本上都是妻子在风景前做剪刀手的留影，也有不少两人的合影自拍。两人均表示没注意死者，等听到死者妻子的尖叫，他们循声往回走了一段路才发现的。

三个白领的叙述就比较耐人寻味。

曹贝妮说她走得累了，因而坐下来休息，等小傅去找小宋要水喝。

小傅说小宋走得太慢落在后面，曹贝妮又渴又累，他就往回走，找小宋取矿泉水和轻便折叠椅，来回都经过案发地点，当时死者还活着，正在慢悠悠向前走。

小宋则表示他背着大包小包，所以走得比较慢，小傅来找他要东西的时候，他又停下来翻找了一会儿，又用相机帮曹贝妮拍了许多风景，以供她回去后在自己的微博里使用。他的单反相机记忆卡中的照片也佐证了他的说辞。

所有人看似都没有杀人动机，现在只有等法医的鉴定报告出来，才能决定是进一步调查，还是以意外死亡定论了。

连默坐在酒店阳台上，微微闭着双眼，感受高原上清晨的阳光洒在身上的暖意。

她的脑海里一直有什么东西呼之欲出，却总是在她将要抓住的时候，堪堪溜走。连默想，这一定很重要，即使只是在混乱中的匆忙一瞥，她的大脑仍将之深深记住，努力地提醒她，希望她引起重视。

门铃响起的时候，她正试图在脑海中重建当时的场景，并从中找到答案。

听到铃声，脑中的情景瞬间烟消云散。

连默微微懊恼地起身从阳台上回到室内，去给来人开门。

门外，是风尘仆仆的陈况。

"你怎么来了？"连默不是不意外的。

才走了信以谌，陈况又来了。

好像人人都不放心她的样子。

陈况笑笑："我渴了。"

"哦。"连默忙侧身让他进门。

陈况来到房间里，将旅行拎包放在玄关处的衣橱内，自去洗手。然后看见连默匆忙跑进浴室来，将洗干净挂在浴帘竿架上的碎花纯棉内裤收走。

陈况忍了笑，只垂着头做毫无所觉状。待他洗干净手出来，连默已经泡好一杯酒店提供的袋泡绿茶。

"谢谢。"他坐在茶几旁边，喝一口热茶，这才问连默，"一切还顺利吗？”

连默摇摇头，有人死去，总谈不上顺利。

“警方那边进展如何？”

连默摊手。由于不是她的案件，所以只能在酒店里坐等尸检报告。

“警方可限制你出入？”

“这倒没有，只是暂时不能离开西宁，以方便调查。”

“如此……”陈况放下茶杯，长身向外，“走吧。”

“去哪儿？”连默一愣。

陈况微笑：“去现场。”

连默忙抓过背包，带上手机相机，小跑步跟上陈况。

他们在底楼大堂遇见新婚夫妻，两人看到高大的陈况陪着连默，露出讶然的表情。

年轻妻子等连默陈况的背影消失在酒店转门外，才对丈夫说：“我还当她是孤芳自赏的清高呢！原来也不是什么好人，比那个曹贝妮还不如。曹贝妮至少把追求者放在明处，大家公平竞争，输的人也心服口服。你看她，前脚送走一个，后脚就又迎来一个……同交际花有什么两样？！”

丈夫好声好气地安慰她：“本来就是萍水相逢罢了，知人知面不知心，你当人人都像你这么纯真热情？”

妻子被哄得展颜而笑，两人又搂在一处回房间去了。

连默不知道自己被人议论，只与陈况在酒店门口上了出租车，直奔北山悬空寺而去。

“詹姆斯·庞醒来以后，在医院的病床上供认了所有罪行，现在只等走最后的司法程序。”陈况在车里向连默说起连环杀人碎尸案的后续进展，“不过他的律师表示他愿意做活体器官捐献……”

连默沉默了片刻。

愿意做活体器官捐献，意味着至少在一段时间内，他不会被执行死刑。

他夺走了至少六条生命，现在以活体器官捐赠的方式，来获取宽大处理吗？

可是对于死者而言，正义得不到伸张，就什么意义也没有。

陈况望一眼连默沉肃的侧颜：“他不会再次逃脱法律的制裁。”

像詹姆斯·庞这样的人，只有借助麻醉剂和金钱及甜言蜜语才有勇气杀人，真把他关押在穷凶极恶的杀人犯扎堆的高度戒备的监狱里服刑，无异于将一只小白兔放在狼群里，能否生存下来，都是个疑问。

连默点头表示知道了。

陈况话题一转：“来西宁几天，有什么好玩的地方，好吃的东西介绍？”

连默顿时来了精神，将自己去游览过的藏传佛教格鲁派大寺塔尔寺、东关大街伊斯兰教清真大寺和教场街基督教堂一一向陈况做了详细的介绍，最后不无憾然地表示：“可惜北禅寺还没上到寺内，就出了事。”

陈况好笑地拍一拍她肩膀：“等一会儿看完现场，我陪你去寺里。”

连默大力点头：“好呀，好呀！”

陈况忍不住，还是伸手摸摸她头顶：“乖。”

陈况和连默在北山脚下下了出租车。连默一眼就看见昨天出事时为他们做导游的当地人。

导游也看见了连默，忙迎上来，热情地招呼两人。

“昨天没玩痛快，今天接着玩？还是我给你带路吧，只收你们一半钱。”导游觉得陈况颇对他胃口，高高大大，身无赘物。来旅游就是全身心感受当地的风土人情，而不是拿着相机一路狂拍以表示自己到过风景名胜。

“行，麻烦大哥了。”陈况爽快地取出钱包，将费用递至导游手中。

导游将钞票塞进自己的腰包里，一边向连默眨眼睛：“我说姑娘，你男朋友一看就是个汉子，说话爽气。我前阵子接待过两个自驾游的土豪，几百块钱的费用也斤斤计较，特别毛（没）意思。”

连默一抿嘴，想笑着说大哥你误会了，陈况却一把挽了她的手，与导游闲聊起来。

“栈道一定很危险吧？”

“有几处是挺吓人的。不过我们每天都要上下几次，也习惯了，闭着眼睛都知道哪里能走，哪里不能走。”导游一拍胸，“除了不对外开放的那些洞窟和栈道，这山上没有我不熟悉的地方。小姑娘昨天哪儿没玩着的，尽管说，我带你们去！”

连默抬头看了一眼陈况彻夜赶来，冒着青虚虚一片胡楂的下颌，轻问：“就是昨天看的九洞十八窟我还没看完，大哥能不能再带我去看看？”

导游想了想：“成！没问题！”

既然小姑娘不介意那段路上死过人，他又有啥好介意的？再说民警不是也已经拍过照，取过证，又继续向游人开放那段崖壁回廊了吗？

三人重走昨天一行九人走过的山路栈道。

导游因和连默介绍过北山的风景名胜人文历史，这会儿搜肠刮肚，向两人说起古人是如何开凿崖壁上的栈道回廊的。

“当时北魏的匠人们，先在山崖上架起木柴，烧起旺旺的火，将岩石烧烤得火热滚烫，然后趁热往岩壁上泼冷水。大桶大桶的冷水泼上去，火烫的岩石顿时就炸裂开来，形成又深又长的裂缝。石匠们接着用大铁钎、铁锤把已经酥松的岩石凿碎了运走，周而复始，就这样一点点在悬崖峭壁上，开凿出洞窟回廊来。”

连默佩服古人的智慧与坚韧，不过仍有疑问。

“用这种方法固然能开山凿壁，但是岩石已经碎不成形，开凿出来的洞穴壁面结构也遭到严重破坏，如何还能在洞窟内雕琢佛像？”

“哟嗬，想不到小姑娘还是个内行！”导游惊讶地回头上下打量了连默几眼，“我可不能瞎说糊弄你了。听说洞窟是用了更复杂精细的方法开凿的。”

导游连比带画：“先这么纵向在岩石上凿出几条深槽来，再横向那么凿几条，等都凿好了，再往里钉入大铁楔子，合众人之力往下撬。就这样一点点开凿出需要大小的洞窟来。”

连默肃然起敬。

这时陈况轻轻握一握她的手肘，朝前方扬一扬下巴。

连默循示望去，从他们所站的位置，恰能看见警方昨天在死者倒地的位置做的标识。

北山九窟十八洞是沿着山势开凿出来的，连接这些洞窟的崖廊与栈道同样依山而建，随着山体的凹进凸出，栈道和连廊也曲折起伏。走在山势凹进的栈道上，时常能将凸出山崖间的崖廊看得一清二楚。

陈况上山没多久，就发现了这个问题。越接近事发地点，这个现象就越明显。他和连默这时身处的栈道，几乎与前面一段崖廊呈平行的U字形。在平行的两条栈道上，可以清清楚楚地望见对面游人的一举一动，死者正好被发现倒在对面的崖廊上。

“你赶到现场的时候，是什么情形？”在不能查看警方问询笔录的情况下，他唯有先问连默，以便尽可能地还原事发时的场景。

连默闭上双眼，仔细地回忆当时混乱场景中的每一个细节。

“……我赶到的时候，死者的妻子跪在地上，抱着死者的头部。死者……头东脚西被抱在妻子怀里。新婚夫妻……站在上首，曹贝妮和小傅在他们身边，小宋在下首。”

陈况迅速在脑海里重建了事发时的情景，指一指只能勉强容两个人并肩行走的栈道，随后与连默一起慢慢走向事发地点。

“死者被妻子抱着，头东脚西地躺在崖廊上，新婚夫妻和曹某傅某从死者前方路段返回，宋某从后方追上，形成前后围观之势？”

连默点点头。

陈况蹙眉。排除连默和导游作案的可能，假使这是一件凶杀案，那包括妻子在内的其余六人，全都不能排除嫌疑。

连默脑海里有什么努力地要挣脱出来：“还有一件事……其时场面混乱，人多口杂，我记得我看见了什么，可是一转眼就……”

由于没来得及细看，那样事物没能留下明确清晰的印象。

然而连默相信，一定是一件极要紧的事物，否则她的大脑不会竭力想要让她回忆起来。

“没关系，这可以慢慢想。”陈况安抚连默，又向导游摊手，“抱歉出了这样的事，我有点儿好奇。”

导游表示理解：“每天带着不同的人上山参观，也不是天天都能碰上这样的事。说实话，我也挺好奇的。从北禅寺山门下的天梯开始一路三跪九叩上山的游客倒不少，但是游览九窟十八洞的时候在曲折的栈道上一路三跪九叩的不多见。”

“为什么？”陈况问，连默则“啊”一声。

导游一笑，露出满口洁白牙齿：“看来小姑娘明白了。这开凿修建在山壁上的栈道，本来就不宽敞，又年久失修。要是人人都这样三跪九叩地上山来，一方面增加了不必要的负担，另一方面也影响了后面游客上山的速度。”

“说起来，死者妻子在行三跪九叩礼的时候，是右脚先行，叩头的时候，手心朝上。”连默说起自己偶然回身时，注意到的事。

导游摸了摸下巴：“小姑娘这么一说，我也想起来了。”

由于其他人对他的讲解兴趣寥寥，自顾自分散开来，所以他一直和连默走在一起，并讲述北山烟雨的来历典故。但是作为收费领游客上山的导游，他还是会时不时回头注意一下其他几个人的。所以他是瞥见过死者妻子行三跪九叩礼的动作的。

“有讲究？”陈况垂头问面色略显困惑的连默。他对求神问道的这些一向不感兴趣，也没什么研究。

“嗯。三跪九叩礼是有讲究的。据《周礼》记载，早在周朝时，就有向天地君亲师行三跪九叩礼的，是拜祭神明时所行的至尚礼节，需左脚先行，右脚随后，一跪，三拜。如是三番，才是三跪九叩大礼。清朝时候非但对天子要行三跪九叩之礼，连朝贡之国的使节亦需行此大礼。罗刹国和欧罗巴来的使节不愿向清朝皇帝下跪行礼，几乎引发外交危机。”

“还有这样的事？”导游诧异。

连默轻轻颔首：“所以死者妻子行的，不是正确的三跪九叩大礼。如果她是一个真正的信徒，想要祷告祈福，那她不应该行相反的丧事之礼。”

导游抱一抱手臂，不知道是山风吹在身上觉得冷了，抑或是被鬼神一说所惊。

陈况沉吟，随后朝两人微笑，握了连默的手：“走吧，我们上寺里参观去。”

导游从善如流。他看出来了，眼前这个男人才是掌握参观节奏的那个人。

陈况连默参观北山悬空寺回来，已是傍晚，两人在酒店的餐厅里吃过饭，陈况就接到费永年的电话。

“用了些时间，把死者陆向阳的家庭和财产情况都查了查。我把传真一式两份，一份发到当地派出所，一份发到酒店了。其他人的大致信息也都在上面。你和连默研究研究。”费永年心情不错的样子，语气轻松，仿佛恢复了青春活力。

陈况在这头笑起来，那种沉重的大石压在心头数年，有朝一日倏忽卸下的感觉，他能想象得到。

“你陪着连默直到事情解决再回来吧。”费永年在那头朗声一笑，“算是我请托你的，我们亲兄弟，明算账。”

陈况也不同他客气：“没问题。”

“还有，你嫂子说前两天在电视上看美食节目，正好介绍青海当地的特产，你看有什么好吃好带的，带几样回来给她解解馋。”

“老费你不说我也会带。”

陈况挂断电话，就看见一旁连默眉眼弯弯的微笑表情。

“看我和你们费队打电话很好笑？”陈况挑眉。

“没有啊！”连默忍一忍，“就是觉得你和费队感情真好。”

这话真是充满了歧义啊……陈况失笑，站起身来：“走吧，我们回去研究资料。”

两人在酒店前台取了传真上楼，在走廊上刚好遇见出门来的小夫妻。年轻太太一副柔弱的样子靠在丈夫肩上，无视连默和陈况。先生则朝两人颔首：“她忽然有点儿高原反应，我带她去看看有没有医务室，要两片止痛片。”

连默动一动嘴唇，想告诉小夫妻缓解高原反应的办法，年轻太太却已经娇声呻吟着催促丈夫快点走了。

连默无奈。被人讨厌了啊……

陈况大手一伸，抚一抚她的后脑勺：“走，回房间。”

“哦。”连默随即把如何缓解高原反应的事抛在脑后。

回到酒店客房，陈况和连默先后进浴室洗手，当两人抹干净手在沙发上落座时，彼此相视一笑。

陈况拿过传真，与连默分头翻阅，随后发现许多有趣的细节。

死者陆向阳五十六岁，在申城经营连锁美容美发店，名下拥有中高档美容美发店十余家。妻子麦超英，五十七岁，是公司的财务总监。两人都是申城人，至今没有子女。陆向阳是家中幼子，哥哥当时接父亲的班，参加工作，成为一名冶金工人。而他作为次子，不能再接父母的班，所以一气之下，不顾父母劝阻，上山下乡，当知青去了。随着那十年结束，知青出现了一次大返城浪潮，他趁机从穷山恶水的农村回到城市。

陆向阳回城以后，家里的哥哥已经结婚，兄嫂和父母一起挤住在一室半户的老公房里。兄嫂住里间，父母住外间，中间拉一条床单隔开，家里已经没有他落脚的地方。他无处可去，恰好有人介绍对象给他，他就匆匆与妻子麦超英结识并结婚，住在身为独生女的麦超英家里。

麦超英的父母在弄堂里开了家理发店，陆向阳先跟着岳父学理发修面的手艺，待出师后，岳父岳母就退休颐养天年，由他接手经营理发店。当时改革开放的春风吹遍大地，陆向阳抓准了商机，为追求时髦的年轻人理烫电影和杂志中的新潮发型，由此赚取了他人生中的第一桶金。他意识到，人们为了追求美和潮流，所愿意花费的金钱与精力是无穷的，便将弄堂理发店逐渐扩展成如今的美容美发连锁店。

陆向阳无疑是成功的，妻子麦超英在家是他的贤内助，在外是他的左膀右臂，两夫妻胼手胝足，创下如今这偌大家业。若说两人有什么遗憾，大抵就是人到中年却没有孩子了。由于家大业大，周围颇有几个远近亲戚，想让他们过继自家的孩子，以继承陆向阳的事业。

但是陆向阳考虑了一段时间，在前年年初明确表示不会从亲戚处过继子女，包括他哥哥嫂子在内的陆家亲戚非常不满，觉得他是要便宜妻子麦超英家的人。

相反，麦家显得非常平静。虽然陆向阳是靠岳父岳母的理发店发的家，但到底还是他和麦超英一手打拼出的产业，要怎么处置，是他们两夫妻的事。

是为了钱吗？陆向阳一死，由于没有子女，所以妻子麦超英是唯一财产继承人，也将是他死亡的唯一受益人。

但是——陈况敲了敲沙发扶手，耐人寻味的是，年初陆向阳去了趟美国，从美国回来后，他购买了一份人身意外保险，受益人是一个叫黄家妹的人。

黄家妹，是谁？

连默也在看资料。

一张薄薄的纸，便可以诉尽生平。

曹贝妮，二十七岁，未婚，申城人，祖籍皖地，父母离异，她随母亲一道生活。财经大学毕业，在日资企业当翻译。

小傅，二十八岁，一样未婚，皖地人，大学毕业后在申城干过两年物流，现在在曹贝妮任职的日资企业担当物流代理课长。

小宋是小傅老乡，大专学历，凭借小傅的关系，应聘在公司里做物流课员。

表面上看起来，小傅对曹贝妮的追求攻势比较明显，有种势在必得的意味。小宋纯粹像是两人的跟班，端茶倒水的跑腿角色。然而连默不止一次注意到，曹贝妮对小傅表现得颐指气使，从不假以辞色，反而不算太多的几次和小宋交流，十分和颜悦色。

连默琢磨不透这错综复杂的男女关系，转而去看新婚夫妻的资料。

新婚夫妻的经历就简单许多，两人都是申城人，丈夫二十五岁，妻子二十三岁，两人就读同一所大学，女方毕业工作了一年，两人就结婚出来度蜜月了。

从资料上看不出太多信息，和死者唯一有交集的，就是曹贝妮等三人都是皖地人，死者陆向阳则上山下乡去过皖地。

“有什么发现？”陈况和她交换手上资料。

“暂时没有。”连默递过她已经翻阅过的传真，取过陈况的那份。

过不多久，两人几乎同时抬起头来：“黄家妹！”

陈况与连默的头凑在一处，从各自的资料里翻出一页来，展示给对方看。

陆向阳购买的一年期人身意外保险，最高可赔付五百万元，年底即将到期，受益人是黄家妹。而曹贝妮的母亲，恰恰也叫黄家妹。

这显然不是巧合。

“我去给老费打电话。”陈况站起身来，将茶几上的传真都收拢在一起，折好收在口袋里，“你陪我在外头跑了一天，早点休息。”

说完揣着传真大步离开。

连默托腮在沙发上呆坐了一会儿。

有陈况在的时候，整个酒店客房显得十分充实，即使他一言不发，也让人觉得心安。他一走，原本静谧的房间，一下子变得空旷寂寥起来。

这念头令连默一怔，忙伸手拍拍自己脸颊，暗道果然累极，所以开始胡思乱想。她起身洗漱上床睡觉。

酒店的床都放置在靠窗的位置，躺在床上，透过干净的巨大玻璃窗，能看见外头的漫天星斗。西宁的天空低垂，仿佛只消一伸手，就能触碰到墨蓝色的夜。当城市的灯光渐次熄灭，剩下的，是满天繁星织成的河。

连默就在星光中慢慢睡去，陷入梦境。

她知道自己行走在梦中。

周身是一片朦胧烟雨，所有的景色都仿佛披着一层轻纱，若隐若现。白日里雄浑壮阔的丹霞地貌，这时依稀都带上了江南才有的薄薄水汽，让人伸手去触，却又触不可及。

连默循着记忆前行，山道崎岖，她被裹在轻雾里，回首已不见来时路。

忽然烟锁雾罩的前方传来惊叫，她无暇细思，循声奔跑，来到惊叫声的源头，一眼望见被抱在妻子怀里的陆向阳。中年人已经死去，似睁似闭的双眼还带着一丝对人世的眷恋，双手半握着。

连默猛然从床上坐起身来。她终于想起来了！她摸过床头的手机，在看见凌晨四点的时间后，顿坐在床上。

大家都还在睡觉啊……她又轻轻将手机放回床头柜上，慢慢钻回被窝里去，只是睡意了无地望着外头的天空，星子渐渐隐去，天光一点点亮起来。

吃早饭时，陈况对着连默的脸细细看了看："昨晚没睡好？"

"我想起来现场的一条重要线索，当时太忙乱，一转眼就把这件事忘了，昨晚终于回忆起来。"连默将牛奶杯放下，"其时死者手里握着两小瓶药，一瓶是口服基因治疗癌症的药物，一瓶是阿片类止痛药……"

陈况将手边的一碟迷你三明治推到连默跟前："边吃边说。"

连默取过一块三明治，咬了一口，为其间滋味不俗的芥末蛋黄酱轻"噫"了一声，接着继续对陈况道："口服基因治疗药物是未来基因治疗的发展趋势，能大大降低成本的同时也可以减轻病人的痛苦。但是这项技术在国内还处于创新试验阶段，并没有在临床进行实验。不过美国一家私营生物技术公司基泰锐已经研制出可以口服的药丸，用通过消化道直接给药的方式取代过去传统的静脉注射和肌肉注射，解决了注射基因药物造成的定位困难、无法控制有效治疗剂量和强烈的不良反应等副作用……"

"所以？"陈况微笑着倾听，等她停下来才问道。

"所以，死者肯定是患有某种难以通过手术和放化疗治愈的癌症，这才转而前往美国寻求治疗的方法。"连默将迷你三明治咽下肚去，"以他的健康情况，国内保险公司不会受理他的投保，或者即使受理，他在已经患有重大疾病的情况下，也无法获得高额赔偿。因而他才购买了人身意外保险。"

陈况点点头，他相信连默作为法医所具备的专业见解。

“陆向阳是否虚弱到可能自己失足摔倒致颅内出血死亡的程度？”

连默回想与死者短暂的相处时间内他的行为表现：“这我无法妄下结论。”

至少他没有很明确地表现出虚弱痛苦的症状。

“吃完饭，麻烦连医生陪我走一趟派出所，行不行？”陈况征求连默意见。

“没问题。”连默又拿起一块三明治，然后起身，“走吧。”

陈况哈哈笑，端过连默没喝完的牛奶，一仰头将半杯牛奶喝个精光：“走吧。”

连默没在同喝一杯牛奶的问题上纠结，她的心思全在陆向阳的死因上。

两人到派出所没多久，国字脸的潘警官就出来接待两人。

潘警官一边与陈况握手，一边引两人朝办公室去：“昨天已经和申城的费队长通过电话，费队长说连医生的业务能力很强，我们这儿的法医正好刚毕业没多久，经验不足，还请连医生帮着一起看看尸检报告，有没有什么遗漏之处。”

连默表示不敢当，她也是主任手把手带出师的，知道一个新手会面临诸多问题。

三人在办公室落座，潘警官取出尸检报告来，递给连默。

外地游客在景区身亡，无论是意外事故，还是人为造成，对当地的旅游业难免造成影响，所以局领导十分重视此事，所长接获通知，要全力侦办，尽早得出死因，排除他杀嫌疑。

在潘警官与陈况寒暄的工夫，连默将尸检报告从头到尾看了一遍。当地法医的尸检做得很仔细，报告写得很详尽，有不规则的头皮复杂裂伤，创缘显示挫伤痕迹，创口有组织纤维连接，未有完全断裂。颅骨凹陷骨折，创口有泥沙和细小岩石颗粒，其有机物和无机物与北山岩石相同，可以断定就是在北山九窟十八洞事发地点造成的，符合钝器损伤或者头部撞击外物造成的伤害。死者胰腺有密度不均匀的肿块，边缘呈分叶状，可见低密度坏死。

连默已经基本判定陆向阳患有胰腺癌的事实，但她还是问潘警官：“死者的随身物品中，可有阿片类止痛药和进口治疗癌症的药物？”

“确实有一瓶吃了一半的吗啡，另一瓶药，我们还没确定是什么。”潘警官有点儿佩服地望了连默一眼，这小姑娘看起来斯文安静，可是一开口，就知道是真正的行家。

得了癌症，没有子女的有钱中年男人，一份即将到期的高额人身意外保险，收益人并非结发妻子，而是不相干的女性……看起来，一时还不能完全排除他杀的可能啊，连默抬头望向潘警官和陈况。

潘警官昨天已经收到费永年发来的传真，他也注意到其中颇不寻常的几点，遂叫干警进来，交代他去将死者的妻子和曹贝妮请来，协助调查。

陆夫人麦超英来到派出所，听警方问起丈夫生前的健康状况，她哽咽着表示，丈夫的确得了胰腺癌，但去年年初去美国，接受了最先进的基因药物治疗，病情得到了控制，身体状况最近一直不错。这次出来旅行，也是丈夫提出来的，也征求过医生的意见。

“他还说等这次回去，我们就去收养个小孩儿，等孩子大了，也可以孝敬我们，给我们养老……”麦女士说着说着，悲从中来，又痛哭起来。

“你知道你先生买了一份高额人身意外保险吗？”潘警官一边递了两张纸巾给麦超英，一边继续问。

陆太太一愣，摇了摇头。

“那你知道不知道这份保险的受益人是黄家妹？”

陆太太听见黄家妹的名字，一张微微哭肿了的脸倏忽狰狞起来。

“黄家妹？！他买的保险的受益人是黄家妹那个臭女人？！”麦超

英猛地从椅子里站起身来，如同捍卫地盘的母狮一样在室内来回踱步，“他死得好！死得活该！”

竟然连掩饰都不肯再多掩饰一下。

陆太太犹如一头困兽，绝望之余，怒气冲天，浑身上下简直可以看见有形的火焰在熊熊燃烧。

“枉我听说诚心诚意地祈祷，菩萨就会灵验，还一路三跪九叩地上山！”麦女士咬牙切齿地咆哮，“他就不配我对他这么好！”

连默与陈况对视一眼，麦女士若不是演技太好，就是盛怒之下口不择言。

初看起来，陆太太是的确不知道丈夫买了保险，还将黄家妹写为受益人。而且她也不知道同游的曹贝妮是黄家妹的女儿，否则以她这听见“黄家妹”三个字都忍不住火冒三丈的样子，如果知道曹贝妮是黄家妹的女儿，如何能像无事人一般同处?

但是也不能排除麦女士演技格外精湛的可能。

国字脸潘警官只微微错愕了一秒钟。他原本以为失去丈夫的陆太太悲伤痛苦不已，需要好好安慰，轻声细语地问话，不料只消三个字，伤心的未亡人即刻变身为暴走的霸王龙，露出张牙舞爪的真面目来。

在劝阻两次不见效果后，潘警官的浓眉一蹙，提高音量：“麦超英同志，请你冷静！这里不是你家，可以任由你大声喧哗。”

作为死者家属的麦女士三天来都被人小心翼翼地对待，温声和语地安慰，这时让潘警官这样一声断喝，倏忽如泄了气的皮球般萎靡了下来，一屁股坐进椅子里，伸出双手，捂住早已青春逝去的脸，“呜呜呜”地痛哭起来。

“……他上山下乡回来，要工作没工作，要住处没住处，家里父母兄嫂嫌弃，外头狐朋狗友走避，谁会伸手帮他？人人都等着看他笑话！如果不是街道里的阿姨知道我家就我一个女儿，我爸妈不舍得让我嫁出门，想找个愿意住在丈人家的女婿，哪会把他介绍给我？”麦女士的声音由高亢渐渐低落，“我爸妈把生意通通交给他，从没拿他当外人。我在家照顾父母，料理家务，在外招呼客人，管理账务，除了没给他生个孩子，我哪一点对不起他陆向阳？！”

“黄家妹和你丈夫是什么关系？”潘警官冷声问。他还当只有他们西北婆娘泼辣呢，不料江南妇女也一样凶悍。

陆太太放下手，一哂：“还能是什么关系！”

真说起来，便同其他故事一样俗不可耐。

陆向阳上山下乡，到穷乡僻壤的皖地，一介十几岁肩不能担手不能提的城里学生，既不会种地，也不会养猪，搁哪儿都遭白眼。幸亏他认识字，就在当地的学校里给学龄儿童启蒙，教小孩子们认字。

当时农村人不重视学习，认为能识几个字，会做算数就行了。女儿是要嫁人的，更加没必要浪费钱米送去学校。但这不能阻止女孩们向往知识的一颗心，总有那么几个女孩子偷偷地给陆向阳送地瓜送鸡蛋，就是为了能多认识几个字。

这些女孩子中间，就有一个叫黄家妹的。

黄家妹比陆向阳小两岁，在十五六岁的年纪已经出落得亭亭玉立，胸脯饱满鼓胀，一张脸被太阳晒出两团红晕来，即使穿着最土最破的土布棉袄，看起来也鲜艳生动得让人想咬一口。

青春期欲望萌动的陆向阳也真的扑上去咬了，将黄家妹彻彻底底地咬了个干净，将她从女孩子变成了一个女人。

然而知青返城的浪潮袭来，再青春再热情似火的少女也阻挡不了陆向阳回城的步伐，他抛下黄家妹回申城了，随后经人介绍，和麦超英相识并结婚组成家庭，将皖地山野间饱满的肉体抛诸脑后。

但黄家妹不是个甘于被人抛弃的农村女孩，她有心计有手段更有胆量。她以前偷偷自陆向阳写给父母的信的信封上抄下他申城家里的地址，悄悄溜上往申城寄送返城知青物品的火车，来到申城，手持地址，一路打听，找到陆家。

她并没有说自己认识陆向阳，只说是从皖地来，留在当地的知青托她给陆向阳带封信。接待她的是陆向阳的嫂子，一见是个穿着土气，整个人土头土脑的乡下姑娘，遂轻飘飘地告诉她，陆向阳已经不住在这里，结婚住到岳父家去了，并给了她一个地址，让她自己去找。

黄家妹一听，心就凉了一半，但还是按着地址找到陆向阳。

陆向阳这时候新婚，和妻子正是蜜里调油的阶段，一见黄家妹就取了五十元钱赶她回皖地去。她接过钱，转身离去，却没有回乡，反而拿这点儿钱在申城住了下来。先是找到一份城里人不屑做的清洁工工作，然后与人结婚，在申城安定下来。随后又凭自己的一股狠劲儿，攒钱开了裁缝店，专门帮人打样子，渐渐有了点儿钱，也懂得打扮自己了。

过了大约有十年的样子，陆向阳事业越做越大，应酬渐渐开始多起来。一次在外吃饭，偶然重遇黄家妹。她当时才二十五六岁的年纪，青涩褪去，展现出一个女人成熟性感的风韵。陆向阳把持不住，和她旧情重燃。

“谁知道是不是偶然遇见的？！”麦女士说到这里，简直睚眦欲裂，“要不是他嫂子不小心说起来，我还要被蒙在鼓里不知多久！”

潘警官听得几番扬眉。

“陆向阳后来向我保证他和黄家妹彻底分手了，我这才没和他离婚！想不到他又和她搅和到一起去了！”麦女士声音不由自主地升高，“他生病的时候照顾他的人是我，每年陪他应酬他家的那些蝗虫一样的亲戚的人也是我，即使这样，他还是惦记那个臭女人！！”

在场的三个人，无一能安慰这个悲伤又愤怒的女人。

请走陆太太，潘警官朝连默陈况笑笑：“看来还要请曹小姐走一趟才行。”

曹贝妮是黄家妹的女儿，而且从她的年纪推断，也不能排除是陆向阳女儿的可能。陆向阳买了巨额人身意外保险，受益人是黄家妹，并没有直接写曹贝妮的名字，无非是曹贝妮与他没有血缘关系，或者是出于保护女儿的目的。

但，曹贝妮知道吗？

保单还有两个月就到期了，如果到时候陆向阳还健在，巨额赔付就会落空，黄家妹什么也得不到。

这，会是动机吗？

曹贝妮是由小傅小宋陪着一起来的。

看得出来她有些忐忑不安，小傅一直握着她的手喁喁细语，小宋则一如既往地安静沉默。

潘警官请曹贝妮进办公室讯问的时候，她三步一回头地望向小傅小宋，表现得很慌乱。

“曹小姐，请坐。”潘警官关上办公室的门，隔绝外头的声音与视线。

曹贝妮慢慢坐进稍早陆太太坐过的椅子里。

“曹小姐，今天请你来，主要是有些事想向你求证。”潘警官将传真执在手里翻了翻，“这次参加自助旅行团，是谁的主意？”

年轻女郎一愣：“谁的主意？我妈妈吧？我妈老家要征地，她和我爸回去处理，她说我一个人在家待着家里要弄得一塌糊涂，所以替我报名参加自助旅行团……”

“那你的两个朋友呢？”

“他们听说我要放年假来旅行，就跟着一起报名了。”女郎有些苦恼，“这和调查有什么关系吗？”

她还有好多景点没去，而假期却已经结束在即。如果不能及时回公司去销假，在如今就业环境这么差的背景下，她担心职位不保。

“在来旅行之前，你和死者陆向阳认识吗？”

曹贝妮一听，到底还是无法控制地流露出一丝慌乱来：“不认识。”

“你知道令堂认识陆向阳吗？”陈况忽然插口道，“你知道他以令堂为受益人购买了高额保险吗？”

曹贝妮满面震惊：“什么？！”

又喃喃自语道：“所以他才会对我说那些莫名其妙的话？”

“他说了什么？”潘警官敏锐地捕捉到她的低语。

曹贝妮咬了咬嘴唇：“在九窟十八洞游览的时候，我走得累了，小傅叫我休息休息，他往回走去找小宋要便携折叠椅和矿泉水。我一个人站在栈道上，他……陆先生慢悠悠地走过来，很奇怪地望着我。”

陆向阳对她说，想不到一转眼，你都这么大了。

她当时觉得特别莫名其妙，所以就瞪了他一眼。

他不以为忤地微笑，来到她跟前，伸手想要抚摸她脸颊，幸亏她机警，一下子就闪开了，并且怒声说，你老婆就在后面，你想做什么？老不要脸！

陆向阳听了，竟然还点点头，说是挺不要脸的。

“我觉得他是老不正经，不愿意理他，就打算先往前走。他就在我背后自言自语地说，不会让我再吃苦，会让我以后衣食无忧。笑话！我爸我妈从来就没让我吃过苦，我现在的日子也过得很好，哪需要他一个老男人跑来对我说这些？我就算是缺钱缺爱想不开找人包养，也不会选他这种老头子好吧？！”曹贝妮涨红了脸，胸脯一起一伏，带着年轻女郎特有的朝气和美丽，“后来小傅返回来，我们就继续往前走。我嫌这些话听了恶心，也没和小傅提起。再后来姓陆……陆先生就出事了。”

曹贝妮握紧双拳：“我就知道这些，真的！”

“谁能证明你说的这一切？”潘警官步步紧逼地追问。

“小傅能证明！”曹贝妮一双眼睛晶亮，闪着遭人质疑后的怒火，氤氲着一点点委屈的水汽，令人不忍心继续追问，“他拿着折叠椅和矿泉水回来的时候，姓陆的还活着，又恢复成一派伪君子模样。”

潘警官打开办公室的门，叫女干警陪曹贝妮去另一侧的休息室，又请有些坐立不安的小傅进来问话。

小傅在潘警官炯炯有神的双目逼视下，没等他多问，就把当天发生的事又重述了一遍，证实了稍早曹贝妮的说辞，他从小宋那儿要了轻便折叠椅和矿泉水返回曹贝妮身边时，陆向阳还活得好好的，就站在栈道上，看起来没有什么不妥。但是曹贝妮则显得有些不快，不愿意支上折叠椅在原地休息，一味催他快点走。

将小傅也请出办公室后，潘警官瞥了一眼仍坐在外头长椅上等待的小宋，拍一拍问讯笔录：“这过了三天时间，他们要串供，早就串好了，问也问不出什么来。”

陈况微笑：“我看也未必，老潘你方便不方便演出戏给他们看？”

潘警官的国字脸上浮起笑容：“怎么演？”

陈况上前去与潘警官咬耳朵，潘警官边听边连连点头，到最后忍不住拍掌：“好！没问题！包在我身上。”

随后一转身，走出办公室去安排了。

陈况则返回连默身边：“等一会儿还要麻烦连法医，向大家普及一下法医学知识。”

说到这里，他朝连默眨一眨眼睛。

连默怔忡一秒，随即恍然大悟，点头：“没问题。”

大约一小时后，事发当日在场的所有人，都被请到派出所的多媒体会议室。待众人落座，潘警官打开会议室的投影仪，将案发现场呈现在众人眼前。

“根据大家的陈述，我请几位警官来还原一下事发时的经过。”潘警官说完，几个坐在会议室后排的警察就走上前来。

连默一看，不由得微笑。潘警官选的人别说还真有几分神似。

皮肤黝黑精瘦的“导游”陪着乌黑头发扎成一束的“连默”走在前

头，新婚夫妻在稍后些的位置拍照，“曹贝妮”站在旁边休息，“小傅”往回走去找“小宋”，行经“陆向阳”身边。“陆向阳”等“小傅”走远了，遂上前去与“曹贝妮”搭讪 。

这时“陆太太”正在远远的地方三跪九叩，而“小宋”则端着相机在拍风景。

“小傅”取了东西回来，“陆向阳”已经倒在地上，旁边站着惊慌失措的“曹贝妮”，连忙拉着她离开现场。

曹贝妮“嚯”地从椅子上站起来：“一派胡言！为什么我要杀一个不认识的人？！”

“不认识？”潘警官指一指自己手中的调查资料，“你母亲是黄家妹……”

潘警官的话音未落，坐在一边木呆呆的陆太太猛然抬起头来：“什么？她是黄家妹的女儿？我就说她不正经，年纪轻轻的就在两个男人中间周旋，晚上还睡一间房！原来是上梁不正下梁歪，和她那个不要脸的妈学的啊！”

麦女士字字句句都似淬了毒的刀剑，毫不留情地往曹贝妮身上扎去。

曹贝妮到底年轻，没什么丰富的词汇，只红着眼睛，苍白地回击：“你才不正经！你全家都不正经！”

两个女人眼看就要吵起来，看得新婚夫妻目瞪口呆。

潘警官大力咳嗽两声，将话题带回来。

“因为死者以你母亲为受益人，买了巨额人身意外保险，一旦他因意外去世，你母亲将获得五百万元的高额赔偿金。但是保险即将到期，死者尚好好地活着，你母亲就什么也拿不到。所以你在旅行途中想制造陆向阳意外死亡的假象，好帮助你母亲获得这笔巨额赔偿金。”

曹贝妮涨红了脸：“我在来旅游之前，甚至不认识这个人！”

“正因为你在旅游前都不认识他，才会让警方排除你的嫌疑，进而去关注错误的嫌疑人。”潘警官一伸手，示意连默上场。

连默走上前来，先向诸人表明自己法医的身份，又指了指现场的图片，最后示意扮演陆向阳的警察站起来。

“这位警察的身高体重与死者相仿，假设这里是栈道，宽约七十厘米，勉强够两个人并肩行走。崖壁上的血迹显示死者所站的位置非常靠近岩壁，以他的身高，在这个距离失足撞击岩壁，如果不是施加了相当大的外力，是无法造成这么严重的脑外伤的。”

连默又示意警察向外走两步：“只有当他站在栈道外侧，失足向内摔倒，撞击崖壁的重力加速度才有可能造成重大伤害。但此时，崖壁上的血迹位置应该非常靠近地面。”

潘警官示意干警将曹贝妮带走，她当即尖叫起来：“我没有！我没有！”

当干警的手触到曹贝妮手腕的刹那，一直沉默的小宋猛地站起身来：“是我杀了那个老东西，不是妮妮！我看到那个老东西想对妮妮动手动脚，一时气不过，趁周围没有其他人的时候找他理论，谁知道他竟然笑嘻嘻地说，他和妮妮的关系我不会懂，他们的关系谁也切不断！我当时听后，失去理智，信手推了他一把……”

一时间满室皆寂。

良久，潘警官叹一口气，指示干警将小宋带走，留下其余人，去审问小宋去了。

曹贝妮怔怔站在原地，难以置信地喃喃自语：“怎么会是小宋？不会是他……”

小傅试图搂住她的肩膀安慰她，却被她一把甩开：“小宋是你的好朋友啊！你难道一点也不关心他？！”

说着就往外跑。

小傅叹一口气，到底还是追了上去。

陆太太冷哼一声：“三心二意，勾三搭四！”

她已经被接二连三的打击刺激得口不择言。

陈况拉住连默的手："此间事了，我们走吧。"

假期尚余两天，陈况问连默有没有什么地方想去的，连默摇摇头。

"我总觉得这其中还有疑点。"连默坐在酒店的阳台上，对站在她身边俯瞰风景的陈况说。

"什么疑点？"陈况回身，伸展双臂，懒散地靠在阳台栏杆上。

连默咬着嘴唇，苦苦思索。

陆向阳此人，能将小小一家弄堂理发店，发展成如今的连锁美容美发院，可见其人还是胸有丘壑的，并不是一个莽撞的人。

但是他在面对曹贝妮和怒气冲冲的小宋时，言谈举止都令人深深厌恶，然而他完全可以向曹贝妮和小宋解释清楚，不必用那么模棱两可的言辞。

除非……连默抬头望向陈况，一双眼睛中充满惊诧。

"你想明白了？"陈况微笑。

"曹贝妮不是他的女儿！"这是连默最先想明白的。

如果曹贝妮是他的女儿，他绝对不忍心多年未能相处的亲生女儿亲眼目睹他的死亡。恰恰相反，曹贝妮一定是黄家妹和前夫的孩子，所以陆向阳才能毫不犹豫地站在崖廊上对她说那样一番莫名其妙的话来。

他在极力惹怒曹贝妮，希望以她率直的脾气，会被当场激怒，做出推搡他的举动来。但曹贝妮是被父母娇养大的，虽然脾气比较坏，可是她连骂人的话都说不了几句，更做不出伸手推搡陌生人的举动了。她一等小傅取了东西来，就催着小傅赶快走。

陆向阳当时一定很失望。

然而小宋站在U字形栈道的另一边，目睹了这一切。他默默喜欢曹贝妮，以为陆向阳对曹贝妮有不轨之心，遂趁左右无人，过去理论。陆向阳把握机会，表示自己和曹贝妮关系密切，小宋一时被气昏了头，用力推了他一把。

“他把人性全都算计到了。”连默轻喟。

黄家妹老家土地征地，黄家妹和前夫回去处理，留下女儿一人在家也不放心，索性让她出来旅行。陆向阳趁机也报了同一个旅行团，计划好了要让情敌的女儿作为结束他生命的推手。

这样，他可以给旧情人黄家妹五百万，保证她的后半生，也结束自己承受病痛的生命。

他全都算好了。

“我们一点儿证据也没有。”连默轻轻说。

陈况叹息一声，蹲下身来，将她慢慢揽在怀里，落一个吻在她头顶：“傻女。”

连默垂睫，靠在他宽厚的胸膛上。

是啊，太傻了。

第五章

Orestes

连默驾车，跟在信以谌车后，慢慢驶离自己住了三年的老式小区。门口的保安一边升起栏杆，一边与她告别：“连小姐也搬走啦？”

连默向他点点头。

“要是有连小姐的快递或者信件包裹送来，我们会给你发短消息的，你放心。”憨厚的年轻人还没染上城市的市侩气息，非常热情地对连默说道。

“谢谢。”连默诚心诚意地道谢。

连默搬走，表现得最为不舍的，大抵只有隔壁两个年轻姑娘了。

贤珍与明竹头一天见有连默的同事来帮她打包物品，不由得大惊，跑到门口来问连默：“姐姐要搬走吗？”

连默百忙中对门口的两个女孩子颔首：“嗯。”

明竹露出失落的表情来：“难得碰到姐姐这么和气温柔的邻居，想不到没多久姐姐就要搬走。”

贤珍拉一拉明竹的手腕：“姐姐现在忙，我们别给姐姐添麻烦，我们去买点儿菜，晚上请姐姐吃饭，算是谢谢姐姐这段时间对我们的照顾。”

随后也不等连默拒绝，就拉着明竹跑开了。

来帮连默打包的费永年夫人秦青将连默装好箱的书拍照，然后合上纸板箱，用封箱带仔细地贴合，直起身略蹙眉：“这两个女孩儿和你很熟？”

连默苦笑。她并不太善于拒绝格外热情的人，如果面无表情不能令对方退却，她就只能礼貌地等对方自感无趣，自行疏远。

秦青双手撑着后腰，坐到饭桌旁的椅子上：“来，阿姐有话和你说。”

连默看了一眼费永年，费大队长扭头，表示他什么都没看见，什么都没听见，径直把连默的折叠脚踏车塞进车套里去。连默只好乖乖走到饭桌边，站定，像等着老师训话的孩子。

秦青拉起连默的双手：“小默啊，你自己独居在外，一定要注意安全，有些坏人是很有欺骗性的。法制节目里不少罪犯都面目清秀心狠手辣。”

连默大力点头，表示知道了。

青空恰好从阳台上将茉莉花捧进来，听见秦青的话，连声附和：“嫂子说得再对不过！”

连默微笑。她从西宁销假回单位上班，主任趁中午吃饭的时候，陆陆续续将连环杀人碎尸案的进展告诉她，说法院已经受理此案，确定在年后开庭，到时候检方会请她出庭做证。说完主任仔细观察她的反应，见她没有太大的情绪波动，这才继续说：“案件证据确凿，不过他家里想为他做精神鉴定……”

连默当时听了，并没有觉得十分意外。

詹姆斯·庞无论出于何种理由杀人，他的神志虽然清醒，但心理必定是扭曲的。

然而两天后的傍晚，连默回家后停了车，却被一辆黑色林肯城市轿车堵在楼下门廊前头。有穿黑色西装制服的司机下车来，为连默拉开车门。

“连小姐，请上车。”司机一副彬彬有礼的模样。

连默迟疑。

后座上一位保养得宜的中年女士微微探出头来：“连小姐请放心，我没有恶意。何况有这么多人看见你坐上我的车……”

连默环顾四周，果然小区里不少吃过晚饭出来散步和跳广场舞的老伯伯老阿姨，或明或暗地将视线落在她身上，后头有被林肯车堵住路的汽车车主在不耐烦地按喇叭催促。

“连小姐，我非常有耐心，你假使不上车，我可以一直让司机把车停在这里，直到你上车为止。”中年女士微笑，眼底却是不容拒绝的冰冷颜色。

连默听得后头一连串的汽车喇叭声，忙低头弯腰上车，坐在中年女士对面。

司机关上车门，返身绕过车头，坐回驾驶室，发动引擎，将汽车平滑如水地驶出小区。

中年女士一直在把玩自己手腕上一圈碧绿如森海的翡翠手镯，同时上下细细审视连默，像在考虑从何说起。

连默出于谨慎，并不出声。

中年女士轻笑：“还未自我介绍。我姓庞，单名一个娟字。当然，不是战国名将庞涓的涓。”

连默抿唇，隐然不语。

中年女士仿佛也无意强迫她开口，反而说起不相干的事来。

“你猜我哥哥叫什么？叫德公。从起名就能看出，我父亲对他的期望是很高的。而我，不过是继室养的，可有可无的孩子，随便起个娟啊芳啊的名字，可以上户口就行了。”庞女士声音低柔，眼神却如一把刀，轻轻沿着连默的脸型游走，“紧要关头，我父亲脑子里想的，只有前妻留下的孩子，我母亲和我，是死是活，他全不在乎。我至今都还记得母亲被人剃着阴阳头，扒光衣服，胸口挂一块牌子，上书‘牛鬼蛇神’四个大字游街的情景。有时候我觉得她撑不过去，会就这么丢下我，去寻求解脱，可她到底还是撑过来了。”

见连默抿紧嘴唇，庞女士轻笑：“看我，年纪一大，就爱回忆这些不相干的事。女人啊，再柔软无助，可是一旦做了母亲，都会努力让自己变得坚强起来。她们可以变成狼，变成狮子，捍卫自己的孩子。”

说着，庞女士伸手来握连默的手。

连默微微一缩身体，避开了庞女士的肢体接触。

庞女士不以为意地微微一笑：“忘记说了，我是詹姆士·庞的母亲。”

连默当时觉得自己手臂上的汗毛通通立了起来。

“别紧张，我请连小姐来，只是想让你明白，我儿子并不是一个坏人……”说到这里，庞女士深深叹息，“我和他父亲，是政治婚姻。我年轻时在文工团当群舞演员，他是机关里前程似锦的干部，组织安排我和他结婚，我就和他结婚，没有说‘不’的权力。结婚以后，他很快得到升迁，而我则怀了孩子，转而在文工团做行政工作，孩子成了我生活的全部重心。”

庞女士说到这里，意味深长地看了连默一眼：“居家过日子，还是要找一个事业心没有那么重，懂得生活情趣的人。像我，嫁了个做领导的，他还未做到多高的位置呢，已经忙得三五天都说不上一句话了。陪在我身边的，始终都是儿子。他从小安静体贴，也不知道究竟像谁……总之，他从来不是个让人操心的孩子，给他一本书，一套积木，他可以一个人在那里安静地待很久。他读初中的时候，我二度怀孕，当时已经施行计划生育政策，那个孩子我没办法留下，只能人工流产。在我坐月子期间，他和他父亲大吵了一架，我在房间里都能听得一清二楚。你想问为什么？因为他父亲带了女人回来，我在客房卧床修养，他们就在主卧室里乱搞……”

庞女士苦笑：“看，再光鲜的婚姻，内里也有这样那样见不得人的龌龊事。我儿子从那时候起就恨他父亲，两父子常年不说一句话。我开始只当他是青春期叛逆，后来才发现，我想得太简单了。”

连默动动嘴唇，却说不出安慰的话来。

可怜之人，必有可恨之处。

“他对勾引老男人、对老男人持有特殊好感的女孩子表现出浓重的敌意，甚至不惜做出伤害她们的反常行为，是在他高二那年出现的。家里保姆的女儿放假来家里玩。他父亲为了表示自己亲民亲善，对那小姑娘态度非常好。女孩子嘛，仗着自己年轻漂亮，见主人家客客气气的，难免有点轻骨头，浑身像没骨头，动辄爱往他爸爸身上靠。讲话也没遮没拦，喜欢拍拍打打嘻嘻哈哈，恰好让詹姆斯看见了……三天以后小姑娘从二楼摔下来，当场昏迷不醒。当时家里只有他们俩，我和他父亲都不在家，保姆也出门买菜去了。保姆因为这事，辞工回家去照顾女儿了，当时谁也没怀疑他，毕竟他和小姑娘往日无怨，近日无仇。后来类似的事情接二连三地发生，我和他父亲才开始怀疑他。所谓家丑不可外扬，他父亲碍于仕途，向我道歉，说他错了，希望获得儿子的谅解。我以为这件事就这么过去了，没想到他只是把这种破坏的冲动压抑下来，直到上大学的时候，他又一次撞破他父亲的丑事……”

庞女士摊手：“他杀人固然不对，可是那些明知男人有妻子儿女，却还是在老男人身上使手段，破坏别人家庭的女人，她们难道不该死吗？她们害得多少家庭支离破碎。詹姆斯没有伤害过任何一个无辜的人，他杀的都是那些该死的妓女！”

连默注视着庞女士眼中疯狂的颜色，忽然明白，其实她在幼年亲眼目睹母亲被人剥光衣服游街的那一刻起，内心已经充满了仇恨。而这样的仇恨已经融入骨血，不知不觉影响了她的下一代。

“詹姆斯并没有伤害你，不是吗，连小姐？”庞女士冷静下来，

“我希望你出庭做证的时候，能考虑到这一点。”

这时连默的手机响起，来电的人是陈况。

庞女士微笑着示意连默尽可以接电话。

“连默，怎么不在家？”陈况的声音透露出一丝焦虑。

“我在……”连默望望车外的街景。

“我知道你在哪里，告诉请你上车的人，让他立刻放你下车！会有人去接你。”陈况沉声对连默说。

结束通话后，连默对庞女士道：“麻烦让我下车，谢谢。”

“他父亲虽然下台了，身体也不大好，可是我还有些人脉。所以，连小姐，希望你能考虑考虑我刚才说的话，考虑一个母亲的心情。”庞女士在让司机停车后，蓦然按住连默准备推开车门的手，最后对连默说。

她的手湿冷滑腻，如同伺机而动的毒蛇，令连默不寒而栗。

十分钟后，站在人行道上的连默，等到脸色微凝的信以谌。

接到陈况的电话时，信以谌刚开了一瓶红酒，打算听听音乐，独自小酌。

信氏以建材起家，一点点由建筑工程的小分包商，逐渐发展成有能力参与大工程项目的投标，承揽大型建筑工程的总承包商。信父一直以此为豪。

“商机遍地都是，可是能抓住商机，从而发家致富的，只有少数那么一批人。”老爷子说到得意处，将胸脯拍得山响，“我！信浦生！就是其中之一！”

待发达以后，信父并不热衷购买奢侈品。在他看来，奢侈品无非是牌子响亮，功能和地摊货真心相差无几。信父也不炒股票，他曾很郑重地与长子信以谌做过一番深入的交流，表明他觉得股市瞬息万变，充满风险，他自己无意入市弄潮，但不介意给长子设立一个户口，由他自行处理。

信父最大的爱好，是买房。在房屋限制购买令下达以前，信父以妻子和两个儿子的名义，在本城和老家购买了多处房产，其中便包括由信氏承揽施工建材的高级住宅小区临江苑的两套整层江景房。

临江苑的业主非常注重个人隐私，车辆进出小区都需经过电子眼扫描登记，访客需持有业主发出的访问密码才能进入底楼和登上电梯，每个密码只能使用一次，安全系数非常高。城中许多权贵人物都选择在临江苑安家。

信父很得意地对夫人说，等将来有了孙子孙女，和官二代、军二代、富二代、星二代一起长大，从小就积累丰富的人脉，总不会吃亏。

信以谌当时在一旁听得啼笑皆非。

二老想得也太远了。

可是现在回忆起来，他都会忍不住微笑。也许是时候，找一个女孩子，分享彼此的生活，生两个可爱的孩子，陪伴他们长大。

脑子里这样的念头才方生出，电话就响了。

他取过电话看了一眼，上头显示“陈况”，他遂接听电话。

彼端陈况的气息有点粗，仿佛长时间奔跑过：“信先生，连默没有按时回家，我看了下她的位置，在临江大道，靠近临江苑的路口，我有事脱不开身……”

不等陈况请托，信以谌已放下手中酒杯：“我离临江苑很近，我去吧。”

结束通话，他取过车钥匙和外套，下楼驱车往临江苑。车程十分钟后，他果然在靠近小区的人行道上看见连默的身影。

“连默！”信以谌在夏末的街灯惨淡的灯光中轻唤她的名字，“上车。”

连默乖乖地拉开车门，坐在他身旁。

“吃过饭没有？”

连默摇头。

“你先打个电话给陈况报个平安，我带你去吃饭。”信以谌笑笑，将车驶离路口。

连默想起电话里陈况焦虑的声音，略带歉意地拨电话给他。

“我没事，信先生接到我了。”

“我听人说你被一辆黑色林肯接走了。是谁？”陈况有自己的线报，一听说连默被人从家门口接走，他就进入高度紧张状态，偏偏手边正在调查的婴儿失踪案又在紧要关头无法走开，只好请信以谌出面。

连默略一迟疑，还是实话实说：“是詹姆斯•庞的母亲。”

陈况在那头沉默一秒：“我知道了，你晚上回家把门窗都关好，自己注意安全。”

信以谌等连默结束通话，才状似不经意地问：“罪犯的家属骚扰你？”

连默点头。理论上，她是不应该被犯罪嫌疑人家属找到并私下接触的。庞女士说她在本埠还有些人脉，显然并非虚言。

信以谌显然也联想到了这一点，面上不显，心里却有了计较。

他带连默去隐在僻静的老式洋房内的谢公馆吃饭。

公馆门口的领班一见信以谌偕连默下车，忙挥手让人代为泊车，一边引两人朝里走。

“信先生今天几位？”

“就两位。”

“还是以前二楼靠窗的位子可好？”领班周到地问。

“好的。”

领班引两人乘坐老式电梯，上了二楼，将他们领至靠窗能看见外头阳台上开满细密夜来香的座位。

空气中有夜来香的浓郁芬芳，令连默分神。

信以谌见她频频望向阳台上累累缀缀的黄绿色花朵，不由得一笑：

“喜欢的话，就出去看看，反正上菜还有一段时间。”

连默眼睛一亮，随后起身往阳台上去了。

领班朝信以谌微笑：“这位小姐看起来与众不同。”

信以谌笑而不语，只注视着连默在阳台上弯着腰，仔细地观察如同瀑布一般垂下来的花枝，和上头繁星般细密的花朵。

领班心领神会地向他推荐当季的特色菜肴，得到肯定的答复后，欣然离去。

信以谌也起身走到阳台上，问连默：“想不想种？让老板送你一盆。”

连默摇摇头：“家里已经种了茉莉花。”

她的精力有限，一盆茉莉花已经任其自生自灭，不想再带一盆夜来香回去，她怕茉莉花会觉得自己厌弃了它。

“美好的事物，并不是每一样都要拥有，这样静静地欣赏也很好。”

“那……等下送上来的秃黄油捞饭，我一个人吃，你在一边看？”信以谌笑谑。

“那个……”连默呆呆地望着信以谌，这不是欺负人吗？

信以谌哈哈大笑，挽了连默的手臂：“走吧，这里的秃黄油捞饭称得上是本埠一绝，保证你吃了还想再吃。”

他拉开椅子，待连默落座，这才坐在她对面。

“本店老板最拿手的便是做一桌不重样的蟹宴，又因老板本身姓谢，遂人称谢公馆。虽然一年四季生意都很好，但每到阳澄湖大闸蟹开捕的季节，生意就更加火爆。别家的秃黄油是用蟹壳熬制的，他家却是用一雌一雄整只膏满黄肥的蟹身熬的蟹油，和以高汤和不掺杂一丝蟹肉的纯蟹粉，小火焖炖出来的，充满了大闸蟹的精华。然后用最好的有机东北长粒稻花香米，搁在陶罐里用山泉水焖熟米饭，盛在瓷白如玉的饭碗里，浇上一大勺秃黄油……”

信以谌说得自己都馋了，望着对面连默亮晶晶的双眼：“我点了加量秃黄油，胆固醇什么的都是浮云！”

连默听了，点头如捣蒜。

是是是！美食当前，胆固醇算什么?

秃黄油捞饭一送来，两人便埋头在美味当中。

“现在还不是蟹最肥最壮的时候，十一月秋风一起蟹脚痒，那才是吃蟹的最佳季节。到时候带你来吃最好的阳澄湖大闸蟹。”信以谌笑吟吟地对吃得两腮鼓鼓，面上全是满足颜色的连默说。

连默只管点头。油汪汪鲜芳馥郁的秃黄油在前，对于日常总是吃食堂和自己的家庭小炒的人来说，享受美食才比较要紧。

吃过晚饭，开车的信以谌不能喝酒，遂饮了一大杯姜枣茶驱寒。连默则喝了一杯老板自酿的桂花酿，绵甜的桂花酿下肚，整个人都暖洋洋起来。

结账从谢公馆出来，信以谌驱车送连默回所住的小区，将车停在她家楼下：“你上去收拾几件日常衣物和用具，我在楼下等你。”

连默用眼神问：为什么?

“这里进出的人员太复杂，不安全，你暂时先住到别处，等案子尘埃落定，再决定是不是要住回来。”信以谌很坚决，大有你不收拾东西下来，我就在楼下等一夜的意味。

连默思及庞女士眼中并不掩饰的威胁颜色，遂点点头。

稍后费永年的电话也打过来，问明情况，他也赞同信以谌的做法。

“叫他把地址发给我，我叫你嫂子过去陪你住几天。”费永年说得斩钉截铁，不容连默反驳。

“哦。”连默无奈，所有人齐齐当她是手无缚鸡之力的小绵羊。

信以谌随即将临江苑的地址发给费永年，自己则带连默回到临江苑的江景套房。

他名下临江苑的房子一直空着，家里蓉姨每隔一周过来打扫一次。他不止一次对阿姨说不用这么辛苦，阿姨却说如果不来打扫，万一有人要住进来，那清洁工作就是大进宫了。

现在想想，还是蓉姨有远见啊。

当电梯门左右滑开时，信以谌在心里暗暗道。

屋内只有一股久无人居住的冷清味道，却并不脏乱，没有灰蓬尘起。

待连默放下手上的小行李包，信以谌招手叫过她，手把手教她如何设置密码，又如何生成访客密码发送到访客的手机上。

“密码被底楼大门和电梯读取过后就失效了，不能重复使用。现在我已经把你的手机设为屋主，即使我来，也要从你的手机获取访客密码。”信以谌看着连默额角毛茸茸的碎发，“我等陪你的人上来再走。”

其实他想留下来，陪她说一夜话。即使不说话，只静静地坐在落地窗前，一起看着外头开阔的江景，也好。

只是，下次吧，他对自己说。

现在她说不上惊魂未定，但心思到底混乱起伏，他不想增加她额外的精神负担。

休息天，费永年带着妻子秦青，又叫上青空小刘，一起到连默的住处帮她把东西通通打包装箱。

青空听说詹姆斯·庞的母亲不知道从何渠道打听到连默的住址，堵在门口把她载走，致使连默不得不暂时搬进信以谌提供的住所，便一阵扼腕。多好的机会啊！就让他这么不知不觉地错过了。

青空叹息。做警察就是这点劣势，随时随地都有案件发生，时刻都处在待命状态，任何时候都有出警的可能。在家人需要陪伴的紧要关头，却恰恰在外出警，没办法伴随在家人的左右。

可是——要他放弃自己热爱的事业，仅仅为了追求一份感情——青空自忖，他终归没有那么潇洒，说放就放。

没人注意他的纠结烦恼，费永年忙着和小刘把装有连默藏书的大纸板箱搬到电梯口去。秦青一边将连默冬天穿的大衣套进防尘袋里，一边交代连默，取出来穿之前记得先拿到阳台上晒一晒，杀螨除湿。

等到一切都整理完毕，费永年夫妻和小刘坐一辆借来的皮卡先行驶往临江苑，青空则留下来，与物业楼组长做一些必要的交割工作。连默的房子是向物业租的，如今一年租约尚有两个月才正式到期，连默不打算转租出去，遂打算空置一段时间，等租约到期，再考虑是续租或者退租。

物业管理的两个大妈老早就听说住在8号楼702室的女孩子出入有豪车接送，还是不同的男人，心中的八卦之火早已不可遏制地熊熊燃烧。只是连默为人比较低调，并不喜欢四处张扬，作息也不很规律，她们想打听也无从入手。这时年轻英俊的青空到物业来请物业将水电煤气暂停，大妈们简直笑得合不拢嘴。

一个头发花白打扮时髦的大妈热情地接待了青空，还额外泡了杯伯爵袋泡红茶请他喝。另一个大妈从大档案柜里找到8号楼702室的资料，两人头凑在一起看了一会儿，时髦大妈笑着问青空："租约还没到期呢，小连就搬走啦？这一申请空置房停水电煤气，到时候想回来住一天两天可就麻烦了。"

青空向大妈一笑："近期不会回来住，阿姨您不用担心。"

两位大妈被青空笑得老心乱跳："是打算结婚了？到时候不要忘了给我们发喜糖啊！"

青空费了好一番工夫，才办理好空置手续，停了水电煤气，拿到盖有物业公章的回执，从两位热情的大妈处脱身。一看时间，已来不及去临江苑将回执交给连默。

最近市里接连发生两起婴儿失踪案件，两个婴儿都在自己家中无故失踪。家属心急如焚，警方也非常重视，全力以赴，务求在最短的时间内破案。毕竟几个月大的婴儿，离开父母的时间越久，越难以找回。更要紧的是，如看护不当，小小婴儿很容易夭折。所以他必须回刑侦队，只怕费队和小刘也已经在赶回刑侦队的路上。

连默换了新环境，并没有觉得不适应。

恰恰相反，信以谌的这套江景房住起来太惬意，太奢侈了。

巨大的落地玻璃窗外是宽阔的浦江景致，从日出到日落，直至夜幕降临，所有风景都收入眼底，一览无遗。宽敞的客厅配备有顶级发烧音响的大电视，书房里有占据整整一面墙壁的书架，天文地理，政治经济，艺术摄影，分门别类地排放整齐，简直像一座小型图书馆。

中午下午阳光正好的时候，坐在书房的飘窗上，捧一本书，手边放一杯热巧克力……连默在心里说，这完全是神仙般的生活！

她一边反复提醒自己由俭入奢易，由奢入俭难，一边毫无抵抗力地窝在飘窗上，悠闲散漫地度过整个下午的时光。

身为房主的信以谌，并不似她以为的那样，时时来访。他只在她搬来的第一天，礼貌地送来一个包装精致的小巧水果篮，里头装着七八样进口水果，每种只有一个："怕你吃不掉，所以先拿了一点儿。有喜欢吃的，下次告诉我，我叫人整箱送来。"

又对连默说："楼上的业主姓潘，为人比较热情活泼，喜欢在家中开派对，你若是嫌吵，可以去视听室，隔音非常好。楼下的业主是一对新婚夫妻，到欧洲度蜜月去了，一时不会回来。有什么需要维修或者处理的，尽可以打物业电话。"

他说得非常详细，连一些寻常人不会注意到的小细节都不错过。

"谢谢。"连默对信以谌说。

他闻言微笑："医学检验中心落成在即，到时还要请你多提专业意见才是。"

连默粲然一笑："没问题。"

周一连默上班，听说婴儿失踪案已经取得进展，青空小刘带着两个失踪婴儿父母的基因样本，连夜搭乘飞机赶往外地。当地才刚成功端掉一个拐卖婴幼儿的犯罪团伙，有犯罪成员交代，当地警方解救的八个孩子中，其中有三个婴儿是从浦江偷来的。

听局里的同事讲起，能端掉这个家族犯罪团伙，完全是靠陈况抓住了其中在申城负责接收转移婴幼儿的中间人。

最新传来的消息令大家都感觉松了一口气。

如今一个家庭多数都只有一个孩子，一对夫妻失去新生儿的打击，有时候是毁灭性的。自责没看好孩子，相互指责对方疏于照料，彼此悔恨争吵，终日以泪洗面，最终崩溃的例子屡见不鲜。现在孩子有找到的希望，就如同在毁灭的深渊里忽然亮起一团火，前面的路充满了光明。

临近中午时，报警台接到报警，说是工人小区8号楼701室传出恶臭，上下邻居敲门无人应答，物业不想擅自破门而入，遂打电话报警。

接警后十分钟，工人小区所属派出所的干警到场，与小区保安在物业的见证下合力撞开701室的门，映入眼帘的景象令即使已经当了十多年片警的老警察也忍不住捂住口鼻蹿到门外。

701室的客厅地板上，躺着一具已经开始腐烂的尸体。

两名片警在反应过来以后，当即拉起警戒线，请一切不相干的人士离开，以免破坏现场。在等刑警前来调查取证的同时，片警问是谁打电话报的案。

701室对门的两个女孩子怯怯地举手说："是我们打的电话。"

"说说当时的情形。"片警采集一手资料。

贤珍握紧了明竹的手："我们昨天晚上下班回来已经闻到怪味，但是……平时并不往来，也不好过问。我当时以为是榴梿的臭味，没怎么在意。今早去买菜的时候，听见电梯里两个阿姨说楼道里一股怪味道，臭得不得了。”

贤珍顿了顿，有些难以启齿地看了看片警。

“没关系，你继续说。”片警约略知道她是怕人知道她多管闲事。

“我买菜回来，走出电梯，仔细一闻，觉得这臭味不像是榴梿。又想起电台里总是说煤气泄露会有臭味，就打电话给物业。物业的人上来后，也说有股怪味，可是他们不愿意撞门，可是万一有人煤气中毒呢？所以……我就打了报警电话。”

“你做得很对！要提高安全意识。以后碰到类似的情况，打电话找警察是最好的方法。”片警安慰贤珍。

没过多久，刑警也上来了，在现场拍照并采集样本。

大约半小时后，接获任务的连默带着实习生走出电梯。

贤珍和明竹眼睛一亮：“姐姐！”

从现场采集完样本的两名刑警对才到的连默一笑，遥遥朝走廊另一头点点下巴：“那两个嗲溜溜的小姑娘，是连医生的妹妹？”

实习生在后面摸着下巴冲连默直笑。

连默有些无奈地摇头：“是两个以前的邻居。”

“叫起人来好亲热的，”两人低声模仿，“警察哥哥……”

实习生听得浑身一抖，不由自主抚一抚手臂。

“我先到现场取证。”连默在心中叹息。贤珍明竹，两个女孩子在都市中打拼，觉得伸手不打笑脸人，逢人就叫哥哥姐姐，人家就不会看不起她们，会善待她们。可是她们不懂，有时候都市里的人总是自成一个圈子，她们想融入这个圈子，不是甜甜地叫几声哥哥姐姐就能达到目的的。

连默弯腰越过警戒线，穿上一次性鞋套，戴上手套，接近躺在客厅正中地板上的尸体。

邻居太太肿胀变形的脸出现在她的视野内。

她躺在一只套冰箱用的大塑料袋中，全身布满褐色的腐败绿斑，尸体已经呈现出高度腐败。由于套冰箱用的大塑料袋并不密封，所以腐败气体逸出，导致空气中充满腐尸的恶臭，又从同样密封性能极差的门缝中散逸到走廊的空气当中。

连默蹲下身去，小心翼翼地检视塑料袋，注意到刑警已经在上面取过指纹。邻居太太如同一大块腐肉般躺在那里，平时的气焰早已经连同生命一起化为乌有，空余一具庞大的躯壳。她穿着平时进出买菜常穿的绿地碎花短袖衬衫，相同材质的花短裙裤，一双眼睛蒙着一层死灰的荫翳，凸出在眼眶外头，本就宽厚的嘴唇朝外翻着，显得十分怪异恐怖。

尸体运回法医实验室，静静躺在验尸桌上。

拍照存证以后，连默戴着一次性手套袖套围裙，以及一次性护目镜和塑料面罩，这才取过剪刀，慢慢将充满腐败气体的塑料袋剪开。

空气中霎时间全是腐臭味，强力换风的独立通风系统也没办法将这股腐尸味顷刻排走。

连默拿剪刀慢慢剪开黏连在腐烂尸体表面的衣物，缓慢而坚定地将之从腐尸皮肤上移除，放到一边。

实习生在一旁面无表情，默默记录。

室内一时除了尸检台的强力抽风声和解剖刀划开皮肉的声音，再无其他。

连默歪头看了一眼再也无法鄙视冷嗤的邻居太太。

“这让我想起以前参观过的科莫多巨蜥。”连默对着高度腐败的尸体轻道，“它们体型庞大，但是行动非常迅速，奔跑起来时速甚至能达到二十公里。然而它们很少通过奔跑猎捕食物，通常它们都是静悄悄地潜伏在猎物会经过的地方，无声无息地等待，一旦猎物进入攻击范围，就猛地扑上去，一口咬住猎物。你知道它们从不清洁口腔吗？”

实习生摇头：“显然没人敢替它们刷牙。”

连默一哂：“自然界中很多动物都懂得清洁自己的口腔，比如鳄鱼，作为肉食动物，它的齿缝里嵌满了肉屑残渣，时间一久，就会腐烂滋养蛆虫，所以鳄鱼很喜欢燕千鸟落在它嘴里，在口腔里来来回回地走动，剔除牙缝里的肉渣，将口腔清理得干干净净。科莫多巨蜥则不然，它们不在乎自己嘴里散发出腐臭，恰恰相反，正是这种口腔环境，使得它们的唾液中含有多种致命的脓毒性细菌。猎物一旦被巨蜥咬上一口，即使当时侥幸逃脱，也最终会死于痛苦的败血症。”

“所以它们其实是用自己的口水杀死猎物……”实习生总结道。

连默笑起来：“这么理解也没错。它们会耐心地等待猎物痛苦地死去，然后慢吞吞地享用自己的美餐。如果吃不掉，就找个地方埋起来，等需要的时候再扒出来，继续吃。”

“铜肠铁胃。”实习生对食腐动物敬佩不已。

待做完尸检，连默和实习生将尸体移交至太平间。

邻居太太死状极为凄惨，凶手在她胸腹部连刺三十余刀，刀刀命中要害。连默推测最初几刀已经致命，后面的那三十刀每一刀都是在泄愤，是典型的激情犯罪。

办案刑警接到尸检报告后，很快锁定犯罪嫌疑人，正是邻居家的先生。

连默觉得这几乎是意料之中的事情。

邻居先生人瘦瘦的，一向沉默寡言，两人之间剧烈的争吵往往只有太太一人高分贝的谩骂，而他只偶尔低声回两句，然后引发邻居太太新一轮更激烈的叫骂。

连默早就怀疑，一个人怎么能忍受婚姻走到如此不堪的境地。

可是，以这样的方式，结束毫无幸福感的婚姻……手段太过惨烈。

听办案刑警说邻居先生非常平静地承认，是他在上周四晚上，因和妻子发生争执，一怒之下，用家中厨房里的长柄西瓜刀刺死了妻子。儿子当时去同学家了，他找借口支儿子到爷爷奶奶家住几天，自己则想方设法处理尸体。但小区里人多口杂，他还没来得及想到妥当的方法将尸体移走，已经被邻居发现并报警。他愿意认罪。

“他说他终于能得到解脱。”办案刑警说此案的破案速度前所未有地神速。

连默却总觉得有什么东西被所有人遗漏了。

下班后信以谌约连默一道去吃正宗印度菜，连默在等菜的间隙，向信以谌说起自己的疑虑。

“你要相信自己的直觉。”

信以谌很喜欢听她用柔缓而略略带一点点微凉的声音，讲述工作中的见闻。他想大抵说出去也没人相信，为了能理解她的世界，他最近购入大量法医学书籍，闲来无事便读一点。

连默略苦恼。

警方已经掌握动机，也取得铁证。

整幢楼乃至整个小区都知道他们夫妻感情不睦，三天一小吵，五天一大吵，有时甚至上演全武行。而凶器上则沾满了他的指纹，洗衣机里还有沾满死者血迹的脏衣服。

整个案子看来确系邻居先生所为，但令连默想不通的是：“他已经忍受了她那么多年，无时无刻不在争吵，已然成为家常便饭，是什么导致他忽然再也无法忍受下去？”

“你有没有将疑问向办案刑警说起过？”

连默摇头。她的专业领域是尸体检验，帮助警方破案，而不是干涉警方办案。

“我建议你向贵局的费队长陈述自己的观点。”信以谌对连默微笑，“在我和费队长有限的几次接触中，觉得他是一个刚正不阿又有职业操守的人，相信他会重视你的看法。”

由费永年出面，比连默出面要妥当得多。

“嗯。”连默听后点点头。

次日，连默趁午饭的工夫，在食堂里和费永年将她不明的疑点说了：“能不能再次审问嫌犯，问他几个问题？”

费永年听后笑起来：“你这么严肃地来找我，我还以为有什么事。没问题，我请分局刑侦队安排一下，你下午过去。”

“谢谢你，费队。”连默微微鞠躬。

费永年忍住了没让自己伸手摸连默的后脑勺：“我们作为人民警察，本来就是要不冤枉一个好人，也不放过一个坏人。你有这样的疑问，我们就要把疑问查清楚。你愿意和我说，证明你信任我，这是好事。去吧去吧。”

等连默转身进电梯下楼去了，他才和慢慢踱步过来的主任说：“这孩子好像从上次的事里缓过来了。您看，这干劲儿多足！”

主任闻言一乐：“说得好像你自己年纪多大似的！你也才三十出头，正是大好年纪，别总学我老人家。”

费永年一愣，伸手摸了摸自己的下巴。有吗？

下午青空送连默到分局刑侦队的看守所，在监控室里旁观办案刑警提审邻居先生。

屏幕里，邻居先生穿一件蓝灰色布衣，外面罩一件橘色背心，剃了个平顶头，整个人显得很平静。当两名负责审讯的警员提问姓名性别年龄时，他都一一作答，并没有流露出抵触反抗的情绪。

其中一名干警看了一眼记录板上的问题，面无表情地问他：“你上次交代说案发当日是和妻子发生争执，一怒之下失去理智，所以用刀刺死了妻子。具体说一说，当时是为了什么发生争执的？”

邻居先生一愣，随即又平静地供述道：“就是那些日常琐事，鞋子没放好，东西没摆整齐，不争气之类的。”

两名干警对视一眼，这和当时他的供述并没有出入：“你一共刺了妻子几刀？”

“我当时太生气了，胡乱捅了好多刀，没数过。”他的声音没有一点情绪上的起伏，就是平铺直叙，仿佛在讲不相干的人和不相干的事。

“你是怎么刺死你妻子的？”负责主审的干警觉得这是多此一问，“演示给我们看看。”

邻居先生坐在审讯椅里，手上戴着手铐，听警察让他演示一遍杀人的过程，又愣了愣。这次他愣神的时间比较久，久到两名干警都察觉到了。

“怎么，做得出这么残忍的事，下得了这个狠手，让你演示给我们看，反而没勇气了？”另一名警察讽刺道。

邻居先生咬了咬牙，用一只手模仿持刀的动作，连着手铐上的另一只手，在空气中挥舞了几下：“就这样。”

“就这样？你是正面面对死者，还是面对死者的背部？当时死者是站是坐？”

邻居先生彻底回答不上来了。

“不是他。”监控室里的连默肯定地说。

青空点头表示同意。

这件案子是分局刑侦队负责办理的，他作为市局刑侦队的刑警不便越俎代庖，但他相信分局的这两位刑警的专业素质，他们一样会发现这些疑问，并加以追查。

倘使罪犯说不出具体的争吵原因还可以归结为矛盾日积月累的忽然爆发，那么不能正确地描述犯罪的详细过程，就很值得商榷了。

“死者身高一百六十二公分，如果他和死者面对面站立，像他自己所演示的那样挥刀刺下，刀口应该以斜角刺入死者体内，而不是像尸体上那样的垂直刺入。”这些她都详细记录在尸检报告上了，警方如果不是过于自信邻居先生一定就是凶手，不会忽视这些细节。

“走吧。”她轻声对青空说。她的任务已经完成，剩下的就交由刑警们来处理吧。相信他们会重新审视证据，寻找真正的凶手。

但在连默心里，真凶已经呼之欲出。

她为自己得出的结论感到悲哀。

她希望自己的直觉是错的。

小儿子黑了瘦了，可是人看起来比他们出门前精神不少。

这是信氏二老在欧洲连考察市场带旅行游玩，一去半年，回到家里看到两个儿子，脑海里浮现的第一个念头。

长子以谌从小老成持重，做事有条不紊，不必大人操心。幼子则和大儿子是截然不同的性格，仿佛所有顽劣的基因都让他一人继承了去，招猫逗狗，惹是生非，总少不了他。

这回惹上命案，他们远在欧洲，其实是收到了消息的。但思及小儿子从来的脾性，也知道若是再不让他吃些苦头，往后还有的是要跟在他屁股后面替他收拾烂摊子的时候。如今他们还健在，但是有朝一日辞世以后，谁还会事事处处替他着想？长子以谌吗？哪个兄弟有义务扶持另一个兄弟一辈子？即使以谌肯，他将来的妻子也未必愿意。

二老如此一思量，就强忍住回国的冲动，继续他们的欧洲之行，只是偶尔与老友黄伟荣律师互通消息，了解事件进展。得知以诺洗清嫌疑，又老老实实安分守己地在黄伟荣律师事务所做助理，这才长出一口气，一颗心落回原处。

信以诺一见父母回来，欢呼一声，扑上前一左一右搂住二老肩膀："爸，妈，你们有没有带礼物给我？"

信浦生一板脸，信母则拍拍他手背，满目慈爱："带了，怎么能忘记给你带礼物？"

信二少爷闻言侧首在母亲脸颊大力一吻："还是老妈对我最好！"

又附在母亲耳边，絮絮叨叨地告状，说哥哥以谌如何霸道，如何独裁，停了他的信用卡云云，要母亲务必替他主持公道，好好教训以谌，尽早还他经济独立大权。

不待信母答话，信浦生冷哼一声："我看你活蹦乱跳，以谌应该没把你怎么样才是。经过这么多事情，还没学乖？！”

以诺挤眉弄眼，下巴压在母亲肩膀上嘿嘿笑。

信以谌在一旁接过司机拎进来的行李，并不为自己辩驳。告状这种小儿科的事，也只有以诺做得出。

“爸，妈，欢迎回家。”

“走，我们两父子去书房说话，让他们娘儿俩慢慢八卦。”信浦生拍拍长子肩膀。

信以谌将行李放在门厅的沙发旁，随父亲进书房去了。

父子二人在书房里将这半年间公司的发展，未来的走向，欧洲行的收获一一做了交流，一直谈到蓉姨敲门叫两人吃饭，这才暂时告一段落。

席间，信母问儿子：“听你弟弟说，你有女朋友了？”

以谌淡淡扬眉，瞥了以诺一眼。

以诺一挑眉，做出一副“我不怕你，老妈会给我撑腰”的表情。

他知道自己此番被牵涉进命案，母亲见他平安无事，也许就算了，可是父亲必然是要和他算账的。他先抛出哥哥有女朋友的重磅消息，保管让二老的注意力悉数转到老大身上去，他自己则可以趁机全身而退。

以谌微笑：“还不是女朋友，只是比较欣赏的女孩子……”

没等他将话说完，以诺便来拆他的台：“妈你不要听他瞎讲！他临江苑的房子都给人家住了。”

信母一听，眼睛“叮”一下亮了，大儿子把买来做婚房的临江苑江景房都给对方住了，这还不是女朋友？

连信父都来了精神：“以谌，你弟弟没乱说吧？”

“女孩子多大年纪？做什么工作？人品怎样？家庭背景如何？”信母迭声问，“什么时候带她来吃饭？”

信以谌苦笑。他除了知道连默的姓名职业，觉得她品格良好外，其他问题还真答不上来。

信父见儿子一问三不知的样子，又深信长子的为人，直觉认定小儿子在瞎扯，遂怒瞪以诺一眼：“这也是可以瞎说的？你自己男女关系混乱就算了……”

“什么叫‘我自己男女关系混乱就算了’？”以诺不干，与老父顶嘴。

“你爸不是这个意思，以诺你别误会。”信母安抚小儿子。

以谌悠然吃下最后一个蟹粉小笼包，说一声“我吃完了”，丢下脸红脖子粗的弟弟，朝父母略略点头：“我还有事，出去一趟。”

他上楼取了外套与车钥匙，一边下楼，一边听着餐厅里以诺哇啦哇啦的辩驳声，嘴角泛起一丝微笑。

不必他祸水东引，以诺自己就会跳出来，替他引开父母的注意力。

以谌在十月末的夜色里驱车奔驰，不知不觉就将车子开到临江苑门口。

月色朦胧，临江的风里带着一点点氤氲水汽，他坐在车里，望着小区里点点的灯光，忍不住打电话给连默。

“……喂……”以谌声音低沉温柔，仿佛怕惊动沉睡中的公主。

“信以谌？”电话那头连默听出他的嗓音。

“嗯。吃过晚饭没有？”

“吃了两个杏花楼的豆沙包，喝了一碗甜酒酿。”连默向他说起自己的晚餐内容。

“营养不够。”他轻笑，“你出来吧，我带你去夜市吃。”

不等那头连默拒绝，他又说：“我就在小区门口。”

连默静默两秒，道一声“好”，结束通话。

以谌只在车里等了不到十分钟，连默就从小区门口走出来。如水般凉冷的夜色里，她穿着一件灰色印有猫咪图案的连帽卫衣，配一条牛仔裤，脚踩一双跑步鞋，看起来就像是打算晚上出门运动的路人。

然而以谌知道，在这如邻家女郎般随意的表象之下，是一个怎样坚定与冷静的灵魂。

他恰恰，被这样的灵魂所吸引。

以谌带连默去市中心最有名的夜市吃消夜。

“市政府有整治这条夜市街的打算，想将之规划打造成正规的美食一条街。以后也许就吃不到这条街上有名的黑暗料理了。”他自然而然地挽起她的手，穿行在食客如织的夜市里。

连默想起他们在西宁夜市的那一晚，不由得露出一点儿笑容来。

两人选了一家生意极火爆的海鲜烧烤排档，站在长长的一条人龙中排队等位子。

空气中飘浮着孜然、蒜蓉、辣椒经由炭烤发散出来，混合在一处的独特香味儿，使得食客们心甘情愿驻足，花大把时间等待。

“你的问题，向费队反映过了？”以谌站在连默外侧，护住她不被行人擦撞。

连默点点头：“反映过了，也得到了解决。”

邻居先生既然不是凶手，那么凶手自然另有其人。能让邻居先生心甘情愿为其顶罪的，除了儿子，还会有谁？

警方旋即在邻居家儿子读书的高中，经由校方配合，带走他至警察局进行问讯。那满脸痘痘的少年一开始还在狡辩，但当警方出示犯罪现场的模拟动画，演示凶手是怎样行凶的时候，少年开始崩溃。警方进一步向他证明他父亲不是凶手的时候，他的心理防线彻底瓦解，向问讯他的刑警交代了弑母行凶的全过程。

那其实是个很寻常的周四傍晚，他放学回家，母亲已经下班回来，父亲还没到家。他躲在自己房间里做作业，心里却惦记着同学给他的一个网站地址。同学说那个网站里有好东西，保管他看了不后悔。他隐约知道同学说的“好东西”是什么，早就抑制不住内心的好奇。他等了半天，听到母亲在厨房里开始烧饭的声音，估计她一时不会进来查看他的学习进度，就偷偷打开电脑浏览器，输入同学给他的网址。

网页上跳出许多不堪入目却又令人血脉贲张的图片，下面还有不同类型的视频。正处在青春期的少年如何能抵抗得了这样的诱惑？他毫不迟疑地点开其中一个视频，一看究竟。

正当他看得入神的时候，母亲忽然拿着西瓜刀推门而入，问他："要不要吃块西瓜……"

他来不及关闭页面，视频中男女媾和的画面瞬间被母亲看个正着。

"她低声尖叫起来，挥舞着西瓜刀，骂我不学好！像我爸一样没出息，不要脸……以后只能去要饭……"少年说到最后，泪流满面，以头抵着冰冷的桌面，"她这样骂了我爸一辈子，又这样来骂我……我恼怒之下，夺过西瓜刀，一把捅了过去，一下又一下……直到我爸下班，推门进来……"

连默想起录像里那个平时安静的少年来。

信以谌看见她脸上的笑容渐渐淡去，蓦地伸手揽住她的脑袋，将她的脸颊轻轻压在自己肩膀上："累了？那我的肩膀借你靠一靠。"

连默呼吸间充满了他身上好闻的织物柔软剂味道，忍不住皱皱鼻子，把心底那点儿低落的情绪抛开："谢谢。"

随着詹姆斯·庞交代认罪，案件细节逐一浮出水面，往日其父其母凭借身居要职而干预调查的事实也遭到媒体披露，令大众哗然。

如今两人都在接受警方问讯，一切大白于天下。

舆论压力令得当年一力主张放走詹姆斯·庞的负责人引咎辞职，坚持不懈最终将之抓捕归案的费永年与陈况则获得迟来的表彰。

然而陈况并没有流露欣喜颜色，他在尘埃落定的时候，决定前往美国。

费永年到机场为陈况送行，见一旁还有信二少爷在，倒也不是很意外，只挑了挑眉。

陈况与他握手，拍打彼此肩膀。

“打算去多久？”费永年问陈况。

“不知道。”陈况承认自己毫无把握，“总要见到她过得幸福吧。”

倘使她过得很幸福，他也不必再去打扰。反之，他会告诉她，真正的犯人已经伏法，过往阴霾已经散去，请她也放下旧日伤痛，重拾快乐。

费永年意味深长地看一眼走到一边打电话的信以诺：“陈况，有时候机会稍纵即逝，不会在原地等你。”

陈况随着他的视线望向讲电话讲得眉飞色舞的信以诺，露出一点点笑来：“我知道。可我欠她良多。”

他没办法自顾自放下往事，追求新的人生幸福。他欠她结束噩梦、解除心灵束缚的那把钥匙，欠她重拾往日飞扬自信的一句咒语。

费永年咽下叹息，他如何会不知道陈况的愧疚？

“前往洛杉矶的旅客请注意，您乘坐的……”航站楼登机提示以中英双语开始广播，“……航班现在开始登机。请携带好您的随身物品，出示登机牌，由7号登机口登机。”

“祝你一帆风顺，心想事成！”费永年握拳，捶陈况肩窝，“去吧！”

陈况微笑，朝尚未结束通话的以诺挥挥手，拎起背包大步走向登机口。

以诺与费永年一道目送陈况的背影消失在登机口内，喃喃道：“我总觉得，况哥此去，短时间不会回来。”

费永年睨一眼信二少爷的侧脸，觉得这个看起来游手好闲的富二代直觉精准得有些出人意料。他脑海里念头方起，便见信以诺握一握拳头，振臂自言自语：“况哥将调查工作室托付给我，我绝不能辜负况哥对我的期望，加油加油加油！”

费永年转开眼去，也许是他想太多。

连默接到陈况由总机转至她办公室的越洋电话时，正坐在办公桌旁埋头吃午饭。

盒饭由实习生自食堂带回，香嫩鲜滑的花菇炖鸡，绵糯入味的焖茄子，清甜爽脆的腌脆瓜，盛装在半透明餐盒内，外头套着印有好心情图案的防热纸套。

连默从办公桌抽屉内取出装有环保筷的乌木盒子，自里头拿出筷子，边吃饭边看卷宗。她手头有桩陈年旧案的法医复核鉴定报告需要完成，证据链看似完整，一环紧扣一环，却又有自相矛盾之处，令她一时只恨自己没有三头六臂的神通。

当接起电话，听到陈况的声音，连默眼里流露出淡淡的笑意，开口道："嘿……"

"吃过饭了？"陈况问，带着一丝不放心。

"正在吃。"连默看一眼吃了过半的盒饭，用筷尖戳防热套上的波纹，在上头留下一串省略号似的痕迹。

"隔着电话，我都能闻见饭香。"陈况轻叹，"到美国不过三天，已格外想念国内的饭菜。"

连默微笑出声，仿佛平静湖面上微风吹起一片细细涟漪："事情办得可顺利？"

彼端陈况沉默两秒，随后朗声说："暂时没有取得任何进展，不过我不会轻易放弃。"

"加油！"连默说完敛声。

她从费队那里知道当年的事，终于将缺失一角的拼图还原完整。

"陈况重情重义，为此再没有同人谈过恋爱，他心里一直觉得对前女友的遭遇负有责任，满怀亏欠。"费永年替陈况惋惜，"这件案子，不但耽误了他的前程，也将他的感情生活摧毁殆尽。"

费永年用力摆手：“他此去是想要与过去告别，开始新生活。”

连默伸出右手，越过左肩，轻轻触摸肩胛骨下方微微凸起的伤疤。

过去，并不是那么轻易就能与之告别，从此不再纠缠的。

“你注意安全，三餐要定时，别同老费客气，叫他请你吃饭，”陈况絮絮叮嘱，“工作永远后续有来，万勿废寝忘食，劳逸结合才好。”

“嗯。”连默轻轻应道。

“不多说了，你快去吃饭，免得凉掉。”陈况率先挂断电话。

连默持着“嘟嘟”作响的听筒，静默片刻，将听筒放回电话基座上。

陈况没同她说起归期，她也未与他道过再见，就好像两个人，明知此去将一别经年，谁都舍不得说一句“再见”。

连默站起身走到地下一层连接地面的一排透气天窗跟前，仰望窗外。

室外有鸣蝉，停在办公大楼后头的悬铃木上，极力地振动腹部，发出高亢声响，只为吸引雌蝉与之交尾，为它漫长却又短暂的一生谱一曲嘹亮的欢歌。

连默侧耳倾听，听见生命转瞬即逝，听见长夏将尽，秋日欲来。

【上部完】

图书在版编目（C I P）数据

狱火烈烈空自华：全2册 / 寒烈著. -- 南京：江苏凤凰文艺出版社，2018.8

ISBN 978-7-5594-2114-2

Ⅰ. ①狱… Ⅱ. ①寒… Ⅲ. ①侦探小说－中国－当代 Ⅳ. ①I247.5

中国版本图书馆CIP数据核字(2018)第104372号

书　　名	**狱火烈烈空自华（全二册）**
作　　者	寒　烈
选题出品	北京记忆坊文化
责任编辑	姚　丽
特约策划	暖　暖
特约编辑	单诗杰　绪　花
责任监制	刘　巍　江伟明
封面设计	80零 · 小贾
封面绘图	三　乖
版式设计	天　缈
出版发行	江苏凤凰文艺出版社
出版社地址	南京市中央路165号，邮编：210009
出版社网址	http://www.jswenyi.com
印　　刷	环球东方（北京）印务有限公司
开　　本	880毫米×1230毫米　1/32
字　　数	451千字
印　　张	16
版　　次	2018年8月第1版，2018年8月第1次印刷
标准书号	ISBN 978-7-5594-2114-2
定　　价	56.00元（全二册）

影视版权抢订热线　010-57194853

记忆坊出品

狱火烈烈 空自华

I could discover it

寒烈 著

江苏凤凰文艺出版社
JIANGSU PHOENIX LITERATURE AND ART PUBLISHING, LTD

目录

Contents

第一章

> 挚爱

服务员蓓蓓检视自己身上的制服，没有发现不妥之处，又正一正脑后的圆髻，这才将工作车上的物品清点一遍，随后签到与夜班同事交接班，开始她这一轮早班。

签到时夜班同事嘉美将夜班记录本与钥匙移交给蓓蓓，朝她眨眼睛努嘴巴，说别墅东翼只有拜占庭套房昨晚有一场派对狂欢，需要打扫。蓓蓓听后点点头，知道至少早晨的工作量不会太大。

蓓蓓推着摆满干净替换物品的工作车，走在深长的走廊上。整幢别墅似沉浸在睡梦中的巨兽，悄无声息。偶有声响也转瞬便静默下去，并不能惊醒沉睡中光怪陆离的野兽。厚软的地毯吸收了她的足音，只有清洁车的万向轮在调整方向时发出的细微金属摩擦声陪伴她踽踽前行。

她来到拜占庭套房门前，见门外“请勿打扰”指示灯并未亮起，遂弯曲右手食指，以食指关节有节奏地敲门三下，随后朗声用中英文问：“服务员，我可以进入房间吗？”

套房内一片沉寂，无人应答。

蓓蓓等待片刻，见没有人回应，再次敲门，仍然无人应门，她便从系在腰间的围裙兜内取出服务卡，刷开房门。

蓓蓓推开一小条门缝，一股混杂着烟味、酒味和体味的怪味儿扑面而来，像一只有形的手猛地袭向鼻腔。她强忍打喷嚏的冲动，一手按住门把手，另一手第三次敲门，并表明来意。

拉着遮光窗帘的室内一片暗沉，静寂如同黑夜。

蓓蓓轻手轻脚走入套房，一路小心翼翼地用外脚背侧推开客人丢掷在地上的酒瓶，为自己清理出一条路径，来到落地窗前，在黑暗中踅摸片刻找到遥控器，伸手按动开关，厚重的窗帘缓缓左右滑开，外头的天光水银倾泻般照进室内。

她推开窗，一股微微潮冷的空气猛然灌了进来，将房间里混浊难闻的气息冲淡。

蓓蓓深吸一口气，这才返身开始收拾打扫工作。

套房地上除了酒瓶、话筒，还凌乱地扔着不少个人物品，蓓蓓一边弯腰将主人弃之不顾的轻薄纱丽捡起，一边腹诽：这些有钱人实在滑稽！连罗马帝国和东罗马帝国恐怕都分不清楚，更别说弄明白拜占庭与土耳其之间的异同了。铺几块波斯地毯，放一张阿拉伯圆床，缀一顶亮闪闪的帐子，便好意思叫拜占庭套房。

蓓蓓将男士女士们遗落的领带与丁字裤归集在一处，准备稍后交给领班，起身抬眼之间，无意中瞥见轻烟般缀满水晶珠管的纱帐有一角未曾拉好，露出一线缝隙，刚好可以看见圆床上的赤裸躯体。

蓓蓓微愣，赶紧又垂下眼去，毕恭毕敬地致歉："抱歉打扰您的休息，我稍后再来打扫。"

青纱帐内毫无反应。

蓓蓓蹑足打算离去，心头却又觉得不妥，犹豫数秒，到底还是返回床边，伸手打算将那一角轻纱拉好，免得其他工作人员进来撞见客人赤条条的模样。

她的手指勾在晶莹闪烁的纱帐边缘，还没有用力，恰好自她所站的角度瞥见赤身露体的男客人双眼凸瞪、嘴角满是泡沫，一片死灰色的脸。

蓓蓓脑海里闪过老家祠堂里停灵待葬的死去老妪的面孔。她猛然向后退了两步，一脚踩在还没来得及收走的酒瓶上，整个人踉跄着朝后跌倒。她挥舞双臂，在空中乱划乱抓，然后“嘭”地摔在地毯上，不知道被什么东西硌着了，钻心地疼。

她不顾后背与腰臀处的疼痛，连滚带爬地站起身来，逃出套房，努力不让尖叫冲破喉咙。

外头一道闪电撕破天幕，骤雨倏忽倾盆而至。

浦江的秋天，来势如同眼前这场大雨，又猛又疾，猝不及防。

连默站在本城颇有名的顶级私人俱乐部别墅门廊下头，收起雨伞。侍立在一旁的门童立刻上前接过她的伞，替她挂在门边的伞架上。

身后同样淋得半湿的实习生猛打喷嚏，一边喃喃说抱歉。

连默朝门童微微颔首，拎着现场勘查工具箱快步走入底楼大厅。

由停车场到大楼短短几十步路，雨水已将她制服的藏青色直管长裤裤脚打得湿透，甫一进入开着冷气的别墅中庭，行走间湿冷裤管贴附在小腿上，凉意入骨，连默不由得打一个寒战。

她行至高挑开阔的中庭，环顾别墅精致低调的优雅装潢，不意外地看见被两名刑警限制在别墅西翼偏厅接受身份核实，暂时不得离去的工作人员与俱乐部会员。

聚在一处三三两两低声交谈的人群因她与实习生的到来，有片刻鸦雀无声的沉寂，仿佛整个世界瞬间被定格，随即又活了起来，若无其事地交头接耳。

背后有脚步声由远而近，卫青空的声音传来：“连默！”

连默下意识转身回头，一张干燥温暖的棉线毯子兜头罩过来，披在她肩背上。

她一手揪住毯子两个边角，来不及致谢，青空已连连摆手：“现场在二楼，跟我来。”

“……”实习生后退一步，用力擤鼻子，嘀咕，“差别待遇。”

两人跟在青空身后，搭乘复古电梯，上到俱乐部二楼。

“此地一楼是公共区域，对所有会员开放，二楼则较为私密，为俱乐部会员提供私人定制服务。”青空在前头引路，抓紧时间向连默介绍案情，“今早有服务员进入包间打扫卫生，发现两名死者，俱乐部立刻报警。”

“现场可保护起来了？”这是连默唯一关心的问题。

青空重重叹息：“服务员将房间打扫过半，恐怕现场已遭破坏。”

连默拧眉：“这样啊……”

有警察站在二楼过道厅为一个穿服务员制服，半垂着头看不清眉目的女孩子做笔录，听到电梯铁栅门拉开的响动，女孩子飞快地抬起头来瞟了一眼，很快又垂下头去。

三人快步走向别墅二楼东翼房门洞开的一间包房。连默将肩膀上的毯子留在门外，微微提起门口拉着的警戒带，进入犯罪现场。她穿上一次性防尘鞋套，将湿冷裤脚塞进鞋套的松紧带束口内，戴上手套。

拍照取证和固定证据的工作还在有条不紊地进行中，见青空陪连默进来，刑侦大队小刘警官朝两人招招手：“连医生，这里！”

连默绕过一侧地板上被凌乱丢置还未被收走的啤酒瓶与话筒，谨慎地避开一团抛在床脚下的被子，接近房间正中央轻纱半笼的巨大金色阿拉伯圆床。

缀满晶莹剔透水晶珠粒的轻纱在室内明亮的光线下折射出炫目的光芒，若非纱帐一角已经撩起，连默很难在第一时间注意到床上两具赤裸精壮的年轻男性尸体。

两具男尸一人四仰八叉正面朝上，一人五体投地正面朝下，以截然相反的两种姿势横在充满异域风情的圆床上。

连默将法医勘查箱放在床边铺有金银丝交织的波斯地毯的地板上，测取两具男尸的肝脏温度，初步推测两人应该死于午夜十二点至凌晨四点之间，在实习生接过肝温计后，微微倾身在其中一具尸体上方，趋近观察。

她注意到正面朝上的死者口鼻周围有少量白色泡沫，同时嘴唇与指甲床发绀，下身处有一摊秽物。

连默绕到圆床另一边，蹲下身，视线与床面持平，检视正面朝下的死者口鼻，果然同样发现嘴角有些许白沫。

实习生适时地递上物证提取棉签，连默分别就两名死者口腔与鼻腔内的白色泡沫取样，装入独立保存盒，再放进物证袋内，密封并编号。

连默站起身，自勘查箱内取出便携式多波段光源，示意在现场执勤的刑警拉上套房窗帘并关上灯，随后打开多波段光源，朝床上一照。

幽幽光线映得众人脸色一片惨淡，也照出巨大阿拉伯圆床上处处肉眼可见的荧光痕迹，正面朝上的死者下体更是如同黑暗中的一点烛光，荧亮夺目。

执勤刑警重新亮灯，一号死者检查取证完毕，由现场刑警装进裹尸袋中，等待运回法医实验室进行解剖。连默朝实习生招手，示意她同她一道将正面朝下的死者翻过来。

“好沉……”实习生用手掌推动死者肩膀，发出感叹。

“死者身高目测五英尺九英寸，体重大概两百磅，根据重力公式，至少要施加八百八十牛顿的力，才能移动死者。”连默双手掀动尸体一侧大腿，与实习生一同用力，将死尸翻过身来，“沉很正常。”

实习生指着尸体：“连、连医生……”

“嗯？”连默不明所以。

“这……”实习生发现周围刑警包括站在近处的青空、小刘都面色如常，仿佛司空见惯，忙清清喉咙，力持镇定，“这难道是传说中的……不倒？”

连默望一眼他视线所及之处，尸体肿胀勃起的阴茎，抿一抿嘴唇，忍了笑：“并不是你想的那样，这与死亡时所处的姿势有关。”

她一边采样取证，一边向明显被传言误导的实习生解释：“众所周知，心脏是有脊椎动物身体内最重要的器官，在收缩、舒张跳动过程中推动血液流经身体各部分，循环往复，维持人体正常功能。一旦心脏停止跳动，血液将无法经由心脏产生的压力输往全身。此时重力开始施展魔法，血液在重力作用下，将慢慢聚集到身体位置最低的部位。男性倘使以站立或者正面朝下的姿势死亡，并保持这一姿势……”

连默朝尸体二号一摆手：“就会肿胀充血，好像死后勃起。”

实习生努力让自己表现得淡定从容：“原来如此。”

一旁青空与小刘撇过脸去，免得小实习生觉得尴尬。

两具年轻男性的尸体被运至市局法医实验室，由连默签收，分别放在两张尸检台上。二号死者仍包覆在裹尸袋中，一号死者的尸体则赤条条地躺在连默面前。

连默手持解剖刀，注视着躺在聚光灯下的死者。

看得出他平时经常健身，也注重外表，他年轻健壮的躯干肌肉结实，发型精致，浓长眉毛修剪过，指甲光洁干净，带着一种养尊处优的意味。

“……性别：男，推断年龄约在二十五至三十岁之间，身长五英尺——”连默顿一顿，“身长一百八十厘米，体重八十二点七公斤，发育良好，无营养不良……”

实习生在一旁奋笔疾书，记录她对死者的初步体表检查。

连默拉低一点聚光灯，拇指中指握住解剖刀刀柄，食指抵住刀背，朝死者锁骨下方、肋骨上方的肩窝柔软处，稳稳落刀。

刀尖毫无阻碍地戳破皮肤脂肪肌肉。空气中排风扇运作时，发出单调枯燥的细微“嗡嗡”声，连默心静如水。

青空与小刘来到解剖室时，正看见她自一号尸体切开胸大肌、向下翻在身体两侧并已取出肺脏的空洞胸腔向外移出心脏称重。

“有什么发现？”青空走近尸检台，注视连默小心翼翼地剪开心包，检查其内壁与心外膜，随后谨慎提取其中血液，密封编号，等待送往实验室进一步化验。

“初步判断为急性心肌梗死并发休克导致死亡。”连默将心脏做病理组织切片，随后将一颗本应该年轻鲜活的心脏浸没在福尔马林中，加盖密封。

“这么年轻就心肌梗死？”小刘诧异地问，“死者才二十九岁……”

“已确认死者身份？”连默抬眼望向小刘。

小刘用下颔点一点躺在解剖台上的两具尸体：“从俱乐部获悉两人的确切身份，这两个都是本城赫赫有名的花花公子。”

“另一个死者的死因能确定吗？”青空接口问道。

连默微微耸肩：“从二者基本相同的死亡时间与死状判断，死因大致相同，不过仍需要通过解剖才能断定。”

青空不由得拧眉。

两名死者俱是浦江颇有名头的小开，平日仗着家中有钱，无所事事，游手好闲，频繁出入于各种聚会派对，换女伴速度堪比换衣服。这样两个人，哪一个死了，都会引起不小的轰动，更何况一时竟一道死了两个，死状还如此不堪入目。

这边厢警方还在调查，那边厢谣言已经甚嚣尘上，各种离奇版本在社交网络上迅速流传开来，夹杂着大量真真假假的爆料，令人难以判断真伪。

“能否确认是自然死亡还是他杀？”青空轻瞥一号死者的尸体，真是死了也不让人太平。

“两个年轻精壮的男子，事前无任何征兆，在同一时间以相同方式死亡的概率……”连默转瞬报出数字，“基本可以排除自然死亡的可能性。”

青空捏一捏眉心：“有进一步结果随时通知我。”

连默挥挥手，表示知道了。

青空与小刘一前一后走出解剖室。

连默望一眼青空颀长结实的背影，复又垂头继续解剖尸体。

青空，好像有些变了。

连默说不出所以然来，她的注意力转瞬又被眼前的尸体吸引。

死者肝脏有异于常人地肿大，与他保养得宜的年轻外表并不相称。连默取出肝脏，称重切片，将取出的肝脏浸泡在固定液中，切片则准备做进一步病理检查。

她回身靠近尸检台，俯瞰年轻的死者。正处于人生最好的年华的躯体仿佛还带着一丝余温，如非空洞敞开的胸腔昭示着生命已经凋谢的事实，她只会以为这不过是一场难以醒来的长睡。

“生如白驹过隙，此身乃是草芥，任死神随意收割……”连默自打开的尸体腹腔中取出回环叠积的大肠，堆叠在电子尸体脏器秤上称重。

实习生对连默突如其来的自言自语已经习以为常，接茬道：“这个我知道，庄子，对不对？”

连默手上动作微顿，随即微笑：“庄子确实有类似观点，不过这出自拜伦的唐璜。”

实习生做捶胸状，一手食指拇指比出很接近的手势：“只差一点点，就差一点点！”

“什么东西只差一点点？”费永年浑厚的声音传来。

“费队！”实习生惊喜地叫，“你回来啦！”

费永年笑眯眯地走进解剖室，手捧一只纸盒：“回来了！这是给你们带回来的红糖年糕和椰汁板兰糕，上飞机的时候还是热腾腾的。”

实习生乐呵呵道谢，上前去接过点心盒子。

费永年阔步走到尸检台旁，站在连默身边：“我刚放假回来，就听说出了双尸命案，可有的你们忙了。”

“度假可遇见什么趣事？”连默笑了笑，转而问道。

前段时间连环碎尸案告破，真凶认罪伏法，费永年了却一桩多年心事，终于有闲情逸致放下烦冗俗事，偕妻子秦青往海南度假。

费永年摇摇头：“哪里有什么趣事！拎着行李住进酒店，站在阳台便能看见青山碧海，椰林沙滩，每天我和你嫂子就是睡到自然醒，吹海风，食海鲜，手牵手在沙滩漫步……到第三天你嫂子就嚷着无聊想回家了，要不是订房时已经直接扣款，我们大概第四天已经返程。我俩天生劳碌命，闲下来反而浑身不适意。”

连默失笑。

费永年见她脸色如常，并无不同神色，轻声问她：“陈况……有没有同你联系？”

陈况赴美一周后，在他去海南度假前，曾与他有过一次通话。

电话彼端的陈况声音中带着一丝不易察觉的疲惫，但更多的是充满希望的开朗。陈况说前女友年冉晴的情况比他预料中的还要糟糕，他辗转与年爸爸、年妈妈取得联系后，获得探视年冉晴的机会。

年冉晴住在安纳海姆郊区的一家康复疗养院里，年爸爸委婉地告诉他，女儿自从当年饱受惊吓之后，精神健康状况一直时好时坏，始终没能恢复到理想状态，还数度自残，吓坏家人。他们怕她做出进一步伤害自己的行为，只能忍痛将她送进康复疗养机构，希望借由心理治疗，帮助她摆脱往日恶魔。

“只是事与愿违，冉晴在疗养机构接受治疗两年，并没有好转迹象，”陈况的情绪有刹那低落，随即又振作起来，“不过我去探望她时，她第一时间认出我，还同我聊起婚礼筹备的话题……医生说她能记起以前的事，是她愿意走出过往阴影的表现。”

陈况表示他要留在美国，同年爸爸年妈妈一起，配合医生，帮助年冉晴恢复健康，重新回归正常人的生活，享受她原本应该拥有的幸福人生。

费永年当时很想问他一句：那连默呢？可到底还是将即将脱口而出的话咽了下去。以他对陈况的了解，深知当陈况获悉前女友重度抑郁的现状之后，绝对无法心安理得地回来，当作一切都没有发生，继续同连默来往。

只是——

“连默并不是能轻易投入感情的人，你明明喜欢她，做出追求的举动，令她对你敞开心扉，又这样不告而别，对她不公平。”费永年叹息，这大概就是所谓的天意弄人吧？“请亲口告诉她，不要让她从别人嘴里得知你的决定。”

陈况短暂地沉默之后，答应他：“好。”

听见费队问及陈况，连默淡淡颔首，言简意赅：“嗯。他说短期之内不会回来，祝我工作生活一切顺利，勿念。”

费永年一时不晓得说什么好，默然良久，末了拍一拍她肩膀：“周末来家里吃饭，喜欢吃什么尽管点，别同我们客气。”

说完不给连默拒绝的机会，大手一挥：“就这么愉快地决定了！”

然后大步走出解剖室。

连默回头望着费永年的背影消失在解剖室门外，复又垂头继续解剖尸体。

费永年走进刑侦大队办公室，将两大袋度假带回的土特产放在自己的办公桌上，振臂招呼同事们来瓜分礼物：“不是什么贵重礼物，只不过是一些当地土产，人人有份，大家别嫌弃！”

同事们嘻嘻哈哈地上前来接过小礼物，纷纷打趣。

“费队还是头一回度假带礼物回来给我们啊！”感动有之。

“年哥向嫂夫人申请了多久才批下来预算啊？”不乏调侃。

“费队这是私藏小金库了吧？”更有疑问。

费永年哭笑不得，瞪眼：“职业病犯了是吧？”

众人也不怕他瞪眼睛，笑着一哄而散。

费永年叫住青空、小刘：“我一回来，就听说局里让你们负责双尸案，调查得如何？有什么进展？”

小刘苦脸：“两名死者人际关系混乱，死前正在俱乐部包房内举办派对。通过调取俱乐部监控录像，确定当晚除了他们邀请的客人十三位，还有俱乐部工作人员四人，共计十七人进出过案发现场，提取指纹与生物痕迹的工作量巨大，尚未取得实质性进展。”

“死者在包房内举办交换伴侣的乱性派对，”青空摊手，这些富家子弟的世界，他实在无法理解，“俱乐部服务员都签订有保密协议，无律师在场，半句话都不肯多说。”

“有律师在场，也没见提供什么有用的线索。”小刘托腮，“人人推说不知道、没看见，一个口风紧过一个。”

费永年微微眯眼，青空和小刘年轻，缺乏办案经验，但对工作充满热情，就像当年的他和陈况。这桩双尸案涉及本城好几个有头有脸的人家，稍有差池，他们就将面对外界施加的巨大压力……

“通知家属了没有？”费永年问。

“才正式确认两名死者的身份，还没来得及通知家属。”小刘将两名受害人的照片打印出来，以磁铁吸附在案件线索板上。

“这样，先去通知家属，了解两人生前可有仇人，看能否从中找到嫌疑人。青空，回来以后再仔细看一遍监控录像，尽可能清晰辨别出案发当晚参加派对的宾客。有一个是一个，口头传唤请他们带好律师，来局里接受进一步问讯。若有人不愿配合，直截了当地告诉他，开传唤证强制传唤就难看了。不妨明确告知，只有尽早破案，才能转移媒体记者的注意力。案件侦破时间拖得越久，挖掘出来的细节就会越多。我们秉持职业操守，能做到不对外透露案件信息，却无法控制舆论走向。”费永年转念之间已有决定，“小刘，俱乐部可还在正常营业？”

“因为发生命案，业已责令其在调查期间停业整顿。”小刘汇报。

“你跑一趟，找负责人，请对方员工配合调查。唯其如此，方能帮助警方早日破案，俱乐部才有望早日重新开门营业，避免更多的经济损失。”

小刘一捶自己掌心：“我怎么没想到这一点？我这就去办！”

说罢一溜小跑，像一阵风刮出办公室。

“谢谢费队指点迷津。”青空朝费永年敬礼。

费永年宽厚的手掌在他肩膀上用力一拍：“谢什么谢！谁不是这样由师父手把手带出来的？去去去，好好破案！周末叫上小刘，来我家吃饭。”

青空被他拍得肩膀一栽，人却笑起来：“是！”

青空与刑侦队区警官先前往死者冯鹏住所，酒店式公寓的大堂经理在青空与区警官出示证件后，将两人引至冯鹏的房间。

大抵是从朋友圈中知悉冯鹏遇害的消息，冯鹏的母亲与另外两名子女已先一步抵达公寓，与青空区警官前后相隔大概不过等一部电梯的时间。

冯母颤抖双手，几番尝试，都没能将电子门卡对准感应器，与此同时，青空和区警官在大堂经理的陪同下，先后走出电梯。

冯母听得响动，循声望来，看见大堂经理陪着两名英气勃勃的青年向她走来，心头那点儿怀疑烦乱，顿时由三分变九分。等到两人走到她面前，向她出示证件，母子连心，冯母本能地意识到……儿子真出事了！顿时整个人朝后倒去，青空眼明手快一把将她扶住，随后体贴地将她交由两名子女搀扶。

与冯母同来的是冯鹏的姐姐和弟弟，两姐弟情绪还算稳定，姐姐冯菲搂住母亲肩膀，弟弟冯鲲则接过母亲手中的门卡开了门，请青空他们入内。

冯鹏长期租住在金融区五星级酒店式公寓内的一套江景房里，透过阳台的三面落地玻璃窗，近可观光影流离斑斓的江景夜色，远能眺金融区高耸入云的亚洲第一高楼，地理位置极佳。

房间在警方到来前已经被酒店式公寓的服务员清理打扫过，房间内的垃圾桶空空如也，浴室中换下来的脏衣服也被送走清洗，整套足有四百多平方米的房间干净得一尘不染。

打扮得贵气非常的冯母坐在沙发中，仿佛一下子苍老了十岁。

青空清清喉咙："抱歉……"

听到这两个字，冯母的眼泪再也忍不住，夺眶而出。冯鲲微微垂着头，伸手来回抚摩母亲后背。

长女冯菲忙取出细麻手绢，交到她手里，冯母用手绢压住眼角良久，才红着眼抖着声音问："大弟……怎么去的？"

"目前还在调查。"青空不忍直视一个母亲强忍痛苦的双眼，转而望向冯菲，"令弟最近是否与人结仇，或者有龃龉？"

冯菲看一眼泣不成声的母亲，咽下叹息："大弟心地不坏，就是比较爱玩，又结识了几个劣友……"

"什么几个？！"冯母蓦地爆发，猛地攥紧手绢，"就只有那个钱一帆！要不是看在老钱是你爸的生意伙伴的情分上，我早就不让大弟和他往来了！这么多年他惹的祸还少吗？哪一次不是拖着大弟一起给他背黑锅？！大弟也是耳根软，姓钱的一对他嬉皮笑脸赔小心，就原谅他了！"

"妈，现在说这些做什么！"冯菲无奈地递眼色给弟弟，"你快劝劝妈妈。"

冯鲲看起来是个孝子，接到姐姐示意，遂不住小声安慰母亲。

等母亲情绪稍微平静些，冯菲这才继续道："因为钱一帆的关系，大弟无形中恐怕得罪了不少人。太久远的，我也记不得，不过大约两年半前大弟和钱一帆曾与人在酒吧内打架，场面闹得相当不愉快，大弟的脸都被人打得破了相，钱一帆好像伤势更重一些，当时我们都劝大弟报警，可大弟说多一事不如少一事，还是算了吧。那之后钱一帆倒确实颇消停了一段时间，后来就不再拖着大弟泡吧，多半到俱乐部活动了。”

冯家母子三人再提供不了更多信息，来来去去，话里话外，无非是钱一帆带坏了冯鹏。

青空与区警官征得同意，在公寓内进行一番搜索，也并没有什么可供帮助的线索。告辞之前，青空看着公寓一面照片墙上，在冯鹏各种登山、滑雪、冲浪的照片中，有一张冯鹏与一个妙龄女郎相拥灿烂地笑面镜头的合影，信手用手机拍下。

辞别冯家母子三人，区警官在下楼时慨叹：“年纪轻轻，开跑车住豪宅，又无人约束，家人还当他是天真纯良的小白兔……”

两人继而前往钱家。

已经成年的钱一帆仍与父母同住，和作为冯家长子，被父母寄予厚望，曾悉心栽培、独立生活的冯鹏不同，钱一帆是次子，上头还有一个能力不凡的哥哥，父母对次子最大的期许是人生一帆风顺，并不指望他继承家业、开疆扩土。

青空、区警官在浦江罕见的一处园林大宅院的前厅见到钱一帆的父母、兄嫂，在场的还有钱家的律师。

青空看见律师，不由得点点头：“黄律师，又见面了。”

黄律师苦笑：“唉……又见面了。”

相比冯母的激动失态，听到二儿子死亡的消息，钱父钱母则冷静得多。钱母握紧丈夫的手，对稍微年长些的区警官道：“我们一定配合警方调查，希望能尽早查清一帆的死因，如果……不是意外，请务必抓住凶手，还一帆一个公道！”

当青空再一次问及钱一帆有没有与人结仇的时候，钱父摇摇头。

“一帆年轻不懂事，得罪人也是有的，但那都是闹着玩，哪里就到要害他性命泄愤的地步？”随即深深叹息，“还不是跟在冯家大弟身后，整天被他当枪使？！”

冯、钱两家不约而同将儿子的问题归咎于对方。

在钱家没有获得太多有用的信息，但钱家明确表示愿意尽全力配合调查，律师向警方出示钱一帆最近一次的体检报告和他名下私人财产的全部信息，以及他同冯鹏共同成立的文化公司的业务内容与账目。

“如果有什么需要知道的，请与黄律师联系。”钱一帆大哥送青空二人出门。

青空走出大宅，回首望一眼坐落在寸土寸金的浦江的这座大宅，无法想象在其中生活的一家人，在关上门后，究竟会以怎样的心情面对儿子、兄弟的死亡。

下午回到刑侦队，青空坐在办公桌前反复查看监控录像，并根据现场笔录，设法联系当晚的派对客。

然而与派对客们取得联系却并不顺利，青空遇见职业生涯中前所未有的重重阻力。

录像中辨识度最高的新晋当红小生的私人电话始终处于无人接听状态，青空坚持不懈地拨打该号码足足半个小时后，才由其助理接起，开口便是一通劈头盖脸的呵斥。

“万哥拍了一晚戏，好不容易才睡着！有什么事非得这个时间打电话来骚扰万哥？！”

青空哑然两秒，才肃声向对方表明身份：“请让万友华接电话。”

对方“哈”地怪笑一声：“骗子骗到我们万哥身上来了！我们万哥身正不怕影子斜，没做亏心事，不怕鬼敲门，这种诈骗电话可吓不倒我们万哥！”

不等青空说明情况，小生的助理又连珠炮似的呛他：“当我们不知道骗子会打电话冒充公安局，号称有所谓重大刑事案件需要协助调查，然后趁机窃取银行账号和密码，盗取钱财吗？！告诉你，你找错人了！”

说罢不给青空丝毫反应时间，结束通话。

望着座机听筒，青空脸上有瞬间茫然，当他再度尝试拨打万小生的号码，发现对方已经关机。

全程目睹青空被直斥“骗子”的邻桌罗警官笑得打跌：“小卫你还是跑一趟，亲自送传唤证过去，比较有效率。”

青空无奈地点点头。

连默下班，驱车回到住处，远远望见颇有几日未曾出现的信以谌撑一把巨大的黑色雨伞，站在楼下，正同下着大雨还出来遛狗的楼下邻居聊天。

邻居在秋日大雨滂沱的傍晚穿一件及膝雨衣，露出一双不畏秋凉的小腿，手里牵着狗绳，另一头拴着一条同样穿及膝雨衣的巨大的阿拉斯加雪橇犬。

大狗一双冰蓝色眼睛温柔又美丽，安静地站在主人脚边。

连默停车推开车门，信以谌上前一步，将大伞遮在她的头顶，声音温柔带笑：“你回来了。”

连默点点头，注意力放在阿拉斯加犬身上，移不开眼。

狗主人撸撸狗头，朝连默点点头，同信以谌道别，一扯狗绳，牵着大狗跑进雨幕当中。

以谌望一眼站在车旁凝视阿拉斯加犬远去的背影久久不肯回神的连默，笑问：“喜欢狗？”

“以前……家里养过一条……”连默收回视线，声音低回。

她借住在信以谌的公寓里，平时独来独往，甚少接触楼上楼下邻居，要不是今天恰好遇见，她都不知道原来楼下养着一条大狗。

“喜欢就养一条，反正房子空间足够它撒欢。”信以谌提议。

连默想一想，摇摇头："雪橇犬实在不适合拘束在都市的公寓里头，我也没太多时间照顾。再说，我不能总住在你这里。"

连环碎尸案告破，试图通过威胁她达到替儿子开罪目的的凶手家属也已在接受调查，自顾不暇，哪里还有精力来寻她的麻烦？是时候搬离信以谌宽敞舒适的江景公寓了。

以谌撑伞护着连默走进门厅，收了伞与她一道搭电梯上楼："没关系，在你找到理想的住处之前，可以一直住在这儿，房子本来空着也是空着。"

"谢谢！"连默微笑。

两人回到公寓，趁连默换鞋进屋换洗的工夫，以谌将手中大伞插在门边的青花山水象腿瓶中控水，随后脱去外套搭在玄关壁橱衣帽架上，挽起袖口，自去厨房冰箱里查看存货，准备亲自下厨做晚餐。这时弟弟以诺打电话给他。

"以谌，让默默发一条进门码给我！"

"有事？"以谌关上冰箱，淡淡问。

"天大的事！"以诺语气夸张。

"知道了。"以谌挂断电话，征求从卧室换了衣服出来的连默的意见，"能不能发验证码让以诺上来？"

连默颔首，探身从放在沙发上的背包里取出手机，发送进入小区和公寓电梯的验证码至以诺手机。

没过多久，以诺穿着湿答答的风雨衣，手里拎着一提四层朱漆食盒，走进门来。他将手里的食盒往站在门口迎他的以谌怀里一推，脱下直往下滴水的风雨衣，朝门边的象腿瓶瓶口里随意塞两塞，踢掉脚上的帆布鞋，也不穿拖鞋，就直直跑进客厅里，大呼小叫地召唤连默："连默！默默！小默默！"

真不想承认这幼稚的家伙是他弟弟，以谌捧着手里沉甸甸的食盒，撇开头去。

“以诺。”对以诺的热情，连默回以简单的问候。

以诺对她的冷淡不以为意，更似没有注意到兄长恨不能他即刻消失的眼神，只管朝两人勾手指：“可吃过晚饭？没吃过的话，正好一起啊！”

又语气活泼状似不经意地对连默卖弄：“本城唯一米其林三星餐厅的菜色，在我看来也不过如此，今晚只得请你们将就一顿。”

以谌叹气，提醒道：“你不是说有天大的事？”

“啊！对对对！我有非常重要的事对默默说！”以诺一拍额头，“边吃边说吧，磨刀不误砍柴工。”

连默拿眼神询问以谌：这句话是用在这里的？

以谌摇摇头：别睬他，他小学没毕业。

以诺才不理会兄长与连默之间的眉眼官司，一手拽了兄长，一手拉住连默袖口，将两人拖往餐厅。

“去洗手！”以谌忍无可忍，一指客用卫生间。

以诺呵呵笑，将兄长和连默推往餐厅，自己一旋足跟，跑去洗手。

待他洗完手出来，以谌已经将四层食盒内的凉菜热炒、点心汤羹通通取出摆在餐桌上，又另拿干净碗筷一一摆放整齐，与连默在长餐桌一端面对面坐好，只等他落座。

以诺毫不客气地坐上上首主人位，欠身伸长手臂去夹远端的豆豉蒸雪蟹脚，嘴里不住嘀咕：“明明晓得我爱吃蟹，还把蟹放得那么远！”

以谌只当没听见他的抱怨，朝连默笑了笑：“尝尝看，喜欢的话下次带你去店里吃。”

待连默夹了雪蟹脚到自己面前的碗里，以谌才将整盏豆豉蒸雪蟹脚稍微往以诺的方向推了推：“坐好，越来越没样子！”

以诺闻言一窒，面带悲色，这还是不是亲哥？！

以谌在他开口控诉前眼风轻扫：“还不说你天大的事？”

一筷子夹走半数雪蟹腿，以诺强忍满腔悲愤，咬一条蟹腿在嘴里："听说冯大、钱二双双这个了？"他竖起大拇指，然后将拇指朝下比画，"样子还极其难看？"

以谌放下筷子："这种事不可胡说。"

连默扬睫望向据案大嚼的以诺，声音疏淡："你怎么知道？"

以诺觉得这一眼仿若有形的风霜刀剑，刮在脸上，令人皮肤生疼，不敢造次，只嘿嘿讪笑："我自有消息渠道。"

连默点点头，垂头继续吃饭，并不追问。

公子哥儿的圈子就那么大一点，警方处置案发现场时俱乐部内仍有不少会员，消息不可能被封锁，传开来只是时间问题。

以诺悄悄拍拍胸口，暗暗想以谌真是品味独特，放着满世界温柔体贴、娇俏可人的女郎不爱，偏偏喜欢木知木觉又冷淡犀利的连默，真是替他掬一把同情泪。

以谌却不打算轻易放弟弟蒙混过关："还不痛快交代？"

"其实……"以诺咽下嘴里的蟹脚，"冯大昨天的派对也邀请我参加了。"

连默全副注意力由面前的咸蛋黄流沙包转移到以诺身上。

被两个人四只眼盯着，以诺忙举起一只手，指天立地发誓："我同冯大、钱二一班人早就不大往来，他们疯起来太荒唐，何况我答应老爸老妈要认真工作，重新获得他们的信任。"

以谌轻哼："算你识相。"

以诺抹一把额上并不存在的虚汗，朝两人挤眉弄眼："此事在朋友圈中已传得沸沸扬扬，各种内幕消息满天飞，形形色色的知情人爆着不同的猛料，看得人眼花缭乱。"

"都爆了些什么料？"连默好奇。

"我给你看！"以诺从后裤袋中摸出手机，打开社交应用，点开朋友圈，将手机递给她，"冯大、钱二交游广泛，平时振臂一呼，应者如云，想不到恨他们的人竟如此之多，啧啧！”

“全是些狐群狗党。”以谌总结，“你能和他们保持距离，爸爸妈妈知道了一定很欣慰。”

“那是当然！我现在全盘接手况哥的工作室，在他去美国期间打理相关事宜，可是忙得很呢！”以诺有小小得意，话音方落，才猛然意识到不妥，往连默方向瞟去，见她全神贯注在他的朋友圈，仿佛并没有注意到他的话，才轻吁一口气，对以谌眨眼睛，“我想起来还有事，先走一步！手机小默默你留着慢慢看，看完交给以谌就好！”

说罢“噌”地自椅子上站起身来，跑到门口趿上鞋，抽出象腿瓶里以谌的大黑伞，夺门而出。

以谌看得直摇头。经过这么多事，以诺好似比以前成熟懂事，逐渐与旧日一群酒肉朋友疏远，但行动之间，仍透着那股熟悉的幼稚。

“有什么发现？”他起身绕过餐桌，来到连默身边，一手撑着桌沿，半弯着腰凑在她肩头问。

“很多有趣的理论与推测，”连默将手机交到以谌手中，“堪比推理小说。”

以谌接过弟弟那金光闪闪得让人无法直视的手机，慢慢拉动社交应用页面，看不多久，忍不住骇笑：“这么不负责任的言论，他们竟然敢随意发表，恨不能传得全世界都晓得，是不是傻？！”

有人自冯大、钱二的朋友圈截取两人日常勾肩搭背共同进出的照片数张，排列在一起，用照片讲述一个富二代的断背故事，隐晦地指称两人实为一对同性恋人，因为害怕家长反对，无法得到世人的认同，所以假作花花公子游戏红尘，用以掩盖他们的真实性取向。这也就是为什么冯大、钱二交情甚笃，一道猎艳，却始终没有女朋友的原因。

这位还算是客气的，另一位言之凿凿，说两人因为向家长“出柜”表明同性恋人身份遭到双方家长联手镇压，试图以断绝经济来源为手段迫使他们分手，两人不堪忍受，相约双双服毒自杀。

两条原创，无数转发、点赞、评论、回复，将朋友圈搅得血雨腥风。出来撇清与两人关系，以免被人安上“同性恋”标签的有之；蹭热度站出来证明冯大、钱二之间确实存在暧昧不清的关系的所谓朋友亦大有人在；更有曾与冯大交往过的女性痛陈钱二写支票给她，让她离开冯大，不要妄图纠缠冯大嫁入豪门……如此种种，不一而足。

以谌不由得捣额，忽然不敢想以诺涉嫌谋杀的那段时间，他的朋友圈里会是怎样一番情形。

连默听得嘴角抿了一丝冷凝，侧头想一想，指出症结所在：“社交媒体，用户所求的无非是关注度，现在有大事件发生，死者显然不可能活过来替自己申辩，对他们稍微有点儿了解，能接触到他们的朋友圈，又对死者毫无一点儿尊重的人，利用死亡蹭热度，甚至以此得利，并不稀奇。”

难得连默有谈兴，虽然话题仍离不开死亡，以谌内心却有难以言喻的开心。

“也不是全无发现。”连默微微斜身，靠近以谌，伸出纤长食指，示意他将页面下拉，然后指了指昵称为“爱美丽今天也要开开心心的”的用户发布的一条最新动态。

“爱美丽今天也要开开心心的”用一张年轻女郎落日余晖中的半身剪影做头像，点进个人相册，看见的大多数都是精美图片配以心灵鸡汤式的动态。只得临近中午在满朋友圈爆料与追思时刻，她静静发了一张起泡酒碰杯的图片，轻描淡写地道：死便死了吧，反正也不是什么好人。

照片下面有零星几个人点赞。

以谌为连默纤细白净的手指有片刻分神，她的指甲剪得短短的，修得光洁圆润，像一片珠贝，透出淡淡的粉色。离得近了，他还能闻见她身上清清爽爽的生姜洗发水和消毒肥皂的味道，不免有些心思浮动。

“你认识她吗？”连默抬眼问。

听见连默询问，以谌收敛心神："我同以诺的朋友圈没有太大交集，想知道什么？让以诺告诉你。"

连默看一眼以诺坐过的椅子："请他明天往局里走一趟吧。"

以谌笑起来："麻烦费队压一压他的气焰，免得他得意忘形。"

自接手陈况的私人调查工作室，以诺便如同两肋生风，进出行色匆匆，见到父母就撒娇耍赖，一会儿说维持工作室运行所费不赀，要求解冻银行卡；一会儿又说需要购买先进设备，哥哥可以为了追求女孩子而花巨资设立实验室，他为况哥对他的信任而花一点儿钱令工作室能有更好的发展无可厚非。

连默不明所以，认真点头答应："好。"

以谌眼里满是温柔笑意，伸手摸摸她头顶："辛苦你了。"

万友华戴着墨镜和口罩，穿一件有大风帽的迷彩风衣，等助理从车上下来撑开巨大黑伞，这才下车，随后三两步蹿进公司大门。守候在大楼外的娱乐记者们一拥而上，试图拍到一张清晰的照片。

万友华的经纪人伸开双臂几乎快要仰面躺在拥挤的人群身上，试图用他不到一米八却接近两百斤的体重架起一道人肉隔离栏，嘴里不住高声说："大家不要挤，不要挤！我们万万有个重要的见面会要开，等开完会之后，一定留出时间来给各位记者老师拍照！"

"听说警方传唤万友华，是不是真的？"人群里有一个粗犷的声音问。

经纪人脸上露出诧异的表情，义正词严地问："听说？听谁说？大家不要轻信外界的传言，我们万万是遵纪守法的艺人！"

在经纪人一人独挡群记的时候，万友华走进公司会客室，脱掉风衣，摘掉墨镜，取下口罩，露出上着薄妆也掩饰不住的黑眼圈和烦躁神色。

一早已经等在他公司里的青空与小刘自会客室的沙发上起身，两人向他出示证件，表明来意。

万友华疲惫地伸手拧一拧眉心，暗自懊恼。

他如今演艺事业如日中天，商演、代言费用动辄千万，为此他和团队一直苦心塑造他积极阳光、洁身自好的形象。可他也是人，也有欲望，又不想沾手女粉丝和充满野心的女艺人，所以才会偶尔参加冯大和钱二这两个富二代举办的派对。派对上有不少签署过保密条款的派对女郎，专门负责陪有闲有钱的客人寻欢作乐。他万万没想到，冯大和钱二忽然就在派对上离奇死亡，而他恰恰也在派对上，因此将自己牵连进命案当中。

跟在他身边的助理连忙上前给他按摩太阳穴，同时连连自责："两位警官，对不起！对不起！昨天上午是我接的电话，当时万哥好不容易才睡着，我真的当成是诈骗骚扰电话，这才……您看，我们万哥一知道真是警方办案，把今天上午的拍摄都推迟了，就是为了能配合警方调查。"

万友华推开助理的手："别替我解释了，越描越黑。两位警官有什么想知道的尽管问，我一定知无不言。"

青空与小刘对视一眼，青空负责问话，小刘负责取出录音设备，一边录音一边做书面记录。

"万先生前天晚上九点至昨日零点，是否在——"青空询问万友华案发时间是否在案发地点。

万友华并不回避他的问题："我的确在冯鹏举办的派对现场，不过因为我有一场夜场戏要拍，所以十二点刚过我就离开派对，赶去片场了。我走的时候，冯鹏和钱一帆都还活得好好的。"

青空点点头，他的说辞与俱乐部监控录像上的时间标记相吻合。

"你离开时，派对上除了冯、钱二人，还有什么人在现场？"

万友华双手合十，抵在鼻尖上，闭上眼睛回忆片刻，随后露出一丝苦笑："好像还有几个女模特，名字我也记不得，不过给我看照片的话，应该能认得出来。"

"我们万哥有过目不忘的本事，剧本台词看一遍就全能记住。"

助理在一旁替他做证。

“当晚的派对上，有没有发生什么不同寻常的事？”青空继续问道。

万友华努力回忆片刻，耸肩：“好像钱一帆发酒疯，想叫一个服务员进来陪他喝一杯，但那个服务员恰好没来上班，钱一帆颇觉没面子，把领班叫进包房里，让她必须把人找来。这算不算不同寻常？”

青空微微蹙眉：“那后来人来了没有？”

万友华摊手：“自然是没来，领班好说歹说赔不是，还额外赠送了一轮酒水，钱一帆才作罢。”

青空对小刘点点头，小刘收起记录本和录音设备。

“万先生，暂时没有什么问题了，如果你再想起什么来，请与我们联系。”他留下联系方式，与小刘告辞出来。

两人因穿着便衣，走出万小生公司的办公楼，拥在门口的娱乐记者也无人注意他们。直到上了车，小刘一边拉保险带，一边回身望一眼被围得水泄不通的大厦前门，问青空：“你相信不相信他的话？”

“万友华？”青空轻嗤，“他现在急着撇清和冯、钱二人的关系，自然是把自己摘得越干净越好。他离开后监控录像显示还有数人进出过现场，基本排除了他作案的可能。”

“想不到看起来挺干净磊落的艺人，私底下生活如此混乱。”小刘感叹。

“谁又能保证自己毫无秘密呢？”青空发动汽车引擎，“接下来去俱乐部！”

俱乐部往日宾客如云的盛况不再，别墅区铁门紧锁，一眼望去以前泊满豪车的停车场此时空荡荡的，车道环岛中央捧着陶罐的大理石裸女喷泉不再喷洒水花，在日头下干巴巴得可怜。

青空将车停在铁门前，按下对讲器，表明身份来意，数秒钟后，紧闭的铁门缓缓左右滑开放行。

青空驱车驶入俱乐部，将车停在别墅门口，一位皮肤黝黑身材壮硕的中年人，自我介绍是俱乐部保安经理，开着一辆四人座电动接驳车等候他们，面带微笑招呼青空、小刘：“两位警官辛苦了，请上车，我送两位到员工宿舍，两位有什么需要，我们一定全力配合。”

一路上他缓缓道出俱乐部苦衷：“要维持这么大一个俱乐部的运营，每天开销所费不赀，这一停业整顿，我们老板手下一班百十来号员工，工资要照发，场地维护费用一点也不比营业的时候少，否则重新开业的时候，高尔夫球场、游泳池一塌糊涂，会员们要抗议的。”

青空瞟一眼看起来颇敦厚稳重的中年男人，不搭他的话茬，问：“岳经理是部队出身吧？”

岳经理笑了笑：“看出来了？当了十五年志愿兵，身体状态不如从前了，虽然舍不得，还是转业到地方上。我也没什么其他技能，这不就只能当个保安经理。”

“前晚昨晨发生的事，岳经理怎么看？”

“我当时不在场，不便评论，不过我们老板交代过，务必配合警方调查，尽早结案。”岳经理表情诚恳，语气诚挚。

接驳车停在一排白色平房跟前，岳经理向青空二人介绍：“这是我们的员工宿舍，案件发生后俱乐部立刻约束员工，当天当值的工作人员都暂时不能离开，随时等待接受警方问讯。”

青空与小刘随岳经理走入宿舍，进门处宽敞的门厅里寂寂无人，往里头走几步，一间员工休息室里传来喧闹声。

“都是年轻人，既不上班，又不让他们出去玩，憋得狠了，就聚在一起打打牌。”岳经理无奈地解释。

青空点点头：“没关系，找一间安静些的房间，请那天的几位工作人员过来吧。”

“没问题！”岳经理效率极高，先将他们请进一间小会客室，为两人送上矿泉水，随后转身出去找人。

小刘看看面前茶几上流线瓶身的幽蓝玻璃瓶装进口矿泉水，感叹："看人家这副气派！难怪一瓶水都要卖一百块！"

青空忍笑："不控诉奸商？"

"反正他们的目标很明确，就是那些人傻钱多的群体。"小刘耸肩。

两人闲聊的工夫，一名三十岁左右，穿白衬衫黑长裤，剪一头精致齐耳短发，十分干练的女子敲门进入小会客室。

"请坐。"青空指了指茶几对面的沙发。

女子将短发掖进耳后，落座，在回答完关于姓名、年龄、籍贯、家庭住址等问题后，自陈是俱乐部案发当天当值的领班。

"我这一周上晚九点到次日早九点的夜班，所以从冯先生、钱先生到俱乐部之后直至……我都在。"

"你能把当晚冯鹏、钱一帆到达俱乐部之后发生的事，详细说一遍吗？"青空将录音器推向领班齐妙彤。

齐妙彤微微侧头，慢慢回忆道："冯先生、钱先生预约了十点钟使用包房，指定要拜占庭套房，所以我一同日班领班交接之后，就安排服务员对套房进行最后一次检查，看看可有不到位的地方。他们比预定时间迟半小时到来，同来的还有其他几位客人与女伴。"

"客人和女伴你是否认识？"青空问。

"因为当时他们有不少人，我只认识其中的万先生和米先生，以及双胞胎茉莉姐妹。"齐领班略略迟疑，"虽然我们是会员制俱乐部，但是会员带什么人来，我们也无权过问。"

青空点点头，示意她继续往下说。

"他们一进入拜占庭套房，就叫服务员进去点酒水小吃，大概过了一个多小时，不到十二点的时候，服务员忽然跑来对我说，钱先生一定要让卢蓓蓓进去陪他唱歌，不然就要到大厅里裸奔……"看起来颇精干的齐妙彤咬了咬下嘴唇，"我们俱乐部毕竟不是风月场所，也从来没有让女服务员进套房陪酒的先例，我当时就让当班的服务员先稳住钱先生，我去想办法。"

“卢蓓蓓？”小刘扬一扬做记录的手，“是发现死者的服务员吗？”

齐妙彤颔首：“是她。她当天晚上不当班，待在宿舍里。”她眼里闪过一丝不易察觉的厌恶，“我请示经理，经理同我看法一致，不同意让服务员去陪酒，至少我们不能从中牵线搭桥。”

青空和小刘对视一眼，没想到这家俱乐部上至经理，下到领班，倒都是明白人。

“后来呢？”

“后来我亲自去了一趟套房，就卢蓓蓓不当班无法陪唱一事向钱先生道歉，钱先生听后特别不高兴，一把推开换了薄纱在跳舞的茉莉姐妹，撕开上衣嚷着说蓓蓓不给他面子，让他在朋友面前下不来台，要说到做到，去大堂裸奔。”齐妙彤微微垂下眼帘，掩饰她的不屑，“最后还是万先生出面从中劝说，钱先生才打消裸奔的念头。为安抚钱先生的不满情绪，我特地关照吧台，下一轮的酒水全由俱乐部请。”

“冯鹏当时有什么反应？”青空觉得钱一帆大闹俱乐部要求女服务员陪唱，作为派对主人之一的冯鹏不可能毫无反应。

“冯先生一向客气，见我为难，让我不必理睬钱先生，说他喝多了发酒疯而已，让我多担待。”齐妙彤谈及冯鹏，声音里的情绪平淡很多，“之后我回办公室稍微眯了一会儿，大概有两小时吧，楼层服务员通过对讲机说二楼已经消停下来，大家都可以去休息了。”

“卢蓓蓓和钱一帆很熟吗？”青空转而问道。

齐妙彤轻嗤：“怎么会？蓓蓓七月刚刚应聘来上班，钱先生这两个月总共只来过三次，即使蓓蓓每次都恰好当班，也才几面之缘而已。小姑娘实在是可怜，哪见过这种事？吓得直哆嗦，昨天晚上就发起高烧，幸好她舍友发现得早，及时送医，这会儿正在医院里挂盐水。医生说她受惊不轻，需好好静养。唉……”

齐妙彤再不多言，青空与小刘又向她反复核实时间细节，这才放她离开小会客室。

两人稍微整理手头所得信息后，传唤接下来的证人。

前后两名服务员的回忆与领班大同小异，没有太多出入。

“请再好好回忆一下，当晚可发生过什么事？哪怕有一点你觉得和平时不同，也许都能帮助我们破案。”青空引导楼层服务员回忆。

年轻的圆脸姑娘眉头紧锁，表情显得十分犹豫：“要说有什么和平常不同的地方……也不知道客人将吧台调的酒退回去要求重调，算不算？”

“为什么退回去？”小刘不解。

“大概因为齐姐没同意让蓓蓓去套房陪钱老板唱歌，钱老板心气不顺，觉得事事都不称心，一会儿嫌空调不够冷，一会儿又嫌吧台调的酒味道不够纯正，‘像马尿一样难以下咽’！”圆脸的楼层服务员模仿钱二的口气，“等调酒师端着重新调好的酒前来赔礼道歉的时候，他还不依不饶地将调酒师骂了一通……”

“这大概发生在什么时候？”

圆脸姑娘挠挠耳根：“大概一点钟，我当时又困又累，恨不得找个角落一坐睡上一觉，还得进拜占庭收拾钱老板打翻的酒水。看吧台的格兰特那么高大的一个男人垂着头任由钱老板骂得狗血喷头，心里挺难受的。”

最后进入小会客室接受问讯的是调酒师格兰特，他本姓戴，叫戴添荣，虽然努力融入都会，但仍改不了淡淡的乡音。他生就一张娃娃脸，理着最流行的改良莫西干头，戴一副黑框平光眼镜，同样穿白衬衫黑裤子，看起来不过二十五六岁的样子，可一报年龄，竟然已经三十二岁。

谈起案发前被死者钱一帆当众痛骂的事，他点头承认：“钱先生确实把我调的酒退回酒吧，还表示味道不纯正，难以下咽。经理当时也在，立刻吩咐我再调一杯酒，亲自送上去，向客人道歉。”

“你调的酒真那么难喝？”小刘停笔，问。

戴添荣笑了笑，露出脸颊上深深的酒窝和两颗微尖的犬齿，使一张娃娃脸更显讨喜：“每个客人味觉口感都不相同，同样的酒，冯先生便说味道不错。我做酒保也将近十年了，什么样的客人都见过，有些人发起酒疯来，确实十分难看，不还嘴由他骂几句也就过去了。”

变相证实圆脸楼层服务员的说辞。

“那之后呢？”青空开始觉得钱公子真是神憎鬼厌的人物，想让他死的人大概不是一个两个。但冯鹏呢？听起来像是脾气还不错，为什么也死了？是附带伤害，还是他才是目标？抑或真如朋友圈的传言那样，两人之间的禁断之恋不被家人所接受而齐齐赴死？

调酒师耸肩：“我回到吧台，按照钱先生要求的比例，第三次用伏特加混合杜松子酒、龙舌兰、白兰地、威士忌和白朗姆调了两杯‘明天’，由服务员送上去，这一次没有退回来。”

小刘咋舌：“这么一杯酒下去，还不得醉生梦死一觉到天亮啊？”

格兰特无奈地笑：“毕竟客人至上。”

讯问完所有当晚当班并进出过案发现场的员工，青空与小刘仍由保安经理驱车送至停车场，二人取了他们的车驶离俱乐部。青空自后视镜中看着中年男人遥遥目送他们离开的身影，觉得案件越发扑朔迷离。

连默接到青空电话时，正在等血样检测报告。

“现在可以将死亡时间精确到凌晨两点至三点。”连默取过尸检报告，比对她得出的死亡时间。

俱乐部提供的监控视频上，万友华的的确确在午夜零点刚过离开派对现场，那之后有两名俱乐部服务员和五男四女先后进出过房间。凌晨两点半，最后两个年轻女郎相伴离开，再没有人出入，直至案发，早晨前来打扫卫生的楼层服务员发现冯大、钱二的尸体。

“看起来最后离开房间的两个人有很大嫌疑。”青空的声音在电话里显得有些遥远。

连默来不及答复，敲门声伴随信以诺浮夸的声音自门口传来：“小默默！开不开心？意不意外？”

信二少手里提着一个颜色粉嫩的西饼礼盒，不请自入，大步流星走进连默的办公室，一屁股坐在连默收拾得整整齐齐的办公桌上，将扎着粉蓝色缎带蝴蝶结的礼盒往连默跟前一递：“喏，老字号和平饭店新鲜出炉的蝴蝶酥，我可是动用自己的人格魅力令一位排队的老阿姨点头同意匀我一份。来来来，搭配牛奶咖啡，味道……”

连默取一支案头笔筒里的记号笔，默默捅一捅以诺臀侧。

以诺笑呵呵地用力拍拍她肩膀：“哎呀，小默默你还同我这么生分，我好伤心！”

嘴上说着，到底还是从办公桌上跳下来：“走！陪我一起找费队去。”

连默很想问“我可以说不吗”，人已经被以诺拉起来走出办公室。

地下一层法医实验室平素安静无声的深长走廊上，忽然变得热闹起来，信以诺一路走一路伸长头颈，同整层楼办公室里的人打招呼。

“安法医婚假休完了？祝你新婚快乐哟！”

“小李你为什么要躲着我？是我太英俊了你怕自己无法抗拒吗？”

“乔主任今天气色真好啊哈哈哈！”

老好人乔主任在办公室里呵呵笑，朝以诺挥手：“来找小连玩啊？”

……连默忍不住拿手捂住眼睛，也许这样就可以假装看不见。

来到楼上刑侦队办公室，信以诺展颜露出一口白牙，直奔费永年办公桌前：“费队，找我什么事？只要我办得到，定效犬马之劳！”

费永年正在看市局下发的工资改革细则，闻言抬头望向笑容灿烂的以诺和与他同来的连默：“谁说我找你？”

以诺一愣，竖起左手拇指朝肩膀后头指了指：“以谌……”

连默自上衣口袋中取出以诺的手机，递给他：“发现一点线索，想请你协助调查。”

他瞪视自己金光灿灿的手机片刻：“怎么不早说？”

“你没给我机会。”连默颇觉无辜。

以诺一噎，接过手机，十分配合：“要我做什么？”

“可否联系到‘爱美丽今天也要开开心心的’？”连默问他，随后向费队简单讲述在以诺朋友圈看到的内容，“大量无责任猜测转发和沉痛悼念中，她这短短十几个字和其下的数个赞，显得十分意味深长。”

费永年合上手边文件，放入办公桌抽屉里，伸手示意以诺把手机给他看，半晌，他将手机交还以诺：“能不能联系得上这个爱美丽？”

以诺注视“爱美丽今天也要开开心心的”头像良久：“我和她……不太熟，不过我认识下面点赞的家伙。”随即又压低声音，“他们这些人，圈子里难免有些不太好说的事，贸然请她协助调查，她未必肯配合。”

“你有什么好办法？”费永年似笑非笑地问。

以诺勾勾手指：“不如我以办追思会的名义，举办一场私人聚会，邀请冯大和钱二的生前‘好友’参加。这种聚会场所，酒水免费供应，点心精致可口，音乐轻柔低回，气氛迷离恍惚，人们最易放松警惕，能听到很多不为人知的八卦。”

“你有什么要求？”

“我能有什么要求？没有没有！”以诺连连摆手，“协助警方早日破案是公民应尽的义务。”

“那就麻烦信先生了，我们到时会在现场布置人手，还请信先生配合。”费永年拍板。

“哪里、哪里，不麻烦、不麻烦！”以诺嘿嘿笑，来回搓搓手打包票，只差没立正拍胸脯，“保证圆满完成费队交代的任务！”

信以诺是说干就干的脾气，自刑侦队办公室出来，拖着连默一阵风般回到地下一层法医实验室她的办公室中，毫不见外地替自己从休息室的咖啡机接了一杯清咖啡，往靠背椅上一坐，两条长腿翘在办公桌一角，捧着手机，嘴里嘀嘀咕咕：“明晚……于……路八十八号……举办追思会……请……前来参加……共饮一杯……同忆故友……”以诺满脸坏笑，手指扬起落下，“发送！”

他朝连默晃了晃手机：“我再建一个聊天群，将冯大和钱二生前要好的狐群狗党都拉进来，请他们帮忙出谋划策，一传十，十传百，追思会当天保管场面隆重又不失热闹。”

隆重又不失热闹……连默想了想那场景，不由得轻喟：“往遭丧的家去，强如往宴乐的家去，因为死是众人的结局，活人也必将这事放在心上。有一种喜乐，歌声鼓舞我们去工作……”

以诺眨眨眼，面露茫然：“什么？”

连默挥挥手赶他离开：“没其他事就去准备追思会吧，我要工作。”

以诺放下两条长腿，乖乖走出连默办公室，没走几步，他悄悄回头，望一眼连默。她独自坐在办公桌后面，埋头在卷宗里的身影孤零零的。

以诺只觉得她又瘦又小，满身寂寥。

冯、钱二人的追思会，在城中一处别墅内举行，酒水点心无限供应，现场有五人乐队演奏柔和哀婉的轻音乐，大屏幕上不停播放冯、钱二人的影像资料，从二人刚出生尚在襁褓之中，到二人蹒跚学步、青葱岁月、海外求学……每一阶段都有他们勾肩搭背笑容灿烂的合影。时不时有人跑到大屏幕下头的小舞台上，取过话筒，回忆冯大和钱二的生平，高举酒杯，喊一声“敬他们”。

看起来，不像追思会，倒像两个无忧无虑的公子哥儿的生日派对。

连默与以谌联袂而来，到场的时候，正有个打扮俏丽，染一头粉色长发的年轻女郎，略带着些鼻音地讲述冯鹏怎么在她时装周受前辈排挤时鼓励她、帮助她，声情并茂，引人入胜。

以谌一到，便遭人拖住不放，连默指了指吧台，示意他尽管应酬，她到那边等他。以谌无奈，只得一边寒暄，一边注视连默不紧不慢地穿过人群往乐队对面的吧台走去。

面对吧台里琳琅满目无限量提供的酒水和酒保殷殷的笑脸询问，连默礼貌地拒绝他推荐的鸡尾酒，微笑：“一杯矿泉水，谢谢！”

在美国读书那几年，她看过太多在聚会派对上喝得烂醉、仪容尽失的醉态，也见过不少宿醉醒来后悔却已经太迟的痛苦绝望。她始终记得提醒自己在陌生环境不可饮酒。

酒保大抵见怪不怪，取出干净酒杯，自身后冰柜里铲一勺冰块，“丁零零”倒进杯中，随后开启一只绿色玻璃瓶身的矿泉水，注入水杯中，透明玻璃杯转瞬有细密气泡腾起。

连默接过酒保递过来的水杯，轻啜一口沁凉的气泡矿泉水，抿唇体会气泡在口腔里“哔剥”崩裂的奇异感受，一旁有个略带沙哑的女声轻笑，与她搭话。

“明智的选择。”

连默循声望去，看到吧台转角半隐在一株室内植物树荫中的身影。

拥有一个豆沙喉的年轻女郎缓步走出树影，朝连默举一举手中同样冒着细细气泡的水杯：“想不到竟遇到同好。”

女子缓步走近她，连默看清她剪着一头短发，化浓重的烟熏眼妆，烈焰红唇，穿一袭藏青色重磅真丝低领连衣裙，在她行走间某个不经意的角度，可以窥见低低领口内火红色的蕾丝胸衣，如同她的嘴唇般，仿佛一抹燃烧着的火焰。

女郎来到连默身侧，与她碰杯，“叮”一声脆响，引得酒保朝她们望来，随后又垂头继续擦拭酒杯。

女郎抿一口矿泉水，背对吧台，一手手肘轻轻抵在吧台上：“我是克芮丝。”

“连默。”

克芮丝朝小舞台方向扬扬下巴，那边正有戴眼镜的青年回忆冯鹏仗义疏财，出资帮助他创业的往事：“把姓冯的描述得仿佛圣人，你信吗？”

连默摇摇头：“我只是信以诺的客人，其实与他们不熟。”

克芮丝望着连话筒都拿不稳，手直哆嗦的眼镜青年，“咕”地笑出声来：“看他那副没骨气的样子！知道的是死了有‘提携之恩的恩人’，不知道的还当他死了亲爹呢！”

她口气里有毫不掩饰的恶意，倒让连默有些佩服。毕竟大多数人、大多数时候，信奉死者为大，所有善恶都随着肉体与灵魂的逝去而消散，再没人会过多追究死者生前的功过是非。死后哀荣，无非是做给活人看的。

克芮丝也不管连默接不接茬，自顾自冷笑：“信二少倒是念旧，还给这两个禽兽办追思会。其实这满堂宾客里，有几个是真正因为冯大、钱二的死而伤心难过的？！”

她染着红丝绒色指甲油的手往别墅内指了一圈：“屈指可数。”

连默并不接口，她知道克芮丝此时也并不要人同她一唱一和，她需要的是一个陌生人、一双善于倾听的耳朵，听她内心埋藏许久不吐不快的秘密。如不在今天这个场合说出来，往后再说，便没有任何意义。

果然克芮丝轻哼：“一个个都刻意把他们塑造成善良正直、充满爱心的绅士形象，没一个人愿意站出来揭发冯大和钱二的真面目！仗义疏财！呸！”

连默放下手中的水杯，两人身后的酒保假意专心擦玻璃杯，实则支起耳朵，全神贯注听墙脚。

克芮丝一仰头将杯中气泡渐消的矿泉水喝得涓滴不剩，仿佛这样才能熄灭她胸中的熊熊烈火，随后回手将玻璃杯往吧台上一放，酒保赶紧替她又倒满水。她接过水杯，紧紧捏在手心里，仿似只有这样用尽全身力气，才能让自己不将杯子砸向前头的大屏幕。

“就是他，女朋友被冯大和钱二下药，两个人一起将她糟蹋了，她不敢对父母说，怕两个老人家无法面对这样的丑事，只能对着男朋友哭诉。他倒好得很！的确去找那两个畜生理论去了，结果人家一人给他一百万……他哪里还管女朋友受没受到侮辱？！乐呵呵拿着两百万封口费，美其名曰创业基金。”

连默看一眼哭得情真意切的眼镜男，轻道：“这种事没有证据，不能随便乱说。”

克芮丝“哈”一声：“没有真凭实据，我会平白无故冤枉他们？说他们的名字都嫌脏了我的嘴！”

“愿闻其详。”连默做洗耳恭听状。

克芮丝却住了口，上下仔细打量扎马尾辫穿一件黑衬衫搭铁灰色吸烟裤配平底鞋的连默，半晌，她挑眉笑问：“你不是记者吧？”

连默失笑：“才想起来问我的职业，会不会有点晚？”

克芮丝耸耸肩：“即便是也无所谓，我倒希望你是！我真不甘心！让这两个魔鬼顶着好名声入土，哼！他们只配别人在他们墓碑上吐唾沫！”

连默低问：“为什么早没有人揭露他们？”

“揭露？”克芮丝苦笑，“谁会信？！他们有钱有势，身边从来都不乏主动献身的女伴，哪里用得着用下三烂的手段？说出去，只会自取其辱。”

连默轻叹。即使时光逾越百年，这社会对女性也百般苛刻，哪怕受到伤害，也总有人在第一时间跳出来指责质问她们为什么不自爱？然后充满恶意猜测地低语：

“怎么不侵犯别人，偏偏侵犯她？是她自己不检点，送上门去的呀！

“穿得那么花哨暴露，不就是勾引男人的吗？

“活该！搞不好是她上门送外卖不遂，倒打一耙呢！”

那些窃窃私语能将人推向深渊。

“也许终于有人决定不再忍受。”连默望着自人群中慢慢向她所在的方向靠拢过来的以谌。

克芮丝转了转眼珠，笑容灿烂：“那么，我会祝她好运！”

说罢她放下酒杯，轻轻伸个懒腰，朝连默挥手，款步向出口走去：“看着一群人装模作样地哀悼两个人渣，真是令人作呕。”

连默注意到靠近派对出口的青空遥遥朝她颔首，微笑着将手中的水杯放在吧台上。酒保取回玻璃杯，脸上带着些欲言又止的表情，最终什么也没有说，只是默然。

连默与以谌自追思会出来，回到停在别墅不远处的面包车上，取下身上的监听器，交给负责在车上监听的小刘。

“都录到了吗？”

小刘点点头：“都录到了，很清晰！”

转而向以谌道：“今晚麻烦信先生和连医生一起加班，真是辛苦你们了！这里有我继续守着，你们先回去吧。”

连默与以谌同小刘道别，两人下了车，并肩走在浦江夜凉如水的初秋里，司机驱车缓缓跟在两人身后十米处。

别墅私人车道两侧的悬铃木在路灯映照下树影婆娑摇曳，他们的身影缩短又拉长。连默注视脚下被一场秋雨打落的半黄树叶，忽然觉得手心一暖，垂眼看见她的手被以谌温暖的手握住，他身上的暖意源源不竭地传来。

“可收集到有用的信息？”他似浑然不觉身旁连默转瞬即逝的无措，温声问。

“嗯。”如克芮丝所言属实，那这两个人实在是作恶多端，死有余辜，连默顿一顿，轻喟，“牺牲自己人性中的光明，换取对他们的惩罚……”

“牺牲人性光明，堕向黑暗深渊的人，也将为他们的行为付出代价。”以谌将连默的手握紧，“夜里冷，上车吧，我送你回去。”

次日上班，连默在午餐时从小刘那里得知青空在尾随克芮丝离开追思会后立刻追上她，向她出示证件，直言想向她了解两名死者的情况。

克芮丝最初有些顾虑，待青空再三耐心表明只是想多方面了解冯鹏与钱一帆，并不会向外透露消息来源，这才稍稍放松，略带讥诮地说：“他们……投怀送抱的女人见得太多，嫌没有追逐的成就感，渐渐开始喜欢玩横刀夺爱的游戏，对已有男朋友甚至已婚的女人展开追求，看谁能把一对海誓山盟的情侣拆散。游戏到后来变得越来越变态，他们往往将目标定在同一个女子身上，彼此使出浑身解数，希望能先对方一步获得夺人所爱的胜利。”

克芮丝神色晦暗：“我不知道他们究竟拆散过多少对夫妻情侣，但是我最好的朋友，在他们追求刺激的过程中，被他们联手摧毁。她从未对他们假以辞色，一直明确拒绝两人的追求，她那么憧憬和男朋友步入婚姻的殿堂，结果他们追求不遂，竟然趁她男朋友带她参加公司聚会之机，往她饮料中下药……一起迷奸了她，过后往她身上扔几千块钱，嘻嘻哈哈说不能亏待她。”

向来从容镇定如连默，听得小刘转述，脸上都不由得浮现怒意。

“她说好友当即就将男朋友找来，男方怒气冲冲去找两人理论，最后却带着两百万元现金支票回来，低声下气地劝她不要报警，还是算了吧。毕竟事情传出去，对她不利，他虽然不介意，可是他爸妈会怎么看她？老家的人会怎么议论她？他可以带着钱和她去别的城市重新开始。”小刘匪夷所思，“一个男人，怎么可以如此无耻？！”

连默推开面前的餐盘：“不过是向金钱出卖了自己的良知骨气罢了。”

小刘叹一口气：“听说那个女孩子离开浦江，目前在南方一座小镇幼儿园当老师。”

吃过午饭，连默收到实验室送来的报告。实验室在送去检查的血样中检测出超高浓度的西地那非与亚硝酸异戊酯，而在现场酒杯内提取的液体残留样本中同样检出亚硝酸异戊酯。

实习生站在她身后探头与她一道看报告，半晌，吹一声口哨：“有钱人的世界！”

“结果与死者肝脏切片显示的中毒反应一致。”

连默合上报告，往楼上办公室找青空，不料扑空。

“他们出差，去小镇找当事人核实信息。”费永年接过连默带来的报告，翻了两番，“两名死者生前服用过伟哥和……”

他指一指亚硝酸异戊酯：“催情药？”

连默轻轻颔首：“剂量相当大，与西地那非同时服用足以造成两名健壮的成年男性血压猛然急降，在短时间内引起休克，进而心脏骤停，导致死亡。”

费永年眉头紧蹙：“年纪轻轻，吃什么伟哥？！”

连默摇头：“死者肝脏肿大，有中毒反应，切片显示两名死者生前有服用亚硝酸异戊酯的习惯。但这一次服药过量，是自主摄入还是遭人下药，尸检无法给出答案，要靠你们进一步调查。”

费队拍拍连默肩膀：“昨晚辛苦你，走，我陪你去找老乔，让他批准你早点下班。”

连默失笑：“费队……”

连默被乔主任轰小鸡般赶出来，让她提早一小时下班，站在停车场上，她有片刻茫然。

滚滚红尘，只身一人，竟无处可去。

有刹那冲动，连默想打电话给以谌，念头在脑海里转一转，最终还是压下去。她缓缓开车驶离，驱车在还未到下班高峰时的马路上漫无目的地转悠，良久才发现自己下意识中还是朝着临江苑的方向前进。

十字路口等红灯的片刻工夫，连默半伏在方向盘上，暗暗苦笑，原来，她竟已将那里当成家了吗？

说不清内心深处到底在别扭什么，忽然便不想那么早回去。绿灯亮起，连默扭转方向盘，在路口左转，驶往距临江苑不远处的菜场。

菜场里人来人往，有中年阿姨接了刚放学的孙女，一肩替扎马尾辫穿白棉T恤、蓝色运动裤的小姑娘背着沉重的书包，一手牵牢她白胖可爱的手，一边倾身挑拣蔬菜摊上的绿叶菜，又时不时侧头征求孙女意见。

“囡囡想吃鸡毛菜还是西兰花？”

小女孩儿正在啃一个肉馒头，听见“西兰花”三个字，眉心一皱，头摇得像拨浪鼓：“不要吃西兰花！我要吃卷心菜！”

“好好好！阿娘买卷心菜给你吃！”中年阿姨口气里满是纵容，“囡囡还想吃什么？”

“我要吃红烧鸡翅、清蒸鳜鱼、椒盐排条！”小胖妞迭声说。

“晓得了！”

祖孙二人在前头有说有笑，连默不知不觉跟在她们身后，流连二十分钟，购买许多食材。待走出菜场，她看看手中大大小小数个手拎袋，忍不住微微摇头。

将食材放在后座上，连默这才驱车回到临江苑。在门口刷卡准备进门时，门卫室里值班的中年保安探出头来：“连小姐，有你的访客。”

连默意外。自发生詹姆斯·庞将她绑架，其母威胁“请”她做有利于儿子的证词，费队当机立断让她搬家后，她的住处一直对外保密，分局内也只有少数人知道她如今借住在信以谌临江苑的房产中。

与门卫室相邻的访客接待室的门此时推开，一个满月脸戴眼镜的年轻男子迟疑中带着些许惊喜地喊她：“小默！”

连默闻声，倏忽扬睫，一双眼直直望向他。

男子被她的目光刺得倒退一步，却还是鼓起勇气，直面她：“小默，你让我们找得好苦。”

后头有人短促地鸣笛催促，连默敛神：“有什么话，上车再说吧。”

“哎！”胖胖的年轻人连忙拉开车门上车。

连默将车停在楼下，想了想，轻声道：“我目前暂住在朋友家中，多有不便，就不请你上去坐了，纪琤。”

纪琤圆脸上露出一点点失望的神色，转瞬即逝。他推一推鼻梁上的眼镜：“没关系，能找到你，我已觉得万分庆幸。”

连默指了指楼前的花园：“我们去那边讲吧。”

她没办法和纪琤在车厢如此狭小幽闭的空间中相对而坐。

“好，都听你的！”纪琤点头如捣蒜。

两人一同来到花园，坐在铸铁靠背长椅上，齐齐望着面前水浪轻拍堤岸的浦江，一时默然。

连默是与纪琤无话可说，而纪琤则是不知从何说起。

沉默良久，纪琤才仿佛重新拾回语言能力，清清喉咙，努力让自己显得不那么心虚：“我们找你整整十年了……”

连默不由得哼笑一声，并不接茬。

纪琤尴尬地搓搓手，动动身子：“当年拆迁买房的时候，我在外地读大学，家里发生的事，一概不知，也鞭长莫及。等到放暑假回浦江，木已成舟。我爸我妈忙于装修，外婆病得厉害，我几乎整个假期都在医院陪她老人家……”

“谢谢你，琤哥，陪祖母走完人生最后一程。”连默凝视纪琤。无论如何，他对老人家是好的，她知道。

纪琤只觉得她乌沉黝黑的双眼里透出的光似能剥开他的皮肉，将他的内心完完全全袒陈在阳光下，让他那些不能说、不可说的心思无所遁形。

他和连默都清楚，事实远非他口中那般轻描淡写、冠冕堂皇。

纪琤苦笑：“我妈……中风瘫痪，已经卧床两年，这大半年精神状态尚好，话也比以前多些。今早看娱乐新闻，无意间看到你和你男朋友……”

连默面无表情，内心充满疑问。娱乐新闻？她和男朋友？

纪琤是了解她的，忙取出手机，打开浏览器，翻娱乐新闻给她看。

连默大致浏览一遍，果然是娱乐新闻，大意是众多娱乐明星出席信二少为冯、钱二人举办的追思会，小编无意中发现信大少偕女友共同参加，追思会后二人携手散步，并一同返回位于临江苑的千万海景房，疑似已同居云云，还配有两张清晰度不错的她和以谌肩并肩自别墅走出来随后同车返回临江苑的照片。

纪琤见她无意解释，只当她默认与信以谌的关系，支吾道：“我妈说她也不晓得还能撑多久，这些年你下落不明，我们没能好好照顾你，她心里一直觉得愧对舅舅、舅妈……”

话说到这里，纪琤难掩伤心：“她怕自己时日无多，想见见你和你男朋友，说要把当年舅舅、舅妈留下的东西都交给你，那些是你的嫁妆……”

往事蓦然涌上心头，连默忽然不想再听下去。她正打算起身走开，手机铃声响起。连默接听电话，以诺的大嗓门传来：“小默默，给我通行码！”

连默从无一刻似现下这么欢迎以诺。

收到通行码驱车进入临江苑的以诺远远就看见坐在江边的连默，

随后才注意到她身边还有别人。以诺向上推起车门，从跑车上跳下来，三步并作两步，走到长椅跟前，一手按在椅背上，笑嘻嘻地问："小默默，怎么不带朋友上去坐？怕被以谌看见？" 又转脸肃容，"我是信以诺，小默默的小叔子，您是？"

连默啼笑皆非，出声介绍："是我表哥，纪琤。"

"表哥？哎呀，表哥你好！不知道表哥大驾光临，真是蓬荜生辉……"以诺主动隔着铸铁椅背，一把抓住纪琤的手，热情地连连摇动。

连默忍无可忍，伸手屈指在以诺手肘上轻弹，他"嗷"一声触电般放开纪琤，曲起手臂，回瞪连默，委屈："小默默！"

连默不理会以诺的瞪视，轻轻对纪琤点头："你说的事，容我考虑考虑，再给你答复。"

纪琤还想再说些什么，但最终只是一叹，从上衣口袋里取出名片，递给连默："我等你消息，就先不打扰你了。"

说罢识趣地先行离开。

以诺望着他圆墩墩的背影，一手轻抚下巴："你们表兄妹……长得一点相似处也无。"

以诺帮连默将汽车后座上大袋小袋的食材拎下来，两人一道上楼，连默由得他在客厅里斜躺在沙发上看电视，自己则进厨房去处理鸡翅与鳜鱼。过不多时听见以诺在客厅里喊："以谌要上来！"

"帮我发个通行码。"连默在煎鸡翅油星微溅的"噼啪"作响间回他。

以谌上楼来，门一开，便看见弟弟以诺大剌剌半瘫在沙发中，双脚搁在沙发扶手上，翘得老高。以谌在玄关换拖鞋进屋，用手中公文包一拍以诺穿着艳橘色袜子的脚："坐没坐相！"

以诺脚心吃痛，缩回腿，拿遥控一指以谌：“我要告诉小默默你欺负我！”

以谌不理会他，脱下外套搭在沙发靠背上，解开衬衫袖扣，向上挽起袖口，走向厨房。走得近了，他停下脚步。

厨房内，连默正在埋头做菜。一头张扬的乌黑长发此刻悉数绾在脑后，用一条素色手帕固定，手帕两角左右支棱着，似两只兔耳，安静可爱。

即使在满是烟火气的厨房里，她的背影也透着一种有条不紊的沉静从容，“噼噼啪啪”四处迸溅的油星并不令她花容失色、手足无措。她手持锅铲静静等锅中动静渐消，一手握住平底锅锅柄，一手快速翻炒，又将平底锅一送一颠，一个完美翻面，一蓬火光蹿起，随即香味飘散开来。

以谌趋近连默身后，张望平底锅里的手撕包心菜：“看来今天没有让我一展身手的机会了。”

连默闻言回头，鼻尖堪堪擦过以谌穿着白衬衫的胸膛，她微微朝旁侧身：“乔主任提早放我下班，顺路买了一点儿菜，今天就由我下厨。水平有限，请多多包涵。”

以谌才要说话，客厅里以诺煞风景地高声问：“什么东西这么香？！”

以谌失笑：“要不要帮忙？”

连默想了想点头：“拍几颗蒜，再切点儿香葱香菜末儿吧。”

两人在厨房，一人炒菜蒸鱼，一人拍蒜切葱，锅铲刀案声之间偶尔交谈，外头以诺贼忒兮兮地又将脚翘在沙发上，一个人无声闷笑，只觉大哥终身大事恐怕八字已有了一撇，父母一时半刻便没有多余的时间和精力来干涉他的感情生活，到时他真是海阔凭鱼跃，天高任鸟飞。

以诺想得正得意，厨房里以谌和连默已在做扫尾工作。刀具擦洗干净重新插回刀架上，锅铲与平底锅用热水一冲，拿无纺布厨房纸抹干净，沿墙壁一一挂好，厨余垃圾通通送进垃圾处理器。随后两人洗手，布置碗筷，端菜上桌。

以谌替连默拉开椅子，待她坐定，才扬声招呼弟弟：“以诺，洗手吃饭！”

以诺笑眯眯走进餐厅，仿佛没看见哥哥以谌拍他身边餐椅的动作，乐颠颠径直坐到连默身边，挑衅地朝以谌一扬下巴：“我刚才遇见一个人，你猜是谁？”

“谁？”以谌取过汤勺，盛一小碗酸辣汤放在连默面前，“凉一凉再喝。”

以诺伸长头颈：“原来不是盛给我喝的啊？”

又看一眼完全不提纪琤其人的连默，嘿嘿一笑：“那我就不告诉你我遇见了谁！”

连默瞥他一眼，对他的欲言又止，视而不见。

以诺夹过一个煎得金黄香酥的鸡翅，咬一大口，表情夸张地惊叹：“小默默想不到你人美心善厨艺好，我以后来你这里搭伙可好？”

以谌抬手盛一碗汤，放在他面前：“偏你话多，快喝吧！”

连默看以诺笑呵呵接过酸辣汤，转瞬就被以谌引得转移了话题，两兄弟即使拌嘴也和乐融融的样子，抿嘴微笑，努力压抑内心深处几欲喷薄而出的苦涩哀伤。

吃罢晚饭，以诺赖着不走，一边对连默做的香煎鸡翅、清蒸鳜鱼赞不绝口，一边邀功：“我出的主意不错吧？有没有获得什么有用的线索？我这算不算得上积极配合警方破案？破案之后，能不能获得一面锦旗？我可以挂在况哥的办公室里招徕客户……”

以诺猛然收声，眨眨眼。

连默不以为意：“已经查到线索，正在核实当中。锦旗之类的，你得问费队。”

以谌从玄关衣架上取下以诺的风衣，兜头盖脑地罩在以诺头上：“天色不早，你可以回家去了。”

以诺从头上拽下风衣，抱在怀里，向连默道再见，随后换鞋，风一样走了。

以谌叹息，自茶几上取一个橙子，在手心里揉几揉，剥开来递给连默：“他口无遮拦惯了，你别放在心上，我回头罚他写两千字检讨。”

连默先是一愣，然后忍不住笑得肩膀微颤：“他会不会记恨我？两千字是否太多？”

对于连成语都用不恰当的以诺，两千字检讨，大抵是很让人苦恼的惩罚了吧？

以谌见连默露出今晚第一抹发自肺腑的笑容，只觉得夜色都为之温柔。

“不会，接着再告诉他，因为你替他求情，所以改为一千五百字检讨，他会对你感激不尽。”以谌坐在沙发另一侧，朝连默微笑。

连默轻笑，亲兄弟之间彼此毫无顾忌地相亲相爱、拆台调侃，真好！

以谌稍坐片刻，帮连默将餐厅收拾干净，餐盘碗筷都放进洗碗机内，叮嘱她早点休息，告辞离去。

连默望着他的背影消失在门后，带走房间里的所有光与热，有那么一瞬间，想叫住他，请他留下，别让她独自一人面对这偌大的空间和汹涌而来的回忆。

可最终，她只是默默地任房门“咔嗒”一声，轻轻合拢。

连默静静蜷缩在沙发一角，戴着耳机，双手紧紧环抱膝盖，仿佛这样才能汲取足够的温暖，以抵抗来自过去黑暗的侵袭，不让自己堕入无尽的寒冷深渊。

整排落地长窗外是浦江灯光璀璨的长夜，载有巨大广告屏的游船缓缓穿行于两岸之间，霓虹闪烁，光影流离，痴迷于这靡丽景色的人的夜晚，才刚刚开始。

连默沉浸在耳机内巴赫B小调弥撒曲悲伤沉重的旋律中，唯有如此才能阻止她剖开早已结痂的伤口，将往事血淋淋地从看似愈合了的空洞中扯出来，翻检舔舐。

青空与小刘连夜从江南小镇核实信息赶回来，来不及归家，先到刑侦队向费永年汇报。二人两腮都有新生的胡髭，青虚虚一片。小刘嘴角冒出一个红亮肿包，显然上了火。

"基本可以证实'爱美丽今天也要开开心心的'提供的线索的真实性，她的女性友人杜晓蕾现在确实在水镇幼儿园当老师，我们前去调查时，她说看到冯鹏、钱一帆横死的新闻，料想到也许会有人找她了解情况，所以已经做好充分准备。"

青空思及在水镇的一间茶室里，端坐在他们对面，剪着刻板齐耳短发，戴厚重亚克力框眼镜，穿衬衫长裤的年轻女子，与'爱美丽今天也要开开心心的'提供给他们的照片中那个高挑纤长、梳丸子头、穿轻纱连衣裙的女孩子，完全是两个截然不同的人。她用冷硬伪装把自己紧紧包裹起来，仿佛这样便能将过去与现在隔绝，一切丑陋罪恶都不曾发生。

小刘从公文包里取出两个物证袋，隔着物证袋，费永年勉强能看出其中一件物证像是一条去年很流行的薄荷色薄纱裙，还有一件则是肉色内裤。

"那女孩子……"小刘轻叹，"稍微懂一点儿法律，可惜当时没有报警，只把冯、钱二人迷奸她之后她身上所穿、沾有二人精液的衣物保存了下来。"

"杜晓蕾说她知道还有其他受害女性，她们都害怕这社会加诸她们身上的异样眼光而选择沉默隐忍……"青空补充，"她提供了另一位同样受到冯、钱二人强奸的受害者的姓名。"

"现在看来，这两个人，绝不是他们朋友圈里所显示的那样，是阳光正直、热情友善、仗义疏财的五好青年，反而有不少令人发指的行径。”费永年略略沉吟，“有没有可能，是有受害者因自己的遭遇而心生报复，伺机寻仇？”

“不排除这种可能。”

“先将物证送去实验室，尽快提取上头残留的生物样本进行比对，”费永年当机立断，“联系其他案发当晚在场的证人，取得口供，寻找蛛丝马迹。另外要尽快找到杜晓蕾说的另一位受害人，我们不能放过任何一个可能的线索。”

“是！”

两人将物证交到连默处，由她签字确认。

连默戴上手套，从一号物证袋中取出柔烟般轻软的薄荷色裙子，摊在检验台上。

纱裙在真空压缩袋中存放得久了，又塞在物证袋中被带回来，显得皱巴巴的，原来有细细裥褶的裙摆如同乱麻。连默示意实习生将实验室的照明关掉，叮嘱众人戴上护目镜后，取出黑光灯悬在薄纱裙上方，只见黑暗中裙摆上显现出星星点点的喷射痕迹荧光斑。另一件二号物证肉色内裤在黑光灯下显示出来的荧光斑更密集，大片银白色痕迹表明内裤曾被用来擦拭物体。

室内照明再次亮起，连默取下护目镜：“还要做进一步检测才能知道两件衣物上的可疑斑痕到底是什么，我会尽快给你们检测结果。”

“麻烦你了。”青空与连默道再见。

小刘看一眼格外客气的青空，又看一眼仿佛毫无所觉的连默，内心暗暗叹息。当时陈师兄摆明喜欢连默，大家也乐见其成，青空对连默的暗自倾心，便无人留意，只有他隐隐感觉到一些。怎料陈师兄忽然远赴美国探望前女友，连调查工作室都移交给信二少打理。他总以为青空会趁机展开追求攻势才对……难道是不想乘虚而入，更愿意公平竞争？

青空率先走出实验室，小刘赶紧朝连默摆摆手，跟上他。

实习生站在连默身旁，注视她用剪刀一一剪下薄软纱裙和内裤上沾有可疑斑痕的数个织物样本，又仔细用放大镜逐寸检视纱裙同内裤，拿镊子自纱裙内衬上取下一根嵌在网纱经纬间的人体毛发。

“如果最后脱氧核糖核酸比对结果一致，那这两个人也算得上死有余辜了。”实习生感叹，见连默再次提取织物样本，不免好奇，“不是已经取过样了？”

“在两名死者的血液样本中检出超过人体承受范围的高浓度亚硝酸异戊酯，使我怀疑在这两件旧衣物上，是否也会检测到其他残留成分。”连默小心翼翼地取样，编号，交给实习生，“送去实验室，做精斑、脱氧核糖核酸与气相色谱分析。”

“得令！”实习生捧着样本离开法医解剖实验室，将之送往楼层另一侧的检验鉴定实验室。

连默双手撑在检验台边缘，俯瞰曾经轻柔美丽的裙子似一块被丢弃的抹布，退去光鲜靓丽，只余千疮百孔的破败陈旧，一如衣服的主人，被伤害，被辜负，被遗忘……

她轻轻将薄荷色薄纱裙与肉色内裤折叠好，分别装回物证袋中，放回案件物证箱内。

下午两点，一对打扮精致、身材高挑的双胞胎姐妹走进分局大门，两人身后还跟着她们的经纪人，在门口接待处表示收到传唤证，前来接受问讯。民警将三人引至刑侦队，由青空接手。

小刘上前请蓄着胡须英伦打扮的经纪人到一旁接待室稍坐，经纪人一挺胸：“我是茉茉、莉莉的经纪人，我有权在场。”

小刘笑了笑：“目前只是警方传唤协助调查，你想太多了。”

经纪人一噎，还待反驳，小刘已经走出接待室，还体贴地替他拉上了门，徒留他在接待室干瞪眼。

在问询室内，青空与小刘搭档，对双胞胎姐妹花沈茉、沈莉展开问讯。

茉莉姐妹在回答完关于姓名、年龄、籍贯、职业等问题后，妹妹沈莉从鳄鱼皮手提包中取出银色香烟盒，懒洋洋地问："我可以抽烟吗？"

不等小刘回答，姐姐沈茉扯一扯她手臂，努嘴示意她抬头看。

问讯室的墙壁上贴有醒目的"禁止吸烟"标志。

沈莉抖动肩膀甩开姐姐沈茉的手，将烟盒粗鲁地用力塞回手袋中，不耐烦地嘟囔："有什么话快点问，我早晨五点才拍完照，现在困得要死！"

"不会占用二位太多时间，"青空朝旁看一眼问讯室的双面镜，有种预感，费队和其他人都在注视着他们，"我们只想向二位了解十月二十二日晚，两位是否参加了冯鹏、钱一帆在安帝曼别墅俱乐部举行的私人派对？"

茉莉姐妹对视一眼，大概心中明白，既然警方"请"她们来谈话，想必是掌握了确凿的证据，不是她们扯谎就能抵赖的，两人点头，齐声回答。

"是的。"

"说说吧，当晚还有什么人参加这场'特别'的派对？"青空加重语气，进一步问。

茉莉姐妹彼此对视，你一言我一语，报出好几个名字，其中包括当红小生万友华。两人提供的派对宾客名单与万友华所说的和警方已经掌握的，基本相同，并没有太大出入，可以认定当时确实就只有这些人在场。

青空淡淡瞥一眼因无烟可抽而不停拉扯皮包锁链，显得有些烦躁的沈莉，微微后仰将座椅朝后稍微移开一点，金属椅脚在水泥地面划过，发出尖细刺耳的金属刮擦声。

突如其来的动静令沈莉涂有闪钻亮片指甲油的手不由得一抖，手包不慎掉落，包里的东西“哗啦啦”撒了一地。刚才还懒洋洋心不在焉的沈莉先是一愣，随后猛地起身扑向散落在地上的物品，甚至无心看一眼她的名牌鳄鱼皮手袋。

小刘停下正在做记录的笔，蹲下身，想帮她将东西收拾起来，沈莉连连摆手：“不用！不用！我自己来！”

小刘眼疾手快，从一堆烟盒、手机、口红、眼影之类的物品中，捡起一个拇指长短的小小玻璃瓶，里头装有小半瓶可疑的白色粉末。

小刘用拇指食指捏住瓶子上下两端，没有立刻还给沈莉，站起身朝她摇了摇玻璃瓶：“这里面装的，是什么？总不会是洗衣粉吧？”

沈莉一愣神的工夫，姐姐沈茉伸出手拉起她，轻轻将她按坐在椅子上：“这个瓶子不是我妹妹的，摄影棚人多物杂，有可能收工时拿错了东西。”

沈莉闻言忙不迭点头：“对对对！这不是我的东西！”

“那……”小刘作势要开门将玻璃瓶递给门外的警察，“在瓶盖内侧应该也检不出你的指纹或者DNA对吗？”

饶是自进门以来一直镇定从容的沈茉也慌了神，终于忍不住剜了妹妹沈莉一眼，随即轻叹：“两位警官想知道什么？我们姐妹一定知无不言，言无不尽。”

“我们只想了解你们当晚在派对开始直到离开这段时间的所见所闻，毕竟你们是死者生前最后接触过他们的人。”青空说，“你们也许能给我们提供有用的线索。”

姐姐沈茉闻言仿佛松了一口气，轻轻握住妹妹沈莉的手，沈莉这一次没有甩开她，只是用力咬住丰润的嘴唇，仍颇为紧张。

沈茉微微侧头，接着便从她们姐妹二人接到经纪人分派的任务开始巨细无遗地讲述事情经过。她语速缓慢，中间还时时停下来回忆，但讲得非常有条理。

茉莉姐妹只有初中学历，从老家出来到大城市打工。姐姐沈茉想脚踏实地，找份朝九晚五的固定工作，能够脱离压榨女孩儿供养老家父母兄弟的环境她就知足了。妹妹沈莉娇气，吃不得苦，不愿意端盘子站柜台，嫌没出息、不好听。最后两姐妹凭过人的身高与年轻姣好的容貌，一道应聘进一家小有名气的经纪公司当模特。

模特市场竞争激烈残酷，花无百日红，人无百日好，风光稍纵即逝，真正能闯出一番事业的人凤毛麟角。两姐妹在这一行摸爬滚打两年，也没混出什么名堂来，除了给一些不算有名的服饰品牌拍拍产品型录，参加一些商务楼宇的开业仪式，为各类展览站站台，再没有更好的资源。

更糟糕的是，妹妹沈莉还结交了一些狐朋狗友，引得她攀比之心日盛，动辄要买名牌手袋、轻奢首饰，隔三岔五要在社交圈晒旅行美照。沈茉的收入大半拿来支付日常开销，还要节省一部分寄回老家去。妹妹非但不懂得体恤她的辛苦，花钱大手大脚，一点儿积蓄也无，还时常反过来伸手向她要钱，两姐妹之间矛盾日渐加深。

恰在这时，一向嫌弃她们不够放得开的经纪人替她们接下一桩伴游的活儿。

“隋哥说，是两个出手十分阔绰的有钱公子哥，想找一对双胞胎姐妹花，陪他们参加变装派对。他暗示我们，两个有钱人喜欢玩一些别出心裁的花样，但是伴游一次的收入，抵得上我们辛辛苦苦工作半年的所得，让我们别那么傻，和钱过不去。”沈茉自嘲地笑了笑，“我心里犹豫，哪有天上掉馅饼的好事？陪他们参加什么派对就有大把钱赚？！隋哥就笑话我们俩是土包子，有快钱不挣，眼里只盯着小家败气的几块银圆。”

沈茉握住妹妹沈莉微微颤抖的手不放：“小莉早就心动，被隋哥的激将法一激，毫不迟疑地答应下来。”

沈茉厌烦了成日跟在妹妹后面替她打算，照顾她的饮食起居，想这一回攒够一笔钱，就同沈莉拆伙，两姐妹以后各走各路，彼此眼不见心不烦，因此也就顺势答应。

到约定好的十月二十二日晚上七点，经纪人隋哥送她们与冯鹏、钱一帆会合，先在米其林两星餐厅吃饭，随后两人分别乘冯、钱二人的跑车抵达别墅会所。

冯、钱已事先为她们准备好服装，两套都是自颈部缠绕下来堪堪遮住胸部后在背后打结的薄纱上装，下头是露脐薄纱裙的款式，裙脚缀着一排小小金铃铛，走动之间“丁零”作响。她们穿上如烟似雾的薄纱衣裙，内里完全赤裸，由钱先生示意，站在房间里一块竖有钢管的小舞台上随着音乐起舞。

“陆陆续续前来参加派对的男人，谁都可以在我们身上捏一把，摸一下……”沈茉神色漠然，眼里却闪过屈辱的光芒，“钱先生甚至还放言，哪位客人要是看中我们姐妹，尽管把我们都带进‘后宫’赏玩。”

一直不言不语的妹妹沈莉终于仿佛抵不住耻辱感，垂下头去，将脸掩藏在发丝间，微微发抖。

沈茉咬咬牙，咽下满腔屈辱：“开始气氛还好，参加派对的客人有些在灯光昏暗的角落与同伴卿卿我我，还有些纯粹只是来放松一下，喝酒唱歌，骚扰我们的人并不多……直到钱公子开始发酒疯，非要让会所的一名女服务员来陪他唱歌，不然就到大庭广众之下裸奔。冯先生一开始还拉着他，后来见他不依不饶，闹得厉害，索性不理会他，任由他折腾。”

之后发生的事与万友华的回忆一致。

钱一帆不肯善罢甘休，吵着非要让主管把女服务员叫来。

“那名女主管言辞颇客气，但态度很坚决，说员工并不当班，她无权要求对方赶来加班。又表示愿意由俱乐部请一轮酒水以示歉意。”沈茉声音里泛着些许佩服，“钱先生顿时恼火起来，横挑鼻子竖挑眼，场面十分难看。万先生试图劝他，他还嘲笑万先生：‘你算什么东西？！不过是个戏子！’后来大概也意识到话说得有些过分，便过去攀住万先生的肩膀，对领班说，今天看在万先生的面子上，算了！”

沈莉轻轻颤抖着靠在沈茉身边，小声地吸吸鼻子，沈茉紧了紧妹妹的手。

“闹得这么凶，气氛尴尬，万先生没过多久，借口要赶拍夜场，提前离开。钱先生嘴上说算了，到底心气不顺，连砸了好几杯酒，又把调酒师叫上来，劈头盖脸痛骂一顿，才消停下来。”

客人们见此情形，陆续寻机告辞，只有她们姐妹作为冯、钱二人的女伴，不得不留下来。

“调酒师按照钱先生的要求，又调了两杯鸡尾酒送上来，钱先生喝了一口，哈哈笑着对冯先生说，看，经过我亲自调教就是不一样！又‘啪啪啪’用力拍了调酒师脸颊好几下，嘲笑他，‘不要以为调过几年酒便是行家了。’我看那调酒师脖颈上青筋突突直跳，强忍着才没有还手痛揍钱先生一顿。冯先生大概也看出来了，上前拉开钱先生，又掏出钞票塞在调酒师的手里，让他出去，然后将钱先生一把拽坐在床上，笑眯眯说：发什么疯？闹得这么难看做什么？把人吓跑了就不好了。以后有的是机会，总能让你得偿所愿。”

“这话是冯鹏说的？”青空追问。他一直以为吵嚷着要让卢蓓蓓陪唱是钱一帆的意思，冯鹏只不过是没有极力阻止他而已，可现在听下来，倒好像冯鹏才是从中起主导作用的人。

沈茉轻轻点头：“是，是冯先生说的。钱先生那时好像酒劲儿过了，撒气也撒够了，或者是冯先生的话劝到了点子上，他忽然笑起来，同冯先生碰杯，嘀咕了一句：你说得对，以后有的是机会，不急于一时。”

一直垂头不语的沈莉伸手环抱自己裸露在短袖连衣裙外的双臂，整个人不停簌簌发抖。

青空和小刘对视一眼，沈莉这明显是成瘾反应。

沈茉握紧了妹妹的手，紧到指关节发白：“他们喝完酒，就边脱衣服，边让我们姐妹过去给他们……脱裤子。我起初不肯，冯先生没说什么，只似笑非笑地半躺在床上，钱先生又开始发脾气，嘴里骂骂咧咧，讥讽我既然出来卖，还装什么贞洁烈女！”

那一刻的屈辱，令沈茉不堪回首，可更加不堪的是还要将之毫无保留地示于人前：“莉莉为我辩解，说茉茉为人古板，两位老板别介意。钱先生从裤袋中取出两粒封装在铝膜中的药丸，给冯先生一粒，他自己一粒，往床上一躺，任由莉莉将他们两人脱得精光。”

沈茉闭了闭眼睛，脑海里两人的面孔闪过。钱一帆双手枕在脑后，大剌剌仰卧在床上，用脚将沈莉踹开。冯鹏微笑着拍拍巨大得足可以同时睡五六个人尚且绰绰有余的大床，温和地朝她招招手。

“来。”

她踯躅不前，冯鹏脸上表情不变，脸色却有些泛红，嗤笑：“想轻轻松松赚大钱？总要令我们都快活了，才能体现出你的价值。”

沈茉看了眼被踹得跌坐在地毯上的妹妹哀求的眼神，思及不时来电催她们给家里寄钱去的父母，终于咬牙上前。

“大概因为吃了药的关系，两个人折腾得特别厉害……”沈茉没有详细描述过程，“后来，他们一前一后脸色发白，相继倒下，我试图叫醒他们但没有成功，以为是最后那杯烈酒调制的鸡尾酒的酒劲混合助兴药的后劲上来了，就和沈莉换回自己的衣服，离开套房，自行回家。”

“没给你们钱，你们就离开了？”小刘怀疑。

沈茉看着再也坚持不住眼泪鼻涕直流的妹妹，深深叹息。

“隋哥在临行前交代过，他们出手大方，而且每次都给现金，不走公司的账。我在房间里找过一遍，没有找到现金，干脆拿了他们的车钥匙，离开别墅后在冯先生的车里找到装着现金的小健身包……”

“你在房间中翻找的过程当中，就没惊动死者？或者发现他们有什么异样？”青空提出疑点。

沈茉眼神游移，最终轻声说：“中间有人抽搐过，我吓得停了一会儿，看到冯先生好像要吐的样子。我怕他们中途醒来看见，就将撩起的床帐全都放下，还让沈莉关掉所有灯，用手机当照明……”

小刘对青空点点头，她的陈述侧面印证了服务员早晨前去打扫时室内一片漆黑的证词。

“接着说。”小刘用笔敲了敲笔录本，“有什么不能说的？！”

沈茉苦笑。是，事已至此，还有什么是不能说的？

“离开别墅前，我用打车软件叫了一辆专车，等我在停车场找到冯先生和钱先生开来的跑车，从冯先生车里找到现金，那辆专车也到了。上车时我留意过，当时是两点四十分。”

双面镜后的费永年双手负在背后，右手食指不停敲击左手手背，转头问站在他身边的连默：“你怎么看？”

连默透过双面镜留意到问讯室里茉莉姐妹确认两人证词后，先后在笔录上签名，沈茉尚算镇定，沈莉的手已抖得不成样子，勉强执笔写下自己的名字。

“我进去提取一下两人的口腔上皮细胞，尽快与现场采集的生物证据做比对，以验证两人的说辞是否属实。”连默拎起放在一旁的生物物证采集箱，准备前去提取样本，旋又顿足，“沈莉出现明显戒断反应……”

费永年点点头：“他们知道该怎么做。”

连默遂不多言，自观审室出来，推门进入问讯室，戴上手套，打开采集箱，取出两根独立包装样本采集管，拿取样棉签先为沈茉做了口腔上皮细胞采集，封装并做好标记后妥善放入采集箱内保存，随后来到沈莉身边。

沈莉整个人挛缩抽搐，鼻涕眼泪令她脸上描摹精致的妆容糊成一片，同沈茉长得几乎一模一样的脸此时已毫无美感，全然看不出稍早走进问讯室时的神采。

连默接近她并试图让她配合取证，然而沈莉已陷入渴求药物而不得的疯狂境地，蓦然朝连默扑来，张口便咬。

在沈茉的失声惊叫中，一直在旁警惕着的青空一个箭步上前伸手挡在连默身前，把连默护在身后，同时用另一只手全力推开扑上来的沈莉。

小刘则趁机绕到沈莉背后，扭住她双手手腕，反剪扣在她背上。

狂乱中的沈莉力气大得惊人，拼命挣扎，守在门外的警察进来与小刘一起才将她控制住。

青空回头望了眼连默，见她面孔雪白，双唇微抿，轻问："没吓到吧？"

连默摇头："我没事，可咬到你？"

青空收回手，垂头看看袖管上头一丝口水印子，长叹："咬到衣服了……这可是我上周新买的外套啊！"

小刘将沈莉交给同事带走，返身回来听见青空叹息，勾住他肩膀："应该感谢这件外套，替你抵挡了那来势汹汹的一咬。"

"必须赠它一面锦旗才行！"青空闻言笑道。

"谢谢你，青空……"连默回神，朝与小刘勾肩搭背的青空道谢。

"同事之间，无须客气，举手之劳而已。"青空伸手拍拍她膀臂，微笑，"其实我注意到你已经做好准备要捏住她下颌，阻止她咬合，我那是反射性动作。"

小刘听得一捶他肩膀，邀功都不会！

青空笑眯眯的，上前捡起混乱中掉落在地的笔录本："走，向费队汇报新进展，再总结一下目前所有收集到的线索。"

连默垂眸。她再不善交际，也明白青空从尝试走入她的生活，转而同她拉开彼此的距离。

陈况也好，卫青空也好，无一例外，终将离开。

冯鹏与钱一帆的照片以吸铁石固定在办公室内的线索板上，上方标注有时间线。左侧贴满当晚进出过案发现场的证人照片，右侧则贴着两张女性半身照。一张是已知冯、钱二人的受害人之一杜晓蕾，另一张则是由杜晓蕾提供的另一名受害人解莛莛。

连默拎着物证采集箱自问询室出来，经过刑侦队办公室时，恰见小刘用笔点了点解莛莛的照片：“冯、钱二人在男女关系上，作风很不正派，喜欢玩夺人所爱的游戏，并且手段比较恶劣。除了已知受害者杜晓蕾之外，仅仅知道两人夺爱游戏中的另一受害者叫解莛莛，目前只了解到她曾经在‘触碰’酒吧当过两年调酒师，后来辞职离开本埠。进一步情况仍在等她原籍警方的协查回复。”

连默留意到杜晓蕾与解莛莛五官有几分相似，都生着饱满额头，长一双晶亮杏眼，鼻尖挺翘，嘴唇丰润，颈项纤长，有一种温润古典的美。

一旁冯鹏与年轻女郎粲然而笑的合影同解、杜二人的照片在线索板上形成等角，如隔参商。

有什么东西在连默脑海中一闪而过，旋即消失无踪，无迹可寻。她拎着物证采集箱，下楼将生物样本送往实验室。

离开实验室时，她的手机铃声忽然响起，在灯光明亮寂静无人的走廊里形成一阵回声。连默取出手机，看了眼屏幕上的陌生的本城电话号码，接听。

彼端是一个喘息哽咽的声音，带着惶然焦急。

“……默默，我妈快不行了……”纪琤在电话那头吸吸鼻子，“看在我们从小同喝一瓶汽水、同吃一个冰激凌的情分上……请你来见她最后一面……”

连默沉默良久，就在纪琤以为她会拒绝的时候，她淡淡问：

“在哪家医院？”

纪琤喜出望外，连忙报上医院地址与病床号：“你到了打我电话，我下来接你。”

连默率先挂断电话。

原来至死不见，也不过是年少时的气话，真到生死别离的一刻，她到底还是不忍心拒绝见上最后一面的要求。

连默回到自己的办公室，在下班之前打电话给以谌。

“抱歉，今晚临时有事，无法和你一起去听演奏会了。”

接到连默电话时，信以谌正在整理工作台上的图纸、报表，同时应对不请自来坐在他对面喋喋不休的弟弟以诺。

信氏实验室在协助警方破获案件的同时，逐日成为本城最先进的具有专业检验技术和权威鉴定资格的私人检验机构，他从中窥见生物科学技术同生物工程的庞大应用市场，正着手规划信氏生物制药，目前一切初具雏形。

以谌接起电话，听见连默的声音，朝以诺竖起右手食指，示意他暂时静音。

“什么事？要不要我陪你？”以谌问。

他总觉得自那天晚餐之后，她便情绪低落，整个人置身于拒人千里之外的保护罩内，好像变回那个他最初认识的连默——冷静、疏离、封闭。

“没什么事，只是去探望病人。”连默的声音听起来遥远疲惫。

以谌望着就压在工作台灯座下的两张匈牙利音乐教父李斯特世界巡演唯一一场国内钢琴演奏会的门票，瞥一眼坐没坐相的以诺，轻道：“来回路上注意安全，演奏会以后还有机会。”

在得到连默肯定的答复后，以谌结束与连默的通话，将两张演奏会门票从台灯座下抽出，递给以诺：“我有报表没看完，你找个朋友一起去吧。”

以诺连连摆手：“我才不要听！闷死人！”

以谌收回门票：“送你学钢琴真是爸妈回报率最低的投资。”

以诺嘿嘿笑，谄媚地往工作台前一凑，一手摸着下巴，一手弹琴般用五根手指轮流敲击台面：“想想小默默也是可怜人，被亲人如此伤害，难得她还能好声好气的，换作我，休说客客气气，好脸色都不会给他一个。”

“你想表达什么？”以谌太了解弟弟以诺。

以诺耸肩摊手，对以谌“有话快说，没话再见”的冷脸不以为意：“小默默没对你说她那天见了她表哥？”

以谌挑眉。以诺见哥哥并不接茬儿，十分做作地叹息，朝后靠回椅子里：“唉……看样子你还不知道啊……”

以谌懒得再听他卖关子，垂头，翻阅报表。

得不到哥哥以谌的关注，却又有一肚子八卦，以诺到底还是忍不住，半趴在工作台上：“她表哥也好意思找来！他们一家对小默默做的事，真是人神共愤！他是怎么做到像什么事都没发生过一样，若无其事地出现在小默默面前的？”

人神共愤？以谌早懒得纠正以诺乱用成语，但这个词还是引起了他的注意，他停下翻看表格的手。

以诺将他调查获悉的关于连默的过往，一股脑讲给以谌听。

连默的父亲是大学教授，上有寡母同一个姐姐。寡母带着他们住在石库门一套只有七平方米的亭子间里，靠为人驳衣服样子改衣服尺寸，将一双儿女抚养长大。连姑姑为家里的生计，十六岁初中毕业考进职校，十八岁便进工厂当工人，用自己的工资和母亲的收入一道供连父到大学毕业，留校任教。原本也是极和睦的一家人，直到连姑姑结婚。

小小一间亭子间，哪里容得下老少两代四口人？连默父亲设法申请到教工宿舍，随后将寡母接去同住，把亭子间让给姐姐姐夫。过了两年，他与同校讲师相恋结婚，学校在最后一批分房福利时，分给两人一套两室一厅的教师公寓房。年轻的连教授夫妻带着老母亲入住新房，次年女儿连默出生。一家人欢欢喜喜。连姑姑的儿子纪琤彼时已经三岁。姐弟两家人关系还不错，纪琤暑假里常常住到舅舅家，一住便是个把月。

两家关系急转直下，发生在连默十五岁初中毕业时。连父连母被大学公派至美国做交流访问学者，考虑到女儿的教育，夫妻两人决定将她一同带往美国，寡母暂时请连姑姑照顾。连姑姑当时已经下岗，本就觉得亭子间狭小、逼仄，儿子大了都还没有独立空间，要是再接母亲来照顾，更加没有辗转腾挪的余地，心中老大不快，可是又不能拒绝照顾母亲。

连教授夫妻商议再三，转而请连姑姑一家住到他们的公寓，方便照顾母亲，这才令连姑姑欣然点头同意。

之后连默随父母前往美国，在美国完成高中学业。在她高中毕业前夕，连教授夫妻双双遇害，警方一直没有找到凶手，还未成年的连默扶棺回国。

"因尚未成年，作为她父母遗产共同继承人的祖母和姑姑，顺理成章地成为小默默的监护人。"以诺自鼻管里喷气，为连默抱不平，"住在她家里，一边用着她父母的遗产，一边嫌弃屋子小，人多事杂，表兄妹都大了，生活太不方便，用冷暴力逼得她在考入本城基础医学院法医学系之后，就一直住校，寒暑假以打工为由，绝少回家。"

以谌终于抬起头来："原本的亭子间呢？"

以诺一拍大腿："气人就气人在这里！她姑姑、姑父将亭子间租出去，对外说多点儿收入好供外甥女读大学！"

以谌放下报表，面色冷然："也挑不出理来。"

"还有更加气人的！后来石库门拆迁，她姑姑一家独吞了包括小默默和她祖母应得的全部拆迁款，随后将她父母的那套房子挂牌出售，用售房款与拆迁费在近市中心买了一套三室一厅的商品房！小默默和父母住在一起的，充满童年回忆的地方，就这样失去了！"

以谌默然。他总想等连默愿意向他敞开心扉，谈及过往，却不知道她经受过如此深重的伤害。

以诺气哼哼："大抵小默默祖母在这件事上，并不能做主，胸中郁气难消，不久便生病去世。她当时正读大二，出席祖母葬礼之后，同姑姑一家就彻底断绝往来。想不到时隔多年，她表哥还有脸找上门来。”

“总不会无缘无故，知道是为了什么吗？”以谌无心再看图纸表格，将之通通推到一边。

“嘿！人在做，天在看！”以诺透出一点儿幸灾乐祸的神色，“大概坏事做绝，老天都看不下去。小默默姑父用买房剩余的钱款炒股，最后血本无归；她姑姑同人合开美容院，结果合伙人卷款潜逃，剩她姑姑一个人面对前来要求退卡的顾客……”

“想让连默帮忙渡过难关？”以谌难得地露出一丝怒色。

“那他们脸皮还没厚到如此地步。”以诺挥挥手，喘口气，“讲得我口干舌燥！”

以谌起身到一旁饮水机接一杯温水递给他：“喝吧。”

接过水杯，以诺眉开眼笑，一仰头牛饮而尽：“还是大哥你这里的水甘洌。”

以谌扫弟弟一眼，以诺识趣：“刚说到哪里了？啊，对，连默姑姑没钱退还顾客，被美容院顾客围堵推搡，一时承受不住，中风瘫痪。”

当时场面混乱，连姑姑中风倒地后，迫切想要拿回自己充值卡内钱款的顾客以为她假装晕倒博取同情，好借机逃走，因而不肯散去。等到有人看出连姑姑不似装相，好像真撑不住了，犹豫着提出要不要叫救护车时，已贻误最佳救治时间。

连姑姑从此瘫痪，长年卧床，需二十四小时监护照顾。而连姑父早就抛弃瘫卧在床的妻子，与新结识的情人去外地双宿双飞，全然不管妻子死活。

丈夫无情无义的行为无疑对瘫痪在床的连姑姑是雪上加霜的打击，健康状况急剧恶化，人时常处于半昏迷状态。

“想求得怜悯与宽恕？”以谌冷哼一声，按熄工作台灯，长身而起，“走吧。”

“走？去哪里？”以诺装相。

以谌挑眉，居高临下俯视以诺：“凭你的本事，竟没查出她姑姑住在哪家医院？”

“没好处的事，做起来没有动力。”以诺鼓起勇气，对上以谌充满压迫感的眼神。

以谌微笑：“黑皮抄，允许你随便撕走一页。”

以诺想起载满自己从小到大犯的错、出的丑的黑皮记事本，自椅子上跳起来，得寸进尺：“两页！”

绕过工作台，以谌经过弟弟身边，伸手拍拍他肩膀：“我想查，自己也查得到。”

说罢取过挂在门边衣架上的外套，朝总经理办公室外走去。

以诺一愣，随即追上他：“大哥，亲兄弟何必算得这么清楚？不然一页半，一页半！”

“一页。”以谌不理会他的讨价还价。

“好好好！一页就一页！”以诺妥协，一边跟在兄长身后嘀咕，“我这算不算中国好弟弟？为促成哥哥恋情，公器私用。”

以谌拿眼角余光斜他一眼：“感动中国！”

连默跟在纪琤身后，走入病房，隔着几步远的距离看见躺在病床上的姑姑，她有一瞬间几乎不敢相信自己的眼睛。

她记忆中的姑姑，身高中等，皮肤白皙，烫一头在当时相当时髦的波浪卷发，穿料子不好但款式新潮的衣服，永远风风火火，中气十足，得理不饶人的样子。而眼前的中年妇女，头发花白散乱，油腻腻地披在枕头上。因已无法自主进食，全靠输液维持营养摄入，整个人瘦得脱形，只剩一把骨头，眼眶怪异地凸出。

连默来时，她恰好醒着。

纪琤上前，替母亲将病床微微摇高，轻轻附在她耳边说：“妈，默默来看你了。”

连姑姑的眼神由最初的昏沉茫然，慢慢变得清醒起来，她转动混浊的眼珠，朝连默望来，喉咙里发出“嗬嗬”声响，手指不断颤抖。

临床病人家属不停探头探脑朝他们张望，嘴里还不住打听：“小纪，你女朋友啊？”

“是我表妹。”纪琤对临床家属点点头，随后将两床之间的隔离帘拉上。他强忍眼泪，面向连默，“我妈这两天已经无法说话，水米不进，清醒着的时间越来越短，就是撑着这口气，想见你一面。”

连默走近一些，并不说话。

纪琤微微侧头，脸在肩膀上来回蹭一蹭，蹭去眼角的眼泪，强颜一笑：“太久不见，妈你还认不认得出默默？”

连默站在距离病床一步之遥的地方，无话可说。

连姑姑眼中的光慢慢暗淡下去，喉间仍不住“嗬嗬”作声。

纪琤领会母亲的意思，一手握住她枯瘦的手，一手伸向连默。

连默不为所动，纪琤脸上露出一点儿哀求之色来：“默默……”

往事如浮光掠影，在连默脑海中一一闪过，曾经有多开心快乐，失去时就有多悲伤难过。姑姑的所作所为，则在她人生最黑暗寒冷的时刻，兜头浇来一盆冰水，每一句话，每一个字，都是直刺心间的利刃。

那些伤口从未痊愈，轻轻触碰，便汩汩向外流血。

“……我要照顾外婆，照顾小琤，还要打两份工，哪里有工夫照顾她？

“外婆睡一间房，小琤睡客厅，她要睡哪里？我总不能让她睡卫生间吧？她和小琤都大了，表兄妹两个洗漱穿衣多不方便？！

“什么？住校？！不回来过年？人家会怎么想我？！我不是要被人家戳断脊梁骨，说我怠慢你？你这小囡心怎么这么坏？

“你翅膀硬了，不把我们长辈放在心上，随便你！有本事你一辈子也不要开口求我们！别说是我们做长辈的不肯搭把手帮你的忙。”

……

连默闭了闭眼睛，将回荡在脑海中的声音挥去，终于走到床边。

纪琤垂头对母亲露出笑容：“妈，你放心，你交代的事，我全都记得。”

他拉住连默的手，与母亲枯瘦的手叠在一起，一道合在自己掌心里。

“我妈说，她对不住弟弟、弟妹，对不起你。”

连默想抽手扭头就走，可纪琤合紧了掌心：“我妈已经立好遗嘱，我们现在住的房子，等她过世以后，有一半归你所有。婶婶的珠宝首饰她都一件不差给你留着，你什么时候有空，我给你送去。”

连姑姑“嗬嗬”两声，纪琤连连点头：“你放心，我晓得，不会忘记。”

他转而对连默说：“妈妈的意思，是从今往后，我们表兄妹相依为命，但有你需要我的地方，我一定义不容辞。你不是孤零零一个人，还有我这个娘家哥哥。”

连默看着一脸诚恳的纪琤，又望了眼听完儿子一番话，明显平静许多的姑姑，纵有千言万语满腹，最终也不过化成一声轻叹。

“让姑姑好好养病，以后的事，以后再说。”

纪琤见她没有一口回绝，暗暗高兴，服侍筋疲力尽的母亲平躺下，打算送连默下楼。

“你留下来照顾姑姑吧，我自己下去。”连默婉言谢绝。

纪琤也不强求：“我们电话保持联系。”

连默辞别纪琤，走出病房。幽长的走廊充满消毒水味道，偶尔有病人扶着四脚架小心翼翼、颤颤巍巍地走过，整层楼充斥着盘旋不去的死亡气息。

连默一刻都无法多做停留，闷头上电梯，下楼。

离开住院部，连默通过连廊，途经急诊留院观察室。男女老少病人挤满偌大一间留院观察病房。

正值晚饭时间，有身材颀长高大的男青年在门口饮水机处打开水泡方便面，然后返回急诊留观室，坐到一个年轻女子的病床边，满脸温柔地将她叫起来准备吃面。

两人的侧脸映入连默眼里，刑侦队办公室线索板上的照片自她记忆里走马灯似的飞快闪过，一直萦绕在她脑海中却又飘忽不定、难以捉摸的碎片终于形成一条清晰脉络。

连默快步走出急诊大厅，朝停车场走去。

当看见一手提一个大牛皮纸袋，微笑着站在她的汽车旁边的以谌，连默的鼻尖倏忽一酸。

他浓密的黑发被秋日傍晚将雨未雨的水汽微微打湿，一缕头发落在额上，显得年轻随意。他向她伸出手，笑容加深。

“我来得不早，也不晚，刚刚好，没有错过你。”

连默闻言，怔怔落下泪来。

以谌一愣，迅即上前搂住她肩膀，手掌温柔地按在她头上，侧首轻轻用脸颊压住她头顶：“乖，不哭。”

这三个字却似拨动连默心底最细最难以触及的弦，势要将她这些年隐忍的委屈通通发泄出来般，她无声地，不管不顾地，靠在以谌肩膀上，放任自己纵情流泪。

眼泪顺着眼角滑下，沿着脸颊滴落在以谌肩膀上，温柔的眼泪转瞬间渗透进他的开司米外套和衬衫，洇在皮肤上，那么热又那么冷，仿佛烙印在他心里。

在人来人往的医院停车场痛哭，并不引人侧目，这里每天都有太多太多生的欢欣与死的沉重在不断上演。

以谌任连默哭了个够，这才一手捧住她的脸，以拇指轻轻抹去她脸上的泪水，轻吻她额角：“我回去要记下这重要一刻，免得你将来赖账不承认。”

刚哭得鼻尖通红的连默哑然失笑：“谢谢你没把这狼狈的一刻拍照存证。”

以谌假意遗憾："啊，失策！"

他将连默让到副驾驶座上，替她关好门，把手上的牛皮纸袋放在后座，自己开着连默的小排量油电混合汽车，并没有直接回家，而是载着她来到滨江一处建筑工地旁的观景平台上。

工地已几近完工，脚手架拆除大半，地面的建筑垃圾与多余的建筑材料正由土方车陆续运走，一切显得忙碌而有序。

由平台望出去，是宽阔的浦江。夜幕低垂，江面一片平静，偶有江鸥展翅掠过水面，对岸的建筑在暮色中形成一片高低错落的剪影，一切静谧又安然。

以谌侧身从后座取过牛皮纸袋，取出里头的小保温袋，打开，拿出两个卷得紧紧实实的锡纸卷，将其中一个递给连默。

"公司在这附近承接工程，我偶尔会过来看看进度，忙里偷闲坐在车里，吃个三明治，欣赏欣赏风景。"他声音低沉温和，带着安抚人心的力量，"谢谢你今天陪我一起吹吹风、看看景。"

连默将锡纸卷握在手心里，仍然热烫，如同他的心意。

剥开锡纸，里头是夹着饱满小龙虾肉与大量芝士和番茄的长面包，上边挤着厚厚一层芥末沙拉酱。一口咬下去，鲜美弹牙的小龙虾肉和浓郁的芝士同清爽的番茄由刺激的芥末沙拉酱在口腔里中和出奇特的美味，直冲脑门。

连默"嗯"一声，简单到近乎粗陋的包装内，包卷着的热辣热狗，意外地好吃。

以谌眼里漫过疼惜，另递上一瓶插好吸管的温热鲜奶。

连默吃得全然不顾形象，沙拉酱从指缝里漏出，便抬高手将酱汁用舌头舔干净，一点儿也不肯浪费。

一场痛哭实在消耗她太多体力。

"慢慢吃，我这条面包也给你。"以谌轻抚她后背。

一条小龙虾热狗卷落肚，又喝掉半瓶鲜奶，胃里的满足感令连默轻轻打了个饱嗝。

以谌轻笑起来，指一指她嘴角：“有芥末酱。”

连默伸出舌尖轻舔唇角：“还有吗？”

以谌忽然倾身，越过两人之间的排挡，一手搂住连默后颈，不给她闪避的空间，将她半压在车门上，随后亲吻她另一边嘴角，低喃：“这里……”

他的掌心火热，贴在她颈后，令她动弹不得；他的吻轻如蝶翅，却灼热火烫，剥夺她所有感知，只剩唇角那一处……

这蜻蜓点水般的一吻，轻柔得不可思议，好像足有一生那么漫长，却又短暂得无迹可寻，毫无预兆地开始，突如其来地结束。

以谌放开连默，摸了摸她乌亮的头发，随后发动引擎，驱车驶上回家的路，任由她呆呆坐在副驾驶座上，一手轻抚嘴角，两眼空茫，思绪抽离。

他目视前方宽阔的道路，微笑。

实验室将杜晓蕾提供的生物样本检测结果送至连默办公室，她看过检测报告，连忙将报告交往刑侦队，正遇见青空和小刘准备出发。

在排除冯大、钱二“夺爱”游戏受害人之一杜晓蕾和其男友的作案嫌疑之后，警方的调查重点落在另一名受害人解莛莛身上。解莛莛目前下落不明，只知道她曾在“触碰”做过两年调酒师，离职之后便再无音讯，青空和小刘决定到酒吧了解情况。

“一起去？”青空接过检测报告，问。

“好。”连默点头。

生物样本检测证实杜晓蕾的贴身衣物上确实有冯鹏与钱一帆二人的精液，而那条薄纱裙上残留的酒渍里则含有高浓度甲烯二氧甲苯丙胺。一丁点甲烯二氧甲苯丙胺已能令人产生强烈的幻觉和极致的喜悦感，而这样高浓度的，则足以使人丧失意识，对发生过的事毫无印象。

“正常人绝不会服用如此高浓度的甲烯二氧甲苯丙胺。”青空指出。

“是。杜晓蕾很可能在不能清醒表达自己意愿的状态下遭冯、钱二人迷奸。”

检测结果提高了杜晓蕾证词的可信性，也使嫌疑人范围变得更大，作为冯、钱二人的另一个受害者，解莛莛也许将会是解开案件重重谜团的关键。

下午四点的酒吧内光线昏暗，即使通风做得再好，空气里也沉淀着前一晚酒客留下的呛鼻烟味与酒气，久久不散。

清洁工提着吸尘器，来来回回地打扫地面，两名酒保在吧台内为晚上开门营业做准备。

吸尘器工作的轰鸣声掩盖了青空一行推门而入时门檐上挂着的铜铃被触及后发出的“丁零”脆响。

三人绕过堆叠着座椅的酒桌，走往吧台，其中一名酒保察觉有人走近，头也不抬，一边擦拭酒杯，一边说：“我们六点才开始营业。”

青空、小刘齐齐向两名酒保出示证件：“想向你们了解一些情况。”

连默认出其中一名酒保正是那名追思会上的调酒师。

调酒师显然也认出连默，他放下手中酒杯，脸上有释然与解脱的神色：“我们到外面说吧。”又朝另一名酒保小声道，“阿杰，这里麻烦你一个人先顶一顶。”

他领三人穿过吧台旁边的过道，推开门，来到酒吧后巷。这个时间的酒吧一条街后巷空无一人，零零散散地停放着几辆电动车与脚踏车。

他在一盆被人丢弃在门口、无人照料的发财树前站定，在口袋中摸索半天，取出香烟来，可到底也没点燃，只夹在手指间。

“我叫许治裘，大家都叫我阿治。”

"你知道我们为什么来了解情况？"青空问，小刘在一旁记录。

阿治点头："其实，那天在追思会，我已经有话想对这位警官说。"

只是场合不对，稍一犹豫，便错过机会。

"你认识解莛莛。"连默轻道。

"是，我认识莛莛姐。"阿治半垂着头，凝视手指间的香烟，"她比我早一些在'触碰'当调酒师，因为长得漂亮，又能调一手好酒，老板很看重她，酒客也格外喜欢找她攀谈，请她调一杯我们酒吧的招牌特制'触碰'……"

阿治的神色怀念中带着惆怅："莛莛姐脾气好，有时候客人醉酒闹事，她总能三言两语化解，教我们这些后辈调酒也全无保留，要不是发生了那件事……"

"发生什么事？"青空追问。

"莛莛姐当时已经有一个交往三年的男朋友，听说打算过年回家领证结婚。结果冯鹏、钱一帆和几个朋友到我们酒吧来，两个人同时看上莛莛姐，对她展开热烈追求。送花、送礼物都是小意思，他们还经常请酒吧客人喝酒，消费额都算在莛莛姐身上。"

"解莛莛有什么反应？"

"莛莛姐不胜其烦，再三表示她已经有男朋友，很快就要结婚，请冯和钱不要再纠缠她。"阿治将香烟捏成一团，"我记得特别清楚，那是两年前的五一假期，酒吧晚上生意火爆，冯鹏与钱一帆照例来酒吧向莛莛姐献殷勤。那一天他们留到特别晚，临近打烊都没离开酒吧。当时我在吧台外面收拾酒桌，莛莛姐在吧台整理酒水……"

阿治脸上闪过自责内疚的神色，把捏碎的香烟扔在发财树花盆里："我隐约听见冯鹏对莛莛姐说，既然她不愿意接受他们的追求，他们也勉强不了，想请她喝一杯酒，山水从此不相逢，祝她幸福美满。我当时没想太多，只觉得如果他们真放弃纠缠莛莛姐，喝一杯酒算什么。"

“然而事实并不只一杯酒那么简单。”连默轻声接口。

“是……”阿治闭了闭眼睛，以此平复内心不断翻涌的痛苦，“等我将酒桌收拾妥当，残酒、垃圾分类扔进垃圾桶，从后巷回到酒吧，只看见冯鹏、钱一帆一左一右搀扶莛莛姐走出酒吧的背影。我追上去想拦住他们，可是钱一帆回身威胁我，让我不要多管闲事，否则……他能使我在浦江混不下去。在我稍一犹豫的工夫，他们就架着莛莛姐离开了。”

在场所有人几乎都能想见，解莛莛被带走之后的遭遇。

阿治垂头，用脚尖踢了踢后巷弹格路的青石块：“之后两天，莛莛姐没来上班。老板即使再看重她，也不会任由她在小长假生意最红火时无故旷工，赶紧从外头高价聘请一位花式调酒师回来撑场，又打电话给莛莛姐，说她大概觉得自己无可替代，搭架子想乘机要求加薪，没门！”

没人关心解莛莛身上究竟发生了什么事，以至于不能前来上班。

“莛莛姐再没有回到酒吧来，反而是冯大、钱二过不几天，若无其事地又来酒吧喝酒，被守在酒吧外头好几天的莛莛姐的男朋友撞见，上前找他们理论，一言不合，双方在酒吧前大打出手……”

“等一下！你说解莛莛的男朋友和冯、钱二人在酒吧前大打出手？”青空想起冯鹏姐姐提及弟弟与人在酒吧内与人打架，两人都受了伤，“你确定是解莛莛的男友？”

阿治肯定地点头：“曾经有几次凌晨下班，他来接莛莛姐，我正好看见，所以我认得他。”

“你有没有带证人的照片？”连默低声问小刘警官。

“带了，你要？”小刘从随身携带的公文包里取出文件夹。

“请他辨认一下，这些证人里，有没有解莛莛的男朋友。”

小刘将文件夹打开，向阿治一一展示证人照片，他看见其中一张照片，伸手一指：“他！他是莛莛姐的男朋友！虽然发型打扮有变化，但是他没错！”

连默缓声问："你可知道解莛莛是否有姐妹？"

阿治一愣，随后颔首："听莛莛姐提起过，在老家有个同父异母的妹妹，她那么拼命工作赚钱，一方面是要结婚，另一方面是想供妹妹上大学。"

青空与小刘对视一眼，一直缠绕在这件双尸命案中的疑点，渐渐被解开，只不知连默的问题，与案件有什么关联？

服务员卢蓓蓓与调酒师戴添荣收到传唤，两人一同来刑侦队接受问讯。

年轻的蓓蓓还未从发现死者的冲击当中彻底恢复过来，面色苍白憔悴，走路脚下虚浮。戴添荣面露担忧，几度想伸手搀扶，到底还是忍住了。

青空与小刘将两人分别请入不同的询问室，青空与区警官负责询问戴添荣。

青空朝戴添荣宣读权利义务告知书后，说："今天请你来，是有些事情，想向你深入了解一下，以便厘清整个案件的时间线索，请你如实回答……"

戴添荣显得有些紧张拘束，还没等他作答，门被人敲响，随即被由外而内推开，小刘探头进来："小卫，来一下。"

青空对区警官点点头："我去去就来。"

两人转而来到另一间询问室隔壁的观审室，透过双向玻璃，旁观对卢蓓蓓的问讯。

卢蓓蓓面孔雪白，长发在脑后扎成一束马尾，大概因为高烧刚退没几天，整个人显得荏弱苍白，楚楚可怜，同案发当天上午一丝不苟的服务员装束形成鲜明对比。

她双手捧着水杯，安安静静地坐在问讯桌后面，在回答关于年龄和籍贯的问题时，乖巧得像个学生。

"家里还有什么人？"费永年看了眼面前年轻的女孩子。

“还有我妈妈。”她垂眼轻声说。

“父亲呢？”

卢蓓蓓抬起眼来，带着点儿防备：“他们早已离婚，他从来没管过我妈和我，在家那几年，不是喝酒赌钱，就是回家对我妈拳打脚踢，嫌她没别人会赚钱养老公！”

费永年看得出她眼底的气愤，不再纠缠这个问题：“戴添荣和你是什么关系？”

“戴大哥？”卢蓓蓓愕然，“我们是同乡，俱乐部的工作是戴大哥给我介绍的，他一直把我当妹妹一样看待，我们还能有什么其他关系？”

费永年笑了笑：“你直接说同事关系啊，解释这些做什么？”

小姑娘一噎。

“那你认不认识戴添荣的女朋友——”费永年从面前的文件夹中取出解莛莛的照片，推到卢蓓蓓跟前。

卢蓓蓓放开合在掌心里的一次性水杯，用手指将解莛莛的照片按住，缓缓拉到自己身前，细细凝视片刻，摇摇头：“没见过，不认识。”

“没见过？”费永年提醒她，“你再仔细看看。”

“确实不认识。”卢蓓蓓坚称。

“不认识啊……”费永年朝一旁做记录的丁警官笑了笑，“现在的年轻人，记性还不如我们好。”

说罢又自文件夹中拿出一张照片摊在卢蓓蓓眼前：“那解莛莛的父亲解岩生，你总认识吧？”

那是一张中年男子站在犯罪嫌疑人身高尺前拍摄的照片。中年男子穿一件灰色棉衫，外罩橘红色背心，皮肉松弛，双眼无神，面相颓然，然而仍能看出年轻时英俊的样子。

卢蓓蓓看到中年男子的照片，双手下意识地放到问讯桌桌面下去，咽了两回口水，整个人不自觉地呈现出自我防卫的反应。

“你入职时虽然只填写了母亲的资料，但根据你户籍所在地警方协查反馈的信息，你父亲，正是戴添荣女友解莛莛的父亲。你们是同父异母的姐妹。”费永年用手指轻敲桌面，“如此，你还是不认识解莛莛？”

卢蓓蓓抿紧嘴唇，不答话。

“你又怎么解释，解莛莛在两年前每个月汇款一千元至你账户的事？”费永年将从银行获取的解莛莛明细账单拍在卢蓓蓓面前，“不认识的人会坚持每个月给你汇款，一汇就是四年？！不认识的人会给你母亲购买城镇医疗保险？不认识的人会在一起合影？！”

随着证据一样样摆在桌面上，卢蓓蓓的脸色越来越苍白，看起来随时会晕倒似的。

“你再说一遍你不认识她！”费永年面有威色。

卢蓓蓓终于崩溃，将所有证据揽在胸口，泪如雨下。

“认识！我认识！她是我姐，是我姐！！”

站在观审室双面玻璃后的青空与小刘，齐齐转向静静站在一旁的连默。

“你怎么知道她们是姐妹？”

连默望着询问室中抱着解莛莛资料痛哭流涕的卢蓓蓓，轻轻解释。

“遗传基因之所以神奇，是因为会在家族成员之间留下鲜明烙印，父母子女，兄弟姐妹，甚至远隔数代的亲人，五官与面部结构之间，仍保有无法忽视的相似点：一样的眉骨，相同的颧骨，如出一辙的鼻子……”

“杜晓蕾和解莛莛也很像……”小刘不解。

连默扬扬下巴：“当时我并没有联想到受害者之间的关系，直至看见冯鹏与女朋友和杜晓蕾、解莛莛的照片，她们存在明显共性：皮肤白皙，额头饱满，鼻尖挺翘……冯、钱二人追逐的，都是这一类型相貌的异性。由此我想，卢蓓蓓一定具有吸引他们的特征，这才令他们在俱乐部闹事要求她进去陪酒。线索板上卢蓓蓓的照片证实了我的猜测，并且，提供给我另一条线索——”

连默伸手隔着双面镜指了指卢蓓蓓的下巴：“她和解莛莛下巴中间都有一条纵向的下巴沟，虽然并不明显，但这是一种父系遗传特征。两个祖籍一样，又有相似的五官结构，还拥有相同父系遗传特征的人，有亲缘关系的可能性非常大。”

“所以你让我们深入调查她与解莛莛之间的联系。”青空陈述道。

连默点点头：“现在，可以去询问另一位‘证人’了。”

戴添荣在听闻卢蓓蓓已向警方承认与解莛莛之间同父异母的姐妹关系之后，仿佛有一瞬间的释然，他缓缓向后，靠在椅背上，始终紧绷的肩部肌肉放松下来，双手搭在大腿上，嘴角甚至带着一点儿笑意。

“是我杀了那两个畜生，”他十分平静地承认，“只可惜没能亲眼目睹他们在痛苦中死去的模样。”

不必青空审问，戴添荣便面上含笑，一五一十地将犯罪事实交代清楚。

他与解莛莛，都是单亲家庭的孩子，他母亲嫌弃父亲是只会埋头种地的泥腿子，在他三岁时抛下丈夫儿子，同人跑了。

解莛莛的遭遇，比他更凄惨。

解莛莛的父亲生得极英俊，当年是十里八乡数得着的美男子，镇上照相馆橱窗里都挂着他的彩色照片做招牌。因为实在长得太好看，家里从没让他干过一天重活累活，从小到大全都是家中姐妹替他分担家务和农活，养成他好逸恶劳的习性。

解岩生初中毕业，游手好闲地在游戏机房混到十八岁，家里姐妹相继出嫁，他就听从父母安排，草草结婚，次年生下女儿莛莛。他不事生产，闲来不是跳舞打牌，就是喝酒赌钱，把家里当成免费宾馆。如果女儿在他睡觉时啼哭，将他吵醒，他会不由分说痛揍妻子一顿。后来索性连家也不回，干脆与人在外同居，回家就是向老婆要钱，不给的话拖过女儿便拳打脚踢。

解莛莛在父亲的家暴阴影中长到四岁。

解岩生回家要钱不遂，妻子终于鼓起勇气拒绝他，说要存钱给女儿读书，他一怒之下操起板凳抡向妻子，她闪避不及，被砸得头破血流。解岩生见势不妙，转身逃了，还是四岁的解莛莛跑去找隔壁邻居向戴添荣父子求救，将昏迷的母亲送到医院去。

在乡下，男人打老婆是司空见惯的事，可是把老婆打得半死，靠邻居送到医院去急救的，到底还是少的。

莛莛妈出院后与解岩生离婚，带着女儿回了娘家。

解岩生次年再婚，又生了个女儿，便是卢蓓蓓。他恶习不改，仍然喝酒赌钱，不如意就耍酒疯揍老婆打女儿。左邻右舍哪怕听见哭声，也没人愿意前去阻止他。

“莛莛说，她第一次看见蓓蓓时，蓓蓓孤零零一个人站在她家门口，天已入秋，她却还穿着短袖，光脚穿一双塑料凉鞋。”戴添荣忆起女友，眼神温柔痛惜，“莛莛看见蓓蓓露在袖子外的胳膊上，青青紫紫全是新旧瘀痕，气得快要发疯。”莛莛认下蓓蓓这个妹妹，让她进屋，给她洗脸洗手，找出自己的旧外套给她穿上，又让她在家里吃了饭，才将蓓蓓送回去。

蓓蓓妈已经被解岩生打得麻木，女儿跑出去没回来吃饭，她木然不知，见女儿由莛莛送到家，她也只如一具行尸走肉。

自那以后，蓓蓓隔三岔五会跑去莛莛家。莛莛可怜这个与自己同父异母的妹妹，有好吃的总会留给她，辅导她做功课。

“莛莛的学习成绩，一直是年级前十名，可她为了早点赚钱养家，放弃考高中，选择读职校，她妈妈气得一边用鸡毛掸子抽她，一边痛哭。”戴添荣无奈地摇摇头，“她职校毕业，来浦江闯荡，在一次同乡聚会上碰见，我们就此重逢，渐渐彼此心生爱慕。”

青空可以想象两个身在异乡打拼，又多少同病相怜的年轻人，如何彼此依偎取暖，抵抗冰冷的现实。

“后来她爸爸因为拖欠赌债不还，债主上门讨债，他在推搡中失手打死人，被判了刑……”戴添荣说起解岩生的下场，表情冷漠，“蓓蓓妈妈受了刺激，变得疯疯癫癫的，一时见人就笑，一时又逢人便打。莛莛不忍心看蓓蓓受苦，出钱资助她读书。”

在戴添荣的记忆里，解莛莛是他平生所见的最美好的女孩儿。

“眼看蓓蓓就要毕业，我俩也有点儿积蓄，打算回老家结婚……”戴添荣直直望向青空，双眼赤红，“莛莛却被两个畜生奸污……”

他捏紧双拳，手背青筋毕露，仿佛一头受伤的野兽，声音里带着痛苦地嘶吼：“他们玷污了莛莛，像打发妓女般甩下一信封现金，扬长而去！”

“所以你才去酒吧外蹲守，找冯、钱二人算账。”青空听明白前因后果。

戴添荣点头：“他们……毁灭了莛莛的灵魂，她说自己不干净了，配不上我……她怎么会不干净？！不干净的是那两个畜生！！”

戴添荣猛地用拳头敲击桌面，小刘出声安抚他：“别激动，慢慢说。”

戴添荣稍微平复情绪，将双手放回大腿上，面无表情：“我打了那两个畜生，回到住处，发现莛莛离开我们借住的地方，只留下一纸诀别书。她说她没办法面对污浊不堪的自己，请我代她照顾蓓蓓，今生诀别，来生再续。”

他弯下腰去，双手捂住面孔，肩膀微微抖动，良久，才抬起头来。

“此后我再也没见过莛莛，每当听见发现无名女尸的新闻，我都祈祷那不是她。蓓蓓……执意不肯继续完成大学学业，她和我一样，想找到莛莛，只要有一线希望，就不放弃。”

他将蓓蓓介绍进自己工作的俱乐部，方便就近照顾。

“我想过要报仇，可是我更想找到莛莛……”

“是什么使你做出杀人的决定？”青空问，“因为他们对卢蓓蓓的纠缠？”

戴添荣苦笑：“我答应过，要代莛莛好好照顾蓓蓓，哪承想他们阴魂不散，又来骚扰蓓蓓！姓冯的还口口声声说以后有的是机会，总能让姓钱的得偿所愿……我不能让他们再毁了蓓蓓！”

“就为了这句话？”青空疑惑。

“是。”戴添荣供认不讳。

“他们没认出你？”

“他们有钱人哪里记得住我们这些给他们服务的人？”戴添荣冷嗤，“我端着两杯添加了致命剂量催情药的鸡尾酒，站在他们跟前，他们都不认得我。”

“你从何途径获取催情药？”

“俱乐部酒吧老板私下向客人兜售违禁药物，这并不是什么秘密。我很轻易就能拿到他放在酒吧暗格里的催情剂。老板曾经说过，这药无色无味，一滴助兴，两滴使人欲仙欲死，三滴便人事不知。”戴添荣嘴角划过讥诮，“我在他们最后要求我调制的鸡尾酒里加了半瓶料，亲手端给他们。”

“酒吧老板没发觉药少了？”

“我又倒进去一些纯净水，后来一见俱乐部里死了人，警察来调查取证，老板害怕被搜查出暗格里的违禁药物，偷偷都倒进马桶，用水冲走了。”戴添荣耸肩，“替我省了不少事。”

小刘见他毫无悔意，不由得问：“当初为什么不报警？”

“报警？莛莛不愿意面对世人加诸她身上的异样眼光，也不愿意连累蓓蓓被人指指点点……”

“你宁愿去同他们打架，甚至杀死他们，也不肯报警，将他们的恶行公之于众，交由法律制裁。”小刘一针见血地指出，“你私心里，已经认同她受到玷污，不再干净如初，又怎么能让她有勇气和你共同面对可能的风言风语，一起走下去？”

戴添荣一愣。

小刘却已将记录得整齐干净的笔录推向他，示意他仔细看一遍有无出入，签字确认。

戴添荣望着笔录出神，久久不肯落笔。

“卢蓓蓓知不知道，冯、钱二人是伤害她姐姐的罪魁祸首？她有没有参与到你的复仇行动中？”青空蓦然追问。

“没有！蓓蓓根本不知道他们！”戴添荣大声反驳，“我下定决心动手的那晚，她甚至都不当班！”

“所以你早有计划要杀死冯鹏、钱一帆，只不过两人对卢蓓蓓的强烈企图刺激了你，使你化计划为行动。”青空平铺直叙，“你并非临时起意，而是经过周密的计划。你调的酒故意没有达到最佳水平，因为你算准了他们会挑剔你的调酒水平。你为自己制造机会，亲手将死亡之酒端到他们眼前。即使这次不成功，也还有下一次，总有一次会成功。因为在众目睽睽之下送上，反而没人怀疑酒杯中的催情剂是你加进去的，冯、钱二人过往的所作所为很容易令人以为是他们自己服下催情剂和伟哥以图增加快感，结果不小心服药过量。”

戴添荣没有试图否认，在他痛失至爱的那一日，他的世界便已经崩塌损毁，余生不过是用来复仇的苟活罢了。现在他已杀死仇人，了无遗憾。

他平静地在笔录上一笔一画签下他的名字：“我的所作所为，与蓓蓓无关。”

“真同那个女服务员无关？”信以诺赖在临江苑不肯走，捧一罐爆米花半趴在沙发上，一边看电视，一边满心八卦地问。

“目前没有证据显示她参与戴添荣的复仇计划。”连默坐在餐桌前剥毛豆。

能在月底将这件双尸命案侦结，所有人都松了一口气，大家可以安心迈入新年倒计时。

“想不想知道冯大、钱二究竟为什么如此痴迷于夺爱游戏？”以诺从沙发上翻身坐起，扑在沙发靠背上，面向连默问。

连默抬头看他一眼，想了想，捧场地问：“为什么？”

“我的线人告诉我，他们留学时曾在当地结识了一个跳芭蕾舞的华裔女孩，两人一同对她展开追求，女孩同冯大、钱二往来过一段时间，但最后还是选择嫁给刚自南加大毕业还在找工作的青梅竹马的恋人。”

连默想起线索板上冯鹏与女郎并肩，脸上满上灿烂笑容的合影，轻叹：“爱情，多少罪恶，假汝之名。”

以谌坐在连默对面削芋艿，回头看了眼弟弟：“大好周末，你没有其他安排？”

以诺搓搓手：“我能有什么安排？没有，没有！如今我洗心革面，要做一个安分守己的四好青年。”

“连默有什么计划？”以谌又问连默。

“除了约好到费队家吃饭，并没有什么具体计划，就是睡懒觉，听音乐，看书吧。”

节假日之于连默，从来都是寂寞的代名词。越是人潮汹涌、举国欢庆的时刻，越显得她孤身一人，寂冷凄清。

以谌推开削到一半的芋艿，从旁取过毛巾擦擦手，随后握住连默的手腕，紧一紧手指：“那么，预留出一天给我，应该不存在太大问题，是不是？”

连默不明所以，却还是在他的注视下点点头：“好。”

以诺忍不住吹口哨，双手拍打沙发背：“约会！约会！”

以谌不堪其扰，瞪他一眼：“烧啤酒鸭还缺一罐啤酒，你闲着也是闲着，跑一趟吧。”

以诺扯过风衣胡乱穿上，在玄关处换鞋时嘴里不住咕哝：“卸磨杀驴！过河拆桥！”

到底还是乖乖出门买啤酒去了。

连默半垂着头，继续剥豆子，嘴角漾起一丝不自觉的微笑。

第二章

旧欢

进入十一月，浦江挥别缠绵长达一周有余的阴雨，终于迎来久违的晴好秋日。

整座城市都仿佛随着天气一同安宁美好，法医实验室迎来难得的闲暇无事时光。

连默趁双休日在临江苑整理打包自己的物品，准备搬家。她的个人物品并不多，除去大量专业书籍和唱片，不过是些简薄的四季衣物。

她在临江苑这处整层江景公寓已借住两个月，早先便打算搬走，不再叨扰，只不过一时没找到理想的新居。

上个周末，以谌领她前往一处尚未公开发售的新楼盘看房。

楼盘就在以谌带她看风景吃小龙虾热狗卷的那处亲水平台旁边，一梯两户，面积不算大，但房型合理，两卧朝南，精装修，可以即刻拎包入住。

新楼盘虽然不像临江苑可以看见浦江最美的一段江景，但对岸老工业区线条硬朗、高低错落的建筑群，别有一番后工业时代的况味。

“此处由家父公司投标承建，可以内部认购，价格合理，如能一次付清房款，还可获得额外优惠，附赠停车位。”以谌鼓励连默购置屋宇，“这一片区域有很大升值空间，错过可惜。”

楼盘附近设施齐全，交通便捷，连默不是不心动的，可是——“我没有太多积蓄……”

即使是内部认购价格，也远超她的财务能力范围，以她的收入，每月还贷以后，大抵就只好喝西北风了。连默恋恋不舍地最后看一眼窗外的风景，转身打算离开。

以谌微笑，到底没忍住，放任自己伸手摸了摸她头顶。

“本私人民间借贷机构可以向你提供为期五十年的无息贷款。”他眼角带笑，映着落地窗外秋日艳阳下江水的粼粼波光，令人沉溺其中。

连默望着他的眼。

他笑容渐深：“说‘好’。”

“好。”连默被他蛊惑，呆呆说。

以谌轻笑，垂首亲吻她额角：“契约成立。”

连默糊里糊涂变成有房一族。

房间另一头，以诺上下打量一件搁在皮箱最上层、小心翼翼套在防尘罩里的小礼服，啧啧咂嘴，挑剔地摇头。

“小默默，这件礼服款式过时，质地十分一般，看尺码也不合身，你还留着做什么？”

连默闻言回身，望向叉腰站在皮箱旁边的以诺，声音淡淡道：“因为是家父家母送我的毕业舞会礼服……”

只是他们永远无法亲眼看着她穿上漂亮的裙子，参加学校举办的毕业舞会，她也没能穿上他们千挑万选的小礼服参加期盼已久的盛大舞会，一切幸福美好的时光，都戛然而止于那个安静的下午。

以诺愣在当场，有片刻张口结舌，不知如何应对。

以谌捧着一箱书从他身后经过，用肩膀撞他：“去帮我把剩下的书按照摆放顺序装箱。”

以诺如蒙大赦，往书房疾步而去。

连默放下手边归整大半的法医学资料，缓步走到暗色印花皮质旅行箱前，弯下腰取过象牙白色缀古董蕾丝的及膝小礼服，深深凝视，神思迢遥，良久，才轻轻放回皮箱里。

她并不怪以诺。

“这是我父母留给我的、为数不多的物品里，承载最多回忆的一件。”连默轻声对以谌说，“寄托着他们美好的期许与憧憬，我舍不得扔。”

以谌想安慰她，却又害怕触及她的伤心事，一时竟有些不知所措。

连默的手机恰在此时响起，她取过手机接听：“好……保护好现场，我马上过来……”

她挂断电话，无奈地环视收整过半的物品，颇歉然地对以谌一笑：“有案件，我得赶过去，剩下的东西只能等回来再整理……”

以谌以一个膝盖顶住捧着的纸箱，腾出手来挥了挥：“工作要紧，快去吧。”

望着连默抓过军绿色风衣快步出门，消失在电梯门后，以谌忍不住扬声：“信以诺！”

以诺从书房探出半个头来，不见连默，只见兄长脸色不善，遂嘿嘿讪笑，后背贴住墙壁，缓缓朝门口方向挪蹭，一边嘴里不住为自己辩解。

“我年少无知，无心快语，小默默都不怪我……”

待挪到玄关前，便一鼓作气冲出门去，连脚上的拖鞋都不记得换，留给以谌一个火烧火燎毛躁的背影，

以谌苦笑，好想踢他的屁股，怎么办？！

连默无心欣赏山间云蒸霞蔚的秋色，拎着取证箱气喘吁吁爬上半山，信手拂去一片落在肩膀上的金黄色银杏树叶。

站在高处的小刘眼尖看到她："连法医！"

在山路石台阶上站定围观的游客自觉让出一条道来，供连默通过，随后又在她身后如同红海，自动围拢。

连默仰望站在她上方的小刘，又回头看一眼乌压压围得里三层外三层的路人，暗暗叹息，现场这么多人，证据恐怕已被污染。

"连法医，手！"小刘倏忽伸出手来。

连默稍一愣神，青空也从上方探身："要正常爬山到达这个平台还有不少路，我们拉你上来吧。"

连默点点头，先将取证箱递上去，随后伸长双臂踮起脚尖，由青空、小刘一左一右抓住她的上臂，齐齐用力向上拉，她借力在山石上一蹬，被两人拽到上方微微凸出于山体的平台上。

申城地处平原，此处是城内海拔第二高峰，实则垂直海拔也不过百余米。山顶建有一座天主教堂和一个小天文台，是浦江一处著名旅游景点，每逢节假日，都有不少游客前来登山游览。

连默此时所处的位置是建在半山一处供游人歇脚休息的平台。平台两面连通山路小径，一面靠山，一边微微悬于山体之外，往下望正是连默刚才站着的上下山必经的青石山路。

平台靠山一面，自山体中破石而出，斜斜长出一棵粗壮的银杏树，树下有石桌石凳，方便游客在此小坐。

秋天的山风拂过，金黄色的银杏树叶扑簌簌随风飘落，铺满青石桌面。

一具尸体半靠在银杏树树干上，向左侧垂着头，双臂摊在身体两侧，双手拇指扣在掌心，微微握起拳头，身上落满树叶，显然在此陈尸已有一段时间。

上午的阳光斜斜地透过重重树叶枝丫，落在平台上，形成一圈圈斑驳的光影，衬得整个场景有一种血腥凄厉的美。

连默穿上一次性防尘鞋套，戴上手套，慢慢接近尸体。

十月末数日缠绵的秋雨，将平台地面浇得湿透，即使放晴，石板地面仍湿漉漉的，落叶被来来去去的人踩踏，很快被踩烂，已很难分辨出清晰的脚印。

现场被破坏得让人头疼。

小刘向她介绍大致情况。

发现死者的是一对趁天气晴好带孩子出来踏秋的年轻夫妻。大抵因为早早起床驱车前来景区拍日出，又要爬山，孩子不一会儿就觉得累，便坐在推车里，由父母推行上山。

一家三口途经平台，坐下来想休息片刻再向山顶进发，不料却发现树下半躺半靠着一个人。两夫妻先前只觉得好奇，地上又湿又冷，躺在那儿能舒服吗？可等夫妻俩有说有笑，喝水、吃点心、自拍，连番动作结束，那人始终一动不动，毫无声息。年轻丈夫觉得有些不对头，大胆上前探察，骇然发现树下靠着的，分明是一具死去多时的尸体。

幸而当时孩子已经累得睡着，并不曾受到惊吓。

两夫妻赶紧打电话报警，又试图维护现场，奈何随后陆续登山上来的游客多半对他们的阻挠不以为然，觉得他们在大好周末开这样恶劣的玩笑实在败坏游兴，最终导致现场来来去去留下不少人的足迹。

“现场都拍照固定证据了？”连默问。

小刘点点头：“证人在清晨六点二十七分发现死者随即报警，接警二十分钟后景区派出所警察抵达现场，维持秩序，我们赶到后第一时间拍照存证。”

连默走到尸体旁边，垂头俯瞰尸体。

被秋雨打湿的树叶落在死者头上、身上、腿上，如一层织锦毯子，将死者掩盖在下头。

连默蹲下身，从取证箱里拿出一支笔，稍微拨开死者身边的落叶，露出埋在下头的几缕头发。头发由锋利刀具整齐铰断，脱离人体，即便沾有血迹，但光泽仍在，乌黑油亮，像上好的丝线。

将这几缕头发装进透明物证袋密封编号后，连默微微欠身查看死者。

带着雨水露气的落叶黏在死者头面上，让人看不清他的五官，只能隐约透过黄叶交叠的缝隙看见底下已经凝结的斑斑血迹，显示出他生前遭受过怎样的痛苦磨难。

“尸体已出现轻度尸僵，根据昨夜温度，初步判断死者死亡时间在昨夜二十四点至今晨三点之间，死者头部有干涸血迹，推测生前可能遭受重击，具体死亡时间和死因还需解剖后才能确定。”连默站起身，对青空与小刘道，又遥遥指一指死者垂在一旁的头部，“他头部受到击打，后被人剃去头发……”

“何以见得是在击打受害者头部后才剃掉了他的头发？”青空质疑。

连默将装有头发的物证袋递给青空：“如果是在击打受害人之前剃掉头发，落在地面上的发丝不会像现在这样同血液黏结在一起，而应该四处飘落。”

“那也可能会在死者受到击打时沾上血迹。”小刘假设。

连默举手，假意敲打小刘头部，在触到小刘额头前停下，又猛然抡起手，再度朝他面门砸去。

“像这样，在敲击的时候，血液会随着击打物呈抛物线状向外甩出，落下的血迹由近而远会呈现出由大圆而渐渐变小的椭圆状血滴痕迹，与证物上的血迹不符。”

连默四下环顾，有些遗憾。一夜细雨冲刷后，混乱的现场无法找到未遭破坏的血液痕迹。

尸体运回法医实验室，实习生一边和连默一道将黏附在尸体上的落叶一一取下装进物证袋密封，一边不住嘀咕：“女人真是神奇的生物！浦江十一月日均最低温度只有九摄氏度，看天气预报，昨夜今晨最低六摄氏度，她是怎么做到在大半夜只穿一条裹身包臀窄裙，足蹬高跟鞋爬上半山的？”

连默垂眼注视仍处于尸僵状态、头面部血肉模糊的女性尸体："要么是她的抗冻能力超乎寻常，不然就是于她而言，美丽比健康更重要。"

"作为女人，能让她打扮得漂漂亮亮去爬山，想必是她很喜欢的人。"实习生侧头看一眼女死者，"不料却葬送卿卿性命。"

摘去落叶后露出死者头部多处外力所致的伤口，一处在左眉骨靠近左侧太阳穴，另几处都集中在死者左侧顶骨接近冠状缝的位置。连默拉过解剖台旁的电子放大镜，凝神查看黏附有大量血块的伤口，随后朝实习生伸手："镊子。"

实习生递上尖嘴镊，连默接在手里，小心翼翼地将镊尖探进其中一处伤口，缓缓取出一片嵌在颅骨伤口间的残片，抬高手在灯下细细观察。

"你看看，觉得像什么？"连默向实习生招招手。

实习生凑过来，就着连默的手，细看片刻："好像油漆……"

连默点点头，将亚黑色残片装进一个小物证盒中，肯定他的结论："确实很像，不过仍需要送实验室进一步检验以获得确切答案。"

"我这就送过去！"实习生自告奋勇。

感应门左右滑开，青空走入解剖室时，连默正在为尸体开颅。

偌大一间解剖室里只有她一人，通风换气用的排气扇持续运转，发出不易察觉的"嗡嗡"声，与连默手持圆锯切割颅骨而产生的高频噪声混在一起，在人声寂寂的高挑空间里，显得有些嘈杂。

连默半垂头，戴着耳机、护目镜与口罩，双手稳稳擎着圆锯，缓慢而坚定地切开颅骨，有细微的白色粉末在空气中未及散逸，便如同轻烟被解剖台左右的大功率吸气孔吸走。

青空站在门边驻足，静静注视连默片刻。她瘦削的身体里似蕴含强大力量，让人心生敬畏。

当连默关掉圆锯放在一边，些微用力取下死者的头盖骨，青空走到她身侧问："目前有什么结果？"

"你知道吗？哈佛大学有科学家研究指出，节食减肥可能会影响智力，导致智商与注意力下降。"连默摘下耳机，答非所问。

"所以她可能是笨死的？"青空忍不住联想。

连默抬头看他一眼，复又垂首，伸出戴一次性医学手套的右手，以食指指向死者裸露在空气中的大脑特定区域："看这里。"

青空弯腰探头，细细瞅了两眼："有问题？"

"看到颞叶与顶叶的紫红色肿块了吗？"

青空点点头。

"这是外力导致脑挫裂伤形成的急性硬脑膜下血肿的典型症状，正常人在血肿达到五十至一百毫升已会造成颅脑损伤导致死亡。"连默用下颔指指尸体，"死者脑部共有三处这样的血肿……死亡原因正是急性硬脑膜下血肿。"

"三处？"

连默取下手套，走到一旁医学影像显示器前，调取稍早拍摄的X光片。

受害人的伤口在灰阶显示器上，显得更触目惊心。

头骨左侧有多处形状奇怪的钝器伤，处处入骨。

"推测死者当时与凶手面对面站立，"连默扳过青空身体，让他站在自己对面，随后顺手拿起放在一旁的解剖器械推车上的一把咬骨钳，执在右手，从旁向内挥动，向他示范，"死者年龄在十八到二十五岁之间，未曾生育，身高一百七十六公分，在女性中属于身材比较高挑的。凶手第一次用力击打，在眉骨近太阳穴处形成一个自上而下的斜角伤口，由此可以推断凶手身材比死者稍矮。"

连默又按住青空肩膀，稍稍施压，使得他不得不退后半步，一屁股坐在医用显示器前的转椅上。

"当受害人遭到第一下重击后，踉跄后退，跌坐在地，背部靠在树干上。”连默逼近青空，再度挥手。这一次她的手臂由上到下，“在受害人失去反抗能力后，凶手多次击打她的头部，力气一次比一次大，直到凶手觉得够了，才停下来……”

连默返回尸检台前，稍稍抬起尸体一侧肩膀：“尸体后背与腿部尸斑也显示受害人一直保持半靠半坐的姿势，直至死亡。”

“可有受到性侵？”青空旋转脚跟，滑动转移，靠近连默。

连默摇头：“没有迹象表明她曾遭受过性侵。”

“能判断得出凶器是什么吗？”青空相信连默的法医检查结论。

连默摇头：“目前推测是一种有钝角的重物。”

“确定死者身份了吗？”

连默摊手：“已提取死者指纹与血液样本，指纹在指纹库中没有匹配，血样送检结果还未出来。”

她取过放在一旁的物证袋，里头装有一件原本是鲜明亮黄色、现在染满血迹与地面污渍的连衣裙，以及死者的贴身衣物，另有一双鞋面沾有泥污、后跟蹭掉好几处皮的浅口红底高跟鞋。

“这是受害人仅有的物品，其中没有手机、钱包、证件和贵重物品，看来凶手将所有能辨识她身份的东西悉数带走。”连默向青空展示高跟鞋后面剐蹭的痕迹，“看，她曾经躺坐在地面上，几度试图站起来，但未成功，凶手没有给她机会活着离开。”

“有进一步结果尽快通知我。”青空走出解剖室。

连默望着青空的背影，俶尔微笑，重新戴好耳机，走向尸检台，准备做进一步解剖。

“贝多芬曾经说过：即使是最神圣的友谊里也可能潜藏着秘密，但是你不可以因为你不能猜测出朋友的秘密而误解了他。那么你呢？”她温柔地取过解剖刀，手腕悬停在尸体上方，“你又藏着什么秘密？”

青空回到楼上办公室，拖过一片空白的线索板，用白板笔在上头写下“无名氏”三个字，随后将死因、推测死亡时间、案发时间、可能凶器等线索一一标注。

他刚放下笔，小刘气喘吁吁地走进办公室，一把拿起办公桌上的保温杯，拧开杯盖，一仰头“咕嘟嘟”喝掉大半杯，随即“呸呸呸”地朝杯中吐出几颗枸杞，随后一屁股坐进座椅里。

“来来回回好几趟，跑个半死，可把我累坏了！”

“事情办妥了？”青空接过他手中的保温杯，走到饮水机跟前，帮小刘续满一杯水，重新塞回他手里。

小刘一拍胸脯：“根据上级要求，先取得宣传处领导同意，再获得副局书面签字批准，然后交回宣传处……”

“年轻人就是精力旺盛。”费永年站在办公室门口，感叹。

“不能辜负费队的信任！”小刘咧嘴。

临下班时，连默收到法医实验室加急血液检测报告，浦江市局数据库内没有与死者血样匹配的数据信息。

连默将检测结果带到楼上刑侦队办公室：“除已知颅脑外伤导致硬脑膜下血肿，死者身上只有几处擦伤，总体而言是相当健康的女性。”

“死者应该认识凶手。”青空接过报告，边看边对连默和小刘说，“对方才能在她毫无防备的情况下，从正面袭击。”

“也许是男女朋友之间产生争执。”小刘猜测。

“那她男朋友可真是娇小玲珑。”连默一本正经地吐槽。

青空一愣，然后忍了笑：“也不能排除凶手是女性的可能。”

连默点头同意。

小刘看看连默，又看看青空，忽然叹息，上前一步勾住青空肩膀：“晚上有没有安排？没有的话，一起去吃烤肉吧！我家附近新开了一家巴西烤肉自助餐厅，两人同行，一人享受半价优惠。”

“不带你女朋友去？”青空纳罕。

“带她去吃自助烤肉不划算！”小刘挥手，“胃口本来就小，还专挑蔬菜水果吃。”

青空听得哈哈笑。

“连法医要不要一起去？叫上朋友。”小刘问。

连默微笑婉拒：“我还要回去整理东西，准备搬家。”

“找到新住处了？”小刘好奇，“到时候叫上我们，出不了苦力，但我们喊得了口号啊！”

连默认认真真地点头：“好。”

小刘与青空勾肩搭背走出办公室，远远传来他的嘀咕：“我在开玩笑，开玩笑啊！”

费永年走到连默身边，与她并肩而立，注视青空和小刘有说有笑地走远，不由得感慨：“年轻真好！”

连默轻笑：“是。”

费永年转头看了眼她的认真脸，失笑：“你也是年轻人，不要像我们老人家一样总待在家里，要多多参加集体活动才对。”

连默微微侧首，想了想，说：“我是话题终结者，有我在，很容易冷场。”

费永年有片刻无语望天，最后伸出大手摸了摸她的后脑勺：“真是傻孩子。”

驱车返回临江苑，连默再度在门口遇到表哥纪琤。

脸圆圆的纪琤以肉眼可见的速度消瘦下来，眼镜架在鼻梁上因缺少颧骨肌肉支撑，时不时滑落，一件蓝灰色夹克衫穿在他身上显得空落落的，左臂用别针系着一截黑纱。

“小默……”他双眼通红，艰难哽咽道，“我妈走了……”

连默虽早有心理准备，也不免心下黯然，曾经那么风风火火泼辣霸道的姑姑，这样走完她五十八年的人生。

姑姑对她但有十分不好，对儿子便有十二分好。

“节哀。”她低声对纪琤说。

纪琤的眼泪“唰”一下，如同开闸般，涌了出来。

连默有几秒手足无措，随即轻叹：“我们到江边走走吧……”

纪琤将眼镜推到额头，胡乱用手抹一把脸上的眼泪：“谢谢你，小默。”

连默与他慢慢朝江边走去，隔着半臂之遥的距离，她能看见大概好几天都没有仔细梳洗过的纪琤油腻黑发间夹杂着丝丝缕缕的白发，肩膀上落着一层头皮屑，通身透着沉沉暮气，仿佛一夜之间老去。

深秋傍晚，江风猎猎，吹得人冷透骨髓，连默却似浑然不觉。

“姑姑的身后事……”

“已经请殡葬公司代为全权打理，”纪琤缩着肩膀，擤擤鼻子，“我妈生前别无他求，只希望我们兄妹能好好的，彼此守望相助……”

连默垂睫，自嘲一笑。

当年她由父母双全备受宠爱的独女，乍失怙恃，变成父母双亡的孤女，不得不寄人篱下，在姑姑姑父眼皮底下讨生活的时候，他们何曾想过她是否需要有人同她“守望相助”？

纪琤没留意连默的神情，自顾絮絮叨叨：“我答应了妈妈，等把房子卖掉，分你一半。虽然与你现在住的房子比起来，实在是很不起眼的数目。”

他总觉得有钱阔少肯把整层价值千万的江景房给表妹住，很说明问题，谁会无缘无故把千万豪宅给别人住？

连默无意再多费口舌向他解释，也不愿他继续纠缠这个话题：“我想先拿回爸爸妈妈留下的、本属于我的物品。”

纪琤胡乱点点头：“应该的，你看什么时候方便？”

连默轻喟：“等大殓结束，我们再约时间吧。”

纪琤神色惶然中透出一丝歉疚。当年外婆去世，母亲急吼吼将外婆的贵重物品都收拢在一处装在随身包里悄悄藏起来，生怕遗漏一件便宜了连默的样子，现在回想，真是要多难看，有多难看。

“对不起……”纪琤讷讷不成言。

连默摆摆手：“你多久没好好睡过一觉了？快回家休息吧，姑姑的身后事还要靠你主持。”

纪琤木然地应了一声，转身慢慢离去。

信以谌推开门，偌大一层公寓里的灯全都熄着，静悄悄的，毫无人声。夜色初上，窗外浦江两岸靡丽的光影照进屋内，映得浅白地板色彩斑斓。

他一眼望见连默侧坐在飘窗上，头轻轻抵着玻璃，细瘦无依的样子令他心中微微一痛。

他放下手中提篮，大步走到飘窗前，伸手搂住连默肩膀，将自己的胸腹轻轻靠在她后背上，下巴压住她头顶：“我回来了。”

连默感受到他说话时的震动自头顶传来，慢慢执起他的一只手，缓缓将面孔贴在他手背上：“嗯。”

“走吧，今天我们先把你的书和唱片搬去新家，再吃一顿丰盛的晚餐，算是我送你的暖房礼。”以谌拽起连默，“我来搬箱子，你帮我拎菜篮子。”

连默望着玄关处的复古菜篮，脸上终于露出一点儿笑颜：“这么大一篮子菜？”

以谌将放在客厅一角装满书籍的两个纸板箱叠在一起往外搬：“总要有鱼有肉才像样。”

连默将提篮挎在臂弯，带盖的椭圆竹篮内忽然传出低低的“嗷呜”声，连默不由得一愣：“信以谌……”

“怎么了？”以谌搬着两箱书凑到她身边。

“这里面装着什么？”连默指一指传来阵阵响动的菜篮子。

以谌轻笑：“打开看看。”又带些懊恼似的，“明明说好可以睡三个小时。”

连默疑惑地揭开提篮虚合的盖子，在油纸包着的大块牛排与鱼之间钻出一只灰白相间的幼犬，嗷呜叫着，瞪大圆滚滚的冰蓝色眼睛，用湿漉漉的鼻尖不停地拱着油纸包。

连默眼里闪过亮光。

“这才是送给你的新居暖房礼，朋友说已经排过便喝饱奶，起码能睡三小时，结果它迫不及待要见你，提早醒了。”以谌隔着连默肩膀，探头望向虎头虎脑的小狗，微叹，“脾气这么急，不知道像谁。”

连默伸手，小心翼翼地挠挠幼犬耳朵，小狗好奇地转动脑袋，试图用舌头舔她的手指，连默赶紧收回手：“我还没洗手。”

“走，我们赶紧带它去新家！”以谌用肩膀蹭蹭连默，“我朋友交代说醒来就要喂食，是我考虑不周，东西都提前送到那边去了。”

连默先以谌一步走向电梯，一边垂头安抚提篮里“嗷呜、嗷呜”叫唤的小狗：“别急，这就带你回家，找东西给你吃。”

她站在电梯门口，按亮下行键，蓦然回头，朝以谌轻轻扬睫：“还等什么？我们走吧。”

以谌的眼猛地掠过亮光，那光仿佛能穿透黑夜，他笑应：“来了，来了！”

随后他追上她，侧首看她细声对小狗说话，稍早的寂寞孤冷，通通被电梯门关在他们身后。

以谌捧着纸板箱，眼角满是温柔。

公司里有个女文员，专司管理图纸档案，是一位香港女作家的狂热拥趸，凡是女作家的小说，悉数购买收藏；戴女作家屡屡提及的奢侈品牌珠宝；小说里提及的国家，她全都走了一遍……凡此种种，不一而足。

偶有一次他去档案室调取资料查看，在门外听见她对办公室同事说，如果有人肯用世界换她微笑，天涯海角她也愿意同他去。

当时他只觉得女孩子的浪漫真是不切实际。

然而这一刻，连默侧颜嘴角那一抹小小笑纹，倏忽令他省悟：他愿以世界，换她一个微笑。

青空半弯着腰，凑在视频监控中心的王警官身后，一手撑在王警官的座椅靠背上：“辛苦王哥，连夜帮我们调取监控录像。”

“应该的，分内事嘛。”王警官笑了笑，始终头也不回，目不转睛地盯着面前的整片监控墙的特定区域。

屏幕上是事发当晚至案发早晨命案现场及周边道路的监控画面，数个显示器呈现多个不同角度街道车辆川流不息的景象。

青空的视觉受到冲击：“王哥，你们每天盯着这些监控实时画面，也不轻松啊！”

王警官耸耸肩：“世界上哪里有真正轻松的工作？即使看起来光鲜亮丽的职业，背后也有不为人知的艰辛。”

青空竖起大拇指：“王哥看得透彻！”

王警官没接话茬，忽然将全副注意力集中在其中一格显示器上，定格，倒退，回放，随后招呼青空，指给他看：“这里，昨夜二十三点三十八分，景区山脚下出租车下客点，一辆载客出租车停车，女乘客在二十三点三十九分下车。你看，乘客基本符合死者的衣着打扮特征……”

“王哥你是怎么做到在这么多画面中辨识出来的？”青空觉得不可思议。

“我们监控中心的计算机有最先进的算法，可以通过输入关键词，过滤掉不必要的画面，最大程度查找所需的信息。”王警官颇为自豪，“这套‘天网’系统可以精确捕捉并识别车牌和人脸，准确率大大提升。”

青空看了眼回放画面中穿一件裹身连衣裙，踩着高跟鞋自出租车上下来的长发女郎：“还有其他角度更清晰的画面吗？”

王警官摇摇头："因为是夜间拍摄，加之晚间有零星降雨，湿度大，影响能见度和画面清晰度。"

青空一捶自己掌心："那能不能看清出租车的车牌？"

王警官放大画面："这个角度看不清楚，需要调取周边道路交通监控录像，有结果通知你。"

"谢谢王哥！"

青空返回办公室，与小刘交换彼此掌握的信息。

"各分局和派出所都未接到与死者年龄、外貌、体征符合或者相近的女性失踪的报告，"小刘看了眼墙上的石英钟，"也许是因为从案发到现在还不足二十四小时。"

"不知道死者的身份，很难推测具体动机，"青空站在线索板前，在死者照片边上写下"财、色"两字，打上大大问号，"但从凶手行凶时的残忍手段看，这不是一桩临时起意的激情杀人案，倒像是经过周密计划后的预谋杀人。"

"古往今来，一切凶杀，全脱不开钱财情色。"小刘轻叹。

青空在线索板上标注时间线："景区监控录像看得怎么样了？"

"正要同你说。"小刘坐在办公桌后，将桌上的显示屏转往青空方向，"景区上山无须购买门票，向游客免费开放，只有山顶天文台需要购票入内。因此主要监控摄像头多集中在山顶天主教堂与天文台附近，山路只在几个主要路口设有监控探头。"

小刘将画面放大："主路口监控分别在零点十四分、零点三十一分两次拍到受害人与一个比她矮大半头，身高目测在一米六七左右的嫌疑人步行上山。"

"有人与她同行？！"青空大步走到小刘办公桌前，"很可能就是本案的嫌疑人！看得清长相吗？"

小刘敲敲桌面："此人的确非常可疑，全程戴一顶黑色棒球帽，穿黑外套，背一个大号黑色双肩包，由始至终低着头，监控探头没能拍到其正脸，只有一个十分模糊的侧面。”

“案发现场观景平台的监控呢？”

“可惜，那里的摄像头恰恰被几个上山来玩的捣蛋鬼用皮弹弓打坏了，景区已经报修，但还未修复。”小刘遗憾地一拍大腿，“怎么偏巧就坏了呢！”

青空脸色凝肃：“还有其他画面吗？”

“再有便是零点五十七分、一点二十分，同样位置监控摄像头拍到黑衣人独自下山。”

“基本已可以肯定与死者一起上山的黑衣人就是本案凶嫌，”青空走回线索板前，写下“黑衣人”三字，又将死亡时间精确到零点三十一分至五十七分之间，“把这几段影像截取下来，交给监控中心，看看王哥能不能交叉比对，发现他的行动轨迹。”

小刘肃容点头。他们所发现的每一个线索，所做的每一个决定，都将成为影响案件侦破的关键，不容半点马虎。

一个年轻生命的消逝，不过在短短二十六分钟的时间里，而找到杀害她的凶手，却不知要花费多少时间、人力、物力，有些案件终将成为悬案，长久地等待，等待有一天，真相揭晓，真凶落网。

连默缝合死者空洞的胸腔，轻轻将白色罩布盖在她早已冰冷僵直的尸体上，推进停尸房嵌在墙上的不锈钢冷藏库，缓缓关上门，拉下门闩。

回到办公室，她办公桌上的电脑正根据死者三维立体扫描数据重塑死者遭受撞击的头部模型。

早前出炉的血液报告，警方数据库中并没有能与之匹配的信息，现有证据无法进一步辨认受害者身份。

死者是谁，仍然成谜。

法医实验室软件能通过扫描死者头骨，对其面部进行重塑，并模拟其青少年、中年、老年的面貌变化，随后通过传统媒体与新兴网络媒体的力量，希望有市民能在看到死者面部三维模拟图像后，协助警方辨认死者身份。

当电脑屏幕上依次出现女死者三个不同年龄段容貌的模拟图像时，其美丽的五官令连默轻叹："多少人爱你青春欢畅的时辰，爱慕你的美丽，假意或真心，只有一个人爱你那朝圣者的灵魂，爱你衰老了的脸上痛苦的皱纹……"

在一旁整理笔记的实习生抬起头来："我知道，我知道，济慈，对不对？！"

连默轻笑，抬起左手，拇指食指贴近："非常接近，但还差一点点，是叶慈。"

实习生哀叹，摸出一元硬币，扔进她面前的玻璃罐中。

连默在硬币落在玻璃罐里的脆响声中将死者容貌的三维模拟图像发送给楼上的小刘和青空。

传统媒体与分局在社交网络官方账号一齐发布无名女尸的三维重建头像和其生前所穿着衣物的照片，请求大众协助辨认无名女尸的公告后不久，热心市民便纷纷打电话来提供线索。

筛查众多明显不符的信息后，其中一通电话引起青空和小刘的注意。

"……好像是我的室友赵菲妍。"电话那头的女声怯怯的，带着些许不确定。

"可否提供更确切的信息帮助我们确认她的身份？"小刘循循善诱，"比如你室友的年龄、身高、体重、职业等，以及你多久没见过她了？"

"菲妍是替身演员，才大学毕业，刚开始干替身这一行，身高能有一米七几吧，反正在女孩子里属于长得特别高的，体重应该一百斤出头，我前两天还听她嘀咕着要减肥，要将体重控制在一百斤……"彼端的年轻女孩回忆，"我已经两天没有她的消息了，我看到新闻，有点担心她，可打她电话一直没人接。”

青空与小刘对视一眼，小刘继续煦声问：“你最后一次见到赵菲妍是什么时候？”

“是……大前天，十七号晚上，我们一道在小区楼下吃小火锅，吃完饭将近九点，我们回家，她洗澡换衣服出门。”女孩子有些自责，“我还多嘴问她，这么晚穿这么漂亮出门，是去约会吗？她就笑了笑，说有点儿事。想不到……”

青空向小刘点点头，小刘用和缓的声音问：“请问你有没有时间，方不方便来辨认一下？”

那头沉默片刻，迟疑道：“我要上班，请假出来有点儿难度，下班以后可不可以？”

“可以，没问题。”小刘一口答应。

将近六点，一名身高中等，扎马尾辫，穿粉色毛料大衣的年轻女郎由接待处的民警引至刑侦队办公室。

“石晴，你好！我就是同你通电话的刘警官。麻烦你了，这边走。”小刘看了眼胸前挂着访客证，面带忐忑不安的女郎，伸手引导她走向电梯。

石晴摇摇头，跟上小刘，搭乘电梯抵达地下一层法医实验室。

实验室大部分工作人员已经下班，大半办公室熄灯关门，隔着门上竖长的玻璃望进去，无人的办公室黑沉沉一片。

石晴下意识靠近小刘，小刘半托住她的手肘：“没事，我会全程陪同，你只要看一眼，辨认一下死者的身份。”

年轻的石晴微微点头，勉力让自己克服对死亡的本能恐惧，在小刘的陪伴下，来到停尸房门前。

感应门无声地左右滑开，停尸房内明亮柔白色的灯光照在整排嵌在墙体内的不锈钢储尸柜上，泛起冷冷幽光。

石晴不由得后退一步，偎在小刘身侧。

小刘将手掌轻轻抵在她后背，给她勇气："只看一眼。"

石晴胡乱点点头。

连默与青空已等候在停尸房，见小刘带人前来认尸，青空朝连默颔首，连默轻轻转动储尸柜门闩，打开不锈钢柜门，拉出停尸床。

青空放缓声音，问："准备好了吗？"

石晴觑一眼头发乌黑，面孔雪白，镇定如常的连默，暗暗吸一口气，点头："准备好了。"

连默伸出双手，轻轻捏住白色罩尸布两角，向上揭开，下拉到尸体肩胛处，露出死者一片死灰色的脸来。

石晴隔得老远望了一眼，便猛地侧过头去，整个人微微颤抖："……是她，是菲妍。"

"能肯定吗？"青空问。

石晴脸色煞白，因战栗而牙关"咯咯"作响："我不会认错，就是她。"

连默将罩尸布重新盖好，将停尸床推回储尸柜，关门落闩，跟在证人和青空他们身后，走出停尸房，关闭停尸房光源和自动感应门，将亡者们，留在冰冷的世界，等待尘归尘、土归土的那天到来。

经过石晴辨认，死者确系与她合租同住的室友赵菲妍，一名替身演员。在十一月十七日晚九点，两人吃过晚饭，回家洗澡换衣服后，约十点钟出门，便再也没有其任何消息，直到她看到警方发出的协助辨认无名女尸的公告，此时距离她最后一次见到赵菲妍已超过四十八小时。

"赵菲妍这么晚出门，一夜未归，你不觉得奇怪吗？"青空递一杯热水给面色仍然苍白的石晴。

"他们做演员的，经常日夜颠倒，拍夜场戏更是司空见惯，有时候去外景地十天半个月不回来也是有的，我起初并没有放在心上……"石晴捧住水杯，任水汽蒸腾，氤氲她的双眼。

小刘将办公桌上的餐巾纸盒推到她跟前："赵菲妍有男朋友吗？"

石晴想了想，摇摇头："好像没有。她头脑十分清醒，一直说娱乐圈是靠一副好皮囊吃青春饭的，要是红不起来，很容易就被淘汰，所以想趁青春正好，努力拼一次，暂时不想谈感情。她还说，女人没有自己的事业，空有一个外人看来美满的婚姻，不过是水月镜花，都是假象。"

在一旁垂睫把玩取证箱拎把，等待前往死者住处搜集提取证据的连默倏忽抬眼，望向石晴。

石晴感受到连默的目光，含泪轻笑："菲妍和我不同，我没有远大志向，只想找一个理想的好男人结婚生子。她有野心，也有执着和毅力，可万万没想到……"

这时费永年阔步走进办公室，扬了扬手中的搜查令："加急替你们申请到搜查令，抓紧时间！"

"是！"青空和小刘齐齐响亮回应。

连默驱车，跟在青空和小刘的警车后面，来到死者与石晴合租的高层公寓房内。

两个女孩子一看就不擅长整理房间，小小两室一厅的屋子里乱糟糟的，拖鞋、高跟鞋脱得随处都是，长短厚薄不一的外套、风衣随意地扔在三人沙发上，眼看要将沙发淹没。

石晴有点不好意思："抱歉，家里比较乱。"

"没事，你是没见过男生宿舍。"小刘安抚她。

"赵菲妍住哪一间？"青空来回看看一南一北、一大一小两间卧室，问。

石晴指指朝北的一间："菲妍说她作息不定，在家的时间也不多，所以把朝南的主卧让给我，她住朝北的次卧。"

"这两天还有什么人进出过她的房间吗？"

“应该没有，除非在我上班后有人来过。”石晴想走过去开门，被小刘拦下。

连默穿上一次性防尘鞋套，戴上手套，走至次卧门口，伸手按住门把手，轻轻下压，“咔嗒”一声，门锁开启，稍稍一推，门便开了。

迎面而来一股门窗关闭几天后形成的浊气，随着门开后形成的气流涌了出来，窗帘半开半合，透进一片暗沉的天光。

赵菲妍的房间比客厅里稍微整洁一些，至少没有扔得到处都是衣服，只在床脚处搭着件毛衣和一条牛仔裤。

石晴踮脚朝卧室里张望：“那就是我们吃晚饭时菲妍穿的衣服，她说吃完火锅身上全是味道，一定要洗了澡换一套新衣服才出门。”

连默拈起粘在米色毛衣上的一根头发，小心将之装进证物袋中，密封编号。

小刘与青空在十平方米大小的卧室里翻找，没有发现死者的手机、钱包等物品，但在她的充当梳妆台用的写字台抽屉里找到了她的笔记本电脑和移动硬盘。

小刘试图启动笔记本电脑，却发现电量已经用尽，无法开机。

连默伸手，默默递上证物袋。

“那她在生活中有没有什么敌人？或者最近和什么人产生过纠纷？”青空继续引导石晴回忆。

石晴咬咬嘴唇：“敌人……菲妍说娱乐圈没有真正的朋友，大家常常为一个角色争得头破血流，视其他人为绊脚石，谁会真心对谁好？每个人都是潜在的敌人。至于纠纷，她最近刚从一个十八线小明星手里抢走一个广告代言，那小明星气不过，打电话来骚扰她，算不算？”

石晴口里的十八线小明星生着一张网红脸，个子不高，打扮时髦，十一月中旬仍穿破洞牛仔裤，露出两个膝盖。名气不大，架子不小。她对自己的到来没能在刑侦队引起万众瞩目的效果感到不满，微微抬高嗓音，迭声说时间紧迫还要回去看剧本。

小刘取出笔录本："那我们就抓紧时间，不兜圈子了。"

她的经纪人态度倒颇客气，不停朝青空和小刘微笑，主动递上名片，又歉然地解释："微璐最近正在读剧本，进养老院当护工体验生活，行程排得比较紧凑。她一听说警方需要她协助调查，百忙之中无论如何也要抽时间亲自过来。"

"请问林小姐认识赵菲妍吗？"青空开门见山，直奔主题。

网红脸林微璐冷哼一声："认识，怎么不认识？！化成灰我都认识！"

经纪人连忙朝她使眼色，又客客气气地替她辩解："大家都是新生代演员，有些竞争是难免的。"

林微璐一把撩起自己长发的发尾，仿佛将一把黑色丝线攥在手心里，心不在焉地拨弄来拨弄去："她怎么了？她抢我的代言，我抢她的角色，天公地道。她不是这么没品吧？为这么点儿小事，惊动警方。"

经纪人频频对她眨眼睛，她故作不见。

"赵菲妍于上周五夜间遇害。"青空从文件夹中取出赵菲妍头面部被砸得血肉模糊的照片，轻轻推到林微璐面前。

先前还是趾高气扬的林微璐先是一愣，随即发出一声仿佛被人掐住喉咙的惊叫，猛地将照片推远，人侧身扑到经纪人怀里："好可怕！好可怕！！"

经纪人搂住她肩膀，不断轻拍她手臂："没事，不怕，只是照片。"

"不是说化成灰都认识吗？"

"我们微璐是刀子嘴、豆腐心……"经纪人无奈地收起官方微笑表情。

"林小姐上周五晚十点到次日凌晨两点之间，人在哪里？有什么人可以做证？”青空观察林微璐的一举一动，不放过她脸上任何细微的表情变化。

她从经纪人怀里稍微撇脸瞥一眼问询桌上的照片，又飞快地转过脸，拼命回想：“周五……周五……”

“上周五晚上微璐在浦江市养老院体验生活，整晚都同当班护工一起值夜。”经纪人还算镇定，“有当晚的护工可以替她证明，养老院的监控录像应该也记录下了她当天晚上的行踪。”

林微璐用力点头：“对对对！我一晚上都在替老头老太端茶送水换尿布，忙得脚不点地，哪里有空跑出去杀人……”

她说到一半，忽然露出一点儿嘲讽之色来：“赵菲妍从我手里抢走代言又有什么意义？心比天高，命比纸薄。”

经纪人轻叹，抬手摸摸她头顶。

“暂时没有其他问题了，我们会向养老院方面核实你们提供的不在场证词。”青空起身送林微璐和她的经纪人离开，在两个人走出问询室之际，他忽然问，“林小姐可知道赵菲妍是否同其他人有罅隙？”

林微璐驻足沉默片刻，轻叹：“娱乐圈，名利场，每个人都需厮杀出一条血路，踩着别人上位。谁知道她在工作的时候，又得罪过什么人呢？”

连默对死去的赵菲妍和她的对手林微璐，生出一些好奇。

自石晴和赵菲妍合租的公寓内提取的毛发样本，经过基因比对，证明死者确系赵菲妍，她生前正在为一款新上市的滋养生发洗发水拍摄广告。该产品刚投放市场，品牌方投入大量人力、物力、财力进行品牌推广，对于新人来说，的确是一次机会，能通过密集的广告播放获得观众认可。

也难怪林微璐耿耿于怀。

“从养老院方面证实林微璐在死者遇害当晚一直在与护工一起值

夜，体验生活。”小刘在午饭前对前来送基因检测结果的连默说起案件侦办进度，“可以排除她的嫌疑。”

“这条线索走不通，需要换个角度审视案件。”小刘接过连默递来的脱氧核糖核酸比对结果，“已与死者经纪人取得联系，吃过午饭就去找他谈谈。”

“问问他，死者生前，可有关系比较亲密的朋友。”连默微微蹙眉。

她始终觉得从景区监控录像上看，赵菲妍与凶手，非但熟识，还关系颇佳。两人在深夜爬山至半山腰，赵菲妍肢体、步态全程都没有表现出戒备抵触，反而极其轻松随意，显然凶手并不令她防备。

“我们最初熟人行凶的思路是对的。”青空取过放在桌上的录音录像装备，朝连默点头。

“凶手行凶弃尸逃离现场，周边道路交通摄像头可有进一步发现？”在市局开完会回来的费队走进办公室，拍拍青空、小刘肩膀。

“有。”青空从桌面上取过文件夹，拿出数张照片，“监控中心的王哥说费队你得请他吃饭才行，为了找到这个人的行动给轨迹，他都快把眼睛看瞎了。”

费永年挥手：“案子要是告破，别说请他吃饭了，请全队吃饭都没问题！”

“我们可都听见了，费队到时候可别赖账。”小刘朝连默眨眼睛，快，快附和我！

连默只是疑惑地挑眉。

小刘颓然。

青空失笑，将数张照片摊在办公桌上：“在一点二十分景区摄像头最后一次拍到黑衣人独自下山后，一点三十分他经过景区出租车下客点，步行至路口，沿马路右转。这一过程中他始终戴着棒球帽，背大双肩包。”

青空将照片排序：“一点三十五分，同一路口交通监控拍到他进入路边公共厕所。在此期间共有两男一女进入公厕，并先后离开。一点四十八分，又有一人走出厕所进入监控范围，但并不是黑衣人，因道路监控摄像头晚间清晰度和天气因素等诸多影响，故不能断定先后离开的四人当中，到底哪一个是凶手。”

费永年表情严肃：“这个凶手，很狡猾啊。”

小刘点头：“我和青空去那个公厕实地调查过，晚上十点以后，该公厕无人看守，当天的垃圾会在晚十点前由保洁人员统一打包，次日前来上班的工作人员将垃圾袋移至垃圾车内运走。十八号早晨工作人员发现有三大包垃圾，比平时多一包，但并未放在心上，如常将垃圾袋交由环卫工人运走。”

“凶手很可能将凶器和行凶时穿的衣服，以及死者的随身物品等全都装在垃圾袋内，伪装成公厕内的污物垃圾，轻而易举地通过环卫垃圾焚烧、填埋，湮灭证据。”

正说着话，区警官快步走进办公室。

“费队，小卫，小刘，连法医，隔壁交警大队在交通大整治行动中查获多辆套牌出租车，其中一辆套牌出租车司机说他有一一·一七命案的线索，想以此换取宽大处理。交警大队已经把人带来。”

青空眼睛一亮，看向小刘。小刘脸上也露出一点儿欣色来。

他们根据道路交通监控录像拍摄到的出租车牌照前往浦江出租车公司查找线索，但出租车公司表示当晚该号牌出租车进厂维护，并没有载客营运，线索就此中断，不想竟又峰回路转。

坐在询问室里的出租车司机是个典型的中年男人，剃板寸头，因常年开出租车，脸晒得黝黑，脖子上挂着手指粗的金项链，手腕上戴一串檀木佛珠，腰间还荡着一枚玉质佛牌，一看就是浦江土生土长的老江湖。

看见青空和小刘走入询问室，中年司机赶紧从座椅上站起来。

“警察同志好！”一边说，一边自上衣口袋里摸出烟盒来，在手心里一磕，颠出两支香烟，分别递给青空同小刘。

青空摆手拒绝，小刘则示意他看看墙壁上“禁止吸烟”的标志。

男人连忙点头哈腰将香烟塞回上衣口袋，讪讪落座。

“我叫齐友利，今年五十二岁，本市户籍，目前待业……”中年司机齐友利十分配合，一五一十回答问题。

“不对吧？你不是出租车司机吗？”青空看了眼交警大队的笔录。

齐友利伸手撸了撸自己的寸头：“我、我是开黑车的呀，哪里算正经工作……”

“你倒有自知之明。”青空瞥他一眼，“据说你有案件重要线索提供，怎么不早不晚，偏偏等到被交警查获开套牌出租车，才想起来？”

齐友利坐正身体，苦笑：“警察同志，你们也晓得我是开黑车的，平时看到警察都会绕道走，哪能会主动往上凑？”

小刘闻言点点头，这倒不假。

“说吧，你有什么线索。”

齐友利下意识去摸香烟，中途想起询问室禁止吸烟，只好将手腕上的佛珠取下来，攥在手里，来回摩挲。

“十一月十七号夜里，大概十点半，在浦江东区明珠佳苑门口，我接载了新闻里说的那个小姑娘。她上车说要到天文台，我心里特别纳闷，还同她开玩笑说，小姑娘穿得这么漂亮，深更半夜往山上跑，不会是有什么想不开，要做傻事吧？”他嘿嘿一笑，“其实就是和她聊聊天，不然一个人开车一个多小时，很无聊的。”

“她怎么说？”青空问。

“小姑娘就笑，嗔怪：‘师傅你想到哪里去了，只是些工作上的事。’我心里就暗暗想，什么工作，半夜里穿得山青水绿去那么偏僻的地方？又不能明着问她，只好对她讲，夜里山上冷，应该多穿一点儿衣服，否则要吃不消。”齐友利叹息，“她就在后视镜里冲我笑，说谢谢师傅好心提醒。”

“她当时穿什么衣服？”

“她穿一件黄色连衣裙，背一个小包包，”齐友利伸手比画，“就比手掌大一点点，顶多只能装一部手机还有钥匙同零钱，手臂上还搭着一条大围巾。”

“你观察得倒很仔细。”青空意外。

“哎呀，我们开车的，就是要会察言观色，眼睛要毒，看人要准，什么人可以……”齐友利说得忘形，差一点说漏嘴，猛地嘿嘿一笑，摸摸头顶，“车开到一半外面开始下小雨，等到景区出租车下客点，我还对小姑娘说，这么晚回程未必叫得到出租车，问她用不用我在这里等她。”

齐友利垂头看一眼攥在手心里的佛珠：“她说不用，所以她下车以后，我就开走了。等到两天后看到新闻，我心里老窝涩的。一朵花一样的女孩子，我看着她下了车，结果……其实看到新闻我就想来提供线索，可是我是开黑车的，心里为难，心思就有点恍惚，今天正正撞在交警枪口上。”

“看来我们倒要感谢交通大整治。”青空朝小刘笑了笑，随即转向齐友利，“她说工作上的事，你还能想起什么？”

齐友利摊摊手：“就是些‘师傅这个年纪都还在打拼，我还年轻，吃点儿苦受儿点冷不算什么’之类的闲谈，唉……这小姑娘长得漂亮，人又和气，长头发在背后轻轻一摇，像画里走出来的一样，想不到……”

“心里为难，心思恍惚，都是假的，怕站出来提供线索被警方发现他是开黑车的才是重点。”将齐友利移交回交警大队等待进一步处罚结果后，小刘掸掸手中的笔录。

“不过他确实提供了重要线索，”青空中肯，“首先，结合死者室友石晴的证词，她在十七号晚十点左右出门，走出大约一站路，在明珠佳苑小区门口打车，车程约一个半小时，二十三点三十九分，在案发地景区出租车下客点下车。这条时间线已经清晰。其次，石晴问死者，是不是去约会，她予以否认。假设她是不想让室友知道自己在谈恋爱，但是出租车司机同她之间不存在利害关系，她依然否认他开玩笑似的猜想，说是工作上的事。”

“你认为她的确是为了工作而在半夜上山。”小刘替青空总结。

“局领导批示，要全力尽快侦结一一·一七命案，让市民放心，还我市著名景区一个良好的旅游环境。”

“因此侦破重点还是回到赵菲妍最近的工作上。”青空转向连默，“下午我们找死者的经纪人，一起去？”

连默点头：“好。”

摄影棚是一处神奇的所在，前一秒所有人都还仿佛散漫怠惰，无所事事，下一秒便各就各位，各司其职，整个拍摄现场都鲜活了起来。

连默跟在青空和小刘身后，走进位于市中心一处地理位置颇佳的摄影工作室，底楼接待员将他们领上占据整个楼层二楼的摄影棚，放眼看去正是这犹如惊人化学反应的一幕。

半靠在座椅里向后仰着头任由化妆师在脸上施为的模特，蓦然长身而立，卸去身上披的白色浴袍，展露出浴袍下头一袭如同肌肤般与身体曲线贴合的烟岚色纱裙。纱裙胸口钉着大片水晶珠粒，迤逦地沿着模特小巧的水滴状胸线朝下散布开去，随着她起身走动，每一个不经意的侧身，水晶若隐若现在纱裙中熠熠生辉，仿佛清晨，旭日初升，岚烟将散，露水未消的一刻。

连默手提取证箱，站在摄影棚入口一侧，充满兴趣地旁观了一会儿，看模特在摄影师的指导下，摆出各种违反人体力学的姿势，以供拍照。

青空走出一段路，发现连默没有跟上来，回头一看，她站在入口旁，门后的光透进来，她立在光明与黑暗的分界线上，好像稍不注意，便会隐没在黑暗当中。

“连默！”他扬声叫她，“快跟上！”

有短暂的瞬间，青空以为她没有听见，但下一刻，她拎着出外勤时片刻不离身的黑色取证箱，脱离黑暗，以轻捷的姿态向他走来，不知怎的，他便安下心来。

三人根据接待员指使，在摄影棚一侧，找到行政办公室。

行政办公室面积颇大，房间里除了各种摄影器材和修选样片的若干电脑，在沿街靠窗的位置还放着一张行军床。

在他们到来前，已有人先他们一步在办公室内交谈。

一个人到中年但保养得宜的女子抓着一沓A4纸不停挥舞，她近旁则站着一名黑发齐肩，穿黑色毛衣搭配牛仔裤，脚踩帆布便鞋，身材高挑的年轻女郎，微微侧首，表情有些凝重，两人对面则是个西装革履的青年，蹙着眉表情隐忍。

“……发生这样的事，我们公司也不想的啊！菲妍是公司力捧的新人，是一颗冉冉升起的新星，前途无量！”中年妇女抖一抖手中纸张，“事情已然发生，但这属于不可抗力，并不是我们公司违约，我们愿意用其他艺人代替菲妍出演广告，费用减半……”

青年摆摆手：“因是不可抗力缘故，所以我方并未视贵公司违约，只是双方自动解除合同罢了。先期投入产生的费用也不需要贵公司赔偿……”

“你还没见过琪琪，怎知道她一定不如菲妍合适？”中年妇女摆动双手，用力阻止青年，“小许先生，您给琪琪一个机会，让她试试看！”

又拽住站在一旁的高挑女郎的胳膊：“小贵你倒是说句话啊！”

小刘轻咳一声，打断办公室内一时半刻不会产生明确结果的争论，三人齐齐回头，望向门口。

小刘先一步迈入办公室，出示证件，青空与连默随即跟上，先后出示证件。

中年妇女扫一眼三人，如获救星，一把薅过小刘，将手里的纸张在他眼前挥来舞去："我们请警察同志评评理！菲妍遇害，我们公司损失最严重！我们也愿意换一个更有市场潜力的艺人来代替她，把广告拍完，尽量挽回双方的损失……"

青年小许先生叹息："这件事，我说了不算。"

"那就找能做得了主的人来！"中年女士霸气道。

全程保持沉默的高挑女郎看了眼明显无意当老娘舅做调解员的连默一行人，舒展眉心："陆姐，小许先生，我与人有约，暂不奉陪了，你们尽管在此地配合警方调查。"

她随后转向堵在门口的三人，微微颔首："我已交代工作室全员配合警方调查、取证，三位警官请随意。"

说罢，她迈着两条媲美模特又长又直的腿，跨过行政办公室地面上堆放的杂物，走到一侧墙跟前，推开办公室连接隔壁房间的门，消失在门口。

青空和小刘眼看着她的背影隐没在与墙壁同色的门后，面面相觑，唯有连默，眼里露出一点儿好奇有趣来。

她原本先入为主，以为高挑女郎是与赵菲妍经纪人同来的艺人，没想到她竟然就是浦江鼎鼎有名的摄影师贵天真。

绝少看娱乐新闻的连默都约略知道贵天真其人，她是本城一间二流大学新闻系出身，跑过社会新闻，当过娱乐记者，做过街头访谈，不意却发现人像摄影是她的特长，连好莱坞影星到本城宣传走红毯，都指定由她负责拍摄……她的故事之精彩传奇，足可以拍一部好莱坞式的励志电影。

原来，这就是贵天真。

青空、小刘先对气势汹汹的中年女士陆安林进行询问。

陆女士四十五岁，原是某大影视公司的经纪人部一姐，在娱乐圈可以说是有振臂一呼应者如云的本事。不料她在外全力打拼，一个不注意，内宅失火，先生与她部门一个小助理眉来眼去，勾搭在一处，偷偷将资产转移，然后与她离婚，一转身便公然与小助理结婚，每天在社交媒体上秀恩爱。

陆女士大受打击，公司里的对手趁她焦头烂额之际抢走她手下好几个当红艺人，于她而言不啻腹背受敌、雪上加霜，为此她颇消沉了一段时间。

不过陆安林绝不是那种摔倒了就再也爬不起来的人。消沉过后，她自原经纪公司辞职，还带走了一批将红未红的新人，自己当起了老板，新近捧红了一个小生同小青衣。

“菲妍是我正打算力捧的小青衣，长相出众，性格坚韧，最要紧的是肯吃苦，哪怕角色不那么讨喜，她也愿意尝试，不像有些女明星，偶像包袱重，挑三拣四。”陆安林卸下张牙舞爪的伪装，不过是一个为了员工四处奔走、尽心尽责的上司。

“我都给她规划妥了，先接拍这则洗发水广告，在观众心目中留下一个深刻的印象，然后接拍网络剧……”她长声叹息，疲态尽显，“哪料福祸相依，忽然就……”

青空向她询问案发时的行踪，陆女士黯然：“我当时带着付琪连夜飞往北京，想替她争取一个试镜的机会……”

“我们会向机场方面核实，如有需要，还会请你来协助警方调查。”青空与陆女士核对信息无误，请她在笔录上签名后，任其离开。

“也不容易。”小刘感慨。

“谁又比谁轻松？”青空轻喟。

两人转而向等候许久的小许先生展开问讯。

小许先生上有精明能干的父亲许先生，下有一个凭借家族生意东风一跃成为名模的妹妹许小姐，相比起来，脚踏实地做事的小许先生，算不得十分出众的人物。他这一次负责引进一款全新洗发水的宣发工作，力排众议，选择还是新人的赵菲妍出演洗发水广告，面临不小的压力。

“我和小赵，没有什么男女之情，我就是在她身上，仿佛看到自己。”小许先生抹一把脸，“来试镜的有大公司当红女明星，也有虽然不红，但是非常大胆暗示愿意用肉体换取出镜机会的小模特，夹在这些人当中，她既不起眼，又显得格外出众。”

“你选择赵菲妍出演广告，会不会令她得罪了什么人？”

小许先生摇摇头：“如果失去一个出演广告的机会就要杀人，那娱乐圈里每天要发生多少命案？”

“十一月十七日晚二十三点至次日凌晨两点之间，你在哪里？可有证明？”青空按例问。

“十七日晚……”小许先生回忆，“伦敦国际电影节开幕在即，我们要为各大影视公司的艺人提供赞助与造型服务，所以在公司与伦敦方面开视频会议。”

小许先生有大把人做他的不在场证明。

“那你还能想到什么人同赵菲妍在工作中有龃龉？”

“我并不常到拍摄现场，”小许先生因提供不了更多线索而沮丧，“我相信贵老师的能力，不想过来指手画脚。”

青空点点头，恐怕摄影棚里的工作人员知道得都比他多。

青空和小刘在摄影棚先后询问了参与洗发水广告拍摄的工作人员，众人一致表示赵菲妍为人和善客气，没有架子，很容易沟通，大家都很喜欢她。

“摄影棚里本来就开着暖气，几盏灯再一照，不消片刻工夫人就热得不行，但从来没听她抱怨过。”矮个子灯光师说。

“哎呀给女明星挑衣服才麻烦，嫌瘦嫌胖，嫌暴露嫌保守。”服装师是个爽利的大嗓门，“小赵就没那么多话，她是衣服架子，穿什么都好看。”

化妆师是个斯斯文文的女孩子，一边清理手边的化妆刷，一边轻声细气地说："赵小姐配合度高，总是早早就来棚里化妆，不用我们大家等她到最后一刻。还总买零食给我们。"

赵菲妍获得摄影工作室一众工作人员的交口称赞。

一直在摄影棚内，沿着外围慢慢兜圈，认真旁观拍摄的连默，忽然在一侧幕布后头停下脚步。

贵天真的摄影棚设在市中心一处老邮政大厦二楼。整层楼面原本是用来分拣邮件包裹的，随着快递行业兴起，传统邮政业务日渐式微，邮政大厦底楼的邮局在几年前宣布停业，原有业务转至其他邮政网点，大楼因而闲置。

因大厦地理位置优越，先后有商场和餐饮店承租，但一直红火不起来，直到贵天真将其租下。邮政大厦原本的建筑格局悉数得以保留，巨大而开阔的空间仅使用可升降遮光幕布分割成若干区域，方便数个摄影师与模特同时拍摄，也能将所有幕布拉起，形成一个纵深的拍摄场地，利用大厦原本采光良好的优势和充满历史感的建筑风格，拍摄极具特色的复古照片。

连默正是在两块降下来的深黑色幕布的间隙当中，发现一排置物架，样子有些像雨天商场门口摆放的伞架，但上头放置的是一整排材质不同，颜色不一的十来架三脚架。

那些三脚架有些认真收拢，以油布套仔细包覆，插放在架子上，有些则大咧咧拉得老长往架子上一立，在两片黑沉沉的幕布之间，仿佛一只盘踞在暗处的三腿怪兽。

连默的注意力立刻被吸引，放下手中的取证箱，蹲下身，打开箱子，取一次性手套戴上，随后拿出手电筒，缓步避开幕布垂坠下来的边缘，接近置物架。

手电筒青白的光束一一扫过置物架上的每一个三脚架，铝合金材质的三脚架映射出一片幽幽的银光，带有黑色亮漆涂层的三脚架仿佛意味不明的武器，冰凉冷酷。

连默停在其中一架整齐收拢、认真插放在架子上的亚黑色三脚架前。

这是一个收拢折叠之后大概有二十三英寸，相当于六十厘米高的三脚架，外有亚黑色涂层，顶端装有固定相机的云台。

连默刚打算趋近看个仔细，身后传来小刘的声音："连法医有什么发现？"

不待连默回答，小刘已吹响口哨："果然单反穷三代，摄影毁一生！"

连默不解地回眸看他，他伸手一划拉，啧啧咋舌道："这一架子三脚架，贵上万，便宜的少说也要几千，往这里一搁，那就是十几万啊！"

青空自小刘身后探身，往连默所站的位置张望一眼："有发现？"

连默点点头，以手电筒光束做指引，示意两人注意亚黑色金属三脚架上头的云台，伸出戴着手套的手，用手指在云台上方比画形状。

"注意这里的形状。"

青空、小刘一道挤进不算宽敞的幕布间隙，凑近观察。

"我一直在数据库中对比已知的钝器伤伤口形状，然而始终没有能与赵菲妍的伤口匹配的。让我疑惑的是什么样的物体会有那样形状的钝角，又能对人造成致命打击？"连默朝面前的一排三脚架摊手，"这就是答案。"

"有什么我可以帮得上忙的？"三人身后，贵天真的声音不疾不徐，冷静淡然地传来。

三人不约而同地侧身回首，看向逆光站在两片遮光幕布间隙口前的贵天真。

她双手半插在牛仔裤后插袋中，身姿挺拔，仪态闲适，对三人围在置物架前没有显露出太多情绪，只带着一点儿礼貌的微笑："这里太暗，不方便说话，请稍等。"

她转身朝对面墙壁走去，按动墙上的开关，自天花板悬挂垂坠而下的黑幕缓慢无声地向上折叠升起，在贴近顶板时“咔嗒”一声停止。

窗外的自然光猛然洒下来，在地面上落下木质窗棂曲折图案的光影，斑驳如抽象主义的画作。

贵天真返回三人跟前：“有什么问题，请尽管问。”

青空指指连默给他看的那架三脚架。

“这些三脚架属于你们摄影工作室？”青空指了指他面前的置物架。

贵天真点头：“对，大部分是工作室的，也有摄影师个人的，为了方便而放在这里。”

她又展臂对着摄影棚深处遥遥一指：“我们库房里还存有各种不同型号、不同用途，新的、旧的、报废的三脚架。”

“都有什么人能接触到这些器材？”

“除了专司管理库房的两名保管员，搁置在摄影棚里的器材任何人都可以接触到。”贵天真并不真像她的名字那样，天真无知，“摄影师、摄影师助理、灯光师、布景师……任何一个在摄影棚出入、拍摄时需要用到摄影器材的人，或者在转换场景时搬动置物架的人，都能。”

青空环视整层摄影棚，至少将嫌疑人范围缩小到这间摄影工作室的所有员工身上。也确实如他们所分析的，只有在工作中认识熟悉的人，才能让赵菲妍放下防备，在深夜独自上山赴约。

“请问，这是什么材质的？”连默举手，吸引贵天真的注意。

贵天真走近几步，看清连默所指：“这款应该是法国产的液压阻尼三维云台，铝镁合金质地，野外拍摄效果非凡。”

“十一月十七日晚，二十三点至次日凌晨两点之间，你在哪里？有谁可以证明？”青空肃容问。

“赵菲妍遇害当晚吗？”贵天真回想片刻，“我晚上驱车前往湿地拍摄夜景与第二天的日出同候鸟，当夜睡在车里，全程只身一人。”

她露出一点儿似笑非笑的表情来：“并没有人能替我做证，假使一定要设法证明我的行踪，大抵只有我的车载卫星定位系统。不过，这也算不上什么确切的不在场证明，毕竟车是可以借给别人开的。”

连默单手拿起那支三脚架，黑黝黝的架身误导了她，三脚架的分量远比她想象中轻，但上头带有两个手柄的云台实际则比看起来重很多，整个三脚架往云台方向一沉。

青空眼明手快，用小臂接住三脚架。

“谢谢。”连默向青空道谢，随后将三脚架抓稳，握住脚管，朝空中挥了挥，空中带过一片风声。

“带有这种云台的相机三脚架，应该就是凶手杀害死者时所使用的凶器。”连默将手中的三脚架小心地放回置物架上，轻轻一挥手，“恐怕每一支三脚架，都需要编号封存，带回实验室进行取证。”

这也同时意味着贵天真摄影工作室内的每一个员工，每一名可能接触到那些昂贵却又无人看管的器材的模特、访客，都要接受问讯，逐一排查。

工作量之巨大，影响度之深远，超乎想象。

贵天真脸上，终于透出一些异色。

连默与以谌饭后并肩在滨江观光平台散步，小狗初一从提篮里钻出半个脑袋来，努力想要跳到一旁的草地上。

连默上班不方便照顾还是幼犬的初一，以谌主动担负起照顾、训练初一进食、定点排便，晚上下班再将初一送回连默身边，顺便约连默一起吃饭。

连默的生活里渐渐沾染上他的痕迹，家里有他的专属拖鞋，书架上有他的书，多媒体播放器里有他的音乐播放列表……两人并未同居，可他的身影已无处不在。

“案件进展顺不顺利？”以谌安抚地摸摸初一的狗头，初一发出舒服的“呼噜呼噜”声。

“暂时还未锁定具体嫌疑人，但范围已经缩小。”连默不方便透露具体细节，“演艺行业看似风光无限，外人绝想不到其背后有多少辛酸。”

以谌轻叹，想起死去的肇莹莹与锒铛入狱的肇玲玲姐妹，真是一念天堂，一念地狱。

连默外套衣袋里的手机“嗡嗡”振动，初一听见响动，用小爪子将提篮挠得“咔啦”响。

连默笑起来：“听到了。”

她取出手机，看了眼屏幕上头跳出来的短消息，随后将手机握在手里。

“……明天下午，姑姑遗体告别。”笑容消失在连默唇边，她轻声对以谌说。

“我陪你参加。”以谌紧紧握住连默的手，仿佛这样，就能给她力量。

连默想了想，点点头：“谢谢你，以谌。”

以谌抓着她的手，揣进自己大衣口袋里：“请我看电影，算作谢礼。”

连默眺望波澜渐兴的浦江，想向他微笑，却终是不能。

只有小狗初一，奋力从提篮里钻了出来，成功跳到地面上，撒着欢朝草坪跑去，肥圆的背影像是一道初冬暮色里的闪电，划破沉滞的空气。

北方冷气团挟裹着大量颗粒物南下，将浦江笼罩在一层初冬的迷蒙雾霾中。

连默在实验室中逐一将封存带回的支架取出，刮取云台表面涂层样本，采集指纹，做血液发光氨反应试验。可疑三脚架数量颇多，因此进展十分缓慢。

近午时分，实习生贼兮兮探头进来："连法医，有位信先生找。"

连默点点头，将手边已完成取样、鲁米诺反应的三脚架放回物证袋中密封，与仍未采样取证的分开存放。走出实验室，摘下护目镜、手套，脱去一次性防尘服。

乔主任站在走廊里，见连默背着包出来，上前拍拍她肩膀："生老病死，世之常态，节哀顺变。"

连默努力朝老好人微笑："谢谢主任。"

乔主任摆摆手："快去吧，下午不用回实验室了。"

"嗯。"

连默走向走廊另一头，足音在静寂的走廊里回响，每一步都仿佛踩在通往过去的薄冰上，现在与过去的分界点薄弱得一触即碎。

倏忽，一只温暖的手，自前方伸来，抓住了她的，以谌醇厚朗然的声音穿透往昔的重重雾霭："我来了。"

厚重云层将阳光尽数遮挡，天空一片灰蒙蒙，视线所到之处，只有无尽的昏暗。

连默站在门口，望向摆满花圈挽联的小礼堂。

姑姑的身后事办得十分简薄，前来参加遗体告别，送她最后一程的人，寥寥无几。除了孝子纪琤和外甥女连默两个亲人在场，竟只有几个她曾经住亭子间时一起玩到大的姐妹和三两个下岗前的同事，姑父则从头到尾不曾露面。

纪琤站在前头，声音颤抖，勉强将悼词读完，向前来同母亲告别的亲友鞠躬致敬。主持人见机，忙宣布向遗体三鞠躬，哀乐随后响起，亲友绕场一周向遗体告别，纪琤双眼通红接受吊唁，致以答谢。

连默与以谌走在队伍最后，躺在棺木中的姑姑与她隔着生与死的距离。姑姑花白散乱的头发已被梳理整齐，凹陷脱形的双颊不知填充了什么，脸庞显得饱满许多，化了淡妆，倒比生前看起来安详。

连默本以为人死如灯灭，前尘往事都将随着生命的逝去而淹没于时光深处，然而此时此刻，她才猛然明白，即使死亡也带不走那些铭刻在记忆里的痛苦片段，她固然可以不再恨一个死人，却也无法做到原谅。

她将手中的菊花放在穿着寿衣的姑姑胸前，与以谌一起走到纪琤面前，轻道："请节哀。"

纪琤点点头。

他大抵认真梳洗过，头发终于没那么油腻，只是久未剪过，发尾已经长得拖到领口处，脸色也不好，但还是强打精神，与以谌寒暄："谢谢你陪小默过来，等下一起吃碗豆腐羹饭，请别嫌弃。"

以谌握紧连默冰冷的手，只轻轻一颔首。

连默并不想吃什么饭，只是她与纪琤约定好趁今天去取父母的遗物，倒不好让纪琤为迁就她而跳过吃豆腐羹饭的习俗。

一行人勉强在由丧葬公司安排的小饭馆里凑足两桌，在小饭店门口，众人将戴在手臂上的黑纱摘下，扔在熊熊燃烧的火盆里，又一一自火盆上跨过，去除晦气，这才落座开席。

连默内心里并不觉得晦气，她并不害怕死亡，同掩藏在微笑面具下的险恶人心相比，死亡不足为惧。

临桌几个姑姑从小到大的姐妹已经抛开伤心情绪，热热闹闹闲谈起来。

"韦芳你孙女都上幼儿园啦？！"一名染着棕色卷发的阿姨笑问，"时光过得真快！"

叫韦芳的阿姨衣着入时，保养得宜，嘴上抱怨："可不是过得快！一把屎一把尿把囡囡带大，送上幼儿园，她妈妈就吵着要买房，说什么家里房子小，囡囡没有自己的卧室，总同爷爷奶奶睡，不利于成长。你们说，求我们给她带孩子的时候，她怎么不嫌房子小啊？"

另一个阿姨忙劝她："哎呀，你管他们做什么？让他们花钱买房去呀！钱你们老的是没有的，帮忙带孩子么也够仁至义尽了，该享享清福了。”

“对对对！”染着棕发的阿姨附和，“你就是想不开，非要吃苦受累！让我说啊，你媳妇要分出去过，你笑呵呵答应，热烈欢送！”

“有什么用？回头接送囡囡，买菜烧饭，还不是得我去帮忙？”

另两个阿姨七嘴八舌地开解她：“这么拼命做啥？你看连丽华拼不拼？结果怎么样？老公跟小三跑了，她自己弄得中风瘫痪，什么福都没有享到！”

“是呀，是呀！连丽华当时是我们几个姐妹里长得最好看的，工作也早，收入又不少，打扮得比我们都时髦。大家都还在穿的确良衬衫，她已经穿我们现在说的雪纺料子了；我们还在扎辫子，她已经烫卷发了，样样要强，样样争先。早早就晓得房子最值钱，为了房子同她弟弟翻脸……”

“我记得以前和我们住一个弄堂的艾艾，最看不惯她这副样子，好几次气哼哼说‘恨不得把她那一头卷毛揪光’……”叫韦芳的阿姨轻叹，“想不到反而是她，这么早就走了。”

连默坐在以谌身边，用调羹无意识地捣弄着碗里的文思豆腐，听到这里，若有所思地抬眼望向对这一切恍若未闻的纪琤。

纪琤确然不曾留意临桌几位阿姨的交谈，他全副心思都放在信以谌身上，不断找话题攀谈，试图同他建立起男人之间的友谊。

以谌对他，没有一丝好感，只保持礼貌，偶尔回应一句。即便如此，纪琤也似大受鼓励。

“有你陪着小默，我就放心了。”纪琤发自肺腑。

“这是应该的。”以谌看了眼垂着头心不在焉的连默。

纪琤不懂他礼貌之下的冷淡疏离。

连默推开碗筷，侧头问以谌：“时间不早，明天还要上班，要不然你先回去？”

以谌不及回应，纪琤倒先自责起来：“是我考虑不周！耽误你们的时间了。我先同你们过去取叔叔、婶婶的物品吧。”

他随即对隔壁桌的叔伯阿姨们起身致歉：“我和小默有事，先走一步，此地已经结过账，叔伯阿姨们别客气，慢用。”

中年人们和年轻人之间本就没太多情谊，此时纷纷挥手。

“琤琤这些年全心全意照顾你妈妈，多不容易，你妈妈如今解脱了，你也该好好休息一下。早点回去吧。”

“有什么需要帮忙的，尽管来找我，韦芳阿姨一定帮你解决。”

“你也该考虑自己的终身大事了，丽华生前唯一担心的就是没人照顾你。”

辞别众人，纪琤在前开车领路，以谌开车跟在后头，返回市区。

连姑姑买的房子在市中心，是浦江市最早的一批商品房，房龄颇有些年头。电梯慢悠悠上行，耳朵里能听得见缆线上下运作的声音。

连默站在电梯一角，双眼茫然地注视着电梯古朴的格栅门在楼层不断上升时与楼板交错透进来的光影。

她以为姑姑、姑父卖掉她家的房子，连夜搬走，一个联系方式都吝于留下，应该是搬去某个宽敞明亮，有花园绿树的大屋。

然而当她站在老商品房狭窄幽长的走廊上，努力避开过道上摆放着的各家桌椅自行车等杂物时，那种荒谬感越发明显。

纪琤走到走廊居中的一户门前，取出钥匙，打开防盗门，将连默和以谌让进室内。

老商品房的三室一厅格局逼仄，客厅采光不佳，不开灯显得一片黑暗。

纪琤亮了灯，见连默和以谌无意久留的样子，搓搓手：“你们稍坐，我去拿东西。”

连默站在客厅中间，四下环视，找不到一丝一毫熟悉的痕迹。

姑姑一家，似乎决意要把旧日通通抹杀。

没过多久，纪琤捧着一只纸板箱返回客厅，交到连默手上。

“小默……”他轻叹，“你原谅我妈，她也不容易。”

连默抬眼望向他，将并没有多少分量的纸箱抱在怀里：“谢谢你们这些年替我保管爸爸妈妈的物品。”

纪琤再怎么想厚着脸皮粉饰太平，也无法直视连默一双幽黑深沉的眼，他狼狈地转开头。

“我们不打扰你了，好好休息。”以谌搂住连默肩膀，向纪琤告辞。

纪琤将两人送至门口，注视两人并肩，步调出奇一致地走向走廊另一头，轻轻叹气，关上门。

连默坐在副驾驶座上，小心翼翼地捧着纸板箱，像捧着整个世界。

她从纸箱中找出一个斑驳掉漆的铁皮月饼盒子，揭开盖子，看了眼里头散乱摆放着的数件首饰。

“这是他们去美国第一次参加学院举办的年度宴会，爸爸买来送给妈妈的珍珠项链……”连默将一串因保养不当，已经失去原本光润色泽的珠链绕在指间，嘴角浮现一朵怀念的微笑，“妈妈觉得太郑重了些，爸爸搂着她在客厅里转了一个圈，说结婚时家中拮据，条件有限，没有珠宝首饰送她，现在有机会，要好好弥补。”

“他们一定很爱彼此。”以谌放慢车速，空出一只手来，抚摩连默脸颊。

连默眼中有泪：“是，他们深爱彼此。”

她伸手越过肩膀，轻触自己后背。在衣服之下，那里有处伤口，隐隐作痛。

“他们被发现时，紧紧拉着彼此的手……警方说，通过客厅地板上的血迹可以判断，他们在中枪后并没有立刻死亡，拼尽全力，爬向对方，死也要死在一起……”

连默闭上眼睛，那画面在她脑海里一遍又一遍回放。

以谌心疼得无以复加。

他一转方向盘，将车驶向最近的一处公园，将车停在暮色将至的停车场上。

连默将珍珠项链放回铁皮盒里，回手抹去溢出眼眶的眼泪，努力对他露出一个比哭还令人心碎的微笑："最后的时间，他们至少还有彼此。"

留下她一个人，独自面对世间人情冷暖。

以谌一把抱住她，不管纸板箱的棱角硌痛他的胸口，他只想紧紧拥抱她，连同她的伤，她的痛，她无处言说的孤单寂寞，通通都抱在怀里，再不放开。他想用自己的爱，换她今后每时每刻，幸福微笑……

即使满心酸楚，连默仍按部就班，次日照常上班。

实习生偷偷觑一眼连默脸色，又低下头去默默将从摄影工作室三脚架上提取的众多指纹录入电脑，以便与工作室员工们的指纹做对比。

连默其实是极易相处的导师，从不藏私，也从未给他脸色看，或者斥责他做事不够勤快，只是今天围绕在她周身的低气压无形中令压力倍增。

连默不曾注意实习生的小动作，她取过一个密封袋，拉开密封条，从中取出三脚架。这支三脚架想必购置有些年头，锁定金属脚管的扳扣因来回扳动太多次数，已有些微掉漆，上头安装的三维云台一角的漆也有剥落，露出里头银灰色铝合金材质。

她提取指纹，填上与物证对应的编号，放在一旁，随后将三脚架移至另一侧实验室检验台，取过发光氨喷剂，对准三脚架云台和脚架部分，按动压柄，均匀喷洒。

连默走到墙边用手肘触碰开关，灯光熄灭，实验室陷入黑暗之中，只有检验台上三脚架的云台发出触目惊心的幽蓝的大片荧光，脚管上也有条条絮状血液喷溅后被抹去留下的擦拭痕迹。

找到了！她在心里说，重新亮起灯光，返回检验台，用解剖刀刮下少许云台上的亚黑色油漆，装入物证盒中，又拿棉签在每一处血液痕迹擦拭取样，封存，编号。

走出实验室，连默把手中的油漆样本和血液样本递给实习生："帮我送到实验室，请他们加急。"

"好的。"实习生接过数个样本，一溜烟跑出去。

他火急火燎的背影令连默一愣，随即摇摇头，回去继续对剩余的三脚架进行采样。

那边青空和小刘加班加点在核实摄影工作室众多工作人员提供的不在场证明。

赵菲妍遇害当晚在外地拍摄的工作人员首先得以排除，与她在工作上并无太多交集，又有不在场证明的人员也陆续排除嫌疑，重点怀疑对象逐渐落在与赵菲妍接触最多的摄影师贵天真、灯光师白亮、服装师梁心恬和化妆师闻嘉黛身上。

贵天真自陈当晚前往浦江湿地拍摄夜景，也同时坦陈没人能证明她的行踪。

灯光师白亮与服装师梁心恬为彼此做证，表示当晚他们相约与几个朋友一道唱歌，可是背景调查显示，白亮曾因猥亵罪被判处有期徒刑两年，因在狱中表现良好，出狱后被安排参加街道的技能培训后，经街道推荐，在贵天真的摄影工作室谋得现在的灯光师工作。

"案发当晚他说在歌城唱歌直到十一点，因为喝了点儿酒，人有些晕乎，就步行了一段路程，随手在路边招了辆招揽生意的黑车，返回住处。他说没留意具体时间，也没注意自己到底乘坐了一辆什么车，提不出更确切有力的证据。"小刘拍一拍线索板上灯光师白亮的照片，"我觉得他嫌疑很大，首先他有案底，其次他所提供的不在场证明不够充足。因为从他离开歌城，到赵菲妍遇害，这之间有一个小时空白，车如果开得足够快，足以使他赶到案发地点……”

“动机？”费永年问。

“求爱不成，愤而行凶。”

“梁心恬的嫌疑呢？”费永年转而问。

照片上的梁心恬长相如同她的名字，长相甜美，鼻梁上有些许雀斑，为她平添一丝俏皮，看不出来能做出如此凶残的事。

“经调查，她和白亮是情侣关系，对白亮死心塌地。据工作室其他人说，她接了不少私活儿，就为能攒钱给白亮买一台价格不菲的单反相机，对白亮那是掏心掏肺。”青空看看笔录，“而白亮有个坏毛病，喜欢对女性献殷勤。他长得帅，嘴巴甜，做事卖力，在工作室里很吃得开。广告拍摄期间恰逢赵菲妍生日，他还给她送过花和价格不菲的礼物。梁心恬也许因妒成狂。”

费永年将双手负在背后：“这个动机不算充分，但这么多年的办案经验告诉我，很多杀人案的导火索都是微不足道的小事。”

“至于化妆师闻嘉黛，她也没有充分的不在场证明。”小刘的视线略过线索板，“她说案发时间段她正在睡觉，没有人能替她证明。”

所有人都将视线落在贵天真的照片上。

她年轻，因常年在野外拍摄，体质颇佳，不到三十岁已拥有一间有二十名固定员工的摄影工作室，受到时尚圈和演艺圈的追捧，对作为演员，渴望成名的赵菲妍来说，无疑是充满吸引力的。她有能力令赵菲妍在半夜三更无畏低温细雨，徒步上山，只为赴她的约会。

“所有没有明确不在场证明的人中，她嫌疑最大。”青空直言，“哪个艺人拒绝得了著名摄影师的邀约呢？哪怕半夜约在那么偏僻的地方。何况贵天真身为女性，能使得受害者的警惕性大大降低。”

“先请贵天真来，配合我们做进一步调查。”费永年沉吟片刻，敲敲线索板，“要找到动机，但没有确凿证据之前，不要惊动她。”

贵天真十分配合警方，不但如约至分局接受调查，甚至还带来当晚她的行车记录影像与车载卫星定位系统的行车路线记录，并附上一周内的通话记录。

小刘接过她递上的U盘，并不急于验证她的说辞，只朝她笑了笑："谢谢您积极主动配合我们警方调查。"

贵天真短发齐肩，野外的拍摄工作使得她的皮肤被晒成一种健康的金蜜色，五官透出一种中性的野性美，简单的米色毛衣牛仔外套被她穿出一份利落的高定风格。

她的态度并不咄咄逼人，相反出奇克制自持。

"工作关系，我在野外拍照时，手机常保持静音状态，有时会错过打进来的电话。一般在工作结束后，我会查看手机通话记录，确保没有遗漏重要来电。"贵天真目似清泉，透彻得仿若能倒映整个世界，又保有一份稚真好奇，"但我返回市区后恰巧遇上赵菲妍缺席当天的广告拍摄，现场工作人员等得心浮气躁，抱怨不断，嫌她还没真正红起来先学会耍大牌。" 贵天真顿了顿，"在全组等待一小时后，我宣布收工，麻烦助理与她的经纪人陆姐联系交涉。"

"陆安林在十八号已知道赵菲妍失踪？"青空打断她的叙述。

"助理回复我，陆姐人在外地，并不很了解具体情况。赵菲妍以前一直做女演员们的发替……"

"发替？"

"头发替身。很多女演员的头发因为经常染烫做造型，发质糟糕，在拍摄时用本人的头发无法呈现导演或者厂商的要求，当然可以用电脑进行后期处理，但远没有真人拍摄效果自然。"贵天真解释。

青空示意她接着说。

"因为以前只是没名气的发替，所以她一直没有助理。听陆姐原来的计划，本打算等广告播出，替她打响名气，接拍更多商业广告时再帮她配一个助理。陆姐方面回复说一时也无法联系到她，可能是第一次担纲拍摄广告，压力过大，躲起来减压。这样的事，以前也不是没有发生过。”贵天真轻喟，将她的手机推向坐在对面的青空，“因她一直没有出现，我不得不重新安排日程，一时事忙，所以没注意在十七日晚十点半，她曾经拨打过我的手机。”

青空看了一眼上头的电话号码，小刘则起身走到门口，叫住门外经过的干警，向上级申请调取查询赵菲妍的通话记录。

“你对灯光师白亮可有所了解？”

“白亮？”贵天真墨长的眉微蹙，“他由社区阳光接纳计划推荐过来，试用期开始前，他明确表示已经洗心革面，和过去的狐朋狗友彻底断绝往来。”

“你怎么看？”费永年问上来送报告的连默。

连默认真注视双向镜另一边的贵天真片刻：“她要不是确然无辜，就是演技高超。无论肢体语言还是面部细微表情，都显示她所言不虚。”

“有什么新线索？”

“三脚架上有血液反应，检测结果已经出来，血迹属于受害者。”连默将报告递给费永年，“云台上刮取的油漆样本经气相色谱质谱联用仪检测结果与在死者颅骨伤口内找到的亚黑色残片成分完全一致。”

“可以认定凶器就是那架三脚架？”费永年向连默确认。

连默点点头：“三维云台的边缘钝角与死者颅骨的钝器伤口也吻合，基本可以断定这就是凶器。实验室提取到两组比较清晰的指纹，一组属于贵天真，一组则属于灯光师白亮。”

费永年陷入沉思：“白亮求爱不成，恼羞成怒，勉强说得过去。但贵天真，她有什么动机？她已经功成名就，初出茅庐、毫无名气的赵菲妍，对她完全构不成威胁……”

思及以精神疾病为由提起上诉、笑起来人畜无害的娃娃脸连环杀

人犯詹姆斯 庞，连默声音浅淡："大量证据表明有高智商反社会型人格罪犯，风度翩翩，充满魅力，他们杀人不为泄愤，只为取乐。"

连默屈膝坐在飘窗上，怀里抱着初一，脚边放着一只红漆樟木匣子。

她定定地凝视匣子上的黄铜锁扣，有种近乡情怯似的彷徨。

整整十年，当这些对旁人来说微不足道的物品，终于交回到她手上时，除了最初一刻的迫不及待，便再不曾查看，反而将它们通通装进匣子里。

她没有勇气去翻检查看。

初一在连默怀里用湿漉漉的鼻尖轻拱她的手臂，小狗身上柔软的茸毛和暖融融的体温，驱走一丝蔓延上来的寒意。连默将脸贴在初一身上，感受它轻快的心跳。

以谌捧着一大牛皮纸袋食材推门进来，身后跟着以诺。

进门换鞋后以诺直奔初一，用自己带来的能发出声响的玩具球、骨头形状的狗咬胶逗弄初一："初一，来来来，到哥哥这里来！"

初一瞪一双巧克力色眼睛，分明动心，却克制地在连默臂弯里摇摇尾巴，没有立刻跳进他怀里。

连默轻笑，吻了吻初一额头，伸手在它两只后脚稍微使力："去吧。"

初一得到鼓励，四足在连默身上一蹬，欢快地像一道灰白色的闪电直直投向以诺，以诺哈哈笑着一把接住初一，一人一犬在客厅里玩成一团。

"幼稚！"以谌将买好的食材分门别类放入冰箱，洗手出来，看见亲弟举高手臂，引得初一不断向上蹦着企图去咬玩具球的样子，摇头失笑。

他走到飘窗边，侧坐在连默对面，伸手摸了摸她的额头。

"仿佛比早晨烫。"

冬季来临，感冒多发，连默不幸中招，头痛鼻塞，还有点发烧，她不肯请假休息，以谌也不强迫她，只坚持下班由他买菜做饭。

“我没事。”连默嘟囔。

过去十年，无论病得多重，她都一个人应付下来，现在不过是区区感冒，没必要大惊小怪。

以谌轻声笑起来，揉了揉她脸颊：“你要给我机会，展示我过人的厨艺及细致周到的服务……”

一旁以诺一心二用，逗弄初一的同时，不忘偷听两人说话，这时忍不住插嘴：“小默默，不要看我哥平时总板着一副四平八稳的棺材脸，其实最温柔体贴。”

以谌瞟他一眼，征求连默意见：“他死皮赖脸要上来同我们一起吃晚饭，你看有没有多余的位置给他？”

以诺忙将手里的玩具球丢给初一，自己双手合十，朝连默作揖：“默默，小默默，看在我孤身一人，父母出门远游，兄长长期在外有家不归的份上，收留我吧！”

“留下来一起吃晚饭吧。”连默望了眼叼着小皮球跑回来在以诺脚边打转的初一，轻道。

以诺满脸谄笑，伸出双手趋近飘窗，想同连默握手，被以谌抬脚轻轻踹开。

“留下来吃饭没问题，你负责洗碗。”

以诺跳脚：“小默默都没提附加条件。”

“随便你。”以谌在连默额角印下一吻，起身走向厨房。

以诺跟在他身后迭声抗议，又问：“我帮你择菜，代替洗碗？”

两兄弟在你一言我一语的讨价还价中，一前一后走进厨房，声音消失在厨房门后。

连默双手环抱膝盖，伏在自己手臂上，笑容一点点漫上嘴角。

吃过晚饭，以诺嘴里咕咕哝哝，到底还是迫于兄长的威严，钻进厨房洗碗去了。

以谌洗干净草莓，另将两个猕猴桃削皮切片，一起盛在白色水果盏中，端给窝在沙发里看新闻的连默："多吃水果，能补充维生素和矿物质。"

转而端出用羊奶泡软的狗粮，放在小狗初一专用的进食垫上，初一闻见味道，小跑着奔向食盆，蹲坐下来，"呼噜噜"吃得欢实。

以诺围一条白色围裙，倚在厨房门框上，声音哀怨："人不如狗……"

"你可以走了。"以谌懒得理会他。

连默忽然从沙发里坐正身体。

电视里正播放新闻："……新晋女演员赵菲妍惨遭杀害，著名摄影师贵天真接受警方调查……"

自艾自怜的以诺猛地来了精神，三步并作两步，从厨房走到客厅，站在沙发后头，半趴在沙发靠背上："贵天真啊？绝对不可能是她啦！"

连默侧头看他："何以见得？"

以诺耸肩："以贵天真今时今日的成就，根本不会和这些小演员、小模特计较，她真要杀人，恐怕目标也会定在几个有实力同她一起角逐年度国际摄影大奖的摄影师身上。"

连默陷入沉思。

"下月中旬一部好莱坞大片来浦江举行亚洲首映典礼，早早约好她作为唯一指定摄影师全程跟拍，几个有意在年底拍摄人像影集的演员想排她的档期都排不进，她哪里有工夫去同小明星纠缠？！"以诺补充，"除非警方是拿她做幌子，意在麻痹真凶。"

"她说当晚在湿地拍摄夜景，没有确切的不在场证明。"连默不便透露更多细节。

以诺"哈"一声，一拍沙发靠背："从市区到湿地，要经过一处收费站，即使市区道路监控摄像头没能拍摄到清晰图像，但收费站的摄像头一定会拍到驾驶员！”

连默眼睛一亮，取过沙发旁茶几上的电话，打给青空。

那头青空正在做体能训练，低头躲过教练的一个勾拳，拍拍拳套，示意暂停，弯腰从扔在拳台一角的毛巾上取过手机：“喂？”

“查过收费站的监控没有？”连默的声音传来，似远似近。

青空一愣：“没有。这就去查！”

被贵天真自己提供的“无法得到证实”的不在场证明误导，以至于所有人都未核实当晚她是否驾车通过浦江湿地收费站。

结果监控中心调取收费站当晚的录像，很快发现贵天真在十七号晚二十二点十三分，驾驶她的浦江牌照纯黑色吉普牧马人通过收费口，直到次日上午九点三十八分驱车通过返城收费口。

“真是！”小刘将贵天真的照片从线索板正中位置取下，挪到一边，“被误导得够呛！”

费永年屈指敲敲白板：“排除贵天真，还有白亮，梁心恬，闻嘉黛。媒体将矛头直指贵天真也不是没有好处，至少能令真凶放松警惕。抓紧，以请他们协助进一步调查的名义让他们前来接受问讯，看看能否找到突破口。”

有案底的白亮首先到分局接受问讯。

他看起来有些紧张拘束，整个人呈现一种防备的紧绷状态，在问讯椅上坐得笔直，双手交叠搁在桌面上，努力不让自己的眼神游移，回答问题尽量客观简短，不掺杂个人感情。

“我和赵菲妍就是一般同事关系。

“送礼物？因为是她过生日，况且工作室也不止我一个人送她礼物，大家都送，我不送不好看。

“我怎么可能追求赵菲妍？我和她不是一个层次的人。她是大学生，又得到经纪公司力捧，我才初中毕业，不过是个给人打工的灯光师，这点儿自知之明我还是有的。我只是想趁她还没红起来的时候同她打好关系，万一她将来红了，也算是一条人脉。”

“你老实交代，十七号晚唱完歌，你究竟去哪儿了？梁心恬说她打你电话，你也不回，第二天上班人看起来萎靡不振，很没精神。”青空逼问。

白亮沉默片刻，苦笑：“心恬说的？”

青空点点头：“你们是情侣关系吧？”

白亮看了眼戴在左手中指上的白金男款素戒，轻叹：“是。我本来打算年底拿到年终奖，就向她求婚……”

他抬眼，直视青空的眼睛：“你们应该已经知道，我是有案底的人，当时年轻鲁莽，交友不当，犯了罪，我不会推脱。但我努力改过自新了，在监狱图书馆里看到一本摄影图册，使我对摄影产生浓厚兴趣。出狱后在社区街道的帮助下，学习摄影技能，因为表现良好，被推荐到贵老师的工作室。”

“说重点！”青空提醒他。

“我加入工作室时，向贵老师承诺过，与过去的一帮狐朋狗友彻底断绝往来。”白亮脸上浮现愧色，“可是十七号晚上，我食言了。”

十七号晚上，在和朋友们一起唱歌的时候，白亮收到一条短消息，来自过去的朋友。

“他比我服刑时间久，出狱后家人不愿意接纳他，朋友们躲避他，他日子过得挺难的，东打一份工，西打一份工，居无定所。前段时间查出得了肝病，需要一大笔医疗费……”白亮表情苦涩，“他发消息来说，看在他在牢里还算照顾我的情分上，请我帮帮他。我犹豫再三，还是决定去看看他的情况。我得到社区街道叔叔阿姨们的帮助，重新被社会所接纳，我也希望能尽自己微薄之力，能帮他一点是一点。”

“所以你十七号晚去见这名狱友了？”

白亮承认：“我买了些面包、方便面，找到他说的地址……他住在高架桥下的桥洞里，人又脏又瘦，看到我后哭得让我难受。我陪他在桥墩底下，说了一夜话。”

“所以他能证明你案发时间段的行踪？”小刘问道。

“我给他留了点儿钱，第二天下班又去桥洞下面找他，可是他已经不在那里了。”白亮怅然，“我不想让心恬知道我的那段历史，我只想和她好好地为未来而努力……”

“所以，不是你约赵菲妍半夜上山的？”青空求证。

“怎么可能是我？！”白亮矢口否认，“倒是那天收工后，我在收拾场地的时候，看见小闻姐一边帮赵菲妍卸妆，一边在和她嘀嘀咕咕，神神秘秘的。”

“你没听到她们说什么？”

白亮摇头：“她们女人之间的事，我哪里会凑上去听？”

闻嘉黛跟在干警身后推门进来的一瞬间，青空一错眼，将她看成了贵天真。可等干警闪身请她入内，青空便将两人区分开来。

闻嘉黛与贵天真身高相仿，目测有一米六九、一米七的样子，短发齐肩，发梢微微向内弯曲，形成好看的弧度，发尾染着一层让人过目不忘的银貂灰色，化淡淡的妆，穿浅蓝色毛衣，外罩一件牛仔绗缝外套，搭直管吸烟裤配平底鞋，有种斯文与干练集于一身的矛盾感。

她被让入接待室后，朝青空和小刘微微颔首，款款落座。

小刘从饮水机接一杯温水，放在她手边的茶几上。

闻嘉黛客客气气地道谢。

小刘打开笔录本，青空朝她微笑：“今天请你来，是想向你进一步了解一些情况。”

闻嘉黛坐得笔直，一条腿架在另一条腿上，双手搭在膝头：“有什么需要了解的，请尽管问。”

青空打开录音录像设备：“闻小姐与工作室的同事们，关系应该不错吧？”

“我们工作室是个和谐的大家庭，同事们都很友爱。”

“那你对他们一定有所了解喽？”

“多了解也谈不上，毕竟就算生活在一起，也未必能全然坦诚相待，毫无秘密。”闻嘉黛轻轻侧头，带着一点点饱经沧桑的旷达，“大家业余就是一起吃饭唱歌，偶尔逛街喝茶的情谊。”

“这样说来，你和死者赵菲妍也不熟了？”

“我们化妆师每天要替不晓得多少前来拍照的人化妆，做造型，全无交流肯定不可能，但要说有多熟，就有点自抬身价了。”闻嘉黛勾勾嘴角，面上带着些许自嘲，“除非长期与明星合作的专属造型师，才比较有机会接触到客户更私人的一面。”

青空同意她的观点，翻看手边资料：“你以前是平面模特？”

“是，颇久之前。”

“也不久，才五年而已。”

闻嘉黛笑起来：“时尚行业是竞争最激烈、最残酷的行业，用一句外国名模的话说：今天你在业内，明天你就出局了。模特这一行汰旧换新的周期太短，速度太快。我身高没有太大优势，长相不出众，又不会发痴卖嗲，很快就连拍摄平面广告的机会都要拱手让给新人……”

“会不会不甘心？”

“有什么好不甘心的？各人有各命，我现在做化妆师，赚得并不比当模特时少。”闻嘉黛耸肩。

“所以根据赵菲妍的手机通话记录，她遇害当晚打给你的两个电话，都是打错了喽？”青空语气一转，严肃地问。

闻嘉黛一愣，回想片刻：“我晚上睡得迷迷糊糊，好像是接到过电话，没说几句就挂断了……”

“既然你同她不熟，赵菲妍在半夜打电话给你，你不觉得奇怪？”

“她也许只是不小心拨错号码。”闻嘉黛挑眉，“我并不能左右别人的行为。”

青空再度认同她的说辞：“那以你对同事们‘有限’的了解，你觉得谁和赵菲妍私下里有矛盾？”

闻嘉黛皱眉，苦苦思索。

“你们老板贵天真会不会对她有反感？”青空引导地问，“毕竟赵菲妍以前一直都只是替身，担纲拍摄广告还是第一次，拍摄进度一直不理想，总是达不到贵天真的要求。两个人又都是自我表达意识比较强的人……”

“不是天真！”闻嘉黛猛烈地反驳，“谁都可能，但绝对不可能是天真！”

这时接待室的门被敲响，区警官推门探头进来：“小卫、小刘，贵天真已经带到三号审问室。”

青空与小刘齐齐回头。

“我们马上就来。”小刘合上笔录本，扬声回应。

“好。”区警官退身。

洞开的接待室门外，连默戴着手套，拎着一个装在大号物证袋里的脏污得不像话的黑包经过，物证袋底部已经积聚了一摊混浊的不明液体。

闻嘉黛下眼睑肌肉不自觉地跳动。

青空转回头，朝闻嘉黛一点头：“凶手弃置在公厕垃圾袋内的物品已经被干警们从面积为三百六十公顷，日处理近万吨生活垃圾的填埋场找到。”

“有位参与寻找的女民警甚至被熏到晕倒。”小刘感叹，“希望能从被找到的物品中提取到凶手的指纹。”

青空站起身，俯瞰正襟危坐在沙发上的闻嘉黛：“不知道会不会与贵天真的指纹相匹配？”

“不会的。”闻嘉黛倏忽一笑，人不再绷得笔挺，十分放松地靠在沙发背上，眉眼之间染上一缕不以为然，“怎么会是天真？她才不会把这种小演员放在心上。”

“哦？”青空复又坐下。

小刘重新打开笔录本：“那是谁？”

“是谁？”闻嘉黛似笑非笑，“你们不是已经抓到我了吗？”

她懒洋洋的，眼神里充满了得意，与稍早那名看起来斯文又干练的女郎，好似两个完全不同的人。

“为什么？”青空不解。

“因为她蠢。”闻嘉黛嗤笑。

“蠢就可以成为你杀人的理由？”青空目光微冷，“那你得杀多少人？”

“她那么蠢，却能获得天真的全部注意力，被天真称赞，被天真鼓励……”闻嘉黛喃喃自语，眼神中透出一丝怅惘，“而我陪在天真身边这么多年，她的眼里却渐渐不再有我的存在。”

小刘瞠目。

青空起身，叫进站在接待室门外的干警：“带她去三号审讯室，看好她，别让她做傻事。”

“是！”年轻干警进门，将嘴角含笑的闻嘉黛带出接待室。

“所以，是情杀？”以诺努力不让自己露出目瞪口呆的表情。

“算是吧。”连默轻叹。

“这脑回路……”以诺词穷，“真是与众不同。”

以谌端出三杯红枣核桃露，先递给连默一杯，然后塞给以诺一杯。

以诺低头闻了闻：“我不喜欢吃红枣。”

“不喜欢别喝。”以谌坐在连默身边，伸手搂住连默肩膀，“案件告破？”

“嗯。”连默内心并不觉得轻松。

这件杀人案的动机，既简单，又复杂。

因为一个字：爱。

凶手闻嘉黛深爱贵天真。

她说，她本来是职业前景日薄西山的平面模特，原本属于她的广告代言被新生代网红脸取代，她只能沦为网红脸的人肉背景，胸中的委屈与不甘，如同熊熊燃烧又无处宣泄的火焰。直到遇见前来拍摄的贵天真。

取代她的新人模特有资源，有人脉，可是却远不如她懂得对镜头的把握。

“天真不厌其烦地指导她，还对她说，看看你身后的模特，她这样笑起来才甜美。”闻嘉黛谈及往事，面带甜蜜微笑，“第二天拍摄时，现场化妆师因路上车祸而迟到，导致迟迟无法开机，我自告奋勇，提出愿意先替大家化妆。别人都不太相信我的化妆技术，只有天真，毫不犹豫地让我试试。”

闻嘉黛的眼神如梦似幻，陷入对过往的回忆。

“天真说我有一双巧手，能化腐朽为神奇，说我有做化妆师的潜质。”

因为贵天真的这句话，她毅然决然地卸下模特身份，转行成为化妆师。为了匹配这个身份，她甚至不惜远赴美国，前往全美排名前五的美妆学院学习化妆造型，只为得到贵天真的肯定，能在贵天真摄影工作室团队中占有一席之地。

随着时间的流逝，闻嘉黛对贵天真的痴迷非但没有消退，反而越陷越深。

“我嫉妒那些资质平平，又蠢又笨，却获得她温柔对待的模特！他们只是年轻，仗着一张漂亮脸蛋，丝毫不用付出努力，就能获得所有人的关注！”闻嘉黛嫉妒成狂，“可是，赵菲妍不应该对天真示好！天真是我的！”

导火索是很小很小的一件事。

在广告拍摄期间，贵天真很照顾新人，愿意在动作、神态等各方面指导赵菲妍，甚至亲自做示范，教她怎样面对镜头才更好看，又称赞她有一头充满生命力的美丽头发，完全不用做后期电脑特效，就可以达到广告要求。贵天真这种敬业又不盛气凌人的态度显然令初出茅庐的赵菲妍对她产生好感和依赖。

“一结束拍摄看回放的时候，她就会跑到天真身边，挽着天真的胳膊或者抱着天真的腰，下巴压在天真肩膀上，态度亲密到让我恨不得冲上去拽开她！”闻嘉黛眼中渐渐升起癫狂之色，语气却出奇冷静，“可是，我不能让天真生气，不能留给天真一个坏印象，所以，呵呵呵，我要想别的办法，让她在我们之间消失。”

闻嘉黛并不仅仅是想想而已。

她在收工为赵菲妍卸妆时，假传消息给赵菲妍，说贵天真约她晚上在山上拍摄一组夜景人像，又表明自己也会一起去，让赵菲妍不要声张。

“免得让其他模特心生妒忌。”闻嘉黛得意地笑，“我还告诉她，天真在户外拍照时从来不接电话，有什么事到山上见面再说……可惜这个蠢女人就是忍不住要打电话！”

赵菲妍不知道是心中没底，还是想再确认一下，不但给贵天真打电话，还连打两个电话给闻嘉黛。

“不过不要紧，她最终还是抗拒不了成为天真的人像摄影模特的诱惑，前来赴约。”

闻嘉黛笑出声来：“我穿好黑色长风衣，扎好头发，戴着棒球帽，背着装有顺手从工作室带出来的三脚架的大包，和她在山脚下会合。她一路都在问我，像她这样刚出道没多久的演员，给贵老师当人像摄影模特的一定不多吧？我实在厌烦听她聒噪，就在半山停下来。她一直问，一直问：贵老师怎么还不来？”

闻嘉黛姿态放松，可眼神中的怒火出卖了她：“我对她说，先化妆，天真马上就到。她将围巾裹在腰间，嘻嘻哈哈说早知道山上这么冷，就穿牛仔裤了。”

闻嘉黛没有给她更多机会，她抽出放在背包里的三脚架，猛然挥向赵菲妍。

赵菲妍没有任何防备，一下子就被打倒在地，她又抡起三脚架，朝赵菲妍头顶狠狠地砸了好几下，直到她胸中的那团怒火得以宣泄。

赵菲妍奄奄一息地躺在冰冷潮湿的石板地上时，闻嘉黛取出剪刀，将她的长发乱七八糟地剪了下来，连同她的随身物品一起塞进背包，带下山，留她在微雨飘零的寒夜，独自等死。

闻嘉黛冷静地步行至路边的公厕，脱去棒球帽和风衣，将之与塞着赵菲妍物品的背包一道装进事先准备好的黑色塑胶大垃圾袋内，唯独将三脚架揣在外套内，仔细擦拭干净，次日带回工作室，趁众人不注意，放回置物架上，然后若无其事地继续上班下班。

以谌摸摸连默头顶："所以你拎在手里的黑色背包，只是诈一诈她？"

连默瞪大眼睛："怎么可能？！刑事诉讼法有'仅凭口供不能定案'原则。虽然她的供述是重要的定罪依据，但仍需要有完整的证据链支撑她的认罪供述。民警们确实是从占地三百多公顷、数吨重的生活垃圾中找到那个已经被污水浸透的黑色背包的，其中有赵菲妍的手机，还有大量被剪下来的头发……我从赵菲妍的油蜡皮小链条包表面提取到数枚带血的指纹，悉数属于闻嘉黛。"

以诺搓搓自己手臂："这个女人好恐怖！"

连默垂睫，啜一口红枣核桃露，如烟般叹息："佛曰：一切恩爱会，无常难得久，生世多畏惧，命危于晨露，由爱故生忧，由爱故生怖，若离于爱者，无忧亦无怖。"

"啊？"以诺摸摸耳朵，不懂。

以谌轻抚连默脸颊："辛苦你了。"

容忍我的蠢弟弟。

一旁小狗初一跳上他膝头，"嗷嗷"叫着，仿佛应和。

窗外的阳光洒进室内，照得客厅里一片暖洋洋。

第三章

陈痛

接到贵天真发来的邀请函，连默有些意外。

案件侦结，贵天真洗清嫌疑，回归正常生活，连默将相关证据归宗保存，便将此事抛开。唯有报纸社会版、娱乐版连篇累牍地报道著名摄影师工作室女化妆师为情杀人的新闻，偶尔会提醒她，曾经手调查过一个年轻演员的死。

连默以为她和贵天真的世界已没有交集。

只要无事就一定前来蹭饭的以诺一手捞起初一抱在怀里，一边往沙发旁的茶几上瞟。

“咦？贵天真人像摄影个展开幕酒会邀请函？”以诺拈起茶几上被压在其他信件、报纸下头，只露出大半角的信封。

自从接手陈况的私人调查工作室，他就养成留意小细节的习惯。

“细节决定成败。”以诺说得一本正经。

凭他对八卦充满好奇的天性和充足的资金、广阔的人脉做支持——以谌说父母见幼子终于从花天酒地、不学无术的生活中清醒过来，愿意投身到私人调查领域，感动得开香槟庆贺，又拨一笔款项给以诺，支持他的事业——调查工作室的生意大为火爆。

连默正在拖地，闻言拄着拖把手柄站直身体："你知道？"

以诺夸张地摇摇手中的信封："好莱坞大片来浦江亚洲首映前的一波造势宣传，一票难求！"

连默眨眨眼，不懂其中关联。

以诺抱着初一向后倒，栽进身后的沙发里："一个充满个人魅力，作品带有强烈个人色彩的著名摄影师，举办一场令人瞩目的个人摄影展，随后影片方宣布邀请她在电影主创人员来浦江宣传期间，全程跟拍，将会由她的镜头记录独一无二的幕后故事，呈现给观众们。"

连默似懂非懂地点点头。

以诺不由得将下颌压在初一脑袋上，不管初一扭动身体挣扎，"哧哧"笑："你带以谌一起去呀，保管大开眼界。"

初一挣脱他的怀抱，跳下沙发，跑到连默脚边，围着她打转，视米色毛绒绒的拖把头为和它争宠的对手，弓起背自喉咙里发出"呼噜噜"的声音，捍卫它在女主人心目中的地位。

贵天真的个人摄影展就在她的摄影工作室内举办。

将起分隔作用的幕布通通升到天花板，老邮政大厦宽阔敞亮的楼层被原原本本展示在众人眼前。充满中式风情回环曲折的木质窗棂，饱经岁月沧桑斑驳的粉墙，历经无数次踩踏漆水剥落露出底下原本木色的长条地板……每一个未经修饰的细节都在讲述着这幢建筑的故事。

个展开幕式酒会设有一个小小的红毯，然而众多明星的到来早已引得各路记者蜂拥而至，将大楼门口围得水泄不通。

连默由以谌伸手环护通过红毯时，被两侧不断闪亮的闪光灯晃得有片刻眼前一抹黑。

由古旧的老式电梯上到二楼，她默然片刻，才低声嘀咕："眼睛都要闪瞎，由衷佩服明星们每天面对镁光灯。"

以谌轻笑，微微垂头，在她耳边说：“所以明星们爱戴墨镜。”

连默用力点头：“有道理。”

以谌要忍一忍才没伸手摸她的头。

连默出门前在以诺指导下，将两鬓长发拧麻花似的卷成一股，由两侧相对并在脑后，拿黑色橡皮筋扎在一起，垂在脑后，看起来清新可爱。

“小默默认真打扮一下，绝不输给任何女明星！”以诺不吝赞美。

连默却并无自觉。

她从来不觉得自己长得美，更未试过凭一副皮囊吃饭。

但她在贵天真的作品里，看见那些隐藏在出众皮相之后的灵魂。

贵天真的镜头似有夺魂摄魄的异能，透过她的眼，将明星们不为人知的一面，定格在照片上。

连默站在一幅黑白人像前，驻足良久。

坊间出名豁得出，以谐星面目示人的女明星，直面镜头，平时夸张的爆炸头被微微卷曲的短发取代，光裸纤细的肩膀好像承载着太多甩不脱的重压，以鼻梁为分界线，一半是光明，一半是黑暗。

连默在她眼睛里看见平静之下汹涌压抑的暗流。

用滑稽诙谐的表演带给观众欢乐的女演员，努力隐藏自己痛苦悲伤的真实一面。

她的镜头令人无处可逃，原形毕露。连默想。

一个头戴棒球帽的人走到连默身边，与她并肩注视照片，片刻工夫后，来人回脸仔细看了看连默，随后惊喜地轻呼：“摸摸！”

接着整个人在原地一跳，蹦到连默身上，双手搂住她脖颈，双脚环在她腰上，像一只猴子一样吊在连默身上。

站在不远处的以谌本能地想上前，却被两名一看就是保镖性质的健壮外籍男子拦住。

连默茫然地望了眼以谌，无奈地垂睫瞪向挂在她身前的人。

“摸摸，是我！”来人腾出一只手来，摘掉头上的棒球帽，露出金灿灿的一头金发。

连默脑海里即刻想起中学时偶尔参加同学生日聚会，有女生喝红酒搀苏打水，喝得烂醉，当众宽衣，跳进游泳池里，与陌生男同学激吻，一众同学围在泳池边上尖叫吹口哨，更有人取出摄像机来，录下全过程。该女生最后湿淋淋醉醺醺被人送回家去。次日神清气爽挺胸抬头来上课，一副全然忘记昨夜事的样子。

“是默默，不是摸摸。”连默有些无奈，轻拍她臀部，“克莱尔，快下来，我吃不消。”

两人已引起旁人注意，有观展者发出意外惊叫：“克莱尔·戴斯蒙德！”

金发碧眼的尤物克莱尔·戴斯蒙德穿一件紧身黑毛衣，罩一件灰色超大号廓形大衣，配着黑色窄管长裤和帆布鞋，戴着棒球帽的样子像一个寻常的外国观光客，可当她摘下棒球帽，立刻在个展现场引起一阵骚动。

已有人频频向挂在连默身上的克莱尔行注目礼，有几个明星显然准备过来打招呼。

作为主人的贵天真适时出现，拯救连默于众目睽睽之下。

“连法医，戴斯蒙德女士，欢迎两位拨冗出席开幕酒会，我办公室里有一瓶匈牙利托卡伊阿苏精华贵腐酒，产自1983年，两位可有兴趣共饮一杯？”

克莱尔碧绿如海的眼眸一亮，从连默身上跳下来：“摸摸，我们多年不见，当浮一大白！”

连默点点头。

由贵天真引路，三人走向她的办公室，克莱尔的两名保镖不远不近地缀在她们身后。

以谌遥遥注视连默不再紧绷的步态，放下心来。

贵天真将连默和克莱尔领进办公室：“抱歉，办公室里有些乱。”

然而三个女孩子的姿态都惬意从容，并没有人真正在乎办公室里的杂乱。

贵天真果然从一个办公桌侧边的柜子里取出一瓶装在盒子里的贵腐酒，又从饮水机附近找来三个干净马克杯，为每人倒一点儿酒。

三人碰杯，连默朝贵天真扬了扬手中的马克杯：“祝摄影展成功！”

“谢谢！”贵天真微笑，“我还有客人要招呼，两位请随意。”

在走出办公室之前，她稍稍犹豫，请求连默：“在离开前，能否留些时间给我，我有些事情，想与连法医私下讨论。”

“好。”连默点头承诺。

贵天真这才走出办公室，由连默与克莱尔独处。

克莱尔·戴斯蒙德凝视连默片刻，冲上前一把抱住她：“哦，我可怜的摸摸！”

连默不再试图纠正克莱尔的发音，只抬高手臂，免得马克杯中的葡萄酒洒在两人身上。

“不是下周才来浦江宣传？”

“可我想先了解一下摄影师。”克莱尔狡黠地眨眼。

时光仿佛倒流。

前一晚喝醉酒的美丽少女，在考试时用脚抵在连默座椅脚蹬上，以摩尔斯密码向她寻求正确答案。考完试，她也是这样朝连默眨眨眼睛，笑着转换至下一节课的教室。

“发生在你家的事，我很抱歉。”克莱尔紧了紧自己手臂，然后放开连默。

连默摇摇头：“你准备在浦江逗留多久？”

“我偷偷给自己预留出一小段假期，既然遇见摸摸，当然要充分利用这短暂的假期，和你聚一聚。请带我去吃最传统的本地美食，看最有特色的风景……当然还要告诉我，你同你高大英俊充满保护欲的男伴之间的罗曼史。”克莱尔用肩膀撞了撞连默肩膀。

连默失笑，与克莱尔交换电话号码和社交应用账号，相约吃饭，克莱尔这才心满意足。

克莱尔身份曝光，在摄影展上稍作应酬，便由两名保镖掩护，迅速自摄影工作室另一头的消防通道离开。

连默与以谌多停留片刻，两人向贵天真告辞，贵天真亲自送他们上电梯。

电梯下行至二楼和一楼的楼板之间，贵天真按下暂停运行键，电梯悬停在半空中。

“很抱歉以这种方式私下讨论。”贵天真微微迟疑，“也许只是我多心，但赵菲妍遇害，嘉黛认罪后，我脑海里一直不断回忆，工作室发生的另一件意外事故。”

“请讲。”连默全神贯注。

“事情发生在三年前，刚获得大赛冠军的曲苒，接拍一则奢侈品广告，收工后不慎失足从消防通道楼梯跌落，导致颈椎骨折，高位截瘫，至今瘫痪在床，生活无法自理。”贵天真眼里流露出一丝脆弱，“她从昏迷中清醒后，一直说高跟鞋打滑，才导致她站立不稳，从高处摔倒滚落台阶，但当时场面混乱，没人注意过她的鞋，事后也没找到那双高跟鞋……”

连默了然：“你怀疑并非意外？”

贵天真点头承认：“当时嘉黛已经是我工作团队固定成员，但我没法肯定。”

她不想冤枉闻嘉黛，为她增加罪名，可是她也希望能还给瘫痪在床的曲苒一个真相。

“当时可曾立案？”

“没有，只有保险公司理赔调查员曾到现场调查。”

“我会查阅当时调查员的现场报告，看能否从中发现疑点。”连默按下恢复运行键，电梯继续下行，“不过我无法保证最后结果。”

克莱尔挽住连默手臂，两人走进浦江市中心仅存的明代园林。

身材健硕的大块头保镖保持三五步距离，不紧不慢地跟在两人身后。

晨光熹微，雾气缭绕浮沉，不少中老年人在园子里九曲桥前的广场上晨练。

“这真有趣！”克莱尔看得入迷，甚至跃跃欲试，试图加入晨练人群。

有正练扇子舞的阿姨热情地伸手拉克莱尔加入她们的行列，克莱尔好奇地模仿阿姨们的动作，将一式苏秦背剑活生生演绎成仙人指路，尤不忘朝连默勾手：“摸摸，一起来！”

几个阿姨笑着招呼连默：“小姑娘，一道来！”

连默微笑摇头。

克莱尔兴致勃勃学了片刻，学到出一头汗，这才尽兴，回到连默身旁，一把勾住连默臂弯，另一手摘下棒球帽，执在手中轻摇。

“实在太好玩了！”她的金发在破雾而出的阳光里熠熠生辉。

连默瞥一眼她额角的薄汗，指了指不远处吊脚飞檐、黛瓦朱栏的茶楼：“我请你吃点心。”

克莱尔笑出一口白牙：“我今天的三餐就全拜托你了，摸摸。”

连默望了眼渐渐热闹起来、大批游客还未到来的园林，微笑回答：“好。”

两人走进茶楼，在临水的一面轩窗前落座，保镖坐在两人隔壁一桌。

吃早茶的老先生老阿姨们对好莱坞新生代女演员毫无了解，并没有人对着克莱尔拿出手机来。

连默做主，点了桂花拉糕、虾仁春卷、蟹粉小笼并眉毛酥四色点心，又另要了小馄饨同菜泡饭。

老字号国营茶楼的服务意识实在一般，胜在环境优雅，耳朵里听着食客们用浦江方言喁喁交谈，连默与克莱尔一边欣赏窗外风景，一边品尝地道本帮点心。

蟹粉小笼令克莱尔赞不绝口："以前能受邀到你家中吃饭，简直是最值得拿来夸耀的事，每个在你家吃过饭的同学都说希望能在你家常住。韩国来的银熙在校园集市时拿出来的永远是泡菜，你还记不记得？你每次都能带来不同的点心，你们的摊位总是大受欢迎！"

连默笑着点点头，而克莱尔和她的好友只需要打扮得漂漂亮亮，即使她们的摊位只出售再寻常不过的柠檬水，也有大把男生愿意光顾。

"十二年级的卢克，你还有印象吗？"克莱尔满眼期待地问，"球打得很好，又高又大的那个卢克。"

"记得。"连默没有让克莱尔失望，"是他教会我开车。"

连默在学校算不上社交达人，但因为学习成绩实在出色，有大把同学愿意同她组队学习。颇有几个男同学为引起沉静的连默的注意，做过些令她至今难忘的事，卢克是其中之一。

他在她钢琴演出结束后上台送花，一张生着雀斑的脸涨得通红，鼓起勇气亲吻她的脸颊；为帮助她通过驾驶课考试，开着他父亲的宝马接她去练车；在不良女生放学后拦住她，企图欺负她时出面替她解围……

"在毕业时返校日舞会上，他还问起过你。他现在是一名生物工程师，已婚，有两个女儿。"克莱尔轻叹，"他都已经有两个孩子了！"

迢遥时光深处的高大男孩子，已经是两个孩子的父亲了啊……连默感慨万千。

晚上，充当一天向导，带克莱尔走遍充满风情的浦江大街小巷之后，连默与克莱尔道别。

在告别之际，克莱尔极力邀请连默参加三天后举行的电影的亚洲首映礼。

“带上你高大英俊的男朋友！”克莱尔朝连默眨眼睛，“他要能通过我的考察才行！”

连默失笑：“我该怎么向他介绍你？嗯？考试时抄答案结下的牢固友谊？”

克莱尔哈哈大笑：“对！这样的友谊才牢不可破！”

克莱尔与连默拥抱告别，望着她在两个保镖陪同下融入夜色中的背影，连默唇边的微笑，始终未散。

回到家，推开门，客厅里的灯亮着，似在等她这个归人。

小狗初一闻声从沙发上跳下来，冲到门口，朝连默猛摇尾巴。

连默弯腰，捧着它胖乎乎的脑袋，挠挠它的耳朵：“初一有没有想姐姐？”

“它站在窗口一晚上，每每有车经过，都会轻声哼哼。”以谌放下手中看了大半的书，起身迎向连默，“初一很乖，不会乱叫，对不对？”

初一伸出舌头，舔了舔连默手心。

连默将初一抱在怀里，把手中纸袋递给以谌：“请你吃夜点心。”

以谌接过纸袋，打开往里一看：“凯司令的栗子蛋糕？谢谢！”

他伸手搂住连默颈背，亲吻她眉心：“你洗手，我去冲两杯热巧克力。”

连默洗手换上居家服出来，看见初一蹲在茶几前，吐着舌头，满脸对热巧克力的垂涎和被勒令不许喝巧克力后的隐忍。

以谌小声同它商量：“等姐姐来了，可以给你吃一口栗子蛋糕。”

“嗷呜！嗷呜！”初一叫唤两声。

“好，两口，不能再多，你已经超重！”以谌郑重其事。

十点，初一已经睡去，圆滚滚的身子蜷在狗窝上，爪子下面搭着以诺买给它的骨头狗咬胶，耳朵偶尔掀动，仿佛在梦里飞奔。

连默洗漱完毕，蹑手蹑脚经过初一身边，手里捧着樟木匣子。

匣子放在壁橱里半月有余，她一直没勇气打开来，认真翻看整理。

可是，这一整天与克莱尔相处，令连默回忆起太多美好往事。

至少，在一切戛然而止划上休止符之前，时光微甜，每分每秒都是幸福滋味。

连默坐在床边，将樟木匣子放在床尾脚凳上，轻轻开启黄铜锁扣，打开匣盖。

丝丝缕缕樟木特有的木香从匣中透出，匣盖上四角雕花的镜子映出连默的脸。第一层摆放首饰的格层随着匣子的打开，向上升起，珍珠项链，老银胸针，样式老旧过时的金戒指，嵌着芝麻粒大小钻石的玫瑰金耳钉，小小一枚可以别在头发上的水钻皇冠……大抵因为看着不起眼，又或者不值钱，最终被留了下来，交到她手里。而父亲后来买给母亲的一克拉钻戒、外祖母留给母亲的金绞丝手镯等贵重珠宝首饰，悉数不见踪影。

格层下头空间里，装有两本相册和一本她的日记。

因为保存不当，堆在姑姑家阳台的角落里经风受雨，无论相册还是日记，都已泛黄，甚至还有被水浸湿过的迹渍。

连默取出其中一本相册，轻轻翻开。

映入眼帘的第一张就是她和父母作为访问学者到达美国后，站在由学院提供的住宅前的草坪上，拍摄的合影。

父亲年轻英俊，母亲温柔美丽，她站在两人中间，左手挽着父亲，右手挽着母亲，三个人脸上都带着克制的微笑，可是眼睛里的兴奋、憧憬、忐忑出卖了他们。

前途充满不可预期的未知，但因为一家人在一起，一切艰难阻碍都显得无关紧要。

翻到第二页，照片里的她第一次去上钢琴课，身穿一件蓝色连衣裙，外套米色针织开衫，钢琴老师表情严肃，说像她这么大才开始学钢琴，有些晚了。想成为钢琴家恐怕很难，陶冶情操则没有问题。

“原来你还会弹钢琴！”床垫一沉，以谌坐到连默身边，将下巴压在她肩膀上。

他头发微湿，圆领居家服下头是他紧实的胸膛。

连默看着照片中自己紧绷的嘴角和硬邦邦的肢体，嘴角浮现怀念的微笑：“学习对我来说，难度不大，最苦恼的是要在短期内掌握熟练的英语听说读写能力，还有至少要会演奏一种乐器。”

“原来我的默默是一个学霸！”以谌口气与有荣焉。

连默轻笑出声：“头两个月过得尤其艰难，在学校很少开口讲话，木呆呆地坐在教室里不敢回答问题。父母没收我的所有中文书籍，强迫我使用英语听说读写，也不允许我看中文国际频道。”

连默将头靠在以谌胸前，控诉：“你相信吗？他们宁可让我看幼稚的英语卡通片！”

以谌想象少女连默坐在客厅里，郁闷地盯着电视里吵闹不休的动画片的样子，哈哈大笑，胸膛震动。

连默老脸一红，翻到相册下一页。

镜头记录下她穿着青色泡泡袖裙子，脸上画着彩绘，参加她人生的第一个万圣节派对。照片背景中有金发的克莱尔·戴斯蒙德，打扮成堕落天使的她正在和她当时的男朋友走过门廊。

即使只是泛黄褪色照片中一抹模糊的背影，克莱尔都美丽得仿佛在发光。

“她真美，是不是？”连默轻叹。

“在我心目中，你最美。”以谌轻吻连默耳郭。

轻轻的吻落在她耳尖，像风拂过发梢，有点痒，有点灼热。

他扳过她的肩膀，亲吻落在她额角眉间，小心翼翼，温柔，滚烫。

连默闭上眼睛，生涩地抬头亲吻他的下巴，他新生的胡髭刺得她的嘴唇微痛，激得她往后一缩。

以谌却不给她退缩的空间，猛然收紧手臂，将她锁在自己胸膛前。

一切来得猝不及防似一场永无止境的风暴。

初一跳上脚凳后一跃蹦到他身边的一刹那，以谌便醒了。

他伸长手臂，将站在腰腹上分量不轻的初一捞在怀里，一手手指轻竖在唇边，做一个噤声的手势。

初一歪着头，似懂非懂，疑惑地在他身上嗅来嗅去，又探头去看睡在他身边的连默。

以谌轻手轻脚起身，抱着初一走出卧室，将它带进厨房，放在最初装它来的提篮里。

初一在喉间“呼噜”一声。

以谌自冰箱里取出羊奶，用小奶锅加热，然后将狗粮盛在食盆里，倒入加热过的羊奶。等狗粮被羊奶浸透发软，他才把食盆放在初一跟前。

初一从提篮里探出身来，埋头吃得欢快，偶尔抬起头来咂嘴，嘴边沾着一圈白色羊奶胡子。

以谌趁初一老老实实吃饭的工夫刷牙洗漱，换上便服，为初一套上犬绳，带它下楼散步，顺便到小区裙楼新开的点心店买小锅生煎。

排队时有中年阿姨同以谌搭讪。

“出来遛狗啊？”

以谌微笑点头。

“这么喜欢小动物，一定也很喜欢孩子吧？”

以谌垂头看了眼乖乖站定在他脚边的初一，但笑不语。

“那你有没有女朋友啊？没有的话……”阿姨对他上看下看，满意得不得了。

“谢谢，我已有以结婚为目的的交往中的女朋友。”以谌打断阿姨。

中年阿姨憾然若失。她观察这青年好几天，他进出开一辆低沉内敛的黑色汽车，牌子她不认得，有一天悄悄取出手机拍下来给女儿看，女儿说是一部名牌高端总裁轿车，起码两百多万。

阿姨当时便觉得这开豪车住在小区最好门牌里的年轻人简直是再好没有的女婿人选。连候了他几天，好不容易找到机会攀谈，结果……

以谌并不晓得中年阿姨迂回曲折的心思，他满心要在连默起床前买到早点。

新开的小锅生煎店生意火爆，一清老早已排起长队。

老板秉持老法制作生煎，一客六只码在小铸铁锅中，用足油，搁在一字排开的火炉上，一次只有十小锅，但客人心甘情愿在寒冷冬日的早晨在此等待。

刚出炉的生煎上头撒着碧绿生青的香葱末和点点黑芝麻，衬得生煎雪白暄软，下头脆底金黄酥香，隔得老远都能闻见香味。

中年老板脸颊上刻着岁月的痕迹，手脚麻利地将要打包的生煎盛在油纸袋里，一边叮嘱打包的食客当心烫，一边问：“要不要醋？”

以谌捧着油纸袋，牵着初一回到家里。

屋里静悄悄的，初一乖觉地在门边地垫上蹭蹭爪子，然后撒腿跑进客厅。

以谌眼里有笑，把还热烫的生煎放在饭桌上，转身进厨房洗手，热牛奶，切水果。

一切准备妥当，他走到卧室门前，伸手轻轻敲门。

“该起床了。”

听见声音，连默睁开眼，有片刻不知今夕何夕的茫然。

她循声望去，看到晨光里以谌半靠在门框上，穿一件细蓝白条圆领毛衣，闲适地罩着藏青色外套，黑色牛仔长裤衬托得他双腿颀长笔直，头发微微散乱地落在额角眉梢，英俊得令人窒息。

凌乱狂野的记忆潮水般涌入脑海，连默闪了闪睫。

以谌走到床边，俯身亲吻她脸颊，顺手将她从松软暖和的被窝里拉起来："快起来洗脸刷牙吃早点。"

他意态自然得仿佛他们已经历过无数这样的早晨。

连默被他推进浴室。

她站在浴室盥洗台前，墙头灯映得镜子里沐在一片暖光中的她脸色红润。

初一在浴室外头抓门，将门挠得"咔嗒"响。

连默嘴里一边嘟囔着"初一乖，姐姐马上就好！"一边刷牙洗脸，随后取过镜子下方架子上的甘油，挤出两滴，合在手心里稍微捂热后，均匀涂抹在脸上。

拉开门，初一一下子蹿进浴室，绕着她打转，小尾巴不停摇摆。

连默弯腰抱起它："你又胖了。"

初一欢快地"嗷"一声。

以谌笑着从她手里接过初一："先吃早饭。"

吃过早饭，换衣服出门上班的连默望了眼同样准备出门的以谌，欲言又止。

以谌摸了摸她头顶。

"别烦恼，我们顺其自然。"他渐渐懂得她内心深处的恐惧，她害怕成为别人的负累，害怕终有一天会失去，"我这么英俊又有格调的男朋友，是不会撒泼打滚要你负责的，那属于碰瓷，对不对？"

内心纠结如连默，都不由得失笑："好，我们顺其自然。"

以谌微笑。她笑了，多好！

岁末，大抵宵小们也集中冲刺业绩，以便能风风光光回家过个好年，扒窃与入室盗窃案件激增。

分局警力被集中调配，为各大机场车站等人流集中地增设警力，加强巡逻与安检力度。

连默手头有两具尸体等待解剖。一具来自浦江养老院，是位九十岁寿终的老婆婆，但家人认定老人身体一向健康，没道理突然辞世，为此大闹养老院，坚决要求尸检；另一具则是稍早在废置工厂发现的、装在密封旧柏油桶内、被酸液毁损得面目全非的无名尸骨。

实习生跟在连默身后，在她揭开盖在去世老婆婆身上的白色尸布的瞬间，轻叹："衰老真是可怕，曾经年轻紧致的皮肤经受不起岁月的磋磨，保养得再如何精心，也抵挡不住强大的自然规律。松弛的肌肤和老年斑终将出卖真实年龄。"

连默垂头看一眼横陈在停尸床上的老人，她干瘪的胸脯也曾饱满，满是褶皱的脸皮也曾光滑。

想象她风华正茂时的模样，连默取过一旁架子上的手术刀："不必害怕老去，身体的力和美是青春的好处，至于智慧的美则是老年特有的财产。"

实习生侧头想了想："我大概比较肤浅，还是更爱好颜色。"

连默轻笑："谁不爱好颜色呢？"

连自持如她，都被以谌的美色所惑。

实习生注视连默眉眼温柔地将解剖刀刺入老人失去光泽毫无弹性的肌肤，仿佛生怕惊动逝去的灵魂。

临近下午五点，青空、小刘交接班回到刑侦队。

小刘一脸疲惫神色，往靠椅里一坐，双手摊在扶手上，两条腿伸得笔直。

"终于能歇歇腿！"小刘长叹一声。

青空坐在椅子里双手捶腿："得向隔壁交警大队的战友们致敬！他们的工作看起来平凡枯燥，可是风里来雨里去的，比我们辛苦多了。”

随后走入办公室的区警官摘下头上的帽子，笑吟吟问：“吃不消了？”

连默与区警官前后脚，听见他打趣，小刘“唉唉”叫着要让费队请吃饭才能消解一天的疲劳。

连默将老婆婆的尸检报告交到费永年手中：“初步解剖结果，钱永妹死亡原因为合并多脏器衰竭导致死亡，病理与毒理检验报告还未有结果。”

至于另一具被酸液损毁严重的尸体：“通过骨龄检测，死者为年龄应在四十五岁至五十五岁之间的中年男性，没从事过重体力劳动。通过拍片能见下牙槽骨两颗钛金植入物，是两颗种植牙。”

“种植牙？”费永年沉吟，“说明死者具有一定经济能力，对自身形象比较在意。”

连默点头：“在正规医院内植入的种植牙钛钉每颗都有唯一编号，我会起出死者身上的植入物，希望找到其上编号，以便能与我市医疗数据库进行交叉对比。”

费永年接过尸检报告，放在办公桌上，走出办公室，扬声道：“今天大家都辛苦了，早点回家，好好休息，未来几天的专项整治还有一场硬仗在等待大家。”

小刘撑着扶手从靠椅上站起身来，自制服里摸出一份对折在一起封面花花绿绿的刊物扬手扔向连默：“连法医，接着。”

青空眼明手快，伸手在半空中截住，抓在手里摊开看了一眼：“《星尚周刊》……你什么时候看起娱乐八卦周刊来了？密切关注明星八卦，才能和女朋友有共同话题？”

小刘轻啐：“我哪里需要靠关注明星八卦来取得和女朋友的共同话题？你看看封面标题！”

青空细看一眼五花八门的明星照片下的一排本期主题，随后将刊物递给连默。

连默从青空手中接过八卦刊物，封面上是近期宣布分手的一对明星情侣，两人昔日甜蜜的合影被图片编辑器修改，中间出现一道闪电状撕裂缺口，硕大醒目的标题印在照片上头：金童玉女三年情断，各寻新欢另筑爱巢。

“毫无经验的初恋是迷人的，但经得起考验的爱情才是无价的。”连默叹息。

“马尔林斯基。”青空默念。

“再往下看！”小刘几乎顿足。

连默视线下移，在多条明星情感变化的标题之下，冯鹏、钱一帆的照片在眼部打着黑色粗线马赛克，一旁的标题耸动地写道：他们做了什么，竟招致杀身之祸！

连默翻至内页，娱乐小编在故弄玄虚的标题下所做的报道，与尚在走司法程序还未宣判的案件真相，惊人地接近，几乎还原事件发生的完整经过。

两名有钱公子哥爱而不得，进而发展出来的变态夺爱游戏；被他们联手迷奸却又无法寻求正义的受害者；为爱而隐忍多年终于找到机会复仇的受害者男友……

“堪为八卦杂志中的一股清流！”小刘挥手。

连默抿嘴，轻轻放下杂志。

对罪行的隐忍，就是对罪犯的纵容。

新接手的无名男尸令连默倍感棘手。

尸体被发现弃置在浦江以西老工业区的一处废旧厂房内的一个柏油桶中。

作为位于浦江市内的老工业区，随着城市居民环保意识的提高，以及夕阳产业关停并转，大部分还有生产能力和发展前景的工厂已经迁至远离市区的深水港区，在老工业区留下大量空置闲置厂房。

因原本属于工业用地，绝大多数地块或多或少都有水土污染问题，存在土壤重金属含量超标情况，导致这些早已人去楼空的厂房长年得不到进一步改造，逐渐杂草丛生，成为堆积各种垃圾的堆场，拾荒者与流浪汉在其间来来去去，人员进出十分复杂。

就在这样的环境中，一名长期靠捡拾、出售废旧金属维持生计的拾荒者在其中一个倒闭冶炼厂的车间里，发现几只柏油桶。

拾荒者上前逐一打开柏油桶盖子查看，惊恐地发现其中一只桶内竟是一具尸体。他运走其他柏油桶，将藏有尸体的那个留在原处，可事后怎样都无法安心，最终打电话报警。

警方接报后前往拾荒者说的地点，果然找到藏有尸体的柏油桶，但现场已在拾荒者运走其他废旧铁桶时遭到破坏，目前为止，只有一具被强酸破坏消解得差不多的尸体。

尸体在运到法医实验室，从柏油桶中取出时，颇费了一番工夫。

连默与实习生两人先戴着护目镜、口罩，为柏油桶拍照，随后再将桶内液体排至玻璃瓶内，最后两人戴上工业橡胶手套，将骸骨从桶中移至尸检台。

在强酸作用下，死者的毛发、皮肤、肌肉和软组织等已经腐蚀消解，如果柏油桶没被拾荒者发现，尸体在强酸溶液中浸没时间足够久的话，也许终将只余一桶不明酸腐液体，根本无从得知曾经藏有一具尸体。

“世界上不存在天衣无缝的犯罪，真相总会大白于天下。”连默垂头看了眼尸骨，“我们只是需要一双能发现蛛丝马迹的眼睛。”

受到强酸破坏，死者的脱氧核糖核酸的互补碱基对之间的氢键断裂，连致密骨中的DNA也已完全裂解，无法提取。唯一可能提供死者身份信息的种植牙钛钉编号在与本市医疗数据库交叉对比后没有找到与之匹配的记录，连默开始向全国医疗记录数据库进行比对，但面对如此庞大的数据海洋，计算机也需要时间。

与此同时，青空和小刘来到老工业区流浪人员收容救助站点。

临近岁末，不少被救助的流浪者已返回原籍，只有少数人仍留在救助站里。发现尸体的拾荒者樊大牛就在其中。

他洗了澡，换上一身由救助站员工提供的旧棉衣，看起来精神不少。手脚也没有刚被警方找到并送来时那么脏污不堪。

青空、小刘找到他时，他正捧着一碗热腾腾的烂糊面，蹲在救助站中庭的阶梯上，一边吃面，一边同人闲聊。见到二人，他赶紧把碗里的烂糊面“呼噜噜”吃得一干二净，将碗往旁边地上一放，用袖口抹抹嘴，站起身来，整个人看起来有些紧张。

“不用慌，我们只是找你了解情况，”小刘连忙出言安抚樊大牛，“你只要把你能记得的当时的情况，原原本本告诉我们，就可以了。”

“哎！哎！”樊大牛点头如捣蒜，两只手相对抄在棉衣袖笼里，“我那天连续踅摸了好几间旧厂子，啥也没捡着，心里有点儿失望。这不快到年底了，我想做一票大点的生意，有钱没钱的，好歹能回家过年。”

青空点点头，没有打断他。

樊大牛似得到鼓励，手拢在袖子里搓搓手臂：“那一片儿工厂，早被人搜刮得差不多了，能拆下来卖钱的全都拆下来了，我就想去碰碰运气，看能不能找到一点儿值钱的东西，找不到，我也没有损失。”

樊大牛的想法很简单，大家都说那一片厂区好东西早被人搜刮光了，所以大家都不往里头去，也许就还剩下些什么值钱的呢？

他一个人摸进工厂，外头的破砖烂瓦他看不上，就往工厂车间里去。

工厂早已人去楼空，高挑空旷的厂房车间野猫野狗出没，还有野鸟在厂房钢梁屋顶上筑巢，听见人声，野鸟扑棱棱振翅飞走，倒把樊大牛吓了一跳。

“虽然是白天，里头也黑漆漆阴森森的。”他情不自禁地抖了抖肩，“车间里车床、轴承早都抬走了。听说厂子亏损，发不出工资，上头让工人拿厂里的物资回去抵现金，值钱的铜锭、缆线和零件，都轮不到我们拾荒的来，早多少年就被哄抢一空……”

青空和小刘对视一眼，他们没经历过这些，真不晓得一个工厂的没落会是这样的结局。

“我就对自己说，再往里走走，就走四百米，一个标准跑道那么远，要是再没找到什么值钱的，我就回头。”樊大牛叹了口气，“结果走出两百米，从一个车间穿过一道门，进入另一个车间，就看到十好几个柏油桶！”

他从袖子里抽出手来，用力挥了挥：“十好几个啊！一个品相好点儿的柏油桶，能卖五十块呢！”

“接下来你做了什么？”青空在他陷入一次能挣五六百元钱的兴奋前问。

“跑啊！我就撒腿往前跑，这样的机会可不多！那十几个桶成色都挺新，一看就是哪家不缺钱的用完了懒得处理，就往这旮旯一扔完事儿！”樊大牛至今回想起来仍搓着双手开心不已，“我过去一个一个桶查看，其他十三个桶都是空的，只有一个桶里头有东西，我当时就想今天算是赚着了！”

樊大牛说就用随身带着的撬棍，将密封的柏油桶盖给撬开了。

“我的个娘啊！那盖儿一打开，可把我吓坏了！”他的头摇得拨浪鼓似的，“那味儿难闻死了！我想这要是什么毒气就惨了，就用手捂着鼻子嘴巴，迅速地往里头看了一眼。谁知道、谁知道竟然、竟然是个死人！”

樊大牛连连往地上吐了两口唾沫，远远的救助站工作人员提醒他：“樊大牛，注意卫生！”

“哎！哎！”他朝那边点头哈腰，“好的，好的！”

又回过头来：“你们说晦气不晦气？我又把那盖子盖回去。想赶紧离开那儿，可是想想有这十几个柏油桶的钱不赚，心里又挺不甘心，最后就打电话叫熟识的小货车司机来，帮我一道把那十三个空柏油桶都运走了。”

“小货车司机肯出这把苦力？”青空怀疑。

“说好了卖柏油桶的钱分他一百块。”樊大牛嘿嘿笑，露出两排被烟熏得焦黄的牙。

“他就不问为什么还剩下一个？”小刘怀疑。

“问！怎么不问？！我告诉他里头是工业有毒废料，不跟这一车走，下回专门找回收工业废料的车走。”樊大牛叹口气，“我卖了柏油桶，得了五百来块钱，吃了顿好的，可心里总不踏实，晚上一闭眼就想起那桶里的死人……想来想去，第二天我就报警了。”

“你能带我们去现场，重演一遍发现尸体的经过吗？”

樊大牛谄笑：“不去行不行？”

青空和小刘齐齐盯住他，他连连点头：“去，我去还不行吗？”

青空开车，樊大牛坐在车后座上，指引他和小刘两人，往曾经一座座喷烟吐雾的钢铁巨兽的旧址驶去。靠近交通工具主干道的工厂大部分已经拆除，种上花草树木，成为城市绿化带中的一角。

青空注意到主干道因为常年有重型集装箱卡车经过，路况糟糕，路面坑坑洼洼的，道路两边都有道路养护队在施工，重新铺设柏油。

“小刘，你看。”

“我看到了。那些柏油桶是怎么来的，倒能解释得通。”

警车转进樊大牛指引的小马路。随着警车越往里开，道路越偏僻，曾经厂区与厂区之间相邻的小路早已荒废，两旁人行道杂草丛生。

“这里，就是这里！”樊大牛朝一处围墙缺口嚷嚷。

老旧无人的厂房被弃置多年，围墙年久失修，已有多处破损缺口，这一处尤其大，目测能有四五米宽，塌倒的砖石、水泥块散落在缺口周围，上头已长满生命力旺盛的野草，在初冬的寒风里坚韧地挣扎求生。

缺口前拦着一道警戒带，有民警在此执勤。在青空和小刘出示过证件后，民警放行。

小刘环视一圈四周，问民警："附近没有监控吗？"

民警摇摇头："这里的工厂不是破产倒闭，就是关停并转，早没有值钱物品，谁也没想过要在这里架设监控……"

小刘点点头。

樊大牛领着两人，沿着围墙往里走。

"这儿！我就是从这儿进到第一个车间的。"他连说带比画，"然后从第一个车间出去，到了第二个车间。"

厂区地面满是尘土，人走过留下一串清晰脚印。

青空看见通往车间的数道轮胎印。

"你来的时候，有这些轮胎印吗？"

"我想想……好像有，又好像没有，实在记不起来了！"樊大牛几乎抓破头。

"没关系。"青空取出手机，拨打连默电话，请她来现场采集证据。

荒芜废弃的厂房令与连默同车来的实习生慨叹。

"想不到本城还有这样的地方！"

连默觑一眼路边疯长的野草和残破的围墙，轻轻一哂："随着后工业时代到来，传统制造业逐渐没落，原本依附工厂而生存、生活的人们散去，留下这些失去生命力的空洞建筑，无人问津，终于成为野生动植物的乐园。"

"如果能像伦敦泰晤士河南岸的泰特现代美术馆，保留旧厂房的建筑外形和空间格局，将之改造成具有鲜明特色和视觉冲击的艺术场馆，那该多棒？"实习生嘀咕。

"即使只改造这其中一家工厂的厂房，周边环境也需要同时予以改善。单只这些旧址的水土无害化处理和修复，都是不小的工程。所费不赀且不说，还要令这大片老工业区适宜人类憩息，全部工程要耗费大量人力、物力、财力。”

两人齐齐默然。

连默将车停在案发工厂外的小路上，向执勤民警出示证件，在他的指引下，循着先头青空、小刘他们一行三人的足迹，来到发现尸体的荒置车间内。

樊大牛蹲在车间一角抽烟，见连默带着实习生进来，忙站起身将烟蒂丢在地上，拿脚狠狠碾了两碾，冲两人点头哈腰。

小刘朝他一摆手：“暂时没有你什么事，你再仔细想想，看看还能想起什么细节来！”

樊大牛乖乖地又蹲了回去。

连默拎着取证箱，避开地面原有的脚印，踩着野猫梅花样的足印，走到青空和小刘跟前，实习生在她身后亦步亦趋。

“你看这里！”青空指了指地面上由门口通向车间内的轮胎印。

连默远远看了眼胎痕，先用照相机拍照固定证据，随后从侧面接近车胎痕迹，用标尺标注胎痕宽度，再次拍照。

“现场有两种不同车型进出，有两组U形行驶轨迹。”连默指了指汽车轮胎转向时在地面留下的独有纹理，“一辆轮距一点五七米，另一辆轮距一点六九米。”

“轮距一点六九米是小货车？”实习生听小刘大致说一遍情况后，问。

“看轮胎磨损度及花纹，一点六九米轮距更像是一辆八九成新的运动型多用途车。”连默指指另一条车胎印痕，“这辆应该是小货车的胎痕。”

“何以见得？”实习生抱持学习态度向她讨教。

“应是多用途车先过来，稍事停留后转向驶离。”连默根据现场痕迹推演当时的情景，“过一段时间后，可能是几天，也可能更久，小型载货车驶进这间车间。”

连默伸出双手在两辆车的U形行驶轨迹上方比画：“两辆车的轮胎痕迹有部分重叠，但小型载货车将柏油桶装上车后，车身变重，转弯驶离时碾压在多功能车的轮胎痕迹上，胎痕周边的灰尘形成向两侧堆叠的效果……想象你在沙滩上筑起一道沙子堤坝，这时有个调皮鬼过来一脚踩上去，在力的挤压作用下，沙子会朝另一侧隆起，随后滑落。”

实习生弯腰仔细观察：“果然！”

连默又另外在足迹凌乱交叠的地面提取比较清晰的脚印数枚：“回到实验室后会进一步进行分析比对。”

“麻烦连法医。”小刘对连默点点头。

“应该的。”

连默回到法医实验室，还没来得及放下装备，实习生就兴奋地招呼她：“连法医，快看，全国医疗记录数据库的对比有结果了！”

“哦？”连默慢条斯理放下取证箱，走向电脑，“是谁？”

“根据医疗记录，死者叫——”实习生读出交叉对比后得出的结果，“叫纪守良……”

纪守良？连默听见这三个字，一愣。

“你确定是叫纪守良？”

实习生将电脑显示器转向连默，摊手：“你看！”

连默定神望向液晶显示屏。

姓名、年龄、种植牙钛钉编号和闽医大附属牙科医院的信息历历在目。

“这里交给你，轮胎印和脚印的对比麻烦你跟进。”连默对实习生点点头，随即走出自己的实验室，直奔主任办公室。

老好人乔主任看见她敲门进来，乐呵呵地问：“小连，出外勤回来啦？辛苦了。”

连默抿抿嘴唇，略略迟疑，到底还是向乔主任坦陈。

“无名男尸已查明身份……”

“这么快就查到死者身份了？”乔主任微笑，“不愧是我的得意门生！”

“死者不出意外，应该是我的姑父纪守良。”连默睫毛轻颤，难怪姑姑去世后，和姑姑做了三十年夫妻的姑父由始至终没有出现，原来不是负心薄幸，而是他已无法前来，“我与死者有亲属关系，存在职业伦理冲突，本案已不适合由我继续担任法医进行调查，请安排其他人接手。”

乔主任也不由得有些错愕，随即颔首：“行，我让安克昇接手，你把已掌握的证据同他交接。”

“谢谢主任！”

乔主任站起身，绕过办公桌，走到连默面前，拍拍她肩膀：“你也不要给自己太多压力，这是单纯地走走程序，你今天要不就早点下班，回去好好休息。有什么需要我的地方，你别同我客气。我这老胳膊老腿，让我上阵同人打架是不成了，可是我脑筋还一如当年。”

连默微笑：“好。”

虽然她父母早逝，亲缘淡薄，仅存的亲人同她关系冷淡疏离，如隔参商，但至少，她还有亦师亦父的乔主任，亦兄亦友的费队，愿意迁就她的无趣的同事，和……爱她的以谌。

命运，以另一种方式善待了她。

对于连默因死者纪守良为她的姑父导致伦理冲突而避嫌的举动，青空和小刘表示理解。

“连法医实在太谨慎，其实有什么关系？”小刘叹气。

“我们早日破案，就是对连法医最大的支持！”青空话音一转，“现在已知死者身份，案件侦破就有了方向，不再毫无头绪，原地打转。”

小刘一拍掌心：“没错！”

两个人分别调查纪守良生平和他生前的关系网。

纪守良此人，是典型的浦江中年男性。

纪守良生逢三年自然灾害，虽然城市里总比偏远农村生活好些，但家里也节衣缩食，才勉强养大几个孩子。他在家中排行第三，上有兄姐，下有弟妹，他夹在中间，很不受父母重视。在那十年，他兄长上山下乡去了江西，姐姐进了纺织厂当工人，弟弟妹妹年纪还小，尚不懂得外头世界发生了什么。只有纪守良，小学毕业，书也不读了，跟在年纪大一些的红小兵后头参加活动。

十年一晃而逝，轰轰烈烈的运动结束，过一年恢复高考，早前初中毕业、高中毕业的人又把书本拿起来，努力学习，而只有小学文化的纪守良却迷失了方向，在社会上游荡。

他姐姐纪守宁实在看不下去，央了街道里的人，将他安排在街道工厂当工人。

纪守良最初也兢兢业业地认真工作过一段时间，姐姐看他肯上进，还把自己厂里的小姐妹连丽华介绍给他。

两个年轻人一拍即合，彼此都很有好感，恋爱一年之后，便决定结婚。

婚后，纪守良与连丽华的小家庭颇为和美，还生下儿子纪琤。可惜好景不长，街道工厂因为不景气，最终倒闭，纪守良没了工作，反倒迷恋上搓麻将和跳舞，成天在外同人筑长城，回家吃个晚饭又出去到舞厅里去和舞搭子跳交谊舞。

别人问起来，他总是以和岳母同住，亭子间地方实在太小为由为自己辩解。

后来他妻弟、弟媳妇带着女儿前往美国，他和妻子带着儿子一起搬进妻弟家里，收敛过一阵子。

“等把老房子亭子间出租出去，手里有了点儿钱，他又故态复萌，不但在外头搓麻将跳舞，还与一个比他小十岁的失婚妇女长期同居。”纪守良的过往叫小刘叹为观止，“等老房子拆迁，连丽华又卖了弟弟家的房子另买新居后，纪守良见妻子拿多余的钱出来做生意，也动起歪脑筋，从她销售预付卡的营业额里私自挪用了几十万，和情人逃到外地同居……”

青空替连默感到难过，难过她遇见这样的亲人。

“他妻子连丽华早在几年前已中风瘫痪，而且三周前已经去世，可以排除嫌疑。”

“那么两人的儿子呢？”费永年问。

“在没有得知死者的确切死亡时间和死因之前，不能排除死者儿子作案的可能。”青空挑眉，“毕竟他父亲抛弃他母亲，间接导致她母亲生意失败，被顾客围堵追债，因而中风，他有理由痛恨纪守良。”

“纪守良的情人方面呢？”

“还在查，不过已有线索，我们正打算跟进。”

费永年点点头，看一眼案件线索板上还不完整的时间线，以及在“动机”旁标注的问号：“先从死者的儿子开始调查，看看他听到父亲死亡的消息时的反应。”

“是！”青空、小刘齐声应道。

时间推进，纪琤从丧母的悲痛中一点点恢复过来，生活慢慢回归正轨。

结束十天年假，他返回单位销假上班。

他伺候瘫痪的母亲多年，别的同事聚会吃饭、休闲旅行的时候，他都守在母亲的病床前度过，因而在亲友同事之间，颇有孝子美名。

如今母亲去世，大家见到他，纷纷出声安慰。

“别难过，你妈妈也算解脱了。这么痛苦地活着，拖累你除了工作外，一点儿个人生活也无，她心里也不好受。”单位领导见到他，拍拍他肩膀。

“小纪也该考虑考虑自己的终身大事了，和你同期的同事们，结婚早的孩子都可以打酱油了！”直属上司感慨，“小纪这么顾家的男孩子，大家赶紧给他介绍女朋友啊！”

“听说你表妹男朋友是豪门阔少，让她给你介绍个白富美，你要是不爱白富美，介绍给我也行啊！”同事来与他勾肩搭背。

纪琤苦笑：“表妹是表妹，我是我，我们生活圈子不同。”

同事搡一搡他肩膀：“纪琤觉悟就是高！”

纪琤只笑笑，不再就这话题多说什么。

他做人还是有自己的底线。连默不想同他往来，他再不会厚着脸皮往上凑。如今最要紧的是把近期落下的进度赶上，不让领导觉得私生活容易影响他的工作。

当前台接待打电话通知他有两位警官找他时，纪琤不是不意外的。

纪琤下楼，在前台见到青空、小刘，将两人引至一旁接待区沙发上落座。等两人向他出示证件，表明身份，他有些疑惑地问：“不知两位警官找我有什么事？”

“请问纪先生，你上一次见令尊，是什么时候？”青空负责发问，小刘录音并做笔录。

纪琤脸上狐疑之色加重：“我爸？我们久不往来，最近一次见他，还是今年大年初一，亲戚间一道吃饭，他带着外头女人一起出席……”

他摘下眼镜，揉一揉鼻梁，重新将眼镜戴上：“我妈和大伯母关系特别好，又是大伯母将她介绍给我爸的，她一直觉得对不起我妈，所以见我爸带小三来，当场就同他吵起来，大伯伯和小姑父两个人合起来劝她，都没能拦住她。”

纪琤耸肩：“他还当众说，我小时候，是他发红包给我，现在我工作了有条件了，理应换我发红包给他。一千两千不嫌少，一万两万不嫌多。”

青空和小刘面面相觑。纪守良其人，听起来好像很不受家人欢迎。

纪琤将两人表情看得分明："我爸……也不是十足的坏人，只是教育文化程度低，道德品质不高。"

"令尊近期有没有同你联系？"

"我妈病危，我给他发过短信，但他没回复，我想他是不在乎我妈的生死吧。"纪琤声调冷淡，"其实早在他卷了美容院的营业款和别人逃到外地去，他在我心目中便已经名存实亡，他来不来，我都无所谓。我只是想让我妈走得没有遗憾。"

"很抱歉，我们这次来，是想通知你，警方近期发现一具尸体，通过医疗记录比对，确认死者为令尊纪守良。"

纪琤闻言先是一愣，随即冷笑："你们不会是怀疑我吧？"

他不等青空回答，摆摆手："他和我确实早已没有父子情分，但是我还没恨他到要杀死他的地步。你们尽可以去调查！"

"别激动，别激动！"青空安抚他，"我们只是来履行通知死者家属的职责，至于令尊的死亡原因，还有待后续进一步调查。也希望你在调查期间，不要离开本市，好方便随时配合警方工作。"

纪琤平复一下情绪："你们与其在我身上浪费时间，还不如去调查一下那个涂觅！我爸为了她，抛妻弃子，卷款私逃，什么事都做得出来，可惜人家只把他当火山孝子。"

"我们会调查的。"青空正色。

两人起身同纪琤告辞离去。

一直伸长耳朵偷听的前台接待探问："纪哥，什么事啊？"

"没事，就是来打听个人。"纪琤不愿多谈。

相比纪琤对父亲纪守良避而不谈的冷淡，撬开纪守良的情人涂觅的嘴就容易得多了。

通过涂觅户口所在地派出所，小刘很快联系到涂觅的家人，并获悉涂觅已在十天前回到本市，如今赋闲在家，每天与牌搭子相约搓麻将。这个时间，应该正在棋牌室里同牌友筑长城。

青空、小刘立刻驱车前往涂觅现居小区江枫花园。

两人在小区烟雾缭绕的棋牌室里找到正在搓麻将的涂觅。

涂觅一听警察找，“啪”一下将手中的麻将往牌桌上一扣：“等我这局搓完！”

青空、小刘不好强拉她离开牌桌，只好在棋牌室门外等候，免得被棋牌室里浓重到有形的烟雾呛死。

足足等了一刻钟时间，涂觅才从棋牌室推门出来，一边还不忘关照暂时接替她的牌友：“赢了算我的，输了算你的哦！”

说罢，她走到青空、小刘跟前：“两位警官找我？是有守良的消息了？”

青空和小刘对望一眼，小刘伸手，指了指小花园里的长凳：“涂女士，我们坐下慢慢说。”

涂觅可有可无地点点头，懒散地朝长椅走去。

小刘朝青空使眼色，青空回瞪他。

涂觅深目高鼻，妆容浓艳，虽然岁月的痕迹已经无情地侵袭她的眉梢眼角，可她仍然是一个让人过目不忘的美人。

她走到长凳前，往正中一坐，两手伸展，搭在长椅的靠背上，姿态十分豪迈。

“你们找到守良了？”她画着厚重眼线的大眼望向青空。

青空和小刘在一旁另一张长凳上落座。

“你说的守良，是纪守良？”小刘问。

“对！怎么，你们不是为了守良的事来的吗？”涂觅从外套口袋中取出香烟，自顾自点燃，深吸一口，“如果不是找到守良，那我就回去搓麻将了。”

“涂女士不要急，我们就是为纪守良而来。”青空与小刘交换眼神，“你上一次见到他，是什么时候？”

涂觅愤愤地抽一口烟，挥动染着大红指甲油的手："我报警的时候不就同你们说了吗？！我上次见到他是一个多月之前！"

小刘微笑："我们也是才接手任务，不太了解情况，还要麻烦涂女士和我们把具体情况再讲一遍。"

涂觅皱眉："你们警察做事，效率也太低了！"随即摆手，"还要一遍遍告诉你们几次？！烦死了！"

小刘赔笑："是我们工作没做到位，给你添麻烦了。能不能请你再详细叙述一下事情经过？"

见小刘如此客气，涂觅见好就收。

"上个月十五号，守良收到短信，通知他他老婆病危，让他赶紧回家一趟。守良和他老婆老早就感情破裂，要不是他老婆瘫痪在床，他不想人家说他不仁不义，早同她离婚了！他儿子和他也不亲近，他就不太想回去。"涂觅撩动长发，卷在手指上，"我还劝他，说是夫妻一场，没感情归没感情，但送她最后一程，也算是全了这份夫妻情义。"

"所以纪守良就回浦江来了？"

"哪有！"涂觅斜眼，"守良满犹豫的，不想回来看他儿子脸色。我也就没继续劝他。结果第二天吃晚饭看晚间新闻的时候，他忽然就放下碗筷，让我帮他收拾一下行李，要连夜赶回浦江。我还纳闷，问他，哪能说风就是雨啦？前一秒还不想回去，怎么下一秒就改变主意了？"

"那他有没有说为什么？"

"守良当时特别兴奋，抱住我连连亲吻，雄风大振。"涂觅笑起来，眼角有深深的鱼尾纹，好似对自己令纪守良神魂颠倒十分自得，"他说他有了条发财的门道，要是顺利的话，别说是下半生吃喝不愁，就是带我到美国旅游，都不成问题。"

"发财的门道？"青空一下抓住重点，"他具体说过是什么门道吗？"

涂觅摇摇头："他不肯讲，表示在没有十分把握之前，我不用知道太多，只让我在家等他回来。结果他一去不回。我等了又等，直等了一个星期，也没有他的消息，电话没人接，消息没人回，我就觉得不对头了，立刻动身回来。我试过联系守良，但是不管是手机还是陌陌，他都没有回复我，我这才急了，就到派出所报警了。"

"纪守良几号回的浦江？"青空向她确认时间。

"上月十六号。"涂觅肯定。

"今天是十二月二十日，也就是说纪守良已经失踪三十四天。"小刘算一算时间，"这期间你没有收到过他的任何消息？"

"没有！我还以为今天你们来是告诉我已经找到守良了呢！"

"回到浦江这段时间，你在干什么？"

"我？我能做什么？约以前的小姐妹喝喝茶，和牌搭子搓搓麻将，偶尔到百乐门跳跳舞喽！"涂觅将香烟蒂弹得老远，站起身来，"既然你们还没找到守良，那我就回去打牌了。"

"纪守良一去不回，你有没有想过，他可能去做什么了？"青空叫住她。

涂觅轻笑："他要不是死在哪里，大概就是跟其他女人跑了吧。"

"倘若果真如此，你还报警找他做什么呢？"小刘看着转身准备回棋牌室继续搓麻将的涂觅，轻轻问道。

涂觅脚步一顿，微微仰起头来，仿佛眺望晴空："也许因为……他这些年，真心实意对我好过。"

说罢，她径直走向人声隐隐的棋牌室，留下一个与年龄不符的窈窕纤细背影。

"她真这么说？"纪守良大姐纪守宁听小刘转述涂觅的话，不由得睁大眼睛，随后嗤笑，整个人靠进沙发里，"如果这话真是她说的，那还算她有点儿良心。"

"此话怎讲？"小刘不解。

“守良虽然是我弟弟，但我这个人一向帮理不帮亲，不好空口白牙说他做人有多成功，他就是一事无成的混混！”纪守宁已经退休，头发梳得一丝不苟，穿着款式相当时髦的羽绒大衣，精气神十足，“我到现在都后悔，当初把丽华介绍给他。丽华要不是嫁给他，凭她那么能干的一个人，日子过得肯定更适意！你们不晓得，他们家里，家务丽华一人全包，买菜烧饭接送小孩，哪一样守良操心过？结果呢？他一点都不珍惜，偏偏要跑去外面给别的女人当老妈子，端茶送水，洗衣烧饭……”

纪守宁说着说着便气不打一处来，一拍沙发扶手：“警察同志你们是没看到哦！过年时候好好一家吃顿团圆饭，他偏要把那个女人带来，气不气人啊你们说？那个女人眼睛往哪里瞟，他的筷子就往哪里伸……他对阿爹、阿妈都没这么好过！”

“照你这么说，你弟弟对涂觅，倒很体贴周到，两人之间应该没有什么矛盾？”

“他们有什么矛盾，我哪里晓得？”纪守宁自嘲，“有也不会让我们知道。”

“那你清不清楚，他在本市有没有什么发财的渠道？”小刘不放弃每个获得线索的可能。

“发财？！”纪守宁“哈”一声，“他不伸手朝我们要钱就谢天谢地了，要么我们这些兄弟姐妹就是他的发财渠道！”

青空、小刘调查至此，纪守良具体死亡时间不明，致死原因、凶手作案动机成谜，案件陷入胶着。

连默坐在飘窗上，初一安然地趴在她脚背上熟睡，肚皮一起一伏，令人莫名心安。

她膝上摊着一本包有浅薰衣草色包书纸的日记。笔记本四角已经磨损，又因保存不当，和相册一样，纸页被水浸透过，皱巴巴，颜色泛黄，有几页字迹已模糊。

日记每一页都手绘着或繁复或简约的花纹，搭配她写日记时的心情，偶尔还有几页贴着亮闪闪的贴纸，昭示着她当年也曾是个充满梦幻情怀的少女，直到家破人亡的那一日……

连默猛地合上日记。

初一被纸张合拢时的声音惊醒，两只耳朵警惕地竖起，抬头望向连默。

连默深吸一口气，伸手摸摸初一头顶："对不起。"

初一晃晃脑袋，仿佛说"没关系"。

以谌开门进来，看见连默，有些惊喜："今天这么早下班？"

连默将日记本放在飘窗一角，起身："老板见我工作辛苦，放我半天假。"

以谌脱去身上大衣，挂在门口壁橱里，闻言轻笑："提醒我给乔主任送一面体贴爱护下属的锦旗。"

连默接过他手中的公文包，转身准备放到沙发上，却被以谌一把拽住手腕，轻轻一用力，拉到胸前。

他将她圈在自己身前，温柔的吻落在她的额角："电量不足，需要充电。"

连默嘴角漾起笑纹，伸手抚摸他青髭渐生的下巴："允许充电五分钟。"

两人拥坐在沙发里，彼此头挨着头，膝盖靠着膝盖，以谌向连默说起公司里一天的遭遇。

"生物制药厂厂址已经初步选定，正等有关部门审批，相关手续办理烦冗复杂，层层级级申报审核，恨不得把以诺捉来替我分忧。"以谌口气里带着一些笑意，"为人兄长，也没有其他乐趣了。"

连默稍稍犹豫，伸手搭在以谌颈背，像安抚初一那样，揉一揉他后颈："会顺利的。"

她的手指微微有些凉，触在他颈背上，竟令他浑身一颤。

以谌抓住连默的手，然后猛然欺身将她扑倒在沙发上。

初一从飘窗上跳下来，“嗷呜、嗷呜”地叫着，在地毯上原地转圈。

以谌半撑手臂，凝视半躺在沙发上，长发微乱的连默，垂头用额头蹭蹭她的：“五分钟已到，充电完毕！”

他拉起连默，两人拥抱着站在一处，窗外落日余晖将他们的身影拉得老长。

初一快活地摇着脑袋，嘴里叼着一本笔记本。

“初一……快放下！”连默望着被初一叼在嘴里，封面已经被它的口水洇湿的日记，低呼。

初一脑袋摇晃幅度更大，两只肥腿将地毯踩出小小旋涡。

以谌放开连默，从客厅一角初一的狗屋里拿出骨头狗咬胶，朝初一扬扬手：“初一！”

初一的注意力被他吸引，他将骨头抛向沙发，初一毫不犹豫地抛开嘴里的日记本，跳向沙发。

连默趁机弯腰捡起被初一丢在地毯上的日记，本已破旧破损的封面不堪初一这番撕咬摇晃，终于破裂脱落，一张夹在封底里和包书纸之间、折叠起来的信纸，无声地落在连默脚边。

连默蹲下身去，缓缓捡起这张带着水渍、泛黄发脆的信纸，小心翼翼地展开。

信纸上是父亲熟悉的笔迹，工整流畅，抬头为当时父亲任教大学的系主任，但没有父亲的落款。

连默坐回沙发里，将这封未来得及写完寄出的信，逐字逐句地看了一遍。

以谌发觉她的手指在微微颤抖，上前坐到她身边，把她的手拢在他的掌心里：“连默，冷静。”

“我没事。”连默声音中带着罕见的脆弱，“这些东西，早在我扶棺回国的时候，就装在我的行李当中……”

她将信纸递给以谌：“其时家父家母访问学者签证已届期满，他们已做好回国打算，只是还在为我的前途犹豫，是让我留在美国完成学业，还是同他们一起回国。”

以谌接过信纸。

字如其人，观连父字迹，想必是端方君子，这封未及写完的信，字里行间都透出对带着三年科研成果回国的激动期待，和对女儿是否应留在美国继续求学的不确定，以及就同科研小组另一位同事对共有知识产权转化的追切欲望的担忧。

“令尊在美国，具体研究什么项目？”作为商人，以谌立刻意识到其中的问题。

连默回忆片刻：“如果我没记错，应该是生物医用高分子材料研究。”

以谌点点头：“应用和发展前景广阔的领域。”

连默垂睫：“家父的研究虽然在国内已处于尖端水平，然而美国人的医用高分子材料技术仍遥遥领先于国内。家父在美做访问学者的同时，希望能有所建树，将来可以报效祖国。”

以谌伸手揽住连默肩膀：“令尊、令堂值得尊敬！”

连默含泪微笑：“是。”

她侧首靠在以谌肩膀上：“他们被枪击身亡的那天，正逢圣帕特里克节。他们受邀到一位爱尔兰裔同事家中参加节日聚餐，而我则和朋友相约要去她家过夜。随着回国的日期越来越近，他们对我的约束相对放松很多，那天还同意我可以化一点点妆。”

连默声音细细，并无太多起伏，以谌却从中听出太多沉痛悲伤。

“我在楼上房间，趴在床上，一边戴着耳机听着音乐，一边为自己涂指甲油，就是那种糖果色，轻轻一撕就能从指甲上撕掉的指甲油。父亲和母亲上楼来看我，母亲坐在我床边，将我掉落在眼前的头发替我塞到耳后，用口型对我说：祝你晚上玩得尽兴，注意安全。父亲则本着他一贯严谨的态度，把我摊在书桌上的东西摆放整齐……”连默一顿，“他大概就是那时将信纸夹在我日记里的。”

连默忽然坐正身体："这应该只是一份他拟了一半的草稿，因为他甚至都还没来得及落款。假使他有足够时间，会将之写完，并以电子邮件的方式发送给系主任……"

父亲为人正直，不肯在背后语人是非，除非他确定那名同事确实不值得信任。

所以信上并没有点明究竟是研究小组的哪一位同事。

凶嫌几乎不言而喻。

连默伸出右手，越过肩膀，轻触后背。

以谌按住她的手指，轻轻亲吻。

他亲眼见到她后背上已经愈合的疤痕，那惊心动魄的一枪，在她身体和心灵上，留下永远无法弥合如初的伤口，狰狞恐怖。

"他们在离开我的卧室前，分别亲吻我头顶，而我却在烦恼指甲油的颜色会不会显得太鲜艳、太刻意……"眼泪从连默眼角滑落，泪水沿着脸颊缓缓滴在以谌肩膀上，洇进他的毛衣，灼痛他的心脏。

"我戴着耳机，根本没有听见楼下的枪声，因为脚朝外趴在床上，更没发觉有人上楼……"肩后的伤口仿佛隐隐作痛，"等我醒来，已经在医院里。护士说幸好我年轻，又因为角度关系幸运地躲过原本应该射入心脏的子弹……可是这样的幸运，我要来有什么用，有什么用？！"

以谌紧紧抱住她，像抱一个没有安全感的婴儿，轻轻摇晃，不断亲吻她："有用！有用！这样的幸运让你代替父母，勇敢地、幸福地活下去！好让我有幸遇见你！好让我代替他们爱你、守护你！"

以诺还未来得及伸手敲门，门已推开，以谌站在门内，朝他做了一个噤声的手势。

以诺心领神会，将刚要脱口而出的话悉数咽回肚子里，轻手轻脚进屋，换鞋。

室内静悄悄一片，初一没有像往常那样从客厅里冲到门口对他摇尾巴，更没有一桌已经做好的丰盛晚餐。

以诺诧异地张望一眼，压低声音抱怨："小默默不在家吗？她不在家你就连热饭热菜都不给我准备一口？差别待遇太明显了吧？"

"默默已经睡下，你要是饿了，冰箱在厨房，自己动手丰衣足食。"以谌转身朝厨房走去。

以诺跟在他身后，看见厨房流理台上搁着一帘包了过半的馄饨，笑嘻嘻地说："我不挑食，馄饨就好。"

说罢往厨房小餐桌前一坐，双手往脑后一抱。

以谌盯紧以诺，他才悻悻地将试图翘到小餐桌上的腿放下。

以谌回身面向流理台，继续包馄饨。

"哥——"以诺拖长声音。

"嗯？"以谌头也不回。

"你忽然变成居家男子，让人很难接受。"以诺放下手，半趴在餐桌上，"坊间不见你的身影，你已成为传说。"

"不然呢？三十多岁还夜夜笙歌？"以谌也经历过泡吧、流连夜店的阶段，但很快便意识到，这种生活之于他，只是偶一为之的放纵。

自律如他，在莺声燕语的逢场作戏中，显得格格不入。

以诺托腮："我现在也全情投入工作。"

以谌放下一只包好的馄饨："你在美国的消息渠道靠不靠得住？"

"靠得住！"以诺一挺胸，"我们当初可是一起逃课飙车追女孩儿的过命交情……"

他的声音在以谌转头瞪他时小了下去。

以谌不打算提起以诺在南加大做的那些荒唐事，只淡淡问："能不能请他帮忙，了解一下连默父母被害一案的细节和调查结果？"

以诺眼睛一亮："黑皮抄销毁！"

"十八岁至今的内容。"

以诺想一想，点头表示可以接受："我还要吃馄饨，十五只，放猪油，加香菜、虾皮，一撮蛋皮丝，不要胡椒粉……"

"我下馄饨，你去联系。"以谌举起漏勺。

"是是是，小的这就去！"

许是伤心过度，连默当晚开始发低烧，次晨整个人昏昏沉沉，嘴唇苍白得毫无血色，声带喑哑，憔悴得让以谌心疼。

以谌坐在连默床畔，伸手摸了摸她额头，比平时略烫。

他按住挣扎着打算起床的连默，又将初一从床尾脚凳上抱起来，轻轻放在她手边，拿初一的一只爪子压住她的手："替我照看好姐姐。"

初一低"呜"一声，侧躺下来，靠在连默手臂上。

连默哑着嗓子，努力朝以谌微笑："哪里有这么娇贵？你太宠我，把我惯坏了，可怎么办？"

"把你惯坏，就没人同我抢你了。"以谌笑起来，对她眨眨眼。

他从床头柜上取过倒好的温水，趁连默喝水的工夫，打电话替她请假。

"我没事！"连默不想小题大做。

电话那头乔主任却已经欣然准假，还不忘叮嘱信以谌让连默好好休息。

"谢谢乔主任。"以谌挂断电话，对上连默因来不及阻止而显得有些气鼓鼓的脸，轻捏她脸颊，"大家都很关心你，所以，好好休息，快点恢复到精神饱满的状态，元气十足地去上班。"

接近下班时分，青空致电连默："我和小刘一起过去慰问病号，给我地址。"

连默将地址发送至青空手机，青空回她一个"知道了"的表情。

五点半时，外出买菜的以谌开门进屋，身后跟着青空和小刘。

看到连默半躺在沙发上，手里捧着水果盏，腿上盖着毛毯，脚底还卧着一只胖乎乎的小狗，小刘"哟"的一声。

"这沙发看起来躺着就舒服！"

青空将执在手中的花束放在沙发前的长条几上："费队派我们两个做代表，前来慰问。"

望着那一捧含苞欲放的粉色月季花，连默朝两人点头微笑："谢谢！"

"我去找个花瓶把花插起来。"以谌自然而然地取过花束，又招呼青空和小刘随便坐，"事先没有准备，就请你们吃顿家常便饭，请别嫌弃我的厨艺。"

小刘摆手："信先生不用同我们客气。"

"我们不挑剔。"青空接口。

"是，他们忙起来时，十元钱的盒饭对付一顿，也是常有的事。"连默轻叹。

"你们聊。"以谌给连默与同事足够的空间。

"案件调查进展如何？"连默关心。

"安法医在死者左胸第四肋骨上发现一道痕迹，还没完全被强酸腐蚀消解，"小刘在自己胸口比画一下位置，"只是很难判断凶器究竟是什么，仅仅可以断定是尖锐锋利的物体，沿着第四肋骨刺入心脏。"

"在柏油桶上没有提取到除樊大牛和小货车司机以外的其他指纹。"青空说起他们的调查，"案发现场路段的路政队反映，承接该路段维修工程的施工队违规作业，将使用过后的空柏油桶随意丢弃在附近工厂的荒废厂房里。"

"根据你在现场提取的轮胎痕迹，安法医在汽车厂商的数据库中进行了搜索比对，这是一款运动型多功能汽车的轮胎，光浦江牌照的就有将近一万辆，还不算外地牌照，要缩小目标范围，难度不小。"小刘补充。

“案发现场附近没有监控探头，那主干道上的交通监控摄像头呢？”连默不由得问。

小刘一拍膝盖：“那附近的道路情况你也看到了，集装箱卡车、水泥灌浆车、渣土车等重型车往来密集，搞得尘土飞扬，道路中间绿化带一年四季灰蒙蒙一片，主干道路口的摄像头也一样！”

“监控中心王哥努力提高画面清晰度，也只能勉强在上月十六日至案发这段时间内发现有千余辆SUV通过该路口。但是分辨车型、车身颜色、牌照……”青空看了一眼连默的脸色。

“考虑到强酸消解人体组织需要一段时间，且已是冬季，”连默并不气馁，“但尸体骨骼基本还保存完好的情况，可以推测死者死亡时间应在十一月十六日至十一月二十三日之间，误差不会超过三天。”

“这样一来，调查范围可以大大缩小！”小刘兴奋地从椅子上站起身来，“我这就给王哥打电话。”

“还有其他线索吗？”连默抱起努力想要从她脚边跳下沙发的初一，弯腰将它放到地板上。

初一跑到青空脚边，嗅了一会儿，大概觉得他对它来说不存在威胁，很快转而绕着小刘闻来闻去。

“想不到你喜欢动物。”青空朝连默微笑。

“以前，家里养过一只雪橇犬，”连默坐起身来，“后来父母过世，我扶棺回国，没有多余精力办理手续把它一起带回来……”

凶手杀害父母的那一天，邻居没有听见雪橇犬的叫声，直到枪击之后，才有邻居报警投诉狗吠扰民。警方派人前来查看，才发现她父母双双倒卧在血泊中，而她则在楼上自己的卧室里，俯卧床上，后背中弹，奄奄一息。

青空一愣。

他隐约知道连默父母双亡，这次侦办纪守良的案件，才进一步了解她在父母去世，一人回国之后，并没有得到亲属的关心和照顾。此时听她提起往事，虽然语气平平，却能从中感受到一个乍失怙恃的少女的凄然无助。

“纪守良的情人说，他在返回浦江之前，一直没有什么异常举动，直到那天晚上吃饭时，他看着看着新闻，忽然就急着要回来，并且说有一条发财的渠道。”青空将涂觅的证词复述给连默听。

发财的渠道？

连默对姑父纪守良的印象不深，因为他很少回家，偶尔出现无非是张嘴伸手要钱。每次他回来之后，姑姑对她的态度就会格外恶劣，指桑骂槐，明里暗里说她是丧门星、败家精，搅得一家不得安生。

“我们已向电视台索要当天晚间时段的新闻资料，也许从中能发现线索。”小刘打完电话回来，拍拍青空肩膀，“你就好好在家休养两天！”

以谌从厨房出来，招呼大家吃饭：“公事饭后再聊。”

以诺在青空和小刘告辞后姗姗而来，对于没能赶上简单的家常便饭表示出极大遗憾。

“给你留了米饭，还有朋友送的一罐秃黄油，一盅油鸡枞炖豆腐羹，凉拌菠菜。”以谌拉开一见以诺就往他身上扑的初一。

“这还差不多。”以诺拉开餐椅，往里一坐，舒舒服服等吃饭，还不忘对饭后刷牙出来的连默打招呼，“小默默，晚上好！以谌有没有提供五星级服务？”

连默试图瞪他，但以诺全然不以为意。

“吃你的饭！”以谌拿脚尖踢以诺的脚。

“小默默，他欺负我！”以诺告状。

连默决定不掺和他们两兄弟之间幼稚的你来我往：“我进屋看书，你随意。”

反正随着以谌正式与她同居，以诺也像赠品一样，不请自来。

以诺目送连默的身影消失在卧室门后，脸上嬉笑的表情，渐渐淡去。

以谌将放在电炖锅中保温的炖盅取出来放在以诺面前，眼神微敛。

“哥，小默默父母遇害一案，内情恐怕不简单……”以诺压低声音，肃容说道。

访问学者夫妻遭入室枪击身亡案件在当年颇轰动一时，以诺找旧友打听，对方很快将相关资料发送过来，图文视频，案件相关新闻报道，巨细无遗。

连氏夫妻作为访问学者，归期在即，却在家中惨遭杀害，两人的女儿中弹后侥幸生还，但无法提供任何有价值的线索帮助破案。因连氏夫妻居住的由学院提供的房子所在社区，一向安宁平静，此案一出，引起当地社区居民强烈反响和持续关注，警方相当重视，调配人手增加社区警力，也极力想抓住闯入连家行凶的凶手。

“案件至今没有侦破？”以谌沉声问。

以诺点点头。

警方最初将注意力放在附近黑人与拉美移民混居区，认为是当地小混混想趁圣帕特里克节，社区居民大多前去参加盛况空前的游行，多数住宅空无一人的机会，入室盗窃。不料却碰见还没出门去同事家赴约的连氏夫妻，惊慌之下，将两人杀害，并一不做二不休，上楼寻找潜在目击证人——连默，灭口。

“有什么证据支持警方的这一推测？”

“待连默脱离危险后，警方曾带她重返犯罪现场……”以诺顿了顿，面露不忍，“她向警方证实，家中丢失了一些贵重物品。”

“都丢了些什么？”以谌关注。

“嗯……”以诺翻一翻朋友发给他的资料，“连氏夫妻二人的笔记本电脑、手机、若干珠宝和现金。”

以谌沉吟。他有种感觉，倘使连默发现的那封未及完成发出的信件不仅是连父杞人忧天，那么这桩看似入室盗窃失控升级成枪杀的案件里，所有失物当中，也许只有笔记本电脑和手机才是凶手的真正目标，珠宝和现金只是凶手迷惑警方的烟雾弹。

“警方在周边小偷常去销赃的当铺进行过搜查，并没有发现被盗物品，倒是在地毯式搜查过程当中无意间破获了一起贩毒案和走私案。”以诺轻叹。

“没有其他线索？”以谌皱眉。

“警方一直没有找到其他嫌疑人，毕竟连氏夫妻是访问学者，双方院校对他的研究成果知识产权共有，又马上要回国，对团队中的其他人地位不构成威胁。”以诺说。

以谌按了按眉心，为以诺对商业毫无敏锐直觉感到无奈。

“那连爸爸当时的研究成果，最后怎样了？”

研究成果？以诺一愣，在资料里来回翻找片刻，随后耸肩摊手。

“警方在调查排除科研团队成员嫌疑后，便再未跟进。”

“能否请你朋友，深入了解一下？”以谌郑重向以诺请托。

以诺挠头：“可以，没问题，可是你要知道这个做什么？”然后猛地一拍巴掌，“是为生物制药厂做准备？”

以谌转开脸，无法直视以诺。

连默休息一天，第二天已大致恢复状态，以谌看她气色不错，胃口和平时差不多，甚至有心情拿她自己打趣，略放下心来。

“无论如何，太阳都照常升起，”她怀里抱着已经沉得快抱不动的初一，眼里是脆弱过后的坚强，“再痛苦也要勇敢活下去，毕竟还有太多没看过的风景，没吃过的美食……”

以谌揪揪她随意扎在头顶的发苞：“上午我们在家养精蓄锐，晚上务必容光焕发出席你朋友的电影首映礼。”

昨晚克莱尔·戴斯蒙德打电话来确认首映礼时间、地点，并开玩笑说：“摸摸，你一定要来！我们一起携手走红毯，让媒体去猜想揣测：这神秘美人是谁？和克莱尔是什么关系？”

她在电话彼端朗声大笑，连默在这边露出微笑。

“好。”

心情沉重如她，也被克莱尔的开朗所感染。

以谌乐见连默恢复活力，也格外希望她能有片刻时光，放下沉重包袱，享受生活，恣意欢笑。

吃过午饭，以诺带着好几件礼服登门，将套着防尘罩的礼服往沙发背上一字排开一排：“小默默，随便挑！”

连默穿一身浅灰色运动居家服，站在沙发前，将铺陈在长沙发上的礼服细细看了一遍，失笑：“我只是应邀去参加首映礼，并非电影主演，只要穿得不失礼就好。这些太过隆重。”

连默无意喧宾夺主。

以诺挑一件在身上比量：“选一件嘛！这件怎样？拜占庭风格，纯手工钉珠，搭配宝石王冠。”

连默骇笑，连连摆手。

看到这条裙子，就不免让她想起俱乐部那间不伦不类的拜占庭包间。

以诺锲而不舍，拎起另一条礼服裙，按在肩膀上，原地转一圈：“那么这件！黎巴嫩设计师高级定制烟紫色单肩钉水晶珠管礼服，穿上保管艳惊四座！”

初一站在他脚边，好奇地抬头，不断试图用爪子抓住飘来荡去的裙摆。

连默看一眼那轻薄得如一层烟雾的质料，婉言拒绝：“十二月下旬穿，会冻僵吧？”

以诺颓然，倒进沙发里：“小默默，那是亚洲首映礼！多少明星、影迷挤破头想蹭一回的红毯！”

连默歉意地望了眼看起来饱受打击的以诺：“我还是希望穿得暖和些。”

以诺捂眼，好想问“小默默你还是不是女人”。

“我不管了！交给你了以谌！”他决定将说服工作交给以谌完成。

以谌上前，站在连默身后，搂住她肩膀：“怎么舒服怎么穿就好。”

以诺在沙发上往侧旁一扑：“你们果然是一对！没救了！”

初一凑热闹似的“嗷”一声附和。

连默最终从衣橱里挑选一件不过不失的珠灰蓝色埃及棉衬衫，搭一条烟灰色窄管毛料吸烟裤，穿一双黑色切尔西短靴，罩一件烟灰色大衣，头发梳得干净利落，在脑后扎成一束，露出光洁饱满的额头。即使脂粉不施，也让以谌挪不开眼。

以谌穿烟灰西装搭黑色大衣，从克莱尔的车上下来，与连默并肩站在红毯上，记者们的闪光灯“咔嚓嚓”响成一片。想起连默不久前曾经说过由衷佩服明星们每天面对镁光灯，她感觉眼睛都要闪瞎，不由得微笑。

克莱尔挽着连默臂弯，另一边是她今夜的男伴。

她穿一条优雅的宝蓝色露背礼服，裙摆迤逦地拖在身后，侧头与连默耳语，耀眼的金发与连默的浓黑发束相映成辉，引得记者们不断将镜头对准她们。

已有娱乐记者认出信以谌，进而发现与克莱尔不断耳语，两人之间看起十分熟稔的英丽女郎，正是前段时间被拍到与信以谌共同进出临江苑豪宅的女子。

她是谁？记者们相互间开始打听，但答案总是否定的，没人知道她到底是什么身份。

克莱尔嘴角噙笑：“稍后还有惊喜给你。”

连默尽量无视此起彼伏的闪光灯和影迷们不断试图戳到她脸上的签名本：“我以为我们十年后重遇已经是最大惊喜。”

克莱尔信手接过一个影迷递来的签名本，写下花哨得连默完全分辨不出字母的签名，然后递还给那个尖叫喘息仿佛快要晕倒的女孩子。

“太早告诉你，就不能称之为惊喜了。”克莱尔狡黠地冲连默眨眼睛，“笑一个，摸摸。”

连默脑海里却是父母遇害后，她经过手术，从昏迷中苏醒，康复出院的那一刻，记者们像闻见血腥味的鲨鱼一样聚集在医院门口，试图拍到一张入室枪击案幸存者的清晰照片。

全程陪她办理出院手续的黑人大妈护工像母鸡守护小鸡一样，用大手把她的头按在她肩膀上，另一只手不断挥开涌上前来的记者和他们手中的话筒与相机，拿她壮实的身体开出一条道来，将她送到临时监护人的车上，嘴里还不住嚷嚷：给这可怜的女孩一点儿空间！

连默倏尔觉得指尖一热，重重过往潮水般四散退去。

她回神垂睫，只见以谌握住她的手，仿佛将她从黑暗沉寂的彼岸拉向热闹喧哗的尘世。

有著名娱乐新闻记者在红毯上拦住克莱尔进行采访，连默微笑着朝克莱尔做一个“加油”的口型，随后跟着以谌，拾级而上，走入剧场。

首映礼办得异常热闹成功，电影主创人员悉数到场，在台上接受主持人访问，同台下观众互动。平日遥不可及的好莱坞明星这一刻也显得平易近人起来，无论是用毛笔写自己的中文名字，还是向体校的武术队队员学习挑枪花，都无比投入。

克莱尔的书法被一致认为写得最好，她用熟练的汉语谦逊地表示：“多亏我有一位教我说中文、写汉字的中国同学！”她又俏皮地补充，“中国男孩追求我，完全不用担心语言不通！”

有女影迷在台下大声问：“那你能接受中国女生的追求吗，女神！”

“请到我经纪人处排队取号，谢谢！”克莱尔大笑。

电影在众人一片笑声中拉开帷幕。

首映获得巨大成功，现场媒体和影迷们反响热烈。

首映礼后的冷餐酒会上，克莱尔在与主创们一同接受群访、拍照，与发行方高层寒暄过后，终于得以脱身，走到连默身旁，一把挽住连默手臂，朝信以谌微笑：“请将女朋友借给我一会儿。”

以谌礼貌微笑：“好。”

克莱尔将连默带往人群，焦点是鹤立鸡群足有六英尺三英寸高、棕发蓝眼的男主演。他身边背朝连默站着一个黑发男子，两人姿态亲昵，但众人显然已经习以为常。

克莱尔伸手轻拍黑发男子肩膀：“劳伦斯，看看我带谁来了？”

年轻黑发男子转过头来，看见连默，他只迟疑一秒，便向她伸出双手：“小默？！好久不见！”

“小齐哥！”连默即刻认出眼前这有一头微微卷曲黑发，身材颀长，穿得体黑色礼服，戴蓝色领结的青年男子。

青年齐伟然眼里掠过一抹笑意，伸手揽住男主演劲瘦的腰身：“为你介绍，这是我未婚夫肖恩·兰德里。”又微微抬头，对看起来如同行走的荷尔蒙的男主演介绍连默，“这是我的妹妹，默。”

连默伸出手，打算与蓝眼睛兰德里握手，他却上前，一把熊抱住连默，用力左右摇一摇，低沉好听的声音在连默头顶响起。

“原来你就是劳伦斯一直提起的猫！终于见面了！”

“是摸摸，摸！”发音同样不标准的克莱尔在旁一本正经地纠正。

连默哭笑不得。

肖恩·兰德里放开连默，携了齐伟然的手：“请一定要来参加我和劳伦斯的婚礼！”

连默看了眼两人紧紧握在一起的手，微笑：“恭喜你们！”

齐伟然感叹：“一别十年，小默都长这么大了！”

“为十年重聚，应当举杯庆祝！”克莱尔从一旁餐台上为四人取过酒杯。

“可惜家父半个月前就由浦江返回美国了，要是他还没回去，知道我遇见你，无论如何也一定会设法见你一面。”齐伟然言若有憾，“自你回国，失去同我们的联系，他一直挂念你。”

“齐伯伯来浦江？”连默意外之余，有些遗憾，“可惜我与齐伯伯缘悭一面，未曾遇上。”

“他一个半月前作为生物医学论坛的主讲嘉宾受邀前来，参加会议并做主旨演讲。”齐伟然轻叹，“他回家后一直对家母说来去匆匆，没能抽出时间到你家旧居附近走访，说不定能打听到你的消息。”

连默浅笑：“幸好没去，不然也是白跑一趟，老房子早已拆除。”

齐伟然微微黯然，习惯性地伸手摸了摸连默头顶，迅即又放下手：“有人在远处瞪我。”

连默回首望了眼在人群彼端，始终遥遥注视她的以谌，露出今晚第一抹明亮笑容：“电影宣传结束前，如果有时间，一起吃饭。”

“必须，一定！”齐伟然微笑。

连默与齐伟然交换联系方式，又被克莱尔抓着不放，和她搂在一起自拍若干张后，才得以返回以谌身边。

以谌牵起她的手：“我们偷偷溜走，找个地方坐下来，吃一碗热腾腾的羊肉面，可好？”

连默嘴角漾起一丝笑纹，用力点头。

两人像两个要去做坏事的孩子，手拉手悄悄从酒会现场溜出来，自侧门员工通道离开。直到走出老远，灯火辉煌的剧院被遥遥抛在两人身后，他们才停下脚步。

十二月下旬的街道冷风迎面而来，以谌拉开大衣，将连默包裹在自己胸前。

夜间行驶的车辆由远而近，车灯形成一条条光带，迷离绮丽。

两人相拥站在路旁扬手良久，才有出租车停在他们面前。

坐进暖融融车厢的那一刻，连默靠在以谌肩膀上，微微吸吸鼻子："向女明星致以崇高敬意，在如此低温环境下，尚要穿薄纱露背礼服走长长一段红毯，还得保持优雅美丽的笑容，殊为不易！"

以谌失笑："难为你了。"

转而对出租车司机交代："师傅，麻烦你，复兴路，阿婆面馆。"

开车的中年大叔"哦哟"一声："小伙子识货的嘛！前两年思南路上阿娘面馆的阿娘仙去，复兴路这家就变成本埠最好吃的阿婆面馆了。这个季节去吃一碗红烧羊肉面，不要太舒服哦！"

又自后视镜里瞄了眼连默："小姑娘，我同你讲，叫老板娘给你多加一份羊肉，多放香菜，这碗面吃下去，保管你身上热乎乎，一点不觉得冷！"

出租车将他们送到小小条弄堂口，附近小马路上已停了不少私家车，陆续还有人驱车而来。

以谌将连默环护在臂弯里，两人走在路灯昏黄的小弄堂里，远远有人声喧哗热闹。

走得近了，发现声音源自弄堂深处一家小小门脸的馆子。因门面实在太小，不得不在门外支起四张长桌，摆几把条凳，早已坐满食客，另有一排塑料椅，供排队等待用餐的客人小坐。

食客们或三五成群，结伴而来，热热闹闹地叫上几碗面，另点两个热炒，抑或孤身一人，独自前来，只要一碗毫无花头的素浇面，老板都一视同仁，拿青花大海碗，盛扎扎实实一碗面。

热气在寒夜里蒸腾，氤氲了昏黄的灯光，温暖了红尘。

连默、以谌依照司机大叔说的方式，点一碗红烧羊肉面，多加一份羊肉，多放香菜。

负责点单传菜的伙计忙得脚不点地，大冷天热出一身汗来，尤不忘笑嘻嘻将点菜单复联扯下来用竹木夹子夹在桌上的筷笼边上。

待面端上来，大碗里堆得尖尖的红烧羊肉，撒着大把香菜末，被热气一蒸，香气满扑鼻。羊肉烧得浓油赤酱，三分瘦七分肥，肉皮丰腴红亮，筷子夹起来微微直颤，入口即化，轻轻一抿，嘴唇都能粘住。面条软韧适中，带着一股充满回忆的碱水味道，吸收了些浓郁的面汤，入口滑溜溜的，来不及细细咀嚼，便咽下肚去，胃里顿时暖和起来。

连默闭上眼睛，满足地叹息。

以谌只觉得紧挨着彼此坐在这满是烟火气的弄堂里，与连默吃一碗热乎乎的羊肉面，再冷的寒夜都可以抵御。

一碗面连肉带汤吃了大半，连默才轻轻放下筷子，饱足地合掌："我实在吃不下了。"

以谌笑了笑："没关系，我替你吃光。"

连默半靠在他宽厚的肩膀上："刚才冷餐酒会上遇见齐伟然，小齐哥。算一算，浮云一别后，流水十年间，这是第一次重逢。"

往事沉沙泛起，剥开血淋淋的伤口，背后也曾是无忧无虑的快乐时光。

"小齐哥的爸爸，和家父是同一科研团队成员。在美国那段时间，元旦、春节、国庆、圣诞，我们两家几乎都会聚在一起……"连默神思迢遥，"齐伯母还曾经开玩笑说小齐哥太调皮不懂得体贴父母，最好同我家换一换，把我换给他们家当女儿。"

齐伯伯当时似真似假地说，当儿媳妇也是一样的。

"小齐哥一直拿我当亲妹妹看待，"连默感慨，大概彼时，小齐哥已经发现他不喜欢异性了吧，"他是真正的学霸，被两所常春藤大学录取，读加州大学欧文分校生命科学专业，家母常说我有小齐哥一半聪明，她就心满意足。”

连默支腮：“小齐哥就是我生命当中‘别人家的孩子’，学习好，拉一手出色的小提琴，年年参加马拉松比赛……”

以谌忽然放下筷子，用餐巾纸擦干净手，摸了摸她头顶：“在我心中，解剖得了尸体，弹得了钢琴，能做一桌好菜的你，就是最好的！”

连默望着他沐在小弄路灯昏黄光线中英俊的脸，忽然凑近，亲吻他脸颊。

以谌一愣，随后微笑。

两人吃完面，从弄堂出来，搭出租车回家。

开灯的一瞬间，趴在狗窝中半睡半醒的初一抬起头，朝门口张望了一眼，听见主人低低的交谈，又重新趴回前爪上，发出小小呼噜声。

连默和以谌放轻脚步，换鞋进屋。

连默脱下大衣，换上家居服：“父母遇害后，姑姑和姑父不愿出面到美国来料理后事，而我尚未成年，原本出院后要被送往寄养家庭暂时接受照顾，是齐伯伯出面，申请成为我的临时监护人，避免我进入寄养系统，被送到完全陌生的家庭中生活，帮助我度过最艰难的一段时光……”

以谌走到连默身后，伸出双手，将她紧紧抱在怀里，仿佛这样，才能弥补那段无处言说的伤痛。

他无法想象，前一刻还父母双全备受宠爱的小小连默，下一刻在医院中醒来，已父母全失，幸福崩溃得毫无预兆。

连默抓住他的手：“齐伯母整日整夜陪伴我左右，一步都不敢离开；小齐哥特地从大学里赶回来，抱着我哭得两眼红肿；齐伯伯四处奔走，一直关注警方的调查进展……”

连默顿一顿，声音细细：“他们曾经对我那么好过。”

所以在看到父亲留在她日记本中的那封信时，她一丝一毫都没有往齐伯伯身上怀疑过。

然而在克莱尔的电影首映礼之后的冷餐酒会上，遇见小齐哥，却又有太多太多被她忽略的细节，自记忆深处重新被唤醒。

齐伯母微笑着拿走她的手机，和蔼地说怕手机铃声影响她的睡眠；她的随身物品都被取出来重新整理过，再分门别类地收在她卧室的抽屉里；齐伯伯在卧室外小声交代小齐哥，对她耐心一些，问问看有什么对她或者对她父母比较重要的物品，如果与案件无关，能否请警方通融，归还给她……

连默将下巴压在以谌胳膊上："我害怕自己因看过父亲留下的信，而疑人偷斧，看谁都有嫌疑。"

以谌拍拍她手背："我有东西给你。"

他放开连默，去隔壁被他暂时拿来充当书房的客卧，取来厚厚一个文件袋，将之交到连默手上。

"纪守良案，你需避嫌，那，就亲自查清当年发生的事吧。"

连默踏上分局大楼门厅，遇见刚从楼上下来的区警官，区警官笑呵呵打趣："法医来上班了？来来来，说说看和国际明星合影是什么感受？"

小刘从连默身后过来，一拍她肩膀："求签名照！"

两人见连默一副不明所以的样子，倒也不觉得奇怪，连默是一个除了工作几乎与世隔绝的宅女，他们早已习惯。

"电影首映礼可好玩？"小刘朝区警官点点头，伴着连默朝电梯走去。

连默恍然，仔细想一想，给出中肯回答："对影迷而言，肯定是好玩的！"

首映现场发行方在剧院座椅下藏有若干电影纪念品，有幸在自己座椅下找到纪念品的观众还可以获得与电影主创合影的机会，整个剧院尖叫声此起彼伏，成为一片欢腾的海洋。

小刘扼腕叹息：“早知道连法医你有门路，我就是厚着脸皮，也拜托你帮忙弄两张首映礼门票了！”

连默侧首看他，小刘夸张地抹一把不存在的眼泪：“我女朋友是男主演肖恩·兰德里的死忠脑残粉，所有他演的电影，哪怕是公认的烂片，都一部不落地追看……”

连默了然地点点头。

“她在娱乐新闻里看到你还有信大少走红毯的镜头，把我、把我给……”小刘撇开脸，“……家暴了。”

连默先是一愣，随即强忍笑意，拍拍小刘肩膀：“真是难为你了。”

小刘张口结舌，连法医，正常人这时候难道不应该接茬说“我帮你要签名照”“纪念品不是问题”之类的吗？

费永年满面春风地自两人后头越过，走入电梯，伸手按楼层键：“小刘，连默，不上楼？”

连默笑了笑：“我下楼。”

费永年点点头，和颜悦色地说：“小刘，快！”

小刘一步蹿进电梯，费永年在电梯门缓缓合上之前，交代连默：“一会儿和安法医一道来开案情分析会。”

连默点头应是。

楼下法医实验室一如往常，静谧幽回。

连默路过主任办公室，里头乔主任看见她，招手叫她：“连默，来一下。”

连默走进办公室，老好人乔主任难得一脸凝重，将手边一份卷宗交给她。

“安法医手头的案子，虽然你暂时避嫌退出，但最初由你接手，比较了解情况，你也不要太过顾虑。”主任指了指交到连默手中的卷宗，“这是一桩虐童案，受虐女孩儿今年五岁，长期受母亲虐打，智力明显较同龄儿童低下……”

乔主任圆圆胖胖的脸上浮现怒色：“据接警的女民警说，小女孩儿口齿不清，一直在念叨‘姐姐’，但女孩母亲否认还有另一个孩子。上午派出所民警和福利院工作人员会带她过来，你再做一次详细鉴定。”

执在手中的卷宗重逾千斤，连默郑重点头。

回到办公室，连默打开电脑，填写工作日志，随后将主任交给她的卷宗打开。

事发地派出所接警后在受虐女童暂住的出租屋中现场拍摄的照片触目惊心。女童躯干、四肢、额面部有大面积受外力导致的皮下毛细血管破裂造成的红肿、瘀青，仅凭肉眼观察颜色和形状，便能看出是由不同物体在不同时间击打造成。

派出所笔录记载，女童母亲反复强调是孩子太调皮，攀高爬低，自己跌倒造成的。

连默忍不住将笔录“啪”一下摔在办公桌上，令刚刚走进办公室的实习生吓了一跳。

“连法医？”实习生看她脸色，“晚上没睡好吗？黑眼圈这么重。”

实习生小心翼翼的表情让连默收敛情绪：“早在两千五百年前亚里士多德就说过：‘愤怒经常反复，是一种残忍而百折不挠的力量，从而成为凶杀的根源，不幸的盟友，伤害和耻辱的帮凶。’被它控制而向毫无还手之力的孩童发泄自己的怒火，是最懦弱无能的行为。”

实习生看了一眼摊在办公桌上卷宗里的照片，年轻的女孩子倏忽转开头。

“我去楼上开案情分析会，麻烦你跑一趟，买些糖果巧克力，再买几只绒毛玩具。”连默合上卷宗，取出钱包，递给实习生。

实习生摆手：“不用，不用！我现在就去！”

他返身快步走开，几乎是逃离办公室。

连默垂睫。

他们每天面对不同尸体，看似坚强，但总会有那么一瞬间，某个画面，某处场景，某桩案件……会将他们击垮。

也许于这个年轻的、对工作充满热情的女孩子来说，再臃肿丑陋、散发恶臭的尸体也不过是死者的低喃，而生者肌肤上那逐渐由紫变青的瘀痕却是明晃晃的人性丑恶的控诉。

楼上刑侦大队办公室里的气氛也很凝重。

纪守良尸体被发现至今已经过去五天，除了知道死者身份，案件调查再无进展，每一条线索都走入死胡同。

“说说看，目前已掌握哪些情况？”

青空拉过线索板：“已确认纪守良在上月十五号晚十八点四十分左右，忽然决定要从闽江回浦江，他当晚收拾行李，直接到火车站购买动车车票，搭乘十九点三十分的动车，在次日凌晨零点十五分抵达浦江火车站。其间在火车上曾经用手机给情人涂觅打过两个电话，一次是二十点，另一次是二十三点五十分。之后他再未使用过自己的手机。取得许可后，我们调取电信公司记录，他的手机在上月十六号晚二十一点以后便再也没有任何活动。估计手机关机并已将电源取出。”

“现在只能大致通过他的手机卫星定位系统知道他的大概行动。”小刘补充，“纪守良下火车后，在火车站附近连锁快捷酒店签名入住，协查通知下发后，快捷酒店前台向警方确认了这一线索。前台还提供了另外一条线索，纪守良早晨离开酒店前，曾向前台打听酒店附近哪里有网吧。”

青空进一步向费队说明：“我和小刘走访酒店方圆一公里内的所有网吧，其中一家住宿网吧的网管认出纪守良，说像他这个年纪的人来泡网吧，还包下一个独立小包间的，实在不多，所以对他印象比较深刻。”

“纪守良出于什么目的去网吧？是消磨时间，还是和他发财的‘财路’有关？”费永年问。

“信息技术部门赵老师查找过那间包房电脑的浏览记录，但没有找到太多线索……”小刘脸色微僵，倒是搜到一大堆不雅视频和色情直播网站地址。

“电视台已将上月十五日晚新闻时段的新闻资料送来，但我们仍不知道究竟是哪条新闻促使他做出回浦江的决定。”

“正好连默在，让她看看，是否能从中发现什么我们疏漏的线索。”费永年拍板决定。

电视台一共送来三个频道十八点三十分至十九点之间的新闻资料，连默坐在刑侦大队的办公椅里，双手指尖相抵，静静观看视频资料。

其时中央会议刚刚结束，每一频道新闻的前十分钟几乎都被连篇累牍的新思想、新政策的报道所占据。浦江卫星频道在之后则关注市内民生工程、地铁隧道建设进度，连默挥挥手，表示可以换至下一频道资料。

涂觅明确表示纪守良大约是在十八点四十分左右忽然说有发财渠道，十八点五十分他已经在打包为回浦江做准备，那么其后时间段的新闻可以排除。

浦江新闻频道在时政新闻播出七分钟后，开始播放关于国际生物医学论坛在浦江召开的新闻，并配有美国华人教授在论坛大会上做主旨演讲的画面。

“……著名华人生物医学教授、曾获得有‘诺贝尔风向标’之誉的阿尔伯尼生物医学奖的齐光增博士，为大会开幕做主旨演讲，并将在接下来一周时间内，在本市高校举行科研讲座……”

“就是这条新闻。”连默内心掀起惊涛骇浪。

“你肯定？”小刘觉得不学无术的纪守良和享誉国际的生物医学教授，完全是两个不同世界的人。

连默站起身：“肯定。齐光璔是家父在美国做生物医学高分子材料研究时的同事，家父家母被害后……作为我的临时监护人，是他陪同我扶棺回国。”

她如烟般叹息。

过去如影随形，在她毫无防备时，猛然露出狰狞面孔。

费永年走到连默身边，伸手按住她的肩膀：“现在有我们。”

连默看了眼肩膀上费永年骨节分明的大手，点头：“是，我现在有你们。”

她从随身携带着的文件夹中取出物证袋，其中装着那张尘封十年重见天日的信纸，递向始终保持沉着的安法医。

“这是我在家父、家母遗留给我的物品当中发现的信件，还未写完，我与男友信以谌在发现之初接触过信纸，当我意识到这可能是证据之后，便尽快封存起来。”她内心渐渐冷静，“请查看其上是否还有其他指纹，可以与纪守良的指纹做比对。”

“可没有尸体，哪来指纹？”小刘苦恼。

“纪守良的情人涂觅，应该还保有他的一些物品，可以从上面提取指纹进行比对。”连默思路越发清晰。

她眼神明亮，目光锐利，后背挺得笔直，像一株备受风雨却始终挺拔的劲竹。

女童由派出所一位女民警何警官陪同前来。

连默将这次鉴定安排在一楼靠近办公楼右翼最后一间小接待室内，空间不至于显得太空旷，也不像地下一层清冷得容易让孩子心生畏惧。

小小孩童被何警官抱在怀里，安静地伏在她肩膀上，一声不响。全然陌生的环境使得她紧紧搂住何警官的脖颈不放，手指揪住制服后领，指尖因用力而涨红。

何警官空出一只手来与连默打招呼，女童立刻死死搂住她，隔着厚厚冬装，都能看得出她身体紧绷。何警官不得不轻拍她腿侧，示意自己不会放开她，她才慢慢放松下来。

何警官歉意地朝连默笑了笑："当时是我和我们派出所小夏警官出的警，大概她觉得在我身边比较安全，所以一直不愿意放开我。"

连默点头表示理解，随后将负在身后的手亮出来，摇一摇手上的绒毛小羊，玩具小羊脖子上挂的铃铛便"丁零零"轻响。

何警官微微侧身，想让女孩看看连默手里的玩具，她却猛地将头从何警官这边肩膀挪到另一侧肩头，怎样也不肯多看连默一眼，嘴里含混地说："……不……医生……"

何警官刚想进一步劝说，连默冲她眨一眨眼，将手中毛绒小羊放在接待室茶几上，随即请何警官落座。

茶几上摆放着实习生买来的巧克力、棒棒糖，点缀着草莓和杧果的切片蛋糕，甚至连默没考虑到的热可可她都体贴地一并买回。

连默取出平板电脑，调出存在里面的动画片播放，音量稍微开高些，然后信手将平板电脑放在茶几上。

何警官心领神会，两人对坐闲聊，假装并不注意小女孩儿。

"何警官能否介绍一下当时的情况？"

"事情经过其实很简单，和我们平时接警出警并无不同。"何警官声音温和，"到达出警现场，嫌疑人将自己和孩子关在屋内，是房东主动拿钥匙替我们开门。当时孩子已经被打得遍体鳞伤，哭声微弱，情况看起来十分糟糕。"

何警官垂眸看了眼趴在她肩膀上的孩子，女童仿佛在听他们交谈，可注意力到底还是被热闹的动画片分散。

连默示意何警官继续说。

"我们当即出示证件，并请嫌疑人表明与孩子的关系。嫌疑人自述是孩子母亲，但当我们让她拿出证据证明两人的母女关系时，她又拿不出出生医学证明或者户口本。”何警官轻叹，“后来经过多方了解，嫌疑人本身是父母超生，家里一口气生了六个女儿，所以她既无户口，也未接受义务教育。她从小饱受父母责罚打骂，从未感受过家庭温暖，十五岁便跟人从老家逃出来……”

何警官将到口的一句“可怜之人必有可恨之处”咽回肚里：“她跟人跑出来之后，先是被弄大了肚子，又因毫无所长，遭对方厌烦抛弃，最后不得不做起非法皮肉生意。她说有时候苦闷无处发泄，就打孩子撒气，但没有想过要打死她。”

女童已经被平板电脑里的动画片吸引得转过身来，一手勾着何警官脖颈，另一只手拇指含在嘴里，半偎在何警官肩膀上，远远地看着平板电脑。

连默趁机观察。小女孩面黄肌瘦，全无一点儿她这个年龄孩子的红润圆胖，头发稀疏焦黄，勉强扎成一束小辫子，眼神显得有些呆滞，不够灵动。

她左侧额角与右侧颧骨有瘀青，看瘀青范围与形状，明显是被人揪住头发后用力撞向坚硬物体平面造成的。至于面部、耳后等肉眼可见位置已经结痂的伤疤，则多为尖锐物体戳刺伤。

连默闭了闭眼睛，她无法想象在这幼小孩童衣服包覆之下的身体上，还会有多少旧疤新伤。

何警官了然长叹：“房东说他收了房租，本不该多管闲事，可是他实在看不下去，每次收租都见到这孩子被打得半死不活……我们把她送到医院急救时，两个参与急救的护士当时就哭了。”

小女孩无心注意大人之间的对话，她的注意力半数放在动画片上，半数则放在琳琅满目的零食上。

连默尽量动作轻柔地拆开一盒牛奶巧克力，一点点试探地推到她跟前。

女童仿佛受惊的兔子，猛然往后一缩。

连默随即停止推进动作，转而拈起一块巧克力，放进口中，又招呼何警官："吃巧克力。"

何警官配合地也取过一块，又另外拿一块给女童："妹妹也吃一块吧。"

女童眼神渴望却又警惕，没有伸手就接。

何警官将巧克力放在茶几边角上，假意不理会，继续与连默交谈。

"急诊医生给她拍了X光片，情况很不理想，这孩子身上有多处骨折过的痕迹……"

女童趁两人不备，抓过放在茶几角上的巧克力，一把塞进衣袋里。

连默与何警官交换眼神，又拆开一根棒棒糖递给何警官。

如此几次，女童彻底放下戒备，站在何警官膝间，一边看动画片，一边喝热可可。

"妹妹带这么多东西回去，给叔叔阿姨吃啊？"何警官温柔地问。

"……给、姐姐。"小女孩儿眼神在动画片与何警官之间移动，最终还是落在平板电脑上。

"她总提起姐姐，但嫌疑人一直否认还有一个女儿。"何警官有点苦恼，"这孩子据说五岁了，但和同龄人相比，表达能力、词汇量都有很大差距。房东回忆她们母女租借他的屋子刚三个月，他只见过母女二人。我们也在查访她们以前的暂住地，核实嫌疑人是否可能遗弃另一个孩子。"

连默与以谌饭后在飘窗对坐，一人捧一杯暖茶。初一在客厅里追着以诺新送的扫地机跑得累了，跳上飘窗挤在两人之间，"呼哧、呼哧"地喘着气，一起一伏的肚皮温暖地靠在连默脚上。

"……那孩子也许表达能力有所欠缺，可是她心里什么都明白。她知道要把好吃的藏起来带回去，将来可以给姐姐吃；知道小羊是送给她的之后，两只眼睛里满是不可置信的惊喜，一张脸埋在小羊身上，怎么也不肯再抬起来。”连默感慨，“是个极乖巧的孩子，在我们交谈过程当中，她一声不吭，始终站在何警官跟前，没有试图到处走动。”

连默见过不少这个年龄段的孩子，很少有能耐得住性子一点都不对周围环境产生好奇的。

“鉴定结果如何？”以谌抚了抚连默手臂。

“不太理想。手臂有因扭转作用导致的骨折。”连默握住以谌手腕，做一个扭拧的动作，“第一、第二肋骨也有轻微骨折痕迹，推测是在推搡过程中曾经撞击过坚硬物体边缘。”

以谌蹙眉：“确定是亲生母亲？怎么能下得了手？”

“已做过亲子鉴定，确认二者系母女关系。”连默伏在自己的膝盖上，“警方根据小女孩零星几句话，怀疑嫌疑人遗弃了另一个女儿，正在调查她上一个暂住所在地。希望只是一场虚惊。”

然而连默有种预感，真相将会比警方的推测更黑暗绝望。

以谌握住她的手：“有好消息告诉你。”

连默扬睫微笑：“急需好消息振奋精神！”

以谌将她散落在脸颊边的长发掖到她耳后：“生物制药厂规划许可证、项目环评报告已经批复，现在只等正式批文下达。”

连默闻言眼睛一弯，直起身：“恭喜！”

以谌笑嚎：“不晓得业内是否会颁一个年度青年跨界企业家奖给我？”

连默想了想，十分认真地说：“相比电商大佬跨界出演功夫电影，你的实在不算什么。”

以谌先是一愣，随即哈哈笑：“是是是，还有很大差距，远不是骄傲自满的时候。”

说笑过后，生活仍要继续。

安法医在连默发现的信纸上用碘蒸气熏染的方法，在连默与以谌的指纹之外，提取到两组指纹，通过与涂觅提供的纪守良老花镜盒上的指纹进行比对后，证实信纸上的一组指纹属于纪守良。

“初步推测，纪守良在连默最初扶棺回国后，曾在其父母遗留下来的物品当中看到过这封信，但当时并未放在心上。”青空和小刘向费永年做案件分析，“随着时间推移，此事逐渐被他淡忘，直到上个月他在新闻中看到齐光增，才将两者联系到一起，进而生起敲诈齐光增的念头。”

费永年摆摆手：“这些都是你们的推测，所有证据也不过是间接证据，并不能证明什么。有什么能将齐光增和纪守良的死明确联系在一起的证据？如果没有，先别说向美国警方申请协助调查了，就是在我们浦江，案件恐怕都难以继续调查下去。”

青空、小刘面有不甘。

费永年放软口气：“我知道你们想通过查明纪守良死因，抓获凶手，进一步帮连默找到十年前杀害她父母的真凶，但是一切不能建立在‘推测’和‘间接证据’之上。除非我们有难以辩驳的真凭实据，否则不能打草惊蛇，毕竟对方是享誉国际的知名学者。”

两人齐齐沉默。

费永年仿佛在他们身上看到当年的自己和陈况，不由得叹息：“也不是不让你们查，不但要查，还要一查到底！去，将纪光増抵埠参加国际生物医药论坛到搭机返美之间的每一分每一秒的行程都查个清清楚楚！”

青空、小刘两人眼光一亮，齐齐立正，响亮应声。

“是！”

查实齐光增抵埠浦江后的行程，并无难度。

国际生物医药论坛官网上有大会完整详细的日程，嘉宾讲座、现场交流、专家演讲……巨细无遗，并上传有每场讲座和演讲精彩片段的视频，供观看下载。

齐光瑠除在开、闭幕式做主旨演讲和发言外，论坛期间内，还曾参加两场主题交流，并前往浦江两所著名医科大学举办科研讲座，行程安排颇为紧凑。

青空通过新闻资料中齐光瑠抵达大学校园乘坐的商务车车牌，找到商务车运营公司，公司负责人表示会议与会专家学者用车都由他们公司提供，并配备专职司机兼导游，在会议之余，接送与会者游览浦江风景。

负责接送齐光瑠的司机二十出头，能说会道，人看起来十分聪明机灵。见青空和小刘以借车名义，指定由他驾驶，两只眼睛便一直在两人身上转来转去地打量。

等青空指点他将车停在一条小马路停车区，他将身体朝后座一转，一手搭在方向盘上，笑眯眯地说："两位警官——是警官吧？有什么需要我帮忙的？尽管问！"

小刘似笑非笑："你不看看我们的证件？"

年轻司机眉眼弯弯，带着一种老江湖似的油滑淘气："不用！你们租了一天车，我理当奉陪。我的工作本来就需要陪乘客闲聊，至于乘客的身份，其实并不重要。再说，干我们这一行，什么事没见过？！"

他摊手："两位绝想不到乘客们都有什么稀奇古怪的要求。"

青空向他出示齐光瑠的照片："对这位乘客，你可还有印象？"

年轻小伙看了一眼照片，笑起来："有，齐教授嘛。"

他伸出手接过，用另一只手的食指、中指一弹照片："是个平易近人的老头，千里迢迢从美国飞来参加会议，只有一个大双肩包的行李。一点儿也不挑剔，我车上只有会务组准备的国产矿泉水，他照喝不误。不像有个哥们儿车上的法国专家，必须喝指定牌子的高山矿泉水，那哥们跑到进口超市才买着，一箱水花了他好几百，会务组还不给他报销，把他给心疼的啊！”

小刘被他活灵活现的语气逗笑：“那你还记得齐教授在浦江期间的行程吧？”

小伙挥挥手中照片：“这老头算是我接送过的名人里，最没架子的，不用我载着他满城观光，也不要我开车大街小巷找特色美食，特别省事儿！”

“他除了去开会，就没去过其他地方？”小刘不信。

小伙经小刘一问，一拍方向盘：“你们还别说，他还真就是早晨出门上车赶往会议中心，晚上下车回家，一点都不在外头耽搁。”

“等等！”青空抬抬手，“你说‘回家’，不是回酒店？”

年轻司机先是一愣，随后点点头：“对啊，他没有住会务组提供的酒店，是住在家里。说是家，我看那房子年久失修，好像很久没住过人了。”

青空和小刘对视一眼，问：“你还记得地址吗？能不能载我们过去看看？”

司机发动引擎：“记得。怎么不能载啊？你们可是包了我一天车呢！”

“齐教授不和其他与会者一起住酒店，你就不觉得奇怪吗？”小刘半扒着司机驾驶座靠椅，倾身问。

“好奇呀！老头大概也看出来了，一路上和我聊天说起，他就出生在那座老房子里，后来父母去世，兄弟姐妹相继搬走，住进高楼大厦，房子就一直空着。他这次受邀回国参加论坛，一方面是被组委会的诚意所感动，另一方面也想看看老房情况，好好修整打理一番，将来退休，他希望能叶落归根。”

这番说辞合情合理。

当商务车车窗外的建筑越来越充满浓重的工业气息，道路两旁常绿灌木的树叶上蒙尘渐厚，青空和小刘神情慢慢变得凝重起来。

司机将车停在一处马路菜场入口，降下车窗，朝里头努努嘴：

“就在菜场里头，这里不方便久停，老头每次都是下车后自己步行进去。”

“谢谢。如果还有其他需要了解的情况，我们还会联系你，近期请勿离开本埠。”两人下车，小刘格外关照司机一句。

司机做一个“晓得了”的手势，升起车窗，绝尘而去。

小刘挥一挥汽车轮胎驶过蓬起的灰尘，与青空一道环视他们所在的位置。

他们正位于老工业区一条交通干道和一条支路的道口上。

原本就不宽敞的小马路被两边卖菜的摊位挤占，只剩下窄窄一条可供两人通行的路面，菜贩们懒洋洋地守着摊位，对有人经过显得无动于衷。

两人对这片区域并不熟悉，联系属地派出所后，派出所两位民警很快赶来，与两人会合。

“麻烦赵大哥、辛大哥了。”两人与两位民警握手寒暄。

赵警官爽朗地摆摆手：“不辛苦，配合分局办案，应该的，应该的！”

辛警官在前领路，赵警官向两人介绍情况。

该路段原是连接老工业区工厂职工住宅小区与主干道的一条支路，两侧是两个曾经的工人新村。

“新中国成立后造起来的，房型老，设施陈旧，环境也比较差。”赵警官坦言，“随着工厂关停并转，老厂区整体搬迁，工人们下岗的下岗，再就业的再就业，和工厂息息相关的人逐渐搬离工人新村，这一片就没落了。”

他指着外立面灰扑扑满是陈年积灰的老旧建筑抡手划一圈：“工业区改造，滨江步道延伸，都和这一段无关。商品房、商务楼看不上这地段，园林、绿化也看不上这里，不具备任何开发价值，导致这里逐渐成为外来人口聚居地。老业主将屋子以低廉的价格出租出去，人员进出十分复杂。”

“有没有对这附近情况比较熟悉的人？我们想了解些情况。”

“有一个人。”前头辛警官回过头来，“算是此地的地头蛇了。”

地头蛇姓关，五十岁出头的样子，皮肤黝黑，剃着板寸，发茬儿黑灰夹杂，脖子上挂着又粗又沉的金链条，戴着硕大翡翠金戒指的手上捧着一个保温杯，坐在菜场尽头新村大门口的传达室里。

传达室早已改头换面，挂着菜场管理服务和房屋中介的牌子。

辛警官隔着传达室的移窗招呼他：“老关！”

老关笑起来，露出一口被香烟熏黄的牙齿：“哟，老辛！今天怎么有空大驾光临啊？”又瞥一眼站在赵警官身边的青空、小刘，“还带着客人。”

辛警官打个哈哈：“我这不是无事不登三宝殿，找你打听点儿事嘛。”

老关慢悠悠拧开保温杯的盖子，吱吱喝了一口：“包在我身上！”

等看过齐光增的照片，老关“嘿嘿”笑两声：“我倒真知道他。”

齐光增这样一个看起来和破败工人新村格格不入的人连续几天进出，很难不引起注意。

“我们小时候都住这里，他父母是高级工程师，住小区中央的高工楼，我父母是普通工人，住沿马路的工人新村，大家一起读工人联合子弟小学，抬头不见低头见。”老关神色之间，看不出太多情绪来，“我上完小学，因为时代关系，没有继续求学，他比我幸运，父母有知识有文化，能在家里辅导他。后来他上了大学，又出国留学，我么，就进厂当钳工……”

老关走出传达室，带领四人往小区深处去。

“知识改变命运，你们说是不是？”他捧着保温杯，路遇几个从新村里出来买菜的人，点头同他们打招呼，回身对四人说，“他们哪一个不是从老家出来，想在浦江找一份好工作，以期改变自身命运的？”

“老关你这么深沉深刻，让人好不习惯！”辛警官抬手拍拍他肩膀。

“我是有感而发。”老关叹气。

等走到前后三排一共九座独栋小楼跟前，老关扬扬下巴。

“就是这里。”

当年工厂为留住一批有文化会外语的高级工程师，专门在工人新村里建起这三排独幢小楼，通上煤气，有独立厨房和浴室，还有马桶可以用。不像工人楼，几户人家合用一个大厨房和公共厕所，冬天晚上从楼上跑到楼下如厕简直像接受酷刑。

“二十年前厂里要求房屋产权买断，谁能想到隔两年就是一波下岗潮……”老关抱怨，“买断产权的房子，想卖都卖不出去！渐渐孩子长大，我们老去，能搬走的都搬走了，此地空着的屋子越来越多。”

没人打断他。老关絮叨了一会儿，一笑：“人老了，便爱怀旧。”

随后对青空、小刘点点头：“齐光璔回来住了一个礼拜吧，每天早出晚归，时间很规律……中间有一晚好像出去过，还向在传达室值班的老朱打听，附近哪里有超市，他想去买些生活用品。”

“知道是哪一天吗？”青空问。

老关拧眉回忆片刻：“大概是上月中旬，具体哪一天，我也记不清，得去查查值班记录。”

“麻烦关大哥帮我们查查看。”小刘向老关道谢。

一行人又返回传达室，老关一翻值班记录：“老朱上个月双号值夜班，应该是十四、十六、十八这三天里中的一天。”

十六号，又是十六号。

城市里圣诞狂欢的气氛才刚散去，元旦随之而来。

商场门口的圣诞装饰还未悉数撤换，迎接新年的横幅与广告已铺天盖地。

傍晚天光熹微，前一刻还自地平线上透出一抹斜阳，下一秒城市便沉浸在冬夜里。

街灯渐次亮起，路人行色匆匆，也许归家，也许还在旅途。

以谌驱车转过一个路口，微微侧首，看了一眼副驾驶座上老实端坐的初一，和被它坐在屁股下头的文件袋。

临近下班，弟弟以诺风风火火地冲进他办公室，将文件袋扔在他桌上，丢下一句“今晚要工作，不用等我吃饭”，便又一阵风刮过似的，离开他的办公室。

以谌不得不上前拉住初一脖子上的狗绳，才能阻止它追出办公室和以诺一起蹿进电梯。

初一显得有些失望，它聪明地知道以诺是玩伴，是能陪它在办公楼内奔跑撒欢的人。

这会儿它坐在副驾驶座上，偶尔垂头嗅嗅被它压在爪子底下的文件袋，然后抬起头来，望着氤氲着些许雾气的车窗，十分怅惘。

以谌趁红灯时伸手撸了撸初一的狗头：“元旦带你找以诺玩。”

回到家中，连默已在厨房里准备晚餐。

暖暖光线中她穿一件半旧红蓝格子斜襟夹袄，黑色运动裤，系着围裙，站在流理台前切午餐肉。

以谌半靠在厨房门边，看她微微弓着背，左手按住午餐肉，右手执刀，不紧不慢的，西式厨刀闪过冷冷寒光，起落之间午餐肉被切成厚薄均匀的薄片。

初一闻见肉香，奔至连默脚边，用两只前爪扒住她的裤脚，试图站起来去够流理台，却因为个子还小够不着，急得直摇尾巴。

连默不忍心，拿起一片午餐肉凑近初一嘴边，朝它竖起一根手指：“就一片，不能多给。”

初一“嗷呜”一声，张嘴叼住午餐肉片，然后快活地跑回客厅里。

“你以后，一定会很宠孩子。”以谌微笑上前，从背后抱住连默，将下巴压在她肩膀上。

连默微怔，随即轻笑，又拿起一片午餐肉，送到以谌嘴边：“先吃片午餐肉垫垫肚子，我这边很快就好。”

以谌叹息：“已沦为和初一相同的待遇，不行，我要吃两片！”

连默哈哈笑：“好好好，两片。”

晚餐十分简单，只小小一锅热乎乎的什锦砂锅，里头铺满金黄的蛋饺、雪白的鹌鹑蛋、粉嫩的午餐肉，还有清脆鲜甜的冬笋片和碧绿生青的小菠菜，撒一撮香菜末，端上桌时“咕嘟、咕嘟”冒着气泡，香气蒸腾，配一碗喷香的蛋炒饭。

连默和以谌相对而坐，简简单单的晚饭，却吃得再满足不过。

吃过晚饭，以谌洗完碗，切两只脆甜瓜出来，递给连默，随后拿过文件袋，挨着她坐进沙发里。

“准备好了？”他晃了晃并不厚实的牛皮纸袋，问。

连默将手中果盘放在茶几上，郑重点头：“准备好了。”

以谌将文件袋交至连默手中，纸袋的分量轻飘飘的，却又仿佛重于千钧。她伸手解开缠绕在袋口的棉线，一圈，两圈，一切似乎都将随之水落石出。

打开文件袋，连默取出里头薄薄两张纸，上头是两项个人专利号，五项公司专利号，及其公开文件、授权文件。

两项个人专利都属于齐光璔，申请和通过日期皆为连默父母被害一年之后，而拥有其他五项公司专利的生物制药公司，齐光璔是该公司技术合伙人，持有该公司百分之二十股份。

沉默良久，连默将两张纸递给以谌："因家父家母去世，家父的研究悉数保存在被盗的笔记本电脑中，无法证明这些专利当中是否含有家父的成果……"

随着父母的死亡，那些他为之付出时间和心血的研究成果，也一并消失，其后科研团队的成绩全都与他无关，父亲所在的学校也无法要求相关权利。

而齐光璔……名利双收，坐拥巨大财富的同时，成为广受世人追捧的学者。

以谌伸手搂住连默肩膀："如同你坚信艾德蒙·罗卡说的'凡走过必留下痕迹'一样，我也相信没有天衣无缝的犯罪，证据终将会找到。"

连默心情复杂。

以谌吻了吻她的额角，转移话题："元旦一起吃个饭吧。"

连默低应，隔了两秒，忽而抬起头来："和以诺？"

以谌轻笑，胸膛震动："想请你到我家吃饭，又不想让你有太大压力。"

连默傻眼，摸摸自己的脸："我可能会有工作……"

"没事，原本也不是很正式的聚会。"以谌不打算强迫她面对他的家人。

连默自沙发上起身，在客厅来回踱步："你……我……要不要准备见面礼？"

万一没工作……

以谌难得见连默如此踌躇为难，茫然得像个要面对毫无准备的考试的孩子，眉心蹙得紧紧的，嘴里不断低声嘀咕。

他很想说一句：你就是最好的礼物。却又害怕加重她的心理负担，遂朗然一笑："家父近年处于半退休状态，好附庸风雅，带家母逛遍全球各大博物馆，拍无数角度奇突的照片发在他的朋友圈里，尤爱参加佳士得、苏富比春拍、秋拍，收藏古董字画。多同他谈文艺复兴和后现代主义，他似懂非懂，还要强撑着发表个人观点，保管不会问你多余问题。”

连默站定在客厅当中，瞪视以谌，这样形容自己的父亲，真的没问题?

以谌拍了拍沙发，示意连默坐回他身边。

“家母早已退休，前些年随家父到处旅行，这两年最大的爱好是催婚催生。”以谌自己都忍不住笑得靠在连默肩膀上，“家里两个儿子，全都光棍一条，令她参加姐妹淘儿女婚礼时倍感煎熬……”

以谌模仿母亲口气：“生两个儿子有什么用？！”

连默目瞪口呆之余，又有些羡慕。

她永远无法知道，是否有一天，父母和她之间，也会有如此对话。

以谌似有所觉，伸手揉了揉她的头顶：“倘使你来吃饭，家父看起来会比较严肃，不苟言笑，其实内心里早已经乐开花，偏偏还要维持一家之主的威严假象；家母与寻常中年妇女殊无不同，最关心我们是否打算结婚，几时举行婚礼，婚后计划生几个孩子，将来准备送到国外读书否？”

“啊？”连默骇笑。

以谌捣额：“你无法想象中年阔太之间的攀比有多恐怖！”

“我、我可能真的要工作……”连默声如蚊蚋。

不过事与愿违，元旦当天，李法医轮值，连默放假。

信父、信母住在市中心别墅小区内，毗邻马勒别墅，环境幽雅清净，隔着院墙，很少听见外头两旁种满梧桐树的小马路上有车声响起。

黑色雕花铁门缓缓在连默身后合拢，初一迫不及待地从提篮里钻出头来，对新奇的环境跃跃欲试。

以谌握住连默的手，走上台阶，门被人从内打开，露出以诺的脸来。

他穿米白衬衫，外罩藏青色滚白边针织开衫，套一条烟灰色裤子，脚踩一双毛绒绒的室内拖鞋，看见提篮里的初一，立刻眉开眼笑地将它抱在怀里，一边转身往里走，一边提醒两人：“妈从早晨开始就望眼欲穿，已不知几次叫爸打电话催你……”

“我从不迟到，妈妈是叫爸爸打电话催你吧？”以谌并不上他的当。

以诺嘿嘿笑，挠一挠初一颈侧：“厨师今天要大发神功，做八宝填鸭和虾籽大乌参，我们有口福了。”

又停下脚步，等连默和以谌脱外套、换鞋的工夫，悄悄透露：“医生一早不许爸吃高蛋白高胆固醇食物，他馋得要命，今天特地叮嘱厨房多做几道浓油赤酱的小菜，趁机解馋。”

以谌看以诺满脸期待雀跃，不由得瞪他一眼：“你别作怪。”

以诺附在以谌耳边，低声道：“怎么会？我把你的好事搅和了，妈岂不是要把我念叨个半死？我才不做傻事！”

连默颇觉紧张，以谌紧紧牵住她的手，以免她临阵脱逃。

等她在偏厅里见到信父、信母，那点儿紧张升至极点后，她忽然淡定下来，就好像彻夜准备考试，心中忐忑的学生，在考试开始的一刹那，所有神经都被调动起来，反而镇定。

信父高大威严，信母娇小和气，果然如以谌形容的那样。

连默与两人见礼：“伯父好，伯母好！”并送上她带来的礼物，挪威表现主义画家爱德华·蒙克的一幅版画和一条开司米披肩。

信母接过礼物，顺势拉住连默的手：“来吃饭还送什么礼物？太见外了！”

她将连默揽在身边，朝长子投去一个满意的眼神，笑眯眯地上下打量连默：“默默是吧？我和谌谌爸爸早就想见你一面了，偏偏他把你藏那么久，今天总算肯带你来家里玩。”

又对信父嗔怪："画送给你，以后有的是时间慢慢看！"

信父朝连默点点头："别客气，就当是自己家里。"

信母这才满意："听小诺说你是医生？"

"是法医。"连默并不打算隐瞒自己的职业。

信母一愣，随即拍拍连默手背，问："法医啊……那会不会有危险？"

连默摇摇头："我的工作主要是法医鉴定。"

"法医鉴定涉及很广泛的内容，需要运用医学、生物学以及物理、化学等大量知识和科技手段，对案件相关证据进行鉴定，绝非一般医生可比。"以谌向母亲解释，与有荣焉。

信父扬声对信母说："你不懂不要瞎猜！走走走，吃饭了！"

信母一手挽了连默，一手挽住以谌，朝信父轻哼："我这不是担心嘛，没危险就好，没危险就好！"

以诺走在他们身后，抱着初一偷笑。

空气里飘散着琐碎的交谈声，连默望向以谌，他回以微笑。

连默将自己的小车驶进停车场，下车时遇见交警队正准备出勤的两名巡警，两人笑呵呵地一边戴安全头盔，一边同她打招呼。

"连法医，恭喜、恭喜！"

连默不知喜从何来，但还是朝他们点头致意。

等她走进办公大楼门厅，与同样刚进门的小刘碰个正着，小刘脸上洋溢着喜气，向她连连挥手："连法医，可以的！这么大的喜事，也不声不响！"

连默蹙眉不明所以。

小刘和她同事做得久了，看得懂她脸上的一片茫然表情，不由失笑。他取出手机，打开社交软件，点进朋友圈，指给连默看。

小刘的朋友圈人不多，但足够热闹，有雪峰之巅的风景，也有可爱漂亮的宠物，小刘拿手指轻推屏幕，一条动态出现在连默眼前。

“大哥带未来大嫂回家吃饭，”连默凑过头去细看，“单身人士与狗为伴……”

下头配图角度成谜，一张凑近镜头放大到模糊的狗头，越过它两只耳朵，后面是男女并肩携手而立的清晰身影。

连默一眼认出以谌背影。

“昨晚各八卦网站已有朋友圈截图，”小刘朝连默眨眼睛，“不晓得有多少矢志嫁入豪门的女郎要哭晕在浴室。”

连默哑然片刻：“只是一起吃饭。”

小刘了然地伸手拍了拍她的肩膀：“明白，我懂。我第一次去女朋友家吃饭，也告诉自己只是去吃顿饭而已。”

说话间下行电梯到了，小刘站在电梯外示意连默：“中午一起吃饭！”

连默下到地下一层，走出电梯，在廊厅里遇见主任，乔主任手里捧着一个西饼礼盒，见她自电梯里出来，慈眉善目地微笑：“小连来了，恭喜！咱们局最近喜事连连啊！”又扬一扬手中的礼盒，“楼上费队要做爸爸了，我家老太婆听到消息，做了各色点心让我给他带来。我说这不对吧？难道不该是费永年送喜饼给我吗？老太婆就嫌弃我，说我问太多。”

连默闻言先是一愣，随即微笑：“这是迎婴礼物，表示欢迎即将到来的新生命。”

乔主任恍然大悟：“外国人的习俗？”

连默点点头。

乔主任嘀咕着搭电梯上楼去了。

连默走向办公室，内心深处有喜悦一点点浮现。

费队要当爸爸了！

当年那桩连环杀人碎尸案对费队的影响，不可谓不深，不但导致他和陈况两人事业受阻，摧毁年冉晴的精神，更差一点破坏费队夫妻之间的感情。虽然两人最终克服重重困难，将婚姻维系下来，可失去一个未成形的孩子，一直是两人之间无法触及的禁区。

现在秦姐怀孕，无疑是终于将过去的最后一点儿心结解开，共同迎接新生活了。

连默在替费永年夫妻高兴的同时，不免想起远在美国安纳海姆的陈况。

不知道，他一切可还顺利？

连默的念头只来得及在脑海里闪过，实习生便推门进入办公室："连法医，有尸体送来，需你签字。"

"就来！"

连默放下背包，顺手将头发在脑后扎成一束，走出办公室。

新运来的尸体装在黑色尸袋中，鼓鼓囊囊的一团。

连默签字领取尸体后，将推车推往尸体解剖室。

实习生跟在她身后嘀咕："看起来只有部分残骸。"

两人一首一尾，抬起黑色尸袋，将之搬到解剖台上。

尸袋轻得令实习生露出狐疑表情。

连默戴好手套，上前轻轻拉开尸袋拉链，一个半敞的尼龙旅行袋露了出来。

实习生凑上前探头一看，猛然撇开头去。

印着某著名牌子老花花纹的尼龙旅行袋一看就是西贝货，质地粗糙，连五金件都舍不得用，车着一副尼龙拉链。半敞着的旅行袋里，另外还塞着一个黑色塑料垃圾袋，这时也已被从旁撕开，一眼就能看见里面头发稀疏覆盖的小小头颅。

这是一具小小孩童的尸体。

蜷缩在黑色垃圾袋里，仿佛婴儿在母亲子宫里的姿势。

因被塞在垃圾袋中，又紧紧捆扎好后装进旅行袋里埋入地下，孩童身上原本便没有多少肌肉脂肪组织，所以尸体未曾腐败液化，而是脱水形成干尸，保持着被塞进垃圾袋中时的样子。

连默拍照、固定证据后，将这具小小的干尸从塑料垃圾袋中取出，小心翼翼地放在解剖床上，示意实习生："去，看看能否从垃圾袋表面提取指纹。"

一向十分活泼的实习生默默取过尼龙旅行袋，走向一旁的工作台。

中午吃饭时，连默较以往更为沉默。

那小小的孩子，胃中空空如也，没有任何残留胃容物，表明在死前至少有四十八小时未曾进食。她尸体上同派出所何警官带来的女童一样，有多处骨折痕迹，还有一处尚未愈合。

然而这些都不是最致命的，颈部骨折显示她生前曾遭成年人以极大力气扼颈，窒息死去，结束了她短暂而备受折磨的生命。

小刘试图引连默说话，没有得到她的回应，有些困惑地望向青空，以眼神示意：早上还好好的啊！

青空摇头：我也不清楚。

连默放下筷子，抬头看向两人："纪守良案，调查有进展吗？"

"有有有！"小刘见她打起精神，忙不迭点头。

据老工业区工人新村现在的门卫老朱回忆，去年十一月十六日晚，他值夜班，晚上八点上班，次日六点下班。他和中班门卫交接完，两人闲聊一会儿，中班门卫下班离去，他就坐在门卫室里听滑稽戏。

大约八点半的时候，他看见齐光增拉着一个中老年人买菜惯用的帆布购物拉杆车，从新村里走出来，停在门卫室外头，隔窗向他打听，附近有没有大一点的超市，他想去买些日用品。

老朱说这老头别看是从美国来的大教授，还挺接地气的。

"他指点齐光增怎么走、走多远有一家连锁超市，还特别热情地教齐光增使用共享单车。”小刘讲起案情来，表情丰富，“他还问齐光增，美国有没有共享单车？”

连默凝神，听他讲述。

“齐光增大概出去有一个半小时，回来时拉杆车的帆布袋里满满的全都是东西，他还请老朱喝了可乐。”小刘整理时间线。

“一个半小时，足够杀人藏尸，再返回工人新村。”青空指出。

“从工人新村步行至超市成年人大概需要十五分钟，考虑到齐光增的年龄，我们姑且算他步行了二十分钟，来回需要四十分钟。除去这四十分钟，他还有五十分钟时间。我们到超市调取过监控，可惜超市只保存三十天以内的监控录像，因此无法证实在此期间齐光增是否到过超市。”

“超市有停车场吗？”连默轻声问。

“有。”小刘肯定。

“停车场收费系统的停车信息，能保存多久？”连默直直望进小刘眼中。

小刘与青空眼睛同时一亮。

“假设齐……确实是凶手，那他驾车抛尸，车从哪里来？停在何处？抛尸后车又如何处理？”连默指出一个个环节。

小刘将面前的餐盘一推，饭也没心思吃了：“我们这就去查！”

青空站起身来在追向小刘之前，对连默诚挚微笑：“恭喜你，连默！”

他只是遗憾，自己无法成为在连默最需要陪伴的时候，第一个赶到她身边的人。

连默扬睫：“谢谢！”

青空和小刘驱车赶到老工业区这家连锁大型超市。

超市主管接待了两人，当听两人提出查看超市停车场的智能停车收费系统记录时，主管苦笑一声。

“我们这家超市，根本就不赚钱，早几年就想关门歇业，但是附近还没搬走的业主群起抗议，说我们不顾他们的需求……当时闹得相当难看，区政府把我们找去谈话，说把我们超市纳入区政府民生工程项目，其实就是减免我们的租金等费用，倒贴也要把超市继续开下去。”中年谢顶的主管诉苦，“我们哪里还有经费装什么智能停车收费系统啊？！就是统一停车收费十元，停多久都是这个价格。好多还在老工业区上班的上班族，经常是白天将车往我们停车场里一停，下班再开回家。”

“那总有停车记录吧？”

主管长叹：“有是有，但记录得也不齐全。警察同志，不瞒两位，我们停车场就日班、夜班三个保安师傅轮班，工资也不高，他们多多少少会少记录几辆车次，赚点儿外快，我们也是睁一只眼闭一只眼，大家都不容易。”

青空、小刘对视一眼，两人从对方眼中读到彼此的无奈。

“无论如何，还是请你将去年十一月的停车记录拿来给我们看看。”青空要求。

“好好好，我这就去拿！”

超市主管去了又回，腋下夹着一本薄薄的黑色横抄记录本。

他将记录本横摊在办公桌上，很快翻到十一月那几页。

记录本上用不同笔迹写有车牌、进出时间和收费金额。

小刘将十一月十五日至十一月二十三日之间的所有进出车辆记录翻拍至手机后，问主管：“这本记录我们暂时借走，没问题吧？”

主管拱手：“没问题，没问题，去年的旧记录了，我们留着其实也没什么用。”

只是还没来得及卖废品而已。

“以谌你看我这件事办得漂不漂亮？算不算神助攻？”以诺凑在以谌身边，向哥哥邀功。

正在剥冬笋的以谌似笑非笑地瞥他一眼："我还以为你成功将爸妈的注意力悉数转移到我和默默身上，自己全身而退，分明是我们做了你的挡箭牌。"

以诺半靠在流理台上，拿肩膀顶了顶兄长："像小默默这么呆的女孩子，过了这个村，可就没有这个店了！你上哪里再找一个专注工作，对享乐一无所知，明明有房子当礼物收却偏偏要写借条给你，每个月还认真还款的呆瓜？"

见兄长听见"呆瓜"两字拧眉，以诺嘿嘿一笑："再说自家兄弟，何必算得这样明白？你帮我不就是我帮你。你说对不对，初一？"

团在厨房餐椅上的初一听见以诺叫它，抬起头，"嗷"一声回应。

"你还帮他说话？叛徒！"以谌瞪视弟弟抱起初一逃出厨房。

没过多久，他听见以诺咋呼着扬声招呼连默："小默默回来啦？来来来，我帮你拎包！"

以谌摇摇头，不晓得的还以为信以诺才是此间主人。

晚餐时间成为以诺主场，他活灵活现地向以谌和连默讲述他怎样通过乔装打扮，监视跟踪某中年已婚成功男士，掌握其大量出轨证据，交至委托人手中，狠赚一笔。

"奇怪，反而是他女儿首先察觉父亲出轨，妻子似乎对此毫无所觉。"以诺挠头，"女孩儿还在读高中，父亲忙于'工作'，母亲在家当全职太太多年，全副精力放在和姐妹逛街、购物、出国旅行，两人对她的爱就是不断塞给她零用钱。"

以诺夹起一筷子炒双冬送进嘴里："这女孩儿全程沉着冷静，让人好奇。不晓得她手握父亲出轨证据，打算怎么处理。"

以谌留意到连默比往常更沉默，眼底透出一股深深的疲惫。

"饭后由你负责洗碗。"他轻声对眉飞色舞的以诺说。

恰恰将最后一口饭吃光的以诺闻言，将碗筷一撂，一拍额头：

“哎呀，我想起来还有事未做，不好意思，先走一步，失陪！”

说罢跳起来捞过扔在沙发上的大衣，顺手撸一把初一的狗头，仿佛身后有狼追虎撵，打开门冲了出去。

以谌微笑。

吃过饭，收桌洗碗，以谌从厨房出来，便看见连默抱着初一，窝在沙发上。灯光洒在她身上，在她周身形成一圈光晕，她目光茫然，毫无焦点，看起来迢遥冷清。

“累了？”他坐到她身边。

连默侧侧身，将头靠在他肩膀上。

实验室脱氧核糖核酸比对结果证实那具从市郊出租屋后院起出的孩童尸体，与派出所何警官带来的受虐女童之母有亲缘关系。

通过追查她的前一处暂居点，找到市郊的这处私宅，二房东指认她交付半年房租，但住了仅仅三个月后便毫无预兆地连夜搬走。因已事先收了房租，所以二房东也就没放在心上。他同时证实她搬来时身边带着两个孩子。

“房东做证说，她常常将两个女儿反锁在屋里，一出门就是一两天，生活尚无法自理的小女儿全靠比她大两岁的姐姐照顾……”连默心情沉重甚于以往任何时候，“她一旦回来，对两个女儿，非打即骂，将所有怨气都发泄在两个未成年孩子身上。”

她低低叹息。

当年她扶棺回国，与姑姑一家和祖母住在她爸爸妈妈的房子里，每个角落都熟悉又陌生得令她绝望。姑姑常常对祖母说她是扫把星、搅家精，没有父母缘，要不然也不会只有她一人幸存。

“那段时间，我常常彻夜无眠，不断问自己：我究竟做错什么，要承受命运如此残酷的安排？”

以谌搂紧她的肩膀，侧头亲吻她的头顶。

“可是，我至少曾经拥有过母亲全心全意毫无保留的爱。”连默敛睫微笑。

以谌自沙发上起身，站在连默跟前，轻轻蹲下身，单膝跪地，握住她的双手。

“默——”

连默回神，将视线落在以谌脸上。

他浓眉深目直鼻，微笑时左颊有若隐若现的酒窝，颔下有工作一天后新生的淡淡青髭，英俊得令人心跳加速。

他握着她的手，举至唇边，轻吻她的手背。

他的吻如此温柔，令连默泪盈于睫。

最近这时光，太幸福，以至于让她害怕失去。

他伸手抚摸她脸颊，以拇指抹去她眼角泪光：“嫁给我。”

连默微微睁大眼睛：“我……”

以谌倾身抱住她，将脸埋在她胸腹前，耳朵贴着她的心口：“不，别急着拒绝我。”

次晨以谌起床，连默已经出门上班。

他枕边趴着“呼哧、呼哧”喘的初一，它爪子下头压着一张信笺。

以谌抱过初一，顺势抽出它爪子下的信笺。

信笺上是连默干净利落的字迹，列举她的每项缺点：是父母双亡的孤儿、工作时间不定、为人刻板无趣、不善交际……

以谌每看一条，心痛就为之加深一分。

连默是如此害怕失去，以至于不敢相信命运愿意善待她。

她写下的每一个字，都像一把利刃，刺得她自己鲜血淋漓，也刺得以谌痛彻心扉。

他轻弹初一脑门：“姐姐是个笨蛋！”

初一“呜”一声，用两只前爪捂住它的脑袋。

分局内，青空和小刘一起推门走入费队办公室，小刘反手关上门。

“有事？”费永年正在写年终总结报告，闻声抬起头。

青空将手头掌握的资料交到他手中：“这是我们目前掌握的所有线索。”

费永年推开手边的年终总结，接过青空递来的线索资料，细细翻看：“都在这里了？”

“都在这里了。”

费永年取过办公桌上的电话，拨至连默办公室，请她过来。

连默很快敲门而入。

费永年见她眼底有淡淡青痕：“没睡好？”

连默微微点头。

“要好好休息，别仗着年轻不把自己的健康当回事。”费永年叮嘱一句，随后将资料交给连默，“你看看。”

连默将费队递来的文件夹接在手里，一页页逐项细阅，脸色渐渐凝重。

青空、小刘根据他们的调查，梳理出纪守良生前的时间线，与齐光璔去年十一月十六日至十一月十七日之间的时间线，两条时间线重叠，案件脉络逐渐清晰。

纪守良于去年十一月十五日晚十八点三十七分在浦江新闻频道看见齐光璔抵埠浦江参加国际生物医药论坛的新闻，触动他心底某些记忆，遂搭乘当晚十九点三十分的动车，于次日凌晨抵达浦江，入住火车站旁连锁快捷酒店。早八点半，纪守良结账离开酒店，前往附近一家酒店式网吧，在网吧逗留至下午五点。

“在网吧逗留期间，纪守良曾浏览查找什么内容不得而知，但根据信息技术部门赵老师进一步调查，他曾拨打过网络电话，三次拨打至国际生物医药论坛组委会，一次拨打至一个组委会提供的一次性手机号码。”小刘注意到连默视线在纪守良拨打网络电话那页停留较其他页时间更长，遂向她详细解释，“纪守良很谨慎，他没有使用自己的手机，以免留下可以追踪的电子痕迹，但他不知道网络电话一样会留下记录。”

“我们向论坛组委会方面查实，十六日中午确实有人多次打电话给主办方，表示是齐教授失散多年的老同学，想通过主办方与齐光증取得联系。主办方最初表示无法透露与会专家学者的联系方式，但他其后再度打来电话，并表示能够提供证明他身份的证据。他说出齐教授多年前同事的名字，请主办方传达。”青空留意连默表情，“会务组工作人员在齐光璔结束座谈后将此事转达，齐光璔便告知工作人员，可以将他在本城临时使用的电话号码告知纪守良。”

“纪守良第三次致电会务组，得到手机号码，随即与齐光璔通话。两人通话时间三分十七秒。齐光璔在结束通话后，即刻以个人名义，在网上租车公司租用运动型多用途轿车。我们在老工业区那家超市十六日的停车记录上找到一辆对应运营车辆车牌。”小刘凑到连默身边，伸手指了指资料，“网络租车公司员工表示他们公司提供送车上门服务，在当晚八点四十五分将车驶达超市停车场，当面交给齐光璔。

“司机说老先生人很客气，还给足小费，说麻烦他这么晚跑一趟。第二天晚上他去停车场取车，车里干干净净，车钥匙留在车内置物箱内，又多给他一份跑腿费。”

“这只能证明齐光璔曾租用过一辆运动型多用途轿车，没有直接证据表明他和纪守良的死有关。”费永年直指问题症结。

“他租借的多用途轿车，已经彻底清洗过了吧？”连默轻问。

青空遗憾地承认：“是，该公司所有车辆在借出取回后，都会进行彻底清洗消毒，我们在车辆上没有找到任何血液痕迹或者灰尘、泥土残留。”

连默将文件夹合拢，交还费永年。

一切都是间接证据，仿佛在嘲笑她的无能为力。

那种所有间接证据都指向同一个人，然而却没有确凿实据的无力感如同一团焖燃的火焰，只消接触一点点空气，就将猛然蔓延成燎原烈火，将心底的光明同理性灼烧殆尽。

连默能感觉到她内心深处那团熊熊烈火。

老好人乔主任结束周一下班前例会，将春节假期值班安排发至每名法医手中，宣布散会，在连默准备离开会议室前，叫住她："小连，你留一下。"

安法医走在连默前头，这时回过头来，用口型对连默说：加油！

连默不明所以，静静站在乔主任面前。

乔主任端详她片刻，微微叹息，指了指会议室靠椅："坐。"

他们是公安局，不是保密局，连默的遭遇并没有在案件调查过程中刻意隐瞒，很快大家或多或少都有所耳闻，乔主任想起当时破获连环碎尸案时，连默遭凶手詹姆斯·庞劫持，当她被救回后，老同学武警医院神经科主任老郑说她后背左肩胛骨下方的旧枪伤对年轻女孩来说，太破坏美观了。现在想来，那就是她父母遇害时，她身上留下的伤痕。

"纪守良案……"乔主任斟词酌句，"局里的意思，是将现有证据连同线索一起移交至市局，由市局刑侦队接手。"

连默轻轻颔首："我明白您的意思。"

作为案件相关当事人，也许限制了她观察案件的角度。

乔主任见她没有执着于案件调查归属权，欣慰地点点头："小连，你还年轻，作为法医一生还将会经历无数案件，需学会不代入个人感情来看待案件，用客观角度观察每一个细节。"

乔主任语重心长："同期来咱们局法医检验鉴定中心实习的三个小年轻里，只有你一个人留下来，其他两个人都没能坚持到最后。是他们技不如人吗？未必。只是我们这行，收入不高，工作环境绝谈不上美好，要是耐不住寂寞，很容易产生厌倦情绪。"

连默承认她的职业，殊为寂寞。与她同在试用期的另两位同事，试用期未满，便先后辞职，宁可五年内被禁止参加公务员录用考试，也坚决不愿继续留任。

她曾听法医实验室两名清洁员提起过，实验室之前有过一名女法医，很安静斯文，有一次当班时解剖死亡孕妇，当她取出女尸腹中已经成形、还差三周就将降生、却在母体中一起死去的男婴时，那个婴儿忽然动了动……她在那一刻彻底崩溃。

连默曾问自己，她会在某个特定时刻崩溃吗？

乔主任从捧在手里的文件夹中抽出一张表格，递给微微走神的连默："年后有一次为期半年的中美法医交流学习机会，市里将挑选两位法医赴美参加联邦调查局中美刑事技术交流培训班，你把申请表填一下，下班前交给我。"

连默回神，接过申请表。

"不该谦虚的时候别谦虚！"乔主任轻敲会议桌，"把自己的优势、这几年的破案率都写上，这么好的机会，千万不要放过！"

连默捏着申请表回到办公室，将表格摊在电脑桌上。

假如半年前给她这份申请表，她大抵会毫不犹豫，可此时此刻，连默内心挣扎难决。

下班回家，推开门的刹那，客厅内没有暖黄的灯光，也没有初一拖着舌头飞奔而来的圆胖身影，迎接连默的是一片黑黝黝的暗沉。

连默有一瞬间的恐慌。

伸手轻触门口墙壁上的开关，室内灯光亮起，连默换鞋进屋，放下手中背包。

房间中一片静谧，静得仿佛能听见空气中分子碰撞的声音。

连默缓缓坐进沙发里。

沙发一角丢着初一的骨头狗咬胶，上头满是初一的牙印。

连默探身拿起骨头狗咬胶，握在手里。

半年之前她了无牵挂，可以说走就走，然而现在她有了太多牵绊记挂。

这时手机铃声蓦然响起，连默自背包里摸出手机接听。

电话彼端背景声音嘈杂纷乱，以谌的声音透过杂乱的背景传来，仿若阳光一下子照进幽暗的角落。

“下班到家了吧？”

“嗯。”连默轻应。

“厂房明天破土动工，我今天过来和厂长、工程经理一道为明天做最后的检查，”以谌微微提高嗓音，听起来精神十足，“可能要晚一点回家。包好的鲜肉虾仁馄饨放在冰箱里，你自己先下碗馄饨垫垫肚子。”

连默心中倏忽柔软：“好。”

真好，他还在，没有走开。

连默换衣服下厨为自己下一碗热腾腾的馄饨，从冰箱的密封小碗里挖一大勺猪油到清汤里，另撒一小撮香菜末，空气中转瞬便充满诱人香味。

一碗馄饨落肚，驱走她身上的最后一点儿寒意，连默起身到水槽边将小汤锅、汤碗和汤匙洗干净，放在一旁架子上沥水，自己则拿出吸尘器，戴上耳机，趁初一不在家的工夫，慢悠悠将客厅还有初一的狗窝打扫干净。

等她将吸尘器放回原位，洗干净手，返回卧室，外头已是夜色深沉。

自阳台落地窗望出去，浦江对岸灯光将夜空映成一片灿烂的橘色，勾勒出老工业区建筑群高低起伏错落的剪影，江面上有摆渡船装饰着一串串明灭不定的小灯，来回逡行。

连默在以谌那边床侧坐下，手轻按在身后，指尖触及一角纸笺。

她回头，注视手指所及之处，以谌的枕头下面，露出一尖信笺，她轻轻将之从枕头下一点点抽出。

是她早晨留给以谌的那张信笺，在她的笔迹之下，增加他遒劲有力的字迹：

从此以后，我的父母，就是你的父母；我的兄弟，就是你的兄弟；我工作时间与场地自由，可以随时放假配合你的作息；有一个不刻板不无趣咋呼吵闹的弟弟就够了；交际工作由信以诺负责就好……

连默边看边笑，到最后笑得落下泪来。

九点半，以谌一手牵着初一，一手拎着消夜，侧身顶开房门。

客厅里的灯亮着，连默静静站在飘窗前，听见他进门，她转过身来。

他弯腰解下初一身上的狗绳，任它像颗炮弹，撒开腿跑向连默，自己则换鞋走向她。

他举了举手中的保温包："在工地那边一家老店里买的鲜肉笋丁烧卖。"

"以谌……"她轻唤他的名字。

以谌走进她，看见她眼睫上一点儿晶莹泪珠，忙将保温包随手放在一旁，上前握住她手臂："怎么了？"

"我害怕。"连默向他承认。

以谌怜惜地伸手轻轻抚摸她的脸颊："我在，不要害怕。"

她凝视他的英俊面孔，一眨不眨："我怕我会失去你。"

以谌亲吻她额角："哪怕有一天，你嫌弃我，我也要死皮赖脸紧跟着你！"

连默轻轻拉开两人的距离，直直望进他眼眸深处，那里映着她的面容。

"真的？"她问。

“真的。”他答。

连默微笑，再度拉开两人之间的距离。

“信以谌。”她声音里带着一点点鼻音和笑意。

“嗯？”以谌读不懂她的情绪。

连默蓦然矮身，单膝着地，一手放在心口，一手握紧以谌左手，仿佛生怕他会被她吓跑。

“我们结婚吧！”

“你就这样答应她了？！”站在新婚夫妻的客厅里，信以诺跳脚，“你们就这样闪婚了？！”

一对新人手指上朴素到不起眼的素面白金婚戒晃得身为小叔子的信以诺直翻白眼。

“你！”以诺直指连默鼻尖，遭兄长瞪视，只得悻悻将手指放下，“我哥好歹也是本城十大黄金单身汉之一，你就不能给他一个公开婚礼，证明自己脱离单身行列，成为已婚人士吗？”

以谌握紧连默的手：“我们打算春节期间旅行结婚，不惊动亲友。”

以诺奓毛：“不惊动亲友？！妈第一个不放过你！她等着在你婚礼上收红包等了好多年！”

“妈妈又不是只有我一个儿子，不是还有你？”以谌笑噱。

信以诺半晌无言，蓦然泄气：“小默默，你管管你老公！”

对两人新婚后的身份还在适应当中的连默失笑：“他这样很好，我为什么要干涉呢？”

以诺目瞪口呆，最后颓然地抹一把脸：“你俩真是天造地设的一对。”

以谌和连默相视微笑，并肩站在一起，齐齐注视以诺拿着手机走开几步，大声打电话给父母，向他们汇报情况。

三月初，寒冬将尽，春光初现。

以谌在机场送别连默。

人来人往的机场安检口前，以谌眼里只容得下连默的身影。

她穿一件浅灰色毛衣，外罩黑色衣，系一条宝蓝色围巾，搭配牛仔裤、白球鞋，长发在脑后扎成一束，目光明亮锐利，充满朝气，年轻得像个即将远行的学生。

他亲吻她，仿佛沙漠中迷途的旅人渴饮甘洌的泉水，然后，放开了手。

以谌注视连默，拎着简单的行李，走向安检口。

她背影挺拔，即使曾身处地狱，饱受熊熊地狱烈火焚烧煎熬，也初心未改，坚定地朝向光明，努力绽放属于她的华光，寻求真相。

“去吧，去屠龙吧，我的公主！”以谌低喃。

而他将守护在她的身后，等待她屠龙归来……

【正文完】

番外一
穿过你的黑发的我的手

租来的通用皮卡停在威廉王子县离匡提科镇最近的一家中餐馆外，以谌倚坐在驾驶座上，取出手机，凝视屏幕上微笑着的连默。

她到美国联邦调查局国家学院参加技术交流培训已整整一个月，繁忙紧张的学习之余，像其他学员一样，她获准在周末外出并和家人通话。

上一周视频通话时，她看起来晒得黑了，人也仿佛瘦了些，但显得很有精神，画面与声音总有延迟，令一切既近又远。

她说华盛顿特区天气时雨时晴，樱花盛开，令她想起浦江的春天；培训项目密集紧凑，模拟案件现场情况错综复杂，每个人都需全力以赴，才能令严格的教官满意；每个周末参加培训的学员们一起外出到最近的一家中餐馆吃饭，放松紧绷的神经，简直就是节日……

她像发现全新世界的孩子，以为自己掩饰得很好，却不晓得闪闪发亮的眼睛泄露了她的秘密。

即便这一个月的分离使他觉得寂寞难耐，相思成灾，以谌也不由得因她眼里的明光而露出微笑。

“工厂施工进度怎样？”她倾身靠近屏幕，语气里透着关心。

她身后有人扬声催促她："连，快来！一起吃饭！"

她后仰朝声源方向挥手："你们先走，我随后就到。"

连默回首向他，黑色长发转动之际在身后扬起落下，如同羽毛落在以谌心间。

那一刻，以谌忽然决定将自己即将赴美参加国际生物医学技术展览会的消息暂时向她保密。

而此时此刻，他从展会所在城市搭乘飞机到巴尔的摩，马不停蹄驱车一个半小时，来到连默所在的威廉王子县，只为远远地，看她一眼。

傍晚的风里飘来零星的樱花花瓣，远远有车驶进餐厅门口的停车场，车门打开，陆续有人自车上跳下来，说笑着走进亮着霓虹招牌的中餐馆。

以谌手臂半支在降下来的车窗上，注视连默从雪佛兰特拉弗斯宽敞的车内钻出来，轻盈得仿佛一头小鹿。

在她之后，司机绕过车头，走到她身边。

金发男子背影高大魁梧，将颀长纤瘦的连默衬得格外娇小。男子微微侧身低头，像是迁就她的身高，不知在讲些什么，连默偶尔点头回应，两人并肩走进餐馆。

隔着餐馆干净透彻的玻璃窗，以谌能看见他们一行人选择一张靠窗的长桌，六人分成两排相对而坐，连默和另一名女学员坐在一起，金发壮男坐在她右侧，左臂伸长，搭在连默身后的椅背上，以一种占有和保护的姿态，凝视聆听。

连默一无所觉，与女同伴头挨着头交谈，间或与其他学员讨论，气氛热烈融洽和谐。

自认一向遇事冷静自持的以谌，哪怕儿时父母对他说家中将要新增一位家庭成员，抑或弟弟以诺交友不慎遭人陷害成为命案疑凶，他都不曾像这一刻，心脏猛然收紧，如同野兽警觉到其他雄性同类对他属地的入侵。

有短暂瞬间，以谌想效仿母亲至爱的偶像剧情节，冲进餐馆，不管不顾，一把拽起连默的手，将她从那热烈的讨论中带走。然而这念头旋即被连默脸上全神贯注的认真表情驱散，消失得无影无踪。

以谌伏在方向盘上，轻笑起来。

他自觉自己和守护无价珍宝的巨龙殊无二致，生怕有人觊觎他的财宝，可是他更愿意看见连默脸上毫无保留、发自肺腑的笑容。

以谌在车中静静望着餐馆明净落地窗内的连默起身，高大金发男子体贴地替她披上风衣，一行人走出中餐馆。他突然推开车门，跳下皮卡，朝站在餐馆门廊上与同伴们细语的连默轻唤："默默！"

声音低沉得仿佛耳语，被春风一吹，便散逸在夜色里。

彼端连默微怔，停下交谈，循声望来，带着些许疑惑，随即喜悦染上她的眼角眉梢。

哪怕相隔数十步距离，以谌都能捕捉得到她脸上细微的表情变化。

"以谌！"连默朝他挥手。

以谌听见她笑着对同伴说："是我先生，抱歉不能和你们一起去老威廉喝一杯了。"

同伴们闻言七嘴八舌地调侃：

"小连你真结婚了？！"

"原来你戴的真是婚戒，不是装饰啊！"

"年轻人就是浪漫啊！去去去，快去吧，别磨蹭！"

以谌注视连默微笑着同他们告别，轻快地向他跑来。

她的长发在身后左右摇摆，每一步都似踩在他的心尖上，令他悸动不已。

她乘着晚风，跑到他面前："嘿，信以谌！"

以谌伸出双手，揪住她风衣左右前襟，将她拉近："嘿，连默！"

“你怎么来了？”她双眼微弯，里头满满都是欢喜，“上午视频连线时你还……”

她恍然顿悟：“那时你已经到了。”

以谌吻了吻她的额角，放开她，伸手拉开皮卡副驾驶侧车门：“答对一题，加十分。”

连默跳上皮卡，带着些不自觉的娇嗔：“为什么不告诉我？我可以去接你。”

又迭声关心他的工作：“是否会影响你的日程安排？制药厂不用你坐镇？”

以谌坐回驾驶座：“建厂的事全权交给厂长操心，我正好到波士顿参加生物制药展，了解国际最新生物制药信息，顺便想给你个惊喜。”

他语气幽微：“不料你课外时间节目丰富，吃饭之余还有金发壮男陪王伴驾。”

连默先是一愣，旋即笑得靠在他身上，双肩耸动：“那只是和我们同批前来交流学习的——”

她话不及说完，以谌已扳过她肩膀，吻上她的嘴唇。

直吻得两人都有些喘息，以谌才放开连默柔软的唇瓣，伸手揉了揉她头顶：“地主，带我这个第一次来的游客逛一逛如何？”

地主微赧：“我对周边环境也不熟悉。”

她只在交流学员报道日在学院负责接待他们的联络员带领下，与其他同伴走马观花式地参观过联邦调查局国家学院和法医实验室以及周边生活设施，接下来就是安排得满满的课程，全英语现场式教学使得每个学员结束一天学习后，在进餐休息之余根本无暇考虑其他。

“体能训练强度大得惊人，”她的手与他的十指交缠，仿佛抱怨，可语气听起来却带着一点点笑意，“市局曹法医四十岁了，人到中年，微微发福，一分钟仰卧起坐应付自如，三百米冲刺跑就有些力不从心。”

“你吃不吃得消？”以谌握紧她的手。

“我爆发力尚可，耐力不足。”连默清晰认识自己的长处与不足，“一点五英里耐力跑是我的死穴。”

以谌想象她扎着马尾辫奔跑的样子，怜惜地抬起她的手在手背上轻吻：“加油！坚持到底，就是胜利！”

连默被他哄孩子似的语气逗笑：“嗯！现在每天和其他学员们早起组队晨跑，希望交流结束时能顺利通过体能测试。”

她的笑容令以谌满心欢喜。

“教学方面，有什么收获？”

“前天心理测评专家带我们一组学员前往还原的案发现场，让我们用学到的犯罪心理学知识分析见到的每一处细节。”连默正颜，“二十年前的悬案，曾数次搬上银幕，警方至今未能破案。教授一直鼓励我们用不同角度观察现场，并再三强调世界上不存在天衣无缝的犯罪，随着科学技术手段进步，悬案终有一日会水落石出……”

她声音渐渐低微，以谌心知她难免又想起父母遇害一事，轻轻搂了搂她的肩膀，然后发动引擎：“听说附近有一个公园，开车上去，能俯瞰整个县城，请允许我这游客权充导游，带你去欣赏夜景。”

“好。”连默靠在以谌肩膀上，虽然前路未知，可是只要和他在一起，天涯海角也愿意去。

以谌驱车，沿着卫星导航指示，缓缓沿着公园车道，驶向高处。

车辆两旁遍植弗吉尼亚栎树，树枝伸展，树叶浓密，将窄窄长长的坡路变成一条浓荫隧道。

“当地人说，秋天时这些树叶红黄相间，色彩斑斓，远远望来像一团团燃烧的火焰。”以谌放慢车速，“以后我们秋天再来。”

连默半扒在降下来的车窗上，有些着迷地望着两旁树冠遮天蔽日的高大栎树：“你知道吗？十八世纪末，十九世纪初，英法在海上展开激烈战斗，其时建造战舰所使用的木材就是这种弗吉尼亚栎。现代人很难想象相当厚度的栎木制成的船板能抵挡得住当时最先进的前膛炮发射出的炮弹……”

“那你一定会愿意去斯德哥尔摩斯堪森岛上的瓦萨沉船博物馆看个究竟……”

以谌转头望了一眼连默，微微分神。她的侧脸在被树荫遮挡的夜色天光里形成一道优美的剪影，她的眼睛在说起典故时熠熠生辉，声音里似带着魔力，让人沉浸其中，无法自拔。

皮卡开到坡道尽头，浓荫遮蔽的小道被抛在身后，眼前豁然开朗。

开阔的平台两侧种着两株樱花，满树樱花盛放。

夜风拂过，花枝轻颤，浅淡如烟的粉色花瓣扑簌簌随风飘落，像极了一场雪。

以谌将车停在樱花树下，他取过羊绒毛毯披肩，把他和连默一道裹在里头，同连默并肩坐在皮卡的后车斗上。

夜空繁星无数，头顶落英如雪，眼前是没有摩天大楼、灯光如练的县城夜景，远处波多马克河在月色下闪着粼粼波光，缓缓流向下游，空气中有些微雨后的湿意。

他伸出手，轻轻摘去一片落在连默头顶的樱花花瓣，顺势抽走她用以束发的发夹，黑色长发散落如水，缠绕在他指尖。

“真美！”连默靠在以谌身上，望着眼前风景，低声感叹。

以谌垂睫凝视她，只觉得万千星光都不及她眼底的微笑。

他侧首亲吻她的头顶：“是，真美！”

番外二

再多的苦我也愿意背

信夫人晁雪晴过完年便五十五岁了，回顾自己前半生，最大的遗憾大抵便是早年因为家庭成分不好而受了些连累，耽误了学习，没能考上大学，早早进水泥厂当了工人。

晁雪晴在同期入厂的女工里，属于有文化的，又长得漂亮，颇有几个追求者，当然也免不了有些风言风语，最后由车间主任做媒，同当时还只是跑业务的小业务员信浦生确立恋爱关系。

两人结婚后没多久，改革开放的春风吹遍大地，但同时也冲击着旧有工厂的体制和格局。工厂所有权与经营管理权分离，厂子虽然仍归浦江市国有资产监督管理委员会所有，但整个工厂的生产经营权却下放承包给了个人。大批工人在劳动合同制改革面前，面临着买断工龄下岗回家和成为合同工不再吃大锅饭的两难抉择。

丈夫信浦生却在其中看见了商机。

他浦江外地两头跑，凭借自己做业务员时积累的经验和人脉，一点点由建筑工程的小分包商，逐渐发展成有能力参与大工程项目的投标、承揽大型建筑工程的总承包商，生意遍布浦江和长三角地区。

其中艰苦波折自不必说。

晁雪晴一边替丈夫管着公、私账目，一边还要兼顾大儿子，又在两者夹缝里挤出时间来在夜校里完成学业，考出会计师证书，只因先生说不但要会做账，还要懂政策、能看账。

等建材生意走上正轨，夫妻俩略有经济基础和时间，她意外怀上二胎。

晁雪晴至今都还记得两夫妻为了要不要留下这个孩子犹豫了整晚，最后还是丈夫拍了拍她手背：“生！交多少罚款也把孩子生下来，流产太伤身体。”

生下幼子后，家中已有条件请保姆帮她一起照管小小婴儿，看着趴在婴儿床边一脸严肃地盯着弟弟喝奶的长子，晁雪晴才意识到他们夫妻错过太多大儿子的成长。

比起对小儿子的宠爱无度，信浦生对大儿子以谌是严厉的，晁雪晴没丈夫那么强硬，但同样对他要求严格，两人都将自己未曾实现、没机会实现的人生梦想加诸长子身上，希望他品学兼优、出类拔萃。

以谌也确实是个争气的孩子，从小独立，学习从未让他们操过一点心，门门功课年级前十名，回到家来小大人一样，完成功课之余还要监督弟弟吃饭睡觉。即便在青春期最叛逆的时候，相比小儿子以诺混世魔王的状态，他对家人、师长最大的反抗，也只是把自己关在健身房里戴着耳机埋头在跑步机上狂奔，任谁招呼都不理睬而已。

所以当被他们寄予厚望的长子与女明星传出绯闻，丈夫听见消息，气得吹胡子瞪眼，信夫人却没他反应那么强烈。在她认知里，长子从小到大，都很懂得把握自己，清醒地知道他究竟想要些什么，如何才能得到。她不想在儿子表明真实意图前横加干涉。

后来事实证明，绯闻不过是女明星惯用的炒作手段而已，以谌同她并无私交。

抬腕看一眼手表，信夫人弯腰将玩得累了，从滑梯上溜下来的胖嘟嘟、圆乎乎的孙女抱在怀里，取过柔软的细纱布吸汗巾，轻轻擦去她额角的汗水，笑眯眯地问：“宝宝饿不饿？奶奶带你去吃饭好不好？”

候在一旁的保姆上前伸出手欲接过信夫人怀中女童，被她轻轻闪身避开：“我们嘉嘉又不重，我抱得动。”

因为运动而小脸红扑扑的信嘉宁搂住祖母脖颈，笑嘻嘻地点点头：“嘉嘉不重！”

保姆无奈地附和祖孙二人：“是，嘉嘉不重。”

又伸手替信嘉宁披上轻薄亲肤的针织外套。

信夫人抱着孙女朝购物中心一间米其林粤菜馆走去，她与几个阔太相约吃饭，儿子忽有临时会议，事出突然，将宝宝交托给她看管。她不想爽约，又舍不得和孙女相处的时光，遂将绵软可爱的孙女一并带了来。

粤菜馆幽长的走廊铺着暗红色地毯，走在上头没有一点儿足音，信嘉宁扑在祖母肩头，好奇地仰头打量天花板上累赘的水晶吊灯。

信夫人在孙女耳边，小声叮嘱：“等一会儿见到人，要叫奶奶好。”

“嗯！”信嘉宁点点头，蓬松油亮的黑色短发似蒲公英，柔软地扫过信夫人的脸颊，让她的心都跟着酥软了。

她抱着孙女接近约好的包房，轻轻将手按在门把手上，想推门进去给她们一个惊喜。

包房的门轻掩着，高谈阔论声从门缝里透出来。

“几点钟了？怎么雪晴还不来？”林夫人软糯里透着挑剔的声音传来。

“你没看私信群聊？雪晴说了，今天要临时照看孙女，恐怕得晚一些到。”已三度离婚的童女士笑吟吟的。

“说起来，我们到现在都还没见过雪晴的儿媳妇呢。”高太太八卦，“好像因为怀了孩子，她家老大不得以才和她结婚的。”

“听说是个医生？”童女士好奇。

“什么医生呀，你哪里听说的？胡说八道！”林夫人口气里有淡淡的不屑，“此女啊——”

林夫人卖关子，拖长声音。

“快说！快说！那女的是做什么的？”童女士迭声催促。

“哎呀，悦如，你就别吊小童胃口了，赶紧告诉她嘛！”高太太大概拍了林夫人一下。

“此女是法医，一天到晚同死人打交道的。”林夫人打鼻孔里轻哼一声，“前几年雪晴家老二不是惹了一身官司？她正好是负责案件的法医。以谌这孩子，多紧张他弟弟？可不就是一直要关心案件调查进展吗？一来二去就同她认识了，也不晓得她使出什么手段，倒让她得了逞。”

“哦哟哟！这么厉害？！”童女士低呼，“想不到以谌眼界那么高，最后竟然找了个女法医！”

“我看是你家宝婷喜欢以谌，结果却是落花有意，流水无情，你心里不舒服吧？”高太太轻笑，“宝婷现在不是找了个英国贵族男朋友？你还有什么意难平的？”

“我能有什么不平的？”林夫人拔高嗓音，“再说，我看他们家老大，也未必多喜欢她。”

“何以见得？”童女士兴奋起来。

“说是结婚，也没见他们举办婚礼，如今孩子都两岁了，女方也没参加过什么社交活动，一看就知道不得他们信家的欢心。”林夫人得意，“像我们宝婷，都参加过两次皇家赛马会了。”

“可雪晴看起来很喜欢孙女，”高太太反驳，“经常在朋友圈发那孩子的照片。”

“你懂什么？”林夫人轻笑，“她那是做给儿子看的。以谌喜欢孩子，对孩子多着紧，接种疫苗，检查身体，从不假手他人。她要是露出一点儿不喜欢的意思来，那不是把儿子往那女人身边推吗？”

站在门外的晁雪晴听得怒向胆边生，直想一把推开门啐林夫人一脸。可是她顾忌双手搂着她肩膀，大眼忽闪的孙女，强压下心头怒火，转头对跟在她身后脸色颇为尴尬的保姆，低声交代：“通知司机，我们回家。”

保姆不敢多说什么，赶紧在前头一路小跑，打电话通知司机。

信夫人抱着孙女乘电梯下楼，待到上车，替孙女系好儿童座椅的安全带，吩咐司机开车，她胸口的那团怒火才稍稍平息。

“坏人！”信嘉宁忽然开口，小手往车窗外渐渐远离她视线的购物中心指了指，严肃地说。

信夫人纳罕，握住孙女的小胖手：“什么坏人？”

“说爸爸、妈妈坏话！奶奶很生气。”两岁大的信嘉宁思路清晰，条理分明，拿另一只手一拍小胸脯，“生气！”

信夫人先是一愣，随即笑起来，倾身亲吻孙女圆圆的苹果脸：“不气，不气！奶奶不生气，宝宝也不生气！”

信以谌开完临时会议，赶到父母家中，推开门，只见别墅门厅亮着灯，屋内静悄悄一片，不见女儿飞奔出来迎接他的身影，不由得有些奇怪。

他走向偏厅，一眼看见母亲面沉似水地端坐在沙发上，周身笼罩着一股低气压；父亲假装在看报纸，越过报纸边沿悄悄对他使眼色；弟弟以诺则半摊在沙发里，两脚翘在茶几上，朝他挤眉弄眼。

以谌用眼神询问：这是怎么了？

以诺回以口型：你惨了。

以谌不明所以，但仍微笑同父母打招呼：“爸、妈。”

又笑问信夫人：“今天嘉嘉没给您添麻烦吧？和你们吃饭的时候乖不乖？”

信夫人蓦然抬眼，眼风扫向长子：“吃饭？吃什么饭？气都气饱了！”

以谌走到母亲身边，坐在沙发扶手上：“嘉嘉这么调皮？稍后回家，我会批评她。”

信先生“哗啦啦”抖了抖报纸。

信夫人抬手“啪”一声拍在大儿子手臂上：“批评嘉嘉做什么？！我们嘉嘉很乖的。”

“那——”以谌瞥一眼弟弟。

以诺举起双手：“同我完全没关系，你别冤枉我！”

信夫人嗔怪：“不用看你弟弟，我说的就是你！”

以谌颇无奈：“我？”

信夫人轻叹：“你和默默结婚三年半，到现在都不肯举办婚礼，我和你爸爸尊重你们的决定，不干涉你们的自由。可是，你们考虑过嘉嘉没有？！”

以谌坐到沙发上，握住母亲的一只手：“举行婚礼与否，和嘉嘉又有什么关系？”

信夫人思及孙女稚嫩的小脸和绷着脸说“坏人”的样子，心里一阵揪痛。

“从小到大，你都没让我和你爸爸替你操过心，我们也一向相信你，可在这件事上，请你听我和你爸爸一回。”她拍拍长子手背，“我晓得，默默家情况比较特殊，若结婚仪式上女方亲友寥寥，场面不好看，她难免心中难过。可是越是她家里没有雄厚势力背景，你越应该给她一个盛大的婚礼，好让人知道你对默默的重视程度，让大家明白从今往后，我们信家、你、你的兄弟，全都是她背后最坚实的依靠。”

以谌最初只是微笑聆听，可越听到后面，他脸上的表情越凝肃。

“默默不在乎外人怎么看待你们的婚姻，可是你要替她在意、考虑。”信夫人苦口婆心，“人家不晓得你把默默捧在手心怕摔了，含在嘴里怕化了，只当你纯粹是因为有了嘉嘉才和她结婚，言谈举止、话里话外，就容易透出对她的轻视。”

以谌不语。

“他们看不起默默，谈论起来自然没什么好话，落在家中孩子耳朵里，小孩子懂什么？万一明年上了幼儿园，有小孩对嘉嘉说‘你爸爸根本不喜欢你妈妈’‘你妈妈是拜金女’之类的闲言碎语，可怎么办？嘉嘉得多伤心？！你们不为自己考虑，也该为嘉嘉着想。”

以谌沉默片刻：“您说得对，是我考虑不周。”

以诺目瞪口呆。

他还以为母亲要说服以谌举办婚礼将是一场旷日持久的拉锯战，哪料到她老人家三言两语兵不血刃，就将以谌拿下。

以诺自沙发上坐正身体，朝信夫人拱手：“高，实在是高！佩服，佩服！”

“只是默默平时工作繁忙……”

以谌话音未落，以诺便在一边嗤笑：“妻管严。”

“你不要笑话以谌。”信夫人目光往幼子身上淡淡一扫，“你有本事，倒是找一个对你死心塌地、让你管得死死的老婆回来给我看看。”

以诺一噎，赶紧从沙发上跳起来：“真是人在家中坐，锅从天上来！我去看看嘉嘉睡醒了没有！”

说罢逃也似的上楼去了。

信夫人摇摇头，转而对长子摆摆手：“我知道你想说什么，默默忙，你无条件支持她的工作。所以，婚礼的事，你们不必操心，全权交给我来操办，你们只需要在婚礼当天带着嘉嘉出席即可！”

以谌失笑：“那还是我们的婚礼吗？”

信夫人瞪眼：“要不然呢？还能是我和你爸的婚礼吗？”

以谌忙挽了母亲的手臂：“好好好，辛苦您为默默和我考虑得如此周到。我们现在上楼去看嘉嘉吧。”

信夫人一听孙女的名字，顿时露出笑容：“我们嘉嘉真聪明，新买的玩具，一看就晓得应该怎么玩，无师自通。”

信先生从报纸后头抬头看了一眼老妻和儿子上楼去的背影，微微一笑。

以谌一手抱着女儿，一手推开房门。

连默已下班回家，换上宽大柔软的棉衬衫坐在沙发里看书。

听见响动，偎在她脚边的初一耳朵一动，站起身来，奔向门口。

信嘉宁奶声奶气地叫一声“初一”，比她足足高出一头的初一便老老实实地趴伏在地板上，任嘉宁扑到它背上，搂紧它的脖子。等嘉宁抱牢了它，就稳稳地站起来，在客厅里小步快走，令嘉宁发出欢快的笑声。

连默放下手中的书，起身迎向以谌。

“辛苦了，吃过饭了吗？”

以谌揽住她纤瘦紧实的腰背，亲吻她的嘴唇：“我想吃点儿别的……”

连默伸手抚摸他的脸颊，察觉他的情绪有些低落：“有事？”

以谌看了一眼和初一无忧无虑玩耍的女儿，用额头顶住连默的：“等嘉嘉睡了再说。”

信嘉宁吃过晚饭在祖父祖母家里睡过一觉，以至于精神旺盛，和大狗初一疯玩一阵，又在浴缸里扑腾好久，总算愿意上床。

初一忠实地趴在小主人床脚下，以谌、连默一左一右半躺在女儿身边。

连默轻抚女儿还微微有些潮湿的头发，笑问：“嘉嘉今天在奶奶家乖不乖？开心吗？都做了些什么？有没有好好吃饭？”

小小信嘉宁侧头想一想，用力点头：“今天很乖，和爷爷奶奶讲故事、画画、滑滑梯、吃这么——一大碗饭。”她伸出两只手，比画，“这么大一碗！”

连默捉过女儿的手，“啵”地用力一吻：“嘉嘉真棒！”

“但是，妈妈，嘉嘉不开心。”信嘉宁鼓起腮帮，小眉头皱得紧紧的。

连默有些意外地望向以谌。

嘉宁一向是个乐呵呵的孩子，她和以谌努力为女儿营造一个健康快乐的成长环境，在工作之余带她去见识这个世界，她很少露出如此不快活的表情。

连默抱过女儿，垂头吻了吻她的头顶："告诉妈妈，为什么不开心？"

两岁的信嘉宁记忆力惊人，下午发生的事，到得晚上仍记得一清二楚，鹦鹉学舌似的复述给母亲听。

法医，一天到晚同死人打交道。

不晓得她使出什么手段，倒让她得了逞。

落花有意，流水无情。

连默抬眼，似笑非笑地望向以谌。

以谌连忙摊手，表示自己是无辜的："我对林宝婷的唯一印象仅仅是'她是个女孩子'。"

连默轻轻摇了摇被她抱在怀里的嘉宁："上次在小花园，蔷蔷和你都想荡秋千，你比蔷蔷高，力气大，先爬上秋千玩，蔷蔷说你什么？"

信嘉宁稍作回忆："嘉嘉是强盗。"

连默摸了摸女儿光洁的额头："那我们嘉嘉是强盗吗？"

嘉宁猛烈摇头："只玩了一会儿，就让给蔷蔷了，我不是强盗。"

"我们嘉嘉懂得礼让和分享，真棒！"以谌跷起大拇指，表扬女儿。

连默睇他一眼，随后将女儿抱高些，与她面对面："嘉嘉觉得自己不是强盗，爸爸妈妈也觉得你没有做错什么，但从蔷蔷的角度，她也许觉得你没有让她先玩，所以你是强盗。这只是每个人看待事物的角度不同罢了。不要让别人的看法左右你的心情。"

"什么是看待事物的角度？"信嘉宁不明所以地问。

“看待事物的角度啊……”连默沉吟片刻，笑着对女儿解释，“就好比，在我心目中，爸爸是全世界最英俊的男性，可是在别人眼中，也许某个电影明星才是全世界最英俊的。又好比，嘉嘉觉得爸爸做的枫糖松饼最好吃，但别人可能会觉得其他甜品更好吃，是一个道理。只是大家从各自的角度出发，以不同的观点评价一个人、一件事罢了。”

嘉宁懵懵懂懂地点点头：“嘉嘉还想吃冰激凌，奶奶说吃太多了，像这样，对不对？”

连默哈哈笑起来：“对，就像这样。”

“可以不理奶奶，多多吃冰激凌。”信嘉宁肯定地朝母亲笑了笑。

连默目瞪口呆，以谌倒向枕头，笑得肩膀耸动。

等女儿睡熟，以谌和连默退出她的卧室，轻轻替她关上门。

以谌向连默转述了母亲的忧虑和建议。

“……我只是想让嘉嘉拥有一个无忧无虑的童年。”连默有些难过，难过他们的决定令女儿承受不必要的闲言碎语。

“妈妈说，我们只管出席婚礼，其他事由她包办。”以谌观察连默脸上细微的表情变化。

“我们真可以做甩手掌柜什么都不管？”连默靠在以谌肩膀上，岁月仿佛格外善待了她，未在她脸上留下太多时间流逝的痕迹。

“你可以什么都不管，因为——”以谌侧头，亲吻她的头顶，“有我在。”

十月国庆，秋高气爽，艳阳高照。

连默与以谌的婚礼在信家别墅举行。

出席婚礼的宾客除了信家亲友与连默的同事之外，信夫人甚至想方设法联系上连默回国读高中时与她同寝室的其他三位女同学和在大学里的同学，邀请他们前来观礼。

婚礼请柬用连默、以谌两人一左一右牵着女儿的手，一旁跟着一只大狗的背影照片作封面，并明确不收礼金，如有礼金，将悉数捐给保护受虐儿童公益慈善组织。

信夫人神清气爽，偕丈夫信先生在婚礼现场招呼来宾。

有与她相熟的阔太好奇："雪晴，怎么不见林太？她不是一直嚷着等以谌结婚，一定到场，包个大红包给新婚夫妇？"

信夫人遥遥看一眼站在场边一直没机会走近和她说话的高太太和童女士，微笑："她有自己的社交圈，忙得很，我也不好打扰她，让她分身拨冗参加以谌和默默的婚礼。"

阔太眼睛一亮，谁还听不懂话外音呢？

转背就与人不轻不重地感叹："林太一直想让以谌做她女婿，如今以谌孩子都两岁了，我看雪晴很看重这个媳妇。偏偏她家宝婷标梅已过，嫁杳无期，心里难受呢。"

连默并不晓得外头的明里暗里的攀比较劲，她正弯腰整理大狗初一脖子上系着的象牙白色缎带。初一不晓得跑到别墅花园里的哪处灌木丛，身上沾着树叶，缎带蝴蝶结也松散了。

女儿嘉宁穿着象牙白色小纱裙，头上扎着可爱的水钻小皇冠，手里拎着装满花瓣的柳条小花篮，婚礼还未正式开始，花瓣已经被她撒去大半。

费永年和妻子秦青努力牵住儿子费斯勤的手，阻止他像颗小炮弹一样冲向毛茸茸半人高的初一。

陈况陪在妻子身边，鼓励小心翼翼的年冉晴，去抱抱可爱的信嘉宁。

小刘的女朋友看见嘉宁喜欢得什么似的，完全没注意初一的狗爪子在她的小礼服裙上拍出一个泥印子。

青空和小刘并肩站在一处，问小刘："什么时候轮到你办婚礼？

我可是一定要当伴郎的。”

小刘捶他肩膀：“你呢？不打算交个女朋友？”

青空微笑，注视连默放开大狗，握住嘉宁的手：“忙起来脚不点地，无暇他顾。”

《婚礼进行曲》的前奏响起，老好人乔主任撩开新娘休息帐篷的一角，笑眯眯地望连默：“准备好了吗？”

连默深吸一口气，挺胸抬头：“准备好了。”

乔主任屈起手臂：“那么，走吧。”

连默上前，挽住乔主任臂弯。

老好人踩着《婚礼进行曲》的节奏，缓缓将连默带向通往点缀满香槟玫瑰的婚礼主帐篷的红毯。

连默在红毯上每走一步，脑海中都有过往画面闪现：酒店走廊电梯前擦肩而过的四目相对，酒店贵宾休息厅案发现场的再次相见，西宁夜市中的彼此陪伴……一幕幕如同潮水般涌上心头。

跟在她身后的女儿嘉宁不耐烦缓慢的步伐节奏，已经揪着初一脖子上的毛，越过她，径直跑向帐篷，引得前来观礼的宾客们哄堂大笑。

连默望向站在帐篷中央的以谌，他身穿黑色礼服，俊朗英挺，仿佛等在岁月的最初与最终，从未离开。

以谌回望连默，她穿与女儿一样的象牙白色纱裙，细细的米粒大小珍珠从腰际开始如同流泻而下的瀑布缀满整个裙摆，迤逦如同群星，随着她的脚步于裙摆之间，在阳光下闪着莹润光芒。

《婚礼进行曲》演奏完毕，乔主任将连默带到以谌跟前，轻轻将她的手，交到以谌手中。

“请好好对她，珍惜她，爱护她。”老好人低声叮嘱，像一个父亲那样。

以谌郑重点头承诺：“我会的。”

他握着她的手，站到证婚人面前。

当连默透过面纱看清站在面前的证婚人是大学里有如母亲一样照顾过她，周末总是把她叫到家里吃饭的病理学教授，眼眶瞬间便湿润了。

头发花白的老人家冲她调皮地微笑："惊不惊喜，意不意外？我为了不透露消息，忍得很辛苦，都快忍出内伤来了。"

连默泪盈于睫，只能拼命点头。

连默和以谌在亲友、同事的见证下，完成仪式。

当他从作为伴郎的弟弟以诺手里接过戒指，替连默戴在左手无名指上，现场响起一片热烈掌声。

女儿嘉宁早将花篮里的花瓣撒得精光，不甘寂寞地挤到他们中间，仰头看父亲亲吻母亲，初一在旁蹲守，仿佛忠诚的卫士。

观礼席上，费永年、青空、小刘的手机忽然相继振动，未几乔主任的手机也振动起来。

众人纷纷低头查看手机，接听电话。

曾经的实习生现在已经正式成为法医实验室的一员，他朝连默扬扬手机，做一个"有任务"的口型。

连默扬睫望向以谌，他回以微笑，伸手在她后背轻轻一推。

"去吧，去屠龙吧，我的公主！"他的声音里带着宠溺和自豪。

连默的眼睛一亮，飞快地在他脸颊上落下一吻，然后拉起裙摆，奔向她的同事们。

以谌弯腰抱起女儿，空气中不知何处，飘来一个清亮男声，吟唱着："既然爱了就不后悔，再多的苦我也愿意背……"

他轻吻女儿额角，父女俩站在满是鲜花的帐篷里，注视着连默跑进阳光深处……

【全文终】

图书在版编目（CIP）数据

狱火烈烈空自华：全2册 / 寒烈著. -- 南京：江苏凤凰文艺出版社，2018.8

ISBN 978-7-5594-2114-2

Ⅰ. ①狱… Ⅱ. ①寒… Ⅲ. ①侦探小说－中国－当代 Ⅳ. ①I247.5

中国版本图书馆CIP数据核字(2018)第104372号

书　　名	**狱火烈烈空自华（全二册）**
作　　者	寒　烈
选题出品	北京记忆坊文化
责任编辑	姚　丽
特约策划	暖　暖
特约编辑	单诗杰 绪　花
责任监制	刘　巍 江伟明
封面设计	80零 · 小贾
封面绘图	三　乖
版式设计	天　缈
出版发行	江苏凤凰文艺出版社
出版社地址	南京市中央路165号，邮编：210009
出版社网址	http://www.jswenyi.com
印　　刷	环球东方（北京）印务有限公司
开　　本	880毫米×1230毫米 1/32
字　　数	451千字
印　　张	16
版　　次	2018年8月第1版，2018年8月第1次印刷
标准书号	ISBN 978-7-5594-2114-2
定　　价	56.00元（全二册）

影视版权抢订热线　010-57194853